공녀님!
공녀님!

공녀님! 공녀님! 3

Lady! Lady!

공녀님!
공녀님! 3

지은이 박희영
펴낸이 이형기
펴낸곳 도서출판 가하
브랜드 가하 에픽

초판인쇄 2014년 6월 13일
초판발행 2014년 6월 20일
출판등록 2008년 10월 15일 제 318-2008-00100호

주소 서울 영등포구 양평로 67, 1209 (당산동5가, 한강포스빌)
전화 02-2631-2846 **팩스** 02-2631-1846

www.ixbook.co.kr

ISBN 979-11-5682-160-1   04810
      979-11-5682-157-1   04810(set)

값 11,000원

copyright ⓒ 박희영, 2014

Concents

16. 네게 깊이 물들어

　베이판을 지탱하는 세 가문 중 유일하게 공식석상에 가주가 모습을 드러내지 않는 베일에 싸인 세이모어 가(家). 세이모어 가에 대해선 무수한 소문이 나돌았다. 혹자는 왕실에서 귀족 권력을 견제하기 위해 만들어놓은 가짜 가문이라고도 했고, 또 다른 이는 사람이 살지 않는 유령 가문이라고도 했다. 하지만 어떤 이야기가 나오더라도 세이모어 가문과 가주는 침묵했다.

　가문의 저택은 베이판의 수도 중앙에 위치해 있다. 철옹성처럼 버티고 있는 정문은 오랫동안 열리지 않은 듯 군데군데 녹이 슬어 있었다. 축대 위로 높게 쌓아올린 오렌지색 담장은 성을 감싸고 있었고 전체가 담쟁이 덩굴로 휘감겨 있다.

　그 칙칙하게 바랜 덩굴 중 하나를 콱 움켜잡으며 누군가 담장을 기어오르기 시작했다. 많아야 열 살 정도로 보이는 개구쟁이 소년이었다.

　그의 하는 양을 빤히 보던 다른 소년이 그를 향해 걱정스럽게 말했다.

　"정말 괜찮겠어? 여긴 공작가잖아. 들키기라도 하면 경을 칠 텐데……."

　담장을 잽싸게 기어오른 소년이 위에 턱, 걸터앉으며 콧잔등을 찌푸렸다.

"사내자식이 그렇게 겁이 많아서야 무슨 일을 한다고. 무서우면 혼자 돌아가든가. 대신 내기에서 이긴 돈은 전부 내 것이다. 나중에 딴소리하지 마."

그렇게 말하며 소년이 휙, 담장 안으로 몸을 던졌다. 내기. 그래, 분명했다. 자신은 세이모어 공작가가 유령의 집이라는 쪽에 걸었다. 그리고 그 사실을 직접 입증하러 세이모어 가에 온 것이다. 판돈을 생각한 소년은 황급히 친구의 뒤를 따랐다.

"야아, 같이 가!"

마찬가지로 훌쩍 담장을 넘어선 소년은 친구 옆에 서서 침을 꿀꺽 삼켰다. 고개를 들어 세이모어 가를 눈에 담았다. 장방형 잔디밭이 쭉 늘어져 있는 가운데 홀로 버티고 있는 저택은 고풍스럽지만 어딘지 폐허 같은 느낌을 주었다.

같은 간격을 두고 나란히 일렬로 위치해 있는 창문에는 사람의 그림자조차 비치지 않았다. 마치 사람이, 아니, 어떠한 생명체도 살고 있지 않은 느낌이다. 무덤 같은 적막만이 안개처럼 자욱이 깔려 있을 뿐, 사람이 살고 있는 생기가 없었다.

심상찮은 느낌이 들어 절로 발이 뒤로 옮겨졌지만 그 옆에 있는 천진난만한 소년은 두 팔을 쫙 벌리며 외쳤다.

"봐, 문지기도 없잖아! 공작가는 무슨! 역시, 유령의 집이었어!"

호기롭게 외친 소년이 가뜬가뜬 날아가듯 뛰어 문 앞으로 갔다. 문손잡이는 녹이 슬고 삭아서 그저 썩은 쇳덩어리에 불과했다. 그를 유심히 살펴보면서 소년이 입을 열었다.

"흐응, 이 정도면 정말 사람이 산다고 말할 수는 없을 것 같지?"

"우, 우리 이쯤에서 돌아가자, 응? 사람이 없다는 것만 확인하면 됐잖아.”

“이왕 여기까지 왔는데 안은 좀 구경하고 가야지!”

“야아!”

친구의 만류에도 불구하고 소년이 용감하게 문을 잡고 열었다. 끼익 끼익하는 기분 나쁜 쇳소리와 함께 건물 내부가 훤히 드러났다. 안은 더 어둡고 차가웠다. 공작가라면서 그 흔한 장식물 하나 보이질 않았다. 소년은 걸음을 옮겨 복도 안쪽으로 들어갔다. 구불구불한 길을 따라가자니 집이 아닌 출구가 없는 미로 같은 느낌이 들었다.

“돌아가자, 돌아가자, 응?”

잔뜩 불안한 표정의 소년이 다른 소년의 팔을 잡아끌며 졸랐다. 하지만 귀찮은 기색이 완연한 다른 소년은 놓으라며 핀잔을 주었다.

복도를 따라 걸어가니 어둠 속에서 바람에 밀려 흔들거리는 문이 유독 눈에 띄었다. 닫히려는 문을 지탱하고 방에 들어가자마자 덩그러니 놓인 포도주가 눈에 밟혔다.

소년은 한달음에 달려가 근처에 있는 유리잔과 포도주를 들었다. 피같이 붉은 포도주는 병을 기울임에 따라 콜콜콜 유리잔에 담겼다. 포도주 잔을 입에 가져다 혀끝을 축여보았다.

“캬, 이거 정말 맛있다! 너도 마셔봐!”

소년이 제안했으나 다른 소년은 포도주 병만을 뚫어져라 응시하고 있었다. 그가 곧 새파랗게 질린 얼굴로 덜덜 떨며 말했다.

“이, 이거 국력 백이십구 년산이야.”

“그게 뭐.”

“올해가 백이십구 년이라고. 그러니까 이건 올해 만들어졌다고.”

“근데 뭐.”

소년이 심드렁하게 대충대충 받아넘기자 다른 소년이 빽 소리를 질렀다.

"여기엔 사람이 살고 있다고!"

"뭐? 그게 말이 되냐? 너 같으면, 이런 데서 살겠어?"

소년이 어림도 없다는 듯 픽 웃으며 대꾸하자 다른 소년이 포도주 병을 들이밀며 새된 소리로 외쳤다.

"그럼 이 포도주는!"

"몰라. 누가 갖다 둔 거겠지."

"그게 말이 된다고 생각……."

그 순간이었다. 굉장히 굵은 것이 힘없이 부러지는 소리가 들린 것은.

"이게 무슨……?"

두 소년이 동시에 눈을 크게 뜨고 사방을 둘러봤다. 귀가 찢어질 듯 오 싹한 소리였지만 어디서 들려오는지 방향조차 가늠할 수 없었다. 정체 모 를 액체가 질척거리며 바닥에 떨어지는 소리도 이어졌다.

"어디서……, 들려오는 거야?"

"모, 몰라."

소년 둘은 갑자기 전신을 옥죄어 오는 공포를 느꼈다. 잔뜩 불안에 잠 긴 목소리로 그들이 대화했다.

"빨리……, 나가자고 했잖아!"

소년이 떨리는 목소리로 간신히 말했다. 이제라도 나가자, 작게 속삭이 며 다른 소년이 와인 잔과 포도주를 내려놓고 일어섰다. 한 걸음 떼기도 전에 뛰어난 미성이 들렸다.

— 아로트.

분명 낮은 음성인데 머릿속에 망치질을 해대듯 광광 울렸다. 상황만 아 니라면 천사의 것이라고 생각할 정도로 아름다운 목소리였다. 넋 놓고 있 는 그들에게로 그림자가 바닥을 따라 미끄러져 왔다. 쉬이익, 그림자가 뱀처럼 쇄도했다.

그림자가 어떻게 혼자 움직이지? 발걸음을 주춤하는 찰나 검은 그림자가 공기의 파동을 지으며 휙, 앞을 지나갔다.

소년은 그저 눈을 감았다 떴을 뿐이다. 그런데 그다음 자신의 눈앞에 보인 것은 목이 없는 자신의 몸이었다. 그리고 세상은 암흑으로 변했다.

까득, 까드득. 그림자에서 나온 여자가 소년의 머리를 들고 먹기 시작했다. 두개골이 부서지며 섬뜩한 소리가 들렸다. 나머지 소년의 머리도 취한 아로트가 뇌수 한 방울도 아깝다는 듯 혀로 날름 삼키고는 자신의 주군 앞으로 이동했다.

"……주군……, 켄케스를……, 지키던……, 병사들의……, 백아흔아홉 구……, 시체를……, 처리했……습니다……."

아로트가 은청발의 남자 앞에 고개를 조아렸다. 그녀의 머리카락이 피에 흠뻑 젖은 탓에 여러 뭉치로 뒤엉켜 바닥에 둔탁하게 툭툭 떨어졌다. 워낙 진한 적발이라 어느 것이 피이고 머리카락인지 분간이 안 될 정도였다.

199구의 시체. 얼마 전 켄케스 수레를 가로채던 날 밤, 199명의 병사를 도륙함과 동시에 생긴 것들이다. 그 '쓰레기'들을 처리할 곳이 마땅치 않았던 세이는 모두 세이모어 가로 보내버렸었다. 너무 사소한 일이라 완벽히 잊어버렸다가 공녀 '아르렐리아'와 만나기 위해 베이판으로 돌아와서야 아로트에게 처리를 명한 것이다.

"기어들어 온 벌레 둘은."

"……마찬가지로……, 처리……했……습……니다……."

까마득한 어둠 속에 잠식된 눈이 스르르 움직여 방을 훑었다. 조금 전까지 199구의 시체가 있었다는 게 믿기지 않을 정도로 깨끗했다.

"사라져라."

11

그가 짧게 명령하자 아로트는 그림자 속으로 쑥 들어갔다. 으슴푸레한 어둠 속에서 유독 선연히, 맹금의 눈동자가 번뜩였다. 눈과는 달리 입가엔 온화한 미소가 물살처럼 번지었다.

자, 이제 준비가 다 되었으니.

"어서 오십시오, 아르렐리아 공녀."

듣는 사람마저 취할 정도로 나른한 목소리였다.

"부르셨습니까, 단장님."

제스가 여행을 떠나기 전 마지막으로 한 것은 부단장을 부르는 일이었다. 잽싸게 달려온 라미에가 집무실 문을 툭툭, 두드리며 말하자 제스가 상념에서 깨어났다. 그의 무표정한 얼굴에서 무엇을 읽은 건지 라미에가 별안간 눈을 약간 크게 뜨며 휘파람을 불었다.

"단장님, 사랑싸움이라도 하신 겁니까? 혼인하신다더니 오히려 기분이 안 좋아 보이십니다그려. 그런데 정말로 청혼 받아들이셨습니까?"

"또 헛소문이 돈 모양이군."

"역시 그러셨군요. 황성의 소문은 구십구 퍼센트는 거짓말이고 일 퍼센트는 속임수라고 하더군요."

라미에가 씨익 웃으며 고개를 끄덕였고 제스는 특유의 딱딱한 표정을 유지한 채 창밖으로 시선을 돌렸다.

"며칠간 자리를 비울 것이다. 그동안 단장 업무를 대신해라."

라미에의 두 눈이 휘둥그레졌다. 며칠간 자리를 비울 거라니, 기사단장님이 휴가를 다녀오실 리는 없을 테고. 그렇다면…….

한 군데 짐작 가는 바가 있는 라미에가 넌지시 그에게 질문을 건넸다.

"혹시……, 그곳에 다녀오시는 겁니까?"

"그래."

라미에가 보기 드문 흐뭇한 미소를 만면에 띠고 말했다.

"그러고 보니 그에게 소홀했군요. 제 안부도 전해주시겠습니까?"

제스가 짧게 고개를 끄덕였다.

"아렌 경도 당분간 쉴 거다. 그쪽은 알아서 처리하도록."

'아렌'이라는 단어를 듣자 라미에의 눈매가 미세하게 틀어졌다. 라미에
는 제스와 아렌 사이의 문제에서 발을 빼기로 했지만 아무래도 못마땅한
기분은 떨칠 수가 없다. 남자 행세를 한 여자와 저리 가까이 지내다니, 이
건 무슨 고문인가 말이다. 아무리 정신력과 자제력만큼은 차고 넘칠 정도
로 많다지만, 같은 남자로서 그가 얼마나 혼란스러울지 짐작 가고도 남았
다.

"단장님, 아렌 경이 요즘 놀라운 무언가를 말하진 않았습니까?"

"무슨 말이지?"

라미에는 한숨을 쉬었다. 그 자식, 아직도 말 안 한 거냐. 대체 언제까
지 숨기고 있을 생각인지……. 역시 그 내기에서 이겼어야 했는데.

라미에는 후회막심인 심정을 억누르며 피를 토해내는 기분으로 말했
다.

"아무것도 아닙니다."

잠시간의 미심쩍은 침묵이 흐른 후에 제스가 몸을 돌리며 말했다.

"세이라는 마법사에 대한 조사는 어찌 되어가나?"

순간 라미에의 얼굴에서 웃음기가 싹 가셨다. 그가 시선을 내리깔면서
어렵사리 입을 열었다.

"그게……. 알……아보고 있는 중입니다. 조금만 기다려주십시오."

직설적인 화법을 구사하는 라미에가 한 말이라곤 너무 모호했지만 제
스는 굳이 파낼 생각을 하지 않았다.

"하나 더, 조사해야 할 일이 있다. 아르렐리아라는 공녀에 대해 알아 와

라."

제스의 음성이 떨어지기가 무섭게 라미에가 의문이 가득한 시선을 들었다.

"공작가의 공녀를 말하시는 겁니까?"

"그렇다. 하일렌의 공녀는 아닌 듯싶다."

"조금만 시간을 주십쇼. 금방 찾아오겠습니다."

"많은 일을 맡기고 가는군. 나가봐도 좋다."

"괜찮습니다. 편히 다녀오십시오."

라미에는 처음과는 달리 어두운 표정을 띠고서 집무실을 나섰다. 문에 턱, 기대서곤 그가 허공을 응시하다 자조적인 웃음을 터뜨렸다.

알아보고 있는 중이라. 조금만 기다려달라? 말은 썩 모양새 좋게 잘하는구나. 라미에는 단 한 번이지만 강렬했던 세이와의 만남을 떠올려보았다. 미형의 얼굴, 온화한 미소. 하지만 그에 숨겨져 있는 옭아매듯 직시해오던 검붉은 눈동자는 실로 무시무시한 것이었다. '세이', '마법사'라는 단어만 들어도 온몸이 굳는다.

「그녀와 함께 있었던 것을 감사하게 여기십시오. 라미에 제이린.」

그는 알려준 적도 없는 자신의 이름을 알고 있었다. '어떻게'라는 수단은 두 번째 문제였다. 거대한 맹수 앞에 무기 없이 서 있는 느낌, 그렇게 뼛속 깊이 파고드는 공포는 처음이었다. 적을 앞에 두고 물러섰다는 자괴감과 살아서 다행이라는 안도감. 이 모순적인 두 감정이 뒤섞이면서 그를 혼란스럽게 했다.

죽음의 공포가 다시는 그에 대해 알려고 들지 말라고 위협했다. 그만둘까, 이 일에서 발을 뺄까 진지하게 생각해보았다. 그런 마법사, 아니, 사람은 본 일이 없다. 정말 인간이 아닐지도 모른다는 허튼 생각마저 들었다. 하지만 방금 제스를 만난 순간 그는 본능을 거스르기로 결정했다. 죽을 때까지 따르기로 한 상전이자 친우다. 그 혼자 험난한 길에 내버려둘 수 없었다.

라미에가 어금니를 주근주근 씹었다.

'비록 처음은 속수무책으로 당했지만, 숨겨진 모습이 있는 걸 안 이상 이젠 호락호락하게 당하진 않겠다. 반드시 정체를 낱낱이 밝혀주마. 네 말대로 살아 있는 걸 후회하며 끝끝내 절명하더라도, 너에게도 그만큼의 후회는 똑같이 안겨주겠다.'

그는 약간 부들거리는 다리를 가누어 걸음을 옮겼다. 그 모양이 마치 복도를 감싼 어슴푸레한 어둠에 몸을 던지는 듯이 보였다.

"콘라드, 내 궁금한 게 하나 있는데."

"말씀하십시오. 언젠 물어보고 말하셨습니까."

"허허, 자네 혀가 점점 대담해지는군. 관리 잘하는 게 좋을 게야."

"새겨듣겠습니다."

능숙하게 맞받아친 콘라드가 황제를 바라봤다. 황제는 책상 위에 놓인 서류 무더기를 보며 불만스런 표정을 짓고 있었다.

"왜 몇십 년이 지나도 보고서는 줄어들질 않지? 아니, 오히려 늘어나는 것 같군. 생물체처럼 증식이라도 하는 건가?"

방학숙제 하기 싫어하는 학생마냥 황제가 손에 들고 있던 보고서를 툭 책상 위에 던져놓으며 불평을 늘어놓았다. 콘라드는 저 서류들이 자신의 일이 아님에 마음속 깊이 안도를 느끼며 능청스럽게 말했다.

"미천한 소인은 잘 모르겠습니다만 확실한 건 폐하께서 계속 미루시는 것도 이유가 될 것 같습니다."

"사실 조금 귀찮긴 하군. 근데 자네 아까부터 나한테 뭐 할 말 있나? 꼭……, 뭐 마려운 강아지 같군."

자신의 마음을 정확히 읽어낸 말에 콘라드가 흠칫했다. 오랜 세월 황제 곁에 있으면서 그의 의중을 정확히 파악해낼 수 있게 된 것처럼 황제도 마찬가지인 듯싶었다. 사실 콘라드는 아까부터 아렌과 제스의 스캔들을 전해야 할지 말아야 할지 고민에 빠져 있었다. 전하자니 황제의 반응이 두렵고, 전하지 않자니 찝찝한 상황이었다. 콘라드가 고민을 하는 동안 황제는 서류 뭉치 사이에서 유난히 깔끔하고 정갈한 보고서를 발견하곤 두 눈을 크게 떴다.

"……음? 기사단장이 보고를 올렸군. 웬일이지?"

황제는 보고서를 집어 들려다가 멈칫했다. 그러고는 웬일인지 보고서를 죽일 듯이 쳐다보기 시작했다. 알 수 없는 황제의 행동을 본 콘라드가 어리둥절해져서 물었다.

"뭘 그렇게 보십니까?"

"짐의 라이벌."

"예?"

"기사단장은, 짐의 라이벌이라네."

콘라드가 어처구니없다는 표정을 지었다. 반면 황제는 굉장히 비장한 얼굴로 고개를 끄덕이며 중얼거렸다.

"차제남으로서의 짐의 라이벌이지……."

"하아……. 또 그 차제남……."

"자네 반항하나? 이건 심각한 문제라네. 차제남은 짐뿐이라 생각했건만 기사단장이 진짜배기였단 말이네. 대인배인 척했으나 실은 속이 좀 쓰렸어. 제기럴……."

약간 쓰라린 기억인 듯 황제가 패배감이 깃들어 있는 투로 말했다. 콘라드가 예전 황제와 기사단장 제스 간에 오갔던 대화를 떠올렸다. 분명 기사단장이 경어를 쓰면서 말하긴 했으나 자세히 들여다보면 '내 호의를 받아줘.', '싫어!', '제발 소원을 빌어줘!', '싫다니까! 귀찮게 굴지 마!'의 반복이었다.

"하긴, 다소 굴욕적이긴 했습니다."

황제는 콘라드의 말을 깡그리 무시한 채 주먹을 불끈 쥐어 들어 올렸다.

"하지만 짐은 이래 봬도 철혈군주라네! 어떤 상황에서도 냉정을 잃지 않는 것만큼은 짐이 더 뛰어날 것이야."

황제가 의욕 넘치게 '라이벌 타도!'를 외치며 제스의 보고서를 집어 들었다. 그것을 읽어 내려감에 따라 짙은 그의 눈동자가 점점 매섭게 빛났다.

"도대체 이게 무슨 소리야?"

'어느 상황에서도 냉정을 잃지 않는' 황제가 갑자기 보고서를 책상에 탕, 내리치면서 으르렁거렸다.

"폐, 폐하?"

잔뜩 화가 나다 못해 어깨까지 들썩이며 씩씩거리는 황제를 보며 콘라드가 침을 꿀꺽 삼켰다. 그 옛날 니헬 왕국이 전쟁 선포를 했을 때조차 '이것들이 주제도 모르고 별 지랄을 다 떠는군. 왕성 하나 박살나봐야 정신을 차리지.'라고 대수롭지 않은 듯 말을 내뱉었을 뿐이었다. 그런 분이 저렇게 화가 나시다니. 도대체 무엇이 적혀 있기에 저렇게 흥분을……

"기사단장이 제 휴가뿐만 아니라 내 새끼의 휴가까지 같이 내었군. 설마 내 새끼와 함께 여행간 건 아니겠지? 감히! 짐도 아직 못 가보았건만!"

황제가 깔끔한 제스의 필체를 노려보면서 이를 갈았다.

순간 콘라드는 자신의 귀를 의심했다. 노쇠한 귀가 헛것을 듣고 있나,

라는 생각도 들었다. 그러니까 지금 그 소년과 기사단장의 사이를 질투하시는 건가?

"그럼 당분간 내 새끼를 못 보는 게야? 육시럴! 기사단장······. 짐의 차제남도 모자라 이젠 내 새끼까지······."

콘라드는 자꾸만 아득해지려는 정신을 가다듬으며 입을 열었다.

"······폐하, 고정하심이······."

"콘라드! 당장 하일렌 관광여행에 대해 알아봐! 어딜 갔는지 모르지만 돌아오기만 하면 내 그것보다 억만 배는 좋은 관광을 시켜주겠어!"

뒤돌아보면서 쏘아붙이는 황제의 목에 힘줄이 불끈 섰다. 콘라드가 거칠어지는 호흡을 가다듬으며 침착하게 말했다.

"폐하께서 관광을요? 일은 어찌 다 하시고······."

'설마 나한테 미루려는 건 아니겠지.'

콘라드는 슬쩍 눈을 굴려 책상 위에 산더미같이 쌓인 보고서의 양을 가늠해보았다. 한 시간에 많아야 세 개 정도 처리한다 치면 저 양은······. 일주일을 꼬박 새워야 겨우 처리할 양이다! 안 돼! 콘라드는 생존본능에 따라 비장의 카드를 빼 들었다.

"언제나 냉정을 잃지 않는 차제남은 어디로 가셨습니까! 이렇게 흥분하시면 차제남 타이틀은 영원히 기사단장님의 것이 될 겁니다!"

자신이 생각하기에도 너무나 유치한 말이지만, 지금은 다섯 살짜리도 고개를 숙일 정도로 유치해진 황제를 달래기 위해선 어쩔 수 없었다. 하지만 황제는 흥분을 가라앉히지 못하고 침을 튀기며 소리쳤다.

"시끄러워! 지금 그게 문제가 아니네! 저번부터 콘라드 자네, 핵심을 못 짚는군! 자네가 이러니까 내 새끼를 빼앗기는 게 아닌가!"

"예에? 그건 또 무슨 억지입니까?"

"에잉, 몰라! 빨리 하일렌 관광에 대해 알아 와! 어서! 일해! 움직이란 말이네! 다 자네 때문이야!"

단단히 화가 난 듯 고개를 휙 돌려버리는 황제의 뒷모습을 보며 콘라드는 기가 막혀서 입을 꽉 다물었다. 꾸깃꾸깃해진 보고서를 힐끗 본 그는 단 한 번 만난 기사단장에게 약간의 동정심을 느꼈다. 동시에 아까 말할까 말까 망설였던 소문에 대해 함구해야겠다고 생각했다. 안 그래도 일방적으로 라이벌로 찍혀 있는 이 시점에 아렌 경과의 소문까지 알려졌다간 황제가 무슨 일을 벌일지 모르기 때문이다.

'폐하께서 나이를 거꾸로 드시는 건가……. 어째 아렌 경을 만난 후부터 점점 철부지가 돼가시는 느낌이…….'

콘라드는 황제가 제발 타이밍 좋게 치매가 걸린 것만은 아니길 간절히 빌면서 집무실을 나섰다.

"네? 여행이라고 하셨습니까?"

갑작스런 여행 소식에 카일이 멍한 얼굴로 물었다. 아렌은 빠른 손놀림으로 여분의 옷가지와 생필품을 가방에 넣으며 대답했다.

"응. 나, 첫 휴가를 받았거든. 팔이 다친 김에 여기저기 둘러보려고. 로도모나스, 어쩌지? 로도모나스는 여기 있어야 하는데 어쩌지?"

로도모나스가 불만이 가득한 얼굴로 고개를 도리도리 저었다. 아렌이 곤란한 듯 후, 한숨을 내쉬자 카일이 매서운 눈초리로 그녀를 흘겨보며 말했다.

"누구랑 가시는 겁니까?"

"나 혼자."

"안 됩니다!"

"왜?"

아무것도 모른다는 듯한 그녀의 대답에 외려 카일이 말문이 막히며 속이 뒤집히려 한다. 이 철부지가 진짜!

"아니, 지금 그걸 몰라서……! 일단 공녀님도 여자지 않습니까!"

아렌이 짐을 챙기는 손을 잠시 멈추고 카일을 쏘아봤다.

"일단은……, 이라는 말이 굉장히 거슬린다?"

"지금 그게 문제가 아니잖습니까! 여자 혼자 여행이라니, 큰일 내려고 작정을 하셨군요. 공녀라는 분이 자각이 도대체 있으신 겁니까, 없으신 겁니까! 남장을 하시더니 이젠 진짜 남자가 된 줄 아시나 보죠?"

"으으, 시끄러워."

아렌이 두 손으로 귀를 막으며 고개를 흔들었다. 카일은 그녀의 한쪽 손을 억지로 떼어내며 소리 질렀다.

"여행은 안 됩니다! 절대! 절대! 밖에서 무슨 일이 생기면 누구 도와줄 사람도 없지 않습니까!"

"행선지는 인적 드문 산맥이야. 경치 잠시 보고 올 테니까 그리 알아."

아렌이 대수롭지 않게 대답하자 카일의 목소리가 더더욱 높아졌다.

"그래도 안 됩니다!"

"뭐야, 이거 완전 막무가내잖아."

"꼭 가셔야만 한다면, 저도 같이 가겠습니다!"

"뭐? 네가?"

"예! 동행쯤은 단장님께서도 허락해주시리라 믿습니다!"

탕탕탕, 옆에서 로도모나스가 발로 땅을 구르며 자신도 따라가겠다는 뜻을 전했다.

아렌의 눈에 낭패한 기색이 스쳤다. 사실 누구와 함께 가는 여행도 아닌 이상 자신만 괜찮다면 동행이야 상관없지만, 이번엔 혼자서만 여행을 하고 싶었다. 마음 정리도 하고 바람도 쐴 겸.

아렌은 눈을 굴려 둘의 기색을 살폈다. 카일은 굉장히 굳은 의지를 담은 얼굴로 그녀를 바라보고 있었고 로도모나스도 마찬가지다. 말로는 절대 물러서지 않을 게 뻔히 보여서 그녀가 순순히 고개를 끄덕였다.

"그래, 그럼 두 시간 뒤에 기사단 앞에서 만나. 로도모나스, 네가 그렇게 가고 싶어 하는데 안 데려갈 수야 없지. 대신 넌 푸딩 금단증상이 있으니까 지금 얼른 푸딩을 많이 공수해 오렴."

"예! 바로 가겠습니다!"

카일은 화살처럼 방에서 횡 튀어나갔고 로도모나스는 허공에 녹아들듯 사라졌다. 그의 발소리가 까마득히 멀어짐과 동시에 아렌의 입가가 매끄럽게 올라갔다.

"넌 날 잘 안다 생각하지만 아직은 아니란다. 안녕, 잘 있어. 너무 오래 기다리진 말고."

그녀가 향할 곳은 하얀 엘프의 들판. 하일렌에서 가장 경치가 좋기로 유명한 곳이었다. 결심한 대로 거기서 모든 걸 잊고 오자. 아렌은 제 마음속에 자꾸만 드리워지는 누군가의 그림자를 애써 지워내며 걸음을 옮겼다.

아렌이 황성 반대편으로 몰래 빠져나가는 사이, 카일과 로도모나스는 조금 멀찍이 서서 그들의 주인을 기다리고 있었다. 바람이 횡, 불며 단정히 묶여진 카일의 검은 머리카락을 살짝 치고 지나갔다. 카일이 좌우를 살피며 중얼거렸다.

"공녀님이 왜 안 오시지?"

별안간 무거운 무언가가 땅에 내려앉는 소리가 끼어들었다. 첫 대면 때 자신의 손가락을 뜯어낼 정도로 세게 깨물었던 귀여운 생물 쪽에서 들리는 소리였다.

'뭘 하는 거지?'

카일이 안 보는 척하면서 로도모나스를 살짝 훔쳐봤다. 로도모나스 앞 보따리엔 잘 포장된 온갖 종류의 푸딩이 삐죽삐죽 튀어나와 있었다. 로도모나스가 갑자기 앞발을 휙 휘둘렀고, 그에 반응하여 이공간이 허공에 나타났다.

'허억……. 저게 뭐야?'

마법은 처음 보는지라, 카일이 눈동자만 돌린 상태에서 두 눈을 크게 떴다. 눈이 뻐근하니 아파 왔다. 로도모나스는 유유히 보따리를 이공간에 넣고 다시 앞발을 휘둘렀다. 이공간이 사라지자마자 로도모나스가 카일을 바라봤다. 카일은 시선을 돌릴 타이밍을 놓치고 어색하게 웃어 보였다. 로도모나스가 바닥에 내려앉아서 발로 바닥을 세게 굴렀다.

'왜 이렇게 안 와! 라고 말하는 것 같은데…….'

"하하, 아렌 님께서 길을 잃어버리신 것 같은데 찾으러 가볼까요?"

조심스러운 카일의 말에 로도모나스가 다시 탕탕! 발을 굴렀다. 이번에도 카일은 무슨 말을 하려는 건지 명확하게 알아챘다.

'앞장서!'

카일은 왜 저런 작은 생물이 시키는 대로 해야 되는지 모르겠다고 생각하면서 걸음을 옮겼다. 뒤에서 파닥거리며 따라오는 소리를 들으며 카일이 돌아다니며 아렌의 자취를 찾았다.

하지만 아무리 찾아도 그녀를 봤다는 사람이 없었다. 시간 또한 약속 시간보다 훨씬 지나 있었다. 카일은 설마하며 황성 문지기에게 찾아갔다.

"저어, 혹시 키가 요만한 은발의 기사를 보셨습니까?"

"예, 보았습니다."

쿠웅! 심장이 뚝 떨어지는 것 같았다.

"어디로 갔습니까?"

"저어어쪽 방향으로 가긴 하던데 워낙 빨라서 어디로 향했는지는 잘…….”

카일이 문지기가 가리키는 쪽으로 시선을 돌렸다. 황성 앞에는 놀러 나온 시민들이 북적북적대며 부산스럽게 움직이고 있었다. 당연히 그가 찾는 아렌의 모습은 보이지 않았다. 카일은 비척비척 인적이 드문 곳으로 옮겨가 벽에 기댔다. 그는 망연자실한 얼굴로 허공을 쳐다보면서 한탄을 내뱉었다.

“또 속았어……. 미쳤지, 미쳤어. 그렇게 순순히 승낙할 리가 없는데……. 크흑, 죄송합니다. 공작님…….”

카일은 마음속에 병아리 눈물만큼 있었던 아렌에 대한 믿음이 싸그리 사라져버리는 걸 느꼈다. 이제 어떻게 하는 게 최선일까. 찾아갈 수도 없는 노릇이다. 여행의 목적지도 모를뿐더러 자칫했다간 길이 엇갈릴 수도 있다. 차라리 잔디밭에서 바늘을 찾는 게 더 빠를 것 같았다. 그렇다고 넋놓고 기다리기엔 너무 초조했다. 여자 홀로 여행을 가다니……! 오, 맙소사. 카일이 지끈거리는 이마를 손으로 받친 순간, 옆에서 굉장한 소리가 들려왔다.

탕탕탕탕! 검은 뭉치 로도모나스가 공중에서 공중제비를 두 바퀴 돈 후 벽에 대고 이단옆차기를 하고 있었다. 자신을 내버려두고 간 아렌에게 꽤나 화가 난 모양이었다. 온몸이 빨개질 정도로 씨근거리던 그가 카일을 노려봤다.

일은 너무나 순식간에 일어났다. 로도모나스가 앞발을 한 번 획, 휘두르자 카일의 눈앞 광경이 획 바뀌었다. 웬 요리사들이 정신없이 왔다 갔다 하고 있는 주방이 보였다. 멍하니 주변을 살펴보려는데 그의 옆에 쿵, 하며 푸딩 보따리가 떨어졌다.

‘내가 왜 여기에……? 그리고 이 푸딩은 또 뭐지?’

카일이 상황 파악을 하지 못해 입을 헤벌리고 있는데 마침 지나가던 요리사 중 하나가 그를 발견했다. 그의 시선이 곧 카일 옆에 놓인 푸딩 보따리에 옮겨갔다. 눈매가 사나워진다. 다시 카일에게로 돌아온다. 어어, 뭔가 이상한데, 라고 생각하는 찰나 요리사가 목이 찢어져라 소리 질렀다.

"오늘치 푸딩을 싹쓸어갔던 도둑이다!"

요리사들이 일제히 움직임을 뚝 멈추고 카일에게 시선을 모았다.

"예?"

카일이 바보 같은 얼굴로 되묻자 요리사 중 하나가 다시 외쳤다.

"잡아!"

요리사들은 하던 일을 모두 멈추고 떼로 카일에게 달려들었고, 카일은 도망갈 틈도 없이 잡혀버렸다. 거액의 푸딩 값을 갚을 길이 없었던 그는 곧 절도죄로 자신의 직장이자 범죄자들이 잡혀가는 기사단에 호송되었다.

하얀 엘프의 들판에 가기 위해서 들러야 할 곳은 신전이었다. 그곳에 몇 푼의 돈을 지불하면 공간이동 마법을 이용해 어디든 원하는 곳으로 빠르게 다녀올 수 있었다.

원하는 지명을 말하고 기다리자 신력이 제 몸을 희게 감쌌다. 흰 빛이 사라지자 그림 같은 한 폭의 풍경이 펼쳐졌다. 확 트인 들판과 구름 한 점 없는 맑은 하늘이 눈을 가득 채웠다. 풀포기마다 맺힌 밤이슬이 햇살에 반짝였고 가파른 절벽으로 파도가 부딪쳐 깨지는 소리도 들렸다.

"우와아……."

사람 손 한번 닿지 않은 천연의 자연에 바보 같은 감탄이 자연스레 터졌다. 꽃잎이 잔뜩 실린 바람이 그녀를 축복하듯 휘감고 지나갔다.

그녀가 서 있는 들판을 중심으로 서쪽으로는 우거진 숲이 위치해 있고, 저 멀리로는 작은 집과 가게가 오밀조밀 모인 마을이 보였다. 문명화된

공녀님!
공녀님! 3

수도와 천지차이다. 제 첫 휴양지이자 관광지로 이 들판을 택한 건 그야 말로 탁월한 선택이었던 것 같다.

아렌은 먼저 마을에 가서 짐을 풀어놓을까 생각하다가 이내 들판을 향해 발길을 돌렸다. 숙소보다는 역시 낮에 볼 수 있는 풍경을 실컷 구경해 두는 게 좋겠다는 생각이 들어서다.

이름 없는 들꽃이 바람에 하늘하늘 휘날린다. 꽃 한 송이 한 송이에 시선을 주며 걸음을 옮기다 보면 어느 샌가 머릿속을 꽉 메웠던 복잡한 생각들은 사라져 있었다.

사박. 아렌이 잔디를 밟은 소리가 유난히 크게 난 때였다. 어디선가 남자의 목소리가 들려왔다.

"거기 누가 계십니까?"

날 말하는 건가? 얼른 주위를 휘휘 둘러보았으나 인기척이 느껴지지 않는다. 이파리들이 바람에 휘날리는 소리를 잘못 들은 걸까? 아니면 혹시.

아렌은 걸음을 재촉하여 조금 멀찍이 있는 나무를 끼고 돌아보았다. 목소리의 주인인 듯 보이는 남자가 천천히 고개를 들었다.

"마침 주위에 사람이 있어서 다행이군요. 초면에 죄송합니다만, 절 좀 부축해주실 수 있으십니까?"

앉아 있는 남자의 다리 옆에는 허리 근처쯤 오는 지팡이가 놓여 있었다. 다리가 불편한데 앉아서 일어날 수가 없는 모양이었다. 아렌이 냉큼 그를 부축해주자 그가 겨우 지팡이로 지탱하고 섰다. 한숨 훅 돌린 후, 그가 빙긋이 웃었다.

"정말 감사합니다. 하마터면 제 친구가 찾으러 올 때까지 계속 앉아 있을 뻔했습니다."

"아녜요. 그리 어려운 일도 아니었는걸요. 혹시 모르니 댁까지 모셔드리겠습니다."

그가 힘겹게 걸음을 옮기는 모습이 위태하기 그지없었다. 아렌이 냉큼 따라나서자 서글서글한 인상의 그가 미안하면서 고마운 미소로 대답했다.

그와 발걸음을 맞추기 위해서 그녀는 걷다가 멈추기를 몇 번씩 반복해야 했다. 다리가 많이 불편한지 그 남자의 걸음은 신장과 다리 길이에 비해서 현저하게 느렸다. 아무래도 한쪽 다리를 절다 보니 몸이 기우뚱거릴 수밖에 없는 것처럼 보였다.

도와주긴 하되 계속 관찰하는 건 실례다. 아렌이 그를 부축해주며 정면을 바라보자 그가 다시 한 번 미안하다는 듯이 웃었다.

"초면에 정말 염치가 없습니다. 그러고 보니 제 소개가 늦었군요. 반갑습니다. 제 이름은 오웬입니다. 이곳에 살고 있는 한량 중의 한량이지요."

"제 이름은 아렌입니다. 이곳엔 여행차 방금 도착했습니다."

"여행객이셨군요. 아직 기거할 곳을 정하시지 않았다면 저희 집에 머무시는 건 어떻습니까? 조촐하긴 하지만, 남는 방이 많습니다."

아렌은 잠깐 눈을 돌려 들판 아래를 흘끗 보았다. 커다란 느티나무가 호위하듯 옆에 버티고 선 2층짜리 통나무집이 보였다. 아무래도 저곳이 오웬의 집인 것 같았다.

"그렇게 해주신다면야 저는 감사할 따름이죠."

그에 오웬이 사람 좋은 미소를 지으며 고개를 끄덕였다.

"얼마든지 머무십시오. 아, 마침 집사람이 나와 있었군요."

진한 밤갈색 머리카락을 길게 늘어뜨리고 있는 여인이 이쪽을 바라보더니 손을 흔들었다. 시선을 쭉 내리던 아렌은 두 눈을 크게 떴다. 그녀의 배가 남산만큼 볼록했다.

"오랫동안 오지 않아 걱정했어요."

여인이 배를 지지하듯 지탱하고 급하게 다가왔다. 오웬은 절뚝절뚝 그녀에게 다가가서 가볍게 입맞춤했다. 행복한 부부의 표본이 있다면 저들이 아닐까. 아렌은 왠지 멍한 눈으로 둘을 바라봤다. 이제껏 임산부를 이렇게 가까이서 본 적이 없었기에 더 신기했는지도 모르겠다. 저 안에 생명이 있다는 당연한 사실이 믿겨지지 않는다는 상투적인 생각마저 떠올랐다.

"갑자기 다리가 잘 움직이지 않아서 일어나는데 고생 좀 했어. 이분이 도와주시지 않았다면 난 아마 저녁까지도 못 들어왔을지도 몰라."

에니가 안도의 한숨을 내쉬며 이쪽을 돌아봤다.

"감사합니다, 저는 에니입니다."

"아아! 안녕하세요! 아렌이라고 합니다."

"이쪽으로 들어오세요."

에니가 집안 안쪽으로 안내하는 대로 아렌은 걸음을 옮겼다. 집 내부는 아담하면서 깨끗하고 아늑했다. 하지만 오웬이 말한 대로 남는 방은 여러 개라 며칠 기거하기엔 적당한 것 같았다. 그저 부축해준 것뿐인데 이런 호의를 받다니, 고마운 일이었다.

어깨에 메고 있던 짐을 내려놓는 대신 활을 드는 건 잊지 않았다. 카일의 걱정이 과한 감이 있다지만, 그래도 만약의 사태는 대비해야 했으니까.

그대로 돌아가려던 아렌은 잠시 머뭇거리다가 짐 앞으로 다시 걸어갔다. 몇 개의 옷가지들 사이에는, 언젠가 세이가 주었던 금색 가발과 수수하지만 예쁘장한 원피스가 끼어 있었다.

평생 다시는 볼 일 없다고 생각했던 그 두 물건을 넣은 건 거의 충동적인 일이었다. 공녀 시절에는 지긋지긋하게만 느껴지던 치마와 긴 머리니까. 그런데 요전에 무도회에 몇 번 들락거린 후부터 이상하게 그런 것들에 눈이 갔다. 이것도 일종의 향수인 건진 모르겠지만, 잠시나마 여자로 돌아가도 괜찮지 않을까. 어차피 여기엔 아는 사람도 없는데. 머리가 풀린 탓인지 자꾸만 위험한 생각이 연이어 떠올랐다.

그녀가 머뭇거리다 가발과 원피스를 집어든 순간, 뒤에서 똑똑 노크하는 소리가 들렸다. 화들짝 그 두 개를 옷 안에 숨기며 돌자 오웬이 문을 들고 들어왔다.

"아렌 님, 깜박 잊은 것이 있어 다시 들렀습니다. 잠시 이야기가 가능하신지요?"

"예, 말씀하세요."

아렌이 고개를 끄덕이자 오웬이 두 발자국 절뚝거리며 들어왔다. 두 손으로 지팡이 머리를 감싸며 지탱해서 선다. 그는 요전에 보였던 사람 좋은 미소를 지으며 아렌을 바라봤다.

"말씀드리는 걸 잊었는데, 여기엔 오늘 도착한 제 친구 또한 기거하고 있습니다. 머지않아 다시 떠나겠지만, 혹시 마주치고 놀라실까 봐. 처음 보는 분들은 그……, 친구를 보면 다소 놀라거나 어려워하거든요."

친구가 꽤 특이한 편인지, 오웬이 그에 대한 이야기를 할 때 다소 심란한 얼굴로 말을 질질 끌었다. 하지만 남들이 대하기 어려워하는 제스를 매일같이 마주하는 아렌으로서는 전혀 상관없는 이야기였다. 아렌이 고개를 끄덕이자 오웬은 안도의 한숨을 한 번 쉰 후 다시 입을 열었다.

"그리고 혹 그 친구를 만나게 되거든, 조금 전의 일에 대해선 함구해주십시오. 제 다리에 대해 예민한 친구라서요."

"네, 그것도 걱정 마세요."

"다행입니다. 아렌 님께서 좋은 분이셔서."

오웬이 완전히 안심한 듯 미소 지은 후, 아렌의 등에 달린 활과 침대 위에 풀린 짐을 훑어보았다.

"아, 나가는 길에 제가 잡은 거군요. 조심해서 다녀오십시오. 해 질 때쯤은 위험하니까 빨리 돌아오시고요."

"네, 걱정해주셔서 감사합니다."

정말 아버지 같은 분이다. 아렌은 속으로 그렇게 생각한 후 집을 나섰다.

제스가 제 오랜 친우를 보러 여행을 떠난 것은, 아렌이 여행을 떠난 것만큼이나 우발적인 일이었다. 잠시 혼자 생각할 시간이 필요했지만, 황성 안에서는 어디서도 편히 쉴 수 없었다. 그래서 답지 않게 휴가를 내고 황성을 나섰다. 굳이 아렌의 휴가를 같이 만들어준 것 또한 순간의 변덕이었을 뿐이다. 그동안 몸을 많이 혹사했으니 한 번쯤은 쉬어도 좋을 거라는 생각이었다. 그러면 혼자서라도 휴가를 잘 이용할 것이다. 검술 연마를 하든, 좋아하는 활쏘기를 하며 시간을 보내든.

제스는 아렌에게 일언반구도 남기지 않고 기사단을 떠나버렸다. 신전에서 제공해주는 공간이동 마법을 이용해 그가 향한 곳은, 하얀 엘프의 들판이었다.

"단장님!"

바람이 노니는 들판 중앙에 서서, 제스가 천천히 고개를 돌렸다. 훤칠한 키에 서글서글한 인상을 가진 남자가 느릿하지만 무던히 다가왔다.

"오웬."

"단장님, 기별을 받은 지 얼마 되지 않았는데 벌써 오셨군요."

오웬이 적당한 거리에 멈춰 서서 그를 반겼다. 걷는 게 아직도 불편한지 숨소리가 다소 거칠다. 가만히 그에게 향해 있던 푸른 눈동자에 음울한 빛이 반짝였다.

"잘 있었나."

"예, 잘 지냈습니다. 단장님께서도 건강해 보이시니 참 다행입니다."

농도 짙은 녹색 눈이 반가움에 곡선으로 휘어졌다.

"자, 해후는 잠시 후에 풀기로 하고……. 피곤하실 텐데 이리로 오십시오."

제스는 오웬이 안내하는 방향으로 걸음을 옮겼다. 불편한 다리 때문에 느려지는 속도를 맞추며, 다시 한 번 입을 열었다.

"라미에가 안부를 전해달라더군."

"아아, 그 녀석은 참 괘씸합니다. 연락 한 번 없으면서 말만 전하다니요. 그 녀석은 여전합니까?"

"여전하다."

"단장님, 기사단은 어떻습니까? 다들 그대로입니까? 프레드릭과 코델리아는 아직 염장을 지르고 다닙니까?"

"아마도."

"아아, 이야기하다 보니 정말로 그리워지는군요. 이게 다 단장님 탓입니다."

오웬은 아카데미 시절 처음 만났을 때처럼 하하 웃었다. 들판 아래에 위치해 있는 집에 들어가자 오웬의 아내이자 마찬가지로 같은 아카데미를 나온 에니가 다소곳이 인사했다.

조촐한 식사 후, 편한 옷으로 갈아입은 제스가 집을 나가기 전 오웬을 찾았다. 살갑게 다가오는 그를 향해 제스가 물었다.

"다리는?"

"단장님, 괜찮습니다. 신경 안 쓰셔도……."

"다리의 상태를 물었다."

단호하기 그지없는 말에 오웬은 어쩔 수 없이 그가 볼 수 있는 각도로 오른쪽 다리를 들었다. 답답할 정도로 느리게 무릎이 구부러지고 다시 펴졌다. 발목도 마찬가지로 돌려가며 움직이는 모양새를 보여주다 바닥으로 내려갔다. 오웬은 다소 쑥스러운 미소를 지었다.

"이제 안심이 되십니까? 정말 괜찮습니다. 단장님, 그리고 그 일은 사고였습니다. 단장님께서 직접 신경 쓰시지 않으셔도 됩니다."

"……."

제스는 말없이 고개를 돌리고 대문 문고리를 돌렸다. 오웬이 아차 하며 다가섰다.

"단장님, 주변을 둘러보려 하십니까?"

"그래."

"해 지기 전에 돌아오십시오. 저녁을 준비해두겠습니다."

오웬의 예의바르면서도 기분 좋은 배웅을 받으며 제스가 집을 나섰다. 바람에 낭창낭창하게 흔들리는 잔디나, 집 옆에 위치한 마구간이나 변함없이 한결같다. 달라진 것은 오직 제 마음뿐이었다.

"……."

살며시 손을 들었다. 가뭄에 든 논처럼 쩍쩍 갈라져 있는 손금 위로 이파리 몇 개가 노니며 휘날렸다. 그는 제 마음속에 드리운 그림자를 거둬내며 걸음을 옮겼다. 감상적인 걸 즐기진 않았으나 모든 것을 내려놓으니 그런 부분들이 깨어나는 건 어쩔 수 없었다.

걸음을 천천히 옮겼다. 조금 전 오웬과 나란히 걸을 때보다 더 느릿한 걸음이었다. 이곳은 그의 고향이었지만, 들를 곳은 몇 군데 되지 않았다. 집이 있었던 자리는 이미 거뭇한 재조차 남지 않았지만, 분명히 기억하고 있었다.

그것은 마을이 워낙 작기 때문이기도 했다. 사람 사는 곳이라곤 거대한 언덕 밑에 위치한 집 몇 개뿐이니까. 모르는 얼굴은 죄다 관광객이었다. 이곳은 뛰어난 경관 때문에 유람하러 많이 오고들 했으니…….

휘잉.

그때였다. 바람을 가르는 익숙한 소리가 그의 귀에 희미하게 들려왔다. 날카로우면서 부드러운 소리를 따라 시선을 옮겼다. 들판 위에 선 누군가가 활을 쏘고 있었다. 하늘거리는 긴 치맛자락이 바람을 타고 휘날리며 다리에 감겼다. 방해될 법도 하건만, 치마 아래에 드러난 늘씬한 두 다리는 한 점의 흐트러짐 없이 버티고 서 있었다. 왜 그녀에게 시선을 빼앗겼는지는 모를 일이었다.

줌통에서 화살을 빼내어 시위에 걸고 당기는 그 모든 동작이 슬로모션처럼 보였다. 시위를 완전히 당긴 순간 제스의 숨도 멎었다. 단단히 버티던 손이 시위를 놓자 줄이 튕기는 소리와 함께 화살이 나아갔다. 나무에서 팔랑팔랑 떨어지던 이파리를 정확하게 맞히고 지나갔다. 원(圓)을 그리며 부드럽게 올라가서 굳건하게 버틴다. 그 긴장 어린 올곧음.

제스는 제가 알아차리기도 전에 그녀에게 뛰어가고 있었다. 다시 활시위를 당기는 손목을 확 낚아채 돌렸다. 그녀는 악 하는 소리와 함께 뒤돌았다. 화살이 떨어짐과 동시에 시선이 마주쳤다. 흩날리는 금색 머리카락 사이로 드러나는 눈동자가 점점 커진 채로 경직되었다. 힘없이 벌어진 입술은 닫힐 줄을 몰랐다.

"……."

두 사람만을 감싼 시간이 점점 느려지는 것 같았다. 제스는 겨우 그녀의 얼굴에서 시선을 떼어 아래로 내렸다. 사슴같이 뻗은 목선 밑으로 이어지는 곡선을 보는 순간 제스는 벽력같이 깨달았다.

가면무도회에서 만났던 그녀, 어디서 났는지 모를 열쇠를 가지고 있던 아렌. 둘은 처음부터 하나였음을.

제스는 그 불안하게 흔들리는 눈동자를 들여다보며 손아귀 힘을 풀었다. 그것 말고는 아무것도 할 수 있는 게 없었다.

그녀는 화살을 줍고 바람처럼 떠나버렸다. 사방이 다시 고요해지자 허공에 떠 있던 손이 아래로 떨어졌다. 모든 것이 꿈결처럼 흐릿하기만 한데, 손안에 잡혔던 온기만큼은 남아 있었다.

제스는 제 손을 물끄러미 들여다보았다. 멈추었던 무언가가 흐른다. 그는 그것이 무엇인지 전혀 알지 못했다.

정말로 꿈결인가 싶었다. 활 잡는 모양새가 같아서, 활에 시위를 거는 동안에 스쳐간 자잘한 습관들이 지나치게 같아서, 생김새가 같아서 아렌이라고 생각하긴 했지만, 애초에 그 녀석이 여기 올 리 없지 않은가. 같은 시기에 휴가를 주긴 했지만, 녀석이 하필이면 이곳에 와서 저와 마주칠 확률은 희박했다. 남장을 했다면 왜 굳이 다시 여자로 돌아가는 위험을 감수했겠는가. 그렇게 생각하며 애써 마음을 가다듬었다.

헌데…….

"어, 어. 제스."

"……."

집에 들어서자마자 마주쳐버렸다. 당황한 건 녀석도 마찬가지인 듯, 평범하게 걸어가려던 그대로 굳어버렸다. 당최 어떻게 반응해야 할지 서로 모르는 듯했다. 무엇보다도 아렌은 제스가 조금 전 그녀를 알아봤는지에 대해 살펴보느라 정신없어 보였다.

'둘은 하나였다.'

아렌의 등에 매인 활을 다시 한 번 확인하는 순간 모든 게 확실해졌다. 가슴은 다시금 밋밋해졌지만, 그녀가 아니라는 증거는 되지 못했다. 주먹이 꽉 조였다가 다시 풀렸다. 배신감과 허탈함이 들기 이전에 정체를 알 수 없는 기묘한 감정이 떠올랐다. 분명 화가 나지 않는 건 아니었으나 그보다 앞서는 무언가가 있었다. 목울대가 돌처럼 굳을 정도로 당혹스러웠다.

"제스……."

그녀가 내는 단어 하나가 숨골을 퍽 하고 치고 지나갔다. 잠시나마 잔재했던 감정은 가라앉고 금세 노여워졌다. 그녀 얼굴 위로 떠오르는 또다른 얼굴에 숨 막히고 지금 이 상황에 숨 막혔다.

너는 어떻게 나에게 일언반구도 하지 않을 수가 있었지.

불붙는 듯한 감정이 목구멍을 타고 올라왔다. 오랜만이었다. 이토록 지독하게 화가 난 것이. 정신없이 뛰어가는 미친 말 위에 매달린 것처럼 압박이 가해졌다.

너는, 어떻게, 나에게.

"아, 단장님. 오셨습니까?"

시선이 천천히 옮겨졌다. 오웬이 절뚝거리며 다가오고 있었다. 그는 해맑은 얼굴로 멈춰 서서 아렌과 제스에게 서로를 소개했다.

"아렌 님, 이쪽은 일전에 말씀드렸던 제 친구입니다. 단장님, 이쪽은 아렌 님이라고 합니다. 이곳에 온 관광객이신데, 며칠 동안 묵기로 했습니다."

"……."

"……."

소개는 했지만, 당연히 대화가 오갈 리 없었다. 먼저 눈을 굴리다 입을 연 것은, 아렌 쪽이었다.

"여기서 또 보네요, 제스."

"아, 두 분 서로 알고 계시던 사이십니까?"

"……."

가만히 그녀를 내려다보던 제스는 곧 걸음을 뗐다. '제스'라는 호칭을 들을 때부터 눈을 홉뜨고 있던 오웬은 인사도 않고 뜨는 친구 때문에 당황하여 그의 뒤를 따라갔고, 아렌은 흐릿한 눈으로 그 둘의 뒷모습만 응시하고 있었다.

"단장님, 아렌 님과는 무슨 관계이십니까? 어떻게 알고 계셨죠? 미리 이곳을 일러주신 겁니까?"

제스를 따라 방에 들어서자마자 오웬이 쌓였던 질문을 한꺼번에 토해 냈다. 그로선 우연히 만난 여행객이 제 친우와 알던 사이라니 놀랍기 그지없는 일이었다. 더군다나 감히 제스의 이름을 스스럼없이 부르기까지 하다니. 도저히 입을 다물 수가 없었다.

"기사단의 견습 기사."

"예, 그리고요?"

"그게 전부다."

"그게 전부일 리가 없지 않습니까. 단장님의 성함을 부르는데요?"

"언젠간 혀를 자를 생각이다."

제스는 어딘가 화난 듯한 표정으로 살벌하게 말했다. 하지만 그를 15년간 지켜본 오웬에게 그것은 궁색한 변명으로밖에 들리지 않았다. 그런 생각이었다면 저자는 진작 말을 하지 못할 지경에 이르렀을 것이다.

"그러고 보니 견습 기사라면 지금쯤 훈련에 들어갔어야 할 텐데, 왜 여기 있는 겁니까? 설마……."

"……."

"설마 직접 휴가를 내주신 겁니까? 아렌 님, 아니, 아렌 경에게?"

제스는 처음으로 이곳에 발걸음 한 것을 후회했다. 딱딱하게 굳어가는 그의 표정을 볼수록 오웬은 놀란 채로 눈을 홉떴다.

"저 기사는, 대체 뭡니까? 혹시 특별히 아끼신다거나."

"견습 기사를 특별대우 하는 건 어느 경우에서고 허용되지 않는다. 네가 방금 위험 발언을 했다는 건 알고 있는 건가?"

어이없을 정도로 융통성 없고 딱딱한 대답에 오웬은 잠시 말문이 막혔다. 저리 민감하게 구는 까닭도 짐작조차 할 수 없었다.

"혹시 찾으신 겁니까? 어떤 일이든 믿고 맡길 수 있는 부하를. 붉은 연꽃의 일도…….."

"대단히 잘못 생각했다, 오웬. 기사단을 떠나더니 판단력도 흐려진 모양이군."

오웬은 잠시 고개를 젖히고 호흡을 가다듬었다. 물론 기사단을 나왔다지만 여전히 그는 친우이기 이전에 상관이다. 상관의 속내를 떠보는 것은 크나큰 무례이리라. 여기서 그만두는 게 나을까.

하지만 제스와 아렌이 만나는 모습을 눈앞에서 보았다. 모른 척 넘어가 두고만 볼 순 없지 않은가. 제게는 다친 다리라는 면죄부가 있으니, 조금 더 깊게 파고들어도 될 것이다. 제스의 배려를 악용하는 것 같아 양심에 찔리긴 하지만…….

"단장님이 언제 여기……, 어머님의 무덤이 있는 곳에 아는 사람이 머무르도록 허락해주신 적이 있습니까?"

"…….."

"다른 기사였다면 곧장 내쫓으셨을 텐데요."

"내쫓으면 하도 귀찮게 굴 게 뻔하기 때문에 내버려두었을 뿐이다."

"세상에……. 변명까지……. 오, 맙소사. 이젠 놀랄 기력도 안 남아 있습니다."

"오웬, 마지막으로 말한다. 그는 견습 기사일 뿐이다."

더욱더 딱딱해지는 말투, 벽창호 같은 고집에 오웬은 답답함을 느꼈다. 그가 거의 확신에 가깝게 결론을 내릴 수 있었던 것은 비단 그들의 대화나 행동 때문만이 아니다. 아렌을 향할 때면 달라지는 그 눈빛. 상대가 여자였다면 혹 다른 감정을 품지 않았나 궁금해했을 정도로 인간적인 믿음과 신뢰가, 거기엔 있었다. 오웬은 한동안 가만히 있다가 입을 열었다.

"단장님, 그가 쓸 만하다면 옆에 두시는 게."

"너는 알지 않나."

"……."

"복수를 하기 전까진……, 그 외엔 아무 생각도 하지 않을 거란 것을."

.그래, 배신감을 느끼는 것조차 사치다.

오웬이 뭐라 말하기도 전에, 제스가 일어섰다.

"여기까지다, 오웬."

짧은 말을 뱉어낸 후에 그가 자리에서 일어났다. 문이 닫히자마자 오웬이 얕은 한숨을 내쉬었다. 그가 아무도 가까이 두지 않으려는 것은 복수 때문이기도 하지만, 제 다리 때문이기도 했다. 어떻게든 믿을 만한 사람을 옆에 두었으면 좋겠는데.

그가 별안간 굉장히 괘씸하다는 얼굴로 중얼거렸다.

"아니, 라미에 녀석은 이제껏 안 도와주고 뭘 한 거지? 그 녀석이라면 진작 눈치 채고도 남았을 텐데. 하여간 쓸모가 없어서……. 몸이 불편한 내가 직접 나서야겠느냔 말이야. 웃샤."

오웬이 무릎을 두 손으로 탁, 짚고 힘겹게 일어섰다. 방을 나서는 내내 이런 일과는 적성이 맞지 않는다며 투덜거리기만 했지만, 그의 눈가엔 가느다란 웃음기가 서려 있었다.

다음 날, 답답함을 이기지 못하고 바깥으로 나온 아렌은 손바닥으로 눈썹차양을 만들어 해를 가렸다. 그늘이 진 갸름한 얼굴에 버들눈썹이 선명하고 얼굴엔 다정한 영채가 돌았다.

들판을 쭉 살펴보던 아렌은 한달음에 뛰어 집 옆에 있는 마구간에 들어갔다. 꽤 깨끗하게 정돈된 마구간 안엔 흑마 두 필이 서 있었다. 아마도 오웬의 재활 승마 목적으로 있을 말은 털이 반지르르하니 굉장히 관리가 잘되어 있었다.

"말이다! 오랜만이네."

아렌은 콧노래까지 흥얼거리며 말의 왼쪽으로 다가갔다. 말은 굉장히 겁이 많은 동물, 조심스럽게 손을 뻗어 목부터 쓰다듬어주었다. 푸르르, 말이 기분 좋은 소리를 내었다. 아렌이 옅게 미소 지었다. 베이판에 있을 때는 종종 승마를 즐기곤 했는데.

「이곳 생활을 정리할 시간을 드리겠습니다. 언제까지고 여기 눌어붙어 사실 생각이었습니까? 여자인 걸 숨기고 말입니다.」

아렌의 얼굴이 점점 어두워졌다. 정리라……. 나는 지금 그 '정리'를 잘하고 있는 걸까. 오히려 그 반대가 아닐까. 그도 그럴 게, 어제 여장한 채로 마주쳤던 제스가 눈치 챘는지는 도저히 모를 일이지 않은가. 하지만 단 하나 유일하게 희망을 거는 게 있다면 어제 보았던 제스의 태도였다. 만약 그 여자가 아렌과 동일인물인 사실을 눈치 챘다면, 그리하여 아렌이 이제껏 남장을 해온 걸 깨닫게 되었다면 치죄니 뭐니 가만두지 않을 것이 분명했기 때문이다. 적어도 그 자리에서 화는 냈겠지.

아렌은 부드럽게 말의 뺨을 따라 눈을 만져주었다. 멍하니 생각에 잠겨 있는데 갑자기 위에서 낮은 목소리가 들렸다.

"너."

아렌이 소스라치게 놀라며 고개를 들었다. 조금 전까지만 해도 생각 속에서만 존재했던 그가 눈을 가득 채웠다. 놀란 그녀가 어어, 소리를 내며 뒷걸음질 치다가 그의 배에 어깨를 툭 부딪쳤다.

공녀님! 공녀님! 3

"여기서 뭘 하는 거지?"

가슴을 가라앉히는 낮은 목소리에 제정신이 들었다. 아렌은 얼른 돌아서 거리를 벌렸다.

"아, 깜짝이야. 이렇게 갑자기 나타나면 어떡해요."

"뭐 하고 있느냐고 물었다."

싸늘한 그의 말에 아렌이 움찔했다. 그러고는 잠시 동안 눈을 이리저리 굴리다가 입을 열었다.

"그야, 오웬 님께서 자리를 마련해주셔서."

"승마를 할 줄 아나?"

아, 마구간에 왜 왔느냐는 물음이었구나. 곧장 입을 다문 아렌이 고개를 끄덕였다. 승마를 할 줄 알다뿐인가, 외려 굉장한 자신감을 가지고 있었다. 고삐를 쥐고 직접 말을 모는 건 꽤 매력적인 일이라, 제 아비를 설득해 정식으로 배우기까지 했다.

처음엔 승마가 위험하다는 반대가 얼마나 거셌는지 지금 생각해도 아찔할 정도다. 하지만 자식 이기는 부모 없다고, 계속되는 아렌의 요구에 공작은 결국 마지못해 허락했다. 어깨너머로 배운 검술과는 달리, 그녀의 승마 실력은 카일도 혀를 내두를 정도였다.

아렌은 다소 오만해 보일 정도로 턱을 치켜들며 씩 웃었다.

"제스도 승마할 줄 알아요? 저, 되게 잘 타는데."

의외라는 듯한 그의 표정을 보니 또 즐거워졌다. 처음 봤을 땐 무슨 저런 질릴 정도의 무표정이 있냐며 치를 떨었지만, 이제는 그의 표정을 미묘하게나마 변하게 하는 데 깨알 같은 재미를 느꼈다. 무슨 그런 데에 재미를 느끼느냐고 물으면 할 말 없지만.

"그럭저럭."

그답지 않은 가벼운 대답인데도 아렌은 그제야 숨을 푹 내쉴 수 있었다. 이상하게 굴었던 어제보다는 확실히 부드러워져 있었다. 어제는 그저 집에서 맞닥뜨려 당황했을 뿐, 여자인 건 눈치 채지 못한 것 같았다. 다행이다.

"제스. 여기까지 왔으니 탁 터놓고 물어보죠. 여행오기 전에 저한테 왜 그렇게 이상하게 굴었어요? 분명 무슨 일이 있었던 거죠?"

"……."

"말해줄 생각이 없나 보네요. 그럼 저와 내기하는 게 어때요? 종목은 승마, 제가 이기면 제스가 요즘 왜 이상했는지 말해줘요."

"싫다."

아렌의 말이 끝나기가 무섭게 제스가 짧게 툭 던지듯 말하고 휙 돌아섰다. 또 피하는 거야? 원망스런 눈으로 그 뒷모습을 지켜보던 아렌이 어깨를 축 늘어뜨렸다.

"이렇게 보내기엔 시간이 아깝다고요. 언제까지 옆에 있을지도 모르는데……."

끝말은 안개 낀 양 흐릿흐릿했지만 제스가 그것을 놓칠 리 없었다. 그가 미간을 한껏 좁힌 채 몸을 반쯤 돌렸다. 아렌은 시무룩한 얼굴로 어깨를 축 늘어뜨리고 있었다.

"방금 그 말, 무슨 뜻이지?"

"아? 아."

"언제까지 옆에 있을지 모른다고?"

"아녜요. 그런 말 안 했어요. 제스가 잘못 들었나 보네요."

이런, 카일의 말을 신경 쓰고 있어선지 저도 모르게 본심이 나와버렸다.

아렌은 아차 하며 어물쩍 웃으며 넘기려 했으나 제스의 양미간은 펴질 줄 몰랐다. 잠시 후 제스가 발길을 돌려 성큼성큼 걸어왔다. 그러고는 그녀의 옆을 휙 스치면서 나지막이 말을 건넸다.

"내기, 받아들이겠다."

아렌은 고개를 돌려 그를 바라봤다. 갑자기 왜? 그는 이미 말 앞에 서서 고삐와 갈기를 잡고 있었다.

"두말 마라."

아렌은 아무 말 없이 제스가 말에 오르는 모습을 눈에 담았다. '그럭저럭'이라고 하기엔 그의 기좌는 너무나 안정적이었다. 머리선, 허리선, 발뒤꿈치 끝선 삼선이 훌륭하게 일치를 이루고 있었다.

아렌은 침을 꿀꺽 삼켰다. 제길, 저 인간은 승마도 잘하는 거냐. 하긴 이쯤 되면 제스가 못하는 게 있다고 하면 오히려 당황스러울 정도였다. 하지만 나도 승마만큼은 자신 있으니까.

아렌도 왼발로 등자를 딛고 땅을 힘차게 차서 올라섰다. 제스가 먼저 말을 몰아 앞서 나가자 그를 뒤따라 말의 배를 자극해 박차를 가했다. 끝없이 펼쳐진 들판의 잔디가 바람에 낭창낭창하게 휩쓸렸다. 제스와 적당히 거리를 유지하고 멈춰 서서 아렌이 제스를 바라봤다.

"제가 이기면 제스가 요즘에 왜 이상했는지 알려주는 거예요. 제스는 뭘 원해요?"

"내가 할 질문에 답해라."

가슴이 뜨끔했다. 무슨 질문을 하려는 거지? 아렌이 눈을 이리저리 굴리며 내기를 무를까 생각하는 사이 제스가 팔을 들어 저 멀리를 가리켰다.

"저기 큰 나무까지가 승부다."

아렌은 마음을 가다듬으며 상체에 있는 모든 힘을 발뒤꿈치로 내려 보내듯 편안히 앉았다. 제스의 왼팔은 아직 다 낫지 않았다. 거기에라도 희망을 걸어보자. 출발선을 맞춰 말을 몰고 간 아렌이 자세를 낮추었다.

"내가 셀게요. 셋, 둘, 하나……! 이런!"

'하나'가 미처 끝나기도 전에 제스는 단숨에 말을 몰아 아렌을 앞질렀다. 오른팔만으로 고삐를 쥐고 있는데도 단숨에 최고 속도.

왜 저렇게 빨라! 미친 거 아냐?

아렌은 곧장 속도를 늘리기 위해 박차를 넣으며 신체를 신축성 있게 움직였다. 아렌이 타고 있는 말 또한 속도가 점점 높아졌다. 조금 더. 조금 더 빨리. 아렌은 엉덩이를 서서히 들며 상체를 낮추며 균형을 유지했다.

따가닥, 따가닥. 규칙적으로 울리던 소리가 우다다 하고 묵직한 굉음으로 바뀌었다. 말이 최대한도의 속도에 다다르자 바람이 볼을 찢고 지나갈 정도로 세게 부딪쳐 왔다. 말의 양다리가 함께 접근했다가 떨어져서 벌어지는 감각이 전신을 뒤흔들었다. 그에 맞춰 아렌은 최대한 충격을 흡수하면서 발목을 부드럽게 유지했다. 그녀의 능숙하고 안정적인 균형과 기술이 말의 최고 속도와 맞물려 점차 제스의 뒤에 가까이 따라붙었다.

4미터, 3미터, 2미터, 조금만 더! 거의 따라잡았을 무렵, 제스가 먼저 결승선으로 점찍어뒀던 나무를 쌩 지나쳤다. 그로부터 1초도 지나지 않아 아렌도 결승선을 넘었다.

제스는 재빨리 고삐를 당기며 감속시켰고, 아렌 또한 같은 리듬으로 말을 제어했다. 아렌이 아쉬운 눈으로 결승선 나무를 돌아보며 탄식을 뱉어냈다.

"으아, 아쉬워……. 거의 다 따라잡았는데!"

제스는 의외라는 눈빛으로 아렌을 바라봤다. 그녀의 말대로 정말 조금만 결승선을 멀리 잡았어도 승리를 장담할 수 없었다. 활부터 시작해서 승마까지. 보면 볼수록 희한한 구석이 많은 녀석이었다.

아렌은 고삐를 틀어쥐면서 한쪽 손을 내어 자신의 종아리를 문질렀다. 오랜만에 탄 데다 단숨에 최고 속도까지 올렸더니 다리 안쪽이 지끈거렸다.

제스는 말을 몰아 아렌 가까이에 접근했다. 말을 탔는지 의심이 갈 정도로 멀쩡한 얼굴이었다. 아렌이 고삐를 살짝 잡아당기며 긴장 어린 얼굴로 그에게 물었다.

"무슨 질문을 할 건데요?"

"……."

무슨 질문을 할 거기에, 저런 심각한 표정일까. 설마 어제 남장을 정말로 눈치 챈 건 아니겠지?

그녀가 전전긍긍해하는 사이 제스는 몇 번이고 입을 열었다 닫고 있었다. 물어볼 것이야 많았다. 남장을 푼 모습으로 만난 이후부터 지금까지 쭉, 쌓이고 쌓였다. 헌데 그중 어느 것 하나도 물어보고 싶지 않았다. 머릿속으로는 납득할 수 있을 만한 충분한 근거를 요구하고 있었으나 그럴 마음이 들지 않았다. 그 질문을 입 밖에 내는 순간, 그와 그녀 사이에 존재하던 무언가가 깨진다는 걸 알고 있기 때문일지도 모른다. 그걸 깨고 싶은가? 스스로가 물었다. 그리고 그 답을 스스로가 내었다.

"조금 전에 했던 그 말."

"예?"

아렌이 눈을 동그랗게 뜨며 고개를 들었다. 제스의 눈동자 위로 섬광 같은 무언가가 스쳐 지나갔다.

"시간이 별로 남지 않았다는 그 말, 무슨 뜻인지 설명하란 말이다."

"그거, 정말 별 뜻 없었습니다만……."

"조금 전 너는 그런 말은 하지 않았다고 설명했다."

"……."

"헤어짐을 전제로 했으니 이유 또한 존재하겠지. 내기를 했고, 너는 졌다. 솔직히 말하라."

그의 말은 고집스러울 정도로 단호했다. 제스가 왜 저럴까, 이상하게 여겨지기도 했지만 아렌은 이마를 긁적거리며 입을 열었다.

"아아, 음. 사람 일은 모르는 거니까요. 우선 제스가 어떻게 될지 모르잖아요. 당장 혼인 얘기도 나오는데 공작이 될 수도 있고……."

"……"

"저도 언제까지고 기사단에 있지만은 않을 것 같아서……. 또 알아요? 제가 너무 재능이 이것저것 많아서 옆 나라에서 스카우트해 갈지……. 아하하! 어쨌든 지금이야 함께 있지만, 언제 어떻게 헤어질지 모른다는 말이었어요. 아까 말했듯이 사람 일은 누구도 예측불허니까요……."

"단지 그뿐인가."

"네. 하지만 저기, 제스. 만약, 만약에 제가 언젠가……, 사라지면요. 가끔이라도 절 떠올려주실 거예요?"

제스가 우뚝, 말을 멈춰 세우더니 아주 천천히 고개를 돌렸다. 반대로 아렌은 고개를 떨어뜨렸다. 아, 괜히 물어봤다. 떠올릴 일이 뭐가 있느냐는 차가운 대답이 돌아올 것만 같았다. 그녀는 저도 모르게 말머리를 돌렸다.

"헛소리예요. 신경 쓰지 말아요."

아렌은 도망치듯 말을 몰아 제스가 안 보이는 집 뒤쪽으로 향했다. 가쁘게 숨을 몰아쉬던 아렌은 스스로의 말에 더 주눅이 들어 말 위에 늘어졌다. 기억해줄 리가 없지. 정작 제스가 요즘 왜 이상했는지 알아내지도 못하고 이게 뭐람. 아렌이 힘없이 말 등에 이마를 푹 박았다.

그때 불쑥, 그녀 위로 웬 검은 그림자가 드리워졌다.

제스는 과히 기분이 좋지 않았다. 다소 거친 걸음으로 마구간에 들렀다가 곧장 오웬의 집으로 향했다. 이곳에서 우연히 만난 것도 그렇고 녀석의 생각과 행동이 워낙 종잡을 수 없긴 하지만, 가끔 불쑥불쑥 튀어나오는 말엔 자신도 모르게 당황하게 됐다.

언젠가 떠난다니, 대체 이게 무슨 애매모호한 소리냔 말이다. 애초에 남장 따위의 짓을 벌인 이유도 있을 텐데. 이거나 저거나 께름칙하긴 마찬가지지만 어쩐지 묻기 꺼려졌다. 그 말을 입 밖으로 꺼내는 순간, 둘의 관계가 생각지도 못하게 변해버릴 것만 같았다. 그걸 감당할 수 있는지를 떠나서, 제스는 이제 와서 다른 것에 신경 쓸 여유가 없을 뿐이었다.

제스는 잔뜩 가라앉은 기분을 추스르며 문을 열었다. 그가 한 발짝 들어서기도 전에 누군가의 다급한 목소리가 귓전을 때렸다.

"단장님!"

"오웬."

쭉 제스를 기다리고 있었던지, 오웬이 약간 절룩이면서도 빠르게 다가왔다. 항상 침착했던 그는 웬일인지 굉장히 놀란 얼굴이었다. 무슨 일이냐고 묻기도 전에 그가 다급히 말을 이었다.

"단장님! 큰일 났습니다! 아렌 경이 떠나버렸습니다!"

뭐?

"식사를 하라고 말하려고 방에 들어갔는데 아렌 경은 보이지 않고 이 메모만 덩그러니 남아 있었습니다."

오웬이 억지로 제스의 손에 메모를 쥐여주었다. 제스가 천천히 메모를 들었다. 그 녀석의 필체가 맞다. 초점을 억지로 고정해서, 내용을 읽어보았다.

: 단장님, 그동안 감사했습니다.

제스가 고장 난 기계처럼 우뚝, 모든 움직임을 멈췄다. 눈도 깜빡이지 않고 심지어 숨조차 멈춘 듯했다.

그가 다시 한 번 메모를 읽어보았다.

: 단장님, 그동안 감사했습니다.

다시 한 번 읽었다.

: 단장님, 그동안 감사…….

다시 한 번.

: 단장님…….

꾸깃, 메모를 쥔 손에 한껏 힘이 들어가 종이가 힘없이 구겨졌다. 그동안 감사하다니. 떠나? 어디로 떠난다는 소리지? 누구 마음대로. 이렇게 엉망으로, 돌아갈 수 없을 정도로 헤집어놓고 어딜 간다는 말이지?

네가, 떠난다고? 목덜미가 쫙 곤두설 정도로 화가 치밀어 올랐다. 제 표정이 어떻게 변해가는지 인식이 되질 않았다. 속이 뜨거워지고 손이 부들부들 떨렸다. 저가 놀랄 정도의 노여움이었다.

"멀리는 못 갔을 겁니다. 분명 마을 쪽으로 향했을……!"

제스는 오웬의 말을 제대로 듣지도 않고 자리를 박차고 뛰어나갔다.

제스는 한달음에 마을로 향했다. 주변 광경이 내달리듯이 휙휙 지나갔고 거리가 가까워질수록 걸음에 가속이 붙었다. 주위는 한없이 고요한데 마음은 시끄럽다. 도무지 진정을 할 길이 없어 애꿎은 주먹만 꽉 쥐어 눌렀다.

떠난다면 저를 기억해주겠냐는 그 짧은 말이 결국은 마지막 작별인사였던 것이다.

제스는 마을을 돌아다니며 빠르게 주변을 훑었다. 머리카락 한 올도 보이지 않는다. 이미 마을을 벗어났을지도 모른다는 생각에 점점 조급해지기만 했다. 이런 건 용납할 수 없었다.

네가 돌팔매질을 하여 고요한 마음을 흔들어놓았다. 이렇게 형편없이 만들어놓고 멋대로 떠난다고? 찾기만 하면, 찾으면…….

무얼 하려고?

제스가 발걸음을 우뚝 세웠다. 굳이 이렇게 붙잡으러 갈 필요가 있는가? 사라진 게 차라리 잘된 것이다. 되도 않은 남장을 한 채 기사단에 잠입한 녀석이다. 이대로 기사단에 돌아가서 제적시키고 모든 것을 지워버리면 된다. 그렇게만 하면 당초 목적으로 돌아갈 수 있었다. 굳이 견습 기사 하나 때문에 이럴 필요가 없다.

단지 견습 기사 하나라면.

단지 견습 기사일 뿐이라면.

새싹처럼 움튼 마음을 부정하고 죽이고자 했다. 거리를 벌리는 것이 최선이라고 여겼다. 복수와 남장을 한 수상한 녀석이라는 이유를 들어 그녀를 놓아버리려 한 것이다. 하지만 그렇다고 하여.

"얼라리? 어디서 많이 보던 뒷모습인데…….."

그녀가 떠나길 바란 건 아니었다.

"혹시 제스예요?"

진실로 그녀가 사라지길 바란 건 아니었다.

"대답이 없는 걸 보니 제스 맞네요."

아니, 오히려 본심은,

"웬일이에요, 여기까지?"

있어주길 바랐다. 곁에 있길 바랐다.

제스는 목소리가 들리는 곳으로 천천히 몸을 돌렸다. 갓 맺힌 핏방울처럼 붉고 도톰한 입술이 곡선을 그리며 올라간다. 무던하던 가슴이 짓눌린다.

"누가."

"네?"

"누가 마음대로 떠나라고 했지?"

"예?"

아렌이 고개를 갸웃 기울였다. 내가 왜 찾았는지 모르겠지, 너는. 제스가 미간을 좁히며 그녀에게 한 발짝씩 다가섰다.

"누가 마음대로⋯⋯!"

팔을 뻗었다. 닿았다. 한쪽 손은 아렌의 목을 감싸고 다른 한쪽은 허리를 감싸 끌어당겼다. 온기가 확, 번졌다. 품에 안으니 이제야 안심이 된 듯 얕은 숨이 나왔다. 깊숙이, 더 깊숙이 아렌을 품에 안으며 눈을 감았다. 애틋함이 노도처럼 밀려왔다.

"도대체."

넌 언제까지⋯⋯,

"날⋯⋯."

곤란하게 만들 셈인가.

"사라지면 가끔씩 떠올릴 거냐고 물었나, 그걸 지금⋯⋯."

말이라고 하나. 언제 어느 때고 마음속으로 기어드는 것은 온통 너뿐인데.

잠시간 긴 호흡, 제스가 아렌을 더욱 세게 안았다. 꾹꾹 누르기만 했던 진심이 봇물 터져버리듯 쏟아졌다.

"가지 마."

내 옆을.

"떠나지 마라."

아렌은 방금 전까지만 해도 굉장히 즐겁게 마을을 돌아다니고 있었다. 마을은 생각보다 인적이 드물고 적막했다. 단 한 가지 다행인 거라면 간간이 맛집 정도는 있었다는 것. 동시에 그것이 마을에 온 유일한 이유였다. 호주머니를 탈탈 털어 — 로도모나스의 푸딩 값으로 이번 달 예산도 반 토막이다. 젠장! 세이한테 받아내야겠다 — 꼬치구이를 하나 사서 먹으며 걸어가고 있는데 웬걸, 엄청나게 빠르고 훤칠한 무언가가 저 앞에서 휙 튀어나왔다. 긴 다리를 자랑이라도 하려는 건지 그가 넓은 보폭으로 몇 발짝 걸어갔다. 주변을 둘러보다 그 자리에 못 박힌 듯 멈춰 섰다.

아렌은 눈을 가늘게 뜨며 그를 자세히 살폈다. 흰 셔츠, 검은 바지, 큰 키, 유난히 검은 머리카락…….

"얼라리? 어디서 많이 보던 뒷모습인데……. 혹시 제스예요?"

아렌이 말을 걸자마자 그의 등이 유난히 경직되었다. 그녀가 발을 질질 끌며 가까이 다가가 목소리만 들릴 정도의 거리에서 딱 멈춰 섰다. 주위가 어느새 어둑어둑해진 탓인지 바람에 흩날리는 그의 검은 머리카락이 평소보다 짙어 보였다.

"대답이 없는 걸 보니 제스 맞네요. 웬일이에요, 여기까지?"

그렇게 말하고 나서 아렌은 그 이유를 떠올리고는 히죽거리는 웃음을 띠었다. 십중팔구! 제스는 배가 고파서 몰래 마을에 왔을 것이다. 어제 거의 먹질 않았으니 오늘 식사로 충분하지 않았을 거고, 군것질을 하러 왔는데 들켜서 부끄러운 거겠지, 이 구실로 조금 놀려볼까…….

아렌은 서서히 돌아서는 제스를 짓궂은 표정으로 바라보았다. 그가 완전히 돌아서자 아렌은 말로 설명할 수 없는 이상한 느낌을 받았다.

내가 보고 있는 저 사람이 제스가 맞나? 화가 났다기엔 표정이 어딘가 이상했다. 슬퍼 보이기도 하고, 반쯤 체념한 것 같기도 했다. 한 마디로 이상야릇했다.

"누가."

"네?"

"누가 마음대로 떠나라고 했지?"

아렌이 눈을 동그랗게 뜨고 고개를 기우뚱했다. 제스가 미간을 좁히며 그녀에게 다가섰다.

"누가 마음대로……!"

두 팔이 각각 목덜미와 허리를 감싸 당겼다. 제스 향취가 코끝에 묻으며 온기가 확, 번졌다. 어라, 하는 순간 이미 제스의 품속이다. 턱을 귀 부근까지 내리며 그가 낮게 속삭였다.

"도대체, 날……."

"…….."

"사라지면 가끔씩 떠올릴 거냐고 물었나, 그걸 지금……."

더 이상 이어지는 말이 없어 아렌은 인상을 썼다. 도대체 날? 그걸 지금? 알아들을 수 있게 말을 해야지. 상대방에 대한 배려가 전혀 없는 대화 방식이다, 내 참.

아렌이 뭐라 말하기도 전에 그가 그녀를 더욱 세게 안았다.

"가지 마라. 떠나지 마라."

귀가 미쳤거나, 제스가 낮술을 하거나. 이 두 가지 경우 말고는 이 상황을 설명할 수 있는 게 아무것도 없었다. 누가 제스 가면을 쓰고 장난을 치는 건가? 아마 그럴 거야, 암.

하지만 그런 생각과는 달리 심장은 자리에서 이탈할 것처럼 벌떡거리고 있었다. 그녀는 마음을 진정시키려고 심호흡을 했다.

"저어어기, 제스, 허허……. 이것 좀 놓고 얘기를……."

놔주라고 했더니 이게 웬걸, 오히려 제스 팔에 힘이 더 들어갔다.

"대답해라."

"아니, 대체 뭘……. 컥, 너무 세서 숨이……. 나……, 죽네……."

"왜 떠난 건지부터 말해라."

죽겠다고 말하는데도 고집스레 팔을 풀지 않았다. 제스가 입버릇처럼 죽인다, 죽인다, 했는데 지금 그걸 직접 실천하려는 모양이다. 심장의 두 방망이질은 점점 심해졌다. 이러다간 심장이 터져버리겠어!

아렌은 기도에 있는 숨을 전부 그러모아 힘겹게 입을 열었다.

"마, 마, 마, 맛집 때문에……."

"……뭐?"

팔의 힘이 확 풀리자 숨통이 트였다. 아렌은 두어 번 숨을 크게 몰아쉬며 최대한 침착하게 상황 설명을 시작했다.

"아까 말 타고 난 뒤에 쉬고 있는데……. 오웬 님이 오셔서 마을에서 파는 꼬치구이가 맛있다고 소개해주셨어요. 제스도 내 거 한입 맛볼래요?"

아렌이 인심 쓰듯 오른손을 휙 들었지만 꼬치구이는 어디로 갔는지 텅 비어 있었다. 조금 시선을 내리니 바닥에 떨어져 장렬하게 전사해 있는 꼬치구이를 발견할 수 있었다.

"아아, 반도 못 먹었는데……. 내 꼬치구이……."

아렌이 더 이상 아련할 수 없는 눈빛으로 꼬치구이를 응시했다. 시간이 멈춘 것 같은 시간이 지나고 제스의 입술이 천천히 움직였다.

"……떠난 게 아니란 말인가."

"내가 가긴 어딜 간다고……. 아까부터 대체 무슨 소리예요?"

점점 드러나는 진실에 제스는 혼란한 정신을 이성으로 최대한 가라앉히며 말했다.

"메모는."

"네?"

"네가 남긴 메모를 봤다."

"무슨 메모……? 난 메모 같은 거 남긴 적 없는데요? 맛집 잠시 오는데 웬 메모까지 남겨요?"

"분명 네 필체였다."

아렌이 기억을 더듬다가 손가락을 딱 마주쳤다.

"참. 아까 오웬 님 대필해드렸어요. 팔이 불편하시다고……. 오랜만에 만난 제스한테 전할 말이 있는데 쑥스러워서 편지로 살짝 전하고 싶다고 하시더라고요. 뭐라고 적었더라. 그동안 감사했다는 그런 훈훈한 내용이었죠, 아마."

팔이 불편하다니, 오웬은 다리만……. 제스의 눈매가 확, 좁아졌다.

"……오웬."

한순간 확 낮아지는 제스의 목소리에 아렌조차 섬뜩해져서 입을 합 다물었다. 그녀는 그의 기색을 살피며 넌지시 말을 건넸다.

"제스, 근데 방금 안은 거……."

"아무 말도 하지 마라."

이마에 흘러내린 앞머리를 쓸어 넘기며 제스가 낮고 깊은 한숨을 내쉬었다. 평생 느껴본 바 없는 허탈감이 썰물처럼 밀려왔다. 녀석을 눈앞에 두고 생각해보니 이상한 점이 한둘이 아니었다. 우선, 아렌은 자신을 '단장님'이라고 부르지 않는다. 물론 주변 사람들이 있을 때야 일시적으로나마 '단장님'이라고 부르지만, 제스 앞으로 메모를 남겼다면 그 호칭을 쓸 이유가 없다. 낮의 그 발언, 아렌의 필체로 쓰인 메모, 사라진 아렌……. 두루 갖춰진 조건에 저도 모르게 이성을 잃고 속아 넘어간 것이다.

오웬이 모두 의도한 것은 아니었다손 치더라도, 제스 스스로의 마음을 인정할 수밖에 없게끔 상황이 만들어진 것이다. 이 사태를 대체 어떻게 수습할 것인가. 차라리 오웬의 말이 진짜인 게 나을 수도 있다고 여겨졌다. 아니, 그것보다도 당장 오웬의 집으로 달려가서 검을 빼 들고 싶었다.

극도의 안도감과 극도의 당황, 그 두 모순된 감정의 혼화 속에서 눈을 감으며 그 위로 손을 얹었다. 이해할 수 없는 혼란으로 침묵이 찾아들었다. 아렌도 왠지 모르게 어색하고 쑥스러워 입술을 꾹 다물었다. 오직 지금 그녀가 할 수 있는 것은 손가락을 꼼지락거리며 그의 기색을 살피는 것이었다.

한참 후에 제스가 힘겹고 느리게 운을 떼었다.

"……방금 일은."

"……."

"……방금은."

제자리에서 맴을 돌듯이 같은 말만 되풀이. 아렌은 상황에 맞지 않게 웃음을 터뜨릴 뻔했다. 해명할 말을 찾으며 쩔쩔매는 제스라니, 평소와는 정반대의 상황이지 않은가. 아렌은 눈을 가리고 서 있는 그의 손을 덥석 잡아 내렸다.

"제스, 절 봐요."

제스의 푸른 눈동자가 그녀를 찾아들었다.

"이러는 거, 제가 낮에 한 말 때문인 거 같은데……. 제가 떠나는 줄 알았어요?"

아니라면 아니라고 딱 잘라 말할 텐데 대답이 없다. 지레짐작이 맞아떨어졌다. 아렌이 두 눈을 휘둥그레 떴다. 이 남자, 그러니까 지금 내가 떠나는 줄 오해하고 이렇게 뛰어온 거다. 그 천하의 제스가.

와! 감탄 어린 환호성이 터져 나오려 했으나 애써 무덤덤한 표정을 지으며 아렌이 입을 열었다.

"떠나지 말라니, 이거 조금 감동인데요? 흠흠, 자세한 얘긴 말하기 힘든 거면 말 안 해도 돼요. 제스도 저번에 제가 말해줄 때까지 기다려주겠다고 했잖아요. 그러니까 저도 기다려줄게요."

"……."

결국 끝에는 웃음을 참지 못하고 키득거리곤 제스의 손을 고쳐 잡았다.

사실 모든 걸 캐묻고 싶었다. 하지만 제가 제스에게 말할 수 없는 것이 있
듯, 제스도 마찬가지일 것이다. 그리고 그게 어떤 이유든 억지로 알아내
고 싶진 않았다. 준비가 된다면 마찬가지로 진심을 말해주리라 믿었다.
교만일지도 모르겠지만 그 정도의 믿음은 둘 사이에 있으리라. 아직도 이
것저것 풀리지 않은 숙제는 많았지만, 일단 이것으로 되었다 싶었다.

　다시 한 번 들리는 낮은 한숨 소리. 그는 마치 무슨 말을 해야 할지 감
을 못 잡고 있는 것 같았다.

　참, 이 남자 은근히 서툴다. 아니, 많이 서툴다. 조금, 귀엽기도 하
고……. 아렌은 그의 손가락을 이리저리 주물거리고 만지며 화제를 전환
했다.

　"참, 제스. 약속했던 거 지켜야죠. 예에옛날에 몸살 나으면, 뭐든 맛있
는 거 사준다고 했잖아요! 꼬치구이도 제스 때문에 떨어뜨렸는데 나온 김
에 나 맛있는 거나 사줘요."

　"……."

　"어? 설마 한 입으로 두말하려고……."

　"아렌."

　아, 이름을 불렀다. 아렌이 그의 눈과 마주했다. 이제야 그는 평소처럼
냉정을 되찾은 듯이 보였다. 아렌이 고개를 끄덕이자 제스의 손이 그녀의
것을 고쳐 잡았다.

　"같이 갈 곳이 있다."

　아렌의 느린 걸음에 맞춰 들판에 올랐을 때는, 어느새 날이 저물어 있
었다. 들판에 올라 마을을 내려다보니 납작한 지붕들이 달빛에 흥건히 젖
어 있었다. 마치 마을이 달빛 아래 착 가라앉은 듯이 보였다. 아렌은 제스
에게 잡힌 손가락을 꼼지락거리며 그를 올려다봤다.

"제스, 근데 우리 어디 가는 거예요?"

"기다려라."

잠시 후면 알 수 있을 거라는 뜻임을 알아챈 아렌이 입을 꾹 다물었다. 한참을 걷다 문득, 제스의 발길이 어느 곳에서 멈췄다. 아렌은 조심스레 그의 시선을 따라가봤다.

'집터?'

그가 바라보고 있는 곳은, 잔디가 무성한 다른 곳과는 달리 텅 빈 흙바닥이었다. 적당한 규모의 집 한 채가 들어갈 정도의 크기다. 군데군데 아직 제거되지 않은 나무기둥이 있는 걸로 보아 집이 있었던 자리가 맞는 것 같다. 제스는 한참 동안이나 그 집터를 바라보다가 묵묵히 발걸음을 옮겼다.

또 한동안 걷기만 하자 이번엔 초원 끝에 깎아지른 절벽과 바다가 보였다. 제스가 마지막으로 걸음을 멈춘 곳은 절벽 가장자리 쓸쓸하게 자리한 무덤이었다. 무덤 언저리에 감도는 고적에 아렌은 절로 숙연해졌다. 제스에게 가려던 시선은 문득 무덤 앞에 세워진 비석으로 향했다.

'에클렛 카르시안, 여기 한 사람이 이제야 잠들었도다. 에클렛 카르시안……?'

아렌은 퍼뜩 자신의 검에 새겨져 있던 'E. Karsian'이라는 이니셜을 떠올렸다. 분명 어머니의 검이라고 했었지, 그렇다면 이 무덤은……. 제스 어머니의 무덤. 덜컥 겁이 났다. 제스는 지금 무슨 생각으로 무덤을 보고 있는 걸까. 혹여 슬퍼하고 있는 건 아닐까. 아렌은 그 자리에 털썩 주저앉아 그의 손을 잡고 쭉쭉 내려당겼다. 옆에 내려앉는 그의 존재감을 느끼며 그녀가 최대한 발랄한 어조로 말을 시작했다.

"음, 에클렛 님. 제스 말이죠, 하일렌 제국 기사단장이 되었어요."

"……."

"음……. 검도 엄청 잘 쓰고 기사단 전체가 제스를 엄청 많이 존경하고 좋아해요. 무투대회에서 우승도 해서 황제 폐하도 알현했고요. 제스를 많이 생각해주는 친구도 있고요. 밥을 좀 거르긴 하는데……. 요즘은 제가 잘 챙겨먹여요! 그러니 걱정하지 마시고 쉬셔도 돼요."

아렌이 제스를 마주 보고 히, 웃었다.

"혼잣말 같겠지만, 에클렛 님께서 제스에 대해 듣고 싶어 하실 것 같아서요. 제스가 어떻게 사는지 얼마나 궁금하시겠어요? 제스, 항상 무덤 와서 아무 얘기도 안 하고 그냥 멍하니 보고만 있다가 갔죠? 안 봐도 뻔해요. 그러니 나라도 얘기해드려야지."

제스의 손이 그녀의 머리를 스치듯 가볍게 쓰다듬고 지나갔다. 곧 무덤에 시선을 고정한 그는, 마치 너무도 많이 꺼내 봐서 모서리가 닳은 사진을 보여주는 것처럼 옛 이야기를 시작했다.

어머니, 에클렛이 이상하게도 그날, 억지로 소년을 마을로 보냈다. 이상한 느낌이 들어 발길을 돌려 집으로 돌아온 소년을 맞이한 것은, 화마였다. 불길이 혓바닥을 날름거리며 에클렛과 소년의 집을 휩쓸고 있었다. 소년은 에클렛을 구하기 위해 집 안으로 뛰어 들어갔다.

에클렛은 두 명의 불청객과 대치중이었다. 소년의 모습을 발견하자마자 둘 중 하나가 검을 세우고 달려들었다.

「안 돼!」

가녀린 그림자가 소년을 덮었다. 검은 에클렛의 배를 뚫고 소년의 눈앞에서 우뚝 섰다. 검에 피로 물든 연꽃 문양이 아로새겨진 게 두 눈에 들어왔다.

「안 돼, 애는……, 살려줘!」

에클렛이 검날을 맨손으로 잡고 버텼다. 그 악력에 검을 봉쇄당한 사내가 나지막이 욕설을 내뱉었다. 그 광경을 지켜보기만 하던 다른 불청객이 옆으로 쑥 빠져나와 소년에게 검을 겨누고, 찍어 내릴 기세로 들어 올렸다.

검은 로브로 둘러싸여 있어서 얼굴은 보이진 않지만, 그 속에서 금색 눈동자가 요사스럽게 빛나고 있었다. 집이 꿍음을 내며 무너져 내리기 시작했다.

「집이 무너지고 있습니다, 서두르십시오!」

사내가 검을 놓으며 외쳤다. 검은 로브가 소년을 향해 검을 내리찍었으나, 에클렛이 힘을 쥐어짜내 그 손을 붙잡았다.

한동안 에클렛과 힘 싸움을 하던 검은 로브가 욕설을 내뱉으며 검을 놓았다. 매캐한 연기 속에 소년과 에클렛을 내버려두고 두 불청객이 먼저 빠져나갔다.

「아……!」

에클렛이 무너지듯 그 자리에 주저앉았다. 소년을 돌아다보고 뭐라고 속삭였으나 경황이 없어 잘 보지 못했다. 소년은 그녀를 업다시피 부축하여 반대쪽 출구로 겨우 빠져나왔다. 나오자마자 에클렛의 용태를 살폈다. 상태가 심각했다. 뚫린 배에서 피가 콸콸 쏟아지고 있었다. 이미 출혈량이 상당해 소생이 불가능하다는 건 알고 있었으나, 소년은 필사적으로 상처를 억누르며 지혈했다. 소년의 손 위로 에클렛의 손이 포개졌다.

「괜찮……. 소……용없…….」

힘겹게 내뱉으며 에클렛이 소년의 뺨을 감싸 자신을 향해 돌렸다. 죽어가면서도 그녀는 마지막까지 소년의 모습을 담으려 애썼다. 죽어가면서도 그녀는 두 눈의 온기를 잃지 않았다.

「……루……제나스……, 엘……, 드……류……라……어…….」

눈물 한 방울이 흘러내렸다.

「사랑…….」

말을 채 끝맺지도 못하고 고장 나버린 기계처럼 움직임을 딱, 멈췄다. 동공이 풀린다. 소년은 손을 들어 그녀를 흔들어보았다. 외부 힘에 의한 움직임만 있을 뿐, 산 사람의 흔들림이 아니다.

일그러졌다. 눈앞이 흐릿해지며 정신을 잃었다. 얼마나 지났을까. 찰박찰박. 뺨을 때리는 차가운 빗방울에 소년은 다시 눈을 떴다. 어두컴컴한 하늘에선 장대비가 쏟아져 내리고 있었다. 이미 차갑게 식은 어머니의 손이 소년을 위로라도 하려는 건지 그의 뺨 위에 놓여 있었다.

싸늘하게 식은 시신을 한 번 보았다가 손을 들어 올렸다. 그녀와 닿았던 부분은 모두 피범벅이다. 오직 깊게 파인 손금만이 선명해, 마치 잎사귀 같다.

높은 절벽에 서면 아버지가 있는 곳이 잘 보인다고 했다. 어머니는 유독 그 자리를 좋아했다. 눈을 감고 나서도 마찬가지라 여겨져 절벽 끝에 무덤을 만들었다.

온통 시커메진 옛 보금자리 속에서 소년은 언젠가 어머니를 위해 아버지가 만들어주었다는 검을 찾아냈다. 복수를 위해 검을 들었다.

'생명을 쉬이 여기고 싶지 않아 검을 들지 않는다.'라고 말하던 소년은 에클렛과 함께 죽었다.

유일한 단서는 붉은 연꽃 문양, 하나뿐.

남의 이야기를 하듯 무던하게 말을 이어나가던 제스는 입을 다물었다. 아렌은 제스에게 시선을 옮겼다. 그 어렸을 적, 어머니가 죽는 모습을 눈앞에서 봤다는 이야기를 '슬펐다'라든가 '충격적이었다' 등의 감정적인 단어 없이 담백하게 풀어내는 게 너무도 제스다웠고, 그래서 마음이 더욱 아려 왔다.

"제스."

시리도록 푸른 눈동자를 마주하자 울컥했다. 불에 덴 곳에 소독약을 부어댄 것처럼 쓰렸다. 저 무표정으로 또 어떤 많은 감정을 억누르고 있을

지 생각만으로도 안쓰러웠다.

"옛날 일일 뿐이다."

그녀의 마음을 짐작한 듯, 제스가 먼저 말을 건넸다. 아렌은 아무 말도 하지 않았다. 부모님의 죽음이라는 것은 겪어보지 않은 이에겐 상상도 못할 큰 아픔일 것. 그 큰 슬픔 앞에서 어떤 위로도 주제넘은 짓이라 여겨졌다.

"……이걸 남에게 이야기하는 건 처음이니까."

고백하듯 나지막이 말하고 제스가 입을 다물었다. 아렌이 무슨 말을 해야 할지 몰라 조금 머뭇거리다 그의 셔츠 자락을 잡았다. 손이 바르르 떨렸다.

"제스, 저 말이죠, 제스가 참……, 존경스러워요. 아, 그러니까……. 어렸을 때 많이 힘들었을 텐데……. 그것도 그렇고 다른 것들도……. 그러니까 여러 가지 의미로……."

아렌이 힘겹게 말을 뱉어내곤 스스로 고삐를 조여매려 심호흡을 했다. 제스의 손이 아렌의 볼을 간질이는 몇 가닥의 머리카락을 쓸어 넘겨주었다.

그 사소한 행동 하나하나에도 아렌은 어딘가 부끄럽고 쑥스러운 기분이 들었다. 어쩐지 닿는 횟수가 점점 늘어나는 것 같은 건 기분 탓일까. 그녀는 마음을 가라앉히려 애쓰며 무릎 사이에 얼굴을 묻었다.

잠시 후, 쏴 하는 바람 소리와 함께 나지막한 그의 목소리가 실려 전해졌다.

"이제 돌아가자."

"에? 아아, 네."

퍼뜩 정신을 차리며 아렌이 제스를 따라 일어섰다. 문득 그냥 돌아서서 가려다 아렌이 무덤을 향해 속삭였다.

"에클렛 님, 또 올게요. 그리고……, 제스 식사는 제가 꼬박꼬박 챙길게 요."

희미한 미소를 짓고 무덤을 한 번 더 응시한 아렌은 제스를 향해 뛰어 갔다. 들판을 장식한 그윽한 향기의 꽃들이 그들에게 축복을 보내듯 아름 답게 휘날렸다.

한편 이 모든 일의 주범인 오웬은 거실 의자에 앉아 낮에 아렌과 나눴 던 대화를 상기하고 있었다.

「아렌 경, 여기서 뭐 하십니까?」

「아……? 아아, 아무것도 아니에요. 배고파서요. 뱃가죽이 등에 붙겠네. 혹시 이 근처에 맛집 없어요?」

「마을에 꼬치구이를 잘하는 집이 있습니다. 마음이 동하시면 한번 들러보 십시오. 그런데 아렌 경, 부탁할 게 한 가지 있는데, 제가 팔이 다소 불편해 서 그런데 대필을 부탁드려도 되겠습니까?」

「대필이요? 아아……. 네네! 도와드릴 수 있는 거라면 도와드려야죠!」

아렌은 오웬의 말을 곧이곧대로 믿고 '단장님, 그동안 감사했습니다.'라 는 메모를 남기고 마을을 향했다.

오웬은 피식 웃음을 지었다. 팔을 곁눈질로라도 봤으면 멀쩡한 걸 알아 차렸을 텐데, 실례라고 생각했는지 눈길 한 번 주지 않았다. 다리를 절룩 이는 걸 보고서도 이유를 묻거나 힐끔거리지 않는 바보같이 정직한 배려. 그런 모습이 단장님의 마음을 움직인 걸까.

제스, 단장님. 그를 생각하니 오웬의 얼굴에 낭패한 기색이 스쳤다. 정 말 갑작스러운 변화였다. 마음의 빗장을 풀려고 벌인 일이긴 했지만, 그

메모 하나만으로 그렇게까지 말려들 줄은 생각도 하지 못했다. 냉소적으로 반응했다면 당연하다 여겼을 것이고, 기껏해야 초조해하기밖에 더하겠나 싶었다. 그런데 핏기가 가셔서 뛰쳐나가는 단장님의 모습이라니, 이젠 놀라기도 지쳤다.

하지만 이제 옆에 사람을 두는 걸 두려워하지 않을 것이다. 이미 마음을 인정했을 테니까.

하지만 사실 오웬은 그것보다 제 목숨 부지에 온 신경을 써야 했다. 지금 자신은 바람 앞의 등불, 고양이 앞에 쥐보다 못한 존재였다. 그 정도로 이성을 잃었다면 아렌을 찾아서 어떤 짓을 했을지 모르고, 그 행동의 의미가 크면 클수록 오웬을 향한 분노는 더 커질 것이다.

그런 까닭에 오웬은, 아이러니하게도 제스가 너무 큰일을 저지르지만 않았으면 하고 바랐다. 제발 많이 화가 나신 건 아니어야 할 텐데.

째깍, 째깍, 째깍……. 사신을 기다리는 기분으로 일 분 일 초를 보냈다. 피가 바싹 말라가는 것 같았다. 차라리 도망칠까 진지하게 고민을 하던 찰나 문이 끼익, 하고 열렸다. 존재감 넘치는 기운에 오웬은 절로 나무처럼 몸이 딱딱해지며 긴장감이 느껴졌다.

"……오웬."

한없이 어둡고 낮아지는 목소리에 오웬은 소름이 쫙 끼쳤다. 결국 사신이 강림한 것이다. 오웬이 급히 일어서서 문 쪽으로 돌아섰다. 무표정한 제스에게서 노기와 함께 살기가 섞여 나왔다. 되도록 유혈 사태는 일어나지 않길 바라며 오웬은 라미에가 빙의된 듯 유들유들하게 말했다.

"단장님, 떠난 아렌 경은 잘 데리고 오셨……."

"오웬, 검을, 가져와라."

얼음장 같은 목소리에 오웬의 얼굴에서 미소가 씻겨나갔다. 사실 오웬은 자신의 생명줄을 조금이라도 늘리기 위해 제스의 검을 미리 숨겨뒀고,

제스는 친구 아니랄까 봐 귀신같이 눈치 챈 것이다.

오웬은 호흡을 진정시키려 애쓰며 입을 열었다.

"단장님, 제 말을 들어주십시오."

"오웬, 검을, 내놔라."

칼로 자르는 듯 단호한 명령. 청색 눈동자에 서늘한 섬광이 지나간 순간 오웬은 깨달았다. 자신의 불편한 한쪽 다리로도 죄를 면구하기 어렵다는 것을.

이런, 생각보다 화가 많이 나신 모양이다. 이제 어떻게 해야 할지…….

"아, 왜 안 들어가요? 응? 어라, 제스, 지금 화났어요?"

그때 뒤따라오던 아렌이 고개를 쏘옥 내밀고 제스와 오웬을 번갈아 바라봤다. 제스의 미간에 주름이 하나 잡혔다.

"마지막으로, 말한다. 오웬, 당장, 검을, 가져와라."

감정을 배제한 무뚝뚝한 어조엔 살벌한 경고의 의미가 서려 있었다. 하지만 아렌은 무의식적으로 그것을 모두 무시하며 제스의 소매를 잡고 쭉쭉 당겼다.

"왜요? 왜 그러는데요? 오웬 님한테 화내지 마세요. 맛집도 소개해줬는데."

"아렌, 저리로 가 있어라."

제스가 조용히, 하지만 단호하게 말했다. 하지만 아렌은 까치발을 들고 제스와 시선을 맞추려 애쓰며 집요하게 물었다.

"왜요, 왜요. 제가 모르면 안 되는 이유라도 있어요?"

오웬은 숨을 죽이고 제스를 주시했다. 그의 양미간은 점점 좁아졌으나 반면 그에게서 위험하게 뿜어져 나오던 살기는 점차 사라져갔다. 제스로선 자신이 화내는 이유를, 그리고 아렌이 알면 안 되는 이유를 말할 수 있을 리가 없었다.

"정말 왜 그러는데요? 끝까지 말 안 해줄 거예요?"

이제 아렌은 제스의 눈앞에 손까지 흔들어가며 그의 주의를 분산시키고 있었다. 유리 조각처럼 날카롭던 눈동자가 점점 무뎌지는가 싶더니 잇새로 무거운 한숨이 새어 나왔다.

"오웬."

"예, 단장님."

"……후일 치죄할 것이다."

한숨을 섞어 말한 후 제스가 오웬을 스쳐 지나가 자신의 방으로 향했다. 조금은 거친 발걸음에서 희미한 짜증이 배어 나왔다.

오웬은 감히 뒤도 돌아보지 못하고 숨을 참고 있다가 제스의 방문이 닫히는 소리가 들리고서야 가슴을 쓸어내리며 큰 숨을 몰아쉬었다.

"어휴, 아렌 경, 절 살려주셔서 감사합니다. 떠나실 때까지 부탁 좀 드리겠습니다."

"에? 그게 무슨 말씀이에요?"

"별것 아닙니다. 단장님께서 절 보고 화내시려 할 때, 아까같이 왜 그러냐고 계속 물어보시면 됩니다."

도대체 무슨 말을 하는 건지 모르겠다는 표정으로 아렌이 고개를 갸웃거리자, 오웬이 그녀의 양 어깨를 단단히 잡았다.

"부탁 좀 드리겠습니다. 특히 검 빼는 소리라거나 제가 비명을 지르면 즉시 달려와주십시오."

간곡한 어조에 아렌이 얼결에 고개를 끄덕였다.

"아, 뭐, 네……. 알겠어요. 근데 그거면 괜찮아요?"

"예. 그것으로 충분합니다. 그럼."

오웬은 방금 전의 제스를 떠올리고 온몸을 부르르 떨면서 그 자리를 떠났다. 졸지에 낙동강 오리알처럼 덩그러니 홀로 남은 아렌은 방금 일어난 일을 이해할 수 없어 얼굴을 찌푸렸다.

"오늘 제스도 오웬 님도 왜 이렇게 알 수 없는 말만 하는 거지? 또 제스는 답지 않게 왜 저래? 어휴……. 언제 한번 진실 게임이나 하자고 해야지."

아렌은 고개를 설레설레 내저으며 자신의 방으로 향했다.

17. 돌이킬 수 없는 이야기

"아렌 경."

"아, 오웬 님!"

아렌이 깜짝 놀라며 뒤를 돌아보았다. 그녀가 엉거주춤 일어서려 하자 오웬은 정중하게 손을 들어 보이며 괜찮다는 뜻을 내비쳤다. 그는 서글서글한 미소를 머금으며 그녀 옆에 나란히 앉았다.

"경치를 구경하고 계셨습니까?"

"네, 너무 예뻐서 아무리 봐도 질리지가 않네요."

아렌이 배시시 웃으며 정면에 시선을 고정했다. 그녀가 말한 대로 '하얀 엘프의 들판'은 이 세상과 동떨어진 아름다움을 간직하고 있었다. 사람 손을 타지 않은 천연의 자연을 보며 아렌은 멍하니, 노후엔 이런 자연을 벗 삼아 고요히 생애를 보내고 싶다는, 답지 않은 감상에 젖어 있던 차였다.

오웬도 동의한다는 듯 고개를 끄덕이고는 입을 열었다.

"참 아름다운 곳이죠. 그나저나 벌써 내일 돌아가신다니, 섭섭합니다."

"저도 아쉽네요. 좀 더 있으면 좋을 텐데……."

아렌이 입술을 비죽거리면서, 아침에 제스가 선언하듯 내뱉고 간 말을 떠올렸다.

「내일 기사단으로 돌아갈 테니 준비해둬라.」
「벌써요?」
「그래.」

그게 대화의 끝이었다. 그답게 참으로 담백했다.

제스의 말이라 더 이상 토를 달진 않았지만 사실 아렌은 이곳에 좀 더 머무르고 싶었다. 생각보다 짧은 여정에 아쉬움이 느껴지기도 했고 제스가 어린 시절을 보냈다는 이곳에 알 수 없는 애착이 갔다. 그것뿐인가. 이번 여행은 그녀에게 여러모로 남긴 게 많았다. 기사단을 나온 후부터 제스의 태도가 좀 더 친근해진 게 사실이었고, 기사단장과 견습 기사의 관계로 돌아가는 게 싫기도 했다. 그와의 관계에 집착하는 마음을 가다듬으며 아렌이 오웬을 향해 넌지시 말을 걸었다.

"저, 오웬 님. 제스의 오랜 친구라 들었는데, 언제 처음 만났어요?"

"제국 아카데미 입학 때부터 만났으니……. 근 십오 년이 되어가는군요. 정말, 그때와 어쩜 그리 변하신 게 없으신지."

오웬은 그 시절을 회상하면서 하늘을 바라봤다. 아렌도 머릿속으로 어린 시절의 제스를 상상해보다 포기하고 고개를 절레절레 저었다.

"전혀 상상이 안 가요. 어린 제스라니……."

아렌이 '어린'이라는 단어를 강조하며 이야기를 해달라는 무언의 의지를 전달했다. 오웬은 이마를 긁적거리며 옛 기억을 떠올렸다.

"흠……. 지금보다 말이 좀 더 많았던 것 같습니다. 이것 참, 기억이 가물가물하군요. 다만 확실한 건 여학생들한테 인기가 매우 많았다는 것입니다. 하지만 단장님은 자기가 인기 있었는 줄도 모르실 겁니다. 애초에 그런 부분에 있어서 관심도 없는 데다 둔하기까지 하시니 말이죠."

"푸핫! 둔하다니. 그런 말을 단장님한테 할 수 있는 사람이 있었군요."

"본인도 그렇고 많은 사람들은 모르고 있는 사실이지요. 아쉽게도 대놓고 말을 하진 못하고 있습니다. 헛소리하지 말라며 무시무시한 눈빛을 쏘아 보내실 테니까요."

오웬이 장난기 가득 담아 말하고는 웃음을 터뜨렸다. 아렌도 제스의 목에 '둔한 단장님' 이름표를 걸어주는 상상을 하다가 따라 웃었다. 웃음이 잦아들자 아렌이 다리를 쭉 펴고 하늘을 바라보며 읊조리듯 말했다.

"여러모로 정말 좋은 친구를 뒀네요, 제스는. 오웬 경께서도 기사단에 계셨으면 좋았을걸. 그런데 오웬 님은 왜 기사단을 나오신 건가요?"

"바로 이 다리 때문이지요. 예상치 못한 사고를 당했습니다."

오웬이 가볍게 자신의 오른쪽 다리 위에 손을 내려놓았다. 아렌이 말을 잘못 꺼냈다고 속으로 책망하며 즉시 입을 다물었다.

잠시간 침묵을 지키던 오웬이 갑자기 자신의 바짓단을 무릎 위까지 접어 올렸다. 무심코 아렌은 그쪽을 쳐다봤다가 두 눈을 더할 나위 없이 크게 떴다. 오웬의 다리는 무릎 아래부터 쇠로 된 의족이 대신하고 있었다.

"어쩌⋯⋯다가."

저도 모르게 말을 내뱉은 아렌은 황급히 표정을 수습했다.

"죄송해요, 기분이 나쁘셨다면⋯⋯."

어깨를 축 늘어뜨리며 고개를 숙이는 아렌을 보며 오웬이 입가에 잔잔한 미소를 폈다.

"괜찮으니 그렇게 당황해하실 필요 없습니다. 이미 오래 지난 일이고⋯⋯. 음, 다리는⋯⋯. 그저 근위대원과의 가벼운 마찰이 있었을 뿐입니다."

"마찰이요? 무슨 마찰이 있으면 다리를 그렇게 만들 수가 있는 거죠?"

금방 분노에 젖어 일렁이는 은색 눈동자를 보며 오웬이 턱을 긁적였다.

"으음, 대체 어디부터 이야기를 해야 할지……. 아, 기왕지사 이야기할
것, 단장님과 첫 만남부터 간략하게나마 들려드리겠습니다."

오웬이 엷은 미소를 지으며 과거 이야기를 시작했다.

◇ ◆ ◇

하일렌 제국 아카데미는 대륙 최고 명문 사학으로, 유구한 역사와 전통
은 말할 것도 없다. 입학시험 시즌에는 온 나라의 유명 가문 자제들이 시
험을 치르려 북적이는데, 철저히 시험 성적으로만 입학 허가가 난다. 그
리고 나도 여덟 살이 되던 해, 평민이지만 당당히 시험에 합격하여 교정
에 들어섰다.

"여어, 오웬."

나를 부르는 친숙한 목소리에 뒤를 돌아보았다. 여우같은 눈웃음, 그리
고 갈색 곱슬머리를 가진 라미에가 시선을 확 잡아끌었다.

"너 방금 널 스쳐 지나간 여자 봤냐? 널 바라보는 시선이 심상치 않은
데, 입학 첫날부터 여자를 낚다니, 이야. 능력 좋은데?"

라미에가 내 옆에 서서 어깨에 팔을 둘렀다. 이 녀석, 라미에는 나의 소
꿉친구인 동시에 철저히 관리와 감시의 대상이었다. 그 이유는……,

"천하의 라미에가 백면서생 오웬한테 질 수야 없지. 자, 어디 보자, 괜
찮은 여자 없나……?"

타고난 듯한 여성 밝힘증 때문이었다. 방금도, '낚는다', '괜찮은 여자'
운운한 것도……. 여덟 살 하기엔 다소 성숙한 발언이 아닌가 말이다.
점점 감당이 안 될 여성 밝힘증에 난 충분히 진력이 나 있었다.

"혼자 많이 해."

나는 고개를 설레설레 저으며 녀석의 귀를 잡아끌고 반으로 향했다. 반에 도착하여 자리를 잡은 후에도 라미에는 계속해서 입을 놀렸다. 들어오는 한 명 한 명 눈여겨보며 라미에는 반에 여자가 적다느니, 저 귀족 자식 거들먹거리는 것 좀 보라느니 불평불만을 늘어놓았다.

막 다시 혼을 내려는 찰나, 문이 열리는 소리가 들렸다. 한창 떠들던 라미에가 갑자기 말을 뚝 끊었다. 아니, 그뿐만 아니라 교실 전체가 조용해졌다. 그의 얼굴에 기묘한 빛이 감도는 것을 본 나는, 뭘 봤기에 이러나 싶어 그의 시선을 따라가봤다. 그 시선의 끝엔 한 소년이 있었다. 그제야 라미에의 행동을 이해할 수 있었다.

소년의 모든 것이 인상적이었다. 짙고 푸른 눈동자, 아름답지만 한없이 딱딱한 입술, 곧게 뻗은 콧날과 가면 같은 무표정에서 왠지 모르게 귀족적인 느낌이 풍겼다. 그의 등장에 하나둘씩 시선을 모으더니 어느새 모든 이가 약속이라도 한 듯 소년을 응시했다. 반면 그는 어느 누구에게도 시선을 주지 않으며 창가 옆 자리에 앉았다. 미세한 흔들림 없이 앞을 응시하던 그는 창밖으로 시선을 돌렸다. 주변의 시선이 자신에게로 쏠리는 건 전혀 의식하지 않는 모양이었다. 옆에서 라미에가 침을 꿀꺽 넘기며 말을 꺼냈다.

"히야, 여자인가?"

나는 그 무감정한 표정에서 시선을 떼지 못하며 즉시 고개를 저었다.

"곱게 생기긴 했지만 남자인 것 같아."

"에이, 남자한텐 관심 없어."

그렇게 말하면서도 라미에는 한동안 소년에게서 시선을 떼지 못했다. 우습게도 나도 그러했고 그 자리에 있었던 모든 이들도 마찬가지였다.

소문에 의하면 그는 '제스'라는 이름을 가진, 의외로 평민 신분이었다.

처음의 강렬한 인상과는 달리 그는……. 또다시 의외로 평범한 학생이었다. 학업이든 검술이든 모든 분야에서 평균이었다. 특출한 외모와 존재감만 아니었더라도 그저 모른 척 스쳐 지나갔을 법한 평범함. 강렬한 첫인상에 비해선 다소 실망스러운 모습이었다.

아, 한 가지 특별한 점이 존재하긴 했다. 타인과 전혀 말을 나누지 않는다는 것. 그에게 누군가 용기를 내서 말을 걸어도 그는 대답을 하기는커녕, 말을 들었다는 일체의 표시도 내지 않았다. 그래서 학생들 사이에선 그가 벙어리가 아닐까 하는 소문까지 돌았다. 라미에야 오직 관심사가 여자뿐이니 금방 그에게 무관심해졌으나 학급 대표였던 나는 그 때문에 골치가 아팠다. 학우 전체를 이끌어야 하는 입장에서 그토록 반에 융화되지 않는 이는 한 마디로 '처치 불능'이었다. 며칠간 그를 주시하던 나는 용감하게 먼저 말을 걸어보기로 했다.

나는 그의 책상 앞에 서서 최대한 호의적인 미소를 지으며 말을 건넸다.

"안녕, 난 오웬이라고 해. 학급 대표야."

"……."

역시 소문처럼 아무런 대답이 돌아오지 않았다. 시선을 주거나 고개를 끄덕일 만도 하건만 미동조차 없다. 나는 계속해서 말을 걸었다.

"저기, 제스라고 했지? 이름으로 부를게. 이번 달에 문화제가 있는데 제스 넌 어느 행사에 참여할래?"

말을 맺을 때쯤 내가 책상을 주먹으로 톡톡 두드렸으나 창밖에 고정되어 있는 눈동자는 흔들림이 없다. 나는 희미한 짜증을 느꼈다. 선생님들의 대답엔 짧게 고개를 끄덕이는 걸로 봐서 듣지 못하는 건 아닐 텐데.

"이봐, 제스."

나는 손을 뻗어 그의 어깨를 툭 쳤다. 그제야 그의 시선이 스르르 움직여 나를 향했다. 뭘 원하느냐고 말하는 듯한 눈빛이었다. 나는 조금 머뭇거리다 어색해하며 말을 다시 건넸다.

"혹시 기분이 나쁠 수도 있는 질문인데, 음……. 너 말을 못 하니? 그렇다면 내가 도와줄게."

"……."

그의 수려한 미간에 주름 하나가 잡혔다. 나는 최대한 태연하게 그의 책상 위에 펜과 공책을 내밀었다.

"말할 수 없다면, 쓸 수는 있어?"

제스의 눈동자가 잠시, 내가 내민 것들에 내려갔다가 나에게 고정됐다. 고요하다 못해 황량한 사막같이 메마른 두 눈을 마주하며 나는 당황스러웠다.

저 눈빛의 의미가 뭐지? 혹시 쓸 수도 없는 걸까? 아니 잠깐, 그렇다면 아카데미엔 어떻게 들어온 거지? 당황스러워하는 나를 물끄러미 쳐다보던 그는 다음 순간 놀랍게도 굳은 입매를 열었다.

"치워."

"……."

"그리고 꺼져."

그것이 제스가 입학 두 달 만에 처음으로 내뱉은 말이었다.

끈질기게 이어지던 침묵이 깨진 이후, 그에 대한 새로운 소문은 삽시간에 퍼져 나갔다. 벙어리가 아니라니! 고백을 차일피일 미루던 여학생들에겐 희소식이었다. 매일, 매순간 새로운 여학생이 고백을 해보려고 제스를 찾아왔지만, 애석하게도 제스는 다시 벙어리 모드로 돌아갔다. 인사를 건네도 당최 반응이 없으니 고백을 할 수 있을 리가 만무했다.

그런 상황이 여러 번 반복되다 보니, '인기 믿고 건방지다.'라는 좋지 않은 소문이 하나 더 추가되었다. 사람들은 그의 무관심한 태도를 우월감의 산물로 여긴 것이다.

　그를 지켜보는 나는 이젠 책임감보단 안쓰러움을 더 크게 느끼고 있었다. 본의 아니게 자꾸 이런저런 구설수에 오르는 게, 보기 편치 않았다. 차라리 상냥하게 대해주며 적당히 넘어가면 될 텐데. 외골수도 그런 외골수가 없었다. 라미에와는 또 다른 보살핌의 손길이 필요할 것만 같아, 나는 틈날 때마다 그를 살폈다.

　눈에 가장 먼저 띄는 것은 타인에 대한 지독한 무관심이었다. 보통은 누군가 자기에게 말을 걸거나 호의라도 보이면 조금의 반응은 보이는 법인데, 그런 게 전혀 없었다. 여학생들이 아무리 들이대도 꿈쩍 않는 게, 처음에는 여자만 멀리하는 돌부처인가 했다.

　하지만 그는 남녀고하에 상관없이 무조건 무시했다. 관계를 맺는 것 자체를 꺼려하는 것처럼. 그렇다고 아무것에 관심 없이 무기력하게 사냐면 그건 또 아니었다. 짙은 청색 눈은 가끔씩 기이하게 타올랐다. 분명 창밖을 보면서 무언가 생각에 잠겨 있는 것 같았는데. 분노가 서렸다가 이내 흔적도 없이 차갑게 사라지곤 했다.

　마치……, 결승선을 향해 달려가는 경주마를 보는 느낌이었다.

　제스와 다시 말을 섞게 된 계기는 정말 우연이었다. 드물게도, 라미에가 여자에게 차여서 씩씩대며 제스를 찾았다. 이야기를 들어보니, 상대방이 제스에게 흠뻑 빠졌다는 이유로 라미에를 찼다고 한다. 여자깨나 후리기로 유명한 라미에로선 그 상황은 자신의 자존심과 긍지에 대한 도전이었다. 예상보다도 더 라미에는 분개했다.

　"으아악! 그 자식! 얌전한 얼굴을 하고서 감히 내 여자를 꼬셔내?"

　"라미에, 진정하고……."

내가 미처 말리기도 전에, 행동력 하나는 끝내주는 라미에가 제스에게 성큼성큼 다가갔다.

"야, 너 이 자식! 엘레나하고 무슨 사이야!"

라미에가 쾅 소리 날 정도로 책상을 내리쳤다. 하지만 정작 제스는 그의 행동을 철저히 무시하며 창밖만 응시했다. 무반응에 더더욱 약이 오른 라미에는 그에게 바싹 다가갔다.

"그렇게 말이 없는 것도 여자 꾀기 위한 콘셉트야, 응? 말해보라니까? 너, 엘레나는 어떻게 꼬여낸 거지?"

"야, 라미에……."

계속해서 말을 하지 않는 제스를 흘끗 쳐다본 나는 라미에의 팔을 붙잡았다. 하지만 단단히 열이 뻗친 라미에는 나의 손을 뿌리치며 숨찬 어조로 소리쳤다.

"아, 오웬, 좀 놔봐……! 야, 넌 입이 없어, 혀가 없어? 왜 말을 안 해!"

"시끄럽군."

"어?"

제스가 고개를 돌려 라미에를 똑바로 쳐다보며 냉담하게 말했다.

"조잘조잘, 계집애인가."

"뭐, 뭐야……? 하! 이거 황당한 놈이로세. 어찌 됐건 말문이 트인 것 같으니 우리 대화 좀 하지. 너 엘레나랑 무슨 사이냐?"

"모르는 이름이군."

담백하게 돌아오는 대답에 라미에는 더 열이 올라서 울부짖듯 외쳤다.

"모를 리가 있나! 그럼 왜 걔가 너한테 목매서 안달인 건데? 상도덕이라는 게 있지, 어떻게 남이 공들이고 있는 상대한테 몰래……!"

"그래서 어쩌란 말이지?"

제스의 차가운 눈초리가 라미에를 향했다. 라미에는 기가 막혀서 입만 뻐끔거리다가 얼굴이 시뻘게지도록 언성을 높였다.

"뭘 어쩌긴 어째! 응당 책임을……!"

"싫다."

"뭐?"

"싫다고 했다. 더욱이 네 연애 이야기 따위는 구구절절 알고 싶지도, 듣고 싶지도 않다. 관계되는 건 더더욱."

선언하듯 말한 제스는 그 자리에서 일어나서 라미에를 스쳐 지나갔다. 그의 뒷모습을 보며 라미에가 펄펄 뛰었다.

"아니, 뭐 저런 자식이 다 있어!"

"와……. 제스가 한 단어 이상 말할 때도 있구나."

"오웬! 지금 그게 문제가 아니잖아!"

나는 잔뜩 분개해서 펄펄 날뛰는 라미에를 한 번 흘겨봐준 후 머리를 퍽 쳤다.

"쯧쯧, 라미에. 네가 지금 화낼 상대는 제스가 아냐. 보아하니 쟤는 관심도 없는데 엘레나가 막 들이대는 것 같은데. 그건 너도 잘 알고 있잖아."

"으으……. 인정할 수 없어. 두고 봐. 꼭 한 방 먹여주고 말 거니까."

라미에가 뿌드득 소리가 날 정도로 이를 갈았다. 나는 하지 말란 뜻으로 그의 뒤통수를 한 번 더 후려갈겨주었다. 그게 제스, 라미에, 그리고 나, 오웬, 셋이 함께 모인 첫 순간이었다. 지금 생각하면 제스에겐 최악의 순간이었을지도.

"오웬. 내가 그 자식 뒷조사를 해봤는데 말이야……."

조용조용 속삭여 오는 말에 내가 인상을 찌푸리고 라미에를 쳐다봤다.

"……그 자식? 뒷조사?"

"그래. 제스 자식 말이야, 뒷조사를 해봤는데…….'

나는 더도 들어보지 않고 라미에의 머리를 때렸다.

"아악! 왜 때려!"

라미에가 억울하다는 듯 내가 때린 부분을 부여잡고 외쳤다. 이게 정말 몰라서 묻나……!

"너! 내가 뒷조산지 뭔지 그 짓 그만두라고 몇 번이나 얘기했어! 넌 도 대체 커서 뭐가 될래?"

"우씨! 넌 왜 자꾸 나보고만 그래!"

"시끄러워, 네가 애냐!"

내가 한 대 더 때릴 모양으로 주먹을 쥐어 보이자 라미에가 상체를 뒤로 뺐다. 누가 들으면 잔소리하는 엄마가 아닌가 싶겠지만, 나로서는 굉장히 진지하게 소꿉친구의 미래가 걱정되어서 하는 말이었다. 내 주먹의 사정권에서 벗어나며 라미에가 설득조로 입을 열었다.

"내 말부터 들어봐, 오웬."

"관심 없어."

"내가 뒷조사 하나는 자신 있는 거 알고 있지? 그런데…….'

"관심 없다니깐."

"어찌 된 게 저 녀석, 제스에 대한 정보는 어디서도 찾을 수가 없었어! 하다못해 출신지조차 말이야!"

"그만하라고 했……. 뭐? 출신지를 몰라?"

내가 되묻자 라미에는 드디어 걸렸다는 듯 얼굴을 환하게 밝혔다.

"응, 들어봐. 내가 그 녀석 입학 원서까지 빼돌렸는데 말이야…….'

딱!

"으윽, 그러니까 필수 정보, 이름이랑 나이 빼놓고 제대로 적혀 있는 게 없더라고. 그 외에도 마찬가지야. 내가 백방으로 알아봤는데 저 녀석 안다는 애가 아무도 없었다니까? 마치 없는 사람처럼…….”

마치 없는 사람처럼 정보가 없다니? 제스는 저기 멀쩡히 앉아 있지 않은가. 나는 미심쩍은 얼굴로 라미에를 바라봤다.

“확실한 거야?”

“그럼!”

벌떡 몸을 세운 라미에가 가슴을 퍽퍽 두드렸다. 나는 시선을 제스에게로 옮겼다. 정말 이상한 녀석이다. 외모를 제외하곤 모든 것이 평범함의 극치를 달리고 있는데 알아갈수록 평범함과는 거리가 멀어지는 이유가 뭘까.

곰곰이 생각에 빠져 있는 나에게로 라미에가 넌지시 말을 걸어왔다.

“그런데 오웬, 있잖아. 내가 고민이 하나 있는데.”

“여자 얘기라면 다른 사람한테 하는 게 나을 거야.”

“그게 아니고! 저 제스라는 녀석 말이야. 오늘 몇몇이 저 녀석을 손봐줄 예정인 것 같아.”

살짝 찌푸려진 내 눈이 라미에에게 향했다.

“뭐?”

라미에가 은근히 뜸을 들이다가 복잡해 보이는 얼굴로 입을 열었다.

“그게 알고 보니 나와 같은 일을 겪은 녀석들이 많더라고. 그러니까, 좋아하는 여자애가 제스한테 홀랑 반해버려서 물먹은 녀석들이 많단 말이야. 그런 애들끼리 모여서 오늘 그 녀석을 응징한다고 하더라고. 시간이 얼마 안 남았는데 이걸 어떻…….”

“그걸 말이라고 하냐! 그런 거라면 말해줘야지!”

버럭 소리 지른 나는 자리에서 벌떡 일어섰다. 드물게 흥분한 내 모습을 보며 라미에가 눈을 동그랗게 뜨며 올려다봤다.

“뭐? 말하라고?”

공녀님!
공녀님! 3

답답한 마음에 나는 거의 고함을 치다시피 하고 있었다.

"그래! 당연하지! 떼로 덤비다니, 말도 안 돼! 참. 너, 저번에 엘레나 때문에 제스한테 심한 말도 했잖아. 사과도 할 겸 말해주면 되겠네!"

의외의 제안이었던지 라미에의 얼굴이 시뻘겋게 달아올랐다. 사과를 건네는 자신의 모습을 상상해보던 그는 이내 고개를 휘휘 저었다.

"싫어! 말해주고 싶으면 네가 말해."

"안 돼. 사과는 제대로 해야지. 난 옆에서 아무 말도 안 하고 있을 거야. 따라와."

나는 싫다고 징징대는 라미에의 뒷덜미를 잡고 끌고 와 제스 앞에 세웠다. 제스가 또 너희냐는 눈빛으로 우리들을 바라봤다.

"……뭐지?"

진중하고 고요한 목소리에는 짜증과 피곤함이 배어 있었다. 특히, 라미에를 보더니 잘 변하지 않는 그의 인상에 불쾌한 기운이 감돌았다. 내가 어서 얘기하라는 뜻으로 라미에의 옆구리를 팔꿈치로 쿡쿡 찔렀다. 라미에는 뒷머리를 마구 긁더니, 누가 보면 싸우는 줄 알 정도로 언성을 높였다.

"야! 너! 오늘 몸조심하는 게 좋을 거야. ……아오. 말해버렸다."

라미에는 뭐라 뭐라 작은 목소리로 중얼대다가 투덜거리듯 말했다.

"널 곱지 않게 보는 애들이 많은 건 알고 있지? 부득이하게도 걔들이 똘똘 뭉쳤다. 오늘 널 손봐줄 거라고 단단히 벼르고 있다고."

"너는 그중 하나가 아닌가."

특유의 억양 없는 말투에 라미에가 세차게 고개를 저었다.

"사람을 뭐로 보고! 야! 나는 똘똘 뭉쳐서 괴롭히는 놈이 아니라고! 나는 정정당당하게 일대일로 싸운단 말이야."

라미에, 뒷조사는 당당한 게 아니야. 그렇게 을러주고 싶었지만 차마 제스 앞에서 말할 순 없어 눈빛으로만 뜻을 전달했다. 그 낌새를 느낀 건지 나를 힐끔 본 라미에가 뒷머리를 긁적이며 아무렇게나 말했다.

"어쨌든 말이야, 너, 평소에 숙소 가는 길 말고 다른 길을 이용해서 얼른 들어가. 혼쭐이 나고 싶지 않다면 말이야. 젠장. 내가 왜 이런 말을……. 낯간지러워서 원……."

"역시 계집애가 맞는 모양이군."

"뭐?"

"남의 일에 줄곧 참견하는 걸 보면 말이다."

그를 손봐줄 패거리들이 기다리고 있다는데도, 제스의 목소리는 지극히 담담했다. 고맙다거나 같이 가달라거나 하는 대답을 은근히 기대했던 라미에는 인상을 찌푸렸다.

"야, 넌 사람이 기껏 생각해서 말해줬는데!"

"특히 네 면상은 꼴도 보기 싫군."

귀찮아 죽겠다는 듯 말하고는 제스는 그 자리를 유유히 빠져나갔다. 라미에는 허탈하기도 하고 화가 나기도 한, 여러 감정이 뒤범벅된 얼굴로 씩씩댔다.

"아니, 뭐 저런 자식이……."

"와, 그런데 라미에. 너 은근히 제스에게서 반응을 끌어내고 있어. 그리 반응이 호의적이진 않지만 말이야."

"너 또! 지금 그게 문제가 아니잖아!"

라미에가 펄펄 뛰었으나 나는 빙글 뒤돌아서서 제스가 사라진 방향을 눈여겨보았다.

"흠……. 그런데 제스가 아무래도 너의 조언대로 빙 돌아갈 것 같진 않지?"

라미에가 화를 내는 것을 멈추며 나와 같은 곳을 바라보았다.

공녀님!
공녀님! 3

"나랑 상관없어."

라미에가 애써 부정하려는 듯 고개를 설레설레 저었다. 하지만 내 눈은 피해갈 수 없지. 나는 조금 더 그를 긁어보기로 했다.

"이대로라면 그 녀석들과 마주칠 텐데……. 제스, 무슨 생각일까? 검을 잘 못 다루던데."

그의 손이 미세하게 움찔거렸다. 나는 계속해서 말을 이었다.

"일 대 다수로 붙으면 정말 얼마나 다칠지 모르는데, 어쩌지?"

그의 볼에 약간 경련이 일었다. 거의 다 넘어왔다.

"최소한 팔 정도는 부러질 텐……."

"아악, 신경 쓰여 죽겠네! 그 자식, 대체 무슨 생각을 하고 있는 건지! 오웬, 가보자!"

라미에가 버럭 소리를 지르며 제스의 뒤를 쫓아 뛰어갔다. 그럼 그렇지, 저 녀석도 은근히 제스에게 호감이 있었던 거다. 나는 피식 웃으며 그를 뒤따라갔다.

제스의 뒤를 쫓던 우리는 숙소로 향하는 길 중 가장 어두운 골목길에서 덩치 큰 소년 다섯과 대치 중인 제스를 발견할 수 있었다. 나보다 먼저 그를 발견한 라미에가 황급히 제스에게 달려가 그의 팔목을 잡아챘다.

"야, 너 뭐 하는 거야! 내가 여기로 오지 말라고 했잖아!"

"……."

"이 자식 완전 얼었네. 내 말은 뭐로 듣고. 그렇게 상황 파악이 안 되냐! 빨리 튀어!"

맹렬히 소리친 라미에가 제스의 팔목을 잡고 있는 힘껏 반대편으로 뛰기 시작했다. 우리의 갑작스런 등장에 당황하던 소년들은 곧이어 '저놈들 잡아라!'라고 외치며 쫓아왔다.

정신없이 뛰어가던 우리는 막다른 골목에 다다라서 걸음을 멈추었다.

뒤를 돌아보니 이미 소년들이 골목을 막고 '너희 딱 걸렸다.'는 표정으로 바라보고 있었다. 라미에가 눈을 번쩍 뜨고 한 발짝 앞장섰다.

"야, 오웬, 너 검 가져왔지? 네 몸은 네가 알아서 지켜. 제스, 검 좀 빌릴게. 어차피 너보단 검을 내가 더 잘 쓰니까."

라미에가 그대로 제스의 허리춤에 있는 검을 뽑아내려 했으나, 제스가 그의 손을 저지하며 입을 열었다.

"쓸데없는 참견이라고 말했을 텐데?"

정중하고도 단호한 거절에 라미에는 어처구니없다는 듯 언성을 높였다.

"뭐가 쓸데없어? 너한텐 상관없을지 몰라도 나한텐 있어! 에잇, 내가 무슨 소릴 하는 거야, 아무튼 빨리 내놔!"

숨 가쁘게 외친 라미에가 다시 제스에게서 검을 빼앗으려들었으나 그의 손은 허공을 저었다. 어느새 제스는 그에게서 조금 멀어져 있었다.

"나서지 마라."

진중하고 무게감 느껴지는 목소리에 나는 상황에 맞지 않게 멍해졌다. 우리들의 모습을 보고만 있던 소년들이 무시당한 기분이 들었는지 다가와서 언성을 높였다.

"너희 도망은 다 친 거냐?"

"어이, 라미에, 너 언제 저 자식이랑 친해진 거냐?"

라미에가 '어어? 친한 건 아니고.'라는 바보 같은 소리를 늘어놓자 나는 그를 가로막으며 윽박질렀다.

"이봐, 너희들! 그만해! 너희가 차인 건 제스 탓이 아니라고!"

'차였다.'는 표현은 꽤나 민감한 표현이었는지, 듣자마자 소년들이 눈에 쌍심지를 켰다.

"차였다고 하지 마! 제기랄, 다 저놈 탓이다. 저놈만 없었어도 프레아

공녀님!
공녀님! 3

가……!"

"그래! 세실도 내 고백을 받아주기 일보 직전이었다고!"

"그래, 그래! 다 제스인가 하는 저놈 탓이다!"

"서두가 길다."

얼음장 같은 목소리에 한순간 분위기가 싹 가라앉았다. 소년들이 의아한 표정으로 서로 바라보다가 검을 위협적으로 들어 보였다.

"이것 봐. 제스라고 했나. 너 말이야, 아직 상황 파악을 못 하고 있는 것 같은데. 우리는 지금부터 너를 흠씬 두들겨 패줄 거거든? 지금이라도 무릎 꿇고 사죄하면 봐줄게. '죄송합니다, 잘못했습니다.' 하란 말이야. 엉?"

그들은 뭐가 그리 웃긴지 허리를 젖혀가며 웃어댔고, 제스는 무심한 눈길로 그들을 바라보았다.

"마지막으로 하고 싶은 말이 있으면 해라."

예상과는 달리 전혀 기죽지 않는 그의 모습에 소년들의 얼굴에서 미소가 사라졌다. 그들 중 우두머리 격으로 보이는 소년이 목청을 높였다.

"하고 싶은 말이야 많지. 이 건방진 새끼, 눈부터 깔아!"

약이 오른 그가 검으로 제스를 찔러 오는 걸 본 순간 내 발이 저절로 움직였다.

날카로운 쇳소리가 들린 후에야 난 내가 뭘 했는지 깨달았다. 나도 모르게 검을 빼 들어 막은 것이다. 아아, 난 검을 잘 못 쓰는데. 어째서 상황이 이렇게 된 거야! 소년은 무지막지한 힘으로 내 낙엽 같은 검을 내리누르며 입술을 말아 올렸다.

"눈물겨운 우정이구만, 킬킬. 네가 대신 난도질을 당할 테냐?"

나는 이를 악물며 뒤에 서 있을 제스를 향해 외쳤다.

"제스, 이 사이에 빨리 피해!"

"막는 게 너라는 건 생각도 안 하고 있는 건가."

이런 상황에서 제스가 어처구니없을 정도로 무뚝뚝하게 말했다. 내가 얼마나 필사적으로 검을 견뎌내고 있는 줄도 모르고!

"지금 그런 한가한 소리를 할 때가 아니야! 빨리……!"

내 말이 채 끝나기도 전에, 누군가의 검이 바람같이 다가와서 가볍게 상대방의 검을 밀쳐냈다. 나는 두 눈을 크게 떴다. 라미에의 검은 아니다. 그렇다면 검의 주인은 단 하나. 하지만 분명 녀석은 검을 잘 못 쓸 텐데……?

멍해진 나와 라미에에게 한 번의 눈길도 주지 않은 채, 제스는 언제나처럼 무심하게 툭 내뱉었다.

"알아서 피해. 못 하겠으면 꺼지든가."

뭐……? 입을 뻐끔거린 순간 제스가 제 손에 든 검을 들어 올리며 사라졌다. 아니, 사라졌다고 생각될 정도로 빨리 움직였다. 순식간에 다섯 소년 사이를 파고든 제스는 차례로 검을 쳐내 떨어뜨리고, 사방에서 날아오는 검을 민첩하게 피해냈다.

횡, 횡, 공기의 파열음이 울릴 때마다 그의 검은 동시에 여럿의 몸을 할퀴고 지나갔다. 눈으로 좇기에도 힘든 검. 나는 떨리는 숨을 몰아쉬며 중얼거렸다.

"이게 무슨……?"

평범해? 검을 못 쓴다고? 그 무슨 말인가. 내 생전 저런 절묘하고 기막히게 움직이는 검은 처음 보았다. 그동안 어떻게 그가 검을 쓰지 않고 참았는지 이해가 가지 않을 정도로.

"좀 더 빠르게 움직이지 않으면 넌 죽는다."

등 뒤에서 들리는 차가운 목소리에 한 소년이 흠칫 놀라 몸을 돌리며 검을 휘둘렀다. 제스는 그것을 여유롭게 피해내며 검 손잡이로 그의 후두

부를 가격했다. 빠악! 경쾌한 소리를 마지막으로 소년이 네 번째로 쓰러졌다. 숨 돌릴 틈도 없이, 제스의 검이 공기를 유영하듯 매끄럽게 우두머리 소년에게로 향했다.

"헉!"

우두머리 소년이 힘겹게 검을 세워 막았다. 마치 그것을 예상했다는 듯 제스의 검이 믿을 수 없는 각도로 꺾여 소년을 찌르고 들어갔다. 검을 맞댄 지 얼마 되지 않아 그의 온몸에 크고 작은 상처가 생겨났다. 몇 번 검을 맞은 그는 거칠게 숨을 몰아쉬었지만, 정작 쉴 틈도 없이 검을 휘두른 제스는 전혀 지친 기색을 보이지 않고 있었다. 우두머리 소년이 입술을 꽉 깨물며 검을 휘둘렀다.

"이야앗!"

차앙, 온 힘을 실은 검은 제스의 검에 너무도 쉽게 막혔다. 힘의 반동으로 그가 거세게 엉덩방아를 찧고 넘어졌고, 손에 있던 검 또한 놓쳐 바닥에 나동그라졌다. 자신이 밀렸다는 걸 깨닫기도 전에 제스의 검이 그에게 다가갔다. 한 치의 망설임 없이 그대로 어깨를 꿰뚫고 지나갔다.

"크으으읍!"

끔찍한 통증에 신음 소리가 골목을 메웠다. 제스의 검이 그의 어깨에서 푹, 빠지더니 이내 목으로 다가갔다.

"조금 전에 했던 말을 그대로 해보실까."

푸른 눈에 섬광이 번뜩였다. 자기의 힘으로는 어찌할 수 없는 위압감 때문에, 우두머리 소년의 배짱이 눈 녹듯 스러졌다. 그는 비굴하게 고개를 조아리며 외쳤다.

"자, 잠깐. 미안해. 꿇을게, 꿇을게. 됐지? 살려줘……! 잘못했어, 내가 사람을 잘못 봤어! 잘못……했어!"

나는 손가락 하나 까딱할 수 없을 정도로 긴장하여 제스를 주시했다.

그는 사람 목에 검을 겨누고 있다는 게 믿기지 않을 정도로 무표정했다.

"적어도 고통 없이 죽여주지."

종지부를 찍으려는 듯 그가 검을 들었다. 소년이 두 눈을 질끈 감고 기겁을 했다.

"히익……!"

"잠깐만, 제스!"

나도 모르게 나는 그의 팔을 잡았다. 팔이 우뚝, 허공에서 멈춰 섰고 청색 눈이 스르르 움직여 나를 향해 왔다. 처음으로 가까이서 마주한 두 눈은 무섭다 못해 그 자체로 공포였다. 먹이를 찢어발길 듯한 사납고 무서운 표범 같은 눈초리. 그와 마주하자 등줄기를 따라 온몸에 소름이 쫙 돋았다.

"꺼지라고 몇 번이나 말했지?"

불이 오른 무서운 눈동자에 절로 몸이 찔끔거렸다. 하지만 나는 입술을 꽉 깨물고 고개를 저었다.

"대체 무슨 생각인 거야! 죽이기라도 할 생각이야?"

"놔."

살벌한 그의 어조에 나는 더더욱 꽉, 팔을 붙들어 매며 고개를 저었다.

"제스, 이걸로 충분해. 그만해."

"대체 뭐가 충분하다는 건지 모르겠군."

조금도 흔들리지 않는 제스의 눈을 보며 나는 다리 힘이 다 풀리는 것 같았다. 하지만 처음부터 나를 건드릴 생각이 있었다면 진작 목이 날아갔을 것이다. 그는 나를 해할 생각이 없다는 것에 용기를 얻어, 최대한 차분히 말을 이어나갔다.

"이쯤에서 그만둬. 너 일부러 이 모든 걸 숨기고 있었던 것 아니야? 검술 실력이고 뭐고 전부. 그리고 거기엔 분명 어떤 이유가 있었을 거다. 이

대로 더 피를 봤다간 정당방위를 넘어서. 그럼 퇴학이라고. 그래도 괜찮아?"

"……."

제스는 나를 지그시 쳐다봤다. 온몸이 베일 것 같은 살기에 식은땀이 흘렀다. 내 말이 먹혀야 할 텐데, 먹혀야 할 텐데……. 먹혀라, 먹혀라, 먹혀라……. 제발!

폭발할 것 같은 긴장이 흐른 한참 후에 그가 입을 열었다.

"놔."

"너 기어이……!"

"알아들었으니까 놓으란 말이다."

어, 저, 정말? 나는 그의 말을 따라 조심스럽게 팔을 풀었다. 여차하면 다시 잡고 말릴 생각이었는데, 정말로 제스는 더 이상 검을 휘두르지 않고 그대로 팔을 내렸다. 그는 우두머리 소년을 똑바로 바라보며 나직이 말했다.

"입을 함부로 놀리지 마라."

"얘……, 얘기하지 않을게! 누구에게도! 말하지 않을게!"

제스와 눈이 마주친 것으로 새파랗게 질려버린 그는 그대로 기절해버렸다. 심장이 폭발할 것 같았던 긴박한 상황이 이제야 끝났다. 긴장이 확 풀리면서 하, 하고 큰 한숨이 나왔다. 시종일관 멍해져서 아무 말도 못 하고 있던 라미에도 그제야 가슴을 쓸어내리며 입을 열었다.

"지, 진짜 죽이는 줄 알았네……."

이번엔 제스의 시선이 나와 라미에를 향했다.

"너희 둘, 왜 온 거지? 쓸데없는 참견이라 했을 텐데."

라미에가 크게 흠칫하더니 이내 뻔뻔스럽게 고개를 치켜들었다.

"따, 딱히 도와주러 온 건 아니야, 그저 지나가던 길이었을 뿐이야! 그리고……, 도와준 것에 대해선 고마워하지 않아도 돼!"

"계속 지나가지 그랬나. 너희는 오히려 짐이었다."

"뭐……!"

차가운 확인사살에 라미에의 얼굴이 붉게 달아올랐다. 하지만 나의 관심사는 전혀 다른 곳에 있었다. 새파랗게 빛나는 안광, 감정 한 줌 비치지 않는 얼굴, 피범벅이 된 검을 태연하게 털어내는 모습. 마치 피비린내 나는 전장을 몇 번 다녀온 장수 같지 않은가. 외모를 봐서는 상상도 못 할 장면이다. 이게 그의 숨겨져 있던 진짜 모습인 건가……. 나는 침을 꿀꺽 삼키며 손끝을 떨었다.

"제스 너……, 검술은 어디서 배웠어?"

"……."

제스는 아무 대답 없이 검을 검집에 쑥 집어넣었다. 마치 대답해 줄 의무도, 의지도 없다고 말하는 것 같았다. 손을 마저 털어내자 검붉은 피가 후드득, 땅에 흩어지며 무늬를 만들었다. 더 묻고 싶은 것이 많았으나 꾹 억누르며 마음을 가다듬었다. 이번엔 시선이 검으로 향했다. 하얗고 가볍고 손잡이가 유난히 작은 검.

"제스, 아까부터 봤는데. 그 검 말이야, 지금은 몰라도 앞으로 계속 썼다간 부러질 거야."

당연한 이야기였다. 어째서 저런 검을 쓰는지는 알 수 없으나, 아까 체험했던 바에 의하면 그의 힘은 월등히 강했다. 조금만 더 성장하면 필시 더 세질 것이고 저 얇은 검이 그것을 당해낼 리 없었다.

"부러지면 내게 말해. 내가 좋은 대장장이를 소개해줄 테니까. 척 보기에도 굉장히 좋은 검 같으니 아무에게나 맡길 순 없을 거야."

"그 오지랖은 천성인 것 같군."

제스는 냉랭하게 대답하곤 휙 뒤돌아서서 가버렸다. 그 뒷모습을 보며 라미에는 허탈해 마지않은 얼굴로 중얼거렸다.

"정말 정떨어지게 하는 녀석이잖아."

그렇게 나와 라미에는, 넘기 힘든 그의 테두리 안에 한 발자국, 발을 들여놓았다.

약 2년 후 그는, '평범함'으로 가장했던 그의 진면목을 드러냈다. 아니, 드러냈다기보단 그가 가지고 있는 것들을 더 이상 억누르지 않았다.

역시 내 생각대로 그는 평범함과 정말 거리가 멀었다. 제스는 공부에서든 검술에서든 월등하게 뛰어났다. 선생님들마저 혀를 내두를 정도니, 뛰어나다는 말론 설명이 안 되는 실로 '괴물 같은 녀석'이었다. 도대체 그런 것들은 다 어디서 배운 걸까. 왜 평범한 척을 했냐고 나중에 물어보니, 그저 '그들'이 올지도 모르니 2년 정도는 숨을 죽여야 할 필요가 있다고 말했다. '그들'이 붉은 연꽃이라는 것 또한 한참 후에야 가르쳐주었다.

아, 하나 더 큰 변화가 있었다. 좋은 변화인지 그 반대인진 쉽사리 판단하기 어렵지만, 어느 누구도 그에게 함부로 다가가거나 시비를 걸지 못했다.

삽시간에 그는 선망의 눈길을 한 몸에 받으며 '감히 오르지도 못할 산'이 되어버렸다. 어느 화창한 날, 제스가 나에게 처음으로 말을 걸어왔다.

"오웬이라고 했던가."

"응? 나?"

제스가 먼저 말을 걸어오다니, 너무 놀란 나머지 내가 꿈을 꾸고 있는 건가, 싶었다. 나는 입을 다물지 못한 채 멍하니 제스만 응시했다. 그도 썩 내키진 않는 표정으로 조용히 말했다.

"대장장이."

"어?"

"네 말대로 검이 부러졌다."

나는 어안이 벙벙하여 '어…….' 소리만 내고 있었다. 라미에도 이 상황이 믿기지 않는 건지, 마찬가지로 두 눈만 크게 뜨고 있었다. 제스는 생각할 시간을 주려는 듯 잠시 입을 다물고 있다가 이내 휙 뒤돌아섰다.

"되었다."

"잠깐만! 제스!"

내가 벌떡 일어서며 그를 제지했다. 서늘하게 가라앉은 청색 눈이 자신의 소매를 잡아챈 내 손에 닿았다. 내가 깜짝 놀라며 손을 거두었다. 아차, 내가 너무 흥분한 모양이었다. 하지만 그것도 무리는 아니다. 사실 다른 학생들이 그렇듯, 나도……, 그를 지켜보면서 존경하게 된 것 같았다. 부끄럽지만, 말이다. 나는 그런 속마음을 숨긴 채 고개를 끄덕였다.

"결국 부러졌구나. 아무튼 약속했으니……. 내가 대륙 최고의 대장장이를 소개시켜줄게. 따라와!"

"저기, 이봐. 나는……, 라미에라고 해."

라미에도 약간은 긴장했는지, 답지 않은 객쩍은 얼굴로 제스에게 말을 걸었다.

"안다."

제스의 짧은 말에 라미에의 얼굴이 환해졌다.

"알아? 그럼 나도 알은척해도 돼? 제스, 제스라고 했지! 음, 사실 내가 줄곧 얘기하고 싶었던 게 있었는데. 옛날에 내가 조금 오해를 한 거 말이야……."

제스가 뚱한 눈으로 그를 바라보다가 고개를 휙 돌려버렸다.

"오웬, 안내해라."

조잘거리는 라미에를 무시하고 나와 제스가 먼저 걸음을 옮겼다. 뒤에서 미안했느니 어쨌느니 혼자 허공에 대고 주절거리던 라미에는 깜짝 놀라며 뒤를 쫓아왔다.

"어이, 잠시만! 너 내 말 듣고 있는 거야? 제스라고 불러도 되지?"

"……."

"제스, 내가 사실 너 조사를 조금 해봤는데, 출신지가 불분명하더라? 너 도대체 어디서 온……. 히이익! 검 빼 들지 마!"

셋은 어찌 보면 신기한 조합이었다. 흥미가 다른 데 — 뒷조사와 여자 — 에 있는 라미에는 검과 공부 전부 평균 이상만 유지했다. 나는 공부를 특출하게 잘했으나 검에는 비교적 소질이 없었고 — 라미에는 검을 든 나를 보고 '쇠꼬챙이를 든 바보'라고 했다 — 제스는 말할 것도 없이 아카데미 최고의 수재였다.

셋이 모이면 라미에는 떠들고 나는 적당히 응수해주며 제스는 아무 말 없이 중심에서 무겁게 자리를 잡고 있었다. 라미에의 경우 제스와 가까워지기까지 나보다 더 많은 시간이 필요했지만, 우리는 아카데미에서 알아주는 베스트 프렌드가 되었다.

제스에 대해 좀 더 풀어보자면, 그는 편식을 했다. 그러니까……. 단걸 지독하게 싫어했다. 특히 초콜릿과 케이크 같은 지극히 단것들은 인상을 쓸 정도로 싫어했다. 밸런타인데이의 경우 쏟아지는 초콜릿들을 처리하는 것도 큰일이었다. 그런 날엔 그의 미간은 하루 종일 펴지질 않았다. 단 종류는 보기만 해도 기분이 나빠지는 것처럼 보였다.

또, 제스와 가깝게 지내고 싶어 하는 이들이 너무 많았다. 근위대장으로 내정이 되어 있었던 아론도 마찬가지였다. 그는 우리보다 2년 선배였는데, 몇 년간 끈질기게 제스에게 근위대에 들어오라 권유하며 쫓아다녔다. 하지만 제스는 기사단에 들어가겠다며 거절했다. 붉은 연꽃에 대해 조사하기엔 기사단만 한 곳이 없는 까닭이었다.

우리가 열여덟 살이 되어 아카데미를 졸업하는 날, 나는 제스에게 물었다.

"기사단, 따라가도 되냐?"

"뜻대로 해라."

"참, 귀염성 없는 녀석이란 말이야."

라미에와 나는 제스를 따라 기사단에 입단했다. 제스는 일사천리로 기사단에 입단하여 기사단장이 되었다. 그리고 제스가 기사단장이 된 후 처음 무투대회에 참가했을 때 '그 일'이 터져버렸다.

근위대장 아론은 대진표를 조작해 처음부터 자신과 맞붙도록 했다. 결과는 당연했다. 처참히 박살난 아론은 분노의 화살을, 제스와 절친하면서 만만한 나에게로 돌렸다. 무투대회에서 돌아가는 길, 골목에서 근위대원 몇 명과 근위대장이 나를 기다리고 있었다.

"앙갚음은 너에게 해야겠어."

근위대원 여럿이 나를 잡고, 근위대장이 검을 들고 나의 다리를 잘랐다. 세상이 붉게 변했다.

생살을 잡아 뜯는 것보다 더한 고통에 나는 몸부림쳤다. 산채로 가죽을 뜯어내는 극한의 아픔. 피 뚝뚝 떨어지는 생살 그 자체로 나는 아무렇게나 던져졌다. 믿지 않을 수 없는 또렷한 통증. 저 멀리 내동댕이쳐진 다리 반쪽은 마치 삶아낸 고기마냥 나뒹굴고 있었다. 목구멍을 타고 들어오는 공기가 몸 안을 죄 태울 듯 뜨거웠고, 다리가 잠긴 피웅덩이는 설산의 눈처럼 차가웠다.

고약스레 한 번의 비명조차 내지르지 않고 있는 나에게 근위대장이 속삭였다.

"똑똑히 전해라, 우리를 거스르면 주변 사람들이 어떻게 되는지 말이야."

그의 말이 끝나자마자 희미한 시야에 검은 무언가가 잡혔다. 그 옛날, 다섯 소년들을 쓰러뜨릴 때 봤었던 움직임. 아아, 제스다. 아니, 이제는 단장님이라고 불러야 하는데 입에 잘 안 붙네.

검이 맞부딪치는 소리가 몇 번, 누군가 무릎 꿇으며 쓰러지는 소리가 몇 번. 이런, 단장님이 많이 화난 것 같은데……. 말려야 하는데 정신이 희미해진다. 바닥에 풀썩 쓰러지자 또 다른 손이 어깨를 잡고 단단히 지탱해주었다.

"……오웬! 너! 왜! 여기……. 너! 다리……!"

울먹이는 목소리가 귓가를 때린다. 아아, 라미에. 너 어디 갔었냐. 또 여자 꼬시러 다녔던 건 아니지? 아니면 또 뒷조사하러 갔었니? 너 울긴 왜 우냐, 누가 죽기라도 한 것처럼. 괜찮다고 등이라도 토닥여주고 싶은데 힘이 안 들어가네.

어서 의원에게 가자며 라미에가 날 부축했다. 정신을 가다듬어 눈을 떠 보았다. 살기에 가득 찬 검이 아론의 눈을 찌르고 들어갔다. 진심으로 단장님은 근위대장을 죽이려 하고 있었다. 아, 저러면 안 되는데. 아무리 단장이라도 근위대장을 죽였다간 작위를 박탈당할 텐데…….

"단장님! 기사단장이 되신 이유를 생각하십시오! 한낱 저 때문에 그 일을 그만두지 마십시오!"

아, 내 목소리다. 내가 말하면서도 내가 뭘 말하고 있는지 인식이 되질 않았다. 어쨌든 옛날처럼 이 말도 들어먹혀야 될 텐데. 나는 그대로 정신을 잃었다.

시리도록 파란 하늘이 눈물 나게 아름다웠다. 그것이 내 눈에 담은 마지막이었다.

다시 눈을 떴을 땐, 병동의 새하얀 천장이 나를 반겨주었다. 무릎 밑이 허했고 그곳에서 느껴지는 극심한 통증은 말할 필요도 없었다. 시선을 돌려보니 라미에와 단장님이 보였다.

아아, 나 살았구나.

실없는 농담을 던지니 그게 무슨 말이냐며 라미에가 화를 냈다.

라미에, 너 얼굴이 왜 그렇게 엉망이야? 네가 다쳤니? 단장님 봐. 무표정하시잖아.

내가 희미하게 웃었다. 울상이 된 라미에가 이런 상황에서 웃지 말라며 핀잔을 준 후 차근차근 그 후의 상황을 이야기해주었다. 기사단장님은 내가 쓰러지자마자 검을 멈추셨다고 한다. 하지만 근위대장에게 상해를 입힌 죄로 근신 처분을 받았으며, 근위대장도 똑같은 처분을 받았다고 한다. 살인 미수치고는 가벼운 형벌이었으나 지위와 집안 뒷배 때문에 어쩔 수 없다는 건 잘 알고 있었다. 분함보다는 단장님이 단장직에서 쫓겨나지 않았다는 데 대한 안도감이 컸다. 혹여 나 때문에 쫓겨나셨다면, 난 평생 나를 용서하지 못할 것만 같았다.

안도해 마지않는 나를 향해 단장님이 입을 열었다.

"미안하다."

"……."

"미안하다."

나는 두 눈을 크게 뜨고 단장님을 바라봤다. 아, 무표정한 게 아니었다. 너무도 슬프고 괴로워하고 있었다. 그 고요한 아픔과 마주하니 가슴이 짜르르 아파 와서 얼굴이 일그러졌다.

"단장님 탓이 아닙니다."

"……."

"정말입니다."

나의 말에 단장님의 눈에 더 어두운 그늘이 내려앉았다. 라미에도 뒤이어 나보고 미안하다고 말하면서 갑자기 울었다. 덩치 큰 사내자식이 우니 소름이 돋아야 맞는 건데, 평생을 동생같이 돌봐온 라미에가 우니 안쓰러움이 더 컸다.

네가 뭐가 미안해? 하여간 단장님도 너도…….

단장님과 라미에는 그 후부터 귀찮을 정도로 나를 배려해주었다. 하지만 나는 이미 단장님에게 아무 도움이 되지 않는다는 것을 충분히 알고 있었다. 특히 나를 볼 때마다 라미에와 단장님의 눈빛은 보는 사람이 괴로울 정도로 침체되었다. 그때 나는 깨달았다. 아, 나는 여기에 있으면 안 되는구나.

의족에 익숙해졌을 무렵, 나는 단장님에게 내 결심을 말했다.

"단장님, 기사단을 나가겠습니다."

단장님과 라미에의 얼굴이 동시에 굳었다.

"여기에 있어라."

"그래! 여기 있어! 굳이 검을 쓰지 않아도 할 일은 많잖아!"

역시 득달같이 반대를 하고 나서는 그들을 보며 나는 웃음이 터졌다. 뭐가 웃기냐는 듯 쳐다보는 그들의 얼굴조차 웃겼다. 아니, 슬펐다. 끝까지 그들과 함께할 수 없음에 사실 슬펐다.

아아, 어떻게 하지. 너희 둘 걱정되어서 내가 어떻게……. 노도처럼 밀려오는 내 생각이 티 날까 싶어, 얼굴을 최대한 가다듬으며 확고히 말했다.

"아니, 검을 쓸 수 없는 기사는 하등 쓸모가 없습니다. 여기서 단장님의 짐이 될 순 없습니다. 이참에 어디 경치 좋은 곳에 가서 쉬겠습니다."

"지낼 곳은 내가 마련해주겠다."

"아니요, 그건 제가 알아서……."

"오웬, 그 정돈 내가 하게 해줄 수 있지 않나."

와, 저런 완곡한 어투는 처음 들어봤다. 놀랄 새도 없이 라미에는 가지 말라며, 여기 있으라며, 뭐가 문제냐고 옆에서 우기고 난리를 피웠다. 내가 한사코 거절을 하자 그는 방에 틀어박혀 며칠간 나오지 않았다.

몇 날 며칠을 다툰 결과, 나는 단장님의 강압에 못 이겨 그가 어린 시절을 보냈다는 '하얀 엘프의 들판'으로 가기로 했다. 떠나는 날, 라미에가 마중을 나와주었다. 자주 보러 가겠다며, 녀석은 억지로 웃었다. 조금이라도 위로의 말을 건넸다간, 바늘로 풍선을 찌르는 것과 진배없을 것 같아 간단하게 잘 있으라고만 했다.

이어 단장님의 집무실을 향해 경례를 했다. 조금은 섭섭했다. 그래도 친구가 가는 길을 배웅도 해주지 않다니.

하지만 난 고개를 든 순간 보았다. 창가에서 황급히 사라지는 익숙한 그림자를. 괴로운 미소가 떠올랐다. 그길로 나는 기사단을 떠났다.

그렇게 5년이 지난 후, 오랜만에 단장님이 오신다고 했다. 그 특유의 말 없는 태도 때문에 주변 사람들에게서 오해를 사고 있지나 않은지 걱정을 많이 하던 차에 들린 희소식이었다. 단장님은 어떻게 변하셨을까, 친구가 둘에서 하나로 줄어서 말수는 더 적어지지나 않았을는지…….

하지만 그것은 다 내 기우에 불과했다. 도리어 단장님은, 차가워지기는 커녕…….

"콩, 다 먹어라."

"아? 싫은데……요……. 맛없어요."

"먹으라고 했다."

"먹기 싫다니까요! 나는 어렸을 때부터 콩을 안 먹었단 말이에요."

"편식이 심하군. 그러니 키가 그 모양인 것 아닌가."

"아니, 내 키가 뭐가 어때서……. 제스가 심하게 큰 거예요! 거기다 콩

공녀님!
공녀님! 3

이랑 키가 무슨 상관이에요! 제스, 지금 나한테 시비 거는 거예요?"

"내가 너인 줄 착각하나. 두말 말아라. 먹어라."

"완전 억지! 남의 먹는 거에 왜 이렇게 관심이 많아요? 이제 보니 오지랖이 참 넓은 편이었네요."

"마음대로 생각해라. 먹어라."

"먹었어요! 됐어요? 이제 만족해요?"

"나중에 뱉을 거 다 알고 있다. 이 자리에서 모조리 삼켜."

"으으……."

……웬 팔불출이 되어 있었다.

◇ ◆ ◇

"……그래서 제스가 무투대회에 나가길 거부한 거군요."

이야기가 끝난 한참 후에 아렌이 허탈하게 중얼거렸다. 오웬은 바람에 흩날리는 머리카락을 손으로 정리하곤 고개를 끄덕였다.

"예. 아직도 단장님은 제 다리가 이렇게 된 것을 자기 탓이라고 생각하고 계십니다, 내색은 하지 않으시지만 아마도 그럴 겁니다."

아렌이 눈을 질끈 감았다. 다리에 그런 몹쓸 짓을 하다니, 오웬이 당한 짓에 비하면 암살자로 몰렸던 자신은 양반이라고 여겨질 정도였다. 마음 같아선 이 자리에서 실컷 욕을 해주고 싶었지만, 아무리 화가 나도 당사자만 할까. 아렌은 씩씩대면서 분을 삭였다.

제스는 기분이 어땠을까. 눈앞에서 어머니가 죽어가는 모습을 본 것도 모자라 친구마저 자기 때문에 다쳤다고 생각하고 있다니, 돌덩이가 어깨를 짓누르고 있는 기분일 거다. 내가 도와줄 수 없는 무거운 짐. 아렌은 이루 말할 수 없이 답답해져서 다리를 끌어 모아 턱을 괴었다.

한참 후에 오웬이 불쑥 그녀에게 질문을 던졌다.

"단장님을 어떻게 생각합니까?"

아렌의 어깨가 매 맞은 듯 움찔했다. 그녀의 기색을 살피며 오웬이 운을 하나 더 떼어보았다.

"단장님은 특별히 아렌 경을 많이 아끼십니다, 아시지요?"

아끼다니, 제스가 날? 갑자기 화가 싹 가라앉으며 머릿속에서 폭죽이 타타탁 터져대는 것 같았다. 목소리를 떨지 않고 산뜻하게 안다고 할 수가 없어 아렌이 대충 고개를 끄덕였다. 얼굴이 조금 달아오르는 것 같아 들킬세라 무릎 사이에 얼굴을 파묻었다.

오웬이 점잖게 입을 열었다.

"그런 의미에서 아렌 경이 단장님 곁을 잘 지켜주셨으면 합니다."

"어어, 네……, 기사로서 기사단장님을 보필하는 건 당연한 거니까요."

"후후."

오웬이 웃음이 왠지 의미심장하게 들리는 건 느낌 탓일까. 아렌은 이 이상한 분위기를 견딜 수 없어 다른 화제를 꺼냈다.

"어, 음……. 그런데, 부단장님은 어렸을 때부터 싹수가 노랗……. 아니, 뒷조사를 좋아하셨군요."

"어투가 지금도 좋아한다는 것처럼 들리는군요. 아직도 뒷조사를 하고 다닙니까?"

"네, 뭐……. 그걸 취미처럼 여기고 있는 모양이에요."

아렌이 고개를 끄덕이자 오웬의 입에서 쯧, 혀 차는 소리가 새어 나왔다.

"계급장도 달았겠다, 그 녀석이 펄펄 날아다니는 게 눈에 선합니다. 이런, 제가 조만간 한번 들러야겠습니다."

"날아다니다니……. 푸하핫. 오웬 님이 말씀하시는 부단장님은 제가 아는 사람이랑 영 딴사람 같네요. 제가 아는 부단장님은 꽤……, 날카로운 분이신데요."

아렌이 라미에가 했던 말들을 떠올리며 말했다. 오웬이 의아한 듯 고개를 기울였다.

"날카롭다니……. 이런, 아렌 경과 라미에 사이에 뭔가 일이 있었습니까?"

"음, 사소한 오해가 있었어요. 자세한 건 말씀 못 드리지만 어쨌든 지금도 조금은, 제가 못마땅하신가 봐요."

"혹시 뒷조사를 하고 협박을 했습니까? 가령……, 기사단을 나가라거나?"

"어떻게 아셨어요?"

아렌이 두 눈을 동그랗게 뜨며 물어보자 오웬이 그녀를 빤히 응시했다.

날카롭다, 오해, 라는 단어만으로 라미에야 어떻게 행동했는지 손바닥 보듯 훤하다. 하지만 라미에는 까닭 없이 뒷조사를 하고 협박을 일삼는 아이가 아니다. 그 말은 아렌에게도 어떤 책잡힐 만한 일이 있었단 소린데……. 거기다 기사단을 나가라고까지 했다니, 오해라고 하더라도 어떤 일이기에?

아니, 그건 그렇다 치더라도 아렌 경에게 기사단을 나가라고 협박했다니, 모처럼 단장님께서 남에게 마음을 여셨는데. 오웬은 고개를 설레설레 저으며 입을 열었다.

"아렌 경, 제가 좋은 방법을 가르쳐드리겠습니다."

"네? 좋은 방법이요?"

"예, 잠시 귀를 빌리겠습니다."

오웬은 아렌의 귓가에 대고 무언가를 소곤거렸다. 말을 마친 오웬이 멀어지자 아렌은 미심쩍은 얼굴로 고개를 갸웃거렸다.

"정말요? 그거면 찍소리도 못 해요?"

"밑져야 본전이니 곤란할 때 한번 써보십시오. 후회하진 않으실 겁니다."

아렌은 한번 해보겠다며 고개를 끄덕거렸다. 이야기가 꽤 길어진 탓에 해는 이미 저문 지 오래였고, 밤하늘엔 알알이 박힌 별들이 달빛과 어울려 신비한 빛을 쏟아내었다. 오웬은 자리에서 일어나며 가볍게 웃었다.

"시간이 늦었군요. 단장님께서 기다리고 계실지 모르니, 돌아가는 게 좋겠습니다."

"한잔 하시려면 저도 불러주시지 그러셨습니까."

오웬이 가볍게 말을 건네며 제스의 건너편에 앉았다. 제스는 그에게 눈길도 주지 않고 묵묵히 잔에 술을 따랐다. 40도가 넘는 술이 찰랑이며 유리잔 안에 떨어져 부서졌다. 쏟아질 정도로 붓고 나서야 멈추었다. 제스가 양주병을 내려놓으며 입을 열었다.

"오웬, 난 아직 너에 대한 화가 가시지 않았다."

싸늘한 목소리를 듣자 오웬은 무언가 아주 차가운 액체가 몸속에 흐르는 기분이 들어, 반사적으로 주변에 검을 찾았다. 다행히도 검은 없는데……. 이런! 부엌에 부엌칼이 있다. 하지만 품위가 있는데 설마 부엌칼을 빼 들어 던지시진 않겠지, 라고 생각하며 오웬이 능청스럽게 말머리를 돌렸다.

"벌써 내일 가신다니, 좀 더 머무르고 가시지 않고요."

"……."

"라미에 녀석도 좀 오라고 해주십시오. 이 녀석, 항상 온다고 말만 하고 정작 오질 않으니……."

"기사단이 꽤 바쁘다."

짧게 말한 제스가 잔을 들고 단숨에 양주를 들이켰다. 힐끗 보니 벌써 양주의 반을 마셨다. 한 잔만 마셔도 목이 타들어갈 것 같을 텐데……. 오웬의 얼굴이 걱정스럽게 변했다.

"단장님, 오늘따라 술이 과하신 듯합니다."

"……."

제스는 대답 없이 다시 잔을 채웠다. 저 독한 술을 반 병째 마시고 있는데도 날카로운 눈빛만은 여전해, 전혀 취한 것 같지 않았다. 차라리 취하기를 바라는 듯 그가 연거푸 술을 들이켰다. 이제껏 제스가 술을 자의로 마시는 걸 본 일이 없는데, 보통 심란한 게 아닌 모양이었다.

"마음을 정리할 일이 있을 때마다, 단장님은 이곳에 오셨죠."

"……."

"생각하실 일이 많으십니까?"

"나는 이미 여럿 잃었다. 그것도 내 눈앞에서."

제스의 눈빛은 묘했다. 어두운 눈동자에 빛 한 점 반사되지 않았다. 그의 얼굴에 자못 씁쓸한 기색이 감돌았다.

"지금 와서 누군가를 곁에 둘 순 없다."

조용조용한 제스의 말은, 그저 오웬에게는 확신 없는 허황된 울림일 뿐이었다. 오웬은 목소리에 힘을 실어 말을 이었다.

"그렇다고 놓아버릴 순 없지 않습니까. 정작 그렇게 되길 바라지도 않으실 테고."

제스가 한 번 더, 잔에 가득 담긴 양주를 쭉 들이켰다. 오웬은 말을 이어갔다.

"과거의 일에 사로잡혀 눈앞의 행복을 포기하지 마십시오. 때로는 마음 가는 대로 행동하는 것도 좋고요. 장담컨대 이러다간 단장님께서 못 버티십니다."

"행복, 이라."

말끝을 한숨으로 흩트리며 제스가 잔을 채웠다. 술잔을 바라보는 제스의 눈빛이 지독하게 허전하고 아파 보여서, 오웬은 정말 괜찮으냐고 묻고 싶을 정도였다. 이런 모습의 제스라니, 위화감이 들었다. 너무 낯설고 생경해서 차라리 기묘했다.

"어? 제스!"

높고 밝은 목소리에 제스의 손이 눈에 띄게 움찔했다. 동시에 오웬의 숨통도 꽉 막혔다. 아렌은 빠른 걸음으로 그들에게 다가와 테이블을 보고 두 눈을 동그랗게 떴다.

"어어, 제스? 지금 술 마시는 거예요? 웬일이래……."

아렌이 털썩, 소리가 날 정도로 제스 옆에 주저앉았다. 오웬은 숨을 죽이고 그녀의 기색을 살폈다. 설마 들은 건 아닐는지. 하지만 그것은 기우에 불과했던 듯, 아렌은 술병을 들고 발랄하게 말을 이어나갔다.

"평소엔 술에 입도 안 대더니……. 뭐라도 먹고 술 마시는 거예요? 빈속에 술 마시면 속 상하는데……."

"……."

"어? 이거 독한 술 같은데……. 이런 거 먹으면 몸에 안 좋아요. 에클렛 님한테 일러야겠어요. 제스, 술고래라고."

제스가 아렌의 실없는 농담에 피식, 가벼운 미소를 지었다. 미소라니. 송곳으로 찔러도 비집고 들어갈 틈이 없던 무표정에? 오웬은 기가 막힌다는 듯이 허허, 웃었다. 저런 얼굴을 하고서 누군가를 옆에 둘 순 없네, 말하는 게 신기할 정도다.

한편 술병에 정신이 팔린 아렌이 병마개를 빼내 킁, 냄새를 맡아보았다.

"으음, 맛있는 냄새가 나는 것 같기도 하고. 나도 한잔 마셔봐야지!"

아렌이 콧노래까지 흥얼거리며 술잔을 끌고 오려는 순간, 제스가 검지로 그녀의 이마를 탁 짚고 밀어냈다. 아렌의 목이 손가락 하나에 쉽게 뒤로 젖혀졌다. 제스의 나머지 손이 바람같이 다가와 술병을 빼앗았다.

"안 된다."

"왜요?"

아렌이 콧잔등을 찌푸리며 이마를 슥슥 문질렀다. 제스는 미간을 좁히며 엄하게 을렀다.

"마시지 마라."

"왜요!"

네가 저번에 술을 마시고 무슨 일을 저질렀는지 모르겠지. 제스는 목구멍까지 차오른 말을 간신히 삼켰다. 누르면 누를수록 더 튀어 오르는 특유의 반항심을 알기에, 그저 무시하는 게 나을 성싶어 고개를 획 돌려버렸다. 아렌은 콧잔등을 찌푸리며 조그맣게 투덜거렸다.

아렌이 술에 취해 제스에게 키스를 한 사건을 알 리 없는 오웬은 제스의 행동이 팔불출의 과보호라고 생각하고 손사래를 활활 쳤다.

"에이, 단장님. 이래 봬도 아렌 경도 사내대장부에 나이가…….."

오웬이 아렌을 힐끗 보자 아렌은 얼른 고개를 끄덕이면서 대답했다.

"열아홉요."

"……열아홉인데 이 정도는 마셔도 되지 않겠습니까!"

"그래요, 제스! 이 나이에 술을 못 마시게 하는 건 인권침해라고요!"

잔뜩 분개한 아렌이 테이블을 탕탕 내리치며 외쳤다. 하지만 제스는 아렌이 뭐라 하건 한 마디도 듣고 싶은 생각 따윈 없었다. 그는 아렌이 더 이상 떠벌릴 여유를 주지 않고 엄하게 말했다.

"뒷일을 책임지지 못하는 자에겐 권리 따윈 없다."

"우우…….."

"그런 소리 내봐야 안 통한다."

고압적인 명령에 가까운 말에 아렌이 팩 토라져 제스를 거의 노려보다시피 쳐다봤다. 오웬은 둘 사이를 번갈아가면서 보다가 갑자기 언성을 높이며 제스 뒤를 가리켰다.

"어어! 단장님! 저기에!"

"……."

"저길 좀 보십시오, 단장님!"

제스는 어이가 없다는 듯 오웬을 쳐다보다가 얕은 한숨을 내쉬며 그가 가리키는 곳으로 고개를 돌렸다. 이젠 너희 멋대로 해보라는 체념에 가까운 심정이었다. 그사이 아렌은 냉큼 이때다, 하면서 제스의 잔을 들어 입을 가져다 댔다. 한입 가득 쭉 들이붓다시피 한 아렌은 금방 얼굴을 일그러뜨렸다.

"으악! 켈록! 켈록! 쿨럭! 컥! 아……. 이거 맛이, 쿨럭! 왜 이래! 제스, 도대체, 쿨럭! 이거 어떻게 마시는 거예요? 쿨럭! 쿨럭!"

다시 테이블 쪽으로 고개를 돌리는 제스는 한심스러움이 반쯤 섞인 눈빛으로 아렌을 바라봤다. 오웬은 의외라는 듯 이마를 긁적거렸다.

"술이 약하셨군요. 양주 마시고 싶어 하시기에 센 줄로만 알았습니다."

"쿨럭! 쿨럭! 쿨럭! 으웩! 쿨럭! 아, 내 목!"

"자업자득이다."

목이 타들어갈 듯한 양주의 느낌에 눈꺼풀을 들썩이며 정신을 차리려 하는 아렌에게 제스가 퉁명스럽게 뇌까렸다. 제스는 아렌에게서 잔을 빼앗아들면서 대신 찬물을 손에 쥐여주었다. 누가 건네주었나 생각하기도 전에 아렌은 기다렸다는 듯 물을 벌컥벌컥 마셨고, 심호흡을 하며 속을 진정시켰다.

둘의 모습을 흐뭇하게 바라보던 오웬이 자리에서 일어났다.

"아렌 경, 양주는 너무 독하니 과실주를 마시는 게 어떻겠습니까? 거의 도수가 없는 술이니 괜찮을 겁니다. 그 정도는 괜찮겠지요, 단장님?"

제스는 힐끗 아렌을 바라보았다. 아렌의 눈동자는 강렬하게 반짝이며 마시고 싶다는 의지를 표명하고 있었다. 설마 과실주에 정신을 잃을 정도로 취하겠나 싶어, 이번엔 제스도 선선히 고개를 끄덕였다.

오웬은 아렌에게 가져다줄 석류주와 안주를 만들며 콧노래를 흥얼거리고 있었다. 쟁반에 이것저것 담던 오웬은 인기척이 느껴져 뒤를 돌아봤다. 어느새 제스가 문간에 서서 오웬을 쳐다보고 있었다. 단장님, 아렌 경은 혼자 놔두고 여기 오셨습니까, 라고 말하려던 오웬은 바깥에서 느껴지는 기척에 입을 다물었다.

일곱, 아니, 열인가. 그들의 정체를 익히 가늠한 오웬은 부엌 구석진 곳에서 제스의 검을 꺼내 제스에게 건넸다.

"……혼자서 괜찮으시겠습니까?"

"먼저 돌아가 있도록."

검을 받아 든 제스는 짤막하게 말하고는 집을 나섰다. 끝없이 펼쳐진 들판에 홀로 선 그가 허공을 향해 속삭였다.

"나와라."

기다렸다는 듯, 어둠 속에서 열 명의 인영이 모습을 드러냈다. 그들이 일제히 검을 뽑아내며 제스를 포위했다. 어둠에 익숙해진 눈은 검의 손잡이에 새겨진 붉은 연꽃 문양을 찾아내었다. 스릉. 검기에 물든 은광이 어둠 속에서 빛났다.

"우두머리가 누구인지 말해라."

순식간에 붉은 연꽃 아홉을 처리한 제스가 남은 하나의 목을 발로 짓밟으며 차갑게 말했다.

"크윽……!"

신음 소리를 흘리던 그는 있는 힘을 긁어모아 자신의 손을 입에 갖다 댔다. 제스가 팔을 잡고 떼어냈을 때엔, 그는 이미 반지에 달려 있던 무언가를 삼킨 후였다.

"그어어억!"

그의 입에서 고통에 찬 신음 소리와 함께 거품이 주르륵 흘러나왔다. 전신이 경련하듯 부르르 떨리더니 이내 나무토막처럼 딱딱해지고 동공이 풀렸다.

제스는 천천히 발에서 힘을 빼고 그에게서 반지를 회수했다. 단순한 디자인의 금반지엔 보석 대신 독극물이 달려 있던 모양이다. 암살에 실패할 경우 자결하라는 뜻으로 주어진 반지일 것이다. 뒤돌아 가려던 제스는 문득 무언가를 발견하고 미간을 좁혔다.

저 진득한 초록색 거품……. 어디선가 본 적이 있다. 기억을 더듬던 제스는 이내, 샹들리에 사건에서 죽은 시종도 초록색 진득한 거품을 물고 죽어 있던 걸 떠올렸다.

"제스! 어디 다녀왔어요?"

"오셨습니까."

"……."

제스는 말없이 원래의 자리로 돌아가 앉았다. 아렌은 어딜 갔다 왔냐는 둥 올 때까지 기다렸다는 둥 고맙지 않으냐는 둥 조잘댔고, 오웬은 제스가 어디 다친 곳이 없는지 살폈다. 제스가 간단히 눈짓을 하여 대답을 하자 그제야 오웬이 안심을 하며 자신이 가져온 석류주를 아렌에게 건네주었다.

"자, 이건 아렌 경을 위한 달달한 석류주입니다."

"적당히 마셔라."

아렌이 히죽 웃으며 제스를 향해 고개를 두 번 끄덕거렸다. 석류주를 따르자, 덩굴장미의 꽃잎처럼 부드러운 붉은 빛이 유리벽에 부딪치며 눈물처럼 흘러내렸다. 잔을 들어 맛만 봤을 뿐인데 양주와는 달리 달짝지근한 향취가 입과 코에 맴돌았다. 제스는 여전히 양주를 들이켜는 척하면서도 그녀가 얼마나 마시는지, 과음은 하지 않는지 몰래 살폈다. 둘을 흐뭇하게 바라보던 오웬이 좋은 생각을 떠올린 듯 미소를 머금으며 입을 열었다.

"단장님, 그런데 아까 하던 얘기 말입니다. 단장님께서 마음에 두셨다던 그분 말인데……."

"오웬."

갑작스런 오웬의 발언에 제스가 다급히 그의 말을 끊었다. 하지만 아렌은 이미 '마음에 두었던 그분'이라는 단어에서 입에 있던 석류주를 조금 내뿜어버렸다.

"쿨럭! 쿨럭! 켁! 쿨럭! 뭐, 뭐라고요? 뭐, 뭐, 뭐, 뭐? 뭐라고요?"

"……."

"제스, 이게 무슨 소리예요? 제스가 누굴 맘에 둬요? 제스가? 그……, 그 제스가?"

그 은색 눈동자를 마주하며 제스는 오웬의 목을 진작 잘라버렸어야 됐다고 후회했다.

문득 시야 안에 부엌칼이 들어왔다. 순간적으로 저거라도 들고 싶은 생각까지 들었다. 제스에게서 아무런 대답이 돌아오지 않자 아렌은 석류주 한 잔을 확 비워버렸다. 그렇게라도 하지 않으면 억장이 무너질 것 같았다.

"후후, 두 분 이야기 나누십시오."

둘만의 시간을 마련해주겠다는 듯, 오웬이 그 자리를 떠났다. 문이 닫히는 작은 소리가 들린 후엔 침묵이 흘렀다.

마음을 둔 사람이 있다고? 제스가? 눈살이 왈칵 일그러지고 평온했던 가슴이 짜부라질 듯 뒤틀렸다. 아렌은 미친 듯이 뛰어대는 가슴을 한 손으로 꾹 내리누른 채 심호흡에 집중했다. 한참이 지난 후에 아렌이 물었다.

"누군데요?"

"그런 사람 없다."

"역시 이자벨 영애님이신가요?"

아렌 자신이 들어도 목소리가 무쇠처럼 딱딱했다. 제스는 말없이 아렌에게 시선을 고정했다. 투시라도 할 것처럼 강렬한 눈길에 아렌이 떨떠름한 표정을 지었다.

"뭘……, 그렇게 봐요?"

"……."

아렌을 가만히 쳐다보기만 하던 제스가 한숨을 쉬며 잔에 술을 채웠다.

"대답한 걸로 치지."

고요하게 말하고 잔에 든 술을 단숨에 들이켰다. 저게 무슨 대답이라는 거야. 한껏 짜증난 아렌이 잔을 다시 들자 제스가 조용히 입을 열었다.

"내가 물을 차례군."

"차례라니, 그런 게 어딨……."

"너는 있나?"

제스의 목소리가 차분할수록 아렌은 가슴이 답답해졌다. 뭐가요, 라고 물으며 발뺌하고 싶었으나 그러지 않았다. 아렌은 호흡을 가다듬고 최대한 산뜻하게 대답했다.

"있어요."

"누구지?"

곧장 치고나오는 말에 아렌이 말없이 제스를 뚫어져라 바라보았다. 곧이어 그녀는 시선을 떨어뜨리고 술을 단숨에 들이켰다. 속에서 확 올라오는 술기운이 느껴졌지만 차라리 더, 연거푸 들이켜고 싶었다. 탕, 소리가 날 정도로 잔을 세게 내려놓은 아렌은 벌겋게 달아오른 눈으로 제스를 바라봤다.

"자, 이제 내 차례예요. 이자벨 공녀를 마음에 둔 거 맞아요?"

아렌의 말이 끝나기도 전에 제스가 잔을 들고 입에 술을 털어 넣었다. 한 방울도 남기지 않고 들이켜고 나서 다시 입을 열었다.

"마법사인가?"

아렌이 눈을 동그랗게 떴다.

마법사라니? ……아, 세이를 말하는 건가? 마음속 무언가가 크게 꿈틀거렸다. 한마디 쏘아붙이려던 아렌은 말을 모두 삼키며 한 잔 더 들이켰다. 아렌이 묻고, 제스는 마셨다. 제스가 묻고, 아렌이 마셨다.

그렇게 오웬이 마련해준 '둘만의 시간'은 어느새 '대작', 즉, 어느 한쪽이 죽을 때까지 마시는 시합으로 변질되었다.

제스가 마시는 건 40도가 넘는 양주, 아렌이 마시는 건 고작해야 과실주지만 수차례의 똑같은 질문이 오간 후 먼저 뻗은 건 아렌 쪽이었다. 아렌은 어금니를 꽉 틀어 문 채 몽롱해지는 정신줄을 겨우겨우 잡고 있었다.

"으이익……. 누우구야……."

"……."

"내, 내애 차아례……."

"이제 그만 마셔라."

참다못한 제스가 아렌이 들고 있는 술잔에 입을 대고 홀짝 마셔버렸다.

아렌의 눈이 게슴츠레 가느다래졌다.

"제스야말로 마않이 취한 것 가튼데? 그만 항보옥해요오."

"음식 가려 먹는 어린애와 같은 줄 아나, 멀쩡하다."

과연 제스는 양주 한 병을 깔끔하게 다 비워놓고 발음은 또박또박, 심지어 얼굴은 달아오르지도 않았다. 아, 무슨 인간이 저래⋯⋯?

아렌이 고개를 좌우로 털었다. 어질어질 뭉그러지는 시야를 대충 수습하려는데 잘 안 되었다. 등에서 자꾸만 힘이 빠져나가 앉아 있기가 난감했다. 하지만 저 얄미운 얼굴에 대고 취한 모습을 보여주기가 싫어, 최대한 정확하게 발음하려 애썼다.

"아안, 취했어요. 마알할 때까진 아안 취해애⋯⋯."

"고집부리지 마라."

확 술이 오른 아렌은 충동적으로 제스의 뺨을 꾹 움켜쥐었다. 나는 골머리가 징징 울리는 게 벌써부터 취기가 올라오는 것 같은데, 제스의 매끄러운 목소리엔 변함이 없다. 오늘따라 정말 얄밉다, 얄밉다, 아, 얄미워! 그의 양 볼때기를 인정사정없이 쭉쭉 잡아당기면서 아렌이 외쳤다.

"으이씨, 왜 마알 아안 해! 제스! 빠알리 마⋯⋯, 뫄알⋯⋯, 아안 안 해?"

"아엔."

"으씨⋯⋯, 왜 마알 안 해주어어⋯⋯. 마알해애⋯⋯. 이 바보가⋯⋯."

"나라."

'아렌, 놔라'고 발음했으나 새어버렸다. 놓지 않으려고 손에 힘껏 힘을 주었는데 제스는 너무도 쉽게 그녀의 팔목을 잡고 떼어냈다. 제스의 양 볼이 조금 빨갛게 부풀어 올랐다. 팔목이 잡힌 아렌은 인상을 한껏 구기며 투덜거렸다.

"하기 싫음 말든가. 으씨! 진짜 쫌팽이⋯⋯."

"정신이 또 나갔나 보군."

"으…… 으히히."

"바보처럼 웃지 마라."

술잔을 높이 쳐들며 키득거리는 아렌에게서 술잔을 확 빼앗자 그녀의 눈살이 왈칵 일그러졌다. 쫌팽이, 멍청이, 바람둥이와 같은 단어를 조그맣게 내뱉다가 아렌의 시선이 테이블 위에 간소하게 차려진 안주에 향했다. 무슨 생각을 하는지, 빤히 들여다보다 그녀가 제스를 향해 키득거렸다.

"안주 먹여줄까?"

"필요 없다."

필요 없다는데도 아렌은 꿋꿋이, 납작한 접시에 담긴 닭꼬치를 포크로 콕, 집어 들었다. 뜨겁지도 않은데 호호, 입김을 불어 식히더니 제스 입 앞에 들이밀었다.

"아아아 해봐아아아."

아주 어린애가 어린애 취급이다. 제스의 눈매가 사나워지자 아렌은 성큼 당겨 앉아 제스의 뒷목을 감싸 쥐고 입가에 닭꼬치를 갖다 대었다. 제스는 코앞으로 내밀어진 안주를 뚫어져라 노려보다가 살짝 입을 벌려봤다. 입안으로 쏙 들어온 닭꼬치가 나쁘진 않아 조금 씹어 넘겼다. 양 볼에 손톱자국이 나 있는 제스를, 턱을 괴고 흐뭇하게 바라보던 아렌이 해맑게 웃었다.

"우물거리는 거 귀여워. 또 줄까?"

아렌이 새 닭꼬치를 집어 들려 하자 제스는 잽싸게 고개를 뒤로 뺐다.

"됐다."

제스가 최대한 차갑게 대꾸했다. 대체 지금 뭘 하고 있는 건지 이해가 가질 않았다. 미친 건가. 안주를 한 점이라도 더 먹으려고 허공에 포크를 이리저리 휘두르던 아렌은 술기운을 이기지 못하고 엎어지다 테이블에 이마를 콩 박았다.

"무······. 무울······. 무울······."

타들어가는 목마름에 손으로 테이블 위를 더듬거리고 있는데, 목 아래로 큼직한 손이 들어와 조심스럽게 일으켜 앉히더니 입에 컵을 대주었다. 시원한 느낌이 입을 따라 식도로 흘러 들어갔으나 쓴맛은 여전히 감돌아 불쾌했다. 물이 쓰다며 오만상을 찌푸리는 그녀를 다시 테이블 위에 내려주며 제스가 혀를 찼다.

"고집부리지 말고 적당히 마시라고 했을 텐데. 언제쯤 되어야 말을 들을 거지?"

"나 안, 안 취했······. 흐헷취! 안······, 안 취해애애······."

말을 얼버무리며 끝내 아렌이 눈을 감았다. 그녀를 내려다보는 제스의 눈매가 살짝 누그러졌다. 자신의 과오도 크다. 술을 들이마실 때 저지했어야 했는데 쓸데없는 고집에 휘말려 그만······.

뒤늦게야 술기운이 번지는지 머리가 약간 멍해졌다. 40도가 넘는 양주를 빈속에 연거푸 들이부었으니 그럴 만도 했다. 제스는 크게 한숨을 몰아쉬고 자리에서 일어섰다.

"아렌, 일어설 수 있겠나?"

아렌은 그새 잠이 든 모양인지 테이블에 머리를 박은 채 미동조차 없다. 아렌을 부축할 생각으로 제스가 손을 뻗은 순간, 쾅당! 그녀가 갑자기 의자를 박차고 벌떡 일어섰다.

"헤헤······. 당연······. 어라라."

씩씩하게 일어난 게 무색하게 그녀는 무릎 뒤를 걷어차인 사람처럼 꼴사납게 무너져 내렸다. 제스가 황급히 그녀 머리 아래로 한 팔을 집어넣고 나머지 손으로 좁은 등을 끌어안아 품 안에 밀착시켰다.

"······."

제스가 조심스럽게 그녀를 안아들어 아렌의 방으로 향했다. 아렌은 거리낌 없이 제스의 목에 양팔을 두르고 대롱대롱 매달렸다. 술 때문에 열오른 체온이 가까이에서 고스란히 전해져 목울대가 뻣뻣해졌다.

인내심을 시험받는 기분에 발걸음을 재촉하여 아렌의 방에 도착했다. 침대에 내려놓으려는데 아렌은 찰싹 들러붙어서 팔을 풀질 않았다. 한참이 지나도 놓질 않는 게, 이 자세로 밤을 샐 생각인 것 같았다. 간헐적으로 이히히히 하며 불길하게 웃어대는 게, 심상치가 않았다.

제스는 자신이 낼 수 있는 최대한 엄격한 목소리로 말했다.

"놔라."

"아아안 놓을 끄야으아아으······."

"아렌, 놔라."

"우우······."

아렌은 잔뜩 인상을 찌푸리고 어정쩡하게 팔을 풀었다. 안은 것도 아니고, 그렇다고 푼 것도 아닌. 여차하면 다시 안아버릴 태세다.

"착하다."

제스가 그녀의 머리를 가볍게 쓰다듬어주었다. 고운 은발 머리카락이 손가락 사이로 흘러내리며 사락거렸다. 제스가 멀어지려 하자, 갑자기 아렌이 입술을 부루퉁 내밀었다가 제스의 목에 팔을 휘감았다. 예전과 똑같은 상황이다. 입술을 부딪쳐 오려는 낌새가 느껴져 제스는 그녀의 팔 밑으로 고개를 빼내 피했다.

"두 번은 안 당한다."

"으씨······."

아렌의 이맛살이 꽤 야무지게 구겨졌다. 눈썹이 확 꺾여 올라가며 팔을 다시 한 번 휘둘렀다. 제스는 다시 한 번 팔을 피하며 가볍게 혀를 찼다.

참 곤란한 녀석이다. 술버릇이 남에게 키스하는 거라니, 저래놓고 정작 본인은 잊어버리지 않는가 말이다. 깨어나면 이것에 대해 단단히 일러둬야겠다고 생각했다.

저 홀로 허공에 팔을 허우적대던 아렌이 갑자기 고개를 푹 수그리며 팔을 늘어뜨렸다. 저 불편한 자세로 잠이 든 건가. 제스는 얕게 한숨을 내쉬었다. 어떻게 하나부터 열까지 손이 가지 않는 데가 없다.

"누워서 자라."

제스가 조금 가까워지자, 쥐 죽은 듯 가만히 있던 아렌이 갑자기 손을 뻗어 목깃을 잡고 살짝 끌어당겼다. 확 잡아당기는 것이 아닌, 단순히 건드리기만 해도 툭 떨어질 만한 야트막한 손길이었다.

"조오그음만 있다 가지이……."

귓불까지 빨개진 아렌이 배시시 웃으며 말했다. 제스는 그녀의 손길을 뿌리치지 않고, 그대로 상체를 굽혀 두 손으로 침대를 짚었다. 자연히 얼굴은 가까워졌다.

아렌은 만족스러운 듯 헤실헤실 웃으며 손을 내리려다 그의 뒷덜미를 잡고 끌어당겼다. 하지만 얼마나 힘이 없는지, 더 이상 가까워지지 않았다. 제스는 그럴 줄 알았다는 듯 낮게 한숨을 쉬었다.

"구제불능이로군……."

흐릿한 눈으로 아렌을 바라보며 제스는 생각에 잠겼다. 이 여행엔 두 가지 목적이 있었다. 하나는 붉은 연꽃을 끌어들여보는 것, 다른 하나는 마음을 정리하는 것.

다른 하나는 몰라도 첫 번째 목적은 달성했다. 짐작대로 샹들리에 사건은 붉은 연꽃과 관계되어 있었다. 이제부터 본격적으로 붉은 연꽃과 맞붙을 것이다. 반지에 있던 독만 어디서 구했는지 알면, 의외로 실체는 빨리 밝힐 수 있을 것이다.

다만……, 아렌, 너란 존재 하나가 걸린다.

일종의 트라우마가 있었다. 어머니 에클렛과 오웬, 누구도 지켜주지 못했다. 약하든 강하든, 손가락 사이로 빠져나가는 모래알같이 소중한 이들을 잃어버렸다. 누구에게도 의미 있는 존재가 되고 싶지 않았고, 나에게도 그런 존재가 더 이상 필요 없었다. 철저히 타인을 배제시켰다. 더 이상 다가오지 마라. 아무도.

그런 나에게 너는 다가왔다. 때로는 그 올곧음으로, 때로는 격 없는 웃음으로 비집고 들어왔다. 첩첩이 쌓아놓은 벽이, 단단한 경계가 그녀 하나 때문에 얼렁뚱땅 무너져 내렸다.

여자든 남자든 실은 상관없었다. 이 녀석이라서, 아렌이라서 마음이 열린 것이다. 이미 커질 대로 커진 이 마음은 누를 길이 없어졌다.

이미 붉은 연꽃은 나를 목표로 노리고 있다. 주변인들도 그들의 표적이 될 수 있다. 아니, 될 것이다.

아렌, 너란 존재는 내 최대 약점이 되었다. 이것을 그들이 안다면 어떻게 이용할지 상상하면 한순간에 머리가 식어 내린다. 나와 가까워질수록, 내가 소중히 여길수록 네가 위험해진다.

놔버리는 것이 낫다. 수차례 다짐하고 지워냈다. 그럼에도 매일, 매 순간, 마음은 깊어져만 갔다. 제 손으로 놔버린다는 생각만으로 심장이 짓눌렸다. 못한다. 적어도 지금은.

작은 한숨이 나왔다. 이곳에 처음 와서 호되게 맞고 괴롭힘을 당하며, 그녀는 무슨 생각을 했을까. 어떤 미래를 바라기에, 역사에 이름 하나 남겨보자는 두루뭉술한 제안에도 좋아하며 따라와서 자신을 믿은 건지 도저히 이해할 수 없었다.

"……아렌."

유달리 맑고 쌍꺼풀진 눈이 가늘게 뜨이며 휘어졌다. 제스가 아렌의 손을 잡아 올려 그녀의 입 위에 올려놓고 팔목을 단단히 잡았다.

"가만히 있어."

말귀를 알아들은 건지 아렌이 느릿하게 고개를 끄덕이고 헤헤 웃었다. 제스의 얼굴이 슬로모션처럼 그녀에게로 기울어졌다.

손을 사이에 둔 채 제스의 입술이 아렌의 입술 위에 포개졌다. 눈을 감고 그 위를 진하게 눌렀다. 이제껏 이 순간만을 기다려왔다는 듯, 영원히 떨어지기 싫다는 듯, 손을 사이에 두고 입술을 오래도록 마주했다.

그녀의 팔목을 잡은 손에서 서서히 힘이 빠져나갔다. 입술을 막았던 손이 침대 위로 툭 떨어졌다. 조금 더 다가갔다. 애달프다. 숨결조차 새털처럼 고와서, 안아 보듬어주고 싶었다.

그대로 입을 맞추려다 주먹을 꽉 쥐었다. 넘치는 감정을 용케 추슬러 한 호흡에 뒤로 조금 멀어졌다.

억지로 가질 마음은 없다. 소중히 여겨주고 싶다. 그것뿐이다.

"너만은 지키겠다, 반드시."

제스가 낮게 가라앉은 목소리로 다짐하듯 속삭이고 아렌을 들여다봤다.

고른 숨을 내쉬며 깊이 잠들어 있는 아렌의 얼굴은 투명할 정도로 맑고 어여뻐서, 이 세상의 번뇌는 한 가지도 지니고 있지 않은 듯했다. 손으로 얼굴을 쓸어보았더니 잔뜩 달아올라 있었다. 설마 했는데 과실주 몇 잔에 뻗어버리다니, 자기도 어른이니 권리니 운운했던 게 우스울 정도다.

그대로 안아 눕히려는데, 살짝 뒤척이던 아렌이 자연스럽게 제스의 품으로 파고들었다. 이대로 떼어낸다면 깨어날 것 같아 그는 어쩔 수 없이 옆에 앉아 그녀를 품어 안았다. 여자라 그런지 작은 골격이 품에 신기할 정도로 꼭 맞았다.

잠들 때까지만 곁을 지키려 했건만, 웬일인지 제스도 온몸에 긴장이 풀리며 나른해졌다. 전해져 오는 온기 때문일까, 시리도록 차갑기만 하던 푸른 눈도 감겼다.

'술기운이……, 이제야 도는……'

제스의 고개가 기울어지면서 아렌의 은발 위에 닿았다. 마음은 온통 어수선한데 쏟아지는 졸음은 놀라울 정도로 달콤했다.

오웬은 아침부터 일찍 일어나 아내 대신 식사를 만들고 있었다. 그는 콧노래를 흥얼거리며 해장국을 만들다가 문득 7시만 되면 칼같이 기상하던 단장님이 웬일인지 모습을 보이지 않고 있다는 걸 깨달았다.

9시가 넘었는데 설마 아직도 주무시고 계신 건 아닐 테고……. 마침 식사도 준비가 다 되었고, 점심 즈음에 돌아간다고 했으니 한번 가보는 게 좋을 성싶어, 오웬은 제스의 방으로 향했다.

"단장님, 들어가겠습니다."

아무 기척 없이 조용하다. 오웬은 고개를 갸웃거리며 방문을 열어보았다. 깨끗이 정리된 방은 주인 없이 텅 비어 있었다.

'어디 가셨지? 설마 내가 일어나기 전에 어디 나가신 건가? 역시, 단장님이라니까…….'

오웬은 피식 웃으며 방문을 닫았다. 하긴, 간밤에 그 독한 양주를 과하다 싶을 정도로 들이붓긴 하셨지만 특유의 철저함이 어디 가겠나? 잠시나마 단장님이 늦잠을 갔다거나, 숙취에 시달린다는 생각을 한 자신이 바보 같았다. 차라리 라미에가 여자를 싫어하게 됐다는 게 신빙성이 있지…….

자, 이제 아렌 경을 깨워볼까…….

오웬은 아렌의 방 앞에 서서 작게 노크를 똑, 하고 입을 열었다.

"아렌 경, 들어가겠습니다."

여전히 아무 대답이 없다. 이번에는 방 주인이 아직 일어나지 않았다는 생각에 오웬이 조심스레 문손잡이를 돌렸다.

"아렌 경, 일어나셔야, 어?"

방 안의 광경을 본 오웬은 입을 쩍 벌렸다. 저도 모르게 짧은 비명이 터져 나오는 걸 가까스로 억누르며, 비틀비틀 뒤로 한 발짝, 한 발짝 물러섰다. 손에 힘이 빠지면서 문이 절로 확 닫혔다.

내가 방금 뭘 본 거지? 와, 이럴 수가, 이게 무슨 일이야. 말도 안 돼! 이럴 수가, 단장님이, 그 단장님이!

"여보, 왜 그래요?"

오웬이 경기를 일으킬 정도로 질린 채 서 있자, 아내인 에니가 와서 걱정스럽게 쳐다보며 말을 건넸다. 죽은 사람이 돌아온 걸 본 것마냥 새파래진 얼굴로 그가 입술을 달싹였다.

"에, 에, 에, 에, 에니……. 내가 지금 꿈꾸고 있는 거 아니지?"

"네? 꿈이라니……. 무슨 일이 있는 거예요?"

"무슨 일? 무슨 일……. 그래, 엄청난 일이 있긴 하지……. 하지만……."

경악으로 가득 찼던 그의 눈이 이내 동그랗게 휘말렸다. 동시에 그의 입이 귀에 걸릴 정도로 올라가며 환한 미소가 떠올랐다.

"난 이제 죽어도 여한이 없을 것 같아."

우와, 따뜻하다.

차가운 공기 속에서 아렌은 무언가의 온기를 한껏 느끼며 몸을 더욱 웅크리고 밀착시켰다. 무엇인진 모르겠지만 이불보다 포근했고, 본능적으로 안심이 되었다. 아렌은 팔을 벌려 그것을 끌어안으며 행복한 미소를 지었다.

떨어지기 싫다. 불현듯 잠에서 깬 게 원망스러웠다. 계속 껴안고 잤으면 더 좋은 꿈을 꿨을 것 같은데…….

음, 그런데……. 대체 이게 뭐지? 쿠션은 아닌 것 같은데…….

아렌은 슬쩍 눈을 떠보았다. 그녀 옆에 있는 긴 다리가 먼저 보였다. 이어 그녀의 팔이 휘감겨진 허리, 가슴팍, 넓은 어깨……. 그리고 검은 머리카락이 머릿속에 새겨지듯 선명히 눈에 들어왔다. 익숙하다. 설마…….

아렌은 고개를 들어 '그 누군가'의 얼굴을 확인했다. 저 턱 선, 콧날……. 아니나 다를까, 제스다.

'허억!'

속으로 억눌린 비명을 삼킨 아렌이 제스의 팔뚝을 움켜쥐고 엉덩이를 뒤로 쭉 밀어냈다.

'제스가 왜 여기에…….'

아렌은 너무 놀라 뻥해진 채로, 잠든 제스의 얼굴을 바라만 봤다.

'제스가 왜 여기에 있지? 그것도……, 침대에……. 설마 내가 간밤에 제스 침실에 기어들어 온 거야? 맙소사!'

아렌은 확 달아오르는 얼굴을 추스를 새도 없이 고개를 팔딱 치켜들고 방 안을 살펴봤다. 아무리 봐도 제스의 방이 아닌 자신의 방이다. 제스가 왜 여기에 있지, 라고 생각하자 불현듯 어젯밤 일이 떠올랐다. 그러니까 어제, 대부분 필름이 끊겨 기억나지 않았지만 자신이 형편없이 취했었다는 것만 기억이 났다. 그 후에 방으로 옮겨진 후, 제스에게 간밤 내내 안겨서 잔 모양이다.

'아, 아, 아, 안겨서 자……?'

이상한 일이었다. 자신이 아는 제스는 아렌 자신이 술에 형편없이 취해 끌어당기고 난리를 부렸어도 쌩하니 가버렸을 위인이다. 간밤에 무슨 일이 있었기에……?

아렌은 홱 고개를 돌려 제스를 바라봤다. 아렌이 그 난리를 쳤음에도 다행히 제스는 아직 잠이 들어 있었다. 그를 빤히 바라보던 아렌의 얼굴에 놀라움이 섞였다.

'와, 제스도 잠을 자는구나.'

굉장히 당연한 말이지만 제스가 자다니, 굉장히 낯설었다. 자는 게 믿기지 않을 정도로 단정하게, 벽에 기대 앉아 있는 그는 차라리 눈을 감고만 있다는 표현이 알맞을 듯했다. 이참에 제스를 자세히 관찰해보자는 생각에 아렌이 얼굴을 쓱 들이밀었다. 길고 짙은 속눈썹이 부채꼴 모양으로 드리워져 있다. 장난기가 발동한 아렌은 슬쩍 검지로 그의 속눈썹을 쓸어봤다.

'오오, 안 깬다. 생각보다 잠을 깊게 자는 스타일인가 봐.'

아렌의 손이 이번엔 그의 볼을 문지르다 콕콕 찔러봤다.

'으음, 탱탱하군.'

아렌은 수줍음 따윈 잊어버린 채 제스 탐구에 온 정신이 쏠린 채로 시선을 아래로 내렸다. 가슴이 규칙적으로 오르락내리락한다. 아렌이 그의 숨을 따라 쉬어봤다. 제스가 들이쉴 때 아렌 자신도 들이쉬었고, 제스가 숨을 내쉬면 따라 내쉬었다.

와, 정말 숨이 깊다.

그를 따라 몇 번 호흡하던 아렌은 문득 부끄러워져서 슬그머니 자리를 피하려 했다. 이러다 제스가 깨버리면 정말 수습이 안 될 것만 같아, 엉덩이를 질질 끌어 침대 끝으로 갔다. 침대 시트가 밀리고 흔들림도 꽤나 커서 힐끗 뒤를 돌아봤는데 제스는 여전히 눈을 감고 있었다. 한숨을 푹, 쉬고 몸을 일으킨 찰나, 뒤에서 낮은 목소리가 들려왔다.

"아렌."

가슴이 철렁. 아렌은 일어나다 만 엉거주춤한 자세로 뒤를 돌아보았다.

제스는 무슨 생각을 하는지 그 푸른 눈으로 그녀를 빤히 바라보고 있었다. 아렌이 어색한 웃음을 띠며 아침 인사를 건넸다.

"조, 좋은 아침이에요……. 깨어……, 있었어요?"

"……."

"저어, 언제부터 깨어 있었어요? 어……. 그러니까……. 방금 깼어요? 아니면……. 그전부터……?"

"방금."

짧게 대답하는데, 그 억양이 얼마나 명확한지 도저히 방금 자다 일어난 사람 같지가 않았다. 아렌은 그의 말없는 시선의 의미를 깨달았다. 깨 있었구나…….

아렌은 이대로 뛰쳐나가버릴까, 진지하게 고려해봤다. 빤히 저를 쳐다보는 눈이 이렇게 부담스럽긴 처음이었다.

"어……. 그게……. 하하. 그게……."

"간밤의 일은 기억하나?"

아렌은 긴장으로 등이 빳빳하게 굳어가는 걸 느끼며 고개를 저었다.

"아……니요."

"그래."

제스가 미련 없이 대답하고는 입을 다물었다. 아렌은 그가 말수가 적다는 것에 처음으로 감사를 느꼈다. 아무런 거부감 없이 답삭 매달려 잔 것, 일어나서 만지작댄 것, 하나라도 의문을 제기했으면 그 민망함을 어찌 다 감당해야 할지 아찔했다.

"아렌."

어? 제스의 목소리가 영 이상하다. 약간 잠긴 것도 같고, 매끄러운 목소리가 약간 걸걸해진 것 같다고 할까. 아렌이 걱정이 그득한 얼굴로 제스에게 다가섰다.

"그런데 제스, 목소리가 왜 그래요? 아, 이제 보니 혈색도 별로 안 좋아 보이는데, 혹시 감기 걸렸어요?"

아렌이 다급하게 그의 이마에 손을 대보았다. 열은 없는 것 같은데……. 설마 숙취 때문인가 하여 안색을 살피고 있는데 제스의 부드러운 손길이 다가와서 그녀의 손을 눌러 쥐었다.

"약속받을 것이 있다."

툭 내던지듯 한마디 하는 게 참으로 뜬금없었다. 언뜻 이해가 되지 않아 눈만 껌뻑거리는 아렌을 쳐다보며 제스가 말을 이었다.

"첫째."

뭐야, 여러 개야?

"술, 마시지 마라. 아니, 내가 없는 곳에선 마시지 마."

"어? 제스, 잠깐……."

아렌의 말을 막으려는 듯, 그녀의 손을 잡은 제스의 손에 힘이 들어갔다.

"둘째, 말없이 떠나지 마라."

"잠깐만요, 제스. 다짜고짜 그게 무슨 말이에요?"

"뭐든 해도 좋으니, 이 두 개만 지켜라."

호수 같은 눈동자에 이채가 서렸다. 이 남자, 지금 뭐라고 하는 걸까? 아무것도 이해가 가질 않았다. 제스는 유별나다 싶을 정도로 사용하는 단어에 제한을 두고 말을 한다. 제일 많이 하는 말은 '시끄럽다.', '나가라.', '죽고 싶나.' 등이었고 다른 말들도 단어만 바뀔 뿐 의미는 크게 달라지지 않는다.

하지만 제스가 사용하는 말 중엔 '뭐든'이라는 말은 존재하지 않는다. 언제나 철저하게 조건을 달았고, 강압적이고, 고압적인 명령이었다. 그런데 이건 흡사,

"지켜주었으면 좋겠다."

부탁 같지 않은가.

"왜 그런 부탁을……, 저한테?"

아렌이 한참의 침묵 후에 걸쭉하게 잠긴 목소리로 되물었다.

"견딜 수 없으니까."

"……."

"내가 견딜 수 없어서 그렇다."

손을 쥐고, 나직하게, 하지만 또렷하게, 그가 말했다. 그 말의 존재감이 너무 커서 숨이 잘 쉬어지지 않았다.

"내키지 않으면 안 해도 좋다."

제스의 나머지 손이 허공을 휘젓듯 느릿하게 아렌을 향해 다가왔다. 아렌의 고개가 그의 손길을 따라 멍하니 움직였다. 기죽은 아이를 위로하듯, 토닥토닥 머리를 부드럽게 쓰다듬어주었다. 품속만큼이나 그는 따뜻하고 다정하다.

그 규칙적인 손길에 맞춰 가슴도 뛰는 것 같았다. 아렌이 마법에 걸린 양 입을 열었다.

"그럼 제스도 약속해줘요."

무엇을? 그의 눈빛이 그렇게 말하고 있었다.

"제스도 술……. 그러니까, 도수 높은 양주 같은 것 마시지 말아요. 지금 상태도 별로 좋지 않아 보이는데……. 속에 무진장 안 좋아요. 그리고……, 식사 잘 챙겨먹어요. 제가 최대한 챙기기야 할 테지만 가끔 못 챙길 때가 있을 테니까, 그때는 스스로 꼭 챙겨먹어요."

"알겠다."

제스가 놀랍게도 고분고분하게 느껴질 만큼 순순히 대답했다. 아렌이 가벼운 웃음을 지으며 눈을 반짝였다.

"그럼, 협상 타결이네요. 밥 먹으러 가요."

아렌이 그의 손을 잡아끌자 제스가 말을 이었다.

"아렌."

"또 왜⋯⋯."

"힐버른 공작가에서 곧 혼담을 보내올 것이라고 한다."

힐버른 공작가라면 이자벨의 가문이 아닌가. 멈칫, 뒷덜미가 서늘해지는 기분이었다. 한순간에 깨달았다. 그는 혼인할 상대가 있었다. 갑자기 구름 위를 떠다니다가 추락한 기분이다. 아렌이 한 발짝 뒤로 물러서려 했으나 제스가 꿈틀거리는 그녀의 손을 꽉 맞잡았다.

"거절할 거다."

"정말요?"

제스가 짧게 고개를 끄덕였다. 그 사실을 왜 이제껏 말 안 해주고 질질 끈 거냐고 어깨를 잡고 탈탈 털어버리고 싶었으나 그보다도⋯⋯, 기쁨이 컸다. 웃음이 입가에 비집고 피어올랐다. 최대한 티를 안 내려 애쓰며 고개를 휙 돌렸다. 그의 손을 꽉 움켜쥐고 쭉 잡아당기며 아렌이 툴툴거렸다.

"뭐, 누가 궁금하다고 했나요. 어쨌든 밥 먹으러 가요."

제스는 순순히 일어서서 그녀가 이끄는 대로 걸음을 옮겼다. 흑표범 같다 생각했는데, 이제 보니 덩치 큰 강아지 같다는 생각에 피식, 웃음이 나왔다.

무엇이 이렇게 제스를 바꿔놓았을까?

마지막 식사 후 오웬은 마을까지 배웅을 나와주었다. 작은 마을이었으나 다행히 신전은 있어서, 올 때와 마찬가지로 공간이동을 이용해 기사단으로 돌아갈 예정이었다. 신전 앞에 도착하자마자 오웬이 발걸음을 멈추고 작별의 인사를 건넸다.

"단장님, 아렌 경. 조심히 가시고 언제든 놀러 오십시오."

"네, 그동안 감사했습니다. 근데 오웬 님, 좋은 일 있으셨나요? 표정이…….."

"아니요, 그런 일 전혀 없습니다."

아렌은 고개를 갸웃거렸다. 좋은 일이 없는데 왜 저렇게 행복하게, 실없어 보일 정도로 방실방실 웃고 있는 걸까. 원래 옆집 오빠처럼 푸근하고 자상한 면은 있었지만, 지금은 갓 걸음마를 뗀 손자를 보는 할아버지의 웃음을 만면에 띠고 있었다. 뭔가 뿌듯해 보이는 것 같기도 하고. 오웬은 싱글벙글 둘을 번갈아 바라보았다.

"살펴 가십시오. 조만간 기사단에 찾아뵙겠습니다."

제스는 간단히 고개를 끄덕이고 아렌에게 시선을 못 박았다.

"가자."

아렌은 그의 손을 먼저 덥석 잡고 신전으로 향했다. 그와 나란히 걸어가는데도 전처럼 걸음을 재촉할 필요가 없었다. 언제나 앞서 걸어갔던 제스가, 느릿한 그녀의 걸음에 맞춰 걸어주고 있었기 때문이다. 아렌이 환하게 웃으며 조금 더 제스에게 바싹 붙었다.

"여행, 재밌었어요. 다음엔 같이 와요."

"그래."

아렌은 살짝 그의 팔에 고개를 기대었다. 누구보다도 자신을 안심시켜주는 체온. 행복하다. 이 사람 곁에 있는 지금 이 순간이 멈춰버렸으면 좋겠다고, 그렇게……, 생각했다.

까딱, 까딱.

규칙적으로 기울어지는 의자 뒤로 눈부신 은청발이 반짝이며 출렁였다. 새카만 눈동자가 닿은 허공에 눈부신 빛 한 줄기가 나타나더니, 이내 휘어져 글자를 형성하기 시작했다.

: 마황

까딱, 까딱.
세이가 고개를 뒤로 젖혀 감상하듯 뚫어져라 바라봤다. 금색 실이 한 글자씩 공기 중에 느릿하게 수를 놓았다."

: 마황께 전언을 전하오.
최근 천마제에서의 마족들의 횡포에 대해 천계 전체가 분개하고 있소. 마황께서 부재해 있다곤 해도 책임이 미진했다는 데에 있어선 변명의 여지가 없을 거라 여기는 바요. 또한 마황의 계약이 중간계의 역사에 지나치게 관여하는 바, 아무리 '계약'이 마족의 고유 권한이라 하나 충분한 논의가 필요하다 결론 내렸소.
이에 대해 우리는 곧 있을 천마회의에서…….

세이가 천천히 손을 들어 올려 허공을 유리창 닦아내듯 저었다. 그러자 금색 실이 사방으로 흐트러지며 전언이 흔적도 없이 사라졌다.
선천적으로 천족이 다소 융통성이 없다고 하나 전언마저 이리 딱딱하고 지루해서야. 새 천왕이 승계했다고 하여 조금이나마 변화가 있지 않을까 생각했건만, 그 특질은 죽었다 깨어나도 사라지질 않는 모양이다. 천마회의라, 귀찮은 것이 하나 생겨버렸다.
세이는 혀를 차며 몸을 바로 세웠다. 그보다도, 어서 하일렌으로 돌아가고 싶다. 아렌을 본 지 오래되었지 않는가. 못마땅하다. 조금 후에 있을

'아르렐리아 공녀'와의 만남이 끝나자마자 바로 그녀의 방으로 향하는 게 좋을 성싶다.

그녀를 볼 생각에 세이의 입가에 미소가 번졌다. 그때 밖에서 인기척이 느껴졌다. 인간 둘. 위험천만하게 기울어져 있던 의자도 본래의 위치로 돌아갔다. 세이는 그 자리에서 일어서 방문을 응시했다. 방문이 열리면서 레이나스 공작이 매우 반가운 얼굴로 들어섰다.

"세이모어 공작! 반갑소."

"레이나스 공작 각하, 처음 뵙습니다."

매우 익숙한 은색 눈동자를 보며, 세이가 우아하게 예를 차렸다.

"오시는 길, 고단하진 않았소?"

"괜찮습니다."

"허허, 딸자식이 많이 기다리고 있었다오. 아르렐리아, 들어오너라."

그의 말이 떨어지기가 무섭게 방 안에 눈부신 은발을 길게 늘어뜨린 여인이 들어왔다. 그녀를 보자 세이의 눈이 가느스름하게 게슴츠레해졌다. 찰나의 순간이지만 그조차도 착각할 만큼 아르렐리아와 닮아 있었다.

"아르렐리아입니다."

레베카가 공손하게 허리를 숙이며 말했다. 움직임 하나하나를 뜯어보면서 세이가 입을 열었다.

"처음 뵙겠습니다."

"아……!"

귀가 녹아버릴 정도로 부드러운 어조에 레베카는 두 눈을 휘둥그레 뜨고 세이를 바라보았다. 시력이 좋지 않아 흐릿하긴 하지만 청색 감도는 은색 머리카락과 선명한 눈매, 조각 같은 코, 호선을 그리는 적당히 붉은 입술. 일찍이 한 번도 본 바 없는 그의 자태는 똑똑히 전해졌다.

레베카는 저도 모르게 얼굴을 붉혔다.

둘만의 시간을 가지라며 공작이 자리를 피해준 후에도, 레베카는 그 아름다움에 넋이 나가 뻣뻣이 서 있기만 했다. 그녀를 뚫어져라 바라보던 세이가 자리에 먼저 앉으며 다소 오만하게 건너편 자리를 턱짓했다.

"앉으십시오."

"아, 아아? 예, 예, 앉을게요."

레베카는 얼떨결에 인사를 했다가 낭패감을 느꼈다. 공녀가 '앉을게요.'라니, 혹 이상하게 생각하진 않을까. 레베카는 그의 눈치를 보며 자리에 앉았다. 세이가 다소 무례하게 느껴질 만큼 직설적으로 질문을 던졌다.

"아르렐리아 공작 영애라고 하셨지요. 맞습니까?"

"네."

거짓에 한 치의 망설임이 없다. 세이가 속으로 혀를 차며 테이블에 마련된 티세트를 눈짓했다.

"타십시오."

"예? 예에."

"그런데 영애께선 이제껏 왜 사교계에 나오지 않으신 겁니까?"

"아, 그런 자리는 불편해서……. 하지만 최근엔 작은 티파티 정도는 나가고 있답니다."

레베카는 차분하게 대답하며 찻주전자에 찻잎을 담으며 물을 우려냈다. 찻주전자를 드는 손이 미세하게 떨렸다. 그녀가 말한 대로 여러 번의 티파티에서 이미 많은 영식들을 만나봤으나 어째서 이렇게 긴장되는 건지 모를 일이었다.

그녀는 배운 대로 착실히 찻잔을 그 앞으로 밀어주었다.

"공작님, 날씨가 참 좋지요? 이런 날은 승마를 하는 것이 제격이지요."

"승마를 좋아하십니까."

"예, 종종 즐긴답니다."

"차를 즐긴 후에 나가서 타보시겠습니까?"

오늘? 레베카는 순간 당황하여 고개를 절레절레 흔들었다.

"아뇨! 말 못 타, 싫어요!"

"……."

"아, 아니, 싫어하는 게 아니고……. 그게, 저기……."

레베카는 두 눈을 질끈 감았다. 분명 수십 번도 더 외웠던 말인데 이 아름다운 사람 앞에선 자꾸 당황하여 제 본래의 어조가 튀어나왔다. 혹시나 들켰을까 마음을 졸이고 있는데, 의외로 솜털처럼 부드러운 말이 이어졌다.

"제가 무리한 제안을 했습니다. 괘념치 마십시오. 검은 잘 다루십니까?"

"아아, 예. 제 어렸을 적부터의 친구……, 카일에게서 몰래 배웠답니다."

"……그렇습니까."

레베카가 얼굴을 붉히며 고개를 숙였다. 부끄러웠다. 비현실적이라고 할 만큼 아름다운 사람. 손끝까지 기품 있고 아름다운 사람. 그의 주변에만 빛이 모여드는 것 같았다. 그에 비해 자신은……. 그녀는 처음으로 부끄러움이라는 감정을 느끼며 그의 앞에 타다 만 찻잔을 들이밀었다. 그를 본 세이의 눈매가 가느다래졌다.

'이걸 지금 차랍시고 탄 건가.'

찻물보다 찻잎을 많이 섞어 쓴맛이 강하다. 어디서 굴러왔을지 모를 인간을 귀족으로 만들기엔 아무래도 시간이 많이 모자랐던 모양이지.

세이의 시선이 천천히 레베카에게 옮겨갔다. 그녀 자신도 차가 맛이 없었던지 떫은 얼굴로 찻잔을 내려놓고 있었다.

다소곳이 앉아 있는 모습은 꽤 그럴듯했다. 잘 만들어진 인형이다. 이쯤 되면 꽤 재미있지 않은가. 사실 하일렌에 있는 아렌이 이 자리에 나올 가능성은 1할 미만으로 잡고 있었다. 조금이라도 가능성이 있다고 여긴 까닭은 아렌에게서 가문에서 자신을 찾아왔다는 기사가 있다고 전해 들었기 때문이다.

어쩌면 대역을 세울 수도 있다고 생각했는데 이렇게 딱 맞아떨어질 줄이야. 어디서 구르다 왔는지 모를 천둥벌거숭이를 공녀 대역이랍시고 내보내다니, 비웃지 않을 수 없었다.

아렌의 존재를 몰랐더라도 누구나 봐도 알 수 있을 법한 천박함이다. 명령을 받는 것에 익숙하고 자존심이 없다. 아까부터 노골적으로 무시했는데도 불쾌한 기색 하나 없다. 아무리 잘 봐줘봐야 천민. 하지만 외모만큼은 아르렐리아를 그대로 복제해놓은 것 같은 인간.

이것이 인간의 부정(父情)인가, 레이나스 공작. 이것이 정녕 레이나스 가문과 아르렐리아 공녀를 위한 길이라 보는가. 썩 우습고 볼만하다. 허나 유쾌하지 않다.

"세이모어 공작님?"

레베카의 목소리에 세이가 그녀에게로 시선을 고정했다.

"말씀하십시오."

도자기보다도 딱딱한 목소리지만, 레베카는 얼굴을 붉히며 말을 건넸다.

"저……, 저는 공작님에 대해 알고 싶습니다. 공작님에 대해 말씀해주시겠어요?"

세이의 얼굴에서 미소가 점점 사그라지더니 비웃음만이 입술 끝에 남았다. 강한 경멸과 혐오감이 묻어나는 목소리로 그가 물었다.

"당신의 이름을 말하십시오."

"예? 아르렐……."

"진짜, 이름 말입니다."

레베카는 덜컹, 가슴이 곤두박질치는 것 같았다. 내가 가짜라는 걸, 이 사람은 알고 있다. 조금의 말실수는 있었지만 그리 티가 날 정도는 아니었다. 대체 어떻게, 어디서 알아챈 거지? 긴장으로 손에 축축이 땀이 배어, 드레스를 모아 쥐었다. 레이나스 공작의 목소리가 그녀의 뇌리에 스쳐 지나갔다.

「절대 세이모어 공작이 네가 대역이라는 걸 알아차리게 해선 아니 돼. 그랬다간…….」

레베카는 아랫입술을 질끈 깨물고 눈을 번쩍 떴다.

"저는, 아르렐리아입니다."

이것 봐라. 세이는 한쪽 눈썹을 비스듬히 추켜세웠다.

"진짜 이름을 말하라 했습니다."

"아르렐리아입니다. 진짜 이름은 없습니다."

레베카가 등을 꼿꼿이 세우고 턱을 들며 말했다. 엇비슷한 외모 탓인지 그 위로 아렌의 얼굴이 겹쳐져, 세이는 점점 더 불쾌해졌다. 어쩌면 지금 죽이는 게 나을 수도 있다. 진짜 공작 영애도 아닌 천민을 죽여보아야 죄를 짓는 것도 아니거니와 무엇보다도 일그러진 레이나스 공작의 얼굴도 꽤 볼만할 테니.

입가에 비릿한 웃음이 감돌았다. 저 이름 모를 여인의 목을 꺾어버리는 것은 숨 쉬는 일만큼이나 쉬운 일이다. 하지만 그래선 안 된다. 세이는 본능적으로 그녀의 목으로 향하는 손을 꾹 억제했다.

그녀의 유희가 아직 끝나지 않았다. 아렌이, 진짜 아르렐리아 공녀가, 이 모든 것을 인내하게 만들고 있었다. 저 자신도 '세이모어 공작'이 아닌

'마법사 세이'로서 그녀를 만나는 시간을 꽤 즐기고 있다. 그녀가 돌아와 자연스레 자리를 되찾을 때, 몰랐다는 듯 속아 넘어가주면 되는 것이다.

그때까지만, 저 가짜의 장단에 맞춰주면 되는 것이다. 시선을 돌려 창밖을 바라봤다. 고작해야 만난 지 10여 분밖에 되지 않았지만, 처음 본 남녀가 부끄러움에 못 이겨 자리를 파하기엔 충분한 시간이었다.

이 이상 오래 저 미물과 자리하고 싶진 않다. 세이가 자리에서 일어섰다.

"먼저 실례하겠습니다."

세이가 그녀를 스쳐 지나가 방을 나섰다. 홀로 남은 레베카는 넋이 나간 사람처럼 허공만 바라보고 있었다. 두런두런 이야기소리가 들려오는가 싶더니 묵직한 발걸음이 그녀에게 다가왔다. 누군가 크게 웃으며 그녀의 등을 툭툭 토닥여주었다.

"레베카! 잘해주었다! 세이모어 공작이 굉장히 흡족해하며 돌아갔다! 다음에도 또 만나자는구나!"

"예에······."

레베카는 넋이 나간 사람처럼 고개를 끄덕였다. 그녀는 상으로 주겠다는 근사한 저녁식사보다도 그와 있었던 몇 분 안 됐던 시간에 온통 정신이 팔려 있었다. 함께 있었던 순간순간을 떠올리는 것만으로 꽃향기에 취한 것마냥 정신이 아찔해졌다.

아름다운 사람. 부드럽고 친절한 사람. 천사가 있다면 저런 사람일까. 저런 남자와 혼인이라니. 레베카는 한 번도 본 적 없는 아르렐리아가 부러워지기 시작했다.

세이가 레베카와 만나는 같은 시각, 아렌과 제스는 마침 황성에 도착해 있었다. 보통 기사단장과 기사가 걸어가는 거리를 유지하며 아렌이 제스를 향해 말했다.

"와……. 기사단이다. 떠난 지 얼마 되지도 않았는데 굉장히 오랜만에 보는 것 같아요."

아렌의 숙소가 있는 곳과 집무실 샛길에 멈춰 선 제스가 그녀를 내려다보았다.

"가서 쉬어라."

"네, 집무실에서 봐요."

제스는 대답 없이 손으로 그녀의 머리를 토닥거려주고 걸음을 옮겼다. 아렌은 깃털처럼 가벼운 걸음을 옮겨 자신의 방으로 향했다. 곧 그녀는 텅 빈 방에 들어서며 행낭을 내려놓았다. 웬일인지 로도모나스가 보이질 않았지만 아렌은 기지개를 쫙 펴며 빙그레 웃었다.

다시, 일상으로의 복귀다. 짧다면 짧고 길었다면 길었던 여행. 얻은 건 많았다. 제스의 과거도 알게 되었고, 친구인 오웬 님과도 안면을 텄고, 그리고 무엇보다도 제스와 가까워졌다. 그곳에 가서 제스를 만나리라고는 전혀 생각지도 못한 일이었는데. 참, 어째서 아무 말도 없이 떠나버렸는지 물어봐야겠다. 행낭만 풀어놓고 얼른 집무실에 가봐야지.

'어……. 그러고 보니……. 세이 못 본 지 꽤 됐네. 세이도 어디 간다고 했었는데 돌아왔을까? 가볼까?'

아렌이 갈까 말까 고민하면서 침대에 행낭을 끌렀다. 옷가지를 하나씩 꺼내고 있는데, 허공에서 웬 사람의 팔이 쑥 나오더니 뒤에서 그녀의 목과 허리를 휘감아 끌어당겼다. 아렌은 핏기가 싹 가신 채로 비명을 질렀다.

"으아악! 엄마야!"

"아렌."

아렌이 기겁하자 달래듯 귓가에 대고 그녀의 이름을 속삭였다. 팔꿈치로 치한인지 모를 이의 배를 찍으려 했던 아렌은 행동을 멈추고 고개를 살짝 들어 올렸다. 여자라고 착각할 정도로 아름다운 얼굴, 그리고 반짝이는 은청색 머리카락.

"어……? 세이, 언제 왔어요?"

"아렌."

어쩐지 목소리가 침울하다. 아렌은 고개를 좀 더 뒤로 돌려 그녀의 어깨에 머리를 대고 있는 세이를 바라봤다.

"어어? 세이, 오랜만에 봤는데 왜 이래요? 무슨 일 있어요?"

"기다렸습니다."

"……."

"오지 않으실 걸 알면서도, 기다렸습니다."

아렌은 고개를 갸웃거렸다. 방금까지 세이도 여행 다녀왔던 것 아닌가? 근데 뭘 기다렸다는 거지?

"저를 자꾸 인내하게 하지 마십시오, 아렌."

도대체 뭘 인내한다는 걸까. 아렌은 얕은 한숨을 내쉬며 한쪽 다리에 무게를 싣고 그를 향해 조금 더 몸을 돌렸다. 어차피 물어봤자 '좋을 대로 생각하십시오.', '스스로 떠올리십시오.' 같은 대답밖에 돌아오지 않을 것을 알고 있었기에, 그저 언젠가 그러했던 것처럼 머리를 쓱쓱 쓰다듬어주었다.

아렌의 손길이 마음에 드는지, 세이가 휴식을 취하듯 그녀의 어깨에 얼굴을 묻었다. 부러울 정도로 빛나는 머리카락이 그 위로 흘러내렸다. 언제나 그녀의 머리 꼭대기에서 내려다보는 듯, 고고한 생명체인 세이가 가끔씩은 보살핌을 필요로 하는 모습을 보일 때면 항상 신기했다. 아렌은 그의 머리를 사뿐사뿐 쓰다듬어주며 입을 열었다.

"세이, 어디 다녀온다던 건 잘 다녀왔어요?"

공녀님!
공녀님! 3

"예."

"그런데 어딜 다녀온 거예요? 나도 잠시 자리를 비웠었는데…….."

아렌은 갑자기 귀 근처에서 무언가 촉촉한 것이 맴도는 기분에 말을 멈추었다. 깊고 따뜻한 입김이 귀를 따라 목으로 이어지는 선을 따라 닿을락 말락 내려갔다. 잠시 멈추는가 싶더니 세이의 손이 스르르 앞으로 옮겨와 목까지 꼭꼭 잠긴 단추를 끌렀다.

"어……?"

"가만히 계십시오."

세이가 손을 부지런히 움직여 두 번째, 세 번째 단추까지 빠르게 끌렀다. 작고, 가녀리고, 하얀 어깨가 반쯤 드러났다. 그 즈음에서 머물던 입술이 다시 올라가서 예전에 그가 물어뜯은 상처에서 멈췄다.

"아직 아프십니까?"

"당연히 아프죠, 얼마나 세게 물어뜯었는데, 세이도 당해볼래요?"

아렌의 말을 한 귀로 흘리며 세이가 상처에 입을 맞추었다. 상상했던 것보다 훨씬 맛있었던 목덜미. 머리부터 발끝까지 취하면 얼마나 달콤할지. 그의 입가에 고혹적인 미소가 서렸다.

"사과하지 않겠습니다. 애초에 제 말을 듣지 않은 아렌 잘못이니."

아렌은 순간 열이 확 뻗쳐서 외쳤다.

"무슨 말이요? 다치지 말란 말이요? 나 참, 이봐요, 세이! 내가 다치고 싶어서 다쳤어요? 내가 내 손으로 몸을 베었겠느냐 말이에요! 정 그렇게 다치는 게 걱정되면 아예 하루 스물네 시간 붙어 다니면서 감시를 하지 그래요?"

"그렇지 않아도 고민을 하고 있던 찰나에 좋은 방법입니다, 알려주셔서 감사합니다."

버럭 화를 내던 아렌의 입이 딱 멈췄다.

"뭐, 뭐야……. 설마, 진짜로 할 건 아니죠?"

"안 됩니까? 먼저 말씀하신 건 아렌 쪽입니다."

무덤덤한 목소리에 갑자기 뒤통수를 맞은 기분이었다. 이 남자가 미쳤나?

"말이 그렇다는 거지, 세이, 이거 놔요!"

아렌이 과감하게 외치자 세이는 순순히 그녀의 목에 휘감은 팔을 풀었다. 아렌이 휙 돌아서자, 떨어지나 싶었던 두 손이 어깨를 콱 잡았다.

"아렌, 보고 싶었습니다."

이런, 목소리가 심상찮다. 거기다 약 기운에 취한 것처럼 농밀한 미소……. 불길하다. 아렌은 슬며시 그에게서 벗어나려 애쓰며 억지웃음을 지었다.

"하, 하하. 세이, 나도 보고 싶었어요. 그런데 너무 가깝……."

"아렌."

아, 정말 세이는 제정신이 아닌 것 같다. 또 저번처럼 목덜미를 물어뜯으려는 건 아니겠지? 서서히 다가오는 세이의 얼굴을 보고 아렌은 기겁하며 손을 뻗어 잡히는 대로 무언가를 집어던졌다. 하지만 야속할 만큼 쉽게 그것을 피해낸 세이가 그녀의 뒤통수에 입술을 꾹 눌렀다.

"무슨 상상을 하셨기에 이렇게 겁을 먹은 겁니까?"

기분 좋다는 듯 빙글빙글 웃은 후 깔끔하게 떨어진다. 이것은 또 예상 외라, 아렌은 어안이 벙벙해졌다. 뒤늦게 상황 파악을 한 아렌이 두 눈에 쌍심지를 켜며 방 안이 울릴 정도로 크게 소리쳤다.

"아, 뭐야, 정말! 나 가지고 놀아요? 진짜, 세이, 이러지 마요! 내가 얼마나 놀랐는지 알아요!"

아무 일도 없었다는 듯, 세이는 아렌의 어깨에 사뿐히 기대 왔다. 그를 보는 아렌은 머릿속이 실타래처럼 엉키는 기분이었다. 정말이지 세이의 애정 표현은, 부담스러울 정도로 적극적이었다. 문제는 세이는 항상 그 행동들을 스스럼없이 하고, 당황하는 건 자신뿐이라는 것이다.

세이는 아무렇지도 않은 걸까? 아니, 세이는 애초에 나한테 왜 이러는 걸까? 왜 이러는 건지 말이라도 해줬으면 좋으련만, 알아서 생각하라고 만 할 뿐이고. 정말 제멋대로라니까.

아렌은 셔츠 단추를 다시 여미며 한숨을 푹 쉬었다.

"세이, 세이가 마법 공부를 하느라 항상 처박혀 살아서 잘 모르나 본데, 친구 사이엔 이래선 안 돼요. 제가 이래 봬도 기사인 것 알지요? 주먹이 날아가면 책임 못 져요."

"역시, 진짜 쪽이 좋군요."

"그러니까 다음부턴 절대……. 에? 방금 뭐라고 했어요?"

세이의 입가에 기묘한 웃음이 떠올랐다.

"아무것도 아닙니다."

18. 사라진 하루

사방이 어두웠다. 빛 한 줌도 허용치 않을 만한 진한 어둠 속에서, 점자를 더듬는 장님처럼 손을 내저어 앞으로 나가보려 했다. 움직였다고 생각했는데 제자리다. 고개를 흔들어보고 주먹으로 가슴을 한 번 팡 내리쳐보았다. 온몸의 신경을 끊어놓은 듯 아무 감각이 없다.

답답하다. 이런 느낌 싫어. 불쾌하다. 벗어나고 싶어, 일어나고 싶어.

숨이 가빠졌다. 발작적으로 몸부림을 치자 누군가 그녀의 어깨를 잡고 지그시 눌렀다.

"아렌."

서늘한 손이 볼을 훑자 감각이 현실적으로 하나씩 돌아오기 시작했다. 눈꺼풀이 무거워 간신히 밀어 올렸는데 저절로 파르르 떨렸다. 눈 감고 있을 때와 마찬가지로 칠흑 같은 어둠. 다만 벽에 걸린 등불만이 홀로 빛나며 사방에 희미한 그림자를 흩뿌리고 있었다.

"아렌."

다시 한 번 들리는 낮고 차분한 음성. 열에 달뜬 숨이 일시에 가라앉으며 온몸에 힘이 쫙 빠져나가버린다. 서 있었으면 그대로 무너지듯 주저앉아버렸을 것을, 침대에 누워 있어 그저 시체가 된 느낌만 가득했다.

아렌이 게슴츠레 흡뜬 눈으로, 자신을 내려다보고 있는 이를 바라봤다.

"세이⋯⋯."

심한 고열을 앓고 난 것처럼 입술이 바작바작 말라 들어갔다. 아렌이 힘겹게 고개만 움직여 주위를 살폈다.

"여긴 세이의 방이잖아요. 내가 왜 여기에⋯⋯."

"쓰러져 계셨습니다. 제가 우연히 발견하고 방으로 데려왔습니다."

아렌이 잔뜩 힘이 빠진 손으로 침대를 짚고 몸을 가누자, 세이가 얼른 그녀를 부축해주었다. 쌀쌀한 밤공기에도 등허리엔 땀이 가득 배어 있는 게 느껴졌다. 제대로 몸을 가누고 흘러내린 머리카락을 쓸어 올리자 그의 손이 물러났다.

"내가⋯⋯, 쓰러졌다고요?"

아렌이 세이를 똑바로 바라봤다. 분명 가까이 있는데도 너무 어두워서 그의 표정이 잘 보이지 않았다. 다만 반짝이는 은청색 머리카락과 목소리 때문에 세이구나, 지레짐작할 뿐이었다.

"예."

듣는 사람이 불길해질 정도로 차분한 목소리가 울렸다.

그로부터 스물네 시간 전의 일이었다.

"로도모나스으으!"

— ⋯⋯.

"로도모나스으으. 여기 봐봐, 응? 푸딩이라니까?"

— ⋯⋯.

아렌은 실실 웃으며 로도모나스의 앞에 푸딩을 들이밀었다. 로도모나스는 잔뜩 골이 난 채 팩 고개를 돌려버렸다. 이런, 로도모나스를 달래다가 밤을 새우겠어, 아렌이 입속으로 낮게 웅얼거리면서 창밖을 바라봤다. 날도 이미 어둑어둑해졌고, 벌써부터 밤안개가 자욱하게 깔린 게 집무실에 찾아가긴 늦은 듯싶다.

제스랑 집무실에서 보자고 약속했었는데……. 혹시 기다렸을까. 지금이라도 가볼까. 잠시 고민하던 그녀는 내일 해가 뜨면 가자는 결론을 내고 다시 로도모나스에게 시선을 옮겼다. 자신을 버리고 간 것에 대해 꽤나 불만이었던지 볼을 가득 부풀린 로도모나스는, 공으로 착각할 만큼 둥글둥글했다. 그런 모습은 세이도 처음 보는지 떠나기 전 아렌에게 넌지시 물었다.

「그런데 로도모나스는 왜 저 상태입니까?」

세이의 물음에 아렌은 멋쩍은 웃음을 지었다.

「내가……, 좀 잘못했거든요. 세이가 화 풀라고 좀 해주면…….」
「아니요, 아렌 알아서 하십시오.」
「으으, 세이, 너무해요.」

아렌이 입술을 삐죽거리며 불만을 내비쳤으나, 세이는 그녀의 정수리를 헝클어뜨리곤 사라졌다.

그 후부터 줄곧, 아렌은 로도모나스의 비위를 맞추기 위해 애를 쓰고 있었다. 작게 한숨을 쉰 아렌은 검지로 로도모나스의 옆구리 — 로 보이는 곳 — 를 쿡 찌르며 열세 번째 회유에 들어갔다.

"로도모나스, 미안하다니까, 응?"

로도모나스는 '듣기 싫어!'라는 얼굴로 구석진 곳에 가서 몸과 꼬리를 말고 웅크렸다. 이거야 원, 삐쳐도 단단히 삐친 모양이다. 너무 피곤해서, 그냥 모르는 척 자버리고 싶은 마음은 굴뚝같았으나 그랬다간 영원히 로도모나스와 작별해야 할 것 같아 차마 그럴 수 없었다. 결국 아렌은 행낭에서 비장의 무기를 꺼내 로도모나스에게 들이밀었다.

"로도모나스, 짠! 이거! 네가 저번에 먹고 싶다던 캐러멜 커스터드 푸딩이야!"

그녀가 들고 있는 것은 돌아오는 길에 잠시 들러 사 온 캐러멜 커스터드 푸딩이었다. 노릇노릇, 계란찜과 비슷해 보이는 샛노란 푸딩은 보기만 해도 혀가 녹아버릴 정도로 달아 보였다. 어떻게 나오나 보자고 숨죽여 기다렸더니 로도모나스의 귀가 미세하게 쫑긋거렸다. 로도모나스의 마음을 조금이나마 돌리는 데 성공한 아렌은 행낭에서 또 다른 무기를 꺼내 들었다.

"로도모나스, 여기 브레드 푸딩도 있는데."

로도모나스가 반쯤 뒤돌아서서 초록색 눈망울만 휙 돌려 흘끔 바라봤다. 맑은 녹안에 수많은 별이 박힌 듯 반짝였다. 굉장히 탐나고 먹고 싶은데 자존심 때문에 꾹 참는 게 눈에 훤히 보였다. 아렌은 한 호흡 참았다가 씨익 웃으면서 두 개의 푸딩을 로도모나스 앞에서 치웠다.

"아아, 로도모나스가 먹기 싫나 보다. 어쩔 수 없지. 제스한테나 갖다 줘야겠다."

아렌이 로도모나스에게 들릴락 말락 한 목소리로 뇌까리자, 로도모나스는 제자리에서 펄쩍 뛸 정도로 놀라더니 먹이를 낚아채는 독수리처럼 푸딩을 낚아챘다. 기피대상 1위에 해당되는 제스의 이름을 거론하자 바로 반응한 것이다. 푸딩 두 개를 품에 안고 로도모나스가 입을 삐죽였다.

— 내 거야. 그 사람 것, 아니야.

어린애 같은 로도모나스가 귀여워 아렌은 푸, 열없이 웃으며 푸딩을 건네주었다.

"그래, 그래. 대신 로도모나스, 화 풀 거지?"

로도모나스는 마지못해 고개를 끄덕거리곤 머리를 박고 푸딩을 먹기 시작했다. 아렌의 눈이 반짝였다. 좋았어. 이쪽은 적당히 풀린 것 같고……. 나머지 하나……, 카일이 문젠데. 카일은 뇌가 도덕 교과서로 설계되었으니 꼬장꼬장 따지고 쓴소리를 할 게 뻔하다. 로도모나스처럼 푸딩을 미끼로 걸려들면 좋을 텐데, 어떻게 깔끔하게 대응해야 좋을까?

아렌은 고민에 잠긴 채 셔츠를 휙 벗어던졌다. 셔츠 밑에 받쳐 입었던 민소매 차림으로 가슴을 묶은 붕대를 풀까 말까 고민하던 찰나, 누군가 문을 쿵쿵 두드렸다.

"아렌 님, 아렌 님!"

어, 제길, 호랑이도 제 말 하면 온다더니, 카일 목소리다. 없는 척해야지. 아렌이 잔뜩 숨을 죽이자 문밖에서 카일이 다시 소리쳤다.

"없는 척하고 계신 거 다 알고 있습니다! 빨리 여십시오!"

헉, 어떻게 알았지? 창문으로 뛰어내릴까?

아렌이 살금살금 창문으로 다가갔다.

"창문으로 뛰어내리셔도 기사단 내에 있으면 언제든 뵙게 되어 있으니 빨리 여시지요!"

……이쯤 되면 정말 섬뜩할 정도다. 아렌은 마지못해 문을 열어주었고, 카일은 기세 좋게 확 들어와서 방문을 쾅 닫았다.

"도대체, 공녀님, 생각이 있으신 겁니까, 없으신 겁……. 허어어억!"

카일은 한바탕 잔소리를 쏟아내려다가 새파랗게 질려서 입을 떡 벌렸다. 아무리 붕대를 묶어서 중요 부위는 가리고 있다지만, 민소매 차림의 그녀는 어깨와 팔을 훤하게 드러낸 채였다. 그리 심한 노출은 아니었지만 보수적인 편에 속하는 카일은, 귓불을 살짝 붉힌 채로 고개를 반대쪽으로 확 돌렸다.

"오, 오, 오, 옷 좀 걸치시지요! 제 뒤에 누가 지나가기라도 했으면 어쩌실 뻔했습니까!"

"흐아, 없었으니……. 아암……. 된 거잖아."

아렌이 태연하게 다른 쪽 팔을 긁으며 하품을 했다. 몸을 드러낸 쪽은 아렌이건만, 오히려 카일이 어쩔 줄 몰라 하며 쩔쩔맸다.

"남장 중이라는 분이 이렇게 긴장감이 없어서야! 누가 보기라도 했으면 어쩌실 뻔했습니까! 뒤돌아 있을 테니 마저 옷을 입으시지요!"

"나 참, 까다롭긴."

카일이 잔뜩 긴장한 채 뱅 돌아버리자 아렌은 잠옷을 입기 위해 가슴의 붕대를 풀었다. 웬만하면 붕대는 풀지 않는 쪽이 안전하지만, 하루 종일 가슴을 옥죄고 산다는 게 그리 녹록지만은 않아서 자는 동안만큼은 풀고 싶었다.

잠옷을 마저 입은 그녀는 카일을 부르려다 말고 문득 시선을 아래로 내렸다. 곧이어 확 밝아지며 그녀가 그를 향해 손바닥을 파닥거렸다.

"오오, 카일, 이것 봐, 이것 봐!"

"뭘 보란 말씀이십니까?"

카일이 얼굴을 굳히며 뒤돌아서자 아렌이 두 눈을 반짝반짝 빛내며 자신의 가슴 부근을 가리켰다.

"내 가슴! 좀 커진 것 같지 않아?"

또 그 얘기냐! 카일의 얼굴이 요상하게 일그러졌다. 저번엔 가슴이 커지려면 어떻게 해야 하냐는 둥, 주무르면 되냐는 둥, 사람 당황시키더니 이젠 크기 감별까지 해달란다. 카일은 감히 시선을 내리지 못하고 딱딱하게 굳은 채로 입만 움직였다.

"어······, 예, 큰······, 것······, 같······습니다."

"카일! 너 왜 보지도 않고 대충 대답해? 빨리 봐봐!"

아렌이 손으로 그의 머리를 턱 잡아서 내렸다. 기습적인 그녀의 행동에 카일은 스쳐 지나가듯이 가슴을 봤다가 황급히 올렸다.

"······그런 미세한 차이를 알 수 있을 만큼 자세하게 본 적이 없습니다."

카일이 온몸의 수분을 다 빼낼 기세로 땀을 삐질삐질 흘리며 말했다. 그 정도로 물러나주면 좋으련만, 거기서 끝이 아니었다. 아렌은 집요하게, 어떻게 보면 물어뜯듯 사납게 그를 닦달했다.

"미세한 차이라니! 아니야! 진짜 커졌다니까? 진짜야! 잘 봐, 어?"

"······."

"왜 대답이 없어? 나 진짜······."

"네, 정말 커진 것 같으니 그만해주십시오. 제발."

"······치잇."

아렌이 억지로 그의 머리를 누르고 있던 손을 치우자 카일은 그제야 참았던 호흡을 내뱉었다. 저번부터 생각한 건데, 아렌의 성교육엔 크나큰 문제가 있었을 것이다. 그렇지 않고서야 이렇게 스스럼없을 수가 있는가. 돌아가면 다시 시키는 게 좋겠다고 공작 각하께 간언을······.

"그런데 왜 온 거야?"

아렌의 질문에 자신이 무엇 때문에 왔는지 상기한 카일은 있는 대로 눈뿌리에 힘을 주고 그녀를 쏘아봤다.

"그걸 몰라서 물으십니까? 공녀님, 어떻게 저를 그렇게 감쪽같이 속이고 여행을 가실 수가 있으십니까?"

"아, 그거 때문에 온 거야?"

아렌이 뭔가 생각났다는 듯 말을 질질 끌자 카일의 눈이 게슴츠레해졌다.

"그거어어, 가 아닙니다. 공녀님의 죄를 공녀님께서 아십시오."

"야, 내가 언제 그거어어, 라고 했냐? 그거라고 했지."

"말장난 그만하고 해명하십시오. 들어드리겠습니다."

"해명할 게 없는데."

아렌이 부러 가볍게 종알거리며 창문을 열었다, 닫았다, 반복했다. 카일은 성큼성큼 걸어가 창문을 대신 탕, 닫으며 진지하게 말을 이었다.

"해명할 게 없다니요. 여행 중에 무슨 일이 있었는지 하나에서 열까지 다 읊어보십시오."

카일의 눈빛이 그 어느 때보다 신중해졌다. 어, 이거, 대답 잘해야 한다. 아렌은 눈을 데구루루 굴리며 최대한 간단명료하고 진지하게 말을 이었다.

"어……. 그러니까……. 신전 갔다가 들판 갔다가 신전 갔다 여기 왔어."

"끝입니까?"

아렌이 고개를 끄덕이자 카일이 눈을 게슴츠레 떴다.

"정말, 끝입니까?"

사실 끝은 아니지. 관광차 갔다가 제스와 만나고 안겨서 자기도 했고……. 모든 것이 선명하게 기억난다. 얼굴이 불타는 고구마가 되려 하자 혹여나 카일이 알아챌까 반사적으로 고개를 설레설레 저으며 생각을 털어냈다.

"응, 정말 아무 일도 없었어."

"정말이십니까?"

카일의 눈꺼풀에 들어간 힘이 살짝 줄어들자 아렌이 최대한 뻔뻔하게 고개를 끄덕였다.

"응."

똑 부러지는 연필심처럼 단호한 대답에 카일이 조금이나마 남아 있던 의심을 씻어내버렸다. 그 누구보다 공녀에 대해서 잘 알고 있고, 거짓말을 한다면 즉시 알아차릴 수 있다는 자신감이 있었기 때문이다. 카일은 바람으로 덜컹거리는 창문을 걸어 잠그며 한층 누그러진 어조로 말을 이었다.

"그렇다면 다행입니다. 다행이지만, 다시는 이런 짓을 벌이지 마십시오. 제발 자각을 하시란 말입니다."

"어, 자각? 무슨 자각?"

나이에 맞지 않는 순진한 얼굴을 마주하자 그의 목소리가 한 톤 올라갔다.

"공녀님, 믿기진 않지만 공녀님은 이제 어엿한 성숙한 여인이십니다! 설령 남장 중이더라도, 남자라면 무의식적으로, 본능적으로 여자에게 끌릴 수가 있단 말입니다. 무슨 뜻인지 아시겠습니까?"

뭐라는 거야? 아렌의 눈이 순식간에 왕방울만 해진다. 카일은 허탈함 반, 한심함 반으로 한숨을 내쉬었다.

"그런 쪽으로는 아예 생각해본 적도 없으시죠?"

아렌은 무언가 골똘하게 생각하더니 아, 낮게 탄성을 터뜨렸다.

"네 말은 지금이라도 누군가가 나에게 끌렸을 수도 있단 소리야?"

"예. 가능성은 충분합니다. 취향이 매우 독특하실 수도 있으니까요……. 이런 공녀님께 끌린다면 정말 제정신이……. 흡, 전 아무 말도 안 했습니다."

뭐라고? 끌려? 누가? 누구한테? 그를 빤히 바라보던 아렌이 떨떠름하게 인상을 찌푸렸다.

"카일, 네가 걱정을 넘어서 드디어 과대망상까지 하는구나."

"예, 말이 안 되는 건 저도 압니다만, 가능성이 아예 없는 건 아니니 항상 경계하십시오. 모든 여자들의 착각이 '내 남자는 안 그럴 거다.'입니다. 혈육을 제외하곤 모두 늑대로 보고 몸가짐과 마음가짐을 똑바로 하셔야 합니다."

부르르, 아렌의 입이 떨리며 오른쪽 눈썹 끝이 춤이라도 추듯 휙 꺾여 올라갔다. 가능성이 아예 없지는 않다고? 정말? 남자라고 생각해도 본능적으로 끌릴 수가 있다고? 그렇다면 어쩌면 제스도 같은 마음일 수도 있는 건가? 그런 생각은 정말 한 번도 해본 적이 없는데.

왠지 귓불이 달아오르는 것 같았다. 쿵쾅쿵쾅, 또다시 심장이 규칙적인 패턴에서 벗어나 제멋대로 뛰기 시작하고 가슴이 한껏 부풀었다. 한 호흡 참았다가 후우, 내뱉었다. 이대로 대화를 계속했다간 자신도 모르게 빵 터질 것만 같아 아렌이 화제를 돌렸다.

"그럼 카일 너는?"

"예?"

눈이 뒤집혀 말을 따다닥 쏟아내던 카일의 입이 딱 닫혔다. 아렌은 그를 위아래로 훑어보며 의미심장한 눈길을 보냈다.

"혈육을 제외하곤 모두 늑대로 보라며. 그럼 너도 늑대인 거잖아. 근데 이렇게 야밤에 내 방에 막 들어와도 돼?"

한순간 날카롭게 찌르고 들어오는 말에 카일이 멍하니 그녀를 바라봤다. 아니, 나는 늑대가 아닌데, 어라, 그런데 아까 혈육을 제외하곤 모두 늑대로 보라고 했는데……. 뻐끔뻐끔, 뭍에 나온 붕어처럼 입술만 달싹하는 그를 보며 아렌이 웃음을 터뜨렸다.

"푸하하! 표정 봐! 푸핫, 아냐, 카일. 장난이야. 넌 내 동생이나 마찬가지니까."

"동생은 무슨, 오빠가 아닙니까?"

"뭐가 됐든."

아렌이 침대에 풀썩 앉고는 가볍게 어깨를 으쓱였다. 무슨 생각을 하는지 진지하게 그녀를 응시하던 카일은 한발 뒤로 물러섰다.

"아닙니다, 공녀님. 마침 말씀 잘하셨습니다. 저도 웬만하면 경계하십시오. 이왕이면 가장 가까운 사람부터 의식하는 게 낫지요. 아무리 사이가 가깝다 한들, 저는 여자가 아닙니다."

얘가 지금 무슨 말을 하는 거야?

아렌이 카일에게로 시선을 옮겼다. 빳빳하게 굳은 그의 목울대에서 꿀꺽, 마른침이 넘어가는 게 눈에 거슬렸다. 도자기처럼 표정이 굳은 것도 영 마음에 들지 않았다. 평생을 옆에서 봐온 카일인데, 늑대니 야밤에 찾아오니 뭐니……. 내가 말을 잘못 꺼냈나. 그녀가 입가에 얌체 같은 웃음을 매달며 그의 팔을 툭 쳤다.

"에이, 카일. 화 많이 났어? 화 풀어어……."

"……이건 또 뭡니까? 진심으로 토 나옵……. 신종 괴롭히기 수단입니까?"

흘끔 내려다보는 눈빛이 꽤나 날카로웠다. 하지만 오히려 아렌은 그 눈빛을 즐기듯 그의 턱을 손으로 간질였다.

"에이이, 우리 카일 화났어? 화 많이 났나 보네! 우쭈쭈!"

"……하지 마십시오. 이젠 인간도 아닌 강아지 취급을 하시는 겁니까?"

카일이 대번에 그녀의 손에서 머리를 떼어내며 말하자 아렌이 뜨끔해서 손을 치웠다. 어렸을 때부터 반은 유모, 반은 강아지 정도로 생각해왔는데 그걸 들켜버린 것 같았다. 잠시의 어색한 침묵이 흘렀으나 아렌은 곧 침대에 드러누우며 칭얼댔다.

"아아……. 카이일. 그만 화내, 나 진짜 피곤해."

피곤함이 진득하게 묻은 그녀의 말투에 꽤 매섭게 쏘아보던 눈빛의 기세가 한풀 꺾였다. 곧이어 그가 깔깔하게 낮아진 목소리로 웅얼거렸다.

"대답을 듣기 전엔 안 됩니다. 제가 한 말은 모두 마음속 깊이 새겨두고, 또 새겨두십시오. 아시겠습니까."

"알았어, 알았어. 아아, 나 피곤해. 카일, 잘 자."

아렌은 두 손으로 귀를 막으며 뒹굴거리고 베개에 얼굴을 묻었다. 방금까지 여자로서 자각을 하라고, 경계를 하라고 누누이 말했건만 모두 무색할 정도로 카일 앞에서 편하게 곯아떨어져버렸다.

뻣뻣하던 카일의 어깨가 허탈함에 확 풀어져버렸다. 기세등등하게 찾아왔는데 오히려 선제공격부터 시작해서 호되게 당한 기분이었다. 정말이지, 이길 수가 없다. 항상 진다. 가장 문제는, 아무리 남장 중이라지만 공녀님은 여자로서의 자각과 경계심이 거의 바닥을 치고 있는 점이다. 말을 해도 잔소리로 치부해버리니 이 일을 어쩐다.

고민에 빠진 카일은 문득 한쪽 구석에서 머리를 박고 푸딩을 먹고 있던 로도모나스와 눈이 마주쳤다. 입가에 노란 푸딩을 잔뜩 묻힌 채로 두 눈을 반짝이던 로도모나스는 카일을 보자마자 샤악! 날카로운 이빨을 드러냈다. 마치 악마라도 본 듯 카일은 꼴사납게 휘청하고 말았다.

'아까부터 마가 꼈어, 마가!'

또 어디로 공간이동 시켜버릴지 모른단 생각에 카일은 후다닥 아렌의 방에서 뛰쳐나왔다. 모두가 혼란스런 가운데, 캐러멜 커스터드 푸딩과 브레드 푸딩을 뚝딱 해치운 로도모나스만이 만족스런 얼굴로 몸을 말고 잠자리에 들었다.

아침에 일어나자마자 곧장 샤워를 마치고 돌아온 아렌은 콧노래를 흥얼거리며 제스의 집무실에 갈 준비를 했다.

오늘은 또 어떤 얘기를 나눌까, 제스가 내 행동에 어떻게 반응할까, 생각만 해도 가슴이 자르르 떨리며 설레었다. 찌르고 들어갈 틈 없는 무표정인 그였지만 유독 요즘 들어 꽤 다양한 표정 변화를 보여주었다. 그래 봤자 눈썹을 조금 올린다거나 눈매와 이맛살을 찌푸리는 것 정도였지만 처음과 비교하면 장족의 발전이 아닐 수 없었다. 아침은 먹었을까, 생각하고 있는데 문득 검은 털 뭉치가 눈에 걸렸다. 검은 털 뭉치, 로도모나스가 웬일인지 배를 깐 채 바닥에 얼굴을 박고 있었다.

불편하게 왜 저러고 있는 걸까?

아렌은 수건으로 머리를 파다닥, 털어내며 로도모나스에게 말을 걸었다.

"로도모나스, 왜 그래?"

로도모나스는 앞발로 얼굴을 부여잡고 고개를 휘휘 저었다. 뭔가 작게 끙끙대는 소리도 함께 들렸다. 얼굴로 바닥 청소를 하는 건 아닐 테고, 왜 저러지? 아렌은 수건을 침대 위로 휙 던지고 똑같이 바닥에 납작 엎드렸다.

"로도모나스, 어디 아파?"

상냥한 어조에 로도모나스가 빠끔 고개를 들어 큰 눈망울을 데구루루 굴렸다. 말할까 말까, 고민하다가 이내 고개를 휘휘 저었다. 저 표정……. 분명히 뭔가 있다. 아렌이 빨리 말해보라는 뜻으로 로도모나스의 쫑긋한 두 귀 사이를 쿡쿡 찔렀고, 로도모나스는 마지못해 자리에 일어섰다. 초록 눈동자가 갑자기 촉촉이 젖는가 싶더니 그가 입을 악어처럼 쩍 벌렸다.

아렌은 순간 당황했다. 몇 번이나 봤는데도, 저 귀여운 외모에 어울리지 않는 날카로운 이빨엔 적응이 안 된 탓이다. 물릴까 싶어 슬쩍 고개를 뒤로 뺐는데 시야에 무언가……, 익숙지 않은 것이 들어왔다. 새하얀 이빨에 때처럼 낀 저건……. 아렌이 입을 떡 벌렸다.

"추……, 충치?"

그녀의 말에 로도모나스가 입을 다물고 시무룩하게 눈을 내리깔았다. 마족이 치통 때문에 아파하다니, 눈으로 확인했음에도 쉽사리 긍정이 안 갔다. 얼마 전 인간 인간 거렸던 회색 머리카락의 남성미 넘치는 마족만 생각해봐도, 마족과 충치는 영 어울리지 않는 조합이다.

아렌은 힐끔 로도모나스를 쳐다봤다. 충치가 꽤 심한지 그는 앞발로 양 볼을 잡고 끙끙대고 있다. 하긴 그렇게 다디단 푸딩을 매일 입에 달고 살았으니 이가 썩지 않고 배기겠나. 푸딩이고 충치고……. 마족에 대한 환상은 왠지 로도모나스가 다 깨부수는 듯싶다. 아렌은 이마를 긁적이면서 상체를 일으켰다.

"로도모나스, 치유 마법 같은 거 못 하니?"

투명한 눈물방울을 그렁그렁 단 채로 로도모나스가 고개를 저었다. 하긴, 마족은 치유 마법을 못 썼지. 그렇다고 황성 의원한테 데려갈 수는 없는데, 어쩌면 좋지?

머리를 굴리던 아렌은 곧 치료 하면 세이라는 사실을 기억해내고 자리에서 일어났다.

"세이한테 가볼까?"

로도모나스가 지레 겁먹은 얼굴로 필사적으로 고개를 저었다. 혼날까 봐 저러는 건가. 아렌은 어린아이를 타이르듯 로도모나스의 머리를 쓰다듬어주며 말했다.

"로도모나스, 가서 치료 받아야지. 그렇지 않으면 너 다시는 푸딩 못 먹을 거야. 그래도 괜찮아?"

아렌의 말이 먹힌 건지 로도모나스가 고개를 가로저었다. 아렌이 주변에 미리 준비해둔 조그만 소품 두 개를 주머니에 쏙 넣고 눈짓하자, 언제나처럼 로도모나스가 앞발을 휘두르며 공간이동 마법을 시전했다.

가장 먼저 눈에 들어오는 건 창에 부딪쳐 찬란하게 부서지는 아침 햇살이었다. 갑작스레 쏟아진 빛에 눈썹차양을 만들어 막고 고개를 돌려보니 의자에 반듯한 자세로 앉아 있는 세이가 보였다.

햇빛에 비친 그의 머리카락은 청빛이 좀 더 진하게 돌았다. 머리카락만큼이나 신비하고 아름다운 외모에는 고고한 기품이 배어 있어, 처음 보는 사람은 기가 빠질 정도라고 생각됐다. 그들이 올 걸 미리 알고 있었던지 눈을 돌리자마자 세이와 시선이 마주쳤다. 아렌을 발견하자 그의 입가에 온화하고 은은한 미소가 매달렸다.

"아렌."

아렌도 발을 질질 끌듯이 걸어 그의 앞에 다가갔다.

"세이."

세이가 들고 있던 책을 테이블 위에 놓으며 아렌의 손을 잡아들어 가볍게 키스했다. 또 무슨 짓을 할까 싶어 아렌은 멋쩍게 웃고는 손을 빼냈다. 홍채와 동공을 구분할 수 없을 정도로 새카만 눈이 초승달처럼 휘었다.

"어서 오십시오. 차를 타드리겠습니다."

일어나려는 그를 아렌이 서둘러 제지했다.

"아니요, 세이. 오늘은 차를 마시러 온 게 아니고, 볼일이 있어서 온 거예요."

"말씀하십시오."

세이가 다시 자리에 앉으며 우아하게 고개를 끄덕였다.

"어, 그러니까……. 검술 가르쳐주러 왔어요! 가르쳐주기로 해놓고, 하나도 안 가르쳐줬잖아요. 음, 그리고……."

막상 본론을 말하려니 입이 쉽게 열리지 않아 아렌이 로도모나스를 힐끗 봤다. 녹안이 그늘에 덮인 채 불안정하게 흔들리고 있었다. 아렌은 마치 부모님에게 자신의 잘못을 고백하는 느낌을 받으며 입을 뗐다.

"세이, 로도모나스……, 이빨이 썩었어요."

"정말입니까?"

화살은 바로 로도모나스에게로 날아갔다. 움찔, 로도모나스의 온몸이 눈에 띌 만큼 크게 진동하며 털 하나하나가 바짝 곤두섰다. 그가 세이의 눈치를 보며 엉거주춤 꾸벅 고개를 숙였다.

"그렇군요."

참 간단하게 대답한 세이는 로도모나스에게서 신경을 딱 끊은 듯 무심하게 시선을 거두어버렸다. 아렌을 대할 때와는 전혀 다른 싸늘한 눈빛에 그녀도 덩달아 긴장이 돼서 말을 더듬거렸다.

"로도모나스 이빨, 마법으로 치료할 수 있지 않나요?"

듣는 것만으로도 성가시다는 듯, 세이의 눈매가 살풋 뒤틀렸다.

"단순히 할 수 있느냐고 묻는 거라면, 그렇습니다."

분명 어조는 부드러운데 느낌은 물어뜯는 듯한 느낌이 강하게 들었다. 할 수 있지만 하고 싶지는 않다는 거겠지. 로도모나스도 똑같이 느꼈는지 한 대 맞은 어린애처럼 낯빛이 질려 아렌의 뒤에 숨어버렸다. 아렌은 혀를 내두르며 손을 등 뒤로 돌리고 로도모나스를 토닥여주었다.

무섭다, 무서워. 로도모나스한테도 좀 부드럽게 대해주면 어디가 덧나나. 그런데 도대체 마족이 왜 인간한테 이렇게 쩔쩔매는 거야? 물어볼까? 아냐, 그만두자. 지금 그게 중요한 것도 아니고 뭐, 별 이유야 있겠어. 149세지만 어리고 귀엽고 충치까지 생기는 마족이니까 그런 거겠지. 아렌은 어지러운 머리를 정리하며 최대한 설득조로 말을 이었다.

"세이, 화내지 말아요. 마족도 이빨이 썩는 줄 모르고 푸딩을 막 사준 내 잘못도 있으니 그냥 이번 한 번만 해주면 안 될까요?"

"……."

"네? 이번 한 번만."

아렌이 넌지시 건넨 말에 세이는 눈동자만 흘끗 굴려 잠시 로도모나스를 보더니 툭 내던지듯 말했다.

"로도모나스."

말이 떨어지기가 무섭게 로도모나스가 대번에 세이 앞으로 날아갔고, 세이가 스치듯 손을 휘두르곤 번쩍이는 빛이 사그라지기 전에 다시 입을 열었다.

"마지막입니다."

적당히 부드러운 음색인데도 섬뜩한 경고처럼 들렸다. 금방이라도 울 것처럼 커다란 눈을 끔뻑끔뻑하며 고개를 끄덕이는 로도모나스가 굉장히 안쓰러워 보였다. 아렌은 뻣뻣하게 굳어버린 로도모나스를 향해 손을 뻗어 안아주었다. 손 한 번 휘두르는 게 뭐가 그리 대수라고 저렇게 인상을 북북 쓰고 있는 건지. 로도모나스에게 엄한 세이는 줄곧 봐왔기에 어느 정도 반응은 예상하고 있었지만 너무 대놓고 박대하는 것 아닌가.

하지만 세이의 기분도 풀어줘야 할 것 같은데, 어쩐다. 주변을 둘러보던 아렌은 곧 무언가를 발견하고 눈을 반짝였다. 마시다 만 찻잔. 아, 저거면 되겠다.

아렌이 찻주전자를 슬그머니 들자 세이의 시선이 그녀의 손을 좇아 움직였다. 그가 말해준 적은 없지만 차를 꽤 즐긴다는 걸 진작 눈치 채고 있었다. 올 때마다 차를 타주는 데다 그의 다도 역시 예사롭지 않았기에 그 정도의 차 애호가라면 남이 제대로 타주는 차 또한 즐기겠지, 어렴풋이 생각했다.

"세이, 제가 특별히 차 타줄 테니까 표정 좀 풀어요."

아렌은 일부러 가벼운 너스레를 떨며 능숙하게 다관에 물을 옮겨 부었다. 잠시 후 그 물을 찻잔에 옮겨 적당히 따뜻해질 때까지 기다렸다. 그동안 힐끗, 세이를 바라봤는데 웬걸, 아까의 무거운 표정은 어디로 가고 굉장히 즐거운 미소를 짓고 있었다. 차 타주는 게 그렇게 좋나? 아렌은 고개를 갸웃거리며 찻잎을 넣고 물이 적정 온도로 내려갈 때까지 기다렸다. 한참 후에 물을 부어 차를 우려내고 나서야 그녀가 세이 앞에 찻잔을 들이밀었다.

"이거 아무나 타주지 않는데, 세이는 오늘 특별히 타주는 거예요."

"감사합니다."

세이가 꽤 순순히 감사를 표하며 찻잔을 들었다. 잠시간 차향을 음미하던 그가 한 모금 들이켜더니 조금 놀란 얼굴로 아렌을 바라봤다. 그 반응을 즐기며 아렌이 장난스럽게 그의 무릎을 톡톡 두드렸다.

"너무 제대로 타서 놀랐죠? 그러게 제가 아무나 타주지 않는다고 했잖아요."

"과연, 옛날보다는 많이 느셨군요."

"어? 제가 세이에게 차를 타준 적이 있었던가요?"

세이는 대답 없이 차를 음미했다. 다도만 몇 년을 배웠는데 간소하게나마 했다고 그 실력이 어디 가겠는가. 분위기가 가벼워지자 오들오들 떨던 로도모나스도 서서히 진정되어갔다.

한동안 침묵을 지키며 차를 마시던 아렌은, 문득 그가 읽던 책에 눈이 가서 손을 뻗었다. 책은 하드커버인 데다 꽤나 묵직해서 한 손으로 들다가 휘청, 다른 쪽 손으로 받쳐 들어 겨우 가지고 왔다.

"천마전쟁의 역사적 고증? 이런 건 왜……?"

"……엉망이니 보지 마십시오."

"뭐가 엉망이라는 거예요?"

아렌이 슬쩍 책을 테이블 위에 올려놓자 세이가 차를 한 모금 더 마시더니 말을 이었다.

"그 책에 서술된 거의 모든 것이 틀렸습니다. 특히나 첫 천마전쟁의 시발점이 중간계를 향한 영향력 다툼이라고 되어 있습니다만, 이는 사실과 다릅니다. ……전쟁의 원인은 한 혼혈 아이 때문이었습니다. 마왕과 천족 사이에서 태어난."

"마왕과 천족 사이에서 아이가 태어났다고요?"

"예. 그 돌연변이는 두 종족 모두에게 파란을 불러일으켰습니다. 잔잔한 호수에 내던진 돌멩이와도 같은 존재. 두 종족 모두 받아들일 수 없는 존재. 전례 없는 존재의 탄생을 천족과 마족이 서로의 탓으로 돌리다가 서로 등을 돌리게 되고 전쟁을 치르게 된 것입니다."

지금 대체 뭐라는 거야?

아렌은 세이가 쏟아내는 말이 마치 외계어처럼 들리는 묘한 느낌에 차마 끼어들지 못하고 입만 벌리고 있었다. 눈이 휘둥그레진 그녀와 눈길이 마주친 세이가 지나칠 정도로 아름답게 웃었다.

"양 종족은, 마왕, 그리고 그와 사랑에 빠진 천족, 그 사이에서 태어난 돌연변이를 모두 죽이자고 합의를 하고 종전을 선언했습니다. 이를 견디지 못한 마왕과 천족은 스스로 목숨을 끊었고 아이는……, 저도 알지 못합니다. 마족의 피는 독, 천족의 피는 해독제. 서로 상극인 피를 품고 못 견딘 채 죽었을지, 아니면 둘 다 다스리고 살아남았는지, 아니면 천족이나 마족에게 죽임을 당했을지, 셋 중 하나일 겁니다."

태연하고 갑작스럽게 쏟아지는 이야기에 아렌은 그 짧은 시간 동안 세상 밖으로 튕겨져 나간 느낌이 들었다. 이게 무슨 동떨어진 이야기란 말인가. 그리고 동시에…….

"안타까운 이야기네요. 너무하기도 하고요. 갓 태어난 애가 무슨 잘못이 있다고! 죽이려고까지 하나요?"

"화내실 필요 없습니다. 태어났다는 것 자체가 죄악인 아이니."

태연한 그의 말에 순간 아렌의 눈에서 불꽃이 튀어 올랐다.

"나 참, 말이 안 되죠. 세이! 그 애가 원해서 태어나고 분쟁의 씨앗이
된 게 아니잖아요. 사랑하는 연인 사이에서 태어난 아이를 축복해주지는
못할망정, 존재 자체가 죄악이라고요?"

"축복이라."

"도덕적으로도 그래선 안 되죠, 너무하네요. 정말."

의외라는 듯이 쳐다보는 세이를 의식하지 못한 채, 그녀는 술을 마시는
것처럼 차를 단번에 쭉 들이켜고 탕, 소리 나게 내려놓았다.

"무책임한건 천족도 마족도 마찬가지죠. 이종족이라서 어느 정도 환상
을 가지고 있었는데 세이의 이야기를 들으니 정말 한심스럽고 실망스럽
네요. 정말, 그 아이가 죽기라도 했으면 천족과 마족은 백번이고 사죄해
야 해요."

"동정입니까?"

차분히 울리는 음성에 아렌은 귀싸대기가 차지게 얻어터진 듯한 느낌
에 움찔했다. 아렌의 시선이 세이를 찾아들었다. 그는 말없이 눈빛으로
그녀에게 대답하라고 다그치고 있었다. 아렌은 가볍게 고개를 저었다.

"아니요."

"그럼 무엇입니까?"

"공감이에요. 그 아이가 저와 비슷하다고 느꼈단 말이에요. 그것마저
동정이라고 하면 할 말 없지만요."

"……."

세이는 쥐 죽은 듯 침묵을 지키며 아렌을 응시했다. 더 이상 이 민감하
기 짝이 없는 주제를 거론하기 싫은 건지, 세이가 그녀의 허리에 찬 검으
로 시선을 옮기며 대뜸 주제를 바꿨다.

"아렌의 검입니까?"

"아아, 네. 세이는 본 적 없죠? 이거 엄청 좋은 검인데, 특별히 보여주

는 거예요."

아렌도 금방 무거운 이야기를 지워내고 번쩍 일어나서 검을 빼 들었다. 새하얀 검신에 검 등을 따라 새겨진 유려한 물결무늬의 곡선이 햇빛을 반사하여 번쩍였다.

"본 주인이 있는 검이로군요. 누구의 것입니까?"

"어? 어떻게 알았어요?"

아렌이 눈을 동그랗게 뜨자 세이가 검에 새겨진 이니셜을 톡톡 두드리며 말했다.

"아렌의 이름은 E. Karsian이 아니지 않습니까?"

아렌이 검 끝으로 호선을 그리며 내렸다. 말해야 할지 말아야 할지 잠시 머뭇, 하지만 곧 대수롭지 않게 여기고 속의 말을 내뱉었다.

"네, 사실 단장님……한테서 받았어요. 기사단장님이요. 그러고 보니 세이도 은근 단장님이랑 많이 만났네요. ……세이, 혹시나 해서 묻는 건데, 기사단장님 건드리지 않기로 한 약속 까먹지 않았겠죠?"

'기사단장님'이라는 단어를 내뱉으면서 아렌은 긴장감이 대폭 상승해 세이의 눈치를 살짝 봤다. 예전에 한번, 무도회에서 마주쳤다가 큰 싸움이 날 뻔했던 장면이 바람처럼 스쳐 지나갔다. 세이는 섬세한 손짓으로 찻잔을 들고 향을 음미했다.

"확실히 잊지 않고 있습니다만 조금 후회는 됩니다."

후회라니……. 그래도 잊지 않고 있다는 걸 다행으로 여겨야 되는 걸까. 아렌은 슬쩍 불길해지는 마음 한구석을 애써 외면하며 오른팔 왼팔 번갈아가며 팔목 운동을 했다. 세이는 말없이 벽에서 등을 떼고 다가와, 묘한 눈으로 그녀의 눈을 마주하며 피식 웃었다.

"아렌, 이제 가보셔야겠습니다."

"네? 절 내쫓으려고요?"

아렌이 반사적으로 한 발을 뒤로 빼며 경계태세를 취하자 세이의 눈매가 부드럽게 휘말렸다. 그가 그녀의 손등을 어르듯 톡톡 두드렸다.

"아니요, 제가 가봐야 할 곳이 있습니다."

"어딘데요?"

"아실 필요 없는 곳입니다."

"어딘데요? 어딘데 그렇게 감춰요?"

세이가 그녀의 머리에서 손을 뗐다.

"로도모나스."

그의 말이 떨어지기가 무섭게 로도모나스가 공간이동을 시전했고, 아렌은 붕 뜨는 감각을 느끼면서도 허공을 향해 주먹을 휘두르며 '이렇게 막 보내버리다니 너무해요!'라고 외치는 건 잊지 않았다. 사르르 주변을 맴돌던 빛마저 스러지자 세이는 시선을 옮겨 그녀가 타준 차를 응시했다. 그리고 다시 그녀가 사라진 자리에 돌아온 눈길은 한참 동안 떠날 줄을 몰랐다.

기사단 입구, 아무것도 없는 허공에 갑자기 빛무리가 생기더니 두 인영의 모습이 드러났다. 유달리 맑고 고운, 쌍꺼풀진 은색 눈이 익숙한 기사단 건물을 발견하곤 희미한 짜증을 드러냈다.

"완전 자기 멋대로야."

아까 세이의 모습을 떠올리며 그녀가 툴툴거렸다. 검술을 가르쳐주겠다고 간 건데 인사를 하기도 전에 로도모나스를 시켜 보내버리다니. 거기다 아까 전의 그 장난은 뭐란 말인가. 알다가도 모를 사람이다. 놀라울 정도로 찰나의 순간 돌변해버리는 그 모습은……. 호기를 부려 큰소리를 땅땅 치긴 했지만 사실은 오싹해질 만큼 섬뜩했다. 그게 연기였다면, 진심으로 화가 났을 땐 어떨지.

아렌은 웃는 것도 아니고 우는 것도 아닌 요상한 얼굴로 찡그리고 있다가 두 손으로 마른세수를 했다. 그러다가 제 뺨을 철썩 내리쳤다. 왜 갑자기 이런 생각이 드는 건지, 정신 차리자.

마음을 추스른 아렌은 곧장 제스의 집무실로 향했다. 왕리본 머리띠를 이공간에 휙 던져 넣어버리는 로도모나스도 사람의 모습을 유지한 채 따라나섰다.

'날씨 좋네.'

아렌이 고개를 완전히 젖혀 뒷짐을 졌다. 하늘은 더할 나위 없이 푸르렀다. 점심시간이라 그런지 집무실로 향하는 내내 쥐 죽은 듯 고요했다. 그 평화로움은 어딘가 작위적인 느낌이 강해서, 마치 폭풍 전의 고요처럼 느껴졌다. 하늘만 보며 걸어가던 아렌은 앞에 서성이던 이를 보지 못하고 그대로 부딪쳐버렸다.

"으악!"

"엇!"

다행히 중심을 잡은 아렌은 깜짝 놀라며 뒤로 물러섰다. 그녀와 부딪친 이도 꽤나 놀랐는지 두 눈을 휘둥그레 뜨고 몸을 돌렸다. 아렌과 부딪친 아이는 많아봤자 열넷쯤으로 보이는 소년이었다. 바람이 불면 픽 쓰러질 것처럼 작고 왜소한 소년. 그를 보자마자 든 생각은 '하얗다'였다. 아니, 하얀 정도가 아니고 핏기 하나 없이 창백했다. 그럼에도 이마에서부터 코, 턱까지 이어지는 부드러운 선이 곱게 자란 귀공자 느낌을 주었다. 그의 짙은 금색 눈동자는 신기한 생물이라도 보듯 호기심으로 가득 차 아렌을 향해 있다. 그 노골적인 시선이 불쾌해진 아렌은 사과하는 것도 잊고 툭 내뱉었다.

"뭘 그렇게 봐요?"

"죄, 죄송해요."

눈이 동그래진 소년이 아렌의 눈치를 보며 엉거주춤 꾸벅, 고개를 숙였다. 그의 옷차림을 본 아렌은 그제야 고개를 끄덕였다.

"시동인가 보네. 그런데 기사단엔 시동이 올 일이 없는데……. 혹시 길을 잃어버렸니?"

"아니……. 네!"

듣는 사람까지 다 움찔할 정도로 소년이 다급하게 고개를 가로젓다가 끄덕였다. 그를 위아래로 훑어보던 아렌은 무심히 그녀가 걸어온 방향을 턱짓으로 가리켰다.

"출구는 저쪽이야. 잘 가."

"아, 저, 저기! 호, 혹시 기사……신가요?"

그대로 가려던 아렌의 발길을 소년이 다급하게 잡아챘다. 아렌은 고개를 끄덕이며 대답했다.

"응? 뭐, 그렇지."

"그렇다면, 혹……, 기사단장님과도 아는 사인가요?"

기사단장님? 제스? 아렌이 다시 한 번 가볍게 고개를 끄덕이자 소년의 얼굴이 갑자기 밝아졌다.

"저어, 기사단장님께 안내해주세요!"

"뭐?"

놀란 아렌이 두 눈을 크게 뜨자, 소년은 큰 잘못이라도 저지른 것처럼 움찔하더니 조심스럽게 입을 열었다.

"안 되나요……? 개인적으로 기사단장님을 꼭 뵈어야 할 일이 있어서요."

"시동이? 기사단장님을 개인적으로? 왜?"

아렌의 말은 비아냥거림이 아니었다. 순수하게 놀란 것이다. 그녀의 질문에 소년은 불쾌한 기색 없이 자신의 이야기를 풀어놓았다.

"네. 저어……. 무투대회 때 먼발치에서 뵈었는데……. 그때부터 꼭 한 번 뵙고 싶다는 생각을 했어요. 정말, 꼭, 꼭, 한 번이라도 뵙고 싶은데 막상 기사단에 오니 어디로 가야 뵐 수 있을지 모르겠어요."

아렌은 곤란한 얼굴로 이마를 긁적였다. 데려가면 왠지 제스가 화낼 것 같은데…….

"제발, 이렇게 부탁드려요. 잠시라도 괜찮아요."

간절함이 절절히 느껴지는 눈빛에 쉽게 거절을 할 수 없었던 아렌은 얕은 숨을 내쉬며 입을 열었다.

"일단 통성명부터 하자. 너 이름이 뭐야? 나는 아렌이야."

"아렌 경이시군요. 저는 이옌. 이옌이에요."

아렌을 응시하던 황금색 눈동자가 이번엔 로도모나스에게 옮겨갔다.

"안녕? 나는 이옌이라고 해. 너는 이름이 뭐니?"

"……."

"나, 너랑 친구가 되고 싶은데 그래도 괜찮을까?"

이옌이 로도모나스에게 말을 건네며 부드럽게 웃었다. 혹여 이옌의 검지를 물어뜯을까 싶어 걱정이 된 아렌이 먼저 나서서 제지하려 했으나, 그 순간 믿을 수 없는 말이 들려왔다.

"로도모나스. 내 이름."

아렌이 두 눈을 홉뜨고 로도모나스를 바라봤다. 로도모나스가 누군가에게 말을 거는 것도 모자라 이름을 가르쳐주다니! 프레드릭과 카일이 보면 땅을 치고 통곡할 만한 일이었다. 하지만 방금 로도모나스가 보인 행동이 얼마나 드문 일인지 알 리 없는 이옌은 그저 해맑게 웃으며 악수를 청했다.

"로도모나스구나, 반가워. 앞으로 친하게 지내자."

"……응."

로도모나스가 선선히 고개를 끄덕이며 손을 맞잡았다. 언제나 뚱한 표정이 웬일인지 기분 좋게 풀어져 있었다.

로도모나스와 인사를 마친 이옌이 아렌에게 시선을 옮겼다.

"저어……. 그럼 이제 기사단장님을 뵐 수 있을까요? 하나, 꼭 여쭙고 싶은 게 있어요."

아렌이 생각에 잠긴 얼굴로 슬쩍 턱을 비볐다.

"으음, 기사단장님께 데려다 줄 순 있는데, 사실……, 너를 상대해주실지는 확신을 못 하겠어."

"상관없어요! 잠시라도 뵐 수 있다면……! 제발요!"

이옌이 필사적으로 보일 만큼 간곡히 외쳤다. 그를 천천히 살펴본 아렌은 직감적으로 그가 제스 앞에서 무례하게 행동한다거나 할 인물은 아니라는 걸 느꼈다.

"에라, 나도 모르겠다. 잠시야 괜찮겠지. 마침 나도 기사단장님 뵈러 가던 길이었으니 같이 가자."

아렌의 말에 이옌의 얼굴이 밝아졌다. 하지만 의외의 복병인 로도모나스가 갑자기 고개를 휘휘 내저으며 끼어들었다.

"나는 싫어."

아렌과 이옌의 시선이 동시에 로도모나스에게 향했다. 로도모나스가 턱을 들고 선언하듯 말을 이어갔다.

"눈, 부리부리해. 내가 싫어하는 눈. 부리부리해. 싫어. 가기 싫어."

로도모나스가 고집스럽게 주장하고는 입을 다물어버린다. 아렌은 마치 자신이 욕을 들은 것처럼 기분이 상해서 콧잔등을 찌푸렸다. 제스의 눈이 부리부리하다니, 얼마나 예쁜데.

"그럼 우리끼리 갈 테니 로도모나스 넌 먼저 방에 가 있어. 자, 이옌. 가자."

"예? 예에……."

이옌이 머뭇거리면서 아렌을 따라나서자, 로도모나스는 같잖다는 듯 흥! 콧방귀를 뀌며 팩 토라져버렸다. 이옌과 함께 집무실로 향하는 계단을 오르던 아렌은, 뒤따라오는 로도모나스의 발소리를 듣고 피식 미소 지었다.

"단장님!"

아렌이 집무실에 들어서자, 제스가 언제나처럼 창밖을 보고 서 있다가 몸을 돌렸다. '단장님'이라는 호칭으로 무언가를 직감했는지 섣불리 '아렌'이라고 부르지 않는다. 조금 긴장하고 있던 아렌은 그와 시선을 마주하자 비로소 마음 편한 미소를 지었다.

"어? 아렌 왔구나."

굵직한 목소리가 들리는 쪽으로 시선을 돌려보니 프레드릭이 서류를 정리하며 책상 앞에 서 있었다. 아, 너무 제스만 쳐다봐서 있는 줄 몰랐네, 미안해라. 아렌은 프레드릭에게도 인사를 건넨 후, 문을 한 손으로 지탱했다.

"단장님, 오늘 같이 온 손님이 있는데요."

"저……. 저어, 안녕하세요."

아렌의 말이 떨어지기가 무섭게 이옌이 쭈뼛쭈뼛 들어섰고, 잔뜩 불만에 가득 찬 로도모나스가 그 뒤를 따랐다. 갑자기 어린애 둘이 우르르 들어오자 프레드릭의 표정이 요상해졌다.

"뭐……야, 아렌, 저 아이들은?"

"어……. 그게……."

막상 집무실에 들어오니 말을 꺼내기가 고되었다. 이옌이 하도 절절하게 부탁을 해서 데려오긴 했지만, 시동이 사사로이 '한번 보고 싶다'라는 이유로 기사단장을 만나는 건 어불성설이기 때문이다. 아렌은 제스의 눈치를 살피며 어렵사리 입을 뗐다.

"저어기, 기사단장님, 애는요, 그러니까……. 음, 소개할게요. 저와 길 가다가 부딪친 시동, 이옌이에요."

"안녕하세요."

이옌이 재빨리 말을 받아 인사를 건넸다. 아렌을 스치듯 본 제스가 이옌을 물끄러미 보더니 고개를 천천히 숙였다.

"황자 전하께서 어쩐 일이십니까?"

뜻밖의 말에 놀란 아렌과 프레드릭의 시선이 일제히 이옌에게 몰려들었다.

"화……, 황자?"

"죄송해요."

황자, 이옌이 어깨를 움츠리며 아렌에게 웅얼거렸다. 하일렌 제국에서 황자라고 칭할 수 있는 자는 단 한 명뿐이다.

이옌나스 엘리오 반 류라이어. 에슬란 황제와 레이아나 황비 사이에서 태어났으며, 몸이 약해 거처에서 개인 수업과 치료를 받는다는 황자. 황성에서 오래 일한 시종들도 만나기 어렵다는 유일한 황위 계승자. 그런데 이옌이 그 황자라고? 짐짓 신기하다는 눈초리로 아렌이 이옌을 살펴보는 가운데, 그가 제스를 향해 물었다.

"그런데 어떻게 아셨어요? 한 번도 뵌 적이 없는데……."

"전하, 어쩐 일로 납셨습니까?"

별다른 부연설명 없이, 칼로 자르듯 단호하게 제스가 말했다. 이옌은 황자라는 타이틀이 무색하게 잔뜩 주눅이 들어 손가락을 꼼지락거렸다. 제스에게서 느껴지는 딱딱함이 추상같은 고함보다 더 매섭게 느껴지는 듯했다.

정신을 차린 아렌은 저도 모르게 둘 사이로 끼어들었다.

"단장님! 황자 전하께서 무투대회 때부터 단장님을 꼭 보고 싶었다고 하셨어요! 그러니까……, 존경해왔대요! 설마 자라나는 새싹이 존경하는 사람을 찾아왔다는데 나가라느니 하진 않으시겠죠, 단장님?"

"……."

아렌과 제스의 눈이 공중에서 부딪쳤다. 혹시나 해서 해본 말인데 아니나 다를까, 황자한테도 곧 나가라고 하려던 모양이다. 아렌이 잽싸게 말을 이었다.

"황자 전하께서 꼭 하나 물어보고 싶은 게 있다고 하셨어요, 그렇죠, 황자 전하?"

나가라고 하기 전에 빨리 말하라는 뜻으로 아렌이 이옌의 등을 떠밀었다. 막상 돗자리를 깔아주니 한껏 당황한 이옌은 '어, 아, 어…….'라고 웅얼거리다 고개를 들었다. 제스는 별다른 말없이 황자를 응시하고 있었다.

"저, 제스 경……. 경은 어떻게 검을 그렇게 잘 쓰실 수 있으신가요? 아카데미 시절부터 유명하셨다고 소문이 파다하던데, 어떻게……."

돌아오는 대답이 없다. 냉랭한 침묵을 견디지 못한 이옌의 입에서 낮은 신음 비슷한 것이 흘러나왔다. 이옌이 이렇게까지 하는데, 가만히 두고 볼 수만은 없다고 여긴 아렌이 제스를 향해 기도하듯이 두 손을 모으고 쓱싹쓱싹 비볐다. 입 모양으로 '제스, 제발 대답해주세요!'라고 뻐끔거리길 반복하자, 절대 열릴 것 같지 않았던 입이 서서히 열렸다.

"검을 배우고 싶으십니까?"

딱딱한 그의 한마디에 이옌의 눈이 반짝였다.

"네! 하, 하지만……. 저는 왜소한 데다 힘이 없어서……. 잘할 수 있을지 자신이 없기도 하고……. 저도 언젠간 제스 경처럼 늠름해지고 검을 잘 쓰고 싶은데……."

"......."

"아······. 아아, 이런 제가 그런 생각을 하는 게 우습죠? 역시, 안 되겠죠······."

이옌이 잔뜩 풀이 죽어 웅얼거렸다. 로도모나스가 갑자기 어깨를 부르르 떨며 도움을 청하는 눈으로 아렌을 쳐다봤다.

"아렌, 아렌! 저 사람······, 저 사람 미워!"

로도모나스가 용감하게 외치고는 아렌 뒤에 숨었다. 아렌은 한숨 섞인 어조로 말했다.

"제······, 아니, 단장님······."

"전하의 생각이 옳습니다."

아렌은 두 눈을 휘둥그레 떴다. 방금 제스가 한 말은 황족 모독죄로 치부될 수 있을 정도의 말이었다. 그럼에도 제스의 목소리는 지나치게 무덤덤한 데다 표정도 없었다.

"하지만 그 반대가 될 수도 있습니다."

아렌은 그가 무슨 말을 할지 도무지 짐작이 되지 않아서 그냥 멍해져버렸다. 제스는 이옌의 눈을 똑바로 들여다보며 단호하게 말을 이었다.

"전하께서 왜소하고 약하다 하시어 검을 들 수 없다 여기신다면 검을 들고 나서도 다름이 없을 것입니다. 힘이 있더라도 정신이 곧게 서지 않으면 결국 정신을 갉아먹게 되고, 살인귀에 지나지 않게 됩니다. 정신을 굳게 가지십시오. 그게 신이 전하께 말해드릴 수 있는 전부입니다."

"그······, 그렇다면 마음먹기에 따라 제스 경처럼 강해질 수도 있다는······. 그런 뜻인가요?"

"그렇습니다."

그제야 이옌의 눈이 별처럼 반짝였다.

"······네! 알겠어요! 감사합니다!"

아렌은 절로 떠오르는 미소를 숨기려 슬쩍 고개를 숙였다. 보통 사람 같았으면 꿀 바르듯 몇 마디 아부를 읊고 넘어갔을 일을, 제스는 질릴 정도로 정직하게 대한다. 그 모습에 모두가 존경심을 가지게 된 거겠지.

"저어, 그리고 부탁이 하나 더 있는데⋯⋯. 저어⋯⋯."

"말씀하십시오."

"이왕 나온 김에 기사단을 구경하고 싶어요. 괜찮을까요?"

"불가합니다. 기사들의 훈련에 방해가 됩니다."

무정할 정도로 제스가 딱 잘라 말하자 창백한 이옌의 얼굴에 쓴 미소가 떠올랐다. 그러고 보니 겨우 짬을 내서 왔다고 했지. 자신의 거처에만 갇혀 산 이옌이기에 분명 나온 김에 보고 싶은 게 많을 것이다.

"저어, 기사단장님, 먼발치에서나마 구경하게 해주시면 안 될까요?"

아렌이 운을 떼자 이옌이 냉큼 받아서 간절하게 말했다.

"제스 경, 이렇게 부탁드립니다."

"단장님. 제가 훈련 등에 방해가 전혀 안 되도록 잘 모시고 다니겠습니다."

가만히 보고만 있던 프레드릭까지 도와주고 싶은 마음이 생겼는지 맞장구를 쳤다. 셋이 동시에 졸라대자 제스가 아무 말 없이 몸을 돌렸다.

"⋯⋯프레드릭, 모셔라."

"예, 명을 받듭니다!"

프레드릭이 씩씩하게 외치며 아렌과 이옌을 향해 다가왔다.

"전하, 제가 모시겠습니다."

프레드릭이 간단히 목례를 하며 말하는 것으로 예를 갖춘 후 몰래 아렌에게 눈을 찡긋거렸다. 아렌도 희미한 웃음을 띠며 그 호의에 대답해주며 이옌에게 말을 건넸다.

"전하, 저는 여기 남을 테니 나중에 기사단 입구 앞에서 뵈어요."

"예, 감사합니다, 아렌 경."

이옌이 밝은 미소를 지으며 프레드릭을 따라나섰다. 제스만 불만스럽게 노려보던 로도모나스도, 잽싸게 그들의 뒤를 따라갔다. 탕, 하고 문이 닫히며 머무르던 이가 다섯에서 둘로 줄자, 어색한 정적이 찾아들었다. 밀폐된 공간에 단둘이 남으니 새삼 그의 존재감이 더욱 크게 느껴졌다. 잠시 후, 낮게 가라앉은 감미로운 음성이 울렸다.

"아렌, 이리 와라."

제스의 말에 잠시 놀란 아렌이 표정을 정돈하며 발을 옮겨 그를 향했다. 한 발짝, 한 발짝, 다가서다가 손을 뻗으면 닿을 거리에서 딱 멈춰 섰다. 왠지 쑥스러운 기분이 들어 딴청을 부리고 있는데 그의 목소리가 다시금 귓가에 들렸다.

"……어제."

"네?"

"왜, 안 왔지?"

제스가 무슨 말을 했는지 뒤늦게 깨달은 아렌이 고개를 들었다. 깊숙이 빛나는 파란 눈동자가 그녀의 시선을 붙잡았다.

"기다렸……어요?"

말을 내뱉고 아차 싶어 금방 손을 들어 허공을 활활 저었다.

"아하하! 농담이에요, 농담. 음……. 어제 말이죠, 피곤해서 그만 잠들었지 뭐예요."

실은 세이가 다짜고짜 찾아와서 죽치고 앉아 있는 바람에 못 온 거지만. 너무 대충 둘러대는 변명거리라 더 캐물을 것이라 생각했는데 제스는 의외로 다른 것을 물어 왔다.

"……지금은?"

지금은 괜찮으냐는 뜻일까, 짧은 단어를 들어도 전체적인 의미가 전해져 왔다. 아렌은 살갗이 가려운 겸연쩍은 느낌에 시선을 내렸다. 확실히 이상하다. 예전 같았으면 눈을 부라리거나 차갑게 한마디 쏘아붙이거나, 무시하거나 셋 중 하나였을 텐데.

"어……. 괜찮……아요."

"그래."

아렌이 고개를 들자 줄곧 그녀에게 향해 있던 시선과 마주쳤다. 그와 마주 보는 건 황홀하면서도, 스스로 어찌할 수 없을 정도로 부끄러웠다. 기분이 왜 이렇게 통일되지 않는지, 아렌은 복잡한 제 머릿속 때문에 혼란스러웠다. 그래서 그저 냅다 소리 질렀다.

"제스, 초상권에 대해 알아요?"

"뭐?"

"그러니까……, 그렇게 빤히 쳐다볼 거면 초상권료를 내야 해요."

"돈을 달란 소린가."

제스가 어이없어하며 대답했다. 하지만 자신이 뒤집어써야 할 가면을 결정한 아렌은 고개를 주억거리며 속눈썹을 바쁘게 팔랑거렸다. 더 이상 이야기를 끌어갈 필요성을 느끼지 못했는지 제스가 곧 의자에 앉아 서류를 집어 들었다.

'으으, 대체 무슨 말을 한 거야!'

아렌은 제 머리를 다 쥐어뜯어버리고 싶은 심정이었다. 왜 갑자기 그런 생각이 들었는지 스스로도 한심스러웠다. 자책을 야무지게 금방 끝낸 아렌은 아무 일도 없었다는 듯 제스 옆에 바싹 붙어 앉았다. 서류를 힐끔, 제스를 힐끔, 곁눈질하던 아렌은 저도 모르게 손을 뻗어 그의 머리카락을 잡았다. 그의 눈길이 다시 아렌을 향했다. 아렌은 시선이 마주친 그대로 굳어버릴 뻔했으나 애써 능글맞게 웃어 보였다.

"초상권료예요. 가만히 있어요."

아렌은 최대한 여유롭게 눈웃음을 쳤다. 아렌을 물끄러미 바라보던 제스는 낮은 한숨을 내쉬며 그녀에게서 시선을 거두었다. 부드럽게 감겨 오는 머리카락을 천천히 빗으며 아렌이 나직하게 말을 건넸다.

"참, 제스. 아침 먹었어요?"

"……."

"안 먹었어요? 에클렛 님한테 잘 먹이고 있다고 했는데, 절 거짓말쟁이로 만들려는 거예요? 으휴, 그럴 줄 알았어, 정말. 잘 먹기로 약속했으면서."

"바빴다."

무시하거나 차갑게 대꾸할 줄 알았는데, 도리어 변명하듯 그가 짧게 대답했다. 아렌의 얼굴에 만족스러운 미소가 피어올랐다.

"그런데……. 아까부터 왜 그렇게 대답을 잘해줘요? 이상하게."

"얼마 전까지만 해도 대답이 없다고 난리를 친 건 너다."

높낮이 없는 무던한 말투에서 은근한 배려가 느껴졌다. 아렌은 옛 기억을 떠올리며 작게 웃음을 터뜨리고 입술을 움직였다.

"난리까진 아니었다고요. 어쨌건 이제야 사람한테 말하는 기분이에요. 평소에도 대답을 잘해주면 얼마나 좋아요? 그렇게 말이 없는 스타일은 여자들한테 인기가 없어요."

"네가 덜 말하면 된다는 생각은 안 해봤나."

"그런데 제스, 이옌이 황자 전하인 건 어떻게 알았어요?"

"이름과 생김새."

아렌이 입술을 동그랗게 모으며 작게 감탄을 내뱉었다.

"와, 그렇군요. 음……. 글쎄, 전 시종의 옷을 입고 있기에 영락없이 시동인 줄로만 알았어요. 제스가 황자 전하라고 하는 순간 얼마나 놀랐는지 알아요? 어쩐지 예의범절이 몸에 배어 있더라니……."

빠르게 내뱉은 아렌이 심호흡을 하며 입을 닫았다. 제스는 한쪽 손으로 턱을 괸 채 미동 없이 서류만 들여다보고 있었다. 또다시, 혼잣말을 하는 느낌에 아렌은 이마를 긁적이며 다시 입을 열었다.

"으음, 제스……. 바쁜데 제가 방해하는 것 같아요. 아까 황자 전하 따라갈 걸 그랬네."

"……."

"하하, 그럼 전 그냥 이만 가볼게요……."

아렌이 자리에서 휙 일어나는 순간 제스의 길고 강한 손가락이 그녀의 손목을 휘감았다.

"가지 마라."

아렌이 주춤하는 순간 그녀의 귀에 다시 낮고 매끄러운 목소리가 스며들었다.

"못 들었나. 방해가 되지 않으니 여기 있으란 소리다."

아렌이 제 귀를 의심하며 멍하니만 있자 제스가 그녀의 손목을 끌어 내렸다. 그녀는 무릎 뒤가 차인 사람처럼 다리를 굽혀 자리에 털썩 앉았다. 제스의 손이 제자리로 돌아가고 한참 후에야 그녀가 어 소리를 내며 고개를 끄덕였다. 팔락팔락, 종이 넘기는 소리만이 허공에 떠돌다 사라졌다. 제법 싸늘해진 바람이 픽 소리를 내며 창틈을 타고 들어와 그의 옷깃을 스쳐갔다. 제스와 어울릴 만한 고요한 평온에 두근거리던 가슴이 진정되어갔다.

"……."

서로 오가는 대화 없이 한참의 시간이 흐른 후 아렌은 뭔가 이상한 느낌을 받았다. 제스는 서류 탑을 하루 만에 처리할 정도로 서류 처리 속도가 경이롭다. 하지만 웬일인지 지금 그는 몇 시간째 서류 하나만 붙들고 있었다. 그리 어려운 서류 같지 않아 보이는데 왜……? 긴 침묵을 깨고 아렌은 넌지시 그에게 물었다.

"제……스, 무슨 서류를 그렇게 오래 봐요?"

아렌이 눈치 챌 수 없을 만큼 손을 움찔한 제스가 보던 서류를 내려놓고 다른 서류를 집어 들었다. 사실, 옆에 앉은 아렌이 너무도 신경 쓰인 탓에 그는 몇 시간 전부터 서류를 한 글자도 읽지 못하고 있었다. 지독히도 저답지 않은 행동이다. 그는 스스로 한심하다 생각하며 들리지 않을 만큼 얕은 한숨을 내쉬었다.

제스의 속마음을 알 리 없는 아렌은 그의 침묵에 고개만 갸웃거리며 창밖 먼 곳에 시선을 던졌다. 어느덧 시간이 많이 지나 하늘은 옅은 자주에서 짙은 자주로 변하며 노을이 불타오르고 있었다. 시선을 내려 기사단 입구에서 로도모나스와 이옌을 발견한 아렌이 자리에서 슬쩍 일어났다.

"아, 황자 전하가 오셨네요. 이제 정말 가봐야겠어요."

제스가 말없이 아렌에게 시선을 옮겼다. 배시시 웃는 아렌을 눈에 담으며 그가 천천히 입을 열었다.

"아렌, 조심히."

조심히 다녀와라. 펜을 쥔 제스의 손이 짧은 순간 미세하게 멈칫거렸다. 이해할 수 없는 빛이 일렁이던 남색 눈이 차분하게 가라앉았다.

"……조심히 모셔다 드려라."

아, 황자 전하를 잘 모셔다 드리라는 소린가? 아렌이 별말을 다 한다는 듯 피식 웃었다.

"걱정도 팔자야, 제스, 금방 다녀올게요."

아렌이 훌쩍 일어나 손을 흔들었다. 아렌이 시야에서 사라지자마자 제스는 그녀가 머물렀던 자리에 시선을 옮겼다. 펜을 내려둔 그의 손이 느릿하게 그 위로 움직였다. 아직 남아 있는 그녀의 온기가 손바닥에 스며들면서 제스의 눈이 사르르 감겼다.

"그 말, 이번엔 꼭 지켜라."

아렌은 집무실 문을 닫고 나오자마자, 마침 계단을 올라오던 이와 맞닥뜨렸다. 여우처럼 눈을 가늘게 뜨고 실실 웃고 있던 라미에의 얼굴이 아렌을 보자마자 왈칵 일그러졌다.

"이봐, 꼬맹이 너. 아직도 정신을 못 차리고 단장님 주변에서 알짱거려? 배짱 한번 기가 막히는군."

건들건들한 포즈로 다가온 라미에가 아렌을 내려다보며 눈을 부라렸다. 저 찐따 부단장이! 아렌의 눈에서 번쩍 빛이 났다. 신경질적인 그녀의 반응에 라미에가 한쪽 입술을 비틀어 말아 올리고 입을 열었다.

"꼬맹아, 그런 뜨거운 눈초리로 보지 마라. 난 꼬맹이한텐 관심 없어."

"찐따가……."

"네가 그렇게 쳐다보면 어쩔 건데?"

라미에가 가소로움을 숨기지 않고 삐딱하게 입술을 일그러뜨려 웃었다. 아렌은 순간적으로 그의 이마를 찰싹 소리가 날 정도로 내리치거나, 손가락으로 눈을 찔러버리고 싶다는 충동이 들었다.

그 순간, 라미에에게 있어서 물리적인 타격보다 더 '치명적인 무기'가 마법처럼 뇌리에 스쳐 지나갔다. 아렌은 허리를 반듯하게 곧추세우고 최대한 감정을 배제한 평탄한 목소리로 입을 열었다.

"케이트."

"……뭐?"

"케이트요, 그분이 어떻게 부단장님께 그렇게 할 수가 있나요? 부단장님이 그분한테 얼마나 헌신적으로 했는데!"

아렌의 말이 끝날 무렵 라미에의 변화는 정말 볼만했다. 선불에라도 맞은 듯 몸을 흠칫하며 얼굴은 불타는 고구마처럼 새빨개졌다. 탁, 하고

공녀님!
공녀님! 3

뭔가 끊어진 느낌.

'어? 정말 먹히네?'

그가 놀란 만큼 아렌도 놀랐다. 뒤통수라도 한 대 얻어맞은 듯 눈이 휘둥그레진 채로 그가 가빠 오는 숨을 참으며 따졌다.

"너! 네가 그걸 어떻게 알고 있는 거야!"

"글쎄요……. 어떻게 안 걸까요?"

아렌이 그의 얼굴을 똑바로 응시하며 아무렇지 않은 어조로 응수했다. 붉은 그의 얼굴에서 눈동자가 새카맣게 타올랐고, 목에 굵은 핏발이 섰다.

"오웬……!"

씹어뱉듯 중얼거린 라미에가 머리카락을 쓸어 올리며 어찌할 바를 모르고 왔다갔다거렸다. 그는 마치 가슴 가득 들어찬 욕을 간신히 참고 있는 느낌이었다. 몇 마디 되지 않는 말이 그에겐 꽤나 치명타인 모양이었다.

「라미에가 심하게 괴롭히거든, '케이트가 너무했다, 라미에가 얼마나 헌신적으로 잘해줬는데.'라는 말만 하시고 입을 딱 다무십시오. 그럼 됩니다.」

「케이트가 누구예요?」

「자세하겐 말씀 못 드리겠지만, 라미에를 바람둥이로 만든 장본인입니다. 순정남이었던 라미에에게 씻을 수 없는 상처를 준.」

"너 거기에 대해서, 입만 뻥끗했다간 봐."

라미에의 고함에 가까운 말에, 오웬과의 대화를 상기하던 아렌이 정신을 차렸다.

"알아들었어? 남들 앞에서 그에 대해 입도 뻥끗하지 말라고!"

라미에가 무시무시한 표정을 띤 채 아렌에게 검지를 위협적으로 흔들었다. 그녀는 그의 빨개진 얼굴을 보며 속으로 혀를 내둘렀다. 예전 같았으면 라미에는 밉살스럽게 한마디 쏘아붙이고 넘어갔을 일이었다. 저렇게 정색하고 경고하다니, 정말 제대로 넘어간 모양이다. 죽일 듯이 협박해봤자 칼자루를 쥔 쪽은 자신인 걸 알기에, 그녀는 의기양양하게 턱을 들었다.

"조심할게요. 근데 내가 몽유병이 있어서 저도 모르게 돌아다니면서 말할지도 모르겠네요, 흐흥."

아렌은 코웃음을 치며 그를 스쳐 지나 계단으로 내려갔다. 라미에는 아렌을 잡아서 더 닦달할지에 대해 고민하느라 그녀를 그냥 보내주고 말았다.

쌤통이다. 아렌은 손으로 입을 가리고 키득거렸다. 얄미운 찐따 부단장에게 제대로 된 어퍼컷을 먹여준 기분! 개인사를 가지고 놀리는 건 미안하지만, 라미에가 계속해서 그녀를 볼 때마다 괴롭힌다면 주저하지 않을 생각이었다. 어렴풋이 추측컨대 케이트라는 여자에게 라미에는 헌신적으로 사랑을 준 모양인데, 어떤 이유로 굉장히 상처를 받고 사랑이 끝난 모양이다. 핑계 없는 무덤은 없다더니 바람둥이가 된 데도 이유가 있는 모양이다. 저 능글맞은 찐따 부단장에게 실연의 상처라니, 정말 의외다.

이런저런 생각을 하며 본관을 나와 모퉁이를 돌자마자, 키가 엇비슷한 두 소년의 그림자가 길게 늘어져 있는 게 보였다. 로도모나스와 황자 이옌은, 그새 많이 친해졌는지 이야기꽃을 화기애애하게 피워가며 푸딩을 나눠 먹고 있었다. 아렌은 놀라움 반, 배신감 반에 휩싸여 라미에는 새까맣게 잊고 그들에게 다가갔다.

'와……. 로도모나스가 푸딩을 나눠 먹다니! 나도 아직 한입도 못 얻어먹어봤는데!'

"아렌 경, 오셨군요!"

창백한 얼굴의 이옌이 두 눈만은 반짝이며 그녀를 반겼다. 아렌이 미소로 화답하자 이옌은 푸딩 스푼으로 허공을 저어가며 흥분하기 시작했다.

"기사단은 정말 멋있는 곳이었어요! 거기다 예상대로 정말 대단한 분이셨고요, 기사단장님은!"

"마음에 드신 것 같아서 다행입니다. 그런데……, 신분을 왜 속이셨습니까, 전하?"

보물 다루듯 신중한 그녀의 질문에 이옌의 어깨가 팍 쪼그라들었다. 그는 자신에게 꽂힌 은색 눈을 슬그머니 피하며 입술을 작게 움직였다.

"아, 그게……, 죄송해요."

아렌은 흘러내린 머리카락을 쓸어 올리며 쓰게 웃었다.

"사과를 듣고자 하는 게 아닙니다, 전하. 거짓을 말한 이유를 알고 싶습니다."

"……그게, 저어……."

무언가 말을 더 내뱉으려던 이옌의 입이 힘없이 닫혔다. 찬찬히, 이옌의 위아래를 훑어본 아렌은 알 만하다는 듯 고개를 끄덕였다. 황자가 시동의 옷을 입고 나온 것을 보면 뻔하지.

"황자 전하께서 땡땡이를 치신 모양이군요."

아렌이 히죽 웃으며 의미심장한 눈길로 이옌을 바라봤다. 그가 또 한번 멈칫하며 우물거렸다.

"그걸……, 어떻게 아셨습니까?"

"저도 그런 경험이 많거든요."

아렌은 자신의 '땡땡이치기 전성시절'을 떠올리며 말했다. 소심하게 손가락을 꼼지락거리던 이옌이 무거운 한숨을 내쉬며 실토를 하기 시작했다.

"예, 실은 맞습니다. 수업을 빼먹고 몰래 나온 거랍니다. 기사단장님을 너무나, 한 번이라도 뵙고 싶은데 어마마마께서 내보내주질 않으셔서 그럴 수밖에 없었습니다. 혹여 주변에 알려지면 곧바로 돌아가야 할까 봐 그만……."

"그러시군요."

아렌이 부드럽게 고개를 끄덕이자 이옌이 용기를 내어 말을 이었다.

"저어! 그리고……, 경을 본 순간, 친구가 되고 싶었습니다. 처음부터 황자의 신분을 밝혔다면 이렇게 편하게 대해주시지도 않았을 거예요. 아렌 경! 부디 절 황자가 아닌 그냥 이옌으로 대해주실 순 없나요? 아까처럼……."

아렌은 재빨리 한 발자국 뒤로 물러서며 고개를 저었다.

"제국의 황자 전하십니다. 제가 어떻게 그런……."

"부탁입니다. 친구가 되어주세요."

이옌이 간곡한 어조로 말하며 그녀의 손을 꽉 쥐었다. 그를 들여다보며 그녀가 생각에 잠겼다. 황자는 선천적으로 몸이 허약해 평생 동안 자신의 거처에서 그리 멀리 벗어나지 못했다. 자연스럽게, 검술을 배우거나 아카데미에 입학해 또래 친구들과 노는 평범한 일상은 꿈도 못 꿀 것이다. 또래의 친구들에게서 멀어져 어른에게 둘러싸여 살아야 하는 황자는 사실상 이 황성 안에서 누구보다도 외로울 것이다. 아렌은 부드러운 미소가 그려진 얼굴로 이옌을 바라봤다.

"예, 알겠습니다. 아니, 알겠어, 이옌."

"나도, 이옌, 친구."

푸딩을 싹싹 긁어 먹은 로도모나스가 재빨리 끼어들자 이옌의 핏기 없는 얼굴에 행복이 그득 흘렀다. 친구가 생긴 게 진심으로 기쁜 듯 어쩔 줄 몰라 하던 그는 무언가 생각난 듯 손뼉을 딱 마주치며 입을 열었다.

"아렌 경, 로도모나스. 나와 함께 가요."

"예? 어딜……."

제스의 집무실에 금방 돌아가기로 했는데…….

아렌이 어리둥절해하자, 이옌의 입술에 미소가 물살처럼 번지었다.

"친구가 된 기념으로 내가, 황성에서 가장 아름다운 곳을 보여줄게요."

"이리 오세요."

이옌이 거울의 방에 들어서며 말했다. 로도모나스가 폴짝 뛰어가자 아렌은 눈을 굴리며 조심스럽게 그를 따라 들어갔다. 589개의 작은 거울들이 촘촘히 모여 짜 맞춰져 있는 거울의 방이 그들을 반겨주었다. 마주 보는 거울들끼리 서로를 무한대로 반사시키며 기묘한 분위기가 형성되었다. 아렌이 주위를 휘휘 둘러보다가 이옌에게 시선을 옮겼다.

"황성에서 가장 아름다운 곳이……, 여기야?"

"아니요, 조금 더 가야 나와요."

뒤돌아보는 이옌의 얼굴은 어쩐 일인지 아까보다 더 하얗게 떠 있었다. 아렌이 그에게 한 발짝 다가서며 걱정스럽게 물었다.

"이옌, 안색이 좋지 않은데 괜찮니?"

"네에……, 괜찮……아요. 조금 오래 나와 있어서……, 그런가 봐요……."

이옌이 관자놀이를 주먹으로 꾹 내리누르며 힘겹게 대답했다. 피부 아래에 있는 실핏줄 하나까지 다 보일 정도인데 괜찮을 리가. 그를 위해서라도, 혹시라도 기다리고 있을지 모를 제스를 위해서라도 얼른 돌고 가야겠다고 생각하며 아렌이 이옌을 따라 걸음을 옮겼다. 거울의 방 끝에 이르러서 이옌이 문고리를 잡고 돌렸다. 경첩이 매끄럽게 돌아가며 소리 없이 문이 열렸다.

"여기예요."

아렌과 로도모나스가 방에 들어가고 이어 이옌이 뒤를 따랐다. 곧이어 펼쳐지는 화려한 광경에 아렌은 왜 이곳을 이옌이 '황성에서 가장 아름다운 곳'으로 칭했는지 절실히 깨달았다. 확 트인 넓은 방은 라일락과 공작새 깃털 패턴으로 된 실크 벽지가 배경으로 깔려져 여성스럽고 화사한 느낌을 주었다. 한쪽 벽면을 차지하고 있는 커다란 창문으로 하일렌 수도의 야경과 달빛이 쏟아져 들어왔다. 아렌은 들어와선 안 될 곳에 들어온 느낌이 들었다.

"이옌, 설마 여기……."

"어마마마."

이옌이 방 안을 돌아보며 나지막이 누군가를 불렀다. 아렌이 헉, 숨을 들이켰다. 어마마마라면, 황제의 후궁들 중 가장 품계가 높은 지위에 있는 레이아나 황비를 일컫는 게 아닌가. 그녀가 이옌의 팔을 덥석 잡으며 숨찬 어조로 속삭였다.

"이옌! 견습 기사가 이런 곳에 함부로 들어오면……!"

"아니, 괜찮아요. 친구가 생겼다는 걸 알면 어마마마도 좋아하실 거예요."

이옌은 맥이 빠질 정도로 천진난만하고 말갛게 웃어 보였다. 하지만 그녀의 생각은 정반대였다. 좋아하다니, 그럴 리가 없지 않은가. 친구라곤 하지만 이옌은 엄연히 제국의 황자다. 황제의 지위를 물려받을 후계자다. 황비의 입장에서야 견습 기사와 어울리는 걸 곱게 볼 리가 없다.

순진한 건지, 생각이 없는 건지. 말문이 막힌 아렌이 주변을 슬며시 둘러봤다. 그나마 다행인 건 지금 방엔 아무도 없다는 것이다.

"이옌, 나는 그만 가보는 게 좋겠……."

무심코 고개를 돌린 그녀는 벽에 걸린 초상화를 발견하고 입을 다물었다. 초상화에 그려진 사람은 남자였다. 검고 짧은 머리카락에 푸른 눈을 가진 젊은 남자. 그림인데도 마치 살아 있는 것처럼 강렬한 기백이 느껴졌다. 그녀의 시선을 따라간 이옌이 넌지시 옆에서 말을 걸었다.

"즉위 당시의, 황제 폐하세요."

"……아."

짧은 순간 이옌을 돌아봤다가 다시 초상화에 시선을 옮겼다. 부자지간이라더니 과연 이옌의 금색 눈을 제외하곤 생김새는 굉장히 닮아 있었다. 그런데 보면 볼수록 묘한 기시감이 느껴졌다. 정원사 할아버지와 굉장히 닮았다. 아니, 하나 더 있다. 더 익숙한 누군가와 굉장히 닮았다.

그래, 제스와 닮았다.

아렌은 두 눈을 홉뜨고 초상화를 응시했다. 날렵한 턱 선, 콧날, 눈빛까지……. 깨닫고 나니 제스와 지나칠 정도로 많이 닮았다. 황제, 정원사 할아버지와 제스, 그리고……. 이옌, 이 넷은 한 가족처럼 닮았다. 한 가족처럼…….

이게 대체 뭘 의미하는 걸까. 이마를 짚은 아렌은 최대한 호흡을 일정하게 내뱉으려 애쓰며 입을 열었다.

"이옌, 혹시……."

그 순간, 황비의 방문이 벌컥 열렸고 이옌의 시선이 순식간에 그쪽으로 몰렸다. 나이를 지긋이 먹은 시녀가 그를 먼저 발견하고 소스라치게 놀라 크게 외쳤다.

"황자 전하! 어찌 여기에!"

"아, 세실. 인사해요, 이쪽은……. 윽!"

아렌은 초상화에서 눈을 떼지 못하고 있다가 갑자기 들려오는 소음에 그쪽으로 시선을 돌렸다. 아까부터 안색이 좋지 않다 싶었는데 이옌이 기어이 부르르 떨며 벽에 기대섰다. 휘청거리며 벽을 손으로 더듬던 이옌은 급기야 장식장 위로 넘어져 쓰러지고 말았다.

"황자 전하!"

시녀로 보이는 여인이 허겁지겁 달려와 황자를 부축했다. 큰 소리가 나자 그녀를 뒤이어 여러 명의 시녀들이 '황자님!'을 외치며 우르르 몰려 들어왔다. 이런 상황이 익숙한 건지 그녀들은 침착하게 황자를 데리고 푹신한 소파 위로 옮겼다. 로도모나스도 깜짝 놀라며 이엔 옆에 찰싹 들러붙었다.

찰칵, 아렌은 막 걸음을 옮기려다가 작은 소리가 들려오는 방향으로 고개를 돌렸다. 이엔이 쓰러지면서 밀어뜨린, 크지만 가벼운 장식장. 그 뒤의 벽엔 보통 성인이 허리를 굽혀 들어갈 수 있을 만한 크기의 네모난 문이 있었다. 그리고……, 문 한쪽 귀퉁이에는 보기 힘들 정도로 작고 옅은 붉은 연꽃 문양이 있었다. 뜻밖의 곳에서 발견하게 된 붉은 연꽃 문양에 아렌은 뒤통수를 얻어맞은 기분이었다. 그녀는 슬쩍 뒤를 돌아보았다.

"황자님, 정신을 차려보세요."

"빨리 의원을 불러, 어서!"

시녀들은 황자에게 시선과 정신을 빼앗겨 아렌에게 시선을 주지 않고 있었다. 아렌은 슬쩍 열린 문틈으로 손을 넣어 열어보았다. 아직 아무도 그녀를 보고 있지 않은 걸 확인하고 안으로 들어가 문을 닫았다. 자동으로 문이 작게 찰칵, 소리를 내며 닫혔다.

'들어가도……, 괜찮겠지?'

아렌은 마른 목에 침을 꿀꺽 삼키고 뒤를 돌았다. 어둡고 긴, 동굴과 같은 통로가 그녀를 맞이했다. 벽에 띄엄띄엄 붙은 불이 겨우 벽과 바닥을 분간할 수 있을 정도로만 희미한 빛을 던지고 있었다.

맨살에 습하고 으스스한 공기가 스며들었다. 통로를 따라 흘러든 바람에 괜히 뒷덜미가 서늘해지며 소름이 오소소 돋았다. 잠시 갈등하던 아렌은 주먹을 꽉 쥐고 턱을 당겼다. 아렌은 순간적으로 갈등했다. 제스에게 돌아가서 황비의 방에서 붉은 연꽃 문양을 확인했다고 말을 할지, 아니면 이대로 더 들어가볼지. 하지만 언제 다시 황비의 방에 올 수 있을지 모르잖아. 이번 기회를 놓칠 순 없어.

마음을 굳힌 아렌은 최대한 발끝으로만 걸으려고 애쓰며 안쪽으로 깊숙이 들어갔다. 얼마쯤 걸었을까, 통로의 끝에 또다시, 문이 보였다. 거기서 누군가 두런두런 이야기를 나누는 소리가 들려왔다.

"위조지폐는……."

"……황제 측에서……."

아렌은 숨을 잔뜩 들이마시고 벽에 붙어 움직였다. 곧 문 앞까지 다가온 그녀는 걸음을 멈추고 최대한 문에 가까이 귀를 가져다 댔다. 약간 열린 문틈으로 안에서 은밀히 진행되고 있던 대화가 스며 나왔다.

"……붉은 연꽃……. ……황태자……."

위조지폐, 붉은 연꽃! 들려오는 단어만으로, 저 안에 있는 이들이 붉은 연꽃이라는 걸 금방 깨달을 수 있었다. 하지만 동시에 머리가 복잡해졌다. 왜 이런 대화가 황비의 방, 그것도 이렇게 숨겨진 곳에서 진행되는 걸까?

답은 간단했다. 황비도 붉은 연꽃이라는 것. 그리고 저 안에 있는 자들도 마찬가지일 것이다. 생각지도 못한 기회다. 이참에 관련된 이들의 목소리까지 똑똑히 듣고 가자는 생각에 아렌이 몸을 좀 더 기울였다.

"……황자는 정확히 아홉……."

여자의 목소리, 그리고 곧이어 들려오는…….

"……여덟이 아닙니까?"

매끄러운, 낮은, 은은한, 그리고……, 여기서는 들으면 안 되는, 듣고 싶지 않은 목소리. 세이의 목소리. 시간이 멈춰버리는 줄로만 알았다. 경악에 찬 아렌이 감히 숨도 못 쉬고 있을 때 여인의 목소리가 이어졌다.

"아니, 아홉이오. 에클렛 카르시안의 아들까지 치자면 말이오."

"……카르시안이라고 하셨습니까?"

"그렇소. 에클렛 카르시안, 지금은 공석인 황후였던 자요."

"아들의 이름은?"

"루제나스 엘레벤 반 류라이어."

여자가 딱딱하게 말을 끝맺자, 제스의 어머니 에클렛 카르시안의 마지막 말이 뇌리에 스쳐 지나갔다.

「……루……제나스……, 엘……, 반……류……라……어…….」

'세상에.'

아렌은 자신의 귀를 의심하면서도 안쪽 대화에 더욱 집중했다.

"……살아 있다면 지금쯤은 이십 대 중반 정도로 제국의 황태자의 자리에 있었을 것이오. 황태자가 세 살이 되던 해……, 황후는 황태자를 데리고 종적을 감춰버렸소. 하지만 이미 둘 다 찾아내어 사살했으니……."

종적을 감춘 황후, 황태자. 그들을 붉은 연꽃이 찾아내어 죽였다고?

「붉은 연꽃은 오래전, 내 어머니를 살해했다. 또한 나도 죽었다고 생각하고 있다.」

언젠가 했던 제스의 말을 떠올린 아렌은 차오르는 비명을 억누르며 손으로 입을 가렸다. 언제나 느꼈다. 차가운 태도와 말투, 타고난 카리스마와 만근의 위압감……. 동작도 절제되어 있으면서도 조용하다. 감정은 거의 드러내지 않는 포커페이스. 보통 귀족가의 자제나 평민들도 남들과 두

루두루 잘 지내라, 사교적이 되라고 교육하지, 포커페이스에 냉혹해지라는 교육은 시키지 않는다. 모든 이들의 우두머리가 되는 왕이나 황제가 아닌 이상. 날 때부터 그런 줄로만 여기고 대수롭지 않게 넘겨버렸음에도 마음 한편으로는 항상 미심쩍은, 미해결 문제로 자리 잡고 있었다.

그런데 정말로 제스가, 황태자였다니. 생각지도 못한 진실을 너무도 급작스럽게 맞닥뜨린 아렌은 힘이 풀리려는 다리를 꼿꼿이 가누었다.

"일이 점점 재밌어지는군요. ……그런데 잠깐, 기다려주시겠습니까. 아까부터 불청객 하나가 거슬리는군요."

성큼, 성큼 다가오는 발걸음 소리에 아렌이 깜짝 놀라며 걸음을 옮기려 했다. 하지만 순식간에 다가온 세이가 문을 벌컥 열어젖혔고, 그녀가 있는 곳을 정확하게 찾아내었다. 그녀는 그대로 세이와 마주쳤고, 둘의 얼굴이 동시에 돌덩이처럼 딱딱해졌다.

"……아렌?"

경악에 찬 물음이 머릿속에 박혔다. 그의 시선이 아렌의 얼굴을 더듬듯 맴돌았다.

"여긴 어떻게……."

언제나 여유롭고 정중하게 말을 끝맺는 평소의 세이와는 달리 끝이 흐려졌다.

"세이……."

자신이 잘못 보고 있기만을 빌듯, 아렌이 입속으로 중얼거렸다. 세이는 그녀에게서 시선을 떼고 허공을 쳐다봤다. 그녀가 어디 있는지 파악하고자 붙여뒀던 로도모나스가 보이질 않는다. 방금 전의 대화를 상기한 세이가 표정을 굳혔다. 어떻게 해서 여기까지 왔는지는 모르겠으나, 이미 들은 모양이다, 모든 것을.

세이 뒤로 눈에 띄는 금발을 가진 여인이 다가왔다. 아렌은 한눈에 그

녀가 황비라는 걸 눈치 챘다. 황비 역시 말로만 듣던 아렌을 발견하고 소
스라치게 놀랐다.

"공작, 저자는……."

"공작? 공작이라니……. 세이는 그저 황성 마법사……."

넋이 나간 아렌이 거칠게 속삭였다. 그녀의 말은 세이에게만 겨우 전해
질 뿐, 뒤에 있는 황비에겐 닿지 않았다.

"방금 나눈 이야기들……. 세, 세이가 붉은 연꽃……."

"……."

"세이, 이게 다 무슨 이야기예요? 이게 다……, 무슨……."

입속말을 중얼거리던 아렌이 대답을 구하듯 세이를 바라봤다. 어두운
그늘이 드리워진 그의 얼굴은 무섭도록 낯설기만 했다.

"아렌."

세이가 아렌에게 손을 뻗었다. 검은 그림자에 물든 큰 손아귀에 그녀가
저도 모르게 몸을 흠칫대며 부르짖었다.

"손대지 말아요!"

세이의 손이 허공에서 우뚝 섰다. 아렌이 경계 어린 눈초리로 그를 쏘
아보았다.

"당신이 나를 속였군요."

"……."

"……당신이, 나를, 속였어……."

확인하듯 읊조리고는 그녀가 시선을 떨어뜨렸다. 벽에 달린 희미한 불
빛이 일렁여 세이의 그림자가 물결쳤다. 그녀의 입술이 바르르 떨렸다.

"나한테 붉은 연꽃에 대해 가르쳐준 것도 다……. 설마……."

"아렌……."

"처음부터……, 알고 접근한 거예요? 내가 붉은 연꽃을 이야기하기도

전에 다 알고서……! 처음부터, 다 알고서!"

악을 쓰듯 서슬 퍼렇게 외쳐대던 아렌이 주먹을 꽉 쥐고 입을 닫았다. 불편한 침묵이 무겁게 가라앉았다. 무슨 생각을 하는지 알 수 없는 표정으로 아렌을 응시하던 세이가 고개를 돌리면서 입을 열었다.

"로도모나스."

그의 말이 떨어지기가 무섭게 세이 옆에 검은 점이 하나 생기더니 물살처럼 번져갔다. 어둠 속에서 곧 검은 곱슬머리에, 초록 눈동자를 가진 소년의 모습이 드러났다. 자신이 갑자기 왜 소환됐는지 깨닫지 못한 로도모나스는 어리둥절한 얼굴로 아렌과 세이를 번갈아 바라봤다.

"옆을 지키라고 하지 않았던가."

낮고, 음산한 목소리가 바닥에 깊숙이 깔렸다.

"죄송……합니다……."

뭔가 자신이 큰 잘못을 저지른 것을 깨달은 로도모나스가 어찌할 바를 모르고 고개를 숙였다. 그를 향해 있는 세이의 눈 속엔 어둠으로도 가려지지 않은 분노가 불타오르고 있었다. 아렌이 앞으로 나서며 그의 말을 가로막았다.

"세이! 지금 그게 문제가 아니잖아요! 제발, 붉은 연꽃이 아니라고 말해요, 날 똑바로 바라보면서 말하란 말이에요!"

"……."

"가만히만 있지 말고 무슨 말이든 해봐요! 변명이든! 뭐든! 날 보고 제대로 말하란 말이에요!"

아렌이 주먹을 불끈 쥐며 소리를 질렀다. 세이의 시선은 꼼짝도 않고 있다 느릿느릿 움직여 그녀에게 향했다. 부릅떠진 검은 눈은 어느새 차갑게 가라앉아 있었다. 불길한 예감이 온몸에 엄습해 아렌은 저도 모르게 뒷걸음질을 쳐 그에게서 멀어졌다. 그의 시선은 아렌에게 접착된 듯 따라서 움직였고, 그녀가 걸음을 멈추자마자 그가 입을 열었다.

"아렌, 이리로 오십시오."

"아니요, 가지 않겠어요."

"모든 걸 설명해드리겠습니다. 전부 다."

그의 목소리는 우울할 정도로 차분했다. 핏기가 가신 아렌이 숨을 헐떡이며 고개를 저었다.

"아니요! 세이는 지금 나한테 아무것도 말해줄 생각이 없어요."

"……."

"아무것도……, 말해주지 않을 생각이잖아요, 제 말이 틀렸나요?"

아렌이 혼잣말처럼 중얼거린 다음 피가 날 정도로 입술을 깨물었다. 잠깐의 정적 후에 세이가 빙그레 웃었다.

"제법 사람의 마음을 읽는 데 능숙해지셨군요. 지금은 도리어 독이 되겠지만 말입니다."

또다시 위에서 내려다보는 듯한 어조. 아렌은 더더욱 크게 반항심을 느끼며 뒤로 물러섰다.

"비꼬지 말아요. 세이. ……다가오지 말아요! 말! 안 들려요?"

아렌이 이 사이로 한 단어 한 단어 똑똑 끊어 뱉어냈다. 불꽃 튀기는 그녀의 두 눈을 마주하면서도 세이는 입가에 미소를 지우지 않았다.

"아렌, 전 당신을 해치지 않습니다. 자, 이리 오십시오."

"제 발로 이제 절대, 세이에게 가는 일은 없을 거예요."

"그럼 제가 가는 수밖에 없군요."

말이 채 끝나기도 전에 세이가 성큼성큼 다가왔다. 가볍고 나직한 발소리가 통로 전체에 메아리치며 머리를 뒤흔들었다. 선뜩한 냉기가 온몸을 스쳐 지나가며 그녀의 온몸을 옥죄었고, 도저히 손 하나 까딱할 수 없었다. 아렌은 저도 모르게 두 눈을 질끈 감았다.

"……하지 마세요."

목이 짓눌린 듯한 신음 소리와 함께 미약한 로도모나스의 목소리가 바로 앞에서 들려왔다. 반사적으로 눈을 뜨자 로도모나스가, 세이 앞에선 무서워서 제대로 고개도 들지 못하는 그가 앞을 가로막고 서 있었다. 잔뜩 겁에 질린 목소리가 뒤이어 들렸다.

"그만……두세요, 하지……, 마세요. 아렌을……, 그냥 보내주세요……."

"로도모나스, 네가 나설 자리가 아니다."

냉정한 목소리에선 일말의 망설임이나 동요가 보이질 않았다. 로도모나스가 계속해서 막아선다면, 세이는 주저 없이 그를 향해 마법을 쓸 것이다. 로도모나스도 그걸 알고 있기에, 공격 마법 대신 공간이동을 시전했다. 흰 빛무리에 감싸이며 그들이 사라지는 걸 지켜보면서도 세이는 별다른 반응을 보이지 않았다. 마치 어딜 가든 자신의 손바닥 안이라는 것처럼. 아렌과 로도모나스의 모습이 사라지자, 황비가 머뭇거리며 다가와 물었다.

"세이모어 공작, 이게 대체……."

"황비, 다음에 뵙겠습니다."

세이가 조금 날카롭게 느껴지는 목소리로 말한 후 모습을 감췄다.

아렌과 로도모나스가 이동한 곳은 지옥처럼 사방이 어둡고 조용한 숲속이었다. 아렌은 주변을 살펴볼 여력도 없이 비틀대며 옆에 있는 나무에 기대섰다. 귀가 멍할 정도로 무거운 침묵 속을 흐르는 건 오직 그녀가 내뱉는 숨소리뿐이었다. 방금까지만 해도 분명 평범하고 평화로운 일상을 보내고 있었다. 그런데 갑자기 이게 무슨…….

아직 모든 상황을 온전히 다 받아들이지 못한 아렌은 머리를 짚었다.

그녀를 걱정스럽게 바라보면서도 로도모나스는 다시 한 번 공간이동 마법을 시전했다. 그의 손에 맺히는 빛무리의 정체를 알아본 아렌이 황급히 그를 제지했다.

"잠깐만, 로도모나스!"

"멀리 가야 해."

로도모나스가 시간이 없다는 듯 안절부절못했으나 아렌은 새된 목소리로 외쳤다.

"안 돼! 제스에게 먼저 이걸 알려야 해. 로도모나스, 다시 황성으로 공간이동을 해줘!"

"아렌, 금방 잡힐 거야. 그분이 금방 오실 거야."

공포에 짓눌린 로도모나스의 손이 걷잡을 수 없이 떨렸다. 아니, 그렇더라도 제스를 두고 갈 순 없어. 아렌이 뒤를 돌아 뛰어가기 시작했다. 검은 숲을 헤쳐 나가며 미친 듯이 내달렸다. 뒤에서 로도모나스가 그녀를 부르는 소리가 들렸으나 계속 달렸다. 오직 제스를 찾아 이 모든 걸 말해야 된다는 생각 하나만으로 다리를 움직였다. 숨이 턱턱 막혀 오고 심장은 미친 듯이 달음박질쳤다. 땀에 젖은 옷이 기분 나쁘게 등에 들러붙었다.

제스에게, 제스에게 빨리 돌아가서 말해야 해! 정면만 보고 미친 듯이 내달리던 아렌은 굵은 나무뿌리를 보지 못하고 걸려서 쿵 넘어져버렸다. 턱까지 딱딱한 바닥에 박아버리며 무릎부터 아픔이 절절히 올라왔다. 그녀는 아픔을 느낄 새도 없이, 기계적으로 바닥을 긁으며 몸을 일으켰다. 이미 제 것이 아닌 것처럼 힘이 쭉 빠져버린 두 다리에 최대한 힘을 주어버렸다. 몸을 간신히 가누어 일으킨 순간, 나직하지만 존재감이 넘치는 목소리가 귓가에 스며들었다.

"아렌, 어디 가십니까?"

아렌은 벼락이라도 맞은 것처럼 그 자리에 멈춰 섰다. 가슴이 쿵, 내려 앉았다. 언제 온 것일까, 멀지 않은 곳에 세이가 그녀를 바라보고 서 있었다. 영롱히 빛나는 은청발의 머리카락, 형형히 번뜩이는 두 눈, 싸늘하게 식은 얼굴.

"세……이."

아렌의 나직한 목소리엔 가냘픈 떨림이 깃들어 있었다. 이름을 담는 것만으로 목부터 허리까지 싸늘하게 식으며 온몸의 털이 바짝 곤두섰다. 세이는 별다른 대답 없이 우아하게 걸음을 옮겨 그녀에게 다가왔다.

불안감과 어우러진 일관된 긴장 속에서 아렌은 견디지 못할 만큼 숨이 막혔다. 그때 또다시, 로도모나스가 세이를 막아섰다. 연이어 로도모나스의 손에서 검은 기가 뿜어져 나왔고, 마치 그것을 기다렸다는 듯 세이의 몸에서 보랏빛 기가 거대하게 솟아올랐다. 두 개의 기는 허공에서 얽히더니 서로를 밀어내기 시작했다.

"으……."

그리 오래 지나지 않아 로도모나스의 이마에 땀방울이 송골송골 맺혔다. 그가 뿜어내는 기는 세이의 것에 확연히 밀리고 있었고 크기도 줄고 있었다. 그에 반해 세이는 야속할 만큼 손쉽게 로도모나스를 제압하고 있었다. 세이가 턱을 치켜들며 명령을 내렸다.

"비켜서라, 로도모나스. 내가 직접 네 목숨을 거두어주랴?"

"안……, 돼요, 싫어……요. 아렌을……, 보내주세요."

금방이라도 끊어질 듯한 미약한 발버둥. 세이가 성가시다는 듯 츳, 하는 소릴 내었다. 한순간 강해진 세이의 기가 로도모나스를 덮쳤고, 그의 작은 몸은 용수철처럼 튕겨져 나가 나무에 부딪쳤다. 온몸이 순식간에 피투성이가 된 로도모나스가 나무를 따라 미끄러져 쓰러졌다. 아렌의 거친 울부짖음이 공기를 찢었다.

"로도모나스!"

"아렌."

미처 그녀가 움직이기도 전에, 세이가 먼저 그녀에게 천천히 다가왔다. 아렌이 그를 똑바로 쳐다보며 강경하게 외쳤다.

"세이, 난 분명히 오지 말라고, 했어요!"

그녀의 경고가 허울뿐이라는 걸 아는지, 세이는 먹이를 노리는 맹수의 눈을 한 채, 조금의 망설임 없이 다가왔다. 소용이 없다. 도망가더라도 또 쫓아올 것이다. 아무리 도망쳐도, 마찬가지일 것이다. 그것을 깨닫자 다리가 납덩이처럼 무거워졌다. 이 뼈저린 절망감은, 차라리 공포였다.

무엇이든 무릎 꿇리려 하는 위압감과 존재감을 마주하며, 살아서 움직이는 두려움이 뱀처럼 똬리를 틀었다. 굴복하라는 본능의 외침 속에서 아렌은 최대한 정신을 되찾으려 애쓰며 짓씹듯 한 자씩 내뱉었다.

"활을 쏠 거예요."

"아렌, 저는 당신을 상대로 힘을 쓰고 싶지 않습니다."

세이의 얼굴에 무서우리라만치 서늘한 미소가 떠올랐다.

"어서 이리 오십시오. 아렌, 아니……. 아르렐리아 공녀."

몸 안이 텅 비어버리는 느낌이 들었다. 아렌은 낯빛이 누렇게 질린 채 기함했다.

"세이, 방금 그 이름! 내 이름을, 어떻게 세이가……!"

"……."

비명과도 같은 외침이 공기를 울리고 사라졌다. 하지만 세이는 대답 없이, 무겁게 내리깔린 어둠 속에서 마치 그 속에서 태어나듯 걸어 나오기만 했다. 세 걸음 정도 떨어진 상태에서 그가 발을 멈췄고, 여자의 것보다도 고운 곡선을 그리는 입술이 열렸다.

"아르렐리아 폰 레이나스, 베이판 삼 대 공작 가문 중 하나인 레이나스

가문의 공녀이자 유일한 후계자. 세이모어 공작과의 혼인을 피해 가출을 하고 지금은 남자 행세를 하며 하일렌 제국의 기사로 있습니다. 맞습니까?"

다시 한 번, 머리를 둔기로 맞은 것 같았다. 아무리 생각해봐도 이 상황이 납득이 가질 않았다. 제스가 황태자인 것도 모자라, 하일렌에서의 첫 친구였고, 그토록 신뢰해마지 않았던 세이가, 가끔 호색한으로 돌변하긴 하지만 진정한 친구라 믿었던 세이가 '붉은 연꽃'인 것도 모자라 사실은 아렌 자신의 정체까지 알고 있다.

"하하! 하! 하하! 정말이지 이게 뭐람."

기가 막혔다. 기가 막혀서 공허한 웃음부터 터졌다.

"하! 아하, 하하……. 하!"

입가에 매단 미소를 순식간에 집어삼키며 아렌이 어금니를 빠득하게 틀어 물고 으르렁거렸다.

"내가 공녀인 건 언제 안 거죠? 처음부터?"

"예, 처음 봤을 때부터 이미 알고 있었습니다."

태연한 대답. 내내 경악으로 부릅떠진 그녀의 눈이 처음으로 냉정을 되찾았다.

"뭘 노리고 나에게 접근한 거죠?"

"화가 나셨습니까?"

"뭐라고요?"

세이가 빙그레 웃으며 언제나 그렇듯 가볍게, 그녀의 볼을 두드렸다.

"화가 많이 나신 모양입니다."

미치겠다! 저걸 지금 몰라서 묻는 건가.

"뭘 노리고 접근했느냐고 묻잖아요! 내 말 무시하지 말고 대답해요!"

"무언가를 노리고 접근한 것이 아닙니다."

세이의 손이 천천히 내려갔다.

"저는 그저……."

아렌은 그 뒤에 이어질 말의 무게를 견디지 못할 것만 같아 그의 말을 가로챘다.

"뭔가를 노리고 접근한 게 아니라면 왜 처음부터 알은척하지 않았죠? 아니, 그전에, 당신은 누구예요? 세이, 정말 붉은 연꽃인가요?"

'붉은 연꽃'이라는 단어를 듣자마자 세이의 눈이 싸늘하게 가라앉았다.

"……붉은 연꽃에 대해선 어디서부터 들으셨습니까?"

또다시 보이지 않는 손이 아렌의 전신을 싸고 눌렀다. 하지만 아까와는 달리, 어떻게 해야 될지 모를 막막함이 사라졌다. 이보다 상황이 더 최악이 될 순 없다고 생각하니 오히려 침착해진 것이다. 죽을 수도 있으리라. 하지만 설령 그렇더라도, 모든 것을 무릎 꿇리려는 그의 위압감에 속수무책으로 지배당하는 게 싫었다. 나는 굴복하지 않아.

아렌은 더 이상 물러서지 않고 그를 똑바로 노려보았다.

"전부 다 들었다면, 날 죽이기라도 할 건가요?"

'죽인다'라는 말에 미세하게 세이가 흠칫한 건지, 그의 은은한 머리카락이 부드럽게 휘날리며 빛을 발했다.

"……제가 죽일 수 없는 유일한 사람이 있다면 그건 바로 아렌, 당신일 겁니다."

세이의 손이 은근슬쩍 사심을 담고 그녀에게 향했다. 하지만 그녀는 속으로 거북함을 느끼며 한 발짝 뒤로 물러섰다. 짜증, 분노, 긴장이 뒤죽박죽 한데 버무려져 두통까지 생기는 것 같았다. 세이의 손이 아쉬운 듯 돌아가는 걸 지켜보며 아렌이 침을 꿀꺽 삼켰다. 침착하자. 당황할 필요가 없다. 어차피 루제나스 엘레벤 반 류라이어가 제스라는 걸, 황비나 세이는 모르지 않는가.

'아!'

순간 아렌이 어떠한 '사실'을 기억해내고 눈을 찢어질 듯 부릅떴다. 황비는 몰라도 세이는 알고 있다. 오늘 아침, 세이를 만났을 때……. E. Karsian이 새겨져 있는 검을 보여주고……. 그 검을 제스에게서 받았다고까지 말해버렸다. 제스의 어머니인 에클렛의 검이라곤 직접적으론 말하지 않았지만 제스와 루제나스 황태자 사이에 어떠한 연결점이 있다는 것만큼은 눈치 챘으리라. 아렌이 조금 잠긴 목소리로 물었다.

"제스를 어떻게 할 셈이에요?"

"황태자 말입니까?"

까딱, 세이가 고개를 기울이며 눈빛을 차갑게 번뜩였다.

"글쎄……. 아렌에게서 이름이 불리고 있는 자를, 어떻게 하는 게 좋을지…….'"

마치 진열대에 놓인 상품을 고르는 듯한 어투에 아렌의 어깻죽지가 뻣뻣해졌다.

"제스한테 손끝 하나 댔다간, 절대, 죽어도 용서치 않을 거예요. 아니, 가만두지 않겠어요."

세이의 입가에서 씻긴 듯이 미소가 사라졌다. 무엇이든 으스러뜨릴 수 있을 만큼 강한 손이 부드럽게 그녀의 팔목을 감싸 쥐었다. 최대한 감정을 억누른 평탄한 어조로 그가 어르듯 말했다.

"……아렌, 절 자극하지 마십시오. 마음만 먹으면 주변에 있는 무엇으로도 그를 죽일 수 있습니다."

"하! 같잖은 배려 그만해요. 궁지에 몰리면 무슨 짓을 할지 모르는 게 사람이에요. 내 말, 똑똑히 명심해둬요."

반항심이 고스란히 느껴지는 말투에 세이의 눈빛이 포악하게 번들거렸다. 물론 그녀는 재미있고, 흥미롭다. 자신에게 여러 번 '처음'을 선사해주는 그녀를 되도록 건드리고 싶지 않았다. 언젠간 죽여야 한다는 사실엔 변함이 없더라도, 묘하게 신경을 건드리는 태도는 가끔 살의마저 불러일으켰다. 자신의 팔목을 옭아맨 손아귀를 눈에 담으며 아렌이 입을 열었다.

"놔요."

"놓지 않습니다."

아렌의 눈에 번쩍 불똥이 튀었다.

"세이, 놔요."

"놓지 않는다고 말씀드렸습니다."

말이 통하지 않는다는 걸 깨달은 아렌은 젖 먹던 힘까지 쥐어짜 손목을 비틀었다. 세이는 용케 손목에 자국은 나지 않을 만큼으로만 힘을 조절하여 잡고 놓아주지 않았다. 아예 날 가지고 놀고 있잖아. 아렌은 입술을 피가 나게 깨물었다. 세이가 반대쪽 손을 들어 그녀의 입술을 쓸며 읊조렸다.

"깨물지 마십시오."

짜증이 치민 아렌은 그의 뒤통수를 냅다 후려치고 싶은 마음을 억제하며 고개를 뒤로 뺐다.

"같잖은 배려 그만하라고 했어요. ……그래, 이제 나를 어쩔 셈이죠? 모든 걸 다 알아버렸으니 이대로 두긴 힘들 텐데요."

"……아렌, 당신의 기억을 지울 겁니다."

선심 쓰듯, 여유로운 제안에 아렌의 입이 떡 벌어졌다. 기억을 지워? 누구 마음대로?

"그쪽이 아렌에게도 이롭습니다."

덧붙인 설명은 더더욱 가관이다. 사방이 지옥처럼 어두컴컴한데 눈앞에 불이 번쩍거리는 느낌이었다. 아렌은 물밀듯이 밀려오는 억울함과 분함을 주체 못 해 부들부들 떨었다.

"미쳤군요……! 기억을 지우는 쪽이 나에게 이롭다고? 그걸 지금 제정신으로 하는 소리…….""

"미쳤다라……. 그럴지도 모르겠습니다."

세이의 눈이 비정상적으로 번들거렸다. 입술을 쓸었던 세이의 손이 턱선을 따라 내려갔다. 분명 낮에 본 제스의 손과 크기도, 행동도 비슷한데도 느낌은 전혀 달랐다. 손길이 지나는 자리마다 얼음이 들러붙는 것만 같아 도저히 참을 수가 없었다. 아렌은 가슴을 들썩이며 거칠게 심호흡했다.

"내 얼굴에 손대지 말아요."

"아렌."

"……놓으란 말이야, 놔! 놔! 놓으라고! 만지지 마!"

아렌이 우격다짐을 하듯 목청껏 비명을 질렀다. 자신의 힘으로 그에게서 벗어날 수 없는 것이 너무 분한 나머지, 눈물이 왈칵 쏟아질 것만 같았다. 필사적인 그녀의 발버둥에 세이는 마지못해 한 걸음 물러섰다.

"지워진 기억은 떠올리려고 하지 않는 편이 나을 겁니다. 워낙 강제적인 마법이라 두통이 생길 테니 말입니다."

"이……!"

아렌이 주먹을 불끈 쥐고 세이에게 휘둘렀다. 가볍게 세이가 그녀의 주먹을 피하자, 체중까지 실어 내지른 주먹질이 허공을 갈랐고 아렌은 맥없이 비틀거렸다. 세이는 찰나를 놓치지 않고 확 끌어당겨 손으로 은발을 헤집고 파고들었다. 뭔가 뜨거운 열기가 머릿속으로 스며드는 걸 느끼며 아렌은 누군가의 얼굴을 떠올렸다.

제스……! 오늘 하루 동안의 기억이 서서히 지워지는 걸 느끼며, 아렌이 눈을 감았다. 차갑게 식어가는 볼 위로 참았던 눈물 한 줄기가 흘러내렸다.

사방이 어두웠다. 빛 한 줌도 허용치 않을 만한 진한 어둠 속에서, 점자를 더듬는 장님처럼 손을 내저어 앞으로 나가보려 했다. 움직였다고 생각했는데 제자리다. 고개를 흔들어보고 주먹으로 가슴을 한 번 팡 내리쳐보았다. 온몸의 신경을 끊어놓은 듯 아무 감각이 없다. 답답하다. 이런 느낌 싫어. 불쾌하다. 벗어나고 싶어, 일어나고 싶어. 숨이 가빠졌다. 발작적으로 몸부림을 치자 누군가 그녀의 어깨를 잡고 지그시 눌렀다.

"아렌."

서늘한 손이 볼을 훑자 감각이 현실적으로 하나씩 돌아오기 시작했다. 눈꺼풀이 무거워 간신히 밀어 올렸는데 저절로 파르르 떨렸다. 눈 감고 있을 때와 마찬가지로 칠흑 같은 어둠. 다만 벽에 걸린 등불만이 홀로 빛나며 사방에 희미한 그림자를 흩뿌리고 있었다.

"아렌."

다시 한 번 들리는 낮고 차분한 음성. 열에 달뜬 숨이 일시에 가라앉으며 온몸에 힘이 쫙 빠져나가버린다. 서 있었으면 그대로 무너지듯 주저앉아버렸을 것을, 침대에 누워 있어 그저 시체가 된 느낌만 가득했다. 아렌이 게슴츠레 흡뜬 눈으로, 자신을 내려다보고 있는 이를 바라봤다.

"세이⋯⋯."

심한 고열을 앓고 난 것처럼 입술이 바작바작 말라 들어갔다. 아렌이 힘겹게 고개만 움직여 주위를 살폈다.

"여긴 세이의 방이잖아요. 내가 왜 여기에⋯⋯."

"쓰러져 계셨습니다. 제가 우연히 발견하고 방으로 데려왔습니다."

아렌이 잔뜩 힘이 빠진 손으로 침대를 짚고 몸을 가누자, 세이가 얼른 그녀를 부축해주었다. 쌀쌀한 밤공기에도 등허리엔 땀이 가득 배어 있는 게 느껴졌다. 제대로 몸을 가누고 흘러내린 머리카락을 쓸어 올리자 그의 손이 물러났다.

"내가……, 쓰러졌다고요?"

아렌이 세이를 똑바로 바라봤다. 분명 가까이 있는데도 너무 어두워서 그의 표정이 잘 보이지 않았다. 다만 반짝이는 은청색 머리카락과 목소리 때문에 세이구나, 지레짐작할 뿐이었다.

"예."

듣는 사람이 불길해질 정도로 차분한 목소리가 울렸다. 주위를 둘러보던 아렌은 이윽고 언제나 따라다니던 날갯짓 소리가 들리지 않는다는 걸 깨달았다.

"로도모나스는……, 어디로 갔어요?"

"그는 잠시 심부름을 보냈습니다. 한동안 돌아오지 못할 겁니다."

실상 형편없이 망가진 로도모나스는 마계로 보내버렸지만, 세이는 거짓말이라고 의심할 수 없을 정도로 단정하게 말했다. 아렌은 그렇군요, 라고 웅얼거리듯 대답하고는 이불을 끌어당겼다. 온몸은 식은땀으로 축축이 젖어 오슬오슬 한기가 느껴지는데 목구멍은 조갈로 타는 듯 따가웠다.

그녀는 등받이에 털썩 기대며 고개를 뒤로 젖혔다. 벌써 밤인 것 같은데, 오늘 무얼 했더라……. 떠올리려는 순간 바늘 수십 개가 동시에 머리를 찌르는 것처럼 욱신거렸다. 아렌이 인상을 찌푸리며 손으로 이마를 짚었다.

"머리가 아프십니까?"

세이의 손이 다가와서 이마를 만지려 했다. 아렌은 저도 모르게 흠칫 놀라 고개를 뒤로 휙 뺐냈다. 주변보다도 더 어두운, 검은 사파이어를 닮은 눈이 차갑게 빛났다.

"혹 쓰러지기 전, 무언가 기억나는 게 있으십니까?"

황급히 그와 마주친 시선을 피하며 그녀가 땅으로 다리를 내려놓았다. 기억이 안 난다는 건 어떻게 안 걸까. 그런데 이상하게도 저 자신은 그 답을 알고 있는 느낌이었다.

"……세이, 가볼게요."

"아렌."

막 일어서려는데, 세이가 나지막이 이름을 부르며 그녀의 팔을 잡았다. 그의 손이 닿자마자 목덜미를 따라 등 전체에 소름이 쫙 돋아서 반사적으로 거세게 뿌리쳤다. 찰나 너무 무례한 행동인 것처럼 여겨졌지만 지금은 어떻게든 그에게서 멀어지고 싶은 마음만이 굴뚝같았다.

"어, 어어……. 세이, 미안해요. 그런데……, 지금은 가고 싶어요."

스스로도 두서없이 생각되는 말을 중얼대자 세이에게서 억눌린 낮은 한숨 소리가 들렸다.

"……방으로 보내드리겠습니다."

나직한 말소리가 끝날 때쯤엔, 아렌은 이미 자신의 방에 이동해 있었다. 우두커니 허공을 바라보던 그녀는 엄청난 피로를 느끼며 침대에 몸을 내맡겼다.

펄럭, 종이가 넘어가는 소리에 이어 사람이 없는 것 같은 침묵이 바닥에 내리깔렸다. 벽에 붙은 등불이 그 자리에서 일어났다 앉았다 하며 한결같이 불질하고 있었고, 제스의 눈 안에서도 타고 있었다. 깊고 푸른 눈이 서류를 뚫어질 듯 응시하다 책상 한편에 쌓인 서류 더미로 향했다.

애초에 양도 그리 많지 않고 새로 추가되는 것도 아니건만, 웬일인지 서류의 양은 줄어들질 않고 있다. 제스는 아렌이 나가기 전부터 들고 있었던 서류를 손에서 내려놓으며 의자에 깊숙이 기대앉았다.

"후."

가벼운 숨을 내쉬며 제스가 눈을 감았다.

'금방 온다더니 어딜 가서 뭘 하고 있는 건가.'

마음속 깊은 곳에서, 이상할 정도로 짜증이 치밀어 올랐다. 답지 않은 초조와 불길한 걱정이 혼화된 상태로 제스는 마음을 애써 가라앉히려 서류를 집었다. 그러다, 다시 자신이 서류를 거꾸로 들고 있는 것을 깨닫고 던지다시피 옆으로 치워버렸다.

아까부터 웬 터무니없는 짓을 하고 있는 건가. 가지 말라고 붙잡은 것도, 방해가 되지 않는다는 거짓말을 늘어놓은 것도, 조심히 다녀오라고 내뱉을 뻔했던 것도……. 제스가 가볍게 숨을 내뱉었다. 인정하자마자 괴물처럼 증식하는 마음이라니. 생각보다 마음과 감정이란 것은 큰 힘을 가지고 있었다. 마치 이제까지의 억눌림을 앙갚음이라도 하듯, 무섭도록 그 자신의 모습을 바꿔가고 있었다.

비록 아렌 앞에서만이라도 이런 모습, 생경하고 낯설다. 고개를 털어 누군가의 모습을 지워보고자 했지만 여전히 어른거리고 마음은 걷잡을 수 없이 소란스럽다.

여자인 걸 직접 밝힐 때까지 기다리겠다고 분명 다짐했는데…….

"단장님."

그때, 집무실의 문이 매끄럽게 열리며 라미에의 목소리가 방 안에 울렸다. 재빨리 무표정으로 가장하고 푸른 눈을 문으로 옮겼다. 갈색 곱슬머리의 라미에가 제스를 향해 예를 갖춰 허리를 숙였다.

"단장님. 알아보라 명하신 것들을 보고하러 왔습니다."

라미에는 깊은 숨을 들이마신 뒤 바로 본론을 꺼냈다.

"우선 알아보라 명하신 아르렐리아 공녀에 대한 보고를 올립니다. 아르렐리아 공녀는 베이판의 삼 대 공작 가문 중 하나인 레이나스 공작 가문의 유일한 공녀입니다. 사교계엔 모습을 잘 드러내지 않으나 뛰어난 외모의 소유자로 소문이 자자하고, 취미론 승마를 즐긴다고 합니다."

보고가 끝나기도 전에 제스의 한쪽 눈썹이 홱 꺾여 올라갔다.

가면무도회에서 마주쳤던 은색 눈의 소유자, 아르렐리아 공녀. 뛰어난 외모, 승마. 누군가와 지나치게 닮지 않았는가.

"아르렐리아 공녀는 지금 베이판에서 세이모어 공작과 만나고 있다고 합니다. 혼담이 오가는 모양이던데……."

아. 잠시 멈췄던 호흡이 다시 제자리를 찾았다. 제스는 조금 어두워 보이는 얼굴로 책상 중앙쯤에 시선을 두었다. 라미에가 알아 온 것이니 틀림없을 것이다. 아렌이 실은 여자라는 사실에 지나치게 신경을 쓴 탓인가, 찰나의 순간 아렌과 아르렐리아 공녀가 동일인물이라고 생각해버렸다.

"……초상화는 구하진 못했으나 조만간 손에 넣을 수 있을 듯합니다. 그리고 두 번째, 세이라는 마법사에 대해서인데……."

라미에가 갑자기 말을 뚝 끊자 제스가 고개를 돌려 그의 시선을 잡았다.

"계속해라."

라미에는 답지 않게 조금 망설이면서 입을 열었다.

"실은 단장님, 그자와 예전에 한번 마주친 적이 있습니다. 그런 자는 태어나서 처음 보았습니다. 이것 참, 이걸 말로 어떻게 설명해야 할지……. 그때 그자를 그대로 보내버린 것에 대해선 백번 사죄드립니다. 하지만 청컨대 단장님. 그만두시는 것이 어떻겠습니까? 그 기운은 마치 인간의 것이 아닌 듯했습니다."

"……나 역시 그자와 마주친 적이 있다."

제스가 낮게 중얼거리듯 말하곤 무심한 동작으로 자리에서 일어나 창을 향해 몸을 돌렸다.

"그래서 라미에, 네 말뜻은 충분히 이해했다. 하지만 네 청을 들어줄 순
없다."

흔들림 없는 제스의 목소리에 라미에가 순간적으로 부끄러움을 느끼며
고개를 떨어뜨렸다.

"이어 보고하겠습니다. 세이라는 마법사에 대해선 꼬투리가 잡힐 법한
것은 물론이고 아무것도 남아 있지 않았습니다. 황성 내에 거주하고 있는
데도 직위도, 심지어 그자에게 머물 곳을 마련해준 사람조차 찾을 수가
없었습니다. 하지만 바로 그 점을 파고들 수 있을 듯합니다. 불법체류라
는 죄목으로."

라미에는 곧이어 자신이 하게 될 말의 무게를 감당하지 못하고 말을 끊
고 입을 다물었다. 그러자 제스는 무던한 어조로 라미에의 말을 대신했
다.

"잡아들여라."

드디어 올 것이 왔구나. 불법체류라는 죄목으로 잡아들인 후, 의심 가
는 죄에 대해 심문을 하려는 것이다. 라미에는 마음 한편에 솟아오르는
두려움을 활활 타오르는 전의로 눌렀다. 깊게 숨을 들이마신 다음 그가
떨리는 어조로 입을 열었다.

"아렌 경은 괜찮으시겠습니까? 그의 뒤를 밟아야 할 수도 있습니다."

아렌은 세이와 연결되는 줄이니까, 어디 머무르는지 모를 세이를 잡아
들이려면 아렌을 이용하는 게 가장 쉬울 것이다. 하지만 과연 그것을 알
아차린 후 아렌이 가만히 있을지가 문제였다. 그녀의 성격을 고려해봤을
때 답은 쉽게 나왔다.

제스는 약간 씁쓰레한 어투로 말했다.

"……나가봐라."

"예, 단장님."

그의 말이 허락의 뜻임을 알아차린 라미에가 고개를 숙여 보인 후 집무실에서 나갔다. 쿵, 하고 육중하게 문이 닫히는 소리를 끝으로 무거운 적막이 찾아들었다.

먼 곳에 자리 잡고 총총히 빛나는 별을 바라보던 제스가 갑자기 걸음을 옮겨 집무실을 나섰다. 그늘이 드리워져 어두운 얼굴을 띠고서 그가 향한 곳은 아렌의 숙소였다. 제스의 집무실이 있는 본관과 아렌의 방이 있는 건물은 그리 멀지 않았기에 그는 금방 그녀의 방 앞에 도착할 수 있었다.

둘러보고만 가자는 생각에 제스는 문고리를 잡아 소리가 나지 않게 돌려보았다. 기름칠을 잘 해놓은 덕에 경첩도 조용히, 매끄럽게 돌아갔다. 그는 마치 비밀 임무를 수행하는 것처럼 방 안을 훑어보았다.

아렌은 침대에 엎드린 채로 미동도 않고 있었다. 자느라 오지 않은 건가. 정말 너무도 아렌다운 행동이라고 생각하며 제스가 조용히 문을 닫으려는 찰나였다.

"제, 제스……."

낮은 신음 소리가 섞인 그녀의 목소리에 제스의 손이 딱 멈췄다. 아까까지 엎드려 있던 아렌이 어떻게 알아챘는지 고개를 들고 제스를 바라보고 있었다. 중병을 앓고 난 사람처럼 파리한 그녀가 반가움의 미소를 띠었다.

"제……스, 마침 잘 왔어요. 마침……, 잘……. 들어……와요."

"……."

잠시만 살펴보려고 가려던 제스는 낭패함을 느끼면서도 천천히 방 안으로 들어갔다. 필요한 가구만이 있는 방 안은 왠지 서늘하고 횅해 보였다.

"제, 스. 오늘은 뭐 하고 지냈어요?"

아렌이 어딘가 힘겨운 미소를 입가에 드리운 채 물었다. 제스가 그녀를 돌아보자 아렌은 대답을 기대하지 않았는지 홀로 말을 이었다.

"저는요, 잠을 너무 많이 잤나 봐요. 자고 일어나니 밤이네요……. 로도모나스는 어디로 갔지……. 푸딩 훔치러 간 건 아니겠지? 아니, 참, 심부름 간다고 했지……. 내 정신 좀 봐. 자고 일어나니 밤이네요. 잠을 너무 많이 잤나 봐요. 제스, 오늘은 뭐 했어요? 로도모나스는 어디로 갔지……."

두서없이 돌고 도는 그녀의 말을 들으며 제스는 살며시 미간을 좁혔다.

잠이 덜 깬 건가.

"네? 제스."

아렌이 그에게 다가가려 휙 일어서다가 헉, 무릎에서 힘이 풀려 비틀거렸다. 제스는 본의 아니게 그녀를 부축하며 입을 뗐다.

"……아렌, 자다 깼나."

순간, 아렌이 건전지가 떨어진 장난감처럼 움직임을 멈췄다. 끼리릭, 소리가 절로 들릴 정도로 기계적으로 고개를 돌린 그녀가 멀뚱히 그를 바라보았다.

"어? 제스, 언제 왔어요?"

정신이 없는 걸 보니 자다 깬 게 맞는 모양이다. 제스가 가볍게 그녀를 침대에 내려주고 뒤돌아섰다.

"……나갈 테니 쉬도록."

"아, 저기, 제스! 말할 게 있어요!"

"대화를 나눌 상태가 아닌 것 같군. 내일 말하도록."

"안 돼요! 오늘 꼬옥! 말해야 되는 거예요! 말해야 하는 게 있는데……. 그러니까……, 그게, 뭐냐면요……. 아!"

말끝을 질질 늘이던 아렌이 갑자기 날카로운 비명을 내지르며 고개를 숙였다. 제스는 순간 저도 모르게 그녀에게 다가섰다.

"⋯⋯어디 아프기라도 한 건가?"

"머리가⋯⋯, 조금, 아픈, 것 같기도⋯⋯."

제스가 반사적으로 그녀의 이마에 손을 대보았다. 열이 있나 싶었는데 도리어 얼음장처럼 차가웠다. 언제나 생기발랄하던 얼굴도 가까이서 보니 혈색 하나 없이 새파랬다. 아까까지만 해도 멀쩡했는데 갑자기 왜?

아렌이 입을 크게 벌리고 거칠게 숨을 몰아쉬었다.

"그런데 그것보다도⋯⋯, 꼭 말할 게 있는데⋯⋯, 말이죠⋯⋯. 제⋯⋯스, 한테 무언가를 꼭 말해야 하는데, 말해야 하는 건데."

아렌의 표정이 시시각각 변해갔다. 마구 고함칠 것처럼 눈을 번뜩이다가, 뭔가를 떠올리려는 듯 골똘해지고, 마지막엔 고통 속에 몸부림치듯 얼굴을 일그러뜨렸다. 그녀의 눈동자가 혼란스럽게 어지러워지자 제스가 화제를 돌렸다.

"아렌, 황자 전하는 잘 모셔다 드렸나?"

"네? 황자 전하요? 제스, 지금 무슨 소리를⋯⋯, 하는 거예요?"

아렌이 어리둥절한 얼굴로 고개를 내저으며 제스를 올려다봤다. 예상 외의 답변에 제스의 얼굴이 눈에 띄게 굳어졌다.

"아까, 황자 전하와 함께, 집무실에 와서 날 만나고 배웅하러 가지 않았나."

"어⋯⋯. 제가 언제요? 전 그런 적 없는데⋯⋯."

"낮에 집무실에 와서 뭘 했는지 기억나질 않나?"

"⋯⋯제가 집무실에 갔었다고요?"

아렌의 입술이 벌어지더니, 답을 구하듯 그에게 물었다. 웬만해선 눈 하나 꿈쩍 않는 강심장 제스의 낯빛도 뭔가 심상찮은 낌새를 느꼈는지 갈수록 딱딱해졌다.

"……아렌, 아침부터 한 일을 순서대로 말해봐라."

"어……. 분명……. 어……. 아침에……. 모, 몰라요……. 기억이 나질 않……아…….."

손으로 땅을 짚으며 기어가는 장님처럼 아렌이 더듬거리며 인상을 찌푸렸다. 하지만 그녀가 아무리 머릿속을 뒤적여도 기억엔 '오늘'이란 존재하지 않았다. 마치 검은 물감으로 온통 덧칠해둔 느낌. 손톱으로 긁어내고 싶었지만, 그럴 때마다 악의를 가진 누군가가 송곳을 가지고 머릿속을 후벼 파는 듯 아팠다. 그럼에도 그녀는 자신이 꼭 무언가를 떠올려야 된다는 강박관념에 시달려 애쓰고, 아파하고를 반복하고 있었다.

"기억……, 기억해내야 하는데……. 기억……. 꼭……, 기억해내야 되는 것……."

점점 창백하게 질려가던 그녀는 두 손으로 머리를 움켜쥐며 극도로 혼란스러워했다. 끙끙 앓는 소리까지 나자 제스가 재빨리 그녀를 제지했다.

"아렌, 이제 됐다. 그만해라."

아렌이 완강히 고개를 저으며 털었다.

"으……. 안 돼요, 기억해내야 되는 게 있었는데……. 꼭, 말해야…….."

기억을 떠올릴 수 없다는 것에 답답함을 느낀 아렌이 급기야 주먹으로 제 머릴 쿵쿵 쥐어박기 시작했다. 갑작스런 행동에 제스가 곧장 그녀의 두 손을 잡아챘다. 순간 아렌은 헉, 소리를 내며 순식간에 돌변했다.

"이것 놔요!"

비명에 가까운 외침에 제스가 불에 덴 듯 손을 황급히 뗐다. 노골적인 두려움이 서린 눈으로 그를 바라보던 아렌이 어깨를 잔뜩 움츠리고 고개를 떨어뜨렸다.

"미, 미안해요, 제스. 그런데 지금 제가, 제가 아닌 것 같아요. 들어오라고 해놓고 미안해요. 오늘은 이만 가줘요…….."

제스가 잠시 그녀에게서 손을 물리고 한 발짝 뒤로 멀어져서 그녀를 응시했다. 그녀의 얼굴부터 몸과 다리까지 시선을 내리며 다른 외상이 없는지 꼼꼼히 살펴보았다. 다행히도, 별다른 이상은 없어 보였다.

하지만 아무래도 이상하다. 아니, 이상한 정도가 아니고 비정상적이다. 불과 몇 시간 전의 일을 모른다는 것이 말이 되는 소린가? 이렇듯 갑작스레, 기억이 통째로 사라질 수 있는 건가. 머리에 강한 충격이 가해졌다고 하기엔, 그녀의 머리엔 자그마한 혹조차 없었다. 외부의 충격이 아니라면……. 그의 뇌리에 짧고 간단한 단어가 스쳐 지나갔다.

마법이라면 기억을 지우는 게 가능하다. 그리고 자신이 아는 한 아렌이 아는 마법사는 단 한 명뿐이었다. 먹물 한 방울이 백지를 온통 적시며 퍼져 나가듯 근원을 알 수 없는 불길함이 느껴졌다. 설마 그가 아렌에게 손을 댄 것인가.

"미안해요, 가줘요. 혼자 있고 싶어요……. 기억나면……, 꼭 말해줄게요……."

그녀가 애원했으나, 제스는 반대로 허리를 깊숙이 숙여 그녀를 들여다보았다. 그리고 호수처럼 잔잔하게 말을 걸었다.

"아렌."

"……."

"아렌, 날 봐."

약간은 겁먹은, 초점 없는 아렌의 눈이 제스에게 고정되었다. 균형을 잡지 못하고 흔들거리는 그녀를 들여다보며 제스가 조심스럽고 야트막한 손길로 손을 마주 잡았다. 또다시 헉, 소리를 내며 빠져나가려고 한다. 싸늘하게 식은 조막만 한 손을 살짝 쥐며 제스가 차분하게 말을 건넸다.

"겁먹지 마라."

"놔, 놔줘요."

"……아렌, 괜찮다."

낮고 매끄러운, 조심스런 목소리가 그녀의 귓전에 스며들었다. 벗어나려고 정신없이 파닥거리던 손이 움직임을 뚝, 멈추더니 힘을 서서히 뺐다. 두려움에 젖었던 얼굴도 천천히 안도를 찾아갔다. 핏기 하나 없는 입술이 열리면서 갈라진 목소리가 새어 나왔다.

"미안해요."

"그래."

아렌이 그의 손을 약하게 잡아당겼다.

"제스, 정말로, 저, 말, 해야, 하는 게 있어요. 그런데, 기억이 안 나서……."

제스의 반대쪽 손이 그녀의 머리에 매끄럽게 가 닿았다. 녹아들듯 다정하고 정성스럽게 쓰다듬으며 그가 대꾸했다.

"기억을 못 해내도 좋으니 오늘은 이만 자라."

"하지만……."

제스는 잡고 있던 손을 놓고 떨림이 미진하게 남아 있는 아렌의 어깨를 빠듯하게 당겨 안았다. 움찔한 아렌이 저도 모르게 뒤로 물러서려 하자 그가 그녀의 어깨를 더 가까이로 끌어당겼다.

"제……."

"조용히."

제스는 다소 엄하게, 하지만 부드럽게 그녀의 입을 다물게 했다. 시간이 조금씩 흐르자 아렌의 가빠진 숨도 점차 안정되기 시작했다. 어깨에서 떨림이 가시며 느긋하게 풀어지는 게 느껴지자 제스는 그녀를 놓아주었다.

"……아렌, 지금은 자둬라."

아렌이 어미를 잃은 새처럼 황급히 그를 쫓았다.

"제스는……."

"옆에 있을 테니 안심해라."

아렌은 그의 말을 믿지 못하겠다는 듯 눈을 느릿하게 깜박이며 그를 바라봤다. 제스가 아렌의 손을 놓지 않은 채로 그녀 옆에 앉자 아렌은 비로소 마음을 놓고 쓰러져 누웠다. 따뜻한 체온이 느껴지는 그의 손을 꼭 맞잡고, 몇 번이고 고쳐 깊숙이 잡고 나서야 그녀는 눈을 감았다.

"그런데, 제스는 옆에 있으면……. 불편할 텐데……."

"……."

"알았어요, 군소리 없이 잘게요."

"착하다."

다른 쪽 손이 다가와 정성스럽게 그녀의 머리를 쓸어 넘겨주었다. 온몸을 안온하게 적시는 나직한 목소리를 마지막으로 아렌은, 잠깐 뒤척이다가 그냥 푹 잠이 들었다.

19. 당착(撞着)

우두둑, 우두둑. 거세게 창을 두드리는 굵직한 빗방울 소리에 아렌은 잠에서 깨어났다. 창을 통해 먹구름이 굵은 빗방울을 뿌리고 거센 바람이 부는 게 보였다. 시야를 갈무리하려 한 손으로 마른세수를 했다. 곧 크게 숨을 몰아쉬며 기지개를 켜려 했는데, 문득 손에 뭔가 단단한 게 막혀 움직이지 않아 고개를 돌렸다. 작은 손 위에 단단하고 강한 손이 품어 안듯 포개져 있다. 손목을 따라 올라가니 눈을 감고 있는 제스가 보였다.

아.

의미 없는 감탄사를 웅얼거린 아렌이 천천히 어제 일을 떠올려봤다. 세이의 방에서 돌아온 아렌은 제스가 오기 전까진 깨질 듯이 지끈거리는 머리를 감싸고 끙끙댔다. 그대로 빵 폭발해버려도 이상하지 않을 정도로. 그때를 떠올리는 것만으로 소름이 끼쳐 어깨가 절로 부르르 떨렸다.

어둠 속에서 뻗어 오는 손이 살이 에일 정도로 두려워 온몸이 꼴사납게 무너지는 것 같았다. 그때 제스가 나타나서 안아주고, 다독여주었다. 제스가 와주지 않았더라면……. 어땠을지 아찔했다.

아렌은 손을 고정한 채로 옆으로 조심스레 몸을 세웠다. 예전에 보여줬듯, 제스는 벽에 기대앉은 불편한 자세로 자고 있었다.

"제스."

아렌이 그를 부르자 그가 잠든 중에도 미간에 주름을 잡았다. 아렌이 검지를 들어 그의 미간에 갖다 댔다.

"찡그리지 말아요."

그의 미간을 살살 문지르니 주름이 펴졌다. 미간을 떠난 손끝이 곧고 짙은 눈매를 따라 훑었다. 그녀의 손길에 응답하듯 감겨 있던 깊고 푸른 눈이 서서히 열렸다. 아무 생각 없이 감상하듯 바라보다가 뻣뻣이 굳어버렸다. 똑바로 쳐다보지 못하고 얼굴을 붉힌 아렌에게 제스가 조용히 말했다.

"깨어났나."

아침 인사를 건네는 제스라니. 가슴이 미친 듯이 두근거렸다. 아렌이 고개를 푹 숙이고 끄덕이는 둥 마는 둥했다.

"……머리는?"

제스가 머리카락 아래로 손을 넣어 이마를 짚자 아렌이 깜짝 놀랐다. 겨울이 다가와 쌀쌀해진 밤공기에 밤새 이불도 덮지 않고 잔 탓일까, 손이 얼음장이었다. 그녀는 그의 손을 낚아채며 숨을 삼켰다.

"손이 왜 이렇게 차가워요!"

"머리는?"

"지금 그게 문제가 아니잖아요."

아렌이 퉁명스럽게 쏘아붙였다. 얼마나 추웠기에 이렇게 손이 얼었을까. 아무리 잠결에 붙잡았더라도 내버려두고 가서 자면 될 것을, 이렇게 될 때까지 뭘 하고 있었느냔 말이다. 어찌 보면 이제껏 봐온 사람 중에 가장 둔할 수도 있다는 생각이 들었다. 아렌이 그의 두 손을 끌어와 호호, 따뜻한 입김을 불어주었다.

"머리."

"거참, 고집 정말 세네! 괜찮으니까 제스, 이거 둘러써요."

아렌은 자신의 온기가 아직 남아 있는 이불을 들어 그에게 망토처럼 둘러주었다. 이불 양 끝을 잡고 그의 목 근처에서 여미면서 아렌이 힐끗 그를 올려다봤다.

"제스, 저기, 어제 말인데요……. 무슨 일이 있었는지 말해줄 수 있어요?"

눈빛을 굳힌 제스가 조용히 고개를 가로저었다. 아렌이 쓰게 웃었다.

"저도 그렇게 생각해요, 어제 보통 추태를 부린 게 아니니까……. 하지만 제스, 어제 일은 꼭 기억해야 하는 느낌이 들어요……. 그러니까 제스가 조금만 도와주면……."

"아렌."

아렌의 얼굴이 고통으로 다시 일그러지기 시작하자 그 낌새를 본능적으로 눈치 챈 제스가 그녀의 말을 끊었다. 꽤나 가까운 거리에서 그들의 시선이 얽혔다. 매듭을 묶던 그녀의 손이 점점 느려지더니 멈췄다. 적막 속에서 오직 그들의 숨소리와, 창문을 두드리는 빗방울 소리만이 그득했다. 그가 천천히 입을 열었다.

"네가 원한다면 말해주겠다."

"정말요?"

"단."

짧게 끊는 단호함. 아렌은 무슨 말을 하는가 싶어 그를 빤히 바라봤다. 그의 청색 눈동자 깊숙한 곳엔 아렌이 아직 파악하지 못하고 있는 감정이 넘실댔다.

"네가 떠올려도 머리가 아프지 않을 때 말해주겠다. 그전까지는 억지로 기억해내려고 하지 마라."

"그렇지만……."

아렌이 불만스러운 듯 반항하려 하자 제스가 그녀의 어깨를 단단히 틀어쥐었다.

"대답."

"네에에."

아렌은 그의 눈빛과 마주친 순간, 꼬리 만 강아지마냥 얌전히 대답하고 말았다. 그녀를 바라보는 제스의 심경도 매우 복잡했다.

어제 그만큼이나 아파했으면 충분하지, 저 불만스런 표정은 뭐란 말인가. 고집도 세고, 막무가내에다, 오지 말라고 할 땐 잘도 오더니 정작 기다릴 땐 오지 않는다. 그것뿐인가. 걱정이 끊이질 않게 한다. 도대체가 이런 널 두고 나더러,

"……어떻게 버티란 말인지."

"뭐라고 했어요, 방금?"

아렌이 두 눈을 크게 뜨며 제스를 응시했다. 제스는 별다른 대답은 해주지 않고 ― 할 수 있을 리가 없었다 ― 몸을 일으켰다. 그의 몸을 덮고 있던 이불이 툭, 하고 바닥으로 떨어졌다. 그가 발걸음을 옮기려 하자 아렌이 황급히 목청을 높였다.

"제스! 지, 지금 갈 거예요?"

아렌이 침대 끝으로 성큼 다가앉아 제스를 만류했다.

"지금 당장 안 가도 되잖아요! 빗발이 약해질 때까지 같이 있어요! 지금 나가면 비 맞잖아요!"

아렌이 마구 졸라댔으나, 제스는 그저 그녀의 정수리를 툭툭 어색하게 쓰다듬고 뒤돌아섰다. 그가 문을 닫고 나갈 때까지 시선을 놓지 않던 그녀는 이내 아쉬움이 가득 담긴 채로 툴툴댔다.

"조금만 더 있다 가지……. 괜찮지 않다고 할걸……."

아렌은 끙, 소리를 내며 자리에서 몸을 일으켰다. 창밖을 보니 우중충

흐린 하늘에 먹구름 무늬가 잡히면서 서서히 흐르고 있었다. 날씨가 좋지 않아 훈련도 쉬는 것 같은데, 오늘은 무얼 할까. 컨디션이 좋은 편은 아니었지만, 그렇다고 방바닥에 들러붙어 있는 것도 적성에 맞지 않았다. 어제 일만 떠올리려 하지 않으면 멀쩡하니까, 기분 전환이나 할 겸 산책이나 하러 황성 밖으로 나가보자. 오랜만에 로도모나스 없이 혼자 고독을 씹어보는 거야.

금방 편한 옷으로 갈아입은 아렌은 로브를 둘러쓰고 방을 나섰다. 아침부터 제스를 봐서일까, 커다란 돌덩이가 올라탄 듯 내내 묵직했던 가슴이 홀가분해진 것 같았다.

「세이모어? 그러면 세이네!」

「우와. 세이, 방금 웃은 거야?」

「다음에 또 뵙겠습니다. 아르렐리아 공녀님. 그리고 앞으론, 모르는 사람을 이렇게 방에 들이지 마십시오.」

빛 한 점 반사되지 않는 새까만 눈이 스르르 열렸다.

"……꿈이라니."

세이의 입가에 삐딱한 조소가 걸렸다. 탐탁지 않은 듯 읊조린 그가 벽에 기대 있던 몸을 똑바로 가누어 수면에서 완전히 깨어났다. 아렌이 봤다면 '설마!'라고 외칠 법한 일이지만, 앉아서 수면을 취하는 것은 태어난 무렵부터 죽음의 위협에 시달려야 했던 그에겐 당연했다.

세이의 눈에 어제, 아렌이 타주고 간 차가 아직도 테이블 위에 버젓이 놓여 있는 게 잡혔다. 그는 우아하게 일어나서 찻잔을 집어 들었다. 싸늘하게 식은 지 오래건만 한 모금 머금었을 때의 향과 맛은 일품이었다. 가짜 아르렐리아 공녀가 탔던 차와 자연스레 비교가 될 수밖에 없었다.

가짜 아르렐리아 공녀와의 만남, 곧 있을 천마회의, 붉은 연꽃 등 신경 써야 할 일이 많았다. 그중에서도 특히 붉은 연꽃은, 자신을 향해 언제 어떻게 터질지 모르는 독이었다. 대놓고 티는 내지 못하지만 황비가 자신을 향해 이를 갈고 있는 사실은 이미 눈치 채고 있었다. 특히 카트린느 부인의 경우 그녀의 얼굴을 녹여버린 것으로 더 큰 원한을 가지고 있을 것이다. 원하는 바만 일치하지 않았더라도 한 번에 죽여버렸을 것을.

그리고 그 무엇보다도 마음에 걸리는 것이 하나 더 있었다.

어젯밤, 노골적으로 자신을 보고 피하던 아렌의 모습. 기억을 지웠는데도 두려워하며 피하다니, 몸은 그를 기억하는 모양이다.

번거롭게 되었다. 그녀가 이대로 자신을 영영 피하게 된다면……. 가슴이 서걱거리는 낯선 느낌에 세이가 드물게 미간을 좁혔다.

후회를 하는 것인가, 이 내가. 대충 둘러대서 넘어갈 일이 아닌 상황에서 내가 내 것의 기억을 지워버리는 건 당연한 일이 아닌가. 왜 하필 그런 방식으로, 그때 마주쳤냐고 억울해할 것이 없다. 그래, 당연한 일이다.

그렇게 생각하는데도 마음속엔 불쾌감이 구석구석, 낮게 깔렸다.

세이의 손에 차츰 힘이 들어가는가 싶더니 찻잔이 순식간에 가루로 변하면서 형체도 없이 사라졌다.

그는 로브를 걸치고 황성 앞으로 공간이동을 했다. 시간은 분명 낮인데도, 주위는 짙은 어둠에 묻힌 채 비바람만 쏴쏴 적막하게 흩뿌리고 있다. 세이는 간단히 자신 주변에만 비가 오지 않도록 한 다음 미끄러지듯 걸어갔다. 로브 사이로 한 가닥, 은청색 머리카락이 삐져나와 하늘거렸다.

날씨가 좋지 않은데도 길가엔 인파가 연연했다. 그 속으로 들어가려던 세이는 문득 거리에서 조금 멀어져 비교적 인적이 드문 곳으로 향했다. 황성에서 나선 지 얼마나 되었다고, 누군가 자신의 뒤를 밟고 있는 게 느꺼졌다. 하나를 선두로 몇몇이 뒤를 뒤따르고 있었다. 거슬리는 것들부터 처리해야겠다. 하나 정도만 남기면 되겠지. 황비 측인지 기사단 측인지는 명확히 해야 할 필요가 있으니까.

세이가 혈향을 그리워하듯 비릿한 웃음을 머금으며 손을 들었다. 그의 오른손엔 붉은 기운이 방울지듯 모여 검의 형상을 띠었다. 그는 누군가 빠르게 접근해 오는 걸 느끼고, 돌아서며 있는 힘껏 오른손을 휘둘렀다. 단숨에 그의 목을 잘라낼 심산으로. 하지만 곧 그의 시야에 잡힌 것은 황비 측도, 기사단 측도 아니었다. 그건…….

"세이."

은은하게 빛나는 은빛 눈동자와 마주친 세이의 검은 눈동자는 일순 경악을 품었다. 그는 서둘러 자신의 기를 저지했고, 검을 만들었던 붉은 기운이 산산조각이 나 사라졌다. 자신에게 향하던 살기를 그제야 눈치 챈 듯 아렌은 아, 소릴 내며 걸음을 멈췄다.

"아렌."

"어……. 세이……. 방금…….."

"다치지 않으셨습니까?"

세이는 그답지 않게 놀란 얼굴로 아렌을 향해 다가갔다. 그녀가 산뜻한 발짝 뒤로 물러섰다.

"다친 덴 없어요. 놀라게 하려고 저기서부터 따라왔는데……. 몰랐나 보네요."

"정말, 다치지 않으셨습니까?"

"에에, 세이야말로 놀란 것 같은데, 괜찮아요?"

세이가 아차 하며 표정을 수습했다.

"괜찮습니다. 염려하지 않으셔도 됩니다."

"그렇다면 다행이고요."

아렌이 어깨를 으쓱했다. 세이가 한숨을 푹 쉬며 저도 모르게 안도했다.

"아렌, 다시는 그렇게 뒤쫓지 마십시오."

"알겠어요."

아렌이 순순히 고개를 끄덕이자 세이가 가볍게 로브 모자를 젖혔다. 그의 얼굴과 마주하자 아렌의 어깨가 딱딱하게 굳었다.

"……아렌?"

"아, 네. 세이."

세이와 눈길이 마주친 순간 아렌은 어설프게 웃다 말았다. 이상하다. 미소가 지어지질 않는다…….

"아렌, 왜 그러십니까?"

그가 손을 뻗었다. 아렌은 눈에 띌 정도로 흠칫 놀라며 물러서버렸다. 이상도 하다. 뒷모습을 볼 땐 그렇지 않았는데, 막상 얼굴을 마주하니 온화하기 그지없는 그의 인상도 오늘따라 섬뜩하도록 서늘해 보였다. '어제'에 대해 머릿속은 완전 백지상태로 텅 비어버렸는데 어제를 기점으로 세이에 대한 두려움과 거부감이 생겼다.

뭐지? 어제 기억을 잃어버린 게 세이와 관련이 있는 걸까?

"아렌, 왜 그러십니까?"

세이가 다시 한 번 묻자 아렌은 헉, 하고 숨을 들이켰다. 그는 처음 봤을 때와 같은, 천사 같은 얼굴로 아렌을 차근차근 살피고 있었다. 정신을 차리고 그를 보니 괜스레 미안해졌다. 기억이 없어진 게 세이와 관련이 있다니, 그럴 리가 없지 않은가. 어제 몸이 좋지 않아 예민해진 모양이다. 저렇게 걱정해주는 세이를 무서워하다니. 아렌은 최대한 미안한 표정으로 그를 올려다보았다.

"미안해요, 세이. 내가 어제부터 조금……, 몸이 좋지 않아서요. 신경

공녀님!
공녀님! 3

쓰지 말아요. 음……. 세이는 어디 가고 있었어요?"

"산책을 하고 있었습니다."

세이가 가볍게 응수하자 아렌도 가능한 한 스스럼없이 그를 대하려 빙긋 웃었다.

"할 일이 없단 소리네요. 세이도 저랑 같이 맛집 탐방 할래요?"

"예?"

"별것 아니에요. 그냥 맛있는 거 먹으러 다니는 거예요!"

아렌이 '하일렌의 맛집'이라는 제목의 리스트를 꺼내 보이자, 멀뚱히 그녀를 바라보던 세이가 작게 웃음을 터뜨렸다.

"오늘 여길 다 들를 생각이십니까?"

"네! 계속 간다, 간다, 생각만 하고 있었는데 못 갔거든요. 고기 못 먹은 지도 너무 오래됐고……. 아이고, 그러고 보니 배고파 죽겠네요."

말하다 보니 즐거워져서 아렌의 목소리가 점점 올라갔다. 세이가 귀여운 동물 쓰다듬듯 정수리를 두어 번 토닥거려주었다. 이어 그는 그녀에게도 비에 젖지 않는 마법을 걸어주었다.

"그럼, 오늘은 아렌과의 데이트인 겁니까?"

"데, 데, 데이트……. 세이, 닭살 돋게."

아렌이 전신에 돋은 오돌토돌한 닭살을 벅벅 긁었다. 세이가 말끄러미 그녀를 내려다보다가 갑자기 확인하듯 그녀에게 물었다.

"아렌, 혹시 동행자가 있습니까?"

분명 스무 명 정도, 아렌을 뒤쫓고 있는 인간의 존재가 느껴지는데 모습은 보이지 않고 있다. 마음 같아선 싹 쓸어버리고 싶었으나, 아렌이 겨우 예전의 태도를 찾아가는데 망가뜨릴 수는 없는 일이다. 짜증을 꾹 누르고 있는 세이와는 달리 아렌은 천진난만한 표정으로 고개를 갸웃거렸다.

"동행자라니……. 내 주변엔 지금 아무도 없는데요? ……어, 설마 세이, 유령이라도 보는 거예요?"

아렌이 장난기 어린 웃음을 지으며 그의 팔을 툭, 쳤다. 그녀는 자신의 뒤를 누군가 따라오는 줄 모르는 모양이다. 세이는 그녀의 목과 어깨 근처를 가리키며 장난을 받았다.

"예, 아렌 어깨에 어린아이 유령이 하나……."

"자, 장난치지 마요."

"무엇 때문에 아렌에게 붙어 있는 겁니까?"

세이가 천연덕스럽게 아렌의 어깨 근처 허공을 바라보며 말을 걸자, 가뜩이나 혈색 없던 아렌의 얼굴이 더 창백해져버렸다.

"저, 저, 저, 정말 있어요? 유령이?"

"……."

"왜 나한테 붙어 있는 거래요? 떨어져줬으면 좋겠다고 세이가 대신 말을 좀……."

"장난입니다."

"대신 말해주세요, 나한테 붙어 있어봐야 좋지 않……. 세이, 그런데 방금 뭐라고요?"

"장난이라고 했습니다."

순식간에 귀 끝까지 달아오른 아렌은 최대한 소리를 죽여 으르렁거렸다.

"……세이, 지금 나랑 한판 떠보자는 거예요?"

세이는 은은한 미소를 지으며 심드렁하게 어깨를 으쓱였다.

"아니요. 저는 이래 봬도 섬세하고 부드러워서 폭력은 딱 질색입니다."

이건 또 무슨……. 능글능글 웃어대는 세이의 낯짝에 구멍이라도 뚫어버릴 듯 노려본 아렌은 곧 어쩔 수 없다는 듯 혀를 찼다.

"……나 참, 퍽이나 그렇겠어요. 세이는 참 뻔뻔하군요. 어쨌든 세이, 식사 값은 세이가 내요. 난 로도모나스 푸딩 값만으로 허리가 휘는 사람이란 말이에요."

"알겠습니다."

도저히 당해낼 수가 없다. 아렌은 땅이 꺼져라 한숨을 내쉬며 다시 입을 열었다.

"말 나온 김에 물어볼 게 있어요. 로도모나스, 푸딩 값 때문에 버거워서 나한테 보낸 거예요?"

엉뚱한 추리를 들은 세이가 낮게 웃음을 터뜨렸다. 그 반응을 정곡을 찔려 내보이는 반응이라 여긴 아렌이 엄한 척 눈살을 찌푸리고 그의 어깨를 툭 치자 세이가 은근한 미소를 지었다.

"글쎄, 그럴지도……."

아렌은 전혀 고민할 것 없이 한쪽 손을 들어 보이며 엄숙하게 선언했다.

"로도모나스 푸딩 보조 지원금을 요청합니다."

세이도 아무런 망설임이 없었다.

"기각합니다."

"아, 완전 치사해!"

아렌이 짜증을 부리며 그의 등을 살짝 밀자, 세이가 한 발 성큼 내디뎌 그녀의 머리를 쓱쓱 쓰다듬었다. 다시금 가벼워진 분위기 때문인지 그의 얼굴엔 보기 드문 진심 어린 미소가 떠올랐다.

"세이, 혹시나 해서 묻는 건데요."

"말씀하십시오."

"혹시 마법 중에 사람의 기억을 지우는 마법도 있나요?"

세이가 그 자리에서 우뚝 멈춰 서서 한 박자 늦게 대답했다.

"……그건 왜 궁금하십니까?"

"그게 사실……. 어……. 제가……, 기억을 잃었거든요. 그것도 어제 기억을 통째로요. 다른 데는 이상이 없는데 참 이상도 하죠. 머리가 잘못된 게 아니라면, 마법밖에 없을 것 같아서요."

"……."

아무런 대답이 없다. 변함없이 잔뜩 내려앉은 하늘에서 추적추적 비를 뿌려대는 소리만이 그득했다. 세이의 얼굴에 드리운 그늘과 뻣뻣해진 목울대를 봤다면 혹시나 하는 의문을 가졌을 수도 있으련만, 아렌은 하늘만을 올려다보며 골똘히 생각에 잠겨 있었다.

"그래서 말인데, 혹시 어제 제가 세이를 찾아갔었나요? 아…….'

'어제'의 기억을 더듬자마자 머리가 쑤시듯 아파 아렌이 낮은 신음 소리를 내었다. 때맞춰 영롱하게 빛나는 흰 빛이 세이의 손으로부터 나와 아렌의 몸을 감싸 안았다. 빛무리가 점점 오므라들어 쌀알만큼 작아졌을 즈음, 머릿속에 바람이 든 듯 갑자기 상쾌해졌다. 아렌이 고개를 들어 희미한 미소를 보였다.

"고마워요, 세이."

세이는 손을 내리면서 어딘지 모르게 잔뜩 가라앉은 어조로 말했다.

"……기억나지 않는 것을 억지로 기억하려들지 마십시오."

제스고 세이고 하나같이 똑같은 말만 하는구나.

"하지만, 정말 꼭 기억해야 해요. 잘 모르겠지만……. 그런 느낌이 들어요."

말이 끝나갈 무렵, 아렌은 세이에게서 이상한 변화를 발견했다. 무엇 때문인지 그는 아까보다 조금 시무룩해져 있었다. 우울한 화제를 꺼냈나 싶어 아렌이 황급히 말머리를 돌렸다.

"세이, 그나저나 제가 어떻게 세이를 알아봤는지 궁금하지 않아요?"

세이의 눈이 잠시 허공을 향했다가 다시 아렌에게 향했다.

"아까, 저라는 건 어떻게 알고 따라오신 겁니까?"

후드로 머리카락도, 얼굴도 다 가리고 있어서 누구인지 쉽게 알지 못했을 텐데. 그에 아렌은 별거 아니라는 듯 씨익, 미소를 빼다 물었다.

"딱 세이던데요? 세이스런 머리에, 세이스런 몸에, 세이스런 걸음으로 걷고 있었으니까요."

"저다운 걸음이라, 어떤 걸음입니까?"

"설명하긴 어렵지만, 전 알 수 있어요. 딱 티가 난다고요."

아렌이 널찍한 발걸음으로 성큼성큼, 과장하여 세이의 발걸음을 흉내 냈다. 뒷짐을 지고 배는 최대한 내민 게 영락없는 중년 아저씨의 폼이다. 실제의 우아한 세이 발걸음과는 다소 거리가 있었으나 세이는 낮게 웃음을 터뜨릴 뿐, 별다른 대꾸를 하지 않았다. 휙 뒤돌아 송곳니가 보일 정도로 장난스럽게 웃는 아렌을, 씁쓸함이 감도는 미소를 지으며 쓰다듬었다.

이런저런 이야기를 나누며 거리를 걷고 있는데 갑자기 세이가 걸음을 멈추었다. 그것도 모르고 혼자 재잘거리던 아렌은 잠시 후 제 옆에 아무도 없다는 사실을 알고 몸을 돌렸다. 세이는 답지 않은 골똘한 얼굴로 가게 장식장을 물끄러미 바라보고 있었다. 종종걸음 쳐서 그 옆에 선 아렌은 그가 보고 있는 것을 발견하곤 놀라워했다.

"세이, 저거 가지고 싶어요?"

세이가 고개를 조용히 끄덕거리자 아렌이 다시 한 번 그가 눈여겨봤던 발찌에 시선을 주었다. 얇은 금줄에 양옆으로 앙증맞은 리본이 대롱대롱 달려 전체적으로 귀여운 느낌을 물씬 주었다. 문제는……, 세이가 가지고 싶다고 하기엔 지나치게 소녀 취향이었다. 아렌이 쓰게 웃으며 콧잔등을 긁었다.

"음……. 세이, 안 사는 게 나을 것 같아요."

세이는 '왜?'라는 얼굴로 아렌을 빤히 바라봤다. 의외의 것에서 무지하다고 생각하며 그녀가 덜렁거리는 체인을 가리켰다.

"딱 보면 몰라요? 불량품이잖아요. 거기다 세이, 저거 여성용인 것 같은데 하고 다니게요? ……까딱하다간 오해 받아요. 세이. 그만 가요."

아렌이 대충 말하고 걸음을 옮기려는데 세이가 그녀의 어깨를 잡고 가지 못하게 지그시 눌렀다.

"아렌."

"네?"

잠깐 발을 멈춘 아렌이 뒤로 돌아 그를 올려다봤다.

"언젠가, 소원 하나를 들어준다고 하셨습니다."

"내가 언제……. 아. 옛날에 약속했었죠."

제스를 건드리지 않기로 한 대신 소원 하나를 들어주기로 했었다. 세이는 아까부터 눈여겨봤던 발찌를 들며 화사하게 웃었다.

"이것, 선물로 받아주십시오."

"……소원이 그거예요?"

아렌의 눈썹이 움찔했다. 단박에 김이 새어버렸다고 할까? 선물을 받아달라는 데에 소원을 쓰다니. 좀 더 음탕하거나 들어주기 어려운 소원을 빌 줄 알았는데.

아렌은 그가 대답하기 전에 잽싸게 뒤에 말을 덧붙였다.

"나중에 딴말하기 없기예요."

"예."

세이가 꽤 산뜻하게 대답하자 아렌도 손바닥을 내밀었다. 세이는 웃으며 그녀의 손을 잡고 끌어 내리고 천천히 무릎을 굽혀 앉았다. 아렌이 깜짝 놀라 일으켜 세우려고 했으나 그가 선수를 쳤다.

"실례하겠습니다."

"뭘……."

아렌이 미처 말을 끝맺기도 전에, 세이가 두 손으로 그녀의 발목을 잡아 끌어당겼다. 뭔가 작게 찰그락거리는 소리가 들리며 발목에 무언가 시원한 느낌이 들었다. 발찌를 손수 끼워준 것이다. 안하무인의 이 남자가 무릎을 꿇고 있는 걸 내려다보니 이상한 느낌이 들기도 하고…….

"아렌."

크게 흠칫한 발목을, 세이는 진정시키듯 손가락 끝으로 섬세하게 어루만졌다. 살결을 따라 매끄럽게 움직이자 견딜 수 없을 만큼 가려운, 어떤 감각이 퍼져 나갔다.

원래 발목이 만지면 이런 느낌을 주는 부분이었나? 살결이 맞닿는 선명한 감촉을 견딜 수 없다 생각한 순간 세이가 손가락을 뗐다. 휴, 절로 안도의 한숨이 나왔다. 세이는 차곡차곡, 발찌가 보이지 않도록 바짓단을 내려주었다.

"……아렌만큼은, 저를 무서워하지 않으셨으면 합니다."

"……."

"저는 그저, 그런 식으로 밝히고 싶지 않았을 뿐입니다."

고해성사를 하는 듯한, 엄숙하기까지 한 그의 목소리에 아렌은 아무 말도 할 수 없었다. 잠시 후 그가 다시 입을 뗐다.

"실은……."

"그자에게서 떨어져라. 아렌."

아렌은 반사적으로 고개를 돌렸다. 목소리만큼이나 익숙한 얼굴이 보였다. 부단장 라미에. 그리고 그의 뒤로 스무 명 가량의 기사단원이 모여 있었다.

라미에는 위협적일 정도로 날카로운 눈빛을 번뜩였다.

"그자에게서 떨어져."

그자? 세이를 말하는 건가?

아렌이 멍하니 생각했다. 앉아 있던 세이가 스르르 몸을 일으켰다. 굳이 눈을 돌리지 않아도, 그가 얼마나 불쾌해하고 있는지는 뼛속 깊이 느껴졌다. 그리고 세이와 라미에 사이에 흐르는 시한폭탄 같은 위태로움도.

"……부단장님, 여긴 뭐하러 오셨어요?"

아렌의 물음에 라미에가 히죽 웃으며 사납게 뇌까렸다.

"뭐하러 오긴, 저 정체 모를 마법사를 체포하러 왔지."

"어째서……?"

아렌은 두 눈을 흡뜬 채 나직이 중얼거렸다. 무슨 말인지 얼른 납득이 되질 않았다. 쏴아아, 빗발이 폭포수처럼 쏟아져 내리는 와중에 라미에와 함께 온 기사들이 아렌과 세이를 중심으로 원을 그리며 둘러쌌다. 군화 밑에서 나는 저거덕저거덕 소리가 유난스레 크게 울렸다.

라미에가 세이를 날카로운 눈으로 쏘아보며 인사 아닌 인사를 건넸다.

"오랜만이야, 마법사. 지난번도, 이번도 그리 유쾌한 만남은 아니지만 반갑군그래. 얌전히 따라오겠어, 아니면……."

더 듣고 싶지 않았다. 아렌이 탕, 힘껏 발을 내지르며 세이 앞을 막았다.

"잠깐만요, 부단장님! 지금 뭐 때문에 이러시는 거예요?"

눈빛이 매섭게 번들거리는 아렌을 라미에가 슬쩍 흘겨본다. 이건 또 뭐냐는 눈초리.

"꼬맹아, 너에게 일일이 설명해줄 생각 없어, 비켜."

아렌이 어금니를 질끈 물고 고개를 내저었다.

"제대로 설명해주시기 전까진 못 비켜요."

"비켜."

떨떠름하게 인상을 찌푸리는 라미에를 본 아렌의 목소리가 한 톤 올라갔다.

"죄목부터 말해달라고요!"

"불법체류."

아렌이 뜨악하게 입을 벌렸다.

"불법체류라니요? 세이는 엄연히 황성 마법사라고요!"

아렌의 질문을 귀찮다는 듯 가볍게 씹어버린 라미에가 세이를 향해 한 발자국 다가갔다.

"이봐, 주변에 보는 눈도 많은데 얌전히 따라오시지."

라미에가 깐죽거리는 눈빛으로 세이를 똑바로 쏘아보았다. 자신에게 향해 있는 게 아닌데도 아렌의 관자놀이에 시퍼런 핏대가 솟아올랐다.

"부단장님, 제 말 안 들려요? 세이는 엄연한 황성 마법사라고요, 황성 마법사! 불법체류자가 아니고!"

라미에는 전혀 거리낄 것 없다는 표정으로 콧방귀를 뀌었다.

"너야말로 제대로 알고 말하시지. 세이라는 황성 마법사는 없어."

삐딱하게 꼬인 말에 아렌의 눈살이 왈칵 일그러졌다.

"뭐라고요? 그건 무슨 헛소리예요? 세이, 뭐라고 말 좀 해봐요!"

아무 말이 없는 그가 답답하다는 듯 아렌이 그의 로브를 잡고 쭉 잡아당겼다. 어떻게든 한 방 먹여주라는 뜻이다.

"……."

"세이!"

세이는 그저 지켜보기만 할 뿐, 아무 말도 행동도 하지 않았다. 장황하게 변명을 늘어놓는 것만큼이나, 가만히 있는 것은 그답지 않았다. 마치 동의를 한다는 것 같지 않은가. 아렌은 재빠르게 머리를 굴려 상황 파악을 해보았다. 아렌 자신이 알기로 불법체류는 부단장과 기사 스무 명이 나설 정도로 중한 죄가 아니다. 분명 다른 일이 더 있다. 그런데 대체 무슨 일이기에 저렇게 비장하단 말인가? 아니, 그게 중요한 게 아니다. 일단 도망부터……

"꼬맹아, 네가 어떻게 생각하든 상관없어. 이미 단장님께서도 허락하신 일이야."

'단장님'이라는 단어를 듣자마자 폭열에 들떠 있던 머리가 한순간에 식어 내렸다. 그녀가 뻣뻣하게 굳은 채 라미에와 눈이 마주친 순간, 제 목소리가 아닌 것처럼 갈라진 목소리가 잇새에서 흘러나왔다.

"뭐……라고요? 단장님이요?"

"그래. 너, 날 막아서면 네가 어떤 책임을 지게 될지 똑똑히 잘 생각해봐. 그런 의미에서, 순순히 따라오는 게 좋을 거다, 마법사."

라미에의 입에서 으득, 이 가는 소리가 섬뜩하게 울렸다. 아렌은 선뜻 어떤 말을 해야 할지 가늠이 되질 않아 그대로 굳어버렸다. 라미에의 말이 맞는다면, 계속 방해하거나 도망가면 제스의 말을 거역하는 셈이 된다. 그렇다고 세이를 이대로 잡혀가게 둘 수는 없다.

아렌의 이마에 식은땀이 방울방울 굵게 맺혔다. 그녀의 불안감이 극에 달했을 무렵 세이가 처음으로 입을 열었다.

"원하시면, 따라가드리는 게 예의겠지요."

뭐라고? 나직한 목소리에 아렌이 눈에 띄게 움찔하며 본능적으로 세이를 돌아봤다. 자신을 잡으러 왔다는데도 그의 눈매는 부드럽게 휘말린 채 그녀를 향해 있었다. 그는 가볍게 허리를 숙여 인사를 했다.

"아렌. 그럼 다음에 뵙겠습니다."

세이는 두말없이 걸음을 옮겨 라미에에게 다가갔다. 아렌이 얼른 정신을 수습하고 제지에 나섰다.

"잠깐만요, 세이! 지금 어딜 가는 줄이나 알고 따라나서는 거예요?"

대번에 도끼눈을 뜨고 펄쩍 뛰는 아렌을 세이가 묘한 눈으로 쳐다보며 피식 웃었다. 그는 기죽은 아이를 위로하듯 정수리를 부드럽게 쓰다듬어 주었다.

"괜찮습니다, 아렌. 제 걱정은 하지 않으셔도 됩니다."

"안 돼요, 보낼 수 없어요."

아렌이 낮지만 또렷한 목소리로 선언하자 세이의 입가에 붉은 곡선이 맺혔다.

"아렌, 가십시오."

세이가 천천히 허공을 손가락으로 휘저었다. 아렌의 고개가 그의 손길을 따라 멍하니 움직였다. 한 바퀴 크게 휘두르고 손이 제자리로 돌아왔을 때는 이미 아렌은 어딘가로 이동한 후였다.

그녀 하나가 사라진 것뿐인데도 주변 분위기는 거짓말처럼 바뀌어버렸다. 음험해졌다. 텅 빈 공간 구석구석, 순식간에 무겁게 내리깔린 세이의 존재감이 차지해 들어간다. 그에게서 흘러나오는 팽팽한 위압감과 긴장감이 폭발할 듯이 움직여 주변을 에워쌌다. 라미에에게서 등을 돌린 채로 세이가 입을 열었다.

"꽤나 재미있는 짓을 저지르셨습니다."

취한 듯 느릿해지는 목소리에 라미에의 등골이 싸늘해졌다. 얼굴을 마주하고 있지 않은데도 그의 존재감은 지나치게 현실적이었다. 라미에는 온몸의 근육을 빡빡하게 긴장시켜 다짐에 다짐을 되새겼다.

도망가지 않는다. 굴복하지 않겠다. 반드시 정체를 밝혀주마. 네 말대로 살아 있는 걸 후회하며 끝끝내 절명하더라도, 너에게도 그만큼의 후회는 똑같이 안겨주겠다. 죽도록 고생하더라도 홀가분하게 내 너를 이겨내리라.

"얌전히 따라오는 게 좋을 거다."

무시무시한 힘에 짓눌려 숨도 제대로 쉬지 못하는 주제에 세이를 노려보는 라미에의 눈빛은 서늘하도록 차분했다. 세이의 눈매가 차갑게 뒤틀렸다. 뚜벅뚜벅, 세이가 두 발자국 정도의 거리를 두고 라미에 앞에 멈춰섰다. 헉, 누군가 헛숨을 들이켜는 소리가 들렸다. 세이를 향한 라미에와 기사단원들의 눈빛에 그들을 둘러싸던 구경꾼들의 눈빛이 겹쳐진다.

라미에는 본능적인 불안으로 잠깐 집중력을 잃고 눈가를 파르르 떨었다. 이 무시무시한 자에게 조금의 틈이라도 줬다간 곧장 먹이를 낚아챈 맹수처럼 목덜미를 물어뜯고 목숨을 취할 것이다. 이 자리에서 제가 죽는다 해도 손해 보는 장사는 아니다. 불법체류 같은 시답잖은 이유를 들어 체포할 것이 아니라, 기사단 부단장 시해 죄로 잡아 가둘 수 있으니까.

어느 쪽이든 괜찮다. 도망가지만 마라. 심호흡에만 열중하며 본래의 규칙적인 호흡을 되찾았다. 사나운 눈으로, 비슷한 눈높이에 있는 세이의 얼굴을 제대로 마주하자 그가 오만하게 느껴질 정도로 짧게 내뱉었다.

"앞장서십시오."

"……뭐라고?"

"앞장서시라 했습니다."

못을 박는 강압적인 어조에 라미에가 얼결에 한 발 뒷걸음질 쳤다.

뭐야, 이렇게 쉽게 따라온다고? 흔들리는 라미에의 눈동자를 빤히 노려보며 세이의 입매가 만족스럽게 일그러졌다. 붉은 빛이 넘실대는 맹금의 눈동자와 마주하자, 이를 갉아내는 소리를 들을 때처럼 목덜미에 소름이 끼쳤다.

한편, 아렌은 세이가 보내준 대로 그녀의 방 한가운데 서 있었다. 멍했다. 어제부터, 연이어 폭탄이 터지는 느낌이었다. 그런데도 그리 급작스럽게 느껴지진 않았다. 마치 예전부터 차곡차곡 준비되어 있었던 것처럼…….

「단장님께서도 허락하신 일이야.」

움찔, 아렌의 어깨가 흔들렸다. 제스는 언제부터 세이에 대해 조사하고 있었던 걸까. 생각을 정리하기도 전에 아렌의 발은 스스로 움직여 제스의 집무실로 향하고 있었다.

창가에 기대서서 밖을 바라보고 있던 제스는 달음박질 같은 미세한 발소리를 잡아내고 문으로 시선을 돌렸다.
"제스!"
아렌이 문을 쾅, 열고 들어왔다. 그녀는 줄곧 뛰어왔는지 숨을 세차게 몰아쉬고 있었다. 만지면 깨질 듯 창백한 하얀 얼굴. 낯빛이 왜 저 모양이지. 제스가 걱정이 올올이 배어 있는 눈으로 바라보는 것도 모른 채 아렌은 그저 원망스런 눈을 떴다.
"제스, 대체……. 어떻게 된 거예요? 제스가 세이를 잡으라고 시켰어요? 거기다……, 절 미행하라고 시켰어요?"
굳이 듣지 않아도 상황은 쉬이 예측 가능했다. 쉬라고 했더니, 그새를 참지 못하고 밖으로 뛰쳐나간 모양이다. 세이라는 마법사와 만난 걸 때맞춰 라미에가 들이닥쳤을 것이고. 때가 좋지 않았군.
쥐 죽은 듯 조용히 있던 제스가 천천히 입을 열었다.
"……그래."
"제스!"
그의 말이 끝나기도 전에 아렌이 비명에 가깝게 내질렀다.

"왜 저한테 말 안 했어요? 적어도! 저한테! 말은! 해야 할 것 아니에요! 제스는 저와 세이가 친구 사이란 걸, 알고 있었잖아요! 친구라는 점을 이용해 잡으려고 미행을 시키다니, 제스가 어떻게 그런……. 제스가……."

"……."

"절……, 이용……."

아렌은 그 뒤의 말을 잇지 못해 숨을 삼켰다. 깔깔한 목구멍이 유난히도 따가웠다. 무표정한 그의 얼굴이 어느 때보다도 날카롭게 눈을 찔러오는 것 같았다.

"아렌, 그자와 다시는 마주하지 마라."

'다시는'이란 단어를 강조하는 말에 아렌의 눈초리가 차갑게 당겨 올라간다.

"뭐라고요? 사람을 뭐로 보고 그런 말을 하는 거예요! 저는 불법체류자든 아니든 세이의 친구예요!"

"넌 그자에 대해 얼마나 아나?"

"다 알아요, 다! 세이는 황성 마법사예요. 세이는 장난치기를 좋아하고……. 이상하게 존대만 쓰고, 마법을 잘 쓰고……. 그리고 또……."

호기 넘치는 기세가 무색하게 아렌은 금방 말문이 막혀버렸다. 아렌과는 달리 전혀 흐트러지지 않은, 고요한 어조로 제스가 말을 이었다.

"그자는 황성 마법사가 아니다. 정황상 붉은 연꽃과 관련이 깊지. 그리고……."

"무슨 근거로 그런 말을 하는 거죠? 세이가 예전에 제게 카트린느에 대해 말해줘서 그런 건가요? 그거라면 세이는 우연히 알게 된 거라고 했어요!"

"……그자는 네 '어제'와 관련이 있을지도 모른다."

"뭐라……고요?"

아렌이 어이없다는 듯 픽, 바람 빠지는 소릴 냈다.

"그게 무슨……. 세이가 제 기억을 지우기라도 했다는 말인가요? 대체 어떻게 하면 그런 결론이 나는 거예요?"

추측은 그리 어렵지 않았다. 만약 마법사가 붉은 연꽃이고 아렌의 기억에 손댄 게 맞는다면, 필시 아렌은 '어제' 붉은 연꽃에 대해 알아내선 안될 무언가를 발견했을 것이다. 그래서 그자가 아렌의 기억을 지운 거겠지. 아렌의 성격, 갑작스레 없어진 기억, 황성 내에 있는 마법사를 모두고려하면, 타당하다 여겨지는 결론이었다. 문제는 아렌이 '무엇을 알아냈는지'인데……. 그것은 곧 마법사와 대면하면 알 수 있을 터다.

잠시 그녀를 바라보던 제스가 입을 열었다.

"……이제 붉은 연꽃에선 손을 떼라."

"뭐라고요? 그건 또 갑자기……. 아까부터 계속 무슨 소리예요? 그건 옛날 옛적에 얘기 끝났잖아요, 저는……."

아렌이 당황해서 두서없이 말을 쏟아내자 제스가 짧게 고개를 저으며 그녀의 말을 끊었다.

"라미에가 이미 충분한 조사를 끝냈다. 이젠 더 이상 네가 관여할 필요가 없다."

아렌은 눈앞이 아득해지는 느낌이 들었다. 관여할 필요가 없다니. 그 말인즉슨, 제스에게 아렌 자신이 필요 없어졌다는 것과 같지 않은가. 넌이제 쓸모없으니 떠나라고 차갑게 내뱉을까 봐 얼음물이라도 뒤집어쓴 듯 등줄기가 오싹해졌다. 그녀는 보호하듯 두 손을 바짝 모아 쥐었다.

"제스. 저는 애초부터 붉은 연꽃 하나를 위해 황성에 들어왔다고요, 지금 기사단에 있는 것도 그것 때문이고요."

성량 큰 목소리가 집무실 안을 쩌렁쩌렁 울렸다. 어금니를 질끈 틀어문 그녀가 다시 한 번 입을 열었다.

"저도 충분히 제스를 도와줄 수 있고, 지킬 수 있어요."

무시무시할 정도로 반항하는 아렌은 자신을 향한 제스의 부드러운 눈길도 눈치 채지 못하고 있었다. 제스의 마음이 속삭인다.

'네가 다치지 않는 게, 날 지키는 것이다.'

제스의 입이 움직인다.

"내 몸은 내가 알아서 지킨다."

"제스……! 갑자기……, 도대체 왜 이러는 거예요? 세이 일도, 붉은 연꽃 일도 그저께까지만 해도 아무 말 없었잖아요!"

'어제 네가 많이 아파했다. 널 끌어들인 내 죄다.'

"말했을 텐데. 더 이상 필요 없게 됐을 뿐이라고."

"아니잖아요, 다른 이유 있잖아요, 얼버무리지 말고 말해요!"

"나가라."

한 치의 양보도 없는, 각자의 고집스런 주장은 단호한 제스의 타박으로 잠시 멈추었다. 아렌이 망설이면서 먼저 침묵을 깨뜨렸다.

"혹시……, 절 못 믿는 거예요?"

"……."

제스가 말없이 시선을 창밖으로 던졌다.

못 믿다니, 그럴 리가 없지 않은가. 하지만 차라리, 그렇게 알고 있는 게 나을 것이다. 붉은 연꽃에서 떼어내려는 진짜 이유가 자신을 보호하기 위해서라는 걸 알면, 오히려 더욱 바짝 들러붙을 것이다. 자칫하다간 네가 많이 다칠 수도 있다.

그것을 두고볼 수 없을 뿐이다. 이제 아렌은 미끼로도 쓰지 않을 것이고 붉은 연꽃으로부터 철저히 배제시킬 것이다. 수없이 보아온 피도 그녀의 것이라 생각하면 아찔하기만 했다. 어쩌면 제가 숨을 쉬지 못할 것이라는 짐작이, 오랫동안 잠들어 있던 공포를 깨워냈다. 기사단에서 그녀를 몰아내지 않는 것은 그가 베풀 수 있는 최대한의 관용이었다.

이런 제스의 마음을 꿈에도 생각지 못하는 아렌이 억눌린 목소리로 더듬거렸다.

"많이 부족한 거 알아요. 그래도 전 제스를 도와주고 싶어요. 제스, 저……."

"필요 없다고 말했다."

"제스……."

꺼질 듯 작은 목소리.

"나가라."

제스가 일부러 냉담하게 말하자 주변에 싸한 침묵이 흘렀다. 아렌이 자근자근 저며 오는 가슴을 주먹으로 꾹 내리눌렀다.

"전 제스 말, 듣지 않을 거예요."

"……아렌."

"붉은 연꽃 일에서 손을 떼지는 않을 거예요. 세이가 무죄라는 것도 제가 증명할 거예요. 일이 해결되기 전까진 제스 주변엔 얼씬도 하지 않을 테니 걱정하지 말아요."

빤히 쳐다보는 그의 시선에 아랑곳없이 아렌은 쾅 소리가 날 만큼 문을 세게 닫고 나갔다.

"후……."

제스가 한숨을 길게 내쉬었다. 그 한숨이 얼마나 곧고 짙은지, 그의 기운이 모두 다 빠져나오는 것 같았다.

"기사단에 누가 잡혀 들어갔다고?"

"분명 세이모어 공작이었습니다."

"그게 정말이냐? 똑바로 본 게 맞는 거야?"

"예. 틀림없습니다."

여자와 남자의 목소리가 번갈아가며 차디찬 돌벽과 바닥을 울렸다.

"그래, 그렇단 말이지……."

검고 긴 머리카락을 치렁치렁하게 늘어뜨린 여인, 카트린느 부인이 제 얼굴의 반을 가린 가면을 만지작거리며 낮게 으르렁거렸다.

"황비 전하께도 아뢰겠습니다."

"아니다, 멈춰라! 이 일은 내가 알아서 하겠다."

남자가 멈칫하며 그녀를 돌아봤다. 카트린느의 두 눈이 번뜩였다. 아렌이라는 은발의 견습 기사와 기사단장에게 잘못 걸려 기사단에 잡혀 들어갔을 때, 세이모어 공작이 감옥에서 꺼내주면서 녹여버린 얼굴 반쪽이 아직도 아리다. 비록 황비 전하의 제지로 손을 못 대고 있었지만, 내 호시탐탐 그에게 복수할 기회를 엿보아왔다. 그리고 이제야……!

그녀의 가느다란 손가락이 옆에 놓인 체스 판에서 퀸을 집어냈다. 손아귀에 넣고 몇 번 만지작거리더니 그녀가 한쪽 입을 말아 비틀어 올렸다.

"복수할 때가 됐다."

제스의 집무실에서 뛰쳐나온 아렌은 건물 뒤편에 서서 멀거니 하늘만 바라봤다. 그자는 정황상 붉은 연꽃과 관련이 있다. 그리고……, 네 '어제'와 관련이 있을지도 모른다.

어제를 떠올리자 다시 화끈화끈 머리가 들끓어서 눈매가 고통스럽게 뒤틀렸다. 아픔을 아픔으로 가리고자 관자놀이를 손끝으로 지그시 눌렀다. 머릿속이 폭죽이 터지듯 통통거렸다.

「그자는 네 '어제'와 관련이 있을지도 모른다.」

다시 한 번 울리는 제스의 목소리에 반사적으로 고개를 가로저었다. 설마 그럴 리가 있겠는가. 하일렌에 와서 처음으로 만난 친구이며, 간혹 이해 못 할 행동을 일삼긴 하지만 어려운 일이 있을 때마다 두말 않고 도와줬던 세이다.

'그럴 리가 없잖아, 하지만…….'

완벽히 부정할 수가 없었다. 실은 세이와 함께 했던 내내, 불안하고 무서웠다. 심지어 그가 장난을 치고 있는 와중에도 섬뜩했다. 세이를 믿고 싶은 마음과 동시에 선명히 양분된 두려움 때문에 제스의 말에 '말도 안 돼.'라는 감정에 치우친 말밖에 하질 못했다. 거기다 제스는 진심이었다. 세이라는 존재를 진심으로 경계하고 있었다. 그 이유가 대체 뭘까.

결국, 모든 건 '어제의 기억'에 달려 있다. 그 안에 무엇이 숨어 있을지, 그것 때문에 얼마나 기함할지 모르겠지만 피하고 부정해서는 아무것도 해결되지 않는다.

'하아……. 어찌 되었든 세이와 다시 얘기해보는 게 좋을 것 같은데……. 지하 감옥에 가볼까.'

"아렌 님!"

느닷없이 뒤에서 울리는 익숙한 목소리에 아렌은 그를 마주하기도 전에 이름을 불렀다.

"카일. ……너 뭐 해?"

아렌이 미간을 좁히고 카일에게 물었다. 카일은 마치 적의 동정을 살피는 첩자처럼, 멀리 떨어진 곳에서 아렌을 주의 깊게 살피고 있었다.

"기분, 굉장히 안 좋아 보이십니다. ……저 바위는 던지시면 안 됩니다. 그랬다간 전 정말로 죽습니다."

바위라니? 아렌은 카일이 턱짓하는 곳으로 시선을 옮겼다가 단박에 어처구니없는 표정을 띠었다. 카일이 일컫는 바위는 건장한 남자가 두 손으로 있는 힘껏 들어도 힘들어할 만큼 큼지막했다. 카일에겐 내가 오크로 보이는 건가, 라고 생각하며 아렌이 한숨을 푹 쉬며 이마를 짚었다.

"안 던져, 안 던진다고. 누굴 천하장사로 아는 거야?"

"어라, 그런데 아렌 님, 낯빛이 왜 그러십니까? 혹시 어디 아프십니까?"

아렌이 이마에서 손을 떼고 감격에 겨운 얼굴로 카일을 응시했다.

"아니, 괜찮아. 역시 걱정해주는 건 너밖에 없구나, 카일. 이러나저러나 역시……."

"아프신 거면 꼭 말씀해주십시오. 기절시키기 쉬울 테니 이 기회에 베이판으로 돌아가면……. 아니, 미리 약 드시는 게 일찍 나을 테니까요."

그럼 그렇지. 열이 뻗친 아렌이 냅다 카일의 정강이를 걷어차자 빡! 하는 경쾌한 소리가 울려 퍼졌다. 카일이 곧장 다리를 싸안으며 그 자리에 주저앉았다.

"……윽. 아렌 님, 날이 갈수록 다리 힘이 좋아지시는군요. ……크흑, 무식하게 힘만 세선. 부디 다리만 굵어지길 빌겠……."

"한 대 더 차이고 싶구나."

아렌은 가볍게 말하며 카일의 발을 지르밟아주었다. 원망스럽게 쳐다보는 그의 시선에 아랑곳없이 아렌은 세이가 연행되었을 지하 감옥으로 걸음을 옮겼다. 카일은 두말 않고 그녀의 뒤를 따르다 문득, 근처에 파리처럼 날아다니고 있어야 할 무언가가 없음을 깨닫고 입을 열었다.

"그나저나 그 털 뭉치는 어디로 갔습니까? 로도모나스라 했던가요?"

"심부름 갔어."

"흐음……. 마족이라고 했던가요. 마족은 처음 보았습니다만……. 나이가 몇입니까?"

"백마흔아홉 살이래. 정신연령은 그것보다 훨씬 낮지만……. 충치도 생기고 말이야."

의외의 사실에 놀랐던지 카일은 입을 쩍 벌렸다.

"생각보다 많군요. 음……. 어르신 대접을 못 해드렸는데 이를 어쩐다. 그나저나 소마족은 또 어디서 구하셔서가지고……. 악마 공녀님과 참 잘 어울립니다."

"그렇게 조그맣게 중얼거려도 다 들리거든?"

아렌의 발이 다시 한 번 카일의 정강이에 꽂혀 들어갔다.

"윽……. 찬 델 또 차시다니, 새삼스럽지만 한결같이 비인간적이십니다."

"너 자꾸 헛소리하면 흠씬 두들겨 패서 야산에 파묻어버릴 거야."

"아렌 님, 인간적으로 저에 대한 처우가 너무 험하다 여기지 않으십니까?"

카일이 핼쑥하게 질린 얼굴로 아렌을 향해 물었지만 깔끔히 무시. 그 뒤에 무언가 덧붙여 구시렁거렸지만 그것 또한 깔끔히 무시.

줄곧 입을 다물고 있던 아렌이 카일에게 말을 걸었을 때는, 지하 감옥이 있는 건물을 멀찍이서 발견한 후였다. 그녀가 음흉한 미소를 지으며 카일을 향해 손목을 부드럽게 까딱거렸다.

"카일, 이리 와봐."

카일이 눈에 띄게 흠칫하면서 눈을 가느스름하게 떴다.

"또 뭘 시키시려고 그러십니까? 먼 옛날에 절 여장시킬 때와 똑같은 미소를 짓고 계시는군요."

"빨리 안 와?"

아렌이 쓰읍, 침을 삼키며 그녀의 앞을 손가락으로 가리켰다. 잠시 생각에 잠겼던 카일이 고개를 단호히 저으며 입을 열었다.

"더 이상의 가슴 상담은 받아들이지 않겠습니다. 정말 없는 걸 없다고 하지도 못하고, 꼴에 그것도 가슴이라고 보기엔 민망하고……. 맙소사, 방금 발언은 잊어주십시오. 제가 제 무덤을 파는군요…….”

“카일, 잔말 말고!”

참다못한 아렌이 먼저 그에게 다가갔다. 헉, 숨을 삼키며 피하려는 카일을 단단히 움켜쥐고 암팡지게 그의 등을 주먹으로 퍽, 내리치니 곧 잠잠해졌다. 아렌은 그의 등에 찰싹 들러붙어 앞쪽을 가리켰다.

“저리로 걸어가.”

예상외의 아렌의 행동에 카일이 경직해 있다가 이건 또 뭐냐는 듯 한숨을 내쉬었다.

“뭐 하시는 겁니까? 이 대낮에 아렌 님과 매미 놀이를 하고 돌아다니기엔 전 이미 꽤 나이를 먹었다는 걸 상기해주십시오. 차라리 업어달라고 하시는 게 어떻겠습니까.”

“그런 게 아니고! ……됐고, 카일. 두말 말고 저기로 걸어가봐.”

카일의 시선이 그녀의 검지가 가리키는 곳을 따라갔다.

“저기라니, 제 눈엔 지하 감옥이 있는 건물밖에 보이지 않습니다. 설마 저기에 가라고…….”

“그래, 그 설마가 맞아. 빨리 앞장서.”

아렌이 카일의 등을 쿡 찌르자 그가 짙은 한숨을 내쉬며 걸음을 옮겼다. 제스는 매사에 철저하다. 아렌 자신을 대상으로 미리 지하 감옥에 출입 금지를 명해놓았을 게 분명하다. 카일 뒤에 숨어서 가다가, 적당히 기회를 봐서 들어간다는 게 그녀의 계산이었다. 딱히 계획이라고 부르기 민망할 정도로 단순했지만, 달리 뾰족한 수가 떠오르지 않았기에 어쩔 수 없었다.

발걸음을 옮기면서도 카일이 어딘지 모르게 부루퉁한 기색이 완연한 채로 물었다.

"저기는 왜 들어가시려는 겁니까?"

"만날 사람이 있어. 내 친구가 잡혀갔거든. 세이라고, 저번에 지나가듯 한번 얘기한 적 있지?"

"남자입니까?"

카일의 목소리가 대번에 가라앉았다. 아렌의 침묵 속에서 긍정의 뜻을 읽어낸 카일이 다시 입을 열었다.

"아렌 님, 이건 확실히 하고 넘어가야겠습니다. 세이라는 치가 성별이 남자인 친구입니까, 아니면 그렇고 그런 의미의 남자 친구입니까?"

"몰라."

아렌은 지나가는 투로 심드렁하게 대답하고 입을 딱 다물어버렸다. 어딘가 심란한 듯 후, 한숨을 내쉰 카일이 아렌에게 들리지 않을 정도로 작게 중얼거렸다.

"공녀님께서 은근히 남자관계가 복잡하시군요. 세상에……. 내가 모르는 새 이 세상 남자들의 이상형이 가슴 작고 성격 괄괄한 여자로 바뀌었나……."

"카일, 방금 내가 '가슴'이라는 단어를 들은 것 같은데."

혹여 정강이를 다시 차일까 봐 카일이 뻣뻣이 굳어서 고개를 좌우로 흔들었다. 뒤통수를 쥐어박아주고 싶었으나 그랬다간 삐쳐서 가버린다고 할까 봐 생각을 지워버렸다. 그들은 빗속을 뚫고 전방으로 한참이나 걸어갔고, 곧 목적지인 지하 감옥 입구에 도착했다. 입구를 지키고 있던 두 명의 병사가 의심스런 눈초리로 카일을 바라보았다.

"……무슨 일입니까?"

아렌이 카일의 등을 쿡쿡 찔렀다. 그대로 들어가라는 의미인 것을 깨달은 그가, 목구멍까지 치밀어 오르는 거부의 말을 억지로 삼켰다.

"저어, 여기 들어갈 수 있습니까? 전 들어가기 싫지만 지금 등짝에 붙

어 있는 매미가 시키셔서 말입니다. 물론 무시하거나 거절해주시면 저로
선 더 감사……. 으윽."

아렌은 '아예 대놓고 말하지 그래?'라고 중얼대면서 카일의 등을 꼬집
었다. 하지만 의외로, 병사는 카일 뒤에 있는 아렌의 존재에는 신경도 쓰
지 않은 채 칼같이 고개를 저었다.

"이곳은 출입이 금지되어 있습니다. 돌아가주십시오."

"오호, 쾌재라. 아렌 님, 안 된다고 합니다."

진심으로 기쁜 듯, 카일이 추임새까지 넣어가며 뒤돌아봤다. 잠입의 계
획이 물거품으로 돌아가자, 아렌은 무시무시한 섬광 눈빛을 날려 카일의
기를 죽인 다음 그에게서 떨어졌다. 왜 저러고 걸어왔나 이상한 눈초리로
바라보는 병사를 향해 아렌이 태연하게 말을 걸었다.

"잠깐만 들어갈게요."

"안 됩니다."

"아, 잠시면 돼요!"

"안 됩니다!"

말이 통하지 않는다는 걸 깨달은 아렌이 우격다짐으로 두 병사 사이를
비집고 들어갔다.

"이익, 비켜요! 얘기 조금만 하겠다니까! 아, 정말 누굴 닮아서 이렇게
벽창호인지 알 만은 하지만 비켜봐요!"

"안 됩니다! 이곳은 단장님의 특별 지시로 출입이 엄격히 금지되어 있
습니다!"

병사 중 하나가 그렇게 외치며 아렌을 패대기치듯 밀쳐버렸다. 순간 휘
청거린 아렌은 카일이 어깨를 잡아 부축해주는 덕에 땅에 볼썽사납게 나
뒹구는 꼴만은 면했다.

"아렌 님, 그냥 돌아가는 게 낫겠습니다. 출소 후에 만나면 되지 않으니

까."

자신을 부축해주는 카일에게서 대번에 몸을 떼어내며 아렌이 아랫입술을 불쑥 내밀었다.

안 되는데……. 세이와 '어제'에 대해 조금 더 얘기를 나눠야 하는데…….

"……무슨 일이지?"

고요하고 낮은 목소리가 찬물을 끼얹었다. 아렌은 저도 모르게 어깨를 떨었다. 이 목소리는…….

"단장님을 뵙습니다!"

병사들이 일제히 기합이 들어가서 힘차게 소리치며 예를 갖췄다. 아렌이 슬쩍 고개를 돌려보자 역시나, 훤칠하고 선이 분명한 미남자가 그들을 향해 다가오고 있었다. 그저 걸어오는 것인데도 그의 주변에만 다른 공기가 흐르는 것처럼 존재감이 넘쳐흘렀다.

"단장님을 뵙습니다."

바로 옆에 있는 카일까지 예를 갖추자, 아렌도 퍼뜩 정신을 차리고 고개를 까딱였다. 견습 기사가 기사단장에게 취하는 태도치곤 굉장히 불량했으나 다행히도 주변인들은 그녀에게 그다지 주의하지 않았다.

"무슨 일이냐고 물었다."

"그, 그게……. 두 기사님들께서 지하 감옥에 들어가고 싶다고 고집을 피우기에……."

제스는 더 이상의 불필요한 말을 꺼내지 않고 빠르게 다가왔다. 힘과 절도가 있으나 기품이 밴 발걸음 소리를 들으며 아렌은 어깨를 펴고 턱을 빳빳이 든 채 기다렸다. 제스의 시선이 그녀에게 돌아오는 순간을.

언제나처럼 그녀를 직시하며 여기 왜 있냐며 타박을 해댈 게 눈에 선했다. 그런데 웬걸, 제스는 아렌에겐 눈길 한 번 주지 않고 휙 스쳐 지나갔다. 그저 병사들에게 마저 잘 지키라는 말만 남기고서 그들을 지나쳐 홀로 계단을 내려가기 시작했다.

"단장님!"

아렌이 저도 모르게 제스를 향해 뛰어갔으나, 병사가 '잠깐!' 하며 제지했다. 걸음을 멈춘 아렌이 병사들의 팔을 지지대 삼아 고개를 빼꼼 내밀었다. 지하 감옥으로 향하는 계단은 꽈배기식이라, 제스의 뒷모습이 중앙 기둥에 가려 금방 사라지려 했다.

"단장님, 저도 들여보내주세요!"

"……."

"단장님! 내 말 듣고 있는 거예요? 들여보내달라고요!"

제스는 뒤돌아보지도 않고 모퉁이를 끼고 사라졌다. 다급해진 아렌은 놀라울 정도로 날랜 몸놀림으로 두 병사 팔 밑으로 쑥 들어가버렸다. 상황을 인지하지 못해 엇, 소리를 내며 허둥지둥하는 병사들을 뒤로하고 아렌은 계단으로 뛰어갔다. 차가운 돌바닥을 뛰어다니는 소리가 사방을 울렸다. 아렌이 뒤따라온 줄 알면서도 제스는 걸음을 멈추지 않고 있었다.

계단이 열 개, 아홉 개, 여덟 개……. 다섯 개, 아렌은 그 자리에 멈춰 섰다.

"제스!"

낭창한 그녀의 목소리가 울리자 제스가 그 자리에 멈춰 서서 몸을 반쯤 돌렸다. 시린 기운이 완연하게 뻗어 있는 눈매는 오늘따라 더욱 건조하게 메말라 있었다. 그럼에도 푸른 눈은 깊고 깊어서, 만뢰가 자는 듯이 고요하다. 본관에서 지하 감옥으로 오는 동안 비를 맞았지만 그가 입고 있는 제복은 흐트러진 곳 없이 단정했다.

"눈에 띄지 않겠다 말하지 않았나."

"제스, 저 세이 좀 만나게 해줘요. 제가 이야기해볼게요."

"허락해주리라 생각하나."

재고할 가치조차 없다는 듯 대번에 거절. 너무도 즉각적인 반응에 아렌이 떨떠름한 표정을 지었다.

"물론……. 이제까지의 제스의 행동을 봤을 때 안 된다고 하겠지만 몇 번째 부탁인데 설마 이번에도 무시할 리가……."

그녀의 말이 채 끝나기도 전에, 제스가 몸을 돌리고 가려 해서 아렌이 성급히 팔을 낚아챘다.

"제스, 정말 이러기예요? 잠시만 들어가면 돼요. 물어볼 게 있다고요!"

제스는 단호하지만 정중하게 그녀의 손을 떼어내며 입을 열었다.

"그와 마주하지 말라고 했다."

기억을 지운 게 세이일 가능성이 농후한 이 상황에서, 둘을 대면하게 하는 건 좋지 않으리라. 하지만 아렌은 여전히 그를 납득하지 못해 이를 빠득빠득 갈았다.

"에잇, 정말!"

아렌이 그대로 그의 옆을 잽싸게 스쳐 지나갔다. 제스는 그를 허락지 않고 아렌의 양 겨드랑이에 손을 넣어 메다꽂을 듯이 번쩍 들었다. 졸지에 허공을 부유하게 된 아렌은 잔뜩 긴장하여 황급히 외쳤다.

"이것 놔요!"

"안 된다고 분명히 말했다."

제스가 그녀가 있던 자리에 내려놓으며 엄하게 으르듯 말했다.

"넌 대체 몇 번 말해야 알아듣는 거지?"

잠시 맞닿았던 손이 멀리 물러가자 아렌이 잠시 비틀거리다 몸을 가누었다. 아무리 제스가 힘이 좋고 그녀 자신은 가벼운 편이라곤 하나, 장기 하나 빠짐없이 들어갈 것 다 들어가 있는 사람이다. 마치 장난감 들듯 휙 집어 옮겨진 것 같아 느낌이 이상했다. 왠지 쑥스러운 기분을 금방 갈무리하여 숨긴 후 그와 시선을 마주했다.

"삼 분만이라도 보게 해주세요."

포기하지 않고 제스 옆에 붙으려 하자 그가 검지로 아렌의 이마를 짚고 쭉 밀어내었다. 그녀는 고개를 뒤로 젖히는 대신 밀리지 않으려 애쓰며 결연하게 외쳤다.

"어제의 일을 잊어버린 건 저예요. 제스가 아니고 저라고요! 이렇게 강 건너 불구경하듯 있을 순 없잖아요. 세이가 정말로 제 기억에 손을 댔다면, 계속 보다 보면 기억이 날 수도 있잖아요!"

목을 젖힌 채로 외치느라 끙끙대는 소리가 섞인다. 힘들어하는 기색이 완연하여 굳게 밀어내던 손가락이 떨어진다. 제스는 한참 동안 그녀를 바라보다 닫혀 있던 입술을 움직였다.

"너는 굳이 어제의 일을 떠올릴 필요가 없다."

하나부터 열까지 이해 안 가는 것투성이라 한순간 피식 웃음을 터뜨릴 뻔했다. 내 기억을 내가 떠올리겠다는데 제스가 무슨 상관이며, 왜 이렇게까지 세이를 못 보게 하는 건가. 이유를 대놓고 물어보고 싶을 정도다. 아렌이 고개를 설레설레 저었다.

"좋아요, 타협해요. 아무 말도 안 하고 조사하는 거 옆에서 지켜보기만 할게요. 있는 줄 알아채지도 못할 만큼 조용히 있을게요. 그러니까 제스도 오기 그만 부려요. 아까부터 고래고래 소리 지르는 것도 정말 피곤하다고요."

"그만하도록 하지."

또다시 단호한 거절. 아렌의 눈썹이 극적으로 꺾여 올라갔다. 제스는 왜 항상 저렇게 고자세인 거지? 왜 무조건 날 밀어내려고만 하는 거야? 자기가 안 된다고 끊어내면 난 곧이곧대로 따라야 된다는 소린가?

더 이상 보호받긴 싫다. 짙고 새까만 어둠 속에서 조금도 움직이지 못

하는 게 싫어 탈출했는데 또다시 이런 취급이라니.

아렌이 어금니를 질끈 깨물었다.

"날 이곳에 데려온 건 당신이잖아."

"……."

"차라리 계속 미끼로 쓰지 그랬어요. 왜 써먹을 대로 써먹어놓고 이제
와서 숨기는 건데? 뒤늦게 내가 불쌍해지기라도 했어요, 그래?"

날카롭고 차가운 목소리가 돌바닥을 때렸다. 그 성마른 분노에 제스가
마치 고장 난 듯 우뚝 멈춰 섰다.

동시에 먼 하늘에서 우레가 울렸다. 천둥소리가 유난히도 신경질적으
로 들렸다.

제스에게선 아무 대답이 없었다. 지금 어떤 표정을 짓고 있지? 아렌은
굳은 시선을 일으켜 찬찬히 올려다보았다. 딱딱한 목울대에 눈길이 닿자,
잠시 참았던 호흡에 한숨을 섞어 길게 토해냈다.

묘한 긴장감을 깨고 입을 열려는 순간이었다. 갑자기 눈 앞 시야가 먹
물을 부은 듯 새카매지며 거짓말처럼 제스가 사라졌다. 아랫배가 가려운
익숙한 느낌 덕분에, 아렌은 공간이동 마법으로 어딘가로 이동을 하고 있
다는 걸 깨달았다.

그런데 누가, 왜 날? 적절한 답을 찾기도 전에, 그녀 눈앞에 낯선 광경
이 펼쳐졌다.

"날 이곳에 데려온 건 당신이잖아."

"……."

"차라리 계속 미끼로 쓰지 그랬어요. 왜 써먹을 대로 써먹어놓고 이제
와서 숨기는 건데? 뒤늦게 내가 불쌍해지기라도 했어요, 그래?"

날카롭고 차가운 목소리가 돌바닥을 때렸다. 그 성마른 분노에 제스가

마치 고장 난 듯 우뚝 멈춰 섰다. 그녀가 한 말은 하나도 틀린 것이 없었다. 애초에 그녀를 데려온 것은 그저 미끼로 쓰려 했을 뿐이고, 지금은 알 수 없는 감정에 이끌려 그것을 그만두려 한다. 그녀가 죽더라도 예전처럼 깨끗하게 받아들일 수 없을 것 같았다.

그런 감정변화가 아렌에겐 얼마나 단순한 변덕으로 비춰질지는 충분히 각오한 일이었다. 받아야 할 죗값이라고, 원망도 의연히 받겠다고 다짐했건만 왜 이렇게 마음이 무거운 걸까. 윤회라는 것이 있다면, 시간을 되돌릴 수만 있다면 처음에 그렇게 데려오지 않았던 거였는데.

착잡한 기분을 애써 가라앉히고 있는 제스가 갑자기 눈을 홉떴다. 아렌의 뒤에 검은 기운이 진물처럼 스며나와 덮친 것이다. 제스가 서둘러 그녀를 끌어당기기 위해 손을 뻗었으나, 미처 닿기도 전에 아렌은 흔적도 없이 사라져버렸다.

제스의 눈썹 한쪽이 희미하게 찡그리듯 꿈틀거렸다. 지하감옥으로 가려던 그는 곧장 바깥으로 나왔다. 주변을 둘러봐도 녀석의 모습이 보이질 않는다.

제스 혼자 나온 게 이상했던지 카일과 두 병사가 의아한 눈으로 그를 바라본다. 언제나 그렇듯, 낮고 차분한 음성이 빗소리 사이를 가르고 울렸다.

"아렌 경이……."

말을…….

"아렌 경이 사라졌다."

말을, 내뱉는데, 가슴이 이상하게 뜨끔거리면서 쑤셨다. 제스의 긴 속눈썹이 미세하게 떨렸다.

"예?"

카일이 크게 흔들렸다. 그게 그가 흔들리는 건지, 제스의 시야가 흔들리는 건지 알 도리가 없었다. 제스가 바람같이 그들을 스쳐 지나가며 속삭였다.

"수색대를, 아니, 내가 직접 찾으러 가겠다."

불길한 느낌이 들었다. 뭔가 뒤틀어지기 시작했다는, 아주 불길한 느낌.

여기가 어디지? 아렌은 주변을 살폈다. 천장이 낮은 지하 석실 안은 외풍이 들어오지 않는데도 서늘했다. 발밑에는 언젠가 마법사 실베스탄의 집에서 보았던 것과 흡사하게 생긴 마법진이 그려져 있었고 횃불의 시커먼 그을음으로 벽이 거뭇거뭇했다. 분명 배가 간질간질한 느낌도 그렇고 낯선 곳으로 불시착한 걸로 보아 공간이동 마법이 맞는 것 같다.

"세이……?"

살며시 발을 뗀 순간, 멀지 않은 곳에서 누군가의 목소리가 들려왔다.

"오랜만에 보는구나, 은발의 기사……."

누군가가 이를 갈듯 내뱉었다. 이 목소리, 예전에 들어본 적이 있다. 아렌은 목소리가 들리는 쪽으로 고개를 돌렸다. 누군가가 어둠 속에서 걸어 나왔다.

"당신은……, 카트린느……."

"기억이 나는가 보구나."

그녀가 입술 한쪽을 말아 올렸다. 그런데 지금 아렌이 마주 보는 그녀는 기억 속의 그녀와는 조금 다른 모습이었다. 아렌이 보았던 그녀는 꼬리 아홉 달린 여우 같은 여자였고, 요사스러울 정도로 많이 웃었고, 목소리가 하이 소프라노에 가까웠으며 딱 달라붙는 붉은색 옷을 입고 육감적인 몸매를 과시했다.

그런데 지금의 그녀의 목소리는 낮고 기분이 나쁠 정도로 탁한 비음인

데다 왼쪽 안면 전체를 가면으로 가리고 있었다. 저번에는 저런 가면 쓰고 있지 않았던 것 같은데……?

"드디어 왔어……."

카트린느가 아렌을 똑바로 응시하며 걸음을 옮겼다. 단 하나 여전한, 뱀과 같은 크고 검은 눈을 마주하자 본능적으로 위험한 느낌이 들었다. 곧장 아렌이 검을 빼내 카트린느를 향해 겨누었다.

"다가오지 마."

우뚝, 그 자리에 멈춰 선 카트린느가 빠르고 낮게 무언가를 속삭였다. 그와 동시에 실체가 보이지 않는 엄청난 힘이 다가와서 그녀의 양팔을 옭아맸다. 그녀가 들고 있던 검이 힘없이 바닥에 뒹굴며 날카로운 쇳소리를 내었다. 손목을 낑낑대며 움직여보려 했으나 꼼짝도 하지 않는다.

"가만히 있는 게 좋을 것이야."

지독하게 살벌한 분위기에 아렌이 저도 모르게 멈칫했다.

"무슨 속셈이야?"

"내가 갚아야 할 빚이 있단다, 너에게."

"무슨 빚? 일전의 지폐 사건을 이야기하는 거야?"

카트린느의 얼굴에 조소가 스며들었다.

"그 정도의 일이라면 이 내가, 영혼을 걸고 마족과 계약을 하진 않았겠지. 난, 널, 죽일 것이다. 오늘 이 자리에서."

"뭐……라고?"

"하긴, 넌 아무것도 모르겠군. 똑똑히 봐라. 이게 내가 너에게 진 빚이다."

카트린느가 불쑥 다가와 가면을 벗자 놀란 아렌의 상체가 뒤로 확 빠졌다. 마치 달아나듯 뒤로 빠지며 카트린느의 눈길을 피했다. 레이나스 가문은 기사 가문이기에 아렌은 어렸을 때부터 부상자나 결투 중 사망한 이

들을 멀찍이서 봐왔다. 다시 말해 징그럽거나 잔인한 것에 어느 정도 면역이 되었단 말이다.

하지만…… . 카트린느의 얼굴은 형언할 수 없을 정도로 끔찍했다. 녹아내린 얼굴에선 안구가 반 이상 돌출되어 있었고 살은 검은색과 붉은색으로 얼룩덜룩해 인간의 것 같지 않았다.

저런 얼굴은 본 적이 없다. 어쩌다 저렇게 된 거지? 아렌이 헉 하고 숨을 삼키자 카트린느의 입술이 고통과 분노로 얼룩져버렸다.

"너를 건드린 벌로 은청발의 악마가 나를 이렇게 끔찍하게 만들었다. 인간의 몰골이 아닌 것 같으냐?"

은청발의 악마라니?

"설마……. 세……이가?"

카트린느가 눈살을 찌푸렸다.

"세이라고? 너는 그자를 그렇게 부르나 보군."

그렇게 부르다니, 그럼 다른 호칭이 있다는 말인가…… .

카트린느가 가면을 다시 쓰고는 낮게 읊조렸다.

"고통스러웠다. 더할 나위 없이 고통스러웠어. 그리고 기다렸다, 이 순간만을."

기분 나쁜 예감이 들어 아렌이 목청껏 외쳤다.

"잠깐, 이야기가 새고 있잖아! 그게 지금 나를 여기로 데려온 것과 무슨 상관이 있다는 거지?"

"복수다, 복수. 복수야. 얼굴이 반쪽 녹은 날, 나는 사경을 헤매었다. 죽는 줄로만 알았지. 무서웠어. 하지만 살아나니 더 치욕스러웠다. 나에게 쏟아지는 동정과……, 혐오스러운 눈빛들……. 나는……, 견딜 수가 없었어. 매일 밤마다 그자를 저주했다. 복수다, 복수. 복수를 해야 해."

웅얼거리는 그녀의 목소리가 너무 작아 아렌은 있는 대로 귀를 곤두세워야 했다. 미친 듯이 뇌까리던 그녀가 번쩍 고개를 치켜들었다.

"내가 살아가는 이유는 오직, 은청발의 악마에게 복수를 하는 거야.
……그리고 마침내 기회가 온 것이야. 나의 고통을……, 돌려줄…….”

"제대로 말해! 네 복수와 내가 무슨 상관이 있냐고!”

아렌이 벌컥 소리를 내지르자 카트린느의 입가에 빙글, 소름 끼치는 웃
음이 매달렸다.

"상관이 있지, 아주 많이. 하나 묻지. 네가 천방지축으로 붉은 연꽃
을 들쑤시고 다녔는데도 왜 이제껏 목숨을 부지할 수 있었다고 생각하느
냐?”

"……뭐?”

아렌이 얼빠진 듯이 대답했고 카트린느가 가볍게 혀를 찼다.

"설마 황비 전하가 그걸 몰랐으리라 생각하는 건 아니겠지? 멍청하긴!
그 악마 때문이란 말이다. 이제껏 네가 살아남은 것도, 너 하나를 건드렸
다고 내가 이 꼴이 된 것도! 그 악마가 왜 그렇게 널 싸고돌았겠느냐, 생
각을 해보아라. 뻔하지. 네가 그자의 '소중한 것'임과 동시에 치명적인 '급
소'이기 때문이겠지.”

또각, 또각, 그녀가 구두 굽 소리를 내면서 아렌에게 다가왔다. 날카로
운 그녀의 손톱이 은색 눈을 베어낼 듯 아슬아슬하게 스쳐 지나갔다.

"악마의 비호 아래 목숨을 부지해왔던 너, 악마의 비호 아래 목숨을 잃
으리라.”

"…….”

경직된 아렌의 얼굴을 즐기듯 감상한 카트린느가 그녀 앞에 무언가를
들이밀었다.

"이게 무엇인지 아느냐?”

아렌은 빠르게 그녀의 손바닥으로 시선을 내렸다가 원상복구 시켰다.

흘긋 봤는데도 저게 무엇인지 선명히 기억이 나서 오히려 두려움이 가중되었다. 검붉은 보석 결정체, 저건……. 마족의 피다.

아렌이 입술을 들썩이자 카트린느가 히죽 웃었다.

"이게 네가 먹게 될 독이다. 이 치명적인 독은 너의 온몸을 갉아먹고 생명을 앗아가겠지. 아무리 악마새끼라도 너를 구할 수 없을 것이다."

젠장! 아렌이 입속으로 거칠게 욕설을 뇌까렸다. 마법에 묶인 손이 핏줄이 불거져 나온 채 볼품없이 떨리고 있었다. 마음을 들키고 싶지 않아 힘을 주어 꽉 조였다.

카트린느가 가면을 만지작거리며 송곳니가 드러나도록 이를 갈았다.

"죽음보다 더한 고통……. 소중한 것을 잃어버리는 고통……. 똑같이 느끼게 해주마."

악귀처럼 번들거리는 두 눈을 마주하며 아렌이 마음을 단단히 먹고 최대한 평탄한 어조로 말했다.

"당신……, 날 죽여봤자 소용없을걸."

"……어디 지껄여보아라."

"당신 말이야, 내가 뭐로 보여? 남자라고. 세이는……, 내가 죽어도 눈 하나 꿈쩍하지 않을걸!"

반은 진심이었다. 운다거나 슬퍼하는 세이의 얼굴은 너무도 상상하기 힘들었으니까. 그저 '죽었습니까? 안됐군요. 조심하시지 그러셨습니까.' 정도만 말하고 말겠지.

하지만 카트린느의 입술이 조소로 삐딱해졌다.

"그거야……, 두고 보면 알게 될 일."

어설픈 기대였나, 단박에 박살나버렸다. 정말 죽을 수도 있다고 생각하니 등판이 식은땀으로 후줄근해졌다. 그녀는 어떻게든 그녀를 설득해보려 외쳤다.

"당신도 살아남지 못할 거야!"

"난 이미 삶을 포기했다. 어찌 되든 상관이 없어. 오직 복수를 위해 이제껏 이 치욕스런 얼굴을 안고 살아왔어. 어찌 되든, 상관없다는 소리다."

그녀가 비 맞은 중처럼 웅얼거렸다. 아렌의 이마에 시퍼런 힘줄이 솟아올랐다.

"젠장! 복수고 뭐고 이거 풀어, 당장!"

"걱정 말거라. 내 옛정을 생각해 가장 철저하고 빠르게 죽는 방법을 강구해두었으니. ……죽어! 죽어버린란 말이다!"

카트린느가 갑작스레 단검을 꺼내 들어 단숨에 아렌의 허벅지에 박아 넣었다. 상상도 못 할 아픔이 들이닥쳐서 아렌이 절로 악, 비명을 터뜨리며 주저앉았다. 카트린느가 아렌에게서 조금 멀어지자 이 모든 상황을 뒤에서 관람하고 있던 마족이 보채듯 말을 걸었다.

"이봐, 계약자. 서론은 그만하고 빨리 끝내지 그래?"

"그래, 악마가 오기 전 얼른 끝내지. 기사단이 붙잡고 있다곤 해도 그 악마새끼는 방심할 수 없으니깐……, 말이야. 악마가 널 보고 정신을 놓아버린 사이 찌르면 운 좋게 죽여버릴 수도 있겠지."

빈말이 아니다. 정말 그러고도 남을 여자다. 뒤에서 지켜보고만 있던 마족이 마법을 쓰기 위해 몸을 일으키는 게 보였다.

아렌은 어금니를 악물 준비를 했다. 어떤 외부의 힘이 그녀를 강제하더라도 절대 굴하지 않을 다짐을 했다. 하지만 그 각오는 금세 허물어지고 말았다. 마족이 무언가를 중얼거리자 보이지 않는 거대한 손이 다가와 그녀의 입이 찢어질 정도로 억지로 벌렸다.

결정화된 마족의 피가 두둥실 뜨더니 그녀의 입으로 들어왔다. 혀를 말아 억지로 밀어내보려 했지만, 마치 구슬이 제 의지라도 있는 양 그녀의 목구멍으로 비집고 넘어갔다. 꿀꺽, 식도를 통해 차가운 무언가가 넘어가는 느낌이 들자마자 그녀를 옭아매고 있던 힘이 사르르 사라졌다. 아렌은 한 대 맞은 어린애처럼 낯빛이 파랗게 질렸다.

머, 먹은 거야? 내가? 마족의 피를? 마족의 피는 치명적인 독. 죽을지도 모르는데……. 제 생각에 제가 놀라 심장이 덜컹 내려앉았다.

"말도, 안, 말도, 안……, 돼……, 말이……. 헉……."

아프다. 끔찍하게 괴롭다. 목구멍이 컥컥하면서 신물이 올라오려 했다. 두근, 마족의 피가 순식간에 퍼지면서 온몸의 세포 하나하나가 요동치기 시작했다. 정상적인 사고마저 마비시키는 미칠 듯한 고통이 파도처럼 밀려들어 왔다. 몸부림치면서 상체를 펄쩍 솟구치다가 불에 덴 것처럼 온몸을 오그라뜨리며 무너졌다.

"끅……. 끅……."

아렌이 잔뜩 몸을 웅크리고 주먹으로 가슴 근처의 옷깃을 쥐어짰다.

억울함과 슬픔, 두려움이 뒤범벅이 되어 머리가 어지러웠다. 막연히 죽음에 대해 생각해본 적은 있었으나 그게 오늘이 되다니, 기가 막힐 수밖에 없었다. 아직 해보고 싶은 것도 많고 가보고 싶은 곳도 많은데…….

'누가, 누가 나 좀 살려줘……. 제발, 이렇게 죽기 싫어…….'

아렌이 누군가를 향해 간절하게 애원했다. 반쯤 돌아갔던 카트린느의 눈이 이내 아렌에게로 못 박혔다. 성에 차지 않아, 그녀를 잔뜩 노려보며 악에 받쳐 내질렀다.

"반응이 왜 그렇지? 살려달라고 외쳐! 너를 이렇게 만든 악마새끼를 저주하란 말이다!"

카트린느의 손이 우악스럽게 아렌의 머리채를 잡고 바닥에 처박아버렸다. 쿵, 하는 소리만 들릴 뿐 아무 감각도 느껴지지 않는다. 온몸을 헤집고 다니는 뜨거운 열감 때문에 머리에서 쏟아지는 피는 아무것도 아닌 것 같았다. 카트린느가 그녀의 머리카락을 한 줌 틀어쥐어 피범벅이 된 머리를 들어 올렸다.

"네가 고통 속에 죽어가는 모습을 보여달란 말이야! 자! 그 악마에게 뭐라고 말을 남길 거지? 내가 전해주마. 응?"

"악마……, 아니고……, 세이……야……."

들릴 듯 말 듯한 목소리에도 카트린느의 얼굴은 험상궂게 일그러졌다. 눈앞이 아득해졌지만 아렌은 외려 희미한 웃음을 지어 보였다. 걱정이 앞선다. 아무리 천재 마법사라고 잘난 척을 해도 결국 인간이다. 마법 종족인 마족을 이길 리가……. 제길, 감옥에 끌려가게 된 것도 나 때문인데 이번에는 그를 사지로 끌어들여야 된단 말인가.

"하……."

"웃어? 네깟 게 지금 날 비웃느냐? 내가 이런 꼴이 되었다고 나를 비웃는 거냔 말이다! 괴로워해, 비명을 지르란 말이다!"

카트린느가 광적으로 악을 쓰며 아렌의 뺨을 후려갈겼다. 얼마나 세게 내리쳤는지 고막이 멍멍해지고 코에서도 피가 흐르기 시작했다. 뚫린 구멍이란 구멍에선 전부 피가 흘러나오는 꼴이 되어버렸다.

뒤에서 지켜보는 마족은 아렌이 더 큰 반응을 보이길 기대하며 짜릿한 표정으로 관람하고 있다. 그에겐 아렌의 죽음이 무료한 일상 중 하나의 흥밋거리에 지나지 않았다.

아렌은 생명줄이라도 되듯 미소를 놓지 않고 입을 열었다.

"하하……. 소용……없어……. 헉, 그래, 네가 보고……, 싶어 하는 모습이 아니겠지? 큽, 어쩌지……. 난……, 네가 보고 싶어……, 흐읍, 하는……, 모습을……, 보여줄 생각이……, 전혀 없는……, 이 모습이……, 분해……, 미치겠지? 쿨럭!"

원하는 답을 얻어내지 못하자 그녀의 얼굴에서 미소가 씻긴 듯 사그라졌다.

"죽어버려!"

카트린느의 발이 다시 한 번 그녀의 배 한가운데에 꽂혔다. 아렌은 앙다문 입술에 피가 맺히도록 이를 박았다. 그럼에도 고통에 젖은 탄식과 신음 소리는 막을 수가 없었다. 이어 두어 번, 크게 각혈했다.

차디찬 석실 바닥에 장미 꽃잎이 한 방울씩 내려앉았다. 정수리부터 발끝까지 경련으로 움찔대었다. 얼굴이 핏기 없이 새파래지면서도 아렌은 최대한 의연해지려 했다. 몸부림치고 괴로워하는 것이 바로 저들이 보고 싶어 하는 모습일 것이다. 저치의 장단에 맞춰 놀아나고 싶은 생각, 눈곱만큼도 없었다.

"헉, 헉, 헉……. 독한 놈 같으니라고…….."

카트린느가 거칠게 씨근거리다 갑자기 석실이 쩌렁쩌렁 울릴 만큼 자지러지게 웃으며 고함쳤다.

"아니, 됐어, 충분해. 복수는 성공이야. 하, 하하! 악마! 악마! 내 너를 저주한다, 저주한다, 아하하! 또 저주한다! 내 죽는 그 순간까지! 하! 내 인간으로서, 여자로서의 생명을 앗아버린 너를! 아하, 아하하하! 하하하! 하하!"

인생을 포기한 듯도, 슬픈 듯도 한 광인의 웃음. 흥분과 자포자기의 상태를 절정으로 넘나들었다. 그 한가운데서 아렌은 망가진 인형같이 너덜너덜해진 채 눈을 감았다. 아이러니하게도 바닥에 박는 순간 어지럽게 흐트러졌던 머릿속이 정리되어 현실을 깨달았다.

아, 죽는 게 맞구나. 정말 죽는 거구나. 나의 끝은, 이렇듯 허무하다.

죽음이 가까워지는 게 느껴져 눈을 감고, 다가오는 어둠을 응시했다.

똑딱, 똑딱, 똑딱…….

시간이 꽤나 더디게 간다. 신기하게도, 갈수록 그녀의 떨림이 서서히 진정되어갔다. 온 신경이 마취된 듯 몽롱하다.

아, 이제 이렇게 허무하게 죽는구나……. 전부 다, 다시는 볼 수 없는 거구나. 인사도, 사과도, 감사도……, 아직 못 전한 게 너무 많은데……. 나에게 단 하루의 시간이 더 있었다면……. 보고 싶은……, 얼굴이 있는데……. 보고 싶은……데……. 마지막으로 한 번만, 그런데……, 얼굴이 기억이 안 나…….

눈가가 새빨개지며 은색 눈이 물기에 젖는다.

퍼억! 카트린느가 아렌의 얼굴을 발로 한 번 더 참과 동시에 그녀의 시야가 완전히 암전되었다. 시체처럼 늘어진 아렌을 내려다보며 카트린느가 씨근거렸다.

"이제야 게임이 끝이 나는구나. 오래 벼르던 복수치고는 싱거운 감이 없지 않아 있지만……. 뭐, 상관없나."

카트린느가 등을 돌리자, 뒤에서 지켜보고 있던 하급마족이 히죽 웃으며 말했다.

"네가 목숨을 잃는 날, 너의 영혼은 나에게 올 것이다."

"상관없어. 그 고고한 낯짝이 일그러지는 걸 보고 죽을 수만 있다면."

마족은 소름 끼치게 웃음을 터뜨리고 모습을 감추었다. 카트린느의 얼굴이 한순간에 일그러지며 험악해졌다.

"자, 이제 내가 너를 기다린다. 세이모어 공작, 어서 오너라. 절망하는 꼴을, 괴로워하는 꼴을 내게 보여다오. 내 이 순간만을 기다리고 또 기다려왔느니!"

잡았다. 아니, '잡혀주었다'라는 말이 맞는 걸까. 은청발의 마법사를 가두는 데 성공했다. 라미에는 황급히 정신을 가다듬고 책상 하나를 사이에 두고 자신 앞에 앉아 있는 세이에게 시선을 못 박았다. 라미에 뒤엔 제국에서 내로라하는 황성 마법사들이 나란히 모여, 여차하면 마법을 쓸 준비를 하고 있었다. 경호를 더욱 철저히 하기 위해 세이의 손목엔 마력을 차단하는 팔찌까지 걸려 있었다.

모든 이들의 경계가 집중된 가운데 세이는 굉장히 여유롭게 웃고 있었다. 아니, 웃는 것이라고 해야 할지 모르겠다. 입만이 호선을 그리는 식의 웃음은, 위험하게 번뜩이는 눈에 오싹함만을 더해주고 있었다.

"부단장."

폭발할 듯한 팽팽한 긴장 한가운데 먼저 입을 연 쪽은 세이였다. 라미에가 저도 모르게 흠칫했다.

"불법체류로 기사단의 부단장이 직접 나설 리는 없고……. 무슨 일입니까? 절 이곳으로 연행해 온 이유가."

라미에는 억지로 눈을 부릅떴다.

"내 귀에는 그 말이, 잡혀올 이유가 너무 많아서 짐작 안 간다는 걸로 들리는데?"

"어서 본론을 꺼내시는 게 어떻겠습니까. 슬슬 눈싸움은 지루해지려 해서 말입니다. 아니면 이렇게 시간을 끄는 데에는 다른 이유가 있는 겁니까?"

싫증이 난다는 듯 세이가 말하자 라미에가 얼굴을 찌푸렸다.

"다른 이유라니, 무슨 소리지?"

"제 눈에는 부단장 당신이 겁이라도 먹은 것처럼 보여서 말입니다."

의표를 찔린 라미에의 얼굴이 빨갛게 달아올랐다.

"뭐라고……!"

세이가 낮은 목소리로 덧붙였다.

"그런 오해를 받기 싫으시다면 묻고자 하는 바를 명확히 하셔야 할 겁니다. 굳이 듣지 않더라도 뻔합니다만……. 이곳에 오래 머무를 생각은 없으니까 말입니다."

라미에가 입술을 빨면서 눈을 치켜떴다.

"그게 네 뜻대로 될 성싶으냐."

"그거야 두고 보면 알게 될 일입니다, 라미에 제이린."

세이가 천사처럼 온화한 미소를 띠었다. 어른에게 농락당하는 어린애가 된 기분이었다. 라미에는 기에 눌리지 않기 위해 최대한 덤덤하고 위협적으로 말했다.

"그래, 네 말대로 해주지. 네가 카트린느를 감옥에서 빼냈나?"

"……."

"어떻게 한 거지?"

"죄송합니다만, 모르는 이야기입니다."

세이는 미안하다는 얼굴이 되었으나 그게 가식이라는 건 자명했다. 라미에가 낮게 이를 갈았다.

"대체 무슨 꿍꿍이를 숨기고 있는 거야? 애초에 왜 이렇게 순순히 잡혀온 거야?"

"근거 없는 말을 잘도 하십니다."

"……지난번과 태도가 너무 다르지 않나?"

"지난번이라, 당신에겐 그리 좋은 기억이 아닐 텐데."

정말 얄밉도록 잘만 히죽거린다. 라미에의 한쪽 눈썹이 살짝 치켜 올라갔다.

"지금 이 상황에서 도발은 하지 않는 게 좋을 텐데."

"도발이라니, 그럴 리가 있습니까."

"질문에 질문으로 대답하는 건 좋은 말버릇이 아닌데."

"말을 장황하게 늘어놓는 것 또한 좋은 말버릇이 아닙니다."

"……정말 재수가 없군."

지나칠 정도로 빠르게 따박따박 오가던 말다툼은 라미에의 차례에서 뚝 끊겼다. 너무나 불쾌해서 답지 않게 뭉툭한 편두통에 시달릴 것만 같다. 여자보다도 고운 얼굴로 은은하게 웃으면서 능글맞게 대응하는 게 보통내기가 아니다. 무턱대고 흥분하면 얕잡힐 거다. 제 분에 못 이겨 씩씩거리던 라미에의 숨소리가 점차 가라앉았다. 괜히 열 내고 성질 부려봐야 자기 낯만 깎인다는 걸 그제야 깨달은 것이다.

라미에는 두 손으로 턱받침을 하고 신중하게 눈매를 빛냈다.

"말장난은 그만하도록 하지. 나는 너에게 거래를 제안하고 싶다."

"거래라 하셨습니까?"

라미에가 고개를 끄덕이더니 말했다.

"네가 알고 있는 붉은 연꽃의 모든 걸 말해다오. 그렇다면 우리도 너의 신변 보장은 물론 너에 대한 어떠한 조사도, 문초도 없을 것이다. 원한다면 붉은 연꽃이 주기로 약속한 것보다 더한 것을 주겠다. 그건 내가 약속하지."

라미에의 눈빛이 도전적이라 여겼는지 세이의 눈에도 힘이 들어가기 시작했다.

"흥미롭습니다. 동시에 지나치게 오만방자합니다."

"뭐……라고?"

"당신들이 저를 어쩌실 수 있다고 생각하십니까. 진정으로?"

라미에는 미리 생각해뒀던 대답을 내놓았다.

"쥐도 궁지에 몰리면 고양이를 문다고들 하지."

"제가 무엇을 알든 당신들은 아무것도 알아낼 수 없을 겁니다."

"그게 무슨 뜻이지?"

"뜻대로 판단하십시오."

세이는 무시하기로 마음먹은 듯 더 이상 입을 열지 않았다. 라미에가 빠듯하게 이를 갈았다. 분명 마법 제어 팔찌를 하고 수사의 대상이 되는 건 세이인데도 오히려 라미에 자신이 농락당하고 속을 읽히는 기분이었다. 거기다 지난번과 180도 다른 저 온화한 미소는 뭐란 말인가.

'미치광이인가? 아니면 미치광이인 척 연극을 하는 건가?'

라미에가 주먹을 꽉 쥐었다. 어쨌든 이자는 여간해선 쓸 만한 말을 내뱉지 않을 것이다. 당장 목을 비틀어버린대도 웃으며 넘길 자다. 이번에야말로 손에 넣었는데! 이대로는 안 된다. 어떻게든 구슬려야 한다. 그렇지 않으면 아렌의 뒤까지 밟은 것이 헛수고가 되어버리고 만다.

그런데 어떻게 해야 하지? 이놈의 급소, 약점은 무엇인가. 생각하자, 생각.

라미에가 세이의 이마를 뚫어버릴 기세로 노려보고 있는 와중에 세이는 자신의 손목에 걸려 있는 마력 제어 팔찌를 눈여겨보고 있었다.

'드워프가 만들어낸 것인가.'

하급 정도의 마족이나 천족 정도는 얼치기로 만들어버릴 수 있을 정도로 강력한 팔찌다. 단 한 번 만났을 뿐인데도 세이가 인간이 아닐 수도 있다고 생각하고 미리 특별 제작을 해 준비해둔 모양이다.

'제법이군.'

처음부터 부단장과 기사단을 따돌리기는 쉬운 일이었다. 그랬다간 세이와 함께 있었던 아렌이 수사 대상이 될 것은 불 보듯 뻔했다. 그녀가 기사단 생활을 유지하고 싶어 하니 당분간은 편안하게 내버려둘 작정이었다. 거기다 부단장이란 인간도 우스웠다. 호기심이 고양이를 죽인다고 했던가. 두려움을 최대한 숨기려 하는데도 저 자신도 자제할 수 없다는 듯 고스란히 표정에 드러난다. 사명감에 불타오르기도 하고 마지못한 듯도 하고, 그러한 어중간해 보이는 태도가 우습고 재밌었다. 그러다가 조금 가지고 놀아볼까 하는 생각이 든 게 사실이었다.

하지만 그리 오래 머무를 생각은 없었다. 점점 이야기하는 게 귀찮기도 하고, 적당한 기회를 봐서 미리 준비해둔 위장 문서를 들이밀고 사라질 참이었다.

"진짜, 이 천하의 고집쟁이 같으니!"

낭랑한 목소리가 계단을 통해 지하 감옥까지 울렸다. 라미에는 '뭐야?'라는 표정으로 계단 쪽을 바라봤다가 시선을 원위치 시켰다. 세이의 입가에 아까와는 다른 종류의 미소가 머금어져 있는 것을 본 그가 이때다 싶어, 주변에 있는 마법사들에게 들리지 않을 정도로 낮은 목소리로 물었다.

"아렌과는 무슨 사이지? 그녀석이 여자인 거, 알고 있나?"

찰나의 순간, 어떤 말에도 눈 한 번 꿈쩍하지 않던 세이가 처음으로 동요했다. 라미에가 씩 웃으며 그를 향해 말했다.

"거래를 바꾸도록 하지. 네가 알고 있는 붉은 연꽃의 모든 걸 말하지 않는다면…… 아렌의 신변은 보장할 수 없다. 어때, 이번 거래는 마음에 드나?"

물론 제스가 그녀는 건드리지 말라고 신신당부를 해놨기에 그럴 일은 없었다. 다만, 어떻게 해서든 저 가면을 벗길 필요가 있었다. 콰르릉, 동시에 먼 하늘에서 우레가 울려왔다. 천둥소리가 유난히도 신경질적으로 들렸다.

꽤 오랜 시간이 지난 후에 세이가 천천히 입을 열었다.

"그건 그리 좋은 패가 되지 못합니다. 당신에게도, ……저에게도."

걸렸다! 라미에는 등 뒤로 식은땀이 한 줄기 흘러내리는 걸 느끼면서도 온몸이 짜릿해지는 스릴감을 만끽했다. 이제야 차근차근 한 껍질씩 벗길 수 있을 것이다.

"이야기가 쉬워지겠는데."

세이는 슬슬 라미에의 존재가 거슬리는 모양으로 입가에 비웃음을 물었다. 순간, 아주 가까운 곳에서 익숙한 마력이 느껴졌다.

'이 기운은 마족……?'

"왜 그러지?"

세이가 계단 쪽을 응시하고 있자 라미에의 시선도 그를 따라갔다. 잠시 후 누군가가 다다닥 뛰어 내려왔다. 카일이 얼굴이 터져 나갈 듯 벌겋게 달아오른 채로 지하 감옥 안을 살폈다.

라미에가 눈살을 찌푸리며 물었다.

"무슨 일이지?"

카일의 어지러운 시선이 라미에에게 고정되고 입술을 몇 번 달싹이더니 다급하게 물었다.

"아, 아, 아, 아렌 경, 못 보셨습니까?"

"아까 저기 위에서 목소리가 들리던데."

"여기도 오시지 않으셨단 말입니까……."

무릎에서 힘이 풀려 비틀거리는 카일을 옆에 있던 마법사가 급히 부축했다.

"뭐야, 무슨 일인데 그래?"

"사라지셨습니다."

라미에와 세이의 눈이 동시에 커졌다.

"사라졌단 말입니다! 멀쩡히 있던 아렌 님이!"

"뭐? 그게 무슨 말……."

세이가 그 자리에서 스르르 일어섰다.

"소꿉장난은 이제 그만두겠습니다."

아까와는 달리 진중하게 정돈된 음성에 라미에가 흠칫했다.

"멈춰! 어차피 넌 그 팔찌 때문에 마법을 쓰지 못할……!"

라미에가 말을 끝맺기도 전에 도저히 불가능한 일이 벌어졌다. 세이의 온몸에서 보랏빛 기운이 피어올랐고, 손목에 묶인 마력 제어용 팔찌와 쇠사슬은 모래알처럼 스러져갔다. 그동안 꽤나 억눌러왔던 듯 온몸에는 살기가 진득하게 나와 퍼지고 있었다.

라미에는 주저 없이 자리를 박차고 일어나며 검을 뽑았고, 뒤에 대기하고 있던 마법사들이 일제히 튀어나왔다. 그들이 손을 뻗고 주문을 외우자 형형색색의 광선이 어른 너덧의 키를 합한 높이 정도로 솟구쳐 올라 세이를 향해 쏟아졌다.

그 모습에 코웃음을 친 세이가 한 손을 들어 올렸다. 가파르게 내달리던 광선이 한순간 그의 손에 흡수되었다. 이어 수직으로 곧게 내려온 손에서 보랏빛으로 번쩍이는 빛이 뿜어져 나와 부챗살처럼 커졌다. 원반 모양의 그것은 끝도 없이 몸집을 불리더니 세이와 나머지들 사이의 땅을 갈랐다.

쾅! 굉음과 함께 바닥이 종잇장처럼 우르릉 무너졌다. 마법사 중 하나가 마법을 쓰려 일어나자 칼날 모양의 기운이 천장을 뚫을 듯 거대해지며 사방을 파괴시켰다. 지진이 일어난 것처럼 정신없이 앞뒤로 흔들리자 그 자리에 있는 모든 이가 비명을 지를 겨를도 없이 바닥에 나동그라졌다.

전쟁을 방불케 할 만한 난리통 가운데서 오직 세이만이 한 치의 흔들림조차 없었다. 지독할 만큼 아름다운 머리카락이 눈부시게 흩날릴 뿐.

"당신들이 지금 뭘 할 수 있단 말입니까. 하찮은 버러지들이……."

세이의 눈에는 붉은 기운이 넘실댔다. 라미에가 죽을힘을 다해 몸을 가눠 세이의 얼굴을 빤히 바라보면서 부르르 진저리를 쳤다.

저 눈이다, 저 눈. 사람을 벌레 보듯 하는 눈. 모든 존재 위에 우뚝 서 있는 것처럼 거만한. 쿠르릉, 벽과 기둥이 무너지는 광경을 망연히 바라보던 라미에가 인상을 쓰며 목청을 높였다.

"달아날 셈이냐! 마법사!"

"아직도 상황 파악이 안 되십니까?"

세이가 혀를 차자 다시 한 번, 바닥이 벽력같은 소릴 내며 움직였다. 라미에가 몸을 가누지 못하고 꼴사납게 휘청거리며 넘어졌다.

"제 앞을 가로막지 마십시오, 죽고 싶지 않다면."

오만이 아니었다. 지극한 사실을 말하고 있기에 더더욱, 라미에의 입술이 모멸감과 수치심으로 떨렸다.

세이가 왼손을 내밀자 이번에는 검은 기운이 피어올랐다. 안개 같은 그것은 팔 전체를 감싸고 일렁이며 연장선처럼 길어졌다. 그의 얼굴에 잔인한 웃음이 서렸다.

"말놀이, 꽤나 재미있었습니다, 부단장. 제 성의의 표시입니다."

그가 나직이 무언가를 중얼거리자, 뱀의 혀처럼 날름거리던 기가 라미에를 덮쳤다. 헉, 소리를 내며 자리를 피하려 했지만 그는 마법보다 빠르지 못했다. 검은 안개가 라미에를 감쌌다가 한순간에 훅 사라졌다. 이어 라미에의 가느다란 목에서 시퍼런 핏대가 솟으며 뭔가가 치밀어 올랐다.

"쿨럭!"

검붉은 액체가 바닥에 흩뿌려졌다. 세이가 싸늘하게 식은 미소를 입가에 드리운 채 말했다.

"당신은 처음부터 변함없이 어리석은 장난감이로군요. 그 혓바닥은 쓸 만합니다만, 앞으론 그 입담을 들을 수 없는 게 아쉽습니다."

세이의 모습이 흐릿해지더니 이내 사라져버렸다. 아무도 그를 막을 수가 없었다. 뒤늦게 도착한 기사단원들이 양옆에서 라미에의 이름을 외치며 다가왔지만 라미에는 한동안 정신을 차리지 못했다. 그는 있는 힘껏 바닥을 짚고 일어서려 했으나 이상하게 힘이 자꾸만 풀리며 바닥에 넙죽넙죽 넘어져버렸다.

"부단장님! 괜찮으십니까!"

난 괜찮아, 그러니 저놈의 뒤를 쫓아! 그렇게 외치려던 라미에는 문득 목소리가 나오지 않는다는 걸 깨닫고 입을 딱 다물었다. 이어, 목구멍에서 계속해서 치밀어 오르는 아픔과 핏물의 정체도 자연히 뒤따랐다.

그의 성대가 터져버린 것이다. 질척이는 피로 더럽혀진 바닥을 라미에가 주먹으로 있는 힘껏 내리쳤다.

제기랄, 제기랄, 제기랄, 마법사아아아아아아!

소리 없는 외침이 허공을 찢었다.

20. 마황성의 주인

마기가 느껴지고 아렌이 사라졌다. 이것이 의미하는 바는…….

느낌이 심상치 않았다. 아렌의 행방을 알고자 붙여뒀던 로도모나스가 부재해 있어서 아무리 세이라도 그녀를 찾기가 쉽지 않았다. 그는 역으로 마족들의 행방을 쫓기로 결정하고 마기를 느끼는 데 정신을 곤두세웠다. 근방에 넷이 있다. 세이는 그중에서도 가장 가까운 곳으로 이동했다.

거무튀튀한 방 안에 여마족과 몇몇 남자들이 나체로 뒹굴고 있었다. 세이의 기운을 느낀 여마족이 삽시간에 눈을 부릅뜨고 고개를 조아렸다.

"마황 폐하! 존귀하신 마황 폐하!"

넙죽 엎드리는 여마족을 뒤로하고 세이는 아렌의 자취를 찾았다. 없다. 남은 셋의 위치를 파악하려던 세이는 문득 셋 중 하나의 기가 한순간 싹 사라진 것을 깨닫고 공간이동을 시전했다.

도착하자마자 그를 반긴 것은 인상이 찌푸려질 만큼 비릿한 혈향이었다. 천장이 낮고 어두운 석실 안에서, 검은 머리카락을 귀신처럼 늘어뜨린 여자가 쪼그려 앉은 채 무언가를 끊임없이 만져대고 있었다.

시선을 옮기자 처참할 만큼 피범벅이 된 인간이 보였다. 허벅지의 상처에서 흘러나온 피가 돌바닥 사이사이를 비집고 흐르고 있었다. 금방이라도 죽어버려도 이상치 않을 인간은 다른 누구도 아닌, 세이가 찾고 있던 대상이었다.

"아렌."

세이가 낮지만 또렷한 목소리로 아렌의 이름을 불렀다. 아렌을 장난감처럼 만지작대던 카트린느가 세이를 발견하고 얼굴에 화색을 드리웠다.

"드디어 납시셨군, 세이모어 공작."

피가 굳어 눌어붙어 있는 아렌의 뺨을 카트린느가 손톱으로 긁어내렸다. 하얀 살갗 위로 붉은 줄이 선명히 그였다.

세이가 천천히 다가가자 카트린느가 비척비척 몸을 일으켜서 뒤로 물러섰다. 엄지손가락을 들어 뺨을 문질러보았다. 차갑다. 처음 볼 때보다 긴 은색 머리카락, 생기 넘치던 장밋빛 뺨은 이미 그 빛을 잃고 퇴색된 지 오래였다.

"당신이었습니까, 아렌을 데려간 자가?"

비척비척 일어선 카트린느가 유쾌하게 목청을 높였다.

"왜, 의외인가? 네가 그토록 하찮게 여기는 인간에게 당하니 당황스러운가?"

잠시간 그녀를 살펴본 세이가 참았던 숨을 풀어놓았다.

"마족의 피……."

"그래, 역시 세이모어 공작! 이 정도도 못 알아보면 전의가 생기질 않지! 하하! 아하, 아하하! 하하하하! 자, 봐! 이자, 보이지? 너 때문에 죽은 거야. 들었어? 너 때문에 죽은 거라고! 그 낯짝! 그 표정! 그래, 그게 내가 원하던 거였어! 오열해! 고통스러워하란 말이다! 괴로워해! 후회해! 그리고……, 죽어!"

카트린느가 뒷걸음질 치다 말고, 품에 숨겨두었던 단검을 꺼내 들어 세이의 등에 박아 넣었다. 깔끔하게 쑥 들어갔다. 그가 곧장 반격을 할 거라 여겼던 카트린느는 의외로 복수가 성공하자 희열에 차 자신의 두 손을 내려다봤다. 이어 그의 등에 진득이 번지는 피를 본 그녀가 미친 듯이 웃으며 사방을 팔짝거리며 뛰어다니기 시작했다.

"하……. 하하……. 하하하! 해냈다! 해냈어! 내가 죽였어! 죽여버렸다고! 죽였어! 내가! 이 손으로! 빌어먹을 것들! 둘 다! 싸그리! 아하, 아하하! 지옥에나 가버려! 악마새끼!"

악에 받친 카트린느의 목소리가 석실을 한가득 메우고 사라졌다. 등에 박힌 단검을 빼낼 생각도 하지 않고, 세이는 오직 아렌만을 바라보며 그녀의 등허리를 규칙적으로 쓰다듬어주었다.

"죄송합니다, 아렌. 제가 늦었습니다. 많이 아프셨습니까."

세이의 손이 등허리를 따라 미끄러졌다. 그의 손이 닿은 허벅지에서 피가 멎고, 부풀어 올랐던 벌건 뺨도 가라앉기 시작했다. 그녀의 뺨에 짧은 입맞춤을 한 세이가 들릴 듯 말 듯한 낮은 목소리로 속삭였다.

"제 불찰을 용서하십시오, 아렌."

세이가 스르르 몸을 일으키자 그의 등에 박혔던 단검이 저절로 빠졌다. 벌어져 있던 상처가 기다렸다는 듯 자연스럽게 맞붙었다.

"……당신이 이런 일을 벌일 줄 미리 알아봤어야 했는데."

천천히 뒤로 돈 세이의 얼굴은 살얼음이 깔려 있었다. 카트린느는 본능적으로, 그가 앞으로 취할 행동을 예측하고 두 팔을 활짝 벌렸다.

"하하! 죽이려고? 죽이려고? 죽여! 죽이라고! 큭큭큭큭, 너, 너희 두 연놈들을, 죽인 것으로, 난! 죽어도 되거든! 난, 네가, 얼굴 반쪽을 녹인 그때 이미 죽은 거나 마찬가지였거든! 자, 죽여! 부디 죽여다오! 그게 내 소원이다! 나는! 죽더라도 후회하지 않아! 네가 두렵지 않다는 소리다!"

세이는 그녀를 표정도 없이 가만히 바라보다가 입을 열었다.

"……과연, 그렇게 보입니다."

"나는 순순히 죽어주마. 하하! 소중한 것을 잃어버린 너 또한 오래 버티지 못할 거다. 미치광이 악마……. 생지옥을 경험하다 나와 똑같이 미쳐 죽어가라! 하! 하하하! 큭큭큭!"

"이해했습니다. 그러니 죽이지 않습니다."

뚝, 그녀의 웃음과 움직임이 고장 난 시계처럼 멈춰버렸다. 비정상적으로 눈을 부릅뜨며 입을 움직였다.

"……뭐?"

세이가 점잖게, 그리고 지나칠 정도로 느긋하게 말을 이어나갔다.

"무릇 처벌이란 받는 자가 두려워하는 것을 주어야 의미가 있습니다. 허나 당신은 죽음을 두려워하지 않고 있습니다. 죽음은 당신에게 의미가 없다는 말입니다. 그러므로 죽이지 않습니다. 당신에게 적합한 벌은 따로 존재합니다."

칼날처럼 날카롭고 싸늘한 눈빛을 빛내며, 세이가 천천히 손을 들어 올렸다. 희미한 빛이 번쩍이는가 싶더니 갑자기 카트린느가 온몸을 뒤틀면서 주저앉아버렸다. 손발 가죽이 오그라들 정도의 엄청난 고통이 그녀를 덮었다.

"으, 으아아아, 아아아악! 아파! 아파! 아파아아아악!"

"매초 매순간 제가 당신에게 준 고통은 끊임없이 지속될 겁니다. 노파심에 말씀드리지만 자해나 자살을 할 생각은 하지 마십시오. 제가 직접 죽이기 전까지 죽으려 시도해봤자 소용없을 겁니다. 이것이, 제가 당신에게 내리는 벌입니다."

세이의 목소리는 나직했지만, 눈빛은 삭지 않은 분노로 거칠게 번들거리고 있었다.

"으아! 으아아아!"

바닥에 쓰러져서 몸부림치는 카트린느를 뒤로하고, 세이는 서둘러 아렌의 상태를 살폈다. 상처를 빨리 치료한 덕에 외관상 그녀는 멀쩡했으나 문제는 따로 있었다. 몸속에 퍼진 마족의 피. 직접 독을 빼내는 게 가장 좋은 방법이겠으나, 너무 깊게 섞여 있어 그녀의 온몸의 피를 빼내지 않는 이상 제거가 불가능하다.

'마족의 피는 독, 천족의 피는 유일한 해독제.'

"섞여 있긴 하지만 이것으로……."

세이가 조금의 망설임 없이 손으로 팔목을 그었다. 손가락이 스치기만 한 것인데도, 검붉은 피가 피부에 배어 나왔다. 그는 팔목을 아렌의 입에 갖다 댔다. 꽤 빠르게 떨어지는 피가 그녀의 입속에 흘러 들어갔다.

"……죽으면 안 됩니다. 아렌."

아렌이 의식이 없는 탓에, 피가 입 밖으로 울컥울컥 쏟아져 나왔다. 세이는 곧장 이로 상처를 아득 씹고는 자신의 피를 빨아들였다. 피를 한가득 입에 머금고 아렌의 입술 위에 자신의 입술을 포개 억지로 벌렸다. 강제로 그녀의 혀를 눌러 목구멍에 피를 밀어 넣자 그제야 식도를 통해 피가 흘러 들어갔다. 무의식중에서라도 피를 삼키는 것이 버거웠는지 그녀의 숨소리가 쇳소리로 변해버렸다.

세이는 천천히 그의 입술을 뗐다. 피로 얼룩진 그녀의 입술이 장미보다도 더 새빨개서, 혈색 하나 없는 하얀 얼굴이 더 선명하게 대비되었다.

"아렌, 깨어나십시오."

조심스레 아렌의 짙은 속눈썹을 쓸어보는 세이의 손끝이 멈출 줄 모르고 떨렸다.

"눈을 떠서 불러주시겠습니까. 그 입으로, 세이라고."

세이가 세뇌시키듯 그녀에게 말을 보냈다. 그가 다시 한 번, 피를 빨아들여 그녀의 입술 위로 입술을 포갰다. 세이의 코는 아렌의 체취에 파묻혔고, 거친 호흡과 얕은 호흡 두 개가 하나로 합쳐졌다. 살갗이 서로 비벼지는, 부드럽고 감미로운 격정이 일었다.

피를 모두 먹인 후에도 꽤 오래 입을 떼지 않던 세이가 몸을 일으켰다.

천족의 피가 섞인 세이의 피 덕분인지, 하얀 목덜미에서 연약하지만 팔딱팔딱 뛰는 맥이 보였다. 처음으로, 자신이 언젠가 아렌에게 말해주었던 마왕과 천족 사이에서 태어난 혼혈이라는 사실에 감사함을 느꼈다.

하지만 이것도 임시방편일 뿐, 결국 필요한 것은 천족의 피다. 금방이라도 바스라질 것 같은 모래인형을 다루듯 세이가 조심스레 그녀를 보듬어 안아 올렸다. 그녀의 머리카락을 손가락으로 감아 가슴팍으로 빠듯하게 잡아당기며 그가 읊조렸다.

"당신이 죽는다면, 황비, 아니, 하일렌 제국을 몰살시키겠습니다. 제가 소멸하는 한이 있더라도."

세이와 아렌의 모습은 그의 말이 끝나기도 전에 어둠 속으로 자취를 감춰버렸다.

눈앞에서 사라진 아렌을 찾으러 사방팔방을 돌아다니던 제스는 기사단의 전갈을 받고 곧장 기사단으로 되돌아왔다. 마법을 추적한 결과 아렌이 불려간 곳을 알아냈으며 그곳에서 검 한 자루와 카트린느, 치사량의 혈흔을 발견했다는 전갈을 받은 터였다. 막 도착한 그의 검은 머리카락이 주위가 어둑어둑한 탓인지 유독 짙어 보였고 눈빛 또한 검푸르게 그늘이 드리워져 있었다.

"이것이 현장에서 발견된 검입니다."

"……."

제스가 현장에서 발견되었다는 검을 건네받았다. 다른 사람은 몰라도 제스는, 그 검의 정체를 단번에 알아볼 수 있었다. 피범벅이 된 새하얗고 늘씬한 검, 'E. Karsian'이라는 이니셜이 새겨져 있는, 세상에 단 하나뿐인 검이다. 동시에 자신이 아렌에게 주었던 검이다. 검이 있었던 걸로 보아 아렌이 그 장소에 있었던 것은 확실해졌다.

그렇다면 그 피는…….

"카트린느를 가둬두었습니다. 만나러 가시겠습니까?"

제스는 빠르게 카트린느가 감금되어 있는 곳으로 향했다. 제스가 석실에 들어서자 그보다 먼저 와 있었던 카일을 포함한 기사들이 일제히 예를 갖췄다.

석실 한가운데서 카트린느는 의자 위에 축 늘어져 있었다. 까닭 모르게 상기되어 있는 얼굴 위로 머리카락 몇 올이 들러붙어 있고 늘어진 두 팔이 흔들거리며 음산한 분위기를 자아내고 있었다. 체념의 빛이 강한 그녀는 온몸을 부르르 떨며 무언가를 견뎌내고 있었다. 반쯤 돌아간 눈을 굴려 제스를 발견한 그녀가, 기이한 각도로 목을 기울이며 경련하듯 웃음을 터뜨렸다.

"핫! 핫! 핫! 하! 하!"

"……네가 아렌 경을 데리고 갔나?"

아렌이라는 이름을 듣자 그녀의 몸이 움찔, 요동쳤다. 제스의 목소리가 한 톤 내려갔다.

"어디로 갔지?"

"……죽! 핫! 하하! 차라리! 하! 하하!"

제스는 미간을 좁히며 카트린느 건너편에 앉았다. 들고 있던 검을 내려놓는 소리가 탁하게 울렸다. 표정 없이 가만히 앉아 있는 것만으로도 제스의 존재는 주변을 압도하고도 남았다.

"대답해라."

제스가 물었지만, 카트린느는 웃음만 연신 터뜨릴 뿐, 정작 쓸모 있는 말은 하나도 내뱉고 있질 않았다. 낯빛이 핼쑥해진 카일이 참다못해 나섰다.

"아렌 님이 어디 계신지 알고 계시다면 어서 말씀해주십시오."

"핫! 핫! 핫! 하! 하! 하!"

"제발, 알려주십시오."

카일이 고개를 깊숙이 숙였다. 진심을 다해 부탁을 하는 자신의 심정을 헤아려주길 바라며, 그는 숙인 고개를 좀처럼 들지 못했다.

"핫! 핫! 죽여! 하하! 차라리! 하하하! 죽여! 하! 하하!"

그녀가 소름 끼칠 정도로 했던 말을 계속 반복했다. 제스는 그 자리를 박차고 일어나 그녀의 멱살을 잡아챘다.

"대답해라. 아렌 경은, ……아렌은 어디에 있나. 세이라는 마법사가 데려갔나?"

사라진 아렌, 그리고 때맞춰 모습을 감춘 마법사. 아무래도 수상쩍게 여겨졌다. 세이라는 마법사의 이름을 그 입으로 전해 들을 때마다, 마주칠 때마다 왜 마음 한편이 그렇게 께름칙했는지 알 수 있을 것만 같다. 신기할 정도로 상황이 맞아떨어지지 않는가 말이다.

그를 반증하듯, '세이'라는 단어를 듣자 카트린느가 '하아악!' 하고 크게 숨을 들이쉬고 상체를 획 굽혔다. 제스가 손을 떼자, 그녀가 거미가 된 양 엉금엉금, 테이블 위를 손으로 짚고 기었다. 마치 무언가로부터 달아나듯 허우적대다 부지불식간에 찢어지도록 비명을 내질렀다.

"아아아아아악마! 하하하하하! 아아아아아악마! 악마!"

쾅! 쾅! 쾅! 카트린느가 테이블을 주먹으로 마구 내리쳤다. 카트린느의 적의 어린 시선은 이 자리에 없는 누군가에게 접착된 듯 달라붙어 요동하지 않았다.

보다 못한 제스가 그녀의 손목을 확 잡아채서 테이블 위에 고정시켰고, 고요해졌다. 카일을 포함한 주변에 있는 이 모두가, 주먹에 새파랗게 든 멍을 보고 질렸다.

"……악마라니."

누군가가 자신이 무슨 말을 하는지도 모른 채 멍하니 읊조렸다. 적개심으로 똘똘 뭉친 카트린느의 눈빛은 꽤나 사나웠다. 타고난 성질에 더해 그녀의 얼굴을 잃기까지 해 지독해진 것이다.

모두가 그녀의 광기 어린 모습에서 똑같은 감정을 느꼈다. 뒷덜미가 바짝 곤두서는 느낌, 불안한 예감.

그 가운데서 제스만이 유일하게 침착했다.

"무슨 목적으로 데리고 갔었나? 피는 누구 것이지? 지금, 어디에 있는지 말해라."

카트린느의 어깨가 삐딱하게 기울어졌다.

"으하! 으하하! 죽었을걸! 틀림없이 죽었을 거야! 암! 마족의 피를 먹였는데 살아남을 리가 없지!"

"그, 그게 무슨 말입니까?"

카일이 부정하듯 고개를 내저으며 더듬거렸다. 카트린느는 입가에 흘러내리는 침을 손등으로 훔치고 웃었다.

"아무 말도, 크하하! 풋! 하하핫!"

"아까, 분명 말씀하지 않으셨습니까! 마족의 피를 먹이다니! 누구에게 말입니까! 서, 설마……."

뒤이어 자연스레 나오는 이름을 떠올리곤 카일이 지레 놀라 얼른 부정하려고 도리질을 했다. 아닐 거라고, 그럴 리가 없을 거라고. 공녀님이 누군데 죽겠느냐며.

그 모습을 보던 카트린느가 실소를 터뜨렸다.

"큭, 크큭, 글쎄에, 누굴까? 하! 하하하!"

사방이 얼음물이라도 끼얹은 것처럼 고요해지고 카일은 억장이 무너진 채 새파래졌다. 말도 되지 않는 말을 하지 말라고 그녀의 어깨를 흔들고 싶은 욕구를 꾹 눌러, 두 손을 꽉 깍지 꼈다. 조롱하려는 의도가 명백한데도 제스는 답답할 정도로 전방만 뚫어져라 노려보고 있었다.

그 순간이었다. 번쩍이는 은빛 날이 부채꼴로 호선을 그린 것은. 무언가가 텅 하고 깔끔하게 절단되고 테이블이 비명을 지르며 갈라지는 소리가 동시에 울렸다. 언제 꺼냈는지 제스의 손엔 단검이 쥐어져 있다. 그리고 그 검날은 정확히 카트린느의 검지 위를 꿰뚫고 테이블 아래까지 박혀 있었다. 피를 머금고도 날카롭게 번뜩이는 칼날에서, 쥐고 있는 자의 위풍이 고스란히 전해졌다.

"……제대로 말해라. 더 이상 날 자극해서 너에게 좋을 것이 없을 것이다. 그는 무사한가?"

당부, 혹은 경고. 제스는 마치 폭풍 전의 고요처럼 격랑이 일며 폭발하기 직전이었다. 사실상 카트린느의 목을 당장에라도 비틀어버리고 싶었으나 아렌을 찾을 유일한 단서기에, 최대한의 관용을 베풀어 손가락 하나로 마무리 지은 것이다.

이토록 감정이 격해진 제스의 모습은 처음이라, 기사들은 본능적으로 어깨를 움츠리고 카트린느의 반응을 지켜보았다. 자신의 잘려나간 검지를 보고 파르르, 떤다. 움찔 놀란 그녀의 입술이 달싹거리다 또, 광인의 웃음을 지었다.

"후……후후후! 하하하! 그따위 것, 아프지도 않아! 상관없어. 하핫! 크큭! 미친……. 미친……. 아아아아악! 악! 마! 악마! 너도! 너도 마찬가지야! 죽어! 죽어버려!"

카트린느가 돌연 미친 황소처럼 제스에게로 달려들자 옆을 지키던 기사들이 즉시 그녀의 양팔을 잡고 끌어냈다. 내팽개치듯 의자에 강제로 앉혀진 그녀는 어깨를 들썩이며 씨근거렸다.

눈이 뒤집혀 발광하는 그녀와 망연자실한 카일을 뒤로하고 제스는 집무실로 향했다. 그리 오래 지나지 않아 집무실에 들어선 제스는, 마법이라도 걸린 것처럼 발길을 멈추고 잠시 안을 둘러보았다. 혹시나 이 공간 안에 아렌의 흔적이 보일세라 눈도 깜빡이지 않았다.

하지만 없다. 아무 데도. 아무 데도 없다. 흔적조차 보이질 않는다.

아렌. 그 피는 혹 너의 것인가. ……살아 있긴 한 건가.

제스가 크게 숨을 들이마셨다. 카트린느의 위태로운 분위기도 아렌과 무관하지는 않을 것이라는 막연한 추측에 눈앞이 아득해졌다.

옛날도 그랬다. 예고 없는 이별. 사라졌다 생각하는 순간 그의 심장이 이렇게 쿵 떨어졌었다. 하지만 이번엔 단순한 이별이 아닌 사별일지도 모른다는 생각이 날카로운 비수로 변해 심장에 멍이 들도록 헤집었다. 목숨을 부지하지 못했다면 시신이라도, 아니, 하다못해 작은 단서라도 찾아야 하는데 시간만 좀먹고 있는 제가 도저히 용납되지 않았다. 보이지 않는 장벽이 아렌에게 가는 길을 막고 있다는 느낌에 속이 끓어올랐다.

곧 유리창과 닿은 주먹을 통해 그의 분노가 고스란히 전달되었다. 와장창! 뜬금없이 들린 굉음에 기사들이 한달음에 집무실로 들이닥쳤다.

"단장님!"

"단장님! 무슨 일이십니까! ……헉!"

집무실로 우르르 들어오던 기사들은 숨을 삼키며 걸음을 멈췄다. 언제나 깔끔하던 집무실은 조각난 유리 조각들로 뒤덮여 발 디딜 틈 없이 어지러웠다. 사나운 폭우가 깨진 유리 사이로 쏟아져 난장판이 된 집무실을 흠뻑 적셨다.

"……나가라."

냉기가 풀풀 날리는 차가운 목소리가 그들의 귓전에 울렸다. 뒷모습을 마주하는 것만으로도 기사들은 소름이 돋는 것처럼 온몸에 으스스 한기를 느꼈다. 서로 눈빛을 교환한 기사 중 하나가 용기를 내어 입을 열었다.

"저, 저어……."

"나가라고 했다!"

제스가 노호를 터뜨리며 책상을 강하게 내리쳤다. 위에 쌓여 있던 서류가 그 반동으로 인해 바닥으로 떨어졌다. 얼굴이 새파래진 기사들이 소스라치게 놀라며 인사도 잊은 채 집무실을 나갔다.

문이 채 닫히기도 전에 다시 한 번, 제스가 주먹으로 창문을 내리쳤다. 산산조각이 난 유리가 사방에 퍼지며 서로 부딪쳤다. 깨진 유리 조각에 붉은 핏방울이 맺히면서 또르륵, 바닥 위로 떨어졌다. 어두운 눈동자 속은 차가운 불덩이가 타오르고 있는 듯 사납고, 꽉 옥쥔 주먹에 분노가 올올이 배어 있었다.

"살아만 있어라, 아렌."

제스가 물어뜯는 듯한 거친 어조로 중얼거렸다.

마족들이 사는 세계, 마계는 심상찮은 기류로 요동쳤다. 마계의 중앙에서 중후한 위용을 뽐내는 마황성 또한 예사롭지 않은 분위기가 감돌았다. 모든 마족들이 어느 한 지점을 향해 몰려들었다.

어떤 마족은 날아서, 또 다른 마족은 걸어서, 기어서, 무던히 모여 누군가를 기다렸다. 보랏빛 하늘 아래, 짙고 거대하게 내리깔린 어둠 속을 핏빛 눈 수천 쌍이 모여 응시한다. 한 마족의 목소리가 정적을 깨뜨렸다.

"마황 폐하!"

맹목적인 숭배의 외침 속에 검은 연기가 훅, 사라지고 마계와 사뭇 대비되는 은청발이 휘날렸다. 무겁게 내려앉은 새카만 눈, 고귀한 위압감, 싸늘한 기백……. 마족들의 지배자, '이름 없는 마황'이 귀환한 것이다.

"폐하!"

"검은 황제시여!"

압도적인 존재감 앞에 마족들은 고개를 조아리면서 숭배했다. 갑작스런 그의 등장에 실상 마족들은 경배하면서도 두려움에 떨었다.

마황이 자리를 비우는 동안 마계에선 심심치 않게 반란이 일어났다. 그럴 때마다 마황은 어김없이 마계에 와서 압도적인 힘으로 반란군을 몰살시켰다. 그는 어떠한 자비나 용서도 베풀지 않아 '검은 황제'라 칭하곤 했다.

상위마족에 속했던 바알제부도 반란에 가담한 죄로 '발푸르기스의 숲'으로 추방당했다. 그런 경우가 몇 번 거듭되다 보니 그의 귀환은 마계에선 피의 폭풍이 일어나는 전조로 여겨졌다. 수천의 핏빛 눈동자는 거센 압력에 바닥으로 떨어지면서도, 품에 안겨 있는 인간을 담는 것을 잊지 않았다.

"물러서라."

낮지만 강한 목소리에 바글바글 모여 있던 마족들은 일제히 길을 터주었다. 세이는 주변을 둘러싼 마족들을 거들떠보지도 않고 걸음을 옮겼고, 사위를 진경케 했다.

세이가 마황성을 향해 걸어가자 정문이 주인을 맞이하여 활짝 열렸다. 마황성 주변에 흐르는 자못 비장하게까지 느껴지는 기운에, 그 오랜 세월 동안 마족들은 엄숙하여 조금도 침범하지 못했다. 그곳의 유일한 주인, 마황이 성으로 들어가는 뒷모습에 마족들이 서로 놀라 경탄하며 흠모했다.

무겁게 닫히는 문을 뒤로하고 세이는 온통 검은 대리석으로 된 차갑고 침침한 복도를 걸었다. 그가 내딛는 발걸음에 맞춰 천장에 붙은 샹들리에에 불이 붙어 푸르스름하게 빛났다. 세이가 방에 도착했을 즈음엔 성내의 샹들리에엔 죄다 빛이 들어서, 그 불빛이 검은 대리석에 어리어 흡사 불야성을 이룬 듯했다.

세이가 들어선 넓은 방 안은 고풍스러운 고가구와 골동품으로 꾸며져 있었고 음악회장처럼 우아했다. 벽을 온통 가린 휘장 맞은편에 침대가, 그 옆엔 큼지막한 거울이 달린 서랍장이 놓여 있다.

세이는 혹여 부서질세라 아렌을 침대에 조심스레 내려놓았다. 아렌의 은색 머리카락은 어지럽게 엉켜 있고 낯빛은 죽은 듯 창백했다. 두 개의 상반된 성질의 피가 서로 죽이려 아우성을 피우는 탓에 아렌의 몸 내부는 엉망이 되어 있었다. 심한 고열 증세에 시달려 이마가 땀범벅이지만 세이는 아랑곳하지 않은 채 제 손으로 정성스레 쓸어주었다.

"……아렌."

"으……. 으으……. 으윽."

이름에 반응하듯, 붉은 입술 속에 살짝 드러난 이가 따닥따닥 맞부딪친다. 생전 경험해보지 못한 극심한 고통 속에서도 아렌은 약한 신음 소리를 내는 것도 힘들어 보였다. 몸을 비틀며 울부짖는 것보다 그 모습이 더, 세이의 가슴을 후벼 팠다.

"아렌……."

세이의 눈매가 일그러졌다. 아파할 때마다 등허리를 부드럽게 쓸어주며 피를 먹이는데도 견디지 못하고 기절한다. 그 짓을 수십 차례 반복했다. 얼굴 가득 환한 미소가 눈부셨던 그녀는, 죽어가고 있다. 현실을 깨닫자 세이가 돌연 이를 부드득 갈았다. 입안 가득 탄식이 차오르고 절절히 후회가 되었다.

죽였어야 했다. 그녀를 이렇게 만든 모든 것들을, 파괴시키고 저승의 업화(業火)에 처넣었어야 했다. 갈가리 찢어 그 조각 하나하나를 짓이겼어야 했다. 육체는 물론이고 영혼까지!

세이의 살기가 짙어지자 건너편 장식장의 한 귀퉁이가 파삭 바스러졌다. 세이가 한숨 섞인 분노를 파르르 뱉으며 마음을 가라앉혔다. 아직도 남아 있는 분노가, 내부에 잠들어 있던 불안감과 적의를 충동질했지만, 지금 가장 시급한 문제는 그게 아니었다.

"루키페르."

세이의 말이 떨어지기가 무섭게 방 안에 누군가가 소환되었다. 어두운 회색 머리카락에 표범을 연상케 하는 날카로운 두 눈이 인상적으로 빛났다. 그는 곧장 그 자리에 부복하며 입을 열었다.

"부르셨습니까, 마계의 군주, 마황이시여."

"천계로의 문을 개방해라."

"예?"

무릎 꿇은 루키페르가 깜짝 놀라 고개를 들었다. 세이는 눈 하나 깜빡이지 않고 매끄럽게 말을 이어나갔다.

"천계로의, 문을, 개방해. 또한 이 시각 이후 마황성에 그 누구도 들이지 말도록 해라. 네가 직접 지키도록 명한다."

"폐하, 그 무슨……."

루키페르는 대체 마황이 무슨 말을 하고 있는지 이해가 가질 않았다.

천마전쟁이 있기 전 분명 천계와 마계의 교류는 활발했었고 당연히 천계로 통하는 문도 존재했었다. 하지만 천마전쟁 후 교류는커녕 공식적인 만남은 천마회의라는 형식으로밖에 이루어지지 않았다.

그런데 천계로의 문을 개방하라니, 무엇 때문에?

"헉, 헉, 헉……."

침대에 누워 있는 아렌이 힘겨운 신음 소리를 흘렸다. 루키페르가 지켜보고 있건 말건 상관없이 세이는 자신의 손목을 아득 씹고 피를 빨아들여 그녀의 입에 입술을 겹쳤다. 혀로 깊이 파고들면서 단숨에 피를 밀어 넣자 아렌은 그를 꿀꺽, 삼키곤 다시 잠잠해진다. 피에 젖은 입술을 빨고 떼어내자 검붉은 액체가 턱으로 주르륵 흘러내렸다.

그 모습을 마주하며 루키페르는 기함하여 감히 어떤 말도 할 수 없었다.

저 인간 여자가 마족의 피를 먹었다는 건 이 방에 들어서는 순간 알아차렸다. 그런데 방금, 마황께서 스스로 상처를 내어 피를 먹이신 건가? 그럼 설마 천계에 가시겠다는 것도? 루키페르는 스스로의 생각에 더 놀라 신음을 흘렸다. 그에 대답하듯 세이가 입가에 맺힌 핏방울을 닦아내며 음울한 눈동자를 빛냈다.

"시간 여유가 없다. 내 친히 천족 놈의 목을 따 피를 구해 올 것이다. 천사든, 천왕이든 누구든 간에."

루키페르는 본능적으로 위험을 느꼈다. 마황은 본디 분노를 밖으로 표출해내며 포악하고 잔혹한 모습을 여과 없이 드러낸다. 그 모습이 미치도록 아름다워 모든 마족들의 경외의 대상이 된 것이다. 하지만 지금은 모든 감정을 안으로 모두 갈무리해버린 느낌이다. 당장에 천계로 가지 않고 굳이 봉인된 문을 사용하겠다는 것도 같은 맥락일 것이다. 그렇기에, 더욱 위험천만했다. 마치 터뜨릴 계기만 기다리는 시한폭탄과 같지 않은가. 루키페르가 고개를 더욱 조아렸다.

"마황 폐하! 한낱 인간 때문에 고귀한 목숨을 버리려 하십니까!"

침대에 앉아 있었던 세이가 놀랄 만큼 빠르게 루키페르의 앞에 다가와 손을 들었다. 불쾌한 소리가 울림과 동시에 세이의 손이 루키페르의 왼쪽 가슴을 뚫었다.

루키페르의 몸 안을 헤집듯 돌아다니다 심장을 움켜쥐었다. 세이의 손에 힘이 들어갈수록 그의 얼굴이 고통으로 일그러졌다. 인간보다 강한 육체를 지녔다곤 하나 급소에 해당되는 심장에 직접적으로 가해지는 힘에는 당해낼 재간이 없었다.

"허……억!"

"감히 뉘 앞에서 세 치 혀를 함부로 놀리느냐. 고통스럽게 죽고 싶으냐. 내 피를 넣어주랴."

흡사 맹수가 울부짖는 소리에 루키페르가 본능적으로 몸을 잘게 떨었다. 검붉은 피가 왈칵 입 밖으로 터져 나왔다.

"크읍! 용서해주십……시오!"

세이가 천천히 루키페르의 몸에서 손을 빼냈다. 구멍이 뚫린 가슴이 서서히 맞붙는 동안 루키페르는 한 발짝 물러서서 가늘게 심호흡을 했다.

"……폐하. 그렇다면 뒤를 따르게 해주십시오. 새 천왕이 등극했습니다. 저들이 새 천왕의 입지를 굳히기 위해 어떤 짓을 벌일지 모릅니다!"

"따르지 마라."

세이는 눈도 깜박이지 않고 단호하게 거절했다.

"폐하……!"

"따르면, 죽이겠다. 사라져라!"

힘이 잔뜩 실린 세이의 목소리에 루키페르의 모습이 훅 사라졌다. 세이는 피범벅이 된 손을 털어내고 침대에 다가가 걸터앉았다. 아렌은 아까와 똑같은 모습으로, 미동도 없이 시체마냥 누워 있다. 그녀를 찬찬히 훑어보며 그가 입을 열었다. 돌연 그가 낮게 웃음을 터뜨렸다.

"아렌, 그 사실을 알고 계십니까? 처음, 남장을 한 채 시종으로 나타난 당신은 꽤 재미있었습니다."

하일렌에서의 첫 만남, 아렌이 그의 손을 잡으며 진심으로 웃던 얼굴을 떠올리자 눈매에 희미한 웃음이 담겼다.

"장난감으로 여겼습니다. 제 소유이므로 마음이 가는 대로 다뤄도 된다고 생각했습니다. 감정이 커져갔으나 단순한 호기심과 변덕으로 치부했습니다. 소유욕과 지배욕을 사랑일지도 모른다고 생각할 만큼 저는 순진하지 않습니다. 그런데…….”

그의 검은 눈동자에 알 수 없는 어떤 감정이 파문이 일듯 퍼져 나갔다. 아직도 느낌이 생생하다. 칼날에 심장이 베이는 통증에 덧붙여진 화열의 쓰라림.

꼬리 부분이 반듯하게 꺾인 눈썹이 이상하게 휘었다.

“……피범벅이 된 당신을 본 순간, 제 감정이 적나라하게 드러났습니다.”

내뱉은 대로, 인정할 수밖에 없었다. 자신에게 있어서 아렌의 존재는 생각했던 것 이상이다. 하지만 깃털처럼 가벼운 관계가 일방적으로 깊어지기 시작했다는 것에 아직까지 생각이 정리되지 않았다. 정리할 마음이 없는 건지도.

세이가 가늘고 긴 손가락으로 그녀의 머리카락을 쓰다듬며 입을 열었다.

“저는 지금 어디론가 가려 합니다. 해독제는 어떻게든 당신에게 전해질 겁니다.”

세이의 말이 채 끝나기도 전에 그의 뒤에 큼지막하고 흑단 빛 문이 확 튀어나왔다. 루키페르가 꽤나 빠르게, 봉인되었던 천계로 향하는 문을 준비한 모양이다.

이제, 가야 할 시간이다.

세이가 작별인사를 하기 위해 몸을 낮추어 두 손을 그녀의 허리에 둘러 일으켰다. 마치 한 몸처럼, 그가 그녀에게 몸을 밀착시켜 으스러지도록 안았다.

작별인사는 짧을수록 좋다.

“아르렐리아, 나의 연인. 제가 돌아오지 못하더라도 부디……, 슬퍼하지 마십시오.”

세이는 아픔을 눌러 담는 듯 어깨를 살짝 떨면서 그녀를 내려놓았다. 지체 없이 일어난 그가 순식간에 돌변해 차가워진 얼굴로 입을 열었다.

"로도모나스."

루키페르가 사라졌던 자리에 검고 곱슬곱슬한 머리카락을 가진 귀여운 인상의 소년이 나타났다. 쭈뼛거리는 그에게 세이가 메마르게 명령을 내렸다.

"그녀가 깨어나거든 곁을 지켜라. 만일의 경우 중간계로 데려가도록."

세이는 뒤도 돌아보지 않고 천계로의 문에 몸을 던졌다. 쿵, 세이의 몸을 집어삼킨 문이 육중한 소리를 내며 닫혔다. 뒤늦게야 아렌을 발견한 로도모나스의 녹안에 손을 대기만 해도 쏟아질 듯 눈물이 가랑가랑 차올랐다.

"끅……. 끅……. 아렌, 아렌……. 흐엥……, 흐에엥……."

로도모나스가 침대로 다다다 달려가 아렌의 팔에 얼굴을 묻었다. 부질없는 눈물이 구슬져 떨어져서 침대보를 적셨다.

전체적으로 검고 붉은 마계와는 달리 천계는 온 세상의 빛을 모아둔 것처럼 밝고 찬란했다. 천계의 입구에서부터 천왕성까지는 거대한 다리로 이어져 있었고, 천왕성은 신기할 정도로 구름 위에 사뿐하고 우아하게 서 있었다. 성의 꼭대기엔 천왕의 상징인 여섯 장의 날개가 새겨져 있고 양 옆으로 성스럽고 고운 빛이 폭포처럼 쏟아져 흘렀다. 정문을 중심으로 천왕의 성은 원형의 여러 개의 작은 성으로 둘러싸여 있었다.

"후아암. 응?"

천계의 문을 지키던 문지기는 하품을 하다 말고 멈칫했다. 계약이라는 형태로 중간계에 머무를 수 있는 마족과는 달리, 천족은 모두 천계에만 모여 살기 때문에 사실 문지기가 있을 필요가 없었다. 그저 시간에 맞

284 공녀님!
공녀님! 3

춰 출근과 퇴근을 하는 일상이 반복될 뿐. 그런데 웬일로 오늘 하늘 문이 트이더니 누군가가 걸어 나오는 것이 아닌가! 은청발에 은은한 미소를 입가에 매단 그는 자태가 자못 유혹적이기까지 했다. 먼발치서 보고만 있던 문지기 천사는 입을 헤벌리고 중얼거렸다.

"마족? 아니, 천족?"

말을 뱉는 순간 그 존재는 이미 눈앞에 와 있었다. 코가 닿을 정도로 가까운 거리에서 그는 싱긋, 웃으며 손끝에 묻어 있는 피를 혀로 살짝 핥았다.

어디서 묻은 피지? 그렇게 생각한 순간 문지기 천사는 자신의 목 언저리가 굉장히 따갑다는 걸 깨달았다. 그제야 알아차렸다. 앞에 선 남자가 자신의 목에 상처를 내어 피를 가져갔다는 것을.

피를 한번 맛본 그가 미간을 찌푸렸다.

"이것으론 되지 않습니다. 필요한 것은 더 진한 순혈. 천왕은 어디 있습니까?"

"자, 잠깐! 아무에게나 이 문을 지나게 할 순 없다!"

정신을 차린 문지기 천사가 용감하게 세이를 막아섰다가 먼발치로 물러나버렸다. 가라앉은 검은 눈동자에 본능적으로 공포를 느낀 탓이다.

"천왕은, 어디 있습니까?"

세이의 온몸에서 검은 기운이 슬몃슬몃 피어올랐다. 그를 느낀 것인지 천사들이 속속들이 모여들기 시작했다.

'뭐, 뭐야? 저자는?'

세이를 본 천사들은 하나같이 겁에 질려 속으로 중얼거렸다. 그 누구도 나설 엄두조차 못 내고 있을 때, 천왕의 성에서 누군가 쿵쿵거리며 걸어 나와 무시무시한 어조로 노호를 터뜨렸다.

"마황……! 이곳이 어디라고 온 건가!"

노장(老將) 라파엘을 발견한 천사들은 일제히 그에게 길을 터주었다. 휘황찬란하게 빛나는 갑옷이 그가 걸음을 내딛을 때마다 철그럭 소리를 내며 맞부딪쳤다.

'마황'이라는 단어에 모든 천족들의 얼굴에 경악이 서렸다. 누군가 헉, 하고 숨을 들이켜는 소리도 들렸다. 라파엘을 발견하자 세이의 흑단 같은 눈에 붉은 점이 생겨나 넘실거리며 퍼져 나갔다.

"치천사(熾天使) 라파엘. 오랜만에 뵙습니다."

"그대에게도 이곳은 그다지 좋은 기억이 있는 곳이 아닐 텐데 이곳에 왜 온 거냐고 물었다, 마황! 그대의 등장 자체가 선전포고가 될 수 있다는 걸 모르는가!"

세이의 입가에 빙글, 진득한 미소가 퍼져 나갔다.

"그럴지도."

웃으며 쳐다보는 그의 눈빛은 냉담하고 오만한 데다 세상을 얕잡아보고 있었다. 광선이라도 쏘아 내보낼 것처럼 세이를 노려보던 라파엘은 검을 짚고 서서 큰소리로 호령했다.

"어리석긴! 단신으로 사지에 온 걸 후회하게 될 것이다!"

순식간에 검을 뽑은 라파엘이 대지를 박차 올라서 세이의 가슴팍을 향해 검을 찌르고 들어갔다. 세이가 손을 뻗자 희고 거대한 벽이 생기더니 번개를 터뜨리며 라파엘을 밀어냈다.

"잊으셨습니까? 저는 천족의 피도 반이 섞여 있습니다. 다시 말해……, 천계라고 해서 다른 마족처럼 힘을 내지 못하거나 하지 않는다는 말입니다."

라파엘이 공중에서 자세를 바꾸려 하자 세이의 손에서 검은 연기가 뿜어져 나와 양옆에서 순식간에 그를 덮쳤다. 멀리 튕겨져 나가는 노장을 보며 세이의 입술이 조소로 삐딱해졌다.

"아직도 제가 그때의 어린아이로 보이십니까?"

"공격해라!"

라파엘의 외침을 필두로 뒤에서 대기하고 있던 천사들이 속속들이 세이에게로 다가오기 시작했다. 세이는 기다렸다는 듯 양손을 들어 올려 각기 다른 마법을 동시에 구사했다. 한 손에서 쏟아져 나온 불기둥은 천족들을 막고, 다른 한 손에서 시전된 낙뢰는 라파엘과 그 주변을 덮쳤다.

펑! 폭발음이 들리며 화염이 하늘로 치솟았다. 한 덩이의 화염은 곧 수백 개의 화살로 변해 빗줄기처럼 쏟아져 내렸다. 성스런 물은 핏빛으로 번득여 흡사 붉은 구름바다 속에 있는 듯했다. 천족들은 인사불성이 되어 뿔뿔이 흩어졌고, 라파엘은 몇 번이나 검에 기를 불어넣어 막아내 보지만 해일처럼 몰려오는 강대한 힘에 점차 뒤로 물러날 수밖에 없었다.

그와는 반대로 세이는 조금의 지친 기색도 내비치지 않고 입을 열었다.

"천왕에게 안내하십시오. 아니면 여기 있는 천사 놈들을 다 쓸어버리고 직접 찾는 것도 좋은 방법일 것 같군요. 선택은 치천사께서 하십시오. 저는 어느 쪽이든 상관없으니."

"마황, 그대가 정녕……!"

말이 채 끝나기도 전에 새파란 불꽃이 화르륵, 바람을 타고 날아가 라파엘의 급소를 노렸다. 지나칠 정도로 들이부어지는 마법의 향연에, 그토록 엄엄해 보이던 라파엘이 피를 토하며 무릎을 세게 꿇었다.

"라파엘 님!"

미카엘이 순식간에 날아와서 라파엘을 부축했다. 세이가 잠시 마법을 멈추고 턱을 들어 올렸다.

"천왕에게로 안내하십시오."

라파엘은 살벌한 눈으로 세이를 쏘아보는 한편, 압도적인 군림 앞에서 절로 벌어지려는 입술을 질끈 깨물었다. 천계에 온 지 얼마나 되었다고 이미 여기저기 쑥대밭이 되었다. 실로 무서운 자다.

"확실히 너와 대적할 자는 존재하지 않는다. 하지만……, 수천의 천족들을 네가 당해낼 수 는 없을 터. 전원 포위!"

라파엘의 벽력같은 외침이 울리자 하늘 위에서 대기하고 있던 수천의 천사들이 전투태세를 갖추고 모습을 드러냈다.

강 건너 불구경하듯 천사들의 진영을 쭉 살펴본 세이는 온화한 미소를 빼다 물었다.

"그렇게 나오실 줄 알았습니다."

뒤이어 세이가 무언가를 중얼거리자 그를 중심으로 검은 막이 폭발하듯 커져서 사방을 덮었다. 쿠궁! 천지가 요동쳤다. 거대한 섬광이 한 번 번쩍하더니 한꺼번에 폭발하여 붉은 먼지 구름을 일으켰다. 천족들은 하나같이, 껍질 속에 머리를 숨긴 거북이처럼 어깨를 잔뜩 움츠리고 어수선하게 흩어져버렸다.

세이가 손을 수직으로 들어 마기를 모았다. 우우웅, 공명음이 일어나며 검은 마력의 폭풍이 덮치듯 몰려들었다.

"시간을 주지 마라!"

포효하는 호랑이와 같이 라파엘이 외치자, 천사들의 손에서 일제히 불이 뿜어져 나왔다. 하늘에서 대기하고 있던 수천의 천사들이 쏜 섬광이 세이를 향해 내리 덮쳤다. 세이가 재빨리 마력을 운용해 빛줄기를 막는 방어막을 펼쳤다. 오직 한 점으로 집중되는 공격에 방어막이 스파크를 내며 흔들렸다. 발밑이 지진이 난 것처럼 흔들거렸다.

세이의 신경이 다른 곳에 쏠린 사이 라파엘이 검 끝을 새파랗게 세우고 파고들었다. 맹렬한 파공음을 동반한 채로 날아든 검은 세이의 왼쪽 팔을 쑥 찔렀다.

세이는 낭패한 기분을 느끼며 한 발자국 뒤로 물러섰다. 검을 비틀어

빼는 바람에 피가 분수처럼 솟구쳐 옷과 주변을 흥건히 적셨다. 세이가 자세를 가다듬으며 서둘러 상처를 지혈했다.

약간이나마 흔들리는 기척을 감지한 천족들은 그를 중심으로 더욱 빽빽이 집결하여 모여들었다. 섬광은 쉴 새 없이 세이를 향해 쏟아져 내려왔다. 하나가 사라졌다 싶으면 뒤에서 새로운 천족이 나서서 힘을 보태, 약해졌다 싶으면 도리어 더 강해졌다. 거침없이 떨어지는 공격에 세이는 반격의 엄두를 내지 못하고 방어에만 치중했다.

펑! 대형 폭탄 같은 무언가가 공중에서 폭파되어 수만 개의 시퍼런 섬광이 세이를 덮쳤다. 천지가 뒤바뀔 만큼의 굉음이 울리자 세이가 비상하는 맹수처럼 도약해 허공에 떴다. 라파엘이 검을 있는 힘껏 던져 세이의 몸을 감싸고 있던 마지막 방어막을 부숴버렸다.

카아앙! 기다렸다는 듯 순식간에 강렬한 빛이 사방에서 쏟아졌고, 한차례 막아내자마자 마법의 폭탄이 세이의 등에 와 박혔다. 세이의 몸이 성벽에 쾅 부딪치면서 추락하는 새처럼 떨어졌다. 등에 박힌 폭탄이 터지며 세이의 왼쪽 어깨서부터 허리까지 흠뻑 적셨다. 치지직, 소리를 내며 살이 타들어가는 소리를 듣고서야 세이는 그것이 대(對) 마족용 성수라는 걸 깨달았다.

빠른 속도로 낙하한 세이는 바닥에 널브러지기 전 빙글 돌아 착지했다. 가까스로 바닥에 처박히는 것만은 면했지만 세이의 몸은 형편없이 망가져버렸다.

무언가 날카로운 것으로 수없이 내리찍은 듯 엉망으로 찢겨진 살갗, 그리고 성수가 닿은 곳은 불로 그슬린 것처럼 새카맣게 그을음까지 껴 있었다. 반면 라파엘은 생각보다 적은 타격을 입힌 게 아쉬워 혀를 찼다.

"성수를 통째로 끼얹었는데도 저 정도인가. 역시 괴물이라 다른가."

펑, 하는 소리와 함께 세이의 앞에 작은 폭발이 일어났다. 규모가 작은

데도 성수에 당한 상처가 깊었던 세이는 한 발자국, 밀려나면서 거칠게 숨을 토했다.

라파엘이 쓰디쓴 미소를 지으며 다소 우울하게 내뱉었다.

"마황, 우린 그대에 대해 생각보다 많은 걸 알고 있다. 그대는 우리들의 부끄러운 과거이자 언젠가는 제거해야 할 대상. 제 발로 들어온 것이니 우리를 원망치 마라, 마황."

"라파엘, 그쪽 걱정이나 하시는 게 좋을 겁니다."

세이가 소매로 입가에 흐르는 피를 닦으며 빙그레 웃었다. 여유가 넘치는 표정과는 달리 고통은 파도처럼 육중하게 몰아쳤다. 살갗이 조각조각 쪼개지는 아픔이 뼛속 깊이 파고들었지만 이 와중에도 초조했다. 시간의 모래가 하나씩 떨어질 때마다 그녀는 죽어가고 있다.

'이제 시간이……, 없다. 정면 돌파는 불가능에 가깝다.'

웬만한 일에는 눈 하나 꿈쩍 않는 세이의 낯빛이 갈수록 굳어갔다.

전례 없이 '마왕'이 아닌 '마황'이라는 칭호가 붙고, 천계와 마계를 통틀어 최강이라고 불리는 세이조차도 엄연히 불가능한 것은 존재했다. 무엇보다도, 천계에 오기 전부터 있었던 상당량의 출혈과 성수, 그리고 천계에서 완전한 힘을 낼 수 없다는 것, 그리고 서둘러 피를 구해 돌아가야 된다는 조급함이 그의 발목을 잡고 있었다.

"이젠……, 시간이 없는데."

세이가 같은 말을 속으로 반복했다. 어떻게든, 천왕의 피만 어떻게든 구한다면 로도모나스에게 보낼 수 있을 것이고, 제가 죽더라도 로도모나스는 지시한 대로 그녀를 중간계로 옮길 것이다. 그것으로 된 것이다.

"작별인사를 하고 오길 잘했군요."

찰나에 눈매가 고통스럽게 뒤틀렸다. 하지만 그 감정은 화살처럼 스쳐 지나가 마황을 마주한 이들은 자신이 잘못 본 것이 아닌가 여겼다.

세이가 지체 없이 손을 들자 라파엘을 포함한 천족들은 숨을 죽이고 방어태세를 갖췄다. 빛이 번쩍거렸다. 눈이 지끈거릴 정도의 섬광 때문에 라파엘은 저도 모르게 눈을 감았다 떴다. 다시금 시야에 잡힌 것은 마황, 세이가 라파엘의 옆에 있던 미카엘을 인질로 잡고 웃고 있는 모습이었다.

"미카엘!"

라파엘의 눈썹이 불끈 치솟았다. 미카엘은 마기를 휘감은 채 자신의 가느다란 목덜미에 가까이 다가와 있는 세이의 손을 보고 하얗게 질려 있었다. 금방 반격하려던 천사들도 서로 눈치만 보면서 주춤거리기 시작했다. 세이가 특유의 오만한 시선에 비웃음을 담아 전했다.

"무르군요, 라파엘."

"비겁한 괴물 같으니……! 전원 움직이지 마!"

노여움을 참느라고 라파엘의 눈이 팽팽해졌다. 악의 가득한 시선이 한꺼번에 세이에게 쏟아졌다. 무시무시한 분위기 가운데서도 세이는 긴장한 기색 없이 매끄럽게 말을 이어나갔다.

"천왕에게 안내하십시오. 그렇지 않으면 저도 목숨을 걸고 상대해드리겠습니다."

라파엘은 이를 바드득 가는 한편 문득 마황의 표정만큼 그의 상태가 좋은 건 아니라는 것을 깨달았다. 마황은 불리하고, 형편없었다. 채 아물지 않은 상처에서 피가 배어 나와 군데군데 찢어진 옷이 짙은 붉은색으로 물들어가고 은청발도 핏물에 물들어 엉킨 지 오래였다. 수천 대 일. 수적으로도 열세에 있다.

하지만 지금의 마황은 오히려 자기가 우위에 있는 양 한 치의 물러섬이 없다. 단지 눈을 마주치는 것만으로 오한이 들었다.

온몸으로 전해 오는 투지와 맹목, 무엇이 저렇게 마황을 움직이게 하고 있는가! 라파엘에게서 아무런 답변이 없자, 잠깐 기다렸던 세이가 침묵 속에 마력을 모으기 시작했다. 그전까지는 비교도 안 될 정도로 강대한 마력이 집약되자 땅이 덜컹거렸다.

'이유야 어떻든 저 미치광이를 절대, 절대 천왕 전하와 만나게 해선 안된다!'

라파엘은 온몸의 근육을 빳빳하게 긴장시키며 전투태세를 갖췄다. 온몸을 덮쳐 오는 살기와 긴장감에 절로 몸서리가 쳐졌다. 어차피 마황도 그리 오래 버틸 수 없을 테니 이번만 막아내자고 심기를 다지고 검을 단단히 그러쥐었다.

금방이라도 폭발할 것 같은 강대한 마력이 세이의 손에 모여들었을 때였다. 난데없이 뒤에서 졸음에 겨운 여성의 목소리가 들렸다.

"시끄럽다. 왜 이렇게 시끄럽나?"

빳빳한 라파엘의 어깨가 움찔하는 동시에, 세이의 손에 모여들던 마력이 안개처럼 흩어졌다. 새카맣게 타오르는 세이의 눈동자가 천천히 이동하여 천왕의 성으로 고정되었다. 바닥에 닿을 정도로 긴 하늘색 머리카락을 비녀로 고정시킨 아름다운 여인이 계단을 따라 내려오고 있었다.

"……그대가 천왕입니까?"

천왕이라는 걸 알아보는 건 그리 어려운 일이 아니었다. 천왕의 상징인 순백의 날개 여섯 장이 그녀가 한 걸음 내딛을 때마다 빛무리를 흩뿌리고 있었으니까. 여인은 폐허가 된 주변을 훑었다가 세이에게로 고개를 돌렸다.

"엉, 내가 천왕이다. 그런데 너, 미카엘, 너 보고서 작성하다 말고 왜 여기 나와 있나? 내 날개로 처맞고 싶나?"

"……."

느닷없이 쏟아지는 격식 없는 발언에 사방이 찬물을 끼얹은 듯 싸늘하게 가라앉았다. 천왕은 그 와중에도 '엉? 왜 이렇게 갑자기 조용해졌어?'라고 태평하게 중얼거렸고, 옆에 있던 작은 천사가 파닥파닥 날아서 그녀에게 무언가를 속삭였다.

천왕은 긴장감이 느껴지지 않을 만큼 나른한 얼굴로 뒤통수를 벅벅 긁으며 대충 말했다.

"아, 네가 마황이구나. 어쩐지 얼굴이 익숙지 않았다. ……여긴 왜 왔나?"

마치 이웃집 강아지에게 인사를 건네는 듯한 가벼운 어조에 그 자리에 있는 이들은 모두 경악을 금치 못했다. 세이와 라파엘은 눈이 마주쳤다. 방금 서로 죽이려고 했던 상대를 보는 것치곤 둘의 얼굴에 떠오른 감정이 대동소이했다.

천왕은 흘끗 주변을 살펴보더니 이제야 알았다는 듯 손가락을 딱 소리 나게 튕겼다.

"아, 혹시 싸우고 있었던 건가? 파이팅, 파이팅, 난 이기는 쪽 편이다."

천왕이 방해해서 미안하다는 듯이 그 자리에 털썩 주저앉았다. 모두가 얼어붙은 가운데 그녀는 '아무나 이겨라!'라고 노래를 부르며 어디선가 작은 깃발을 꺼내 흔들었다. 작은 천사가 다시 귓가에 무언가를 속삭이자 이번에 그녀는 굉장히 귀찮다는 얼굴로 변해버렸다.

"내 피가 필요해서 싸웠다고? 그게 왜 필요하나? 마시고 자살이라도 할 셈인가? 아닌데, 넌 다른 마족과는 달리 어차피 혼혈이라 천족의 피를 마셔도 죽지 못한다."

묘하게 반말과 존대가 섞여 있는 말투로 말을 끝내자마자 천왕이 그 자리에서 사뿐히 일어서며 손을 휘휘 저었다.

"아, 마침 잘되었다. 마황과 이야기를 나누어야겠으니 다 물러나라. 너희들이 저거, 저거, 이거, 부순 거 보고서 쓸 거 아니면 말이다."

천왕이 여기저기 초토화가 된 부분을 손으로 가리켰다. 벌떼처럼 모여 있던 모든 천사들은 그들의 왕이 시키는 대로, 약간은 어처구니없다는 얼굴로 조용히 물러났다.

천왕은 되도록 빠르게 — 하지만 보는 사람은 속이 터져버릴 정도로 느리게 — 걸음을 옮기며 입을 열었다.

"이유를 말해라. 내 피가 왜 필요하지?"

"당신에게 설명해야 할 의무는 없습니다. 제가 원하는 건 오직 피뿐입니다. 내어놓으십시오."

세이는 미카엘의 목에 들이민 손에 힘을 주었다. 붉은 빛이 넘실대는 맹금의 눈을 마주하는데도 천왕은 태평스럽고 무심해 보였다.

"……마황, 나까지 모습을 드러낸 마당에 딱딱하게 굴지 마라. 나도 피를 뺏기면서 이유 정도는 알고 싶어 그런다. 어차피 네가 극도로 날뛰면 나는 살아남을 자신이 없다."

"전하……!"

라파엘이 단박에 당황하며 세이의 눈치를 살짝 살폈다. 혹여나 새로 등극한 천왕이 얕잡힐까 염려되는 듯했다. 까닭을 헤아린 천왕이 심드렁하게 어깨를 쫙 폈다.

"됐다. 숨기려들지 않아도 그 정도는 이 자리에 있는 모두가 알고 있다."

긴장감이 없다 못해 전무하기까지 한 천왕의 모습에 세이가 눈을 가느스름하게 떴다. 속궁리가 있다고 하기엔 지나치게 속내를 여과 없이 고스란히 까발리고 있지 않는가. 그 진지한 라파엘조차, 위엄이라곤 눈을 씻어도 찾아볼 수 없는 천왕을 어떻게 말려야 할지 고심하고 있는 기색이 역력했다.

천왕은 맥이 빠져 보일 정도로 계단을 느릿느릿하게 내려와 불과 세 발자국 정도밖에 안 되는 가까운 거리에서 멈춰 섰다. 곧 고개를 획 치켜들며 당돌하게 눈을 반짝였다.

"게다가 천계는 마황에게 갚아야 될 빚이 있지 않나."

'빚'이라는 단어에 세이의 눈빛이 탈옥수처럼 사나워졌다. 라파엘은 크게 당황하며 언성을 높였다.

"전하! 치욕스럽습니다! 돌연변이 마황 따위에게 빚이라니요!"

"움직이지 마라!"

노호를 터뜨린 천왕은 새파랗게 날이 선 눈으로 뒤를 돌아보며 엄하게 을렀다.

"이 닭대가리들. 피 좀 주는 게 무어 그리 대수라고, 사방을 이 꼴로 만들어놓고도 아직 할 말이 남은 거냐?"

"전하! 그것이 아니고!"

"자꾸 헛소리할 거냐! 진정 내가 분노하는 걸 보고 싶냐 이 말이야!"

구구궁! 천왕의 순수한 분노로 천계가 뒤흔들렸다. 중구난방으로 떠들어대던 입들이 약속이나 한 듯이 딱 닫혔다. 천왕이 저렇게 나오니 천사들은 무기를 모두 내려놓고 물러선 상태였고, 라파엘조차 쿵, 소리를 내며 검을 집어넣었다. 사위가 침묵에 휩싸이자 그제야 천왕이 세이를 응시했다.

"물론 피 몇 방울 주는 것으로 옛날에 천계에서 마황, 네가 당했던 일을 잊어달라는 건 아니다. 그 죄책감에 대한 우리만의 속죄라고 생각해라. 악독한 원망을 퍼부어도 묵묵히 참겠다. 그럴 만한 짓을 저질렀으니까."

"……."

"믿어라, 마황. 사방에 천사들이 몇인데 그네들의 수장인 내가 거짓을 말하겠나. 이렇게까지 했는데 믿어주지 않는다면 나로선 할 말이 없다."

천왕과 세이의 시선이 마주쳤다. 평상시의 세이였으면 알아서 무엇에 쓸 거냐며 면박을 주었겠지만, 천왕의 반응이 호의적인데 굳이 긁어 부스럼 만들 필요가 없었다.

모두가 숨을 죽인 가운데 세이가 조용히 말했다.

"⋯⋯살려야 할 인간이 있습니다."

마황이 살려야 될 인간이라니? '마황'과 '인간'의 조합만으로도 이상하게 여길 판에 죽이는 것도 아니고 살려야 된다니? 순간 이해 못 할 정적이 가라앉았다가 금방 웅성대기 시작했다. 라파엘을 포함한 천사들은 하나같이, 자기들 눈으로 보기 전에는 도저히 믿을 수 없다는 듯한 얼굴들이었다.

천왕도 고개를 갸우뚱하며 세이의 말을 입속에서 굴려보았다.

"살려야 할 인간? 인간 하나 때문에 마계의 황제가 움직인단 말인가? 먹이인가? 단순 노리개? 장난감? 빚이라도 진 건가? 아니면 계약자라도 되나?"

"전부 틀렸습니다. 그 무엇으로 칭할 수 없을 정도로 중합니다."

천왕의 고개가 개울에 띄운 종이배처럼 기울어졌다가, 되돌아왔다가를 반복했다. 잠깐의 침묵 후에 그녀가 작게 웃음을 터뜨렸다.

"의외다. 이렇게 인간적인 이유라니⋯⋯. 오랜만에 재밌다. 그 인간. 마계에 있나?"

라파엘은 한참을, 뭍으로 나온 붕어처럼 입만 뻐끔거리다가 목에 시퍼런 핏대를 세워가며 언성을 높였다.

"전하, 설마!"

"나 아직 날개 안 집어넣었다. 날개가 여섯 장이라 한 번에 여섯 대를 때릴 수 있다 이 말이다. 처맞고 싶으면 계속 말해라."

천왕이 순백의 날개를 위협적으로 흔들어 보이자 라파엘이 입을 꾹 다물었다. 사실 무서워서라기보단 기가 막혀서였다. 날개를 공격용으로 사용하는 것은 이번 천왕이 처음이었다. 천왕이 손가락으로 미카엘을 까딱거리며 가리켰다.

"그나저나 마황, 부탁인데 미카엘, 걔 좀 놔주어라. 걔 죽으면 내가 처리해야 될 서류가 산더미란 말이다. 저 바보 같은 게 넋 놓고 있다 잡혀서 나를 이리 귀찮게 만드나. 넌 당분간 야근만 줄창 할 줄 알아라."

죽는 것보다도 더 혹독하다고 알려진 '천왕표 야근'에 대한 엄포를 들은 미카엘은 움찔거리며 세이를 올려다봤다. '차라리 죽여주세요!'라는 간절한 눈빛을 마주하며 그는 눈살을 찌푸렸다. 목에 감겼던 팔이 천천히 풀렸다.

미카엘은 세이가 놓아주었는데도 움직일 생각을 않았다. 그런 그를 슬그머니 밀어내며 천왕이 뚱하게 입을 열었다.

"자, 그럼 이제 가자."

짧은 말에 라파엘의 반응은 경악 그 자체였다.

"전하, 위험합니다! 다시 한 번 심사숙고를……!"

천왕이 손을 들어 그를 제지했다.

"어차피 조금 있으면 천마회의다. 앞당겨서 간다는 셈 치자. 비켜라."

"정 뜻이 그러하시다면 소인도 따르겠습니다!"

라파엘이 철그럭거리는 소리를 내며 그녀 앞에 힘차게 부복했으나 천왕의 얼굴엔 더더욱 귀찮다는 기색이 짙어졌다.

"오지 마라, 번거롭다. 그리고 다들 날개 좀 넣는 게 좋겠다. 요즘엔 너나 할 것 없이 죄다 날개를 펴고 다니니……. 사방이 닭털 천지다. 내 기관지는 소중한데 말이지."

"닭털……!"

라파엘은 말문이 막힌 채로 얼이 빠져버렸다. 위엄이 넘치는 노장이 저런 모습이라니, 주변에서 이 사태를 관전하고 있던 천사들은 그럴 때가 아님에도 불구하고 피식거리며 웃음을 터뜨리고 말았다.

당황한 라파엘을 뒤로하고 천왕은 겅정겅정 뛰어가 마계로 이어지는 문 앞에 섰다. 날개를 집어넣은 천왕은 뒷짐을 지고 느긋하게 말했다.

"앞장서라. 내가 먼저 마계에 가서 목 베이기 싫으니까. 난 벽에 뭐 칠할 때까지 살 거다."

"위험합니다! 천왕 전하! 마족 놈들이 어떤 짓을 할지 모릅니다! 시해하려들지도……!"

뒤에 있던 라파엘이 다시 쩔그럭거리는 소리를 내며 다가왔다. 천왕이 잠깐 눈동자를 굴리더니, 어깨를 가볍게 으쓱였다.

"그럼 죽지, 뭐."

"예……예?"

"농담이다, 농담. 아무리 마족이라도 부탁 들어주는 사람을 죽이려들진 않을 거라 생각한다. 그렇지 않은가, 마황?"

머리카락만큼이나 맑은 하늘색 눈동자를 반짝이며 세이를 올려다보는데, 그녀를 마주하는 세이의 얼굴에 기묘한 빛이 어렸다. 세이의 표정을 다른 쪽으로 이해한 천왕이 가볍게 말을 이었다.

"아, 내 말투. 내 말투는 신경 쓰지 말아줬으면 좋겠다. 무례한 건 알지만 원래 타고나기를 이 말투를 가지고 태어난 거라. 세 번째로 말하는데 앞장서줬으면 좋겠다. 나는 벽에…….."

세이가 손짓을 하자 커다란 장식장과 같은 흑단의 문이 나타나며 부드럽게 열렸다. 그는 신기하다는 듯 쳐다보고 있는 천왕에게 들어가자는 눈짓을 했다.

"……따라오십시오."

이제야 말이 통하는군, 앵무새처럼 웅얼거리며 천왕이 마황, 세이를 따라나섰다. 그녀가 어둠의 공간에 한 발짝 들어서자 문이 조용히 닫혔다.

"저건……, 마족과 드래곤의 혼혈이 아닌가."

아까까지만 해도 아렌 옆에 몸을 말고 자고 있던 로도모나스가 낯선 여자의 목소리를 듣고 움찔하며 일어섰다. 천왕을 보자마자 로도모나스가 털을 바짝 세우니 세이가 짧게 고개를 저었다.

"로도모나스."

로도모나스는 움찔하며 뒤로 물러섰다. 천왕의 호기심 어린 시선이 작은 털 뭉치에게 접착된 듯 따라서 움직였다. 눈 한 번 깜빡이지 않고 멀뚱히 쳐다보다 세이를 향해 물었다.

"드래곤 족이 저 혼혈을 처형하기로 했었다 들었는데 왜 여기 있는 거지?"

세이는 대답을 하지 않고 천왕을 스쳐 지나가 침대 앞에 멈춰 섰다. 곧 잰걸음으로 세이 옆에 다가온 천왕도 과연 마황이 살리고자 하는 인간이 누군가, 아렌을 찬찬히 관찰했다.

아렌은 번듯이 누워서 꿈쩍도 하지 않고 있었다. 다만 때때로 고개를 돌아누우며 혼몽 한가운데 정신을 잃을 뿐이었다. 진하게 내려앉은 눈 밑 다크 서클과 하얗게 떠버린 낯빛만 아니었더라도 그저 자는 것이라 여겼을 평온함이다. 죽어가는 자의 고요함.

그녀의 머리부터 쭉 살펴본 천왕이 혀를 찼다.

"많이도 먹여뒀군. 희미하게 느껴지는 천족의 피는 뭐지? 설마 마황의 피인가?"

"그렇습니다."

세이가 다소 우울하게 대답하자 천왕이 재미있다는 듯 입꼬리를 늘어뜨려 웃었다.

"드래곤 족 혼혈을 거두질 않나, 이 인간을 위해 홀로 천계에 오질 않나, 의외다. 마황, 이제 보니 그대는 자선 사업가……."

말을 끝내기도 전에 세이가 그녀의 손목을 덥석 잡았다. 지체 없이 그녀의 손목을 죽 긋자 하얀 피부 위에 붉은 줄이 떠올랐다. 쌍꺼풀이 길고 진하게 드리운 눈매가 잔뜩 찌푸려졌다.

"아프다, 살살해라."

세이는 그녀의 말을 깔끔히 무시한 채 손목에서 피를 빨아들였고, 그 까닭을 짐작한 천왕은 그가 적당량의 피를 머금을 때까지 가만히 있어주었다. 순식간에 피를 흡수하듯 빨아들인 그가 아렌의 앙증맞은 입술에 제 것을 포개 피를 넘겨주었다. 목구멍 속으로 꿀꺽하며 무언가 넘어가는 소리가 들리고 나서야 천왕이 그녀의 손목을 갈무리하며 말을 걸었다.

"마황의 피와 천왕의 피가 동시에 들어갔으니 꽤 괴로울 거다, 인간의 몸으로 버틸 수 있을지는 순전히 운에 달렸다."

"허어어억!"

"거봐라."

천왕은 안쓰러움에 혀를 찼고, 아렌은 전신을 싸르르 떨며 거칠게 숨을 몰아쉬었다. 세이는 서둘러 그녀의 어깨를 보호하듯 바싹 틀어 안았다. 규칙적으로 등을 토닥토닥 두드려주며 그가 낮고 매끄러운 목소리로 그녀를 불렀다.

"아렌."

"헉, 헉, 헉……."

"아렌, 아프시더라도 견디셔야 합니다."

눈에 띄게 핼쑥해진 아렌은 그의 옆구리에 더 바싹 들러붙었다. 듣는 사람이 더 움찔할 정도의 고통스럽게 헐떡이는 소리가 가냘픈 숨을 쉴 때마다 새어 나왔다. 입술을 질끈 깨물고 세이의 목덜미에 얼굴을 묻은 채 한참을 끙끙댔다.

아무리 봐도 이상하다는 듯 신기하게 쳐다보는 천왕의 시선에서 그녀를 가리며 세이가 소중하게 보듬어 안아주었다. 괴롭게 숨을 내쉬던 아렌은 마지막으로 숨을 크게 들이쉬고 무의식 속으로 빠져들어 갔다.

천왕이 잠시 흐르던 침묵을 깼다.

"자, 그럼 난 이제…….."

"여기에 계십시오."

"싫다. 여긴 잘 데도 없질 않나."

뚱하게 중얼대며 노골적으로 다른 방을 제공해달라는 뜻을 전했지만 세이가 뒤도 돌아보지 않고 손을 뻗었다. 검은 문이 제 의지라도 있는 양 철커덕 소리를 내며 닫혔다. 세이는 고압적으로 느껴질 만큼 단호하게 말했다.

"그녀가 깨어나기 전까지 정확히 한 시간마다 피를 공급해야 합니다. 때맞춰 보이지 않으면 곤란합니다."

"마치 살아 있는 수혈기구 대하는 것 같구나. 마황, 이제 보니 너 꽤 뻔뻔하다."

천왕이 입술을 비죽이 내밀면서 투덜거렸다. 세이의 시선이 아렌에게서 떨어져 천왕에게 향했다.

"……당신이야말로 예전 전언을 보냈을 때와 사뭇 다른 모습이십니다."

"전언? 아, 그거 내 똘마니들이 보낸 거다. 그런데 마황, 너야말로 많이 다쳤다."

천왕이 긴 소매를 팔꿈치까지 걷어 올리며 새삼스러운 눈으로 세이를 살폈다. 구석구석 깊이 베인 상처를 치료해야겠다고 여겼는지 그녀가 세이에게 손을 뻗었다.

"손대지 마십시오."

세이가 탁, 가볍게 쳐내며 강한 혐오의 빛을 드러냈다. 천왕은 그 반응을 짐작했다는 듯 전혀 불쾌해하지 않고 손을 거두었다.

"그래, 천족의 손이 닿는 게 싫을 거다. 내 듣자 하니 실험이라든가, 지독한 일을 당했더군. 하지만 지금 그런 타령 할 때가 아니다. 내 능력 중 하나가 상대의 아픔을 느낄 수 있는 거라 그대의 고통을 알 수 있다. 성수에 다친 부분이라도 치유할 수 있게 해다오."

"필요 없습니다."

가차 없는 세이의 거절에도 천왕은 진지하게 말을 이어나갔다.

"잠깐, 네 고통은 이제 보니 성수나 외상 때문이 아니다. 이상하다. 이 아픔은 도대체 어디서 오는 거지?"

천왕이 저릿한 가슴 부근을 손으로 쥐며 뒤로 물러났다. 세이로부터 적당한 거리를 두자 그제야 천왕은 숨이 트여 심호흡을 내뱉었다. 그녀는 믿을 수 없다는 듯 눈을 동그랗게 떴다.

"끔찍하군. 이 아픔을 지니고 사는 건가? 어떻게? 마황, 너 아까까지 멀쩡히 서 있던 것만 해도 용하다. 대체 뭐 때문이지? 그대로 뒀다가 큰일 치를지도 모른다."

"……당신이 관여할 바 아닙니다."

천왕은 그에게로 상체를 기울이며 눈을 동그랗게 떴다.

"너보다 훨씬 어린 내가 이렇게 눈물겹게 노력하는데 신랄하다. 원래 성격이 그런가?"

대답 없이 입을 꽉 다물어버리는 세이는, 천왕의 눈엔 마치 버림받은 어린아이처럼 슬프고 외로워 보였다. 천왕은 가볍게 어깨를 으쓱거리며 입을 열었다.

"고집이 세다. 알겠다. 신경 쓰지 말라고 한다면 그렇게 하지."

천왕은 느릿느릿 창가에 걸어가 쭈그리고 앉았다. 그녀는 얼마 지나지 않아 봄날 고양이처럼 졸기 시작했다. 어떻게 보면 적장의 성에 갇혀 있는 것인데도 천계와 다름없는 무방비한 모습이었다.

'아렌, 돌아왔습니다. 늦지 않고 당신의 곁으로 돌아올 수 있어 기쁩니

다.'

속으로 인사를 건네며 세이는 아렌을 한참 동안 들여다보았다. 고른 숨을 내쉬며 깊이 잠들어 있는 그녀의 얼굴은 아침 이슬처럼 투명하고 맑고 어여뻐서, 이 세상의 어떤 번뇌도 지니지 않은 듯했다.

고비는 넘긴 듯하여 그제야 세이의 얼굴에서 비장함이 조금이나마 씻겨나갔다. 긴장이 풀리자 시야가 흐릿해지고 정신이 가물가물해지려 했다. 움켜쥔 옆구리가 축축했다. 아직도 피가 비집고 흘러나오는 옆구리를 꾹 틀어 누르자 불타는 고통이 느껴졌다. 성수 때문에 재생도 되지 않았다.

'그러고 보니…… 당신과 처음 만났을 때도 이런 지독한 붉음 속이었습니다.'

세이의 얼굴에 그림자가 스쳐 지나갔다. 죽음을 느꼈다. 천계로 향하면서, 죽음을 느꼈다. 그리고 천계에서 빠져나온 지금도 마찬가지다. 무섭거나 두렵지 않았다. 아이러니하게도 죽음은 태어날 때부터 항상 가까이에 있었기에. 오히려 태어난 순간부터 어느 세상에도 속하지 못하는 존재이자 표적으로서 당연한 것이었다.

'아무것도 가진 것이 없었기에, 무언가를 가지길 열망했습니다.'

세이가 천천히 손을 들어 올려 그녀의 머리로 가져갔다. 피범벅이 된 손으로 만질 수 없어 잠시 머뭇거리다 내린다. 대신 상체를 숙여 아렌의 손에 입술을 묻었다. 팔딱팔딱 뛰는 맥박이 엷은 살갗을 통해 전해졌다.

"어서 깨어나십시오, 아렌……."

세이가 지그시 눈을 감았다. 입술을 통해 전해지는 온기 속에는 돌연변이 혼혈도, 마황도 아닌 그저 한 남자의 간절한 심정만이 어려 있었다.

아렌은 온몸이 타오르는 느낌에 미칠 것만 같았다. 흡사 불가마 속에 내던져진 듯한 뜨거움이 온몸을 훑고 지나갔다. 의식이 수면 위로 떠오를 때마다 차라리 혀를 깨물고 죽는 게 낫다고 생각했다.

너무나 아파서 목 놓아 엉엉 울고 싶었다. 숨조차 쉬기 힘든 고통 속에서 누군가 손을 잡아주었다. 안아주고, 보살펴주고, 이름을 불러주었다.

당신은, 누구⋯⋯?

아렌이 지그시 눈을 떴다.

마황성에 온 이후 세이와 천왕은 두문불출하며 아렌의 치료에만 전념하고 있었다. 한 시간마다 재깍재깍 해독제인 천왕의 피를 먹이는 데다 천왕이 적절히 치유 마법을 섞어 써주는 덕에 아렌은 하루가 다르게 회복해가고 있었다.

봄날 고양이처럼 졸고 있던 천왕은 가자미눈을 뜨고 주위를 살폈다. 쥐 죽은 듯 누워 있는 아렌 옆에, 보는 사람이 불편해질 정도로 뻐딱하게 앉아서 세이가 잠이 들어 있다. 푸른 기가 도는 은색 머리카락이 불빛에 비쳐 반짝였다.

천왕은 그 자리에서 슬며시 일어나 세이에게로 다가가 손을 뻗었다. 눈부신 순백의 빛이 나와 그에게 스며들려는 순간, 파창, 소리를 내며 안개처럼 흩어져버렸다. 천왕이 손을 거두며 입을 열었다.

"깨어 있었구나."

고요히 감겨 있던 세이의 눈이 살짝 열렸다. 지친 기색이 역력한데 눈빛만큼은 살을 뚫고 가를 만큼 선득하고 긴 속눈썹이 드리운 그림자에 세이의 검은 눈은 더더욱 어두워 보였다.

"⋯⋯손을 대지 말라고 말씀드렸습니다."

"마황, 고집도 어지간히 피워라. 근처에 있는 나조차 숨이 막혀버릴 정도로 아픈데 왜 버티나."

사실 아렌의 빠른 회복과 대비되어 세이의 부상과 상처의 악화는 투병 능력을 형편없이 저하시켜갔다. 그런 고통 따윈 익숙하다는 듯 묵묵히 견디는 세이가 지독하다 싶을 정도였다.

　"그만 고집피우고 치료 받아라. 내 어차피 저 아일 치료하러 온 차다. 치료할 대상이 하나 느는 셈 치자."

　일단 살리고 보자 여긴 천왕이 다가갔지만 세이는 미간을 찡그리고 어둠 속으로 스며들듯 사라져버렸다. 천왕은 세이가 사라진 자리를 뚱하니 바라보았다.

　"쯧쯧, 호의를 호의로 받아들이질 못하는 고슴도치로구나. 그런데 저 고통은……, 도대체 뭔지 알 수가 없다."

　천왕이 그에게서 줄곧 전해져 왔던 아픔을 상기하며 가슴을 쥐었다. 생살을 칼로 도려내도 그보단 덜 괴로울, 끔찍한 고통이었다. 금방이라도 쓰러질 듯 몸부림치는 호흡 또한 아득하다. 마황에게 지병이 있다는 소리도 못 들었으니 선천적으로 타고난 병은 아닐 게다, 마음의 고통에 공감할 능력은 없으니 분명 육체적인 고통이다.

　"가르쳐주질 않으니 알 도리가 있나. 그나저나 참 무료하다."

　천왕이 심드렁하게 어깨를 쭉 펴면서 주위를 둘러보다, 작은 마족 상태의 로도모나스를 발견했다.

　"옳거니, 드래곤과 마족의 혼혈이 있었다."

　천왕은 특유의 멍한 얼굴로 응시하다가 느릿하게 다가갔다. 로도모나스는 천왕이 있는 쪽으로 돌아가려는 고개를 꺾어 돌리며 네가 누군지 모른다는 듯 그녀를 외면했다.

　"로도모나스라고 했지?"

　천왕은 침대 앞에 멈춰 서서 아렌 옆에 몸을 누이고 있는 로도모나스를 쿡 찔렀다. 로도모나스가 발딱 일어서더니 투견처럼 날카로운 이빨을 드러내며 으르렁거렸다.

"내 이래 봬도 너보다 백 살은 더 먹었느니. 쳐다보는 눈빛이 그게 뭐냐?"

천왕이 로도모나스의 이마에 집게손가락을 퉁겨 꿀밤을 주었다. 딱콩! 손가락 힘이 보기보다 센 모양인지 꿀밤 맞은 로도모나스의 이마 부분이 빨갛게 부어올랐다. 로도모나스가 짧은 앞발로 툭 돌출된 부분을 부여잡고 씨근거리며 천왕을 노려봤다.

"요놈, 또 그런 눈초리. 마황에게서 손윗사람을 공경하라는 법은 못 배운 거냐?"

천왕이 '눈을 깔아라.'는 뜻으로 부드럽게 손목을 까딱거리자 로도모나스의 초록색 눈에 살기 비슷한 기운이 어렸다. 하지만 감히 천계의 지존을 건드릴 순 없어 휙 도망가버렸고 천왕은 새를 쫓는 고양이처럼, 하지만 느긋하게 따라다녔다. 참다못한 로도모나스가 발차기를 날리는 그 순간조차 천왕의 얼굴엔 재밌어하는 기색이 역력했다.

아렌을 치료하며 머무른 며칠 동안 세이가 입 한 번 뻥긋하지 않는 바람에, 퇴근 시간만을 기다리는 직장인처럼 답답하고 무료하기 짝이 없었던 것이다. 그런 찰나에 이렇듯 갓 잡아 올린 물고기처럼 싱싱한 놀이상대라니, 그녀로선 귀엽기도 하고 기쁠 뿐이었다.

그렇게 로도모나스를 데리고 노는 와중에 죽은 듯이 늘어져 있던 아렌에게서 날카로운 비명이 들렸다.

"……헉!"

천왕과 로도모나스의 시선이 한꺼번에 쏠린 가운데 아렌이 두 눈을 커다랗게 떴다. 그녀의 시야 속에서 천장이 흐릿해지고 선명해지길 빠르게 반복했다. 고르지 못한 숨을 가누느라 몸을 뒤척이려 했으나 물먹은 솜처럼 천근만근 무거웠다. 마치 길고 긴 꿈을 꾸고 깨어난 것처럼 몽롱했다.

흐릿한 시야에 찰랑이는 하늘색 머리카락이 홍수처럼 쏟아졌다.

"생각보다 일찍 깨어났구나. 내 피를 많이 먹긴 했지만 꽤 건강한 체질인가 보다."

"아……?"

아렌이 움찔한 순간 흰 빛이 온몸을 감싸 안았다. 그녀가 써주는 치유 마법은 봄 냄새가 어우러진 어머니의 품처럼 포근했다. 옥구슬이 은쟁반 위에 또르르 굴러가는 것처럼 고운 목소리가 다시 한 번 들려왔다.

"이제 내 피는 먹지 않아도 될 성싶구나. 잘되었다. 정신은 좀 드나?"

몸을 일으켜 목소리의 주인을 확인한 아렌은 저도 모르게 탄성을 내뱉었다. 소녀와 여인의 경계선에 있는, 어느 누구의 손길도 쉽게 허락되지 않을 것 같은 묘한 분위기의 여자였다.

작고 여린 체구에 동그라면서 갸름한 얼굴, 흰 피부에 연한 하늘색 눈동자……. 앳된 외모에 어울리지 않게 드레스 위로는 풍부한 곡선미가 드러나 있었다. 그녀와 공중에서 눈이 마주치는 순간 이상하게 이 세상 모든 것들이 느려지는 기분이 들었다.

멍하니 천왕만 바라보고 있는데 누군가 아렌의 품에 푹 안겨서 지나칠 만큼 파고들었다. 익숙한 촉감을 기억한 아렌이 반가운 미소를 머금었다.

"로도모나스……. 오랜만이야."

로도모나스는 대답 없이 끅끅거리며 안도의 울음을 터뜨렸다. 큰 녹색 눈망울에서 눈물이 쭉쭉 흘러 이불을 적셨다. 로도모나스의 날개 부근을 토닥거려준 아렌은 천왕에게로 다시 시선을 돌렸다.

"그런데 누구세요?"

천왕이 뒷짐을 지고 느긋하게 좌우를 살피더니 입을 열었다.

"나 말이냐?"

"예, 누구세요?"

"내 이름은 아라벨라 가이아……다. 아라벨이라고 불러라. 최근에 닭장 관리인이 되었단다."

"닭장 관리인요?"

아름다운 여인이 닭장을 휘젓고 다니며 닭에게 모이를 주고 닭똥을 치우는 장면이 도저히 상상이 가질 않아 아렌이 어리둥절해했다.

"그래, 시끄럽게 떠드는 닭들을 닥치게 하는 게 내 일이란다. 패거나, 협박하거나 해서 말이다."

아라벨이 대수롭지 않게 대꾸하자 아렌이 입을 동그랗게 모았다.

"닭에게 폭력이나 협박이 통하다니 신기하네요. 그런데 여긴……, 어디예요?"

"미안하다. 아이야, 그 질문엔 내가 쉽게 대답해줄 수가 없다."

"그런데 아라벨, 몇 살이에요? 별로 나이 차이도 나지 않아 보이는데 말투가 특이하네요."

"기함할까 감히 가르쳐줄 수가 없다. 내가 다소 동안이긴 하지만 아이야, 너보다는 훨씬 나이를 많이 먹었다. 그것만 알고 있어라."

천왕이 자못 진지하게 대답하곤 입을 다물었다. 굳게 다물린 입이 절대 말하지 않겠다는 의지를 표명했다. 하긴, 여자에게 나이를 묻는 건 실례지. 많이 쳐줘봐야 고작 스물셋 정도로 보이는데 생각보다 나이가 많나 보다.

그렇게 생각하며 아렌이 사방을 살폈다. 열 명 정도가 어렵지 않게 공동생활을 할 수 있을 정도로 큰 방은 널찍하다 못해 광활해 보이기까지 했다. 고풍스러운 벽지와 가구가 멋스럽게 어우러져 있고 우아함과 절제미가 살아 있었다. 누군지는 몰라도 방 주인은 뛰어난 미적 감각을 지닌 게 틀림없었다. 하지만 어딘가 사람 손길이 닿지 않은 기색이 역력한 게 방 주인은 꽤 오랜 세월 방을 사용하지 않은 것 같았다. 아렌은 로도모나스를 내려놓으며 천왕을 힐끗 쳐다봤다.

"혹시 아라벨이 이제까지 옆에 있어주신 건가요?"

천왕이 느릿하게 고개를 저었다.

"내 줄곧 이 방에 있었으나 네가 일컫는 자는 다른 이인 듯싶다. 너는 마……, 은청발의 그자를 뭐라고 부르나."

아렌이 눈을 치떴다.

"은청발……. 설마……, 세이요?"

천왕이 '음' 하고 끄덕였다.

"이름이 있었나……. 그자에게도 잘된 일이다. 그래, 세이, 그자가 너를 위해 많이 애썼다."

"그랬군요……. 애를 쓰다니, 어디 산에 약초라도 캐러 다녀왔나요?"

아렌이 농담 삼아 던진 말에 천왕은 한 손으로 턱을 짚고 진지하게 중얼거렸다.

"어떤 식으로 생각하면 그렇게도 볼 수 있겠다. 약초를 구하느라 내가 관리하는 닭장을 통째로 파괴하긴 했지만."

약초를 구하느라 닭장을 파괴해? 대체 아까부터 무슨 말이야? 아까부터 묘하게 어긋나 있는 대답을 굳이 바로잡을 힘도 없어서 아렌은 그저 심호흡만 몇 번 했다. 창밖이라도 살펴보려고 다리에 힘을 주었으나 힘없이 도로 침대 위로 넘어지고 말았다. 천왕의 손이 그녀의 어깨를 꾹 눌렀다.

"억지로 일어나지 말거라. 아직 회복이 덜 되었으니 자는 게 좋겠다. 너, 아직 영 속이 말이 아니다."

"전 괜찮아요. 그런데……, 세이는 지금 어디 있나요?"

"방금 나갔다. 줄곧 네가 깨어나기만을 기다렸는데 타이밍이 엇갈렸다."

입 모양으로만 '그렇군요.'라고 말한 아렌이 문득 고개를 들어 천왕의 팔을 잡았다. 맑은 하늘색 눈동자에 의아함이 떠오르자 아렌은 배시시 웃으며 넌지시 물었다.

"저, 아라벨. 미안한데 세이를……, 불러주시겠어요?"

"지금 나에게 심부름을 시키는 거냐?"

"어떻게 안 될까요?"

아렌이 어색하게 웃으며 공손히 묻자 천왕은 눈썹과 입꼬리가 부자연스럽게 휘어진 이상한 표현을 한 채 사라졌다.

아렌이 깨어난 그 시각 세이는 그녀가 있는 방과 그리 멀지 않은 방에서 비스듬히 벽에 기대 있었다. 얼마 전에 천계를 난장판으로 만들 때의 모습이 거짓말처럼 느껴질 정도로 그의 모습은 말끔했다. 검은색에 가까운 진청색 옷을 입은 그는 어떻게 봐도 어두운 세계를 지배하는 황제로는 보이지 않는다. 그저 두려울 정도로 아름답고 멋진 신사처럼 보일 뿐. 그는 문득 옆에서 느껴지는 기척에 눈길을 돌렸다. 허공에서 두 시선이 얽혔다.

"마황."

천왕이 세이를 부르며 다가갔으나 세이가 손을 들어 제지했다. 용건을 말하라는 단호한 눈빛에 천왕도 더 이상 다가오지 않았다.

"……무슨 일입니까?"

아직 몸이 다 낫지 않은 건지, 눈앞이 자꾸만 흐려졌다. 그런 세이를 잠시 동안 뚫어져라 바라본 천왕이 입을 열었다.

"그렇게 노려보지 마라. 그 인간이 깨어났다는 낭보를 들고 왔으니."

듣자마자 반사적으로 몸을 일으키는 세이에게 천왕이 혀를 츠츠 차며 덧붙였다.

"성수에 살갗이 타들어가는 꼴로 갈 거냐? 혹여 발견하게 되면 놀랄 텐데."

"……빨리 하십시오."

세이가 천왕은 마주 보고 섰다. 치료를 빨리 하라는 뜻임을 깨달은 천왕이 손을 뻗었다. 공중에서 흘러나온 모래같이 고운 입자가 유려하게 세이의 어깨부터 훑어 내렸다.

그에 따라 한쪽 상반신에 들러붙어 살을 태우던 성수가 서서히 자취를 감추었고, 치유 마법을 따로 쓰지 않았는데도 상처가 빠르게 아물어갔다. 빛이 사라져갈 때쯤 천왕이 쓰게 웃고는 차분하게, 그러나 힘을 주어 말했다.

"이거야 원, 어느 쪽이 부탁해야 할 입장인지 모르겠다. 인간의 심부름을 하는 것도 그렇고 마황성에 와서 여러 가지 일을 겪게 해주어 고맙다."

세이는 그녀에게 고맙다는 소리도 남기지 않고 곧바로 아렌이 있는 방으로 이동했다. 온몸의 감각이 그녀에게만 쏠려 있는 것처럼 본능적으로 아렌을 발견했다. 그녀는 다리에 힘을 줘서 침대에서 일어나려고 용을 쓰고 있었다.

아렌이 세이를 발견했을 때 그는 숨이 멎는 것 같았다. 은색 눈이 가느다랗게 휘며 세이에게 반가움을 전했다.

"세이!"

신기루가 아니다. 환영이 아니다. 틀림없는 그녀의 목소리다.

세이는 얼이 빠진 사람처럼 그녀만 응시했다. 피투성이가 됐었던 장면이 그녀의 모습과 겹쳐져 이 장면이 꿈이 아니기만 바라고 또 바랐다. 눈가가 타들어가면서 쿵쾅대는 심장 소리가 귀가 먹먹할 만큼 울렸다.

"에이, 세이, 뭐야. 나는 죽다 살아났는데 세이는 완전 멀쩡하잖아? 설마 나 쓰러졌다고 고소하게 생각했다거나 한 건 아니죠?"

멀찌감치 서서 굳어 있는 그를 위아래로 찬찬히 살펴보던 아렌은 혀를 내밀었다.

"장난이에요, 세이. 그런데 여기 어디예요? 로도모나스도 그렇고 세이와 함께 있는 걸 보면…… . 저승은 아닌 것 같은데."

세이는 이를 악물고 가까스로 발을 떼어냈다. 아렌이 황성으로 가는 길을 알려달라, 카트린느가 붉은 연꽃이었다, 지금까지 있을지도 모르니 가봐야 한다 등의 말을 늘어놓았지만 그저 귓가에 윙윙거리기만 했다.

세이, 내 말 듣고 있어요? 세상에, 손 떠는 것 봐. 세이, 수전증 있었어요? 라며 동그랗게 눈을 뜨고 올려다보는데…… .

……그런데, 세이는 순간 자신도 믿을 수 없을 만큼 목이 멨다.

세이의 가슴이 천천히 솟았다가 가라앉았다.

"아렌, 괜찮, 으십, 니까…… ."

뚝뚝 끊기는 목소리. 최대한 꾹꾹 눌린 감정이 오히려 봇물처럼 왈칵 흘러넘쳐 조금씩 떨렸다. 아렌은 당황해서 눈을 또르르 굴리다가 그를 올려다봤다.

"세이, 왜…… , 그래요?"

세이는 더 이상 말을 잇지 않고 아렌 옆에 앉았다. 세이가 생각보다 가까운 곳에 걸터앉은 터라 당황한 아렌은 시선을 어디다 둬야 할지 몰라 상체를 뒤로 쑥 뺐다.

"아렌, 두 팔, 올리십시오."

"엥?"

"팔, 올리십시오."

아렌은 엉겁결에 벌을 서는 아이처럼 두 팔을 들어 올리고 얼굴을 구겼다.

"갓 일어난 사람한테 대체 뭘 시키는…… ."

말이 채 끝맺기도 전에 세이가 그녀의 어깨에 머리를 툭, 떨어뜨려 기대 왔다. 아렌은 팔을 슬그머니 내리며 세이를 내려다봤다.

"많이 아프셨습니까? 늦어서……, 죄송합니다. 아렌."

아렌은 도대체 이게 무슨 일인가 싶어 잠시 얼이 빠져버렸다. 세이가 사과를? 목덜미를 물어뜯어놓고도 내 탓이라고 으르렁대던 세이가 사과를?

놀란 그녀가 굳어 있는 동안 세이의 두 팔은 아렌의 등을 감쌌다.

"죽는, ……줄로만, ……알았습니다. 시간이, 멈춘 줄……."

말을 하면 할수록 주체할 수 없는 격정이 밀려와 으스러지도록 힘껏 아렌을 껴안았다. 몸이 바싹 맞붙자 온기가 화하게 번지고 세이의 심장이 가파르게 고동치는 소리가 가슴으로 전해져 왔다. 아렌을 자신의 팔로 가둔 세이가 거칠게 속삭였다.

"죽어버리면……, 용서하지 않을 생각이었습니다. 천족을 죽여서 모든 피를 다 빼내서라도 살릴 생각이었고, 죽으면 명계로 가서 그 혼을 가져올 생각이었습니다. 그것조차 안 된다면!"

"……."

"그게 모두 안 된다면……, 저도 함께 갈 생각이었습니다. 곁에 있기만 한다면, 다른 세상이라도……."

점점 격해지던 세이의 목소리는 안타까울 정도로 낮게 가라앉고 흐려졌다. '명계'와 '천족' 같은 낯선 단어가 들려 의아함이 들기도 했지만 지금은 그것보다는 다른 것에 주목하게 되었다.

이 목소리, 기억대로다. 멀어져가는 의식 속에서도 들리던 소리. 안타까울 정도로 이름을 불러대던 매끄러운 목소리. 함께 밀려오는 미미한 슬픔.

그게 세이였구나. 내가 미안해질 정도로 애타게 부르던 목소리가 세이것이었구나.

"아렌……."

세이의 목소리가 흐려졌다. 그의 마음이 저 먼 밑바닥까지 쿵 떨어지는 것만 같아 목이 뻣뻣해졌다.

"아렌……."

다시 한 번. 조금 떨리는 목소리가 들린 후에 무언가 시리고 뜨거운 것이 툭, 하고 그녀의 어깨에 떨어졌다. 남모르게 흘러내린 축축한 그것 때문에 아렌은 몸이 화석처럼 굳어버렸다.

세이, 설마……. 아렌은 세이의 얼굴을 확인하려고 어깨를 잡았으나 그는 꿈쩍도 하지 않았다. 붙박인 듯, 고개만 숙이고 있다. 완강히 등을 감싼 손은 더욱 짙은 거부의 뜻을 전했다.

툭. 또다시 한 방울 어깨에 떨어졌다. 가슴에 흥건하게 스며든다. 당황스러울 정도로 놀라웠다. 이 일을 어떻게 해야 할지 막막했다. 미안하다고 해야 할까? 장난스럽게 넘어가야 할까?

아렌은 고개를 조금 내려 세이를 바라봤다. 혼란스러운 머리를 채 정리하기도 전에 한 가지 감정이 불쑥, 머리를 들이밀었다. 안쓰럽다. 정말이지 안쓰러울 만큼 조용하다. 마치 소리를 내서 우는 방법을 모르는 것처럼. 한 손을 어색하게 그의 등 위에 가볍게 올렸다. 오르락내리락하는 숨결에 맞춰 규칙적으로 토닥토닥, 다독여주었다.

"세이, 걱정하게 해서 미안해요."

"……."

"그리고, 고마워요."

희미하게 웃음을 띤 아렌이 언젠가 그랬던 것처럼, 지친 맹수의 머리를 쓰다듬으며 위로해주었다. 부드러운 머리카락이 손가락 사이를 빠져나가며 사락거렸다. 그녀의 예상대로 그 손길이 마음에 들었던 건지 세이는 오랫동안 고개를 들지 않았다.

"고마워요."

아렌이 가만히 있다가 어색하게 물었다.

"……세이, 그쳤어요?"

"……."

"하하, 혹시 면구해서 고개를 들지 못하는 거라면……."

아렌은 말끝을 흐리며 그의 뒤통수를 토닥여주었다. 세상에, 세이에게 눈물을 그쳤냐는 말을 할 날이 오다니. 신선하다 못해 경이롭기까지 했다. 턱 밑에서 부드럽고도 낮은 목소리가 들릴 때까지, 별의별 생각들이 뭉쳤다 흩어졌다 했다.

"……몸은 괜찮으십니까?"

퍼뜩 정신을 차린 아렌이 실없이 헤헤 웃었다.

"다시 말하지만 세이. 진짜 괜찮아요. 좀 아프긴 했지만……, 다 나았어요. 지금은 아라벨 덕분에 하나도 안 아파요."

그건 정말이었다. 정신을 찾은 순간엔 온몸이 불덩이처럼 달아올라 참을 수 없었는데 아라벨이 치유 마법을 써준 덕에 오랫동안 푹 자고 일어난 것처럼 개운했다. 그동안의 피로가 한 방에 날아가는 느낌이랄까.

끼리끼리 논다더니, 세이의 친구로 보이는 아라벨도 굉장한 마법 실력을 가지고 있는 모양이다.

"다행입니다."

세이가 나지막이 읊조리며 천천히 그녀의 어깨에서 고개를 들었다. 운 흔적은 눈을 씻고 찾아봐도 없었지만 아주 딴사람 같은 시무룩한 표정을 하고 있었다. 그 속에서도 뜻밖의 어울리지 않는 귀여움을 찾은 것 같아 아렌은 풋, 웃음을 터뜨리지 않기 위해 입가에 힘을 주고 버텼다. 결국 크게 웃음을 터뜨리고 말았는데, 그 덕에 세이는 조금이나마 은은한 미소를 되찾았다.

"……하지만 완전히 나으실 때까지 여기서 한 발자국도 움직이지 마십시오."

"하하, 세이. 난 괜찮……."

"아렌, 그 정도 부탁은 들어주십시오."

세이가 부드럽게 그녀의 말을 막아섰다. 아렌은 아까 아라벨이 남기고 간 '그자가 너를 위해 많이 애썼다.'는 말을 상기하고는 그래요, 그럼 얌전히 있을게요, 라고 웅얼거렸다.

세이의 손길이 아렌의 싱싱한 머리카락을 부드럽게 쓰다듬었다. 이 순간을 기억하려는 듯 단 한 순간도 그녀에게서 시선을 떼지 못했다. 허술하면서 매혹적인 눈빛에 아렌은 쑥스러운 기분을 숨기기 위해, 침구에 깊숙이 몸을 묻었다. 세이가 천천히 상체를 숙여 다가왔다. 그의 입술이 그녀의 감긴 눈두덩 위에 포개어 살짝 눌렀다. 어쩐지 매혹적인 향기가 은은하게 풍겼다.

"쉬십시오, 아렌."

녹아들듯 달콤하게 속삭이는 음성에 아렌은 차라리 눈을 감아버렸다. 세이의 온기, 낮은 음성, 그리고 부드러운 입맞춤이 생생하게 느껴져서 민망했기 때문이다.

촉촉한 소리와 함께 떨어질 때조차 가볍고 우아했다. 감정을 갈무리하여 눈을 떴을 땐 이미 세이는 눈앞에서 사라지고 없었다. 머리끝까지 채우던 묘한 긴장이 탁 풀려버린 아렌은 침대 안쪽으로 스르르 내려가 눈을 감았다.

한편, 아렌의 방에서 나온 세이는 혼잣말처럼 중얼거렸다.

"루키페르."

세이의 말이 떨어지기가 무섭게 그의 앞에 한 남자의 모습이 나타났다. 회색 머리카락에 표범을 닮은 날카로운 눈빛을 가진 그는 곧장 세이 앞에 부복했다.

"부르셨습니까?"

세이는 어느새 냉혹한 마황의 모습을 되찾고 싸늘한 기백을 내뿜었다.

"내일 이 시각, 모든 하급마족들을 소집해라. 하나도 빠짐없이. 또한 잠시 자리를 비울 테니 그녀 옆을 지켜라."

"존명."

루키페르의 모습이 검은 안개가 되어 휙 사라졌다. 어둠을 응시하는 세이의 눈이 찢어질 듯 부릅떠졌다. 손끝 하나 대지 말라고 했음에도 자신의 경고를 무시한 황비 측에 어쭙잖은 동지 의식으로 면죄해줄 생각은 없었다.

처벌의 시간이 다가왔다. 배신을 일삼은 황비에게 철퇴를.

'하지만…….'

세이가 눈을 내리깔았다. 자신이 직접 그녀에게 손을 댈 순 없었다. 천족과 마족의 조약에는 중간계의 '역사'에 관여하는 건 금지되어 있고 황비는 '역사'에 직결되는 황실의 일원인 까닭이다. 잠시 생각에 잠겼던 그는 곧이어 황비가 가장 두려워하고 무서워하는 키워드를 떠올렸다.

'……황태자.'

짓씹듯 되뇐 세이가 걸음을 옮겨 어디론가 향했다. 뚜벅뚜벅, 검은 대리석 바닥을 울리는 묵직한 발소리는 어느 순간부터 흔적도 없이 사라졌다.

"부단장님, 부르셨습니까?"

기사단원 중 하나인 프레드릭이 부단장 라미에의 집무실의 문을 두드렸다. 라미에의 집무실은 기묘한 침묵에 휩싸인 채 바깥까지 심상찮은 기운을 풍기고 있었다. 아무 응답이 돌아오지 않아 다시 문을 두드리려는 순간 문 밑으로 서류 뭉치와 함께 무언가 적힌 종이가 스윽 빠져나왔다.

: 단장님께 전해드려.

'왜 직접 전해드리지 않는 거지? 아니, 그것보다 요즘 부단장님을 뵌 일이 있었나?'

생각해보니 틈만 나면 여자를 꾀러 사방팔방 날아다니던 라미에가 은청발의 마법사를 놓친 후로 쭉 집무실에 틀어박혀 코빼기도 내비치지 않고 있었다. 고개를 갸웃거린 프레드릭이 안을 향해 물었다.

"부단장님, 혹시 무슨 일이 있습니까? 요즘 통 밖으로 나오시지 않는 것 같아……."

그의 말이 끝나기도 전에 종이 한 장이 문 밑으로 스윽 나왔다.

: 아무 일 없으니까 가도 좋아.

"……예? 예, 그럼 가겠습니다."

프레드릭은 떨떠름한 표정을 지으면서 서류 뭉치를 들고 자리를 떠났다. 기껏해야 그저 임무를 완수하지 못한 죄책감 때문이겠지, 별일이야 있을까 싶어 대수롭지 않게 여겼다. 제스의 집무실로 향하던 프레드릭은 낯익은 뒷모습을 발견하고 발걸음을 재촉했다.

"카일!"

"……."

"카일, 너 사흘간 어디 가 있었던 거야? 꼴은 또 왜 이래?"

카일 앞을 막아선 프레드릭은 조금 놀라며 그를 위아래로 훑었다. 본인은 눈치 채지 못하고 있었지만 카일은 준수한 외모와 단정한 행실 덕에 시녀들 사이에서 인기가 많았다. 하지만 지금의 카일은 초췌한 얼굴에 산발을 한 머리 때문에 그인 줄 알아보기조차 힘들 지경이었다.

"이봐, 카일!"

이러다 사람 하나 잡겠다 싶어 프레드릭이 그의 어깨를 덥석 잡자 그제야 카일의 눈동자에 빛이 돌아왔다. '아…….' 소리만 내던 카일이 갑자기 눈을 부릅뜨더니 새된 목소리로 내질렀다.

"아렌 님! 아렌 님! 프레드릭 경, 아렌 님에 대한 소식은 없습니까?"

"아, 아렌 말이야? 글쎄, 수색대를 파견하여 찾고 있긴 하지만 아직 이렇다 할 만한 게 나오진 않는 모양이던데……."

혹시나 하는 희망이 국수 가락 늘어지듯 비치는데, 그에 대고 프레드릭은 냉큼 대답하기가 미안해져서 말끝을 흐렸다. '그렇습니까…….'라고 힘없이 뇌까린 카일이 다시 가던 방향으로 터덜터덜 걸어갔다. 유난히 짙게 깔린 그림자가 술에 취한 자의 것처럼 흔들거렸다.

카일의 뒷모습을 보다가 프레드릭은 한숨을 쉬었다. 저 녀석, 아렌을 찾아 기사단에 들어왔다. 유난히 아렌을 아꼈으니 상태가 이해가 갈 만도 했다.

사실 요즈음의 어수선한 기사단은 카일의 모습과 흡사했다. 은청발의 마법사와 견습 기사인 아렌이 실종된 것도 그렇고 망가진 지하 감옥, 어떤 이유에서인지 두문불출하는 부단장까지……. 중심에 무겁게 자리 잡은 제스가 아니었더라면 기사단은 혼란에서 벗어나질 못했을 것이다.

카일이 모퉁이를 돌아 모습을 감추자 프레드릭은 걸음을 옮겨 집무실로 향했다. 집무실에 들어가자마자 보인 것은 벌 받는 어린아이처럼 선 수색대장들이었다. 하나같이 잔뜩 겁먹은 표정들을 보아 그들이 어떤 결과를 보고하는 중이었는지는 안 봐도 비디오였다.

"마법사의 소재는."

"아……, 아직 알아내지 못했……."

"……아렌 경의 행방은."

"그것 또한……, 아직……."

점점 기어가는 목소리를 내던 수색대장 하나가 식은땀을 줄줄 흘려댔다. 잠시 무거운 침묵이 흐른 후 수색대원 중 하나가 쓰러지듯 그 자리에 무릎을 꿇고 이마가 땅에 닿도록 고개를 조아렸다.

"단장님! 수색 결과가 미흡해 고개를 들 낯이 없습니다. 진심으로 사죄드립니다!"

"사죄드립니다!"

"……."

한 명을 필두로 나머지 아홉 명이 연달아 무릎을 꿇고 고개를 조아렸다. 사실 수색이 사흘째 진행되는데도 이번처럼 아무것도 알아내지 못한 것은 전례 없는 일이었다. 평소라면 일어서서 나가보라고 했을 제스는 웬일인지 싸늘한 침묵 속에 묻혀 있었다.

그들을 무시하듯 스쳐 지나간 제스의 시선이 프레드릭에게 옮겨갔다. 무슨 일로 왔냐는 뜻에 그제야 프레드릭이 허겁지겁 예를 차렸다.

"단장님을 뵙습니다. 부단장님의 보고서를 전해드리러 왔습니다."

프레드릭은 라미에의 서류를 조심스레 그의 책상 위에 들이밀었다. 제스가 받아 든 서류를 빠르게 넘기는 가운데 프레드릭이 한 발 뒤로 물러서서 수색대장들에게 손짓했다. '빨리 일어나!'라는 의미였다. 바닥에 거북이처럼 따닥따닥 붙어 있던 수색대원들이 눈치껏 한숨을 쉬며 일어섰다.

프레드릭은 망설이는 듯한 어눌한 말투로 넌지시 제스에게 말을 걸었다.

"저어, 단장님. 거의 모든 기사들이 수색에 동원이 되었으니 금방 아렌경과 마법사를 찾을 수 있을 겁니다."

제스의 잘 갈린 비수 같은 푸른 눈을 마주하자마자 프레드릭은 침을 꼴깍 삼키며 고개를 숙였다.

"주, 주제넘은 발언을 너그러이 용서해주십시오."

그 말을 끝으로, 마른 목으로 침을 꿀꺽 삼키는 소리가 골을 울릴 정도로 조용해졌다. 본디 제스가 워낙 범접하기 힘든 기운을 가지고 있었지만, 기사단에 들어온 이후 이토록 고요하고 차가운데 위험해 보이는 적은 없었다. 심지가 다 탄 폭탄을 잠시 얼음으로 얼려둔 느낌에, 옆에 서 있는 것만으로 숨이 턱턱 막혔다.

프레드릭이 수색대장들을 이끌고 나가야 하나, 고민을 하고 있는데 제스가 툭 내던지듯 말했다.

"나와라."

갑작스런 말에 프레드릭을 포함한 수색대장들이 눈을 크게 뜨고 숨을 죽였다. 이해가 안 된다는 듯한 그들의 시선이 제스에게로 쏟아졌다. 제스는 칸막이 옆, 어느 한 지점을 무섭도록 쏘아보았다.

"나와라, 마법사."

그의 말에 반응하듯, 촛불이 흔들거리면서 훤칠하고 호리호리한 누군가의 그림자가 일렁였다. 햇빛을 받지 않아도 신비롭게 반짝이는 은청색 머리카락과 천상에서나 볼 법한 아름다운 얼굴에 기사들은 저도 모르게 넋을 놓아버렸다. 완전히 모습을 드러낸 세이가 부드러운 미소를 지었다.

"오랜만에 뵙겠습니다, 기사단장. 기척만으로 저를 감지해내다니, 탄복했습니다."

순수한 감탄이라기보단 비꼬는 쪽에 가까운 말투였다. 바짝 얼어붙어 있던 기사들이 퍼뜩 정신을 차리고 검을 뽑아들었다. 잘 훈련된 기사답게 그들은 세이를 중심으로 원을 그리며 순식간에 포위해 들어갔다.

"단장님! 명령을!"

"명령을 내려주십시오!"

당장이라도 잡아 치도곤을 내야 할 상대인데 이상하게 제스에게선 아무런 명령도 떨어지지 않았다. 세이가 더러운 것이라도 본 양 한 발자국 뒤로 물러서며 반듯하게 섰다.

"일단 저들을 물러가게 하는 게 좋겠습니다. 아직도 저를 쇠붙이로 어쩌실 수 있을 거라 생각하실 정도로 어리석진 않으실 테니."

나긋나긋한 말투 사이에 숨겨진 가시에 오히려 기사들이 울컥해서 어금니를 꽉 틀어 물었다. 다음 순간 제스가 내뱉은 말이 귀에 탁 걸렸다.

"……물러가라."

담담한 목소리에 기사들은 번쩍 정신을 차렸다.

"단장님!"

"여럿이 덤빈다고 소용 있는 자가 아니다. 그러니 물러가."

제스의 목소리는 나직했지만 위력을 발휘했다. 주춤거리던 기사들은 단장의 명을 거역할 순 없었기에 검을 거두고 집무실을 하나둘씩 빠져나갔다.

문이 닫히자마자 시선을 마주한 둘은 표정이 극과 극으로 갈렸다. 오만해 보이는 미소를 지은 세이와 무표정하지만 살기를 띤 야수 같은 눈빛의 제스. 금방이라도 폭발할 것 같은 팽팽한 긴장감을 깨고 먼저 입을 연 쪽은 제스였다.

"네가 아렌을 데리고 갔나?"

대답을 하기 전 세이가 한쪽 입술을 비스듬히 올렸다.

"다짜고짜 질문이라니, 보기보다 성질이 급하신 모양입니다."

현재는 자신이 절대적 우위를 점하고 있는 사실을 아는 세이가 여유로운 웃음을 띠었다. 아렌을 구한 것도 자신, 데리고 있는 것도 자신이다. 제스 또한 그 사실을 모르지 않기에 당장에라도 다그치고 싶은 마음을 꾹 참고 다소 굳은 눈으로 그를 쳐다보았다.

"나는 공식적인 그의 상관이다. 사라진 부하 기사의 소재를 파악하려는 것이다."

"그것뿐입니까?"

"무슨 뜻이지?"

"단지 상관이기 때문에 아렌의 행방을 묻느냐고 묻고 있는 것입니다."

"논점을 흩트리지 마라, 마법사. 지금 나의 감정에 대한 이야기를 하고 있는 것이 아니다."

비장하게 눈빛을 굳힌 제스의 말에 세이가 인심 쓴다는 듯 가볍게 말을 이어나갔다.

"좋습니다, 기사단장의 질문에 대답해드리겠습니다. 아렌은 카트린느가 먹인 마족의 피 때문에 목숨을 잃을 뻔한 후 제 보호 아래 있습니다."

제스는 '잃을 뻔했다.'는 말에 주목했다.

"……상태는 어떻지?"

"죽을 고비를 넘기고 겨우 정신을 차렸습니다."

제스의 눈빛이 살짝 흔들린 후에 잠시간 침묵이 짙게 가라앉았다. 그를 말끄러미 바라보던 세이가 목소리를 낮추었다.

"거두절미하고 본론을 말하겠습니다. 저는 거래를 제안하러 왔습니다."

"……거래라고 했나?"

"그렇습니다."

가볍게 맞받아친 세이가 손을 휘둘렀고 제스 앞에 두툼한 종이 뭉치가 생겨났다. 제스는 정면으로 마주 본 세이에게서 눈을 떼지 않으며 물었다.

"······뭐지?"

"붉은 연꽃에 관한 자료 전부입니다. 그들이 이제껏 저질렀던 일, 숨겼던 일. 당신이 알고 싶어 하는 모든 것이 빠짐없이 적혀 있습니다."

'붉은 연꽃'이라는 단어에 무표정한 제스의 얼굴에서 눈동자가 새카맣게 타올랐다. 언뜻 광폭해 보이기까지 하는 눈에 세이가 여유를 잃지 않고 말을 이어나갔다.

"오랫동안 찾아왔을 자료들입니다. 이것들을 넘겨받는 대신 아렌을 멀리하십시오. 당신의 일에 아렌을 휘말리게 하지 말란 뜻입니다."

제스가 즉시 서류를 집어 들어 그의 앞으로 던져버렸다. 종이들이 서로 거친 마찰음을 내며 사방으로 좌르르 흩어졌다.

"거래는 거절한다. 아렌을 즉시 돌려보내라."

"후회하지 않으실 자신이 있으십니까? 루제나스 엘레벤 반 류라이어. 자료를 보면 이름의 의미부터 누가, 왜 죽이려 했는지, 붉은 연꽃에 관련된 자가 누군지도 알 수 있습니다. 그래도 거부하시겠습니까?"

"필요 없다고 말했을 텐데."

눈썹 한 번 꿈쩍이지 않는 목석같은 모습에 세이의 얼굴에 의미를 알 수 없는 미소가 떠올랐다.

"이것을 얻기 위해 저를 잡아들이셨다고 알고 있습니다만."

"아렌이 관계된다면 이야기는 달라진다. 너는 죽은 패를 들고 왔다."

"요지를 파악 못 하시는 모양입니다. 거래는 허울일 뿐, 저는 지금 당신에게 경고를 하러 온 것입니다. 더는 아렌을 당신의 일에 끌어들이지 마십시오."

"늦었다. 이미 휘말릴 대로 휘말렸다. 그렇기에 내가 책임지고 지킬 것이다."

"오만하게 장담하지 마십시오, 기사단장. 당신은 옛날부터 아무것도 지키지 못했습니다."

그렇지 않아도 살얼음 같은 제스의 얼굴이 더더욱 딱딱하게 굳었다. 그를 더욱 자극하기라도 할 심산인지 세이가 삐뚜름하게 웃었다.

"이번 일도 마찬가지입니다. 당신이 아렌에게 붉은 연꽃에 대해 조사하라고 시키지만 않았어도, 마족의 피를 먹는 일은 없었을 겁니다. 만약 제가 아렌의 옆에 있었다면 그렇게 만들지도 않았을 겁니다."

"말을 못 알아듣나? 아렌을 돌려보내라."

"유감입니다만 거절합니다. 말이 통하지 않는군요. 이것으로 저의 용무는 끝입니다."

"너를 이대로 보낼 성싶나."

제스가 답지 않게 도발적으로 맞받아쳤다. 뒤돌아서려던 세이가 고개를 비스듬히 기울였다.

"저를 막으실 뾰족한 수라도 있으신 모양입니다."

언제 빼 들었는지 제스의 손에 들린 검이 새파란 검기를 머금었다. 푸른 불꽃이 격노한 용처럼 활활 타올랐다. 그를 본 세이의 입가에 잔혹한 미소가 스쳐 지나갔다.

"말로만 듣던 검기입니까? 시간이 있다면 상대해보고 싶을 정도입니다. 하지만 기사단장, 당신은 저를 제지할 힘이 없습니다."

공기를 가르는 날카로운 소리를 듣고 세이가 가볍게 고개를 피했다. 목표물을 명중시키지 못한 검이 세이의 얼굴 바로 옆에 콱 박혔다. 그동안 자제했던 시퍼런 살기가 제스의 눈에 소리를 내듯 피어올랐다.

"경고한다. 아렌의 기억에 손을 대지 말고 돌려보내라. 아렌은 네 소유가 아니다."

얼음조각처럼 날카롭고 싸늘한 푸른 눈동자를 마주하며 세이가 아무 일도 없었던 것처럼 낮게 웃었다.

"의외입니다. 부단장보다 당신과의 대화가 더 재미있을 줄이야. 당신의 경고는 무용하지만, 그 투지만큼은 높이 사겠습니다. 다음에 뵐 때도 변치 않고 남아 있길 빌겠습니다. 그럼 편히 쉬시길."

미련 없이 몸을 돌린 세이가 어둠에 녹아들듯 모습을 감췄다. 중구난방 흩어져 있던 서류들도 그에 맞춰 흔적도 없이 사라졌다. 바람처럼 검을 감싸고돌던 검기가 점점 사그라질 때까지 제스는 그 자리에 못 박힌 듯 꿈쩍도 하지 않았다. 등 뒤에서 흔들리는 불빛에 비친 커다란 그림자가 얼굴 위를 기웃거렸다. 시간이 지날수록 차가운 얼굴에 채 거두지 못한 순수한 분노가 올올이 드러나기 시작했다.

세이의 말엔 틀린 것이 하나 없었다. 지키지 못한 것은 자신이다. 지금은 어디 있는지 행방조차 찾을 수가 없다. 그 답답함에, 무기력함에 제스는 치가 떨려 손마디가 하얘질 정도로 주먹을 쥐고 눈을 꽉, 감았다.

"아렌⋯⋯!"

상대 배우가 사라져 어두워진 무대엔 달빛만이 어슴푸레 비쳤다.

건장한 남자 열은 거뜬히 누워 구를 수 있을 정도로 큰 침대에서 아렌은 세계 일주를 하고 있었다. 침대 끝에서 딱 멈춰서 후우, 하고 한숨을 쉬니 창가에서 털실과 함께 굴러다니던 로도모나스가 뽀르르 날아와 그녀의 이마를 톡톡 두드렸다.

"로도모나스, 심부름은 끝내고 이제 완전히 내 곁으로 돌아온 거야?"

로도모나스는 대답 대신 볼에 마구 비비적거리며 보고 싶었다는 메시지를 전했다. 아렌은 희미하게 웃으며 로도모나스의 머리를 쓰다듬어주곤 몸을 뒤집었다. 잠이 솔솔 쏟아져서 눈을 감았는데 반사적으로 도로 떴다.

눈만 감으면 떠올랐다. 카트린느의 광기 어린 모습과 마족의 피를 먹었을 때 죽어가던 모습이. 조금만 마음을 풀어도 불쑥불쑥 튀어나와 마음을 뒤흔들어댔다. 그 끔찍한 고통을 떠올리기만 하면 몸이 조금 떨렸다.

이야기라도 나누면 괜찮아질 것 같은데 세이와 아라벨은 어디로 가버린 거람.

주위를 두리번거리고 있는데 문이 벌컥 열리며 누군가 들어왔다. 시선을 돌려 보니 어두운 회색 머리카락을 가진, 세이보다 훤칠한 남성이 보였다. 아렌을 보자마자 눈썹 끝이 확 올라가는 게 '어이쿠, 방을 잘못 찾았습니다.' 하고 돌아갈 것 같진 않아 보였다. 저건 뭔데 내 이마가 뚫릴 것처럼 꼴아보나, 생각하고 있는데 사진처럼 퍼뜩 머릿속에 한 장면이 지나갔다. 천마제 때, 길에서 마주친 마족.

'헉, 혀 내밀고 도망쳐버렸었는데 어쩌지?'

아렌이 숨을 삼키며 몸을 일으켜 앉았다. 이쪽을 노려보는 마족의 눈에서 불똥이 튀는 것 같았다. 공간이동 마법을 써서 도주를 도왔던 로도모나스는 움찔하면서 그녀의 옆구리 근처로 쏙 들어가 숨어버렸다.

'로도모나스, 너 지금 날 방패로 삼는 거야?'

아렌은 속으로 울면서 비명을 질렀다. 자식 키워봐야 소용없다는 말이 틀리질 않았다. 썩어빠지게 일해서 번 돈의 반을 매달 푸딩에 쏟느라 허리가 휘청거렸는데 이런 순간에 나 몰라라 하다니! 로도모나스를 탈탈 털며 어떻게 이럴 수가 있느냐고 책망하고 싶었지만 그사이 루키페르는 놀라울 정도로 빠르고 미끄럽게 접근해 그녀의 앞에 우뚝 섰다.

그의 모습이 무시무시한 살인귀로 여겨진 아렌은 저도 모르게 눈을 질끈 감았다. 이놈이 무슨 짓을 하려나, 세이는 어디 숨어서 코빼기도 보이질 않나, 온갖 생각을 다 하고 있는데 갑자기 딱, 하고 손을 튕기는 소리와 함께 잘그락거리며 무언가 놓이는 소리가 들렸다.

"먹어라, 인간."

낮고 허스키한 목소리가 귓전에 맴돌고 사라졌다. 눈을 뜨자 자신 앞에 작은 테이블과 함께 방금 차린 것으로 보이는 식사가 보였다. 루키페르는 굉장히 냉소적인 얼굴로 식사를 눈짓했다.

"더 필요한 걸 말해라, 인간."

아렌은 제 귀를 의심했다. '하하하! 죽어라, 인간!' 하면서 목을 자르거나 배를 뚫는, 온갖 잔인한 상상을 하고 있었는데 뜬금없이 카일이 할 법한 말을 하다니. 그것도 마족이? 오히려 더 의심스러웠다. 까마득할 정도로 높은 곳에 있는 그를 보기 위해 그녀는 목을 최대한 뒤로 젖혔다.

"혹시 저 사육당하는 거예요?"

루키페르가 얼굴을 조금 찡그렸다.

"무슨 소리지?"

"살 찌워서 잡아먹……으려고 밥을 주느냐고요. 혼을 빨아먹는다든가……."

말하는 중에 아렌은 으스스해져서 슬쩍 뒤로 몸을 빼냈다. 루키페르는 뚫어지게 아렌을 바라보았다.

"……어떤 사고회로를 거치면 그런 생각이 나오지?"

"말이 안 돼서 그래요. 마족한테 밥을 얻어먹다니, 그럴 이유가 없잖아요."

아렌의 손이 가볍게 테이블과 식사를 통, 쳤다. 칼같이 번득이는 눈이 아렌의 다리부터 상체까지 은근히 훑어보다 떠났다.

"난 너 같은 덜 자란 인간은 안 먹는다."

먹기는 먹는단 소리잖아. '먹는다.'는 의미를 아예 다른 쪽으로 해석한 아렌이 슬그머니 식사를 내려다봤다. 갓 요리된 것처럼 김이 모락모락 나는 게 정말 맛있어 보이긴 했다. 하지만 저 마족이 있는 한 불편해서 잘

못 먹을 것 같은데…….

일단 먹자. 사육돼서 먹히는 한이 있어도 일단 지금의 배고픔부터 해결하자고 결론내린 아렌은 망설임 없이 식사를 시작했다. 일단 한입 밀어넣자 음식은 놀라울 정도로 맛있어서 숟가락질을 멈출 수가 없었다.

사육 운운할 땐 언제고 뭐 저리 잘 먹나, 황당하다는 듯 쳐다보는 루키페르의 시선을 뒤로한 채, 식사를 하나도 남김없이 싹싹 비워낸 아렌은 식기를 챙 소리 나게 내려놓았다. 흡족한 얼굴로 배를 두드리는 건 덤이었다. 배부르고 등이 따뜻하니 아렌은 자신을 기다리고 있을지도 모르는 사람들에게 전해주고 싶었다.

비록 여기가 어딘지 모르겠지만 잘 살고 있다! ……라고. 아렌은 침대에 몸을 묻고 루키페르를 흘끔 쳐다보았다. 그에게서 흐르는 강렬한 기운은 둘째 치더라도, 매끄러운 가죽 소재의 검은 옷과 구두가 정교하게 어울려 멋들어져 보였다. 식사에 대한 고마움을 표시해야 될 것 같아 아렌이 그를 불렀다.

"저기요."

"……."

"이봐요?"

"……."

들은 척은커녕 눈길도 주지 않는다. 빠직, 그렇지 않아도 가느다란 이성의 끈이 끊겨버렸다.

"혹시 귀먹었어?"

루키페르가 굉장히 짜증난다는 티를 팍팍 내며 고개를 돌렸다.

"뭐냐, 인간."

"어라, 귀먹은 거 아니네. 그런데 왜 대답을 안 해? 너, 이름이 뭐야?"

"내가 왜 하찮은 인간한테 이름을 가르쳐줘야 하지?"

화가 난 짐승이 말을 한다면 딱 저런 모양새가 아닐까. 어찌나 형형하게 빛나는지 안 그래도 강렬한 보랏빛 눈동자에서 광선이 쏟아져 나올 것만 같았다.

"그럼 계속 마족이라고 부를까? 네가 인간, 인간 거리는 것처럼."

루키페르는 이 건방진 인간을 어쩌면 좋을까 순간 고민에 빠졌다. 하지만 그녀를 돌보라는 마황의 명을 되새긴 그는 올라가려는 손을 최대한 억제하고 욕을 뇌까리듯 거칠게 말했다.

"루키페르."

"루키페르라……. 루키구나. 루키루키루키루키루키루키루키."

애정을 듬뿍 담은 애칭을 여러 번 불러주자 루키페르의 얼굴이 더 썩어들어갔다. 뭐 이런 게 다 있느냐는 듯한 눈초리였다. 그를 본척만척하며 아렌이 엄지로 자신을 쿡 찔렀다.

"루키, 난 인간이 아니고 아렌이야."

루키페르가 깔깔하게 낮아진 목소리로 말한다.

"어떻게 부르든 내 마음이다."

"있지. 마족이 중간계에 이렇게 있어도 돼? 세이랑 계약했어?"

"그렇다고 치지."

체념의 뉘앙스가 강하게 느껴지는 말이었다. 아렌이 대번에 아랫입술을 삐죽 내밀었다.

"기면 기고 아니면 아닌 거지 그렇다고 치는 건 또 뭐람."

"……인간, 너 여기가 어딘지 모르는 거냐?"

"여기가 어딘데? 하일렌 아니야?"

아니다, 여긴 마계다, 라고 알려주려던 루키페르가 입을 닫았다. 물끄러미 자신을 바라보는 은색 눈을 마주하며 그가 나지막이 중얼거렸다.

"상당히 둔한 인간이로군. 언뜻 맛이 간 것 같기도 하고……."

아렌이 대번에 인상을 일그러뜨렸다.

"야, 크게 말해. 자꾸 구시렁거리면 세이한테 다 이를 거야. 이것저것
다 덧붙여서."

식사를 챙겨달란 부탁도 세이가 했을 테니 이 정도 협박은 들어먹지 않
을까 싶어 아렌이 호기롭게 말했다. 보랏빛 눈이 대번에 칼날처럼 번득였
다.

"제 위치를 잘도 이용해먹는군, 인간."

"응? 위치라니? 내 위치가 뭔데?"

아렌으로선 정말 몰라서 물어본 거였지만 으드득, 이를 가는 소리가 섬
뜩할 정도로 크게 들렸다.

"사악한 데다 뻔뻔하기까지 하군. 마족이라고 해도 믿겠어."

아렌이 단박에 불쌍하다는 표정을 지었다.

"사악에 뻔뻔……, 그거 자학 같다는 생각 안 들어?"

적당히 그을린 이마에 시퍼런 힘줄이 눈에 띄게 솟아올랐다.

"……적당히 해라. 인간을 잡아 구워버리고 싶다는 생각을 하긴 처음이
다."

"알았어. 조용히 할게."

아렌이 세이가 된 것처럼 싱글거리면서 맞받아쳤다. 목을 비틀어 쥐어
짜고 싶다는 경고가 형형한 그의 눈빛을 마주하는데도 왠지 입꼬리에 슬
금슬금 미소가 떠올랐다. 그의 반응이 영 색달랐기 때문이다. 어떤 장난
을 치더라도 무시하는 제스와 자기 페이스로 몰고 가는 세이와는 달리 루
키페르는 정반대였다. 장난 하나를 진지하게 받아들여 가시 돋친 말로 맞
받아치고 싶은데 참는 기색이 역력하다. 그게 오히려 호기심을 자극했다.
죽다 살아나서 그런지 간이 좀 더 커진 것 같기도 하고.

폭발하기 직전까지 건드렸다가 잠시 쉬고, 조금 지나면 다시 약을 올렸

더니 급기야 루키페르의 얼굴이 붉으락푸르락 변해버렸다. 그것마저 신선하고 재미있었다. 아렌은 자신에게 이런 악취미가 있었나 하고 문득 고민에 빠져 있는데, 오래 지나지 않아 문이 획 열리며 앳된 얼굴의 여성이 느릿하게 들어왔다.

"엇, 아라벨!"

아렌이 몸을 일으키며 아라벨을 반갑게 맞이했다. 천사가 있다면 저런 모습일까.

순백의 긴 원피스를 입은 천왕 아라벨라는 마치 한 송이의 백합 같았다. 고운 자태와는 달리 그녀의 얼굴은 무슨 일이라도 생긴 것처럼 심각해져 있었다. 왜 그래요, 라고 물으려는데 그녀가 먼저 입을 열었다.

"닭들이 왔다."

"닭……이요?"

"한동안 해방이었는데 회의 때문에 벌써 왔다. 여기 좀 숨겠다."

바로 그때 복도에서 쿵, 쿵, 절도 있고 묵직한 발소리가 점점 가까워졌다. 아라벨의 이마에 파인 골이 더더욱 깊어졌다.

"이런, 벌써 찾았나? 쓸데없는 점에서 유능하다."

그녀의 말이 끝나자마자 덜컥, 하고 문이 한 차례 더 열렸다. 찬란한 빛을 한 조각씩 올올이 지닌 날개 네 쌍이 순식간에 시선을 사로잡았다. 루키페르는 이건 또 뭐냐며 얼굴을 구겼고 아렌은 입을 딱 벌렸다.

가장 먼저 마황의 방에 들어온 치천사 라파엘이 루키페르를 발견하더니 흠칫했다.

"……마족!"

"치천사……."

루키페르가 입술 한쪽을 말아 올리며 두 눈을 번뜩였다. 온몸 구석구석, 짜릿하게 달아오르는 감각이 확 번졌다. 그 옛날, 천마전쟁에서 천사

공녀님!
공녀님! 3

들을 직접 베어냈던 감각이 되살아나 지금 이 순간 그를 저릿하게 자극한 것이다.

"이곳에 함부로 발을 들이밀다니……. 여기가 어딘지 잊은 건 아니겠지. 죽고 싶나?"

루키페르가 안광을 터뜨릴 정도로 그들을 노려보았다. 당장이라도 천사들을 도륙하고 싶다는 투기가 온몸으로 쏟아져 나왔다. 그를 마주하는 라파엘 역시 짙은 불쾌감을 드러냈다.

"이곳이 어딘지는 상관없소. 그저 모셔야 할 분을 모시러 왔을 뿐이오. 헌데 말투가 다소 품위가 없군, 마족."

도발 어린 말에 루키페르의 짙은 눈썹이 꿈틀댔다.

"같은 공간에 있다는 것 자체만으로 심기가 거슬려서 죽겠는데, 뚫린 입이라고 말 하나는 잘하는군."

"……자중하라, 마족."

명령에 가까운 단호한 어조에 루키페르의 입매가 비웃음을 참듯 삐딱해졌다. 라파엘 또한 그와 만만치 않은 기백을 띠고 그를 마주했다. 계기만 있으면 빵 터질 것 같은 긴장감 속에서 아렌이 아라벨의 옷깃을 잡고 쭉쭉 당겼다.

"아, 아, 아라벨……. 저, 저 등에 뭘 달고 있는 거예요? 가장무도회라도 하나요?"

"아, 그러고 보니 아이야, 너는 인간이었지."

네 치천사들이 '인간'이라는 단어에 의아함을 내비치며 아렌에게 시선을 모았다. 마찬가지로 시선을 돌린 루키페르가 벽에 비스듬히 기댔다. 느릿하게 아렌 옆으로 다가온 천왕이 네 고위천사들을 가리켰다.

"아이야, 소개한다. 내 닭들이다."

'닭'이라는 단어에 천왕을 제외한 모든 이들이 멈칫했다. 이상한 침묵이 자리 잡자 천왕은 '어서 각자 소개해봐.'라며 채근했고 라파엘이 마지못해 입을 열었다.

"나는 제 1 세라핌, 최고위천사, 신을 알현할 수 있는 고고한 빛, 라파……."

구구절절 이어지려는 그의 말을 천왕이 손을 들어 제지했다.

"그래서야 아이가 알아듣겠냐, 됐다. 너희에게 소개를 시킨 내가 바보다. 자, 아이야, 잘 들어라. 우선 가장 왼쪽, 오골계다. 닭 중의 닭이지. 라파엘, 자랑스러워해도 좋다."

천왕의 손가락이 입을 딱 벌린 라파엘에게서 그 오른쪽으로 차례차례 옮겨갔다.

"가브리엘, 쌈닭이란다. 싸움 하나는 기가 막히게 잘한단다. 그만큼 흥분도 잘하니 조심해라. 우리엘, 쟤는 촌닭이다. 촌병이 옮을지도 모르니 조심해라. 옳지, 우리 영계백숙 미카엘도 왔구나."

'영계백숙'이라는 단어에 상처를 받은 미카엘이 울먹거리며 자리를 박차고 달아나버렸다. 이 웃기지도 않은 상황에서 가장 먼저 정신을 차린 가브리엘이 얼굴을 붉히며 펄펄 뛰기 시작했다.

"천왕 전하! 영계백숙이라는 별명 싫어하는 아이인 줄 아시지 않습니까! 그렇지 않아도 야근 때문에 힘든 아이에게 어찌 그러실 수가!"

천왕이 굉장히 따분한 얼굴로 고개를 짧게 설레설레 저었다.

"이참에 마음 단련을 좀 시켜라. 쯧쯧……. 마음이 저리 약해서야 어디다 써먹겠나. 거기다 영계백숙이 어때서. 저 반응은 영계백숙에 대한 모독이다."

그러곤 망설임 없이 시선을 아렌에게 돌리는데 이미 영계백숙 미카엘 및 세 치천사들이 받은 정신적 데미지는 그녀의 안중엔 없어 보였다.

아렌은 남은 세 치천사들에게서 눈을 떼지 않고 가만히 바라보았다. 빛을 흩뿌리는 아름다운 천사의 날개에 절로 멍해져 입이 벌어지려 했다. 인간이 아니다. 천사라고 했다. 그녀가 답을 구하듯 천왕에게 시선을 옮겼다.

"아라벨……. 이게 대체……?"

"아라벨이라니! 감히 인간 따위가 천왕 전하의 존함을 함부로 부르는 거냐!"

"조용히 해라, 가브리엘. '그'가 구하고자 했던 아이다."

이번에도 시끄럽게 떽떽거리는 쌈닭 가브리엘을 천왕은 말 한마디로 잠재웠다. 아렌이 바로 그 마황이 목숨을 걸고 살리려 한 인간인 걸 깨달은 천사들이 아렌에게 신기하다는 시선을 보냈다. 하지만 아렌의 주의는 다른 것에 더더욱 쏠려 있었다.

"아라벨, 천왕이라니요? 전하라니요? 이게 대체……."

"혹시 내가 두려워졌나?"

천왕이 아까보다는 진중해 보이는 목소리로 묻자 아렌이 혼잣말하듯 중얼거렸다.

"두렵거나 하기 이전에, 제가 아라벨이라고 부르고……. 편하게 대해도 되는 거예요? 명색이 천계의 왕이신데……."

천왕은 조금의 고민도 하지 않고 어깨를 으쓱했다.

"나는 상관이 없다만, 불편하게 대하고 싶다면 굳이 말리진 않겠다."

아렌은 잠시 고개를 들어 천장을 빤히 보다가 한숨을 내쉬었다. 천사, 마족……. 마계와 천계에만 머무른다는 그들이 거짓말처럼 눈앞에 있다. 거기다 천왕이라니! 천왕이라면 하늘, 천계의 왕이 아니던가.

너무 놀라워서 오히려 놀라워할 수가 없었다. 거기다 영 찜찜하게 여겨지는 게 하나 있다. 루키페르는 계약을 해서 여기 있다 치지만, 천왕을 친구로 둔 세이는 도대체……? 진지하게 고심하던 아렌은 일부러 그 순간 생각을 멈춰버렸다. 더는 생각을 해선 안 될 것만 같았다. 거기다 자신은 지금 죽음의 기억을 떨쳐버리고 평상심을 유지하는 것만으로 버거웠다. 더 이상의 고민거리는 사양이다, 사양.

아렌은 두 손으로 찰싹 소리 날 정도로 뺨을 감싸고 천왕을 응시했다.

"……아라벨은 그대로 아라벨이죠?"

하늘색 눈동자가 기묘한 빛을 발하며 반짝였다. 그녀가 느릿하게 고개를 끄덕이자 아렌이 뒤이어 머릿속에 떠오르는 질문을 재빠르게 차단하며 말을 이었다.

"그럼 됐어요. 천왕이든 아니든, 아라벨은 아라벨이니까. 거기다 고민해봤자 소용없는 문제니까요."

말은 그렇게 하면서도 아직 완전히 상황을 받아들이지 못한 아렌의 얼굴은 꽤 창백해져 있었다. 그녀의 머릿속을 짐작한 천왕은 쓰게 웃었다.

"좋은 마음가짐이다. 그리고……, 이건 다른 이야기인데, 조만간 네가 어떤 사실을 알게 되더라도 그 마음 변치 않도록 해라."

아렌이 '어떤 사실이요?'라고 물어볼지 말지 고민하고 있는 와중 라파엘이 불쑥 대화에 끼었다.

"전하, 그게 문제가 아닙니다! 여기에 머무르시면 위험합니다. 다른 곳으로 거처를 옮기시지요. 그자가 무슨 짓을 할지 어떻게 아신단 말입니까! 잔혹하기 이를 데 없는 마……."

"조용히. 나는 걱정할 필요 없다."

'마황'이라는 단어가 나올 타이밍에 천왕이 적절히 말을 끊어냈다. 라파엘이 발을 동동 구르며 언성을 높였다.

"전하!"

조용히 하라고 했다, 라파엘을 향한 천왕의 굳건한 표정이 그렇게 말했다. 그녀의 단호한 태도에 세 천사가 어찌할 바를 모르고 우왕좌왕했다.

이 상황을 지켜보는 루키페르는 '내가 이제껏 이것들을 적이라고 두고 싸워왔던 건가.'라는 회의감에 젖어 있었다. 아렌의 불안하던 숨소리가 천천히 진정되어갈 때쯤, 천왕이 나른하게 중얼거렸다.

"무료하다. 심심하다. ……옳거니."

로도모나스를 발견하자마자 하늘색 눈동자에 별똥별이 휙 스쳐 지나갔다. 천왕의 행동을 미리 예측한 로도모나스는 잽싸게 공간이동을 이용해 모습을 감추었다. 천왕이 아쉽다는 듯 혀를 끌끌 찼다.

"이런……, 가버렸다……. 꿩 대신 닭이라는 말이 있지. 같은 마족인 너, 내가 너무 무료하니 노래라도 불러봐라."

천왕이 루키페르를 똑바로 바라보며 말하자 그의 얼굴이 황당하다는 듯 구겨졌다. 지금 나한테 시키는 거냐, 내가 잘못 들은 거겠지, 하는 표정이 너무 뚜렷하게 떠올랐다. 루키페르를 괴롭히는 데 재미가 들린 아렌이 냉큼 천왕의 말에 추임새를 붙였다.

"춤을 시키는 건 어때요? 보아하니 잘 출 것 같은데."

천왕이 태평하게 고개를 끄덕였다.

"노래와 춤, 둘 다가 좋겠다. 추임새를 넣어주마."

"싫습니다."

물어뜯는 듯한 목소리로 말하는 루키페르의 눈에 핏발이 벌겋게 일어났다. 천왕의 얼굴에 사악한 웃음이 번졌다.

"싫으면 네가 어쩔 거냐."

아렌이 냉큼 그녀의 말을 받았다.

"세이한테 모조리 말할 거예요."

으드득!

"방금 이 가는 소리가 들린 것 같으니 2절까지 불러라. 1절로는 성에 차지 않는 모양이다."

"춤은 빼주시면 안 되겠습니까."

루키페르가 즉시 대답했으나 천왕과 아렌의 대답은 가차 없었다.

"안 돼."

"둘 다 해."

루키페르는 주먹을 틀어쥔 채 버티고 서서 싸늘한 눈으로 천왕과 아렌을 번갈아 바라보았다.

춤과 노래라니! 이 내가! 마황 다음이라는 7대 마족 중 하나인 내가! 진퇴양난이었다. 저 헛소리들을 모조리 무시하고 로도모나스처럼 도망가고 싶었으나 그럴 수 없었다. 마황의 명을 거역하는 셈이 되니까! 그렇다고 무시하고 이 방에 머무르자니 저 사악한 천왕과 인간이 끈질기게 귀찮게 굴 건 훤히 보였다. 요구하는 바를 빨리 해치우고 끝내는 게 최선일 것 같았지만 자존심이 그리 쉽게 용납지 않았다.

고위마족이 형편없이 당하는 모습을 본 세 천사들은 슬며시 미소가 절로 지어지려는 걸 억지로 참았다. 천왕의 시선이 그들에게로 빠르게 옮겨 갔다.

"오골계, 촌닭, 쌈닭도 같이 하는 게 어떻겠나. 볼거리는 많으면 많을수록 좋으니."

세 '닭'은 한순간에 나락으로 떨어졌다. 라파엘이 '전하, 그것만은!'이라며 득달같이 달려들 걸 눈치 챈 그녀가 선수를 쳤다.

"빨리."

세 천사들은 일제히 루키페르를 바라봤고, 그도 천사들을 줄곧 보고 있었던 건지 허공에서 시선이 마주쳤다. 아까까지만 해도 살기만이 넘쳐 삐걱거리던 분위기가 뜻하지 않은 동병상련의 분위기로 급전환되었다.

"……아는 노래가 뭐 있소?"

우리엘이 가장 먼저 쭈뼛거리며 루키페르에게 다가섰다. 이어 라파엘과 가브리엘도 한숨을 쉬며 그의 뒤를 따랐다. 으르렁거리며 씩씩대던 루키페르도 곧 체념을 하고 그들과 머리를 맞대고 무언가를 논의했다. 한참 동안 옥신각신하던 그들은 곧 뿔뿔이 흩어져서 일렬로 섰다.

세 고위천사들은 지금 왜, 어째서, 대체 무엇 때문에 자신들이 이러고 있어야 되는지 모르겠다는 얼굴로, 루키페르는 천왕이고 뭐고 다 죽여버리고 싶다는 살기등등한 기운을 내뿜으며 이를 갈았다.

"……그럼 시작하겠습니다."

때 아닌 오후 마황성에선, 어느 제국의 황제가 친히 작사, 작곡, 반포했다는 '내가 제일 차제남'이 웅장하게 울려 퍼졌다.

"저언하아……."

"……."

"저언하아……."

아렌이 눈을 도르륵 굴렸다. 아라벨은 아렌 옆에 앉아서 다리를 꼰 채 세 닭을 완전히 외면하고 있었다. 아렌이 잠시 망설이다 그녀에게 말을 걸었다.

"저어, 아라벨. 부르는데요."

"뭐 때문에 부르느냐고 물어보아라."

천왕이 심히 못마땅한 듯 강아지 얼음 먹는 소리로 중얼거렸다. 중간에서 난감한 역할을 맡게 된 아렌이 어느새 위엄과 권위는 눈 씻고 찾아봐도 없는 천사들을 향해 물었다.

"저기, 뭐 때문에 부르냐고 하시는데요?"

세 천사들은 네가 말을 하라는 뜻으로 팔꿈치로 서로를 쿡쿡 찔렀다. 딱, 지독한 잘못을 저질러 어른 눈치를 살살 보는 가슴 짠한 어린애였다. 그중 우리엘이 우물쭈물 망설이다가 잔뜩 주눅 든 목소리로 웅얼거렸다.

"천왕 전하. 이곳은 위험합니다. 어서 저희들이 마련해둔 처소로……."

"셋이 합쳐 저기 선 마족보다도 춤을 못 춘 주제에 무슨 말이 많으냐고 말해라."

천왕이 말을 딱 자르고 부루퉁하게 말하자 우리엘은 풀이 확 죽었다. 물론 어찌해야 할지 갈피를 잡지 못하고 끙끙대는 세 천사들에겐 보이지 않았지만, 천왕의 입가엔 미소가 그득했다. 분명 아렌이 루키에게 하는 것처럼 그녀도 세 천사들을 골릴 대로 골릴 심산인 모양이다. 아렌이 어깨를 으쓱 추키며 맞장구를 쳤다.

"하긴, 루키가 춤을 좀 잘 추긴 하더라고요. 천사님들, 분발 좀 해야겠는데요."

움찔! 루키페르의 어깨가 크게 움직였다. 등을 보이고 뒤돌아서 있어 표정은 보지 못했으나 그의 귀 끝까지 빨개져 있었다. 그 뒷모습에서 곤혹스러움만 묻어나 웃음이 터져 나오려고 했다. 세 천사들은 어찌할 바를 모르고 루키페르와 천왕을 번갈아 바라봤다.

"저어어어언하아아아아……."

우리엘과 가브리엘이 거의 통곡하듯이 울먹일 정도가 되어서야 천왕이 자리에서 느긋하게 일어났다.

"이대로 뒀다간 하루 종일 울 것 같구나. 나는 이제 가봐야겠다."

실은 그녀가 그들을 일부러 괴롭힌 것도 알지 못한 채, 그 말 한마디에 닭들의 얼굴에 기쁨이 확 번졌다. 그 모습이 마치 땡땡이치는 아렌을 잡은 카일의 얼굴과 같아서 친근하게 느껴졌다. 아렌은 손을 흔들며 방긋이 웃었다.

"잘 가요, 아라벨."

"그래. 나의 인간 친구야. 푹 쉬어라."

유려한 눈매가 부드럽게 휘며 접혔다. 하늘색 눈동자는 유난히도 맑고 고와서 그녀야말로 천사 중의 천사가 아닐까, 라는 생각마저 들었다. 물론 성격은 제외한다.

천왕이 그녀 자신은 빠르지만 보는 사람은 속이 터질 정도로 느릿하게 방을 나가자 세 천사는 냉큼 그녀의 뒤를 쫄래쫄래 따라 나갔다. 루키페르와 비교되는 어설픈 골반 흔들기를 본 후의 아렌의 눈엔 고귀한 빛을 뿌리는 천사의 날개와 아름다우면서 위엄 있는 그들의 모습은 들어오지 않았다. 그저 닭장 관리인을 졸졸 쫓아다니는 닭 세 마리일 뿐. 이게 세뇌라는 걸까.

쿵, 하고 문이 닫히자 들판처럼 너른 방 안엔 루키페르와 아렌 둘만 남게 되었다. '내가 제일 차제남'을 부르며 춤을 췄다는 사실이 그에게 꽤나 타격이 컸던 건지 루키페르는 줄곧 주먹을 틀어쥔 채 벽에 머리를 박고 있었다. '말 절대 걸지 마.'라는 메시지가 선명하게 전해지는데 아렌이 불쑥 입을 열었다.

"루키, 오랜만에 좋은 구경 했어."

뿌드득, 잇몸이 아리도록 이를 갈며 루키페르가 휙 뒤돌아 아렌을 거의 죽일 듯한 눈으로 노려보았다. 오늘만 해도 몇 번 소리 나게 가는 건지, 이 괜찮으냐고 묻고 싶을 정도였다. 하지만 이대로 넘기긴 아쉬웠다. 늑대를 연상케 하는 강한 인상을 가진 그가 그토록 요염하게 골반을 흔들 수 있을 줄 누가 알았겠는가!

아렌이 환하게 웃으며 말을 이었다.

"골반 돌리는 솜씨가 예사롭지 않던데, 나쁘지 않았어. 가수로 데뷔해도 될 정도던데 잘해봐."

"입 다물어. 루키라고 부르지 마라."

그의 눈동자에서 불이 번쩍 튀었다. 하지만 청개구리 습성이 여기서 나타나는 건지 아렌이 오히려 더 장난기 넘치는 어투로 대꾸했다.

"왜? 아라벨도 인정했잖아. 천사 셋 합친 것보다 네가 더 잘 췄대."

아렌이 웃음을 참지 못하고 키득거렸다. 반면 자존심이 있는 대로 상한 루키페르는 인상이 잔뜩 구겨졌다.

"마지막으로 경고한다. 그만해라, 인간."

잇새로 한 자 한 자 끊어 뱉는다. 아렌은 침대 벽에 깊숙이 기대앉으며 가볍게 대꾸했다.

"이제부터 루키를 미스터 골반이라고 불러줄게. 네가 천사들보다도 춤을 더 잘 췄다고 세이한테도 꼭 전해줄⋯⋯."

쾅!

"⋯⋯게, 화가 많이 났나 보네."

더 이상 참지 못한 루키페르는 문이 부서지도록 세게 닫고 나가버렸다. 화가 난 그가 밖에서 무슨 짓을 하는지 와장창, 쿵, 하는 무언가가 박살나는 소리가 한동안 이어졌다. 배를 잡고 혼자 킬킬거리던 아렌은 눈물이 맺힌 눈가를 닦으며 주위를 둘러보았다. 그래도 천사와 마족의 재롱잔치를 보고 실컷 웃었더니 어느 정도 머릿속은 개운해졌다.

비록 저들에겐 일생일대의 굴욕으로 남을지도 모르겠지만 천사와 마족의 합동 공연이라니! 이런 진귀한 광경을 또 어디서 보겠느냔 말이다.

"하아⋯⋯. 그런데 도대체 여긴 어디야?"

아렌은 나무토막마냥 딱딱한 다리를 억지로 움직여 바닥을 내딛었다. 언제 갈아입혀진 건지 모를 새하얗고 얇은 원피스가 부드럽게 무릎까지 흘러내렸다. 온몸을 빨래 방망이로 두들기는 통증에 단정하고 곧게 뻗은 눈썹이 꿈틀댔다.

끌려가는 마네킹처럼 뻣뻣하게 한 발 한 발 신중히 내딛으며 아렌은 문을 열고 나가보았다. 광활한 복도는 온통 어둡고 그늘이 져 있었다. 푸르스름한 촛불이 벽에서 빛나 희미하게 복도를 비추고 있긴 하지만 눈을 가늘게 떠야 어디가 벽이고 바닥인지 분간을 할 수 있었다. 고급스러운 검은 대리석에서 시린 기운이 손끝을 타고 전해져 왔다.

"저기, 누구 없어요?"

맑고 높은 그녀의 목소리가 복도 가득히 울려 퍼졌다. 돌아오는 대답이 없어 그녀는 마법등의 빛을 잠시간 응시하다 끝없이 안쪽으로 몸을 옮겼다. 혹시 귀가 먹어버린 게 아닐까, 싶을 정도로 적막만이 주변에 감돌았다.

아래로 향한 계단을 몇 번쯤 거쳤을까, 기다란 복도 끝에 누군가 웅크려서 바닥에 뭔가를 끄적거리고 있는 게 보였다. 짧고 곱슬곱슬한 금발, 새하얀 날개, 작은 몸집. 분명 아까 본 네 천사 중에 하나다. 아, 저건 분명…….

"영계백숙 님?"

어깨를 크게 흠칫한 미카엘은 슬로모션처럼 뒤를 돌아보았다. 꽤 낯을 가리는 성격인지 아렌을 발견하자마자 얼굴을 붉히며 휙 사라져버렸다.

"어라, 가버렸네……. 여기가 어딘지 물어보려고 했는데……."

아쉬운 듯 중얼거린 그녀는 미카엘이 방금까지 바닥에 쓰고 있던 것에 눈을 돌렸다. 편지로 보이는 낙서의 대부분은 눈물 자국 때문에 거의 보이질 않았지만 얼추 끼워 맞춰 읽어보았다.

: 천왕 전하께선 왜 자꾸 날 괴롭힐까? 이번 달에 날개로 맞은 것만 해도 몇 번인지……. 거기다 영계백숙이라니, 천왕님은 나에게 모욕감을 주셨어. 그것도 예쁜 인간 아이 앞에서……. 사직서 낼까? 어차피 내도 받아주시질 않겠지. 악독하고 사악한 천왕 전하. 실은 마족이 아닐까…….

이럴 수가, 아라벨. 악독하고 사악한 천왕이라고 불리고 있는 건가. 하긴 소녀의 고아함과 숙녀의 기품을 동시에 지닌 아라벨을 처음 봤을 때는 그런 사차원적인 사고를 지녔으리라 생각을 못 했다. 천사가 닭이라니, 신선하기도 하고.

"엥?"

무심코 고개를 돌린 아렌은 건물 밖으로 보이는, 거무스름한 보랏빛 하늘을 발견하고 홀린 듯 나갔다.

"우와……. 무슨 하늘이 저래?"

몸을 돌려 자신이 나온 건물을 올려다보자 입이 절로 떡 벌어졌다. 자신이 생각했던 것보다 성이 압도적으로 크고 장엄했던 탓이다. 대리석 사이사이에 보이는 철이 거무튀튀한 본색을 진하게 드러내면서 보랏빛에 깊이 잠긴 흑색 성의 웅장함을 한층 돋우고 있었다.

성에서 느껴지는 기이함과 음산하고 파괴적인 힘에 절로 숨이 찼다. 성을 더 넓은 시야에 담고 싶어 시선을 고정한 채 한참을 뒷걸음질 쳤다. 적당한 선에서 걸음을 멈추기도 전에 그녀는 무언가 단단한 것에 부딪쳤다.

"앗, 죄송합……!"

곧바로 뒤돌아 사과하려던 아렌 앞에 하늘을 배경으로 붉은 안광이 번뜩이며 나타났다. 아렌과 눈이 마주치자마자 마족 남자는 놀랄 만큼 빠른 동작으로 멀어졌다. 그제야 아렌은 그녀를 둘러싼 핏빛 눈동자 수천 쌍을 발견하고 숨을 삼켰다.

'뭐, 뭐야…….'

수많은 눈빛이 그녀의 전신을 살갗 한 조각 놓칠세라 빤히 쳐다본다. 아렌은 눈치 채지 못했지만 그녀는 마황성에서 나온 그 순간부터 모든 마족들의 시선을 사로잡고 있었다. 어떤 마족은 앉아서, 대다수는 서서, 또 다른 마족은 건물 위에 박쥐처럼 매달려 약속이라도 한 듯 그녀만 응시하고 있었다.

이 갑작스런 상황에 아렌은 손을 깍지 끼고 꾹 눌렀다.

'왜 공격을 하지 않는 거지?'

절로 발이 뒤로 움직였다. 접착된 듯 수천의 시선이 그녀를 따라 움직였다. 섬뜩한 붉은 안광은 그녀가 한참 뒤로 물러나 보라색 사시나무 숲 깊숙이 들어갈 때까지 떨어지질 않았다. 다행히 마족들은 숲 안까지 따라올 생각은 없는 듯해 안심한 것도 잠시, 억양 없는 굵은 목소리가 낮게 깔렸다.

— 누구냐.

목소리가 들리는 쪽으로 돌아서자마자 보인 것은 검은 손이었다. 입을 쩍 벌린 구렁이처럼 그녀를 잡아먹을 듯 다가왔다. 위험하다, 고 생각한 순간 뒤에서 무언가가 휙 튀어나왔다. 시야를 채우는 것은 온통 핏빛의 머리카락이었다.

— 마황의 권속……!

검은 손이 허공에서 딱 멈추고 냉기가 뚝뚝 흐르는 목소리가 울려 퍼졌다. 아로트가 흰자가 거의 보이지 않는 루비색 눈동자를 번뜩이며 느릿느릿 말했다.

— ……주군……의……, 것……. 물러……가라……. 바알……제부…….

— 하……! 지옥의 제후(諸侯) 아스타로트, 권속 따위로 전락해버린 주제에 말이 많다!

— ……주군……께서……, 오신……다, 바알……제부……. 물러……나…….

'주군'이라는 단어에 터뜨리는 듯한 분노의 울음소리가 함께 들리고 검은 마력의 물결이 노도같이 밀려들었다. 직접적으로 힘이 가해지는 건 아닌데도 온몸을 짓누르는 기운만은 선연하다. 그들이 사용하는 말은 마계의 언어로 아렌은 전혀 알아듣지 못하고 있었다.

'뭐야, 이거, 도대체……. 저 여자는 어디서 나타난 거야? 여긴……, 어디야?'

당황해하는 그녀의 귓가에 익숙한 목소리가 들려왔다.

"아렌."

아렌은 놀란 눈으로 뒤를 돌아보았다. 빛이 없어도 은은하게 빛나는 은청발의 머리카락.

"세이!"

세이가 잠깐 어깨 너머를 바라본 다음 그녀에게 시선을 맞췄다.

"아렌. 왜 나와 계십니까? 다치신 곳은 없습니까?"

"세이, 빨리 나가야 해요! 여기, 이상해요!"

세이 앞으로 달려간 아렌이 그의 팔을 잡아끌며 다급하게 외쳤으나 그는 꿈쩍도 하지 않았다. 답답해진 아렌은 손아귀에 더욱 힘을 가하고 그를 채근했다.

"세이, 세이가 침착한 건 알지만 지금 그럴 때가 아니라니까요! 빨리요!"

세이는 대답 없이 그녀를 향해 손을 뻗었다. 아렌이 움찔하며 고개를 뒤로 뺐으나 세이의 손길이 더 빨리 다가와 눈을 천천히 감겨주었다. 귓가로 감미롭고 낮은 그의 목소리가 들려왔다.

"아렌, 진정하시고 잠시 눈을 감고 뒤돌아 계시겠습니까. ……곧 끝납니다. 이렇게 해결할 수밖에 없어서 죄송합니다."

세이가 그녀의 고운 이마에 입술을 가볍게 누르고 떨어졌다. 멍하니 있는 그녀의 어깨를 끌어안듯 하여 뒤로 돌려놓고선 세이가 잔인할 정도로 냉정하게, 어둠뿐인 숲 속을 향해 말했다.

― 반역자 바알제부, 물러가라.

― 이곳은 발푸르기스의 숲……! 이곳으로 들어온 인간은 내 것이다……!

— 물러가라. 그렇지 않으면 꼭꼭 숨어 있을 너의 본체를 찾아내 조각조각 찢어주겠다.

느릿느릿, 마치 잠에서 덜 깨어난 사람의 목소리처럼 나른한 목소리. 제게 향해 있지 않은데도 간담이 서늘해졌다. 분명히 들어본 적이 있는 말투. 그래, 세이가 제스를 만났을 때 분명 저런 식으로 말했었다.

욕설을 뇌까리듯 무언가를 중얼거린 목소리는 훅, 소리와 함께 흔적 없이 사라졌다. 아렌은 참지 못하고 뒤로 돌아서서 세이 쪽을 바라봤다. 아까 아렌을 막아섰던 핏빛 머리카락의 여인이 세이를 향해 경건하게 고개를 조아리는 게 보였다.

"주……군……. 명령을……."

"사라져라."

짧은 그의 명령대로 아로트는 그대로 바닥에 그림자로 녹아들었다. 그녀가 사라진 자리를 멍하니 보던 아렌이 그녀의 얼굴에 꽂혀 있던 세이의 시선을 붙잡았다.

"괜찮으십니까, 아렌. 이렇게 돌아다니면 위험합니다."

세이가 희미한 미소가 그려진 얼굴로 말했다. 아렌은 마음속에 뭉게뭉게 피어오르는 불안감을 느끼며 입을 뗐다.

"세……이? 왜 그 여자가 세이한테 주군이라고 하는 거예요?"

"……."

"여긴……, 하일렌이 아니고……. 그 여자 또한……, 인간이 아닌 것처럼……. 마치 마족처럼……, 보였어요……. 근데……, 세이한테 왜 주군이라고 하는……."

은색 눈동자가 놀라움을 감추지 못하고 흔들렸다. 천사, 마족, 천왕 아라벨이 있는 이곳. 그리고 마족에게서 주군의 호칭을 듣는 세이……. 대답은 놀라울 정도로 선명해서 입술이 절로 움직였다.

"세이, 설마……, 마족? 마족의……, 왕?"

세이는 대답하지 않고 그녀의 볼에 흐트러진 머리카락을 정리해주려 손을 뻗었다. 아렌이 흠칫 놀라 뒷걸음질 쳤다. 강제할 생각은 없었던지 그가 팔을 도로 물리며 나직이 속삭였다.

"제가 두렵습니까?"

두려워야 맞다. 그런데 이상하게 무섭지 않았다. 끝을 모르는 검은 눈동자엔 그녀가 이제껏 생각해온 상상 속의 악마가 가질 만한 감정이 없었다. 경멸, 비웃음, 환멸이 아닌, 얼핏 슬픈 기색이 서린 음울한 눈과 정면으로 마주한 순간 가슴이 철렁 내려앉았다.

설마 상처받은 걸까. 그녀는 도리어 그에게 다가섰다. 서너 발자국 남겨두고 멈춰 서자 이번엔 세이가 성큼 거리를 벌렸다. 그녀의 침묵을 다르게 이해한 세이가 단호하게 손을 휘둘렀다.

"방으로 돌아가시는 게 좋겠습니다. 날이 저물면 더 위험해지니 말입니다. ……지금 당신에게 있어서 가장 무서운 건……,"

저겠지만 말입니다.

들릴 듯 말 듯, 끝에 이어지는 나직한 말을, 아렌은 방으로 공간이동을 하면서도 똑똑히 들었다.

방에 돌아오자마자 아렌은 얌전히 앉아 세이를 기다렸다. 엄청난 사실을 알았는데도 비교적 아무렇지 않았다. 마족과 천사가 득실거리는 이곳에서 천왕까지 만나면서 은연중에 깨닫고 무의식적으로 마음의 준비를 하고 있었던 걸까, 놀라긴 했지만 경악스러울 정도는 아니었다.

"마족이든 아니든, 세이는 세이니까."

아렌이 아라벨에게 했던 말을 똑같이 되뇌었다. 마족인 사실 그 자체만으로 세이를 무서워하거나 배척할 생각은 없었다. 작정하고 속이고 이용한 거라면 모를까, 일단 사정부터 들어봐야겠다고 여겼다.

그런데 아무래도 그 눈이 마음에 걸렸다. 한 번도 세이에게서 본 적 없는 눈, 그와 전혀 어울리지 않는 슬픈 눈빛. 무슨 이윤지는 몰라도 그 속에서 처연해 보이기까지 하는 어둠을 보았다. 하지만 섣불리 그에게 연민이나 동정을 느끼기에 그는 너무나 높은 곳에 있는 존재였다. 더욱이 그도 그것을 바라지 않으리라. 세이가 이제 올까 저제 올까 뜬눈으로 밤을 지새우다가 새벽이 돼서 깜박 잠이 들어버리고 말았다.

한참을 얕은 잠 속에서 헤매고 있는데, 몽롱한 와중에 따뜻한 손길이 느껴졌다. 정신이 아득아득해서 꿈인지 생시인지 분간하기가 어려웠다.

— 놀라게 해드려 죄송합니다.

여인의 우윳빛 피부처럼 매끄러운 목소리였다.

아, 꿈인 모양이다. 내가 아는 저 목소리의 주인은 결코 죄송하다는 말을 저토록 쉽게 내뱉는 이가 아니었다. 태생부터 그러했던 것처럼 언제나 고고하고 오만했다. 그러니까 이건 꿈일 거다. 아, 그래도 무슨 말을 하긴 해야 하는데……. 무서운 거 아니라고……, 전해야 하는데…….

— 좋은 꿈 꾸십시오, 아렌.

부드러운 입술이 눈과 눈썹 사이에 살짝 포개졌다 떠났다. 눈을 억지로 뜨려 했는데 그 누군가가 마법이라도 걸고 간 건지, 깊은 수면에 빠졌다.

깊은 수면 끝자락을 딛고 눈을 떴을 땐 제비꽃보다도 진한 보랏빛 눈동자가 천장을 배경으로 나타났다.

"인간은 역시 잠이 많군. 깨어나길 기다리느라 목이 빠지는 줄 알았다."

어제 꿈결에 들었던 것과는 정반대의 허스키한 목소리가 들려왔다. 아렌이 일어날 생각은 않고 멍하니 바라보고만 있자 루키페르가 이맛살을 찌푸리며 혀를 찼다.

"충격을 많이 받았을 거라더니 눈이 풀렸군. 그렇게 정신이 약해빠져서야. 하여튼 인간이란……."

"……잠이 덜 깬 거야. 루키루키."

아렌이 거칠게 뇌까리며 주먹을 들어 그의 이마를 툭 치려고 하자 루키페르가 먼저 휙 고개를 빼냈다.

"그렇게 부르지 말라고 했지, 인간."

"흠, 미안해. 기분 나빴어, 미스터 골반?"

하아암, 하고 크게 하품을 하며 아렌이 능청스레 답하자 단박에 그 보석 같은 눈이 무시무시하게 변해버린다. 하지만 여전히 경고 이상은 할수 없음에 분한 기색이 역력하다. 아렌은 몸을 확 일으키며 그에 못지않게 눈을 부릅떴다.

"그런데 너……. 자는데 계속 거기 있었던 거야? 누가 그렇게 보고 있으래? 기분 나쁘게."

"나라고 인간이 자면서 뒹굴거리는 걸 보는 게 썩 유쾌하진 않았다. 추하더군."

추하다니, 그렇게 심한 말을. 자신의 극악한 잠버릇을 카일에게 누누이 전해 들은 바가 있기에 아렌은 헝클어진 머리카락을 손으로 대충 정리하며 화제를 돌렸다.

"그런데 루키루키, 왜 왔어?"

"……그 호칭……. 후우, 됐다. 폐하께서 널 데려오라고 하시더군."

아렌이 바로 빨딱 고개를 치켜들었다.

"폐하?"

"마황 폐하."

단박에 마황 폐하라는 직함이 세이를 가리킨다는 걸 눈치 챘다. 세상에, 마족들의 왕이 아니고 마족들의 황제였구나. 이젠 새삼스레 놀랍지도 않았다. 아렌은 목을 축이는 셈 치고 회복제를 한 모금 마신 후 바닥을 내디뎠다. 어제까지만 해도 나무토막처럼 뻣뻣했던 다리가 신기할 정도로 아무렇지 않은 것에 감탄하며 그녀가 루키페르를 스쳐 지나갔다.

"세이, 어디 있는데?"

"따라와라."

루키페르가 나직이 대꾸하며 그녀를 앞질렀다. 방을 나서 한참을 따라갔는데도 멈출 기미가 보이질 않아 아렌이 한숨을 내쉬며 물었다.

"미스터 골반, 마법으로 한 방에 가면 안 돼? 왜 이렇게 번거롭게 걸어가야 하지?"

매서운 그림자가 드리워진 강렬한 시선이 아렌을 향해 쏘아졌다.

"……인간, 지금 가는 곳은 폐하가 아닌 다른 마족들은 힘조차 낼 수 없는 곳이다. 마족들을 소환해 문책할 때 쓰이는 곳이지."

"문책? 나를 왜 거기에 불러?"

"가보면 알 것 아닌가, 인간."

퉁명스런 대답에 아렌의 얼굴이 단박에 찌그러졌다.

"그거 좀 설명해주는 게 뭐가 그리 어려워서……. 남자가 쪼잔하게."

"아까부터 정말 천박하군. 이런 인간 여잘 폐하께선 왜……."

"천하다니, 이래봬도 나 공작가의 영애라고. 그런데 너 머리카락 색 정말 끝내준다."

아렌이 말을 하다 말고 새삼 그의 머리카락에 시선을 주었다. 그녀의 말대로 진회색의 머리카락은 적당히 그을린 진한 피부색과 굉장히 잘 어울렸다. 적당히 짧은 머리카락 사이로 다이아몬드가 박힌 작은 귀걸이가 반짝거렸다. 특히 아이라인이라도 그린 것처럼 진한 눈매가 늑대처럼 사나운 인상을 더욱 강렬하게 만들어주고 있었다. 시비인지 순수한 감탄인지 가늠하기 힘들다는 듯 잠깐 아렌을 뚫어져라 바라보다가 루키페르가 뚱하게 대꾸한다.

"그러니까 그런 말투가 천박하다는 거다, 인간 여자. 중간계의 영애들은 다 너같이 천박한가?"

"천박, 천박. 입에 붙었구나. 너야말로 무식하게 키만 멀대처럼 커서."

"인간, 너는 바닥에 기어 다니느라 힘들겠군 그래. 아래 공기는 숨쉬기 편한가?"

루키페르가 일부러 그녀를 약 올리기라도 하려는 듯 거만하게 눈을 내리깔아 그녀를 봤다. 확실히 그는 그런 말을 할 자격이 있었다. 루키페르는 그녀가 이제껏 보아왔던 어느 남자보다도 컸다. 심지어 제스나 프레드릭보다도. 아렌도 여자치곤 그리 작은 키가 아니었으나 그의 옆에 서 있으니 찐따 라미에가 그토록 부르짖는 '꼬맹이'가 된 기분이었다. 아렌이 아무 말 못 하고 인상을 찌푸리자 루키페르의 얼굴에 승리의 미소가 깃들었다.

"크큭, 정말 웃기는군."

급기야 소리 내어 웃기까지 하는 그의 모습에 아렌이 이를 바득바득 갈았다. 이런 사소한 말싸움이 뭐라고 그가 좋아하는 모습이 너무 얄미워서 속에서 확 열이 뻗쳐올랐다. 그 모습이 더 그를 자극했는지 입가의 미소는 더더욱 진해졌다. 짜증나! 신경질적으로 발소리를 쿵쾅쿵쾅 내던 아렌은 돌연 화내기를 멈췄다.

당했으면 응당 갚아주면 되는 것이다. 대쪽같이 올곧고 '공녀님 공녀님' 노래를 부르며 쫓아다니던 카일을 1년 만에 학을 떼게 만든 그녀였다. 정말 오랜만에 뭍에 나온 잉어처럼 팔팔한 상대를 만났는데 이대로 질 수야 없지. 어떻게 골려줘야 잘 골려줬다고 소문이 날까.

잔머리를 또르르 굴리며 한참을 걸어가던 그들 앞에 고풍스런 검은 문이 모습을 드러냈다. 루키페르가 손을 뻗자 그에 응답하듯 문이 철커덕 열렸다. 오, 폼 좀 나는데. 그곳에 들어서자 보이는 것은 하일렌의 알현장을 세 개쯤 합쳐둔 것보다 더 넓은 공간이었다.

"폐하."

그 자리에 부복하는 루키페르의 목소리가 웅웅 울렸다. 은은한 미소를 입가에 드리운 세이가 고개를 돌리고 아렌을 정확히 찾아내었다. 어제 헤어질 때와는 사뭇 다른 분위기에 오히려 아렌이 주춤했다. 세이는 우아한 발걸음으로 다가와서 그녀의 볼을 쓰다듬어주었다.

"어서 오십시오, 아렌. 눈이 빨갛습니다. 간밤에 잠을 잘 못 이루셨습니까?"

아니요, 괜찮아요, 라고 대답하려던 아렌은 좋은 생각을 떠올리고 일부러 손으로 두 눈을 마구 비볐다.

"잠은 잘 잤는데……. 누가 아침 댓바람부터 마구 흔들며 깨우는 바람에 무진장 피곤해요. 거기다 오는 내내 얼마나 핍박을 당했던지……."

최대한 불쌍한 어투로 끝을 맺었더니 세이의 날카로운 눈초리가 루키페르에게 꽂혔다. 눈을 가리고 있는데도 세이의 표정이 살벌해지는 게 완연히 느껴졌다.

"정중히 대하라고 일렀을 텐데."

"아닙니다! 폐하! 아닙니다! 억울합니다! 저……. 저……!"

"……치죄는 나중에 하겠다."

목소리가 쫙 깔린 게, 네 말 따위 듣기 싫고 나중에 두고 보자는 어투였다. 세이가 휙 뒤돌아서자 루키페르가 '이……, 영악한!'이라는 눈초리로 아렌을 부르르 떨며 노려봤다. 아렌은 '가녀린 인간에게 정말 너무해.'라는 얼굴로 눈물을 훔치는 시늉을 하고는 세이를 따라갔다. 그렇게 건드릴 사람을 건드려야지. 승리감에 도취된 아렌은 입가에 비집고 나오는 웃음을 억누르며 세이를 올려다봤다.

"세이, 그런데 왜 불렀어요?"

"아렌, 이리로 오십시오."

세이는 그녀의 손을 부드럽게 잡고 그녀를 중앙으로 안내했다. 이상했다. 세이는 자신과 이야기할 게 많긴 하지만 그러면 방으로 찾아오지 이렇게 따로 부르거나 하진 않을 것 같았다. 그것도 문책을 하는 공간에. 여기서 뭔가 해야 할 일이 있는 걸까? 세이가 걸음을 멈추고 아렌을 뒤돌아보았다.

"아렌, 카트린느에게 갔을 때, 함께 있던 마족의 얼굴을 보았습니까?"

"어……, 잘 못 봤……어요."

아렌이 인상을 찡그리며 고개를 저었다. 그때를 떠올리기가 싫었다. 차가운 돌바닥에서 맞이하는 죽음, 그녀가 죽기만을 기다리던 두 쌍의 눈……. 아렌이 살짝 몸서리를 치자 가만히 세이가 그녀와 시선을 맞추며 입을 열었다.

"아렌, 제가 카트린느와 계약을 한 마족을 찾아냈습니다."

뭐? 그 자리에 있지도 않았는데 세이가 어떻게?

세이의 어투에서 심상찮은 기운을 느낀 아렌은 두 눈을 휘둥그레 떴다. 세이는 의미를 알 수 없는 미소로 응답한 후 정면을 똑바로 응시했다. 기다렸다는 듯, 마족 하나가 등 뒤로 두 손이 포박된 채 끌려나왔다. 영문을 모르겠다는 듯 주위를 살피던 마족이 세이를 보자마자 빳빳하게 굳어버렸다.

"죄를 고해라."

나직하지만 강한 명령에 마족의 눈이 심하게 흔들렸다.

"폐……하……? 무엇을, 말씀하시는……?"

세이가 들은 척도 하지 않고 손을 들었다. 마치 공기를 쥐는 듯 손을 둥 그렇게 말자 마치 목을 직접 조이는 것처럼 마족의 숨통이 조여 왔다.

"무엇을……. 폐하, 무엇을……, 저는……, 모릅……. 크헉!"

마족의 얼굴이 고통에 일그러졌다.

"모른다는 말은 내가 원하는 답이 아니다."

세이가 무섭도록 무표정하게 말하며 손을 좀 더 오므렸다. 상상을 초월한 강한 힘이 목을 옥죄자 마족의 눈이 터질 듯 커졌다. 우두둑, 목뼈가 차례로 부서지는 소리가 섬뜩하게 울렸다. 옆에 있던 아렌이 순식간에 벌어진 일에 잠깐 놀라다가 황급히 소리쳤다.

"세이, 지금 뭐 하는 거예요! 잠깐만, 놔주세요! 얼른!"

아렌의 부르짖음에 세이가 손에 힘을 뺐다. 보이지 않는 손아귀에서 벗어난 마족이 숨을 거칠게 내뱉으며 뒷걸음질을 치다 끝내 털썩 주저앉았다. 목엔 붉은 손바닥 자국이 선명하게 남아 있는 그는 첫 걸음마를 배우는 아기처럼 넘어지고, 넘어지고, 또 넘어졌다. 세이가 눈을 내리깔고 놀라울 만큼 고요한 어조로 말했다.

"아렌, 당신을 죽이려고 한 마족입니다. 응당 대가를 치러야 합니다."

기겁한 아렌이 눈을 크게 떴다.

"세이, 저 마족이 계약자 맞아요? 도대체 세이가 어떻게 알아낸 거예요? 너무 어두워서 잘 못 보긴 했지만 저 마족은 아닌 것 같은데요."

"그렇군요. 다소 아쉽습니다만 잘 알겠습니다."

예상외의 대답에 아렌이 숨을 삼키고 반문했다.

"알겠다뇨? 그게 무슨……, 카트린느와 계약한 마족이라면서요?"

"사실을 말씀드리자면 저 마족이 카트린느와 계약한 마족인지는 확실치 않았습니다."

"……설마 아무 마족이나 데리고 온 거였어요?"

"최근에 계약을 맺은 마족 중 하나이기에 '아무 마족'은 아닙니다."

아무나 데려온 것 맞잖아! 아렌은 머릿속이 멍해지는 걸 느끼며 마른 목으로 침을 삼켰다. 심란한 침묵 끝에 세이의 입술에 냉정한 웃음이 걸렸다.

"아렌, 이게 제 방식입니다. 무서우셔도 어쩔 수 없습니다."

이어 세이가 가볍게 손을 휘두르자 쓰러져 있는 마족 뒤로 스무 명 정도의 마족들이 나타났다. 그가 얼굴을 환하게 밝히며 아렌을 바라봤다.

"자, 최근에 인간과 계약을 맺었던 마족들 모두입니다. 하나씩 하나씩 죽여가다 보면 언젠간 범인을 찾을 수 있을 겁니다."

아렌이 얼굴을 일그러뜨리며 신음에 가까운 말을 흘렸다.

"그러니까……. 저 마족들을 다 죽인다는……."

"예, 그럴 겁니다."

담백한 대답에 시간이 정지되기라도 한 듯 아렌과 마족들의 말과 행동이 멈췄다. 세이의 말이 끝나는 순간 아렌은 반사적으로 마족들을 바라봤다. 마황의 말을 들은 그들의 얼굴에 떠오른 감정은 한결같았다.

이루 말할 수 없는 공포. 아렌은 터져 나오는 신음을 막으려 입술을 꼭 깨물었다. 이건 무작위 학살이나 다름없지 않은가. 이건 아니다. 어떻게든 말리는 게 좋겠다. 아니, 말려야 한다. 머릿속에서 들고 일어나는 여러 가지 생각들에 그녀가 그의 팔을 와락 잡았다. 급작스런 그녀의 행동에 세이도 놀랐던지 그대로 멈춰버렸다.

"세이, 이제 그만해요."

"……아렌을 죽이려 한 마족입니다. 용서할 수 없습니다."

"부탁이에요. 진짜 화살을 돌려야 될 건 마족이 아니고 카트린느예요. 마족은 내가 누군지도 모르고 계약을 들어준 것뿐이잖아요. 그만해줘요, 세이. 나를 위해서라도."

"……자세히 말씀해보십시오."

"자세히 말할 것도 없어요! 난 그저 누가 죽는 건 보고 싶지 않아요. 세이, 제발요."

아렌이 완강하게 말을 끝맺자 한동안 정적이 감돌았다. 불안과 공포가 일관된 긴장 끝에 세이가 손을 내리며 천천히 입술을 움직였다.

"……알겠습니다. 보고 싶지 않으시다니……."

아렌이 탄식 섞인 무거운 한숨을 내쉬었다. 내 말은 들어주니 그나마 다행이라고 해야 하나……. 그녀가 허탈해야 할지, 기뻐해야 할지 긴가민가한 기분으로 손을 풀자, 세이의 손이 빠르게 다가와 덥석 잡아챈다.

"그대로 있어도 괜찮습니다만."

아렌은 얕은 한숨을 쉬면서 그의 팔을 밀어냈다.

"장난치지 말아요, 세이. 그럴 기분 아니니까. 어쨌든 내가 여기서 할 일은 다 한 거죠? 그리고……, 세이, 얘기 좀 해요. 듣고 싶은 게 많아요."

세이는 그녀의 팔을 놔주는 대신 손등에 입술을 맞췄다.

"지금은 가볼 곳이 있으니 밤에 찾아뵙겠습니다."

세이의 입술에 매혹적인 미소가 어리며 두 눈을 반짝였다. 아까의 학살자는 어디로 가고 이번엔 개구쟁이 어린애처럼 장난기가 넘쳐난다. 정말이지 어느 장단에 맞춰야 되는 건지. 왠지 모를 감탄 혹은 섬뜩함 같은 온갖 감정이 뒤섞여 어지러웠다.

아렌은 세이가 언제 마음을 바꿀지 몰라 불안해하면서 마족들에게 시선을 주었다. 이제 살았다며 안도해 마지않는 무리 중 하나와 눈이 딱 마주쳤다. 그 마족은 아렌을 보자마자 새파랗게 질린 채 무리 속으로 몸을 숨겼다.

붉은 눈동자와 마주친 아렌의 얼굴에 경련이 일었다. 신기할 정도로 단박에 알아보았다. 저 마족이다. 카트린느와 계약을 맺었던 마족. 그때의 기억이 폭풍우처럼 순식간에 몰아쳐 와 숨이 잘 쉬어지지 않았다.

'아니야, 지금은 그때가 아니야. 아니야.'

"왜 그러십니까, 아렌."

마음을 가다듬으며 깊은 숨을 들이쉬려는 순간, 급격하게 가라앉은 세이의 목소리가 귓전을 두드렸다. 퍼뜩 정신이 든 아렌은 허겁지겁 시선을 거두며 외면했다.

"아, 아, 아, 아니에요. 세이, 난 마계를 구경하러 갈게요."

"위험합니다."

"루, 루키페르를 대동할게요. 그럼 괜찮죠?"

혹여 그에게 표정이 보일세라 루키페르 앞으로 뛰듯이 걸어갔다. 그렇다면 뜻대로 하십시오, 세이가 수락의 말을 건네며 루키페르와 아렌에게 공간이동 마법을 써주었다. 그들이 짙은 보라색 연기가 되어 차갑고 맑은 공기 속으로 사라져갔다. 두 개의 실루엣이 사라지자 세이는 눈을 돌려 정확히 아렌이 바라봤던 마족을 찾아내었다.

"바로 너였군."

찰나의 순간이었지만, 아렌이 마족을 보고 반응한 모습을 그가 놓칠 리가 없었다. 세이가 바라보고 있는 마족을 중심으로 주변에 서 있던 마족들이 원을 그리며 확 멀어져갔다. 핏기가 가신 채 전신을 부들부들 떨고 있던 마족은 더 이상 견디지 못하고 바닥으로 허물어졌다.

"마황 폐하! 사, 사, 부디, 살려……, 살려주십시오! 피를 먹이는 상대가 마황 폐하의 반려인 걸 알았더라면 저는 결코 계약에 응하지 않았을 겁니다!"

"그래, 그리 쉽게 긍정해야 번거롭지 않지. 서로에게 말이다."

"마황 폐하, 마황 폐하! 저는 인간의 계약을 들어준 것밖에, 그것밖에!"

목숨이 경각에 달리게 된 마족이 목청이 터져라 부르짖었다. 가만히 그를 응시하던 세이의 입가에 부드러운 미소가 떠올랐다.

"너의 말엔 일리가 있다. 따지고 보면 너에겐 아무 잘못이 없다."

"폐하! 폐하! 그렇다면……."

"다만, 운이 좋지 않았을 뿐이지."

세이의 얼굴에서 미소가 씻긴 듯 사라지며 손이 한 번 더 올라갔다. 새 털처럼 아주, 아주 가볍게 움직였을 뿐이다.

푸악! 사방에 피가 튀었다.

세이가 보내준 대로 바깥으로 이동하자마자 루키페르는 기다렸다는 듯 두 눈에 쌍심지를 켰다. 이런저런 면에서 정말 성가신 인간이었다. 순진한 얼굴로 제 위치가 뭐냐고 물어본 지 얼마나 됐다고 마황 폐하 앞에서 연약한 척 내숭 떠는 수준급의 연기란! 한껏 기분이 더러워진 루키페르가 치미는 욕설을 삼키며 아렌을 휙 돌아봤다.

"어이, 인간, 너……. 잘도, 나한테 누명을 씌웠겠다."

"…….."

"그렇게 땅만 보고 있지 말고 어디 변명이나 늘어놓아보시지."

고개를 숙이고 가만히 서 있던 아렌은 갑자기 무너져 내렸다. 완전히 바닥에 주저앉기 전에 몸을 겨우 가누어 가슴을 쥐고 숨을 헐떡였다. 루키페르는 인상을 찡그리고 그녀를 내려다봤다.

"이건 또 뭐야."

"……루키루키, 아무 말이나 빨리 해봐, 얼른."

아렌이 가슴을 쥔 반대쪽 손으로 그의 정강이 부근을 툭툭 두드렸다. 제기랄, 꼴사납고 창피하다. 죽음의 기억이란 건 생각보다 질긴 모양이었다. 온몸을 엄습하는 공포에 숨이 잘 쉬어지질 않았다. 몸은 다 나아가는데 정신은 그때 그 자리에서 하나도 나아가질 못하고 있다니.

"어이, 인간. 너 갑자기 무슨 수작이야? 빠져나가려거든 소용없어."

같잖다는 어투의 허스키한 목소리가 위에서 쏟아졌다. 그의 눈엔 이게 아까의 행동을 꿀 바르듯 넘어가려고 연기하는 것으로 보이는 모양이었다.

"그런 거 아니니까……. 그냥 아무……, 말이나 좀 해봐."

"인간에게 할 말 따윈 없다."

"됐어. 너한테 뭘 부탁한 내가 바보……. 욱."

급기야 아렌이 헛구역질을 하자 루키페르가 짜증이 가득 섞인 욕설을 내뱉는 게 들렸다. '마황 폐하의 명만 아니었어도…….'와 비슷하게 뇌까린 그가 허리를 굽혔다.

"……인간은 정말 약해빠졌군. 그거 아나? 마족은 계약을 지키지 않으면 가슴 부근이 뻐근하게 아파 오면서 심장이 터져 죽는다더군. 지금 너처럼."

루키페르는 마지못해 거칠게 말하며 아렌의 등을 다독여주었다. 때리는 거라 해도 믿을 정도로 세서 퍽퍽 소리가 크게 나긴 했지만. 부연 설명을 곁들이듯 루키페르의 이야기가 이어지는 가운데, 헛구역질을 몇 번 하던 아렌은 시간이 한참 지난 후 비로소 깊은 숨을 내쉬었다. 숨이 터지고 심장이 규칙적인 패턴을 찾아가면서 창백했던 얼굴에 생기가 돌았다.

"후……. 너도 쓸모란 게 있는 마족이었구나. 아무 말이나 하랬다고 심장 터지는 얘기랑 천사를 써는 느낌이 어땠는지 말할 때는 솔직히 정강이를 걷어차주고 싶었지만 말이야."

루키페르가 입꼬리 한쪽을 비스듬히 들어 올렸다.

"인간, 잘 모르는 모양인데 나는 네가 생각하는 수준 그 이상이다. 나로 말할 것 같으면 마황 폐하를 보좌하는 칠 마족 중 하나로 악마계의 지배자……."

"……에다가 골반 춤을 요염하게 잘 추지. 현역 시절 많이 놀았나 봐?"

단박에 무시무시하게 쭉 찢어지는 눈을 보고 아렌이 순식간에 말끔하게 자리를 털고 일어섰다. 그러곤 팔꿈치로 그의 옆구리를 쿡 찌르며 너스레를 떨었다.

　"가수로 활동해보는 건 어때, 루키군. 일정 관리 정돈 내가 해줄 수 있는데."

　루키페르의 가슴이 크게 부풀었다. 한 호흡 참았다가 으르렁거린다.

　"인간, 입 다물어. 네가 날 골려먹은 대가는 언젠가 반드시 치르도록 해주겠다."

　"은혜라고 생각하더라도 굳이 갚지 않아도 되는데, 루키루키 군."

　"제길……!"

　급기야 험한 말을 쏟아낸 루키페르가 벌떡 일어서서 성큼성큼 앞질러 갔다. 처음의 냉혹해 보이던 인상이 어느새 짜증으로 점철된 걸 보며 아렌은 앞으로 무슨 일이 있어도 그는 그녀를 순수하게 좋아해주지 않을 것을 직감했다. 마황의 명에 따라 마지못해 말을 들어줄 뿐, 세이가 없었다면 이미 죽이고도 남았을 것이다. 그럼 뭐 어때, 지금은 세이가 있는데.

　분해 미치겠다는 모습이 눈에 너무 빤히 보여서 아렌은 실소를 터뜨리며 그를 뒤따라가 정말 데뷔할 생각이 없냐, 튕기지 마라, 수입금은 4대 6으로 나누자는 둥 괜스레 심술 맞은 말을 계속 던졌다. 반짝거리는 눈으로 그를 올려다보는 건 서비스. 결국 인내심이 바닥난 루키페르가 그 자리에 우뚝 멈춰 서서 눈썹을 치켜세웠다.

　"인간……! 계속 그딴 식으로 입을 놀리면……!"

　"그런데 루키루키, 왜 주변에 마족들이 나만 쳐다보고 있는 거야?"

　루키페르가 획 뒤돌아보자마자 아렌이 그의 팔을 덥석 잡아채며 물었다. 대답을 기다리는 빛나는 눈과 마주치자 죽일 듯이 쏘아보던 눈빛의 기세가 한풀 꺾였다. 주변을 둘러보니 과연 근처의 모든 마족들이 아렌만 응시하고 있었다. 대부분 핏빛이라 무서워할 법도 하건만, 이 인간은 그저 왜 쳐다보는지만 궁금한 모양이다.

"네가 마황께서 데리고 온 인간이니 당연한 것 아닌가, 인간."

"자주 있는 일은 아닌가 보네."

별 대수롭지 않게 대꾸하는데 루키페르는 한순간 말문이 막혀버렸다. 최초로 마계에 데리고 온 인간 여자다. 그것뿐인가. 고귀한 마황께서 목숨을 걸면서까지 천계에 다녀오셨다. 오직 인간 하나 때문에! 실제가 어떻든 이러한 이유 때문에 이미 그녀는 마족들에게 마황의 반려로 공공연하게 인식되고 있었다. 정식으로 작위가 내려진 것이 아니라 예를 갖추지는 않고 있지만, 인간만 보면 죽이고 싶어 날뛰는 미친 악마들이 잠잠한 것이 그를 확연히 반증해주고 있었다. 그런데 이 자각이라곤 눈곱만큼도 없는 모습이라니!

루키페르는 방금까지 그녀를 죽여버리고 싶은 대상 0순위로 생각했던 입장을 한순간에 잊어버리고 입을 열었다.

"……인간, 네가 어떻게 살아남았는지 알기나 하나."

"아라벨이 피를 줬잖아."

세이가 실제로 쏟아부은 노력에 비해 참으로 짧은 대답이 튀어나왔다. 그럴 줄 알았다는 듯 루키페르가 혀를 차곤 말을 이었다.

"똑바로 들어라, 인간. 천왕은 물론이고 천족은 모조리 천계에 틀어박혀 무거운 엉덩이를 떼지 않아. 보통 인간은 구경조차 할 수 없는 데다 천족의 피를 구한다? 어불성설이다. 너는 폐하께서 천계에 다녀오시지만 않았더라도 지금쯤 명계 구경을 하고 있었을 거다."

"뭐? 누가 어디에 다녀와?"

아렌의 눈이 휘둥그레졌고 루키페르는 혹여나 그녀가 놓칠까 싶어 한자 한 자 명확하게 되풀이해주었다.

"폐하께서 너, 인간 여자 하나 때문에 천계에 다녀오셨다는 말이다."

"……천계에서 아무 일 없었어?"

순진해빠진 질문에 루키페르가 큭, 실소를 날렸다.

"없으면 도리어 그게 이상한 일 아닌가, 인간."

"세이가 왜……, 그렇게까지……?"

루키페르는 흘러내린 머리카락을 쓸어 올리며 쓰게 말했다.

"그 정도는 인간, 네 머리를 굴려 생각하고 똑바로 처신해라."

"……."

어디 그 둔한 눈치와 머리에서 무슨 생각이 나오는지 보자, 게슴츠레
흡뜬 눈으로 바라보는 가운데 아렌은 전방에 시선을 못 박은 채 꿈쩍도
하지 않았다. 한마디 더 깐죽거리려던 루키페르는 이내 관두고 몸을 돌렸
다.

"인간, 마계 구경을 하려면 따라와라."

"골반."

또 왜? 사나운 눈초리로 휙 뒤돌아보았는데 아렌의 입에선 의외의 말이
튀어나왔다.

"마음이 바뀌었어. 방으로 돌려보내줘."

"……정말 변덕이 죽 끓듯 하는군. 난 네 휴대용 마법 기계가 아니다,
인간."

"빨리 해."

아렌이 루키페르의 옷자락을 왈칵 움켜쥐고 단호하고 짧게 명령했다.
빌어먹을, 빌어먹을. 루키페르는 손을 간단히 휘둘러 공간이동 마법을 써
주면서도, 험한 말을 잊지 않고 뱉어냈다.

약간 착잡해진 마음을 품고 방에 돌아오자마자 아렌은 입을 쩍 벌릴 수

밖에 없었다. 루키페르를 따라나설 때까지만 해도 황야처럼 황량했던 방
엔 종류별, 색색별로 수백 벌의 옷이 둥둥 떠 있었다. 그것도 전부 여자
옷들만! 밤에 봤다면 유령이라고 여길 정도로 공포스러운 광경이었다.

"이게 다 뭐야……?"

그렇게 중얼거리며 아렌이 슬쩍 옷 사이로 지나가려 하자 수백 벌의 옷
이 의지라도 있는 양 그녀 앞을 휙 가로막았다. 지나가려고 몸을 옆으로
빼내니 똑같이 따라온다. 마치 '날 골라주세요!'라고 말하는 것처럼.

"뭐야, 이제 하다 하다 옷까지 나한테 시비야?

무생물에게 신경질을 부린 아렌이 자신의 코앞에 있는 드레스를 후려
치자, 그녀의 손이 닿은 드레스가 휘리릭 날아가 옷장에 가서 얌전히 걸
렸다. 연이어 그와 비슷한 스타일의 드레스들은 얌전히 옷장에 가서 자동
으로 걸리고 나머지 드레스는 흔적도 없이 사라졌다. 이게 무슨 일인가
멍하니 보고 있는데 이번엔 비교적 편하게 입을 수 있는 원피스들이 그녀
앞을 가로막았다. 가장 앞에 있는 옷을 툭 치니 드레스 옆에 차곡차곡 걸
리고 나머지는 사라진다.

아렌이 기가 막혀서 외려 웃음을 터뜨렸다. '평상복부터 드레스까지,
모두 고르실 때까지 한 발자국도 움직이시지 못할 겁니다.'라는 메시지.
이런 짓을 벌일 사람은 하나밖에 없었다. 항상 의중을 묻지만 결국은 자
신의 뜻대로 일을 밀어붙이는 사람.

'후우, 이런 반강제적인 방법이라니, 정말……, 세이답네.'

차곡차곡 쌓이는 옷장을 슬쩍 흘려본 아렌이 한숨을 푹 내쉬었다. 어차
피 마법을 풀어줄 사람도 없는 거, 얼른 하고 끝내자는 생각에 그녀는 그
저 눈에 보이는 대로 아무거나 선택했다. 보이는 대로 옷을 툭툭 고르는
데도 한참이 걸렸다. 피곤함에 버럭 화를 낼 즈음이 돼서야 방이 처음처
럼 휑해졌고, 아렌은 왠지 모를 해방감을 느끼며 침대에 몸을 뉘었다. 어

림잡아 백 벌 이상이 되는 옷들이 3단으로 걸려서 휘황찬란하게 빛나는 모습을 보며 그녀는 왠지 모를 허탈감을 느꼈다.

'어차피 저 옷들 다 입지도 않고 금방 돌아갈 텐데……. 딱 봐도 최고급 원단인데, 중간계로 가져가서 팔까? 그럼 더 이상 제스한테 빌붙어 살지 않아도……. 아?'

아렌은 머리를 한 대 맞은 것 같은 느낌에 용수철처럼 상체를 튕겨 세웠다. 새카맣게 잊어버리고 있었던 것이다, 중간계를! 이런! 독을 먹더니 내가 미쳤나? 아렌은 곧장 침대에서 낮잠을 자고 있던 로도모나스를 안아 올려 탈탈 털었다.

"로도모나스, 로도모나스! 일어나봐! 일어나서 내 부탁 좀 들어줘! 제스와 대화할 수 있는 방법 있어? 마법으로!"

아렌이 아픈 새끼를 품은 어미처럼 간절하게 외쳤다. 잠에서 덜 깬 초록색 눈이 느리게 끔벅끔벅거렸다. 뒤늦게 그녀의 말을 알아들은 로도모나스는 고개를 끄덕이려다가 노골적으로 눈을 피했다.

— 부리부리부리부리, 그 사람 싫어.

"로도모나스, 제발. 짧게라도."

— 싫어.

으이구! 세이가 주인 아니랄까 봐 황소고집이 따로 없다.

"중간계로 가면 푸딩으로 갚을게."

— ……몇 개?

"세……, 세 개?"

로도모나스의 아랫입술이 부루퉁하게 삐죽 튀어나온다. 아렌은 조금 망설이면서 손가락을 한 개 더 폈다.

"네……, 개?"

— ……다섯 개.

"그, 그래. 다섯 개."

'협상 완료!'라고 외치는 듯 펑, 소리가 들리자 아렌은 떨떠름하게 인상을 찌푸렸다. 처음엔 푸딩이라면 무조건 고개부터 끄덕이고 보더니 이젠 협상을 하려 하다니, 로도모나스는 알게 모르게 성장하는 중인 것 같았다. 점차 드러나는 까무잡잡한 피부에 검은 곱슬머리를 보며 아렌은 눈을 동그랗게 떴다. 느낌상인지 모르겠지만 마냥 앳된 어린애였던 로도모나스가 키가 조금 크고 보들보들한 젖살이 조금 빠져 조금 더 샤프해진 것 같았다. 동그랗고 초롱초롱 빛나는 녹안은 변함없었지만.

'못 본 새에 조금……, 컸나?'

그녀가 저도 모르게 로도모나스를 위아래로 훑어보는 새에 로도모나스가 두 손을 모아 쥐었다. 손가락 사이로 빛이 번쩍이더니 가느다란 빛이 자수 놓듯 모여들어 실 뭉치 같은 구체를 형성했다. 두 손에 가득 담길 정도로 커진 푸른 마법구를 아렌에게 넘겨주며 그가 말했다.

"여기에 대고 말하면 돼."

넋이 빠진 듯 로도모나스만 바라보고 있던 아렌은 퍼뜩 마법구를 받아 들었다. 영롱하고 은은히 빛나는 구체를 뚫어져라 보다가 조심스레 입을 열었다.

"아아, 마이크 테스트. 하나, 둘, 셋. 하나, 둘, 셋. 들리나?"

— …….

"제스! 내 말 들려요?"

— ……아렌.

"제스! 진짜 제스예요?"

차분한 그의 목소리를 오랜만에 들은 아렌이 잔뜩 들떠서 빠르게 외쳤다. 하고 싶은 말이 범람하여 무슨 말부터 해야 할지 잠시 고민이 되었다. 그사이 제스가 먼저 말을 이었다.

— ······아렌, 너, 지금 어디······.

그 순간, 구체를 채우던 빛이 싹 사그라지더니 제스의 말이 뚝 끊겼다. 아렌이 기겁하며 마법구를 잡고 미친 듯이 흔들었다.

"응? 뭐지? 여보세요? 제스? 제스, 내 말 들려요?"

더 이상 제스의 말이 흘러나오지 않자 아렌은 마법구를 침대에 텅, 소리 나게 던지고는 로도모나스를 향해 억울하게 외쳤다.

"로도모나스! 이게 끝이야? 뭐가 이렇게 짧아?"

"흥."

로도모나스는 자기 할 일은 다 했다는 듯이 창가로 가버렸다. 푸딩 다섯 개로 고작 '제스, 내 말 들려요?' 전하고 끝이라니. 이렇게 허탈할 수가 없었다. 아니, 그것보다도 로도모나스가 제스를 좋아하지 않기 때문에 심술을 부린 거겠지.

원망과 불안이 섞인 눈으로 로도모나스를 쏘아보던 아렌이 거칠게 눈을 비비며 침대 위에 드러누웠다. 세이 덕분에 자신은 이곳에서 편하게 생활하고 있다 쳐도 막상 목소리를 들으니 제스와 카일 등이 너무나 걱정이 되었다. 갑자기 사라져버렸으니 얼마나 놀랐을까.

로도모나스는 더 이상 부탁을 들어주지 않을 테고, 루키페르는 무시할 게 뻔한 뻔 자. 아라벨은 제스를 알지조차 못한다. 세이에게 말할 수 없는 이유는 너무 많아서 나열하기도 힘들었다. 주변에 마법을 쓸 줄 아는 사람이 이렇게나 많은데 하나도 이용을 못 하다니! 왠지 억울하다. 그나저나 중간계엔 언제, 어떻게 돌아가지? 아니, 그전에 세이에게 고맙다고 해야 하는데······.

홍수처럼 쏟아지는 생각들에 아렌은 머리에 쥐가 날 것만 같았다. 몸을 파전 뒤집듯 휙 뒤집은 그녀가 베개에 얼굴을 묻고 웅얼거렸다.

"······그래. 일단 세이에게 감사 표시부터 하는 거야. 중간계는······, 나머지는 그다음에 생각하자."

아렌은 확고한 결심으로 굳은 눈을 서서히 감았다. 어떤 방식으로 감사를 표할지부터 막막하긴 했지만, 적어도 숨통은 조금 트인 기분이었다.

초저녁쯤 천왕 아라벨이 천마회의를 마치고 돌아오는 길이라며 방으로 찾아왔다. 소녀와 여인의 아슬아슬한 경계에 선 아름다운 그녀는 의자에 느릿하게 앉으며 입을 열었다.

"천마회의는 닭과 박쥐들의 시끄러운 말싸움이었다."

묻지도 않았는데 자진납세라도 하듯 천왕이 말했다. 그녀의 눈에는 천사들은 닭이요, 마족들은 박쥐로 보이는 듯했다. 어쩐지 신기했다. 천계의 왕은 그저 온화하며 자애가 넘치는 천사일 거라는 생각만 해왔는데 이렇듯 사차원을 뛰어넘는 여성이었다니. 자신에게 향한 눈빛을 발견한 천왕이 이채가 떠올랐다.

"뭘 그리 보나?"

"아라벨. 천왕이 되는 건 어떤 기분인가요?"

의외의 질문을 들었다는 듯 고개를 조금 기울인 천왕이 이내 느릿하게 고개를 끄덕였다.

"옳지. 날아다니는 가시 두더지를 볼 때와 같은 기분일 거다."

"……좋단 소리예요, 안 좋단 소리예요?"

"좋다, 나쁘다로 가를 수 있는 기분이 아니다. 모르긴 몰라도 마황의 경우 더더욱 그럴 거다."

말의 막바지 즈음 이르러서 천왕이 속눈썹을 내리깔았다. 내친김에 세이에 대해 알 수 있을까 싶어 아렌이 반사적으로 물었다.

"아라벨. 혹시 세이와는 오래전부터 알던 사이인가요?"

"아니, 나도 천왕이 된 지 얼마 되지 않은 터라. 얼마 전 천계에 왔을 때 처음 보았다."

이런, 캐낼 게 없겠군. 아렌은 아쉬움에 입을 찹찹 다시다가 그나마 그녀가 알 만한 주제를 꺼냈다.

"아라벨. 저어……. 세이가 천계에 갔었다는 게 사실이에요?"

"그래. 피를 내놓으라며 난동을 피웠다. 덕분에 닭장도 쑥대밭이 되어 버렸단다."

천왕이 나른한 동작으로 의자에 깊숙이 몸을 묻었다. 아렌은 조금 망설이면서 베개 끝을 만지작대다 깊숙이 가라앉은 어조로 물었다.

"저어, 세이는……, 많이……, 다쳤어요?"

"다치다뿐인가. 치료를 받지 않는다기에 애먹었다. ……마황에게 고맙다는 말 한 마디는 해두어라."

천왕과 눈이 마주친 아렌이 긍정의 뜻으로 쓰게 웃었다. 남의 일에 그다지 관심이 없어 보이는 천왕조차 저렇게 말할 정도면 다치긴 많이 다친 모양이다. 정말 제대로 고마운 마음을 전해야겠다. 물론 무모함에 대한 잔소리도 잊지 않고 할 셈이다.

"그런데 아라벨, 이렇게 계속 빈둥거려도 되는 거예요? 회의가 끝났어도 할 일이 많을 텐데……."

"천마회의 후에는 의례적으로 하는 행사가 있다. 난 그곳에 끌려가기가 몹시도 싫다."

'싫다'는 말을 하면서도 천왕의 고운 얼굴은 내내 평온했다. 그녀가 살벌해지거나 짜증을 낸다거나 인상을 찌푸리는 때가 있기나 한 걸까. 아렌이 그녀를 흘끗 곁눈질을 했다.

"행사라……, 뭔데요?"

"……회."

"네? 뭐라고 했어요? 잘 안 들려요."

"무도회."

무심한 듯 툭 내던져진 그녀의 대답에 아렌이 멈칫하더니 턱을 괴고 잠시 생각에 빠졌다.

"무도회……? 잠깐, 아라벨이 참석해야 한다면 세이도 가겠네요?"

천왕이 창가에 털실과 함께 데굴데굴 굴러다니는 로도모나스를 보다가 아렌에게 시선을 옮겼다.

"그렇겠지. 하지만 아마 오래 머무르진 않을 거다."

무슨 생각을 떠올렸는지 아렌의 입술에 미소가 피어올랐다.

"아라벨, 나랑 재밌는 놀이 하나 하지 않을래요?"

21. 끝에서 세 번째 순간

제스는 천성적으로 무언가에 연연하지도 집착하지 않았다. 어머니를 일찍 여의고 이름을 숨기고 살아야 했던 과거가 있을지언정 아무렇지 않게 딛고 일어났다. 힘든 기억도 행복했던 시절도 그에겐 힘이었고, 어쩔 수 없이 잃고 놓치는 것이 있다는 걸 순순히 인정하면서 살아왔다. 곁에 아무것도 두지 않는 그 자체로 그를 강하게 만들었다.

그런데 천둥번개가 치고 비가 억수처럼 쏟아지던 그 날, 제스는 생전 처음으로 후회라는 걸 했다. 기왕 미끼로 데려온 것, 끝까지 미끼로 쓰면 되지 않느냐는 화살 같은 말 때문이 아니었다.

만약 붉은 연꽃으로부터 억지로 떼어내어 보호하고자 하지 않았다면, 감정싸움에 치중해 여유를 잃지만 않았더라도 그리 허무하게 보내지 않았을 텐데.

탕! 분노를 담은 주먹이 몇 번이고 책상에 내리꽂혔다. 하지만 무엇보다도 화나는 건 지금 이 상황에서 그가 할 수 있는 일이 아무것도 없다는 사실 자체다. 그건 당연했다. 그는 중간계에 속한 인간으로, 그들과 태생부터가 달랐으니까. 마족과 천족이 중간계를 함부로 넘나들 수 없는 것처럼 그에게도 자연스러운 한계가 존재하는 것이다.

그럼에도 불구하고.

목이 껍껍해졌다. 아무리 그렇다고 할지라도 역시 아무것도 할 수 없는 건 화가 났다. 그는 제 모습에 스스로 놀라면서도 제어할 도리가 없어 가끔씩 넋을 놓고 있었다. 분노를 터뜨리기는커녕 온통 타다 만 잿더미뿐이다. 아렌이 어떤 말을 했건, 갑자기 사라진 데 대한 괘씸함은 이미 온데간데없다.

살아 돌아만 와라.

돌아오지 않으면.

거기까지 생각이 닿자 차가운 무언가 목덜미를 서걱 잘라냈다. 반사적으로 손으로 목을 짚었으나 묻어나는 건 아무것도 없었다. 그는 온몸에 돋은 소름을 물끄러미 바라보다가 이내 서류로 눈을 돌렸다. 돌아오지 않을 거라는 가정은 하고 싶지도 않았다. 남은 것은 그저, 시간을 견디는 것뿐.

책상 위에서 희미하게 빛나는 촛불, 그리고 희미한 빛 속에 남자에게 드문 긴 속눈썹이 눈 밑에 그림자를 드리웠다. 밤낮없이 일에 몰두하는 그는 막 서류를 넘기려다 말고 손을 멈췄다.

— 아아, 마이크 테스트. 하나, 둘, 셋. 하나, 둘, 셋. 들리나? 제스! 내 말 들려요?

그 생기발랄한 목소리에, 제스는 순식간에 현실로 끌려들어갔다. 눈에 이채가 돌았다. 아렌이 사라진 후, 처음으로. 무의식적으로 몸을 일으킨 그는 사방에 내리깔린 어둠을 꿰뚫고 목소리의 주인공을 찾았다.

"……아렌."

— 제스! 진짜 제스예요?

반갑다는 듯 터지는 무방비한 목소리에 한순간 가슴이 철렁 내려앉았다. 제스는 저도 모르게 다급해지는 마음을 억지로 가라앉히며 입을 열었다.

"아렌, 어디에 있지?"

답지 않게 목소리 끝이 떨렸다. 몸은 괜찮은 건지, 지금 어디에 있는 건지, 누가 무슨 짓을 저지른 건지. 끊임없는 물음들이 목구멍에 걸려 나오지 않았다.

"……아렌."

제스는 다시 한 번 그녀를 불러보았다. 더 이상 돌아오는 목소리는 없었다.

천마회의 후에 의례적으로 열리는 무도회가 마황성에서 조금 떨어진 연회장에서 열리고 있었다. 무도회는 중간계 황실에서 열리는 것과 비교할 수 없을 정도로 형형색색 빛나고 화려했다. 보통 무도회라 하면 서로 어울려 군무를 추고 삼삼오오 모여 사교의 꽃을 피워야 하지만, 천족과 마족의 무도회는 '친선 교류'라는 목적이 무색할 정도로 삭막했다. 마치 선을 그어둔 것처럼 오른편엔 마족, 왼편엔 천족이 모여 이따금씩 서로 적대적인 시선만 주고받았다. 마족의 무리 중앙에 7마족 중 넷이 모여 있었다.

"키킥, 키킥. 키킥. 킥킥."

7마족 중 하나, 거대한 뱀의 모습을 한 레비아탄이 혀를 날름거리며 소름 끼치는 웃음소리를 반복적으로 냈다. 뱀 옆에 서 있던 젊은 여자가 인상을 찌푸렸다.

"레비아탄, 그런 소름 끼치는 웃음소리 그만 낼 수 없을까?"

"벨페고르, 너야말로 인간 남자들을 그만 유혹하러 다니는 게 어때?"

벨페고르의 선명한 루비 색 눈동자가 데구루루 굴러 목소리의 주인공에게 향했다.

"아스모데우스, 네가 좋아하는 여자의 남편을 죽이는 놀이를 먼저 그만두면 내가 따라서 그만둬주지."

"그걸 그만두면 색욕의 아스모데우스가 아니지."

정수리부터 발끝까지 검은 천으로 둘러쓴 남자가 웃음기가 섞인 목소리로 말했다.

"바알제부가 없으니 좋군. 항상 죽음의 냄새만 풍겨대서 격이 맞지 않았는데. 그런데 마황 폐하의 반려가 인간이라는 소문이 있던데……."

창가에 기대 와인을 즐기던, 매너 넘치는 신사 모습의 사탄이 말했다.

"키킥. 정말인가? 키킥. 인간, 인간의 피……. 키킥."

벨페고르가 천천히 돌아섰다. 루비 색 눈은 어딜 향해 있는지 모르게 초점이 흐려졌다.

"함부로 손을 대선 안 돼. 인간이라도 마황 폐하의 반려시라면. 하지만 몇 어리석은 작자들은 그 사실을 깨닫지 못한단 말이야."

"쾌락을 추구하는 것은 우리들의 가장 큰 천성. 얻기 힘든 것인 만큼 원하게 되지. 천 년이 지나도 마음이 변할까 보냐."

사탄이 시를 읊듯 말하곤 와인을 쭉 들이켰다. 입술에 묻은 와인을 혀로 핥아내며 그가 말을 이었다.

"그리고 드디어 대천사들이 성스러운 잔을 바닷물 속에 던지는구나."

그의 말이 끝남과 동시에 무도회장에 눈부신 빛이 드리웠다. 최고위천사인 치천사와 신을 보좌하는 역할의 지천사, 천왕의 이동을 담당하는 좌천사가 모습을 드러낸 것이다.

가장 먼저 레비아탄이 몸을 떨며 반응을 보였다.

"킥! 천사! 죽이고……, 죽이고 싶다, 키키킥!"

"천사의 피 냄새……. 여전히 향긋하군."

"어머, 저 금발 아이, 잡아먹고 싶어지는걸."

고위마족들에게서 심상찮은 기운을 느낀 가브리엘이 검에 손을 가져다 댔다. 라파엘이 황급히 그를 막아섰다.

"섣불리 행동하지 마라. 하지만 방심하지도 마라."

가브리엘의 검이 도로 검집으로 철컥거리며 들어갔다. 라파엘의 눈이 적의에 불타고 있는 레비아탄에게 고정됐다. 시선이 허공에서 맞부딪치자마자 레비아탄의 흰자위에 핏발이 섰다.

"하윽, 키킥! 못……, 참겠어! 죽여! 천사들의 피!"

"고상한 의무로다! 이제 조그만 것에서부터 파괴하려드는구나!"

사탄이 와인 잔을 높이 치켜들며 감탄을 내뱉는 동시에 뱀 모양의 레비아탄이 지천사들을 향해 휙 달려들었다.

"거기까지."

허스키한 목소리가 긴장감이 팽팽한 공기를 울렸다. 늑대와 같은 강렬한 인상의 사내가 레비아탄의 몸뚱이를 뚫은 손을 빼내었다. 검붉은 피가 매끄러운 바닥 위에 떨어져 방울졌다. 몸 중앙에 기다란 구멍이 뚫린 레비아탄이 뒤로 조금 기어갔다.

"키킥, 피, 키킥. 내 피. 킥, 루키페르, 무슨 짓. 키킥."

"소란 피우지 마라."

루키페르가 피 묻은 손을 털어내며 경고했다. 그의 행동을 본 사탄이 안타깝다는 듯 혀를 츳츳 찼다.

"답답하긴, 자넨 예술을 몰라. 오오! 단단히 서서 주위를 둘러보라!"

"네놈의 시 따위는 들어주고 있을 시간이 없다. 마황 폐하께서 납신다!"

'마황'이라는 단어에 움찔한 레비아탄이 쉿쉿거리는 소리를 내며 물러섰다. 검고 깔끔한 연미복을 입고 가면 같은 무표정을 띤 세이가 회장 안으로 들어왔다. 굳게 다물린 입에서 특유의 고고함과 우아함, 그리고 범접할 수 없는 위압감이 전해졌다.

그가 모습을 드러내자마자 무도회장 전체가 엄숙한 분위기가 내려앉으며 숨소리조차 조심스러워졌다. 그를 바라보는 마족들의 눈동자에 맹목적인 숭배의 빛이 떠올랐다.

　끝을 알 수 없는 검은 눈이 유령처럼 스르르 움직여 천사들을 향했다. 도장 찍는 것처럼 하나하나 정확히 찍고 지나가자 천사들은 숨을 죽이며 잔뜩 몸을 웅크렸다. 먼 옛날 전대 대천사들과 천족들을 대다수 말살시켜 버린 게 마황이기에 당연했다. 회장 안을 둘러본 세이가 천천히 입을 열었다.

　"계속 진행하십시오."

　본래 잠시 얼굴만 비치고 나갈 예정이었기에 세이는 곧장 뒤돌았다. 방에 홀로 있을 누군가의 옆을 지킬 생각이었으나, 곧 무도회장 입구로 들어서는 두 여인을 발견하고 멈췄다. 천왕과, 그 옆엔……, 세이의 시선이 느릿하게 움직이다 멈췄다. 부드러우면서도 기품이 드러나고 어여쁘면서 고귀한 인간 여자가 보였다.

　"천왕 전하."

　대천사 중 하나인 라파엘이 아렌을 '천왕'이라 부르며 정중하게 고개를 숙였다. 그를 필두로 자리에 있는 모든 천족들이 따라 예를 갖췄다. 아렌은 오른손을 들어 우아하게 인사를 받고는 흘끔 옆을 바라보았다.

　은발에 은색 눈동자, '아렌'이 보였다. 정확히 말해선 아렌의 모습을 한 천왕 아라벨이 서 있었다. 반대로 천왕의 모습을 한 아렌은 아까 전의 대화를 떠올렸다.

　「아라벨, 나랑 재밌는 놀이 하나 하지 않을래요?」

　「놀이라니?」

「무도회에서 내가 아라벨이 되고, 아라벨이 내가 되는 거예요. 어때요?」

「그거 썩 재미있겠다.」

아렌의 돌발 제안에 천왕은 예상외로 흔쾌히 고개를 끄덕였다. 사실 아라벨은 천왕인 채로 참석하기 굉장히 귀찮아하는 것 같았다. 아렌이 그런 제안을 한 이유는 특별하지 않았다. 그저 천족들과 마족들을 실컷 골려주다 마지막에 세이 앞에서 '짠! 놀랐지!'라며 선언할 예정이었다. 세이를 속이는 데는 아렌 자신의 힘으론 턱도 없고 — 도리어 당하지만 않는 게 용하다 여길 것이다 — 그나마 동급으로 생각되는 천왕의 힘을 빌리면 가능하리라 생각했다.

천왕에게 배운 대로 손짓으로 주위를 물린 아렌은 곧 자신에게 다가오는 세이를 발견하고 침을 삼켰다. 천왕의 말에 따르면, 지금 아렌과 천왕에게 걸려 있는 마법은 '마황조차 알아보지 못할 정도로 강력한 마법'이라고 했다. 아렌은 최대한 천왕의 느긋한 표정을 따라 지으며 고개를 뻣뻣하게 들었다. 예상대로 세이는 아렌에겐 시선을 주지 않고 천왕에게 말을 걸었다.

"아렌, 여긴 어쩐 일이십니까?"

"내가 데리고 왔다."

아렌이 냉큼 대화에 끼어들었다.

"……천왕께서 말입니까?"

그래, 라고 대답하려던 아렌은 세이를 마주 보고 깜짝 놀랐다. 말투는 공식석상이라 굉장히 정중했지만 그의 태도는 무섭도록 차가웠다. 굳은 얼굴로 눈만 내리깔아 보는 게 마치 사형집행인의 느낌이랄까.

아렌이 놀란 티를 내지 않으려 애쓰며 느릿하게 고개를 끄덕였다.

"마황성에서 하도 답답해하기에, 바깥공기도 쐬게 해줄 겸 데리고 나왔다. 무슨 안 되는 이유라도?"

"아닙니다."

나직하고 낮은 목소리로 말한 그가 더 이상 말을 나누기 싫다는 듯 고개를 돌려버렸다. 세이는 내가 아닌 다른 사람에게는 다 저렇게 대하는 건가?

아렌이 지켜보는 사이 세이는 천왕에게 허리를 굽혀 속삭였다.

"……아렌, 불편하시면 언제든 말씀하십시오."

천왕은 세이를 향해 고개를 끄덕이곤 디저트가 차려진 쪽으로 쪼르르 달려갔다. 짧게 인사를 고한 세이가 아렌에게서 멀리 떨어졌다. 마황조차 알아차릴 수 없는 마법이라더니 정말로 깜빡 넘어간 모양이었다.

"천왕 전하."

저를 부르는 목소리에 아렌이 황급히 표정을 수습하고 고개를 돌렸다. 보석처럼 반짝이는 금발, 쏟아질 듯한 엷은 벽안, 보드라운 두 볼에 발그레한 홍조……. 어, 얘는 분명 미카엘? 그러니까, 아라벨이 얘를 부를 때는…….

"영계백숙이구나."

영계백숙이 입술을 질끈 깨물고 울먹거렸다.

"그렇게 부르지 말아주세요, 전하. 제가 저어……. 부탁드릴 것이 하나 있어요……."

아렌이 어서 말해보라는 듯 고개를 짧게 끄덕였지만 속은 말이 아니었다. 아라벨이 혹시나 하여 자신의 마력을 조금 전해줬다곤 하지만 자신에게 천사가 원하는 걸 들어줄 만한 능력은 없다. 그 반대면 모를까! 힐끔 보니 아렌의 모습을 한 천왕은 천진난만하게 돌아다니며 이것저것 집어 먹느라 여념이 없었다.

'아라벨! 이런 땐 와서 도와줘야죠! 어떡해! 아직 세이와는 말 한 마디

나눠보지 못했는데 벌써 발각이 되는 건 아니겠지!'

아렌이 속으로 비명을 지르는 한편, 한참을 망설이던 영계백숙이 두 눈을 질끈 감으며 입을 열었다.

"저, 저, 저, 저! 예쁜 인간 아이와 이야기를 나눌 수 있도록 힘을 써주세요."

뭐? 아렌은 순간 천왕 행세를 하는 걸 잊고, 넋이 나간 얼굴로 영계백숙을 바라봤다. 그 표정을 다른 이유로 받아들인 영계백숙이 손가락을 꼼지락거렸다.

"저……, 그게……, 전하……. 금지된 건 알지만……. 인간 아이를 처음 봤을 때부터……, 제가……, 그러니까……, 제……, 제 마음을……, 이 무도회에서 꼭 전하고 싶어서……."

거기까지 말한 영계백숙은 수줍은 미소를 띠고 부끄럽다는 듯 고개를 돌려버렸다. 아렌은 얼마 전 그가 낙서해놨던 글의 일부를 떠올렸다.

: 영계백숙이라니, 천왕님은 나에게 모욕감을 주셨어. 그것도 예쁜 인간 아이 앞에서.

'설마 그 '예쁜 인간 아이'가 나를 지칭했던 건가?'

아렌은 기뻐해야 될지 말아야 될지 알쏭달쏭한 기분이 되었다. 어떤 말을 건네야 할지 망설이던 그녀는 속으로 침착해야 된다고 되뇌었다. 그러고 깊이 숨을 들이쉰 후 더듬대며 말을 이었다.

"저, 영계백숙. 하지 마라."

"예? 천왕 전하, 그게 무슨 말씀이세요?"

천진난만하게 되물어 오는 영계백숙을 보며 아렌은 속으로 비명을 질렀다.

'그야, 지금 네가 고백하려는 상대는 내가 아니고 네 상관인 천왕 아라벨이니까!'

"아무것도 묻지 말고 그냥 하지 마라. 다 널 위해서 하는 말이다. 어, 그러니까."

아렌이 무슨 말을 해야 얘가 알아먹을까, 머뭇거리는 동안 영계백숙은 금방이라도 울음을 터뜨릴 것 같은 표정으로 변해버렸다.

"천왕 전하께서 또 저를 골리려고 하시는 말씀이군요! 너무하세요! 천왕 전하 바보!"

그렇게 소리 지른 영계백숙은 크나큰 울음을 터뜨리며 자리를 벗어났다. 쫓아가서 말릴 수도 없고 그렇다고 아렌의 모습을 한 천왕 아라벨에게 고백을 할 수 있는 자리를 만들어줄 순 없었던 아렌은 그저 그의 뒷모습만 멍하니 응시했다. 가엾은 영계백숙이 천왕에게 고백하는 사태만은 없길 바랄 뿐이었다.

그때 마침 상남자 루키페르가 휙 스쳐 지나갔다. 아렌은 이때다 싶어 입을 열었다.

"루키페르라고 했나."

아렌이 천왕의 말투를 최대한 따라 하며 물었다. 루키페르가 멈칫 서서 고개를 숙여 예를 갖췄다.

"……예, 천왕 전하."

왜 부르느냐는 기색이 역력한 채로 쳐다보는데 아렌은 슬며시 비집고 나오는 미소를 누르며 말을 이었다.

"너 말이다. 시간 날 때면 천계로 찾아와라. 자주 보고 싶다."

"……예?"

루키페르가 '이건 무슨 개소리야?'라는 얼굴로 아렌을 노려봤다. 아렌은 천왕처럼 뒷짐을 지고 최대한 느긋하게 말을 이었다.

"그 골반, 춤을 시간이, 날, 때마다, 보고 싶어서, 그렇다. 천계엔, 그렇게 요염하게, 골반을 튕기는, 천사가 없다……. 아쉬운 일이야."

아라벨처럼 느릿하게 말하는 건 알고 보니 힘든 일이었다. 한편 제가 진저리칠 만큼 싫어하는 주제가 나오자, 루키페르의 얼굴이 썩은 사과처럼 팍 삭아버린다.

"옳지, 골반 춤 강좌라도 열어주는 게, 어떻겠나? 마계와 천계의 친교에 큰 도움이 될 것이다."

"……죄송하지만, 천왕 전하. 저는 그런 짓거릴……, 할 마음이……, 으드득……, 추호도……, 까드득, 없습니다."

독기 서린 보라색 눈을 부릅뜬 그는 등 뒤로 주먹을 쥐고 있는지 우두둑 하는 소리가 들렸다. 아렌은 폭소를 터뜨리지 않으려 어금니를 힘껏 깨물어야 했다.

"그래? 아쉽다. 그대의 골반 흔들기는 마계의 무형문화재로 남겨야 할 것을."

"칭찬을……, 해주셔서 감사합……니다. 몸 둘 바를……. 으드득!"

아렌은 마음 같아선 '으하하! 사실 나는 아렌이다! 이 멍충아!'라고 외치며 얼굴에다 대고 마구 웃어주고 싶었다. 하지만 아직 세이를 골려주지 못했기에 일단 보류하고 뻔뻔스럽게 말을 이었다.

"그래, 네가 기뻐하는 것 같아 나도 기쁘다."

"예, 감사……. 으득."

그는 성질을 못 참겠는지 차마 '감사하다'는 말을 끝맺지 못했다. 이제까지의 행동으로 미루어보아 이 자리에서 벗어나기만 하면 뭐든 부수고 박살낼 기세다. 천왕 놀이도 꽤나 재미있구나, 하며 슬며시 미소를 지으려는데 옆에서 누군가의 목소리가 들려왔다.

"천왕 전하, 귀하신 시간을 내시어 저희와도 담소를 나눠주십시오."

목소리가 나는 쪽으로 몸을 돌린 아렌은 웬 뱀과 눈을 마주치자 헉, 소리를 내며 숨을 삼켰다. 뱀이 입귀를 끌어 올리며 소름 끼치게 웃었다.

"키킥, 소인, 레비아탄이라고, 키킥, 하옵, 키킥! 니다."

"그……래."

킥킥대는 뱀 때문에 미처 발견하지 못한 이들이 차례로 고개를 숙였다.

"예술가 사탄이올시다. 과연, 아름다우십니다. 영원히 여성적인 것이 우리를 끌어올린다는 말이 있지요. 숭배하라!"

"복수하는 귀공자, 아스모데우스입니다."

"나태의 벨페고르이옵니다, 아름다우신 천왕 전하."

"아시겠지만, 루키페르입니다."

아직도 찢어 죽일 듯이 노려보는 루키페르를 마지막으로 고위마족들이 몸을 세웠다. 무슨 말을 해야 할지 고민하던 아렌은 그저 가볍게 고개를 끄덕이고 말았다. 천왕의 모습을 한 아렌을 응시하던 벨페고르가 부채로 입을 가리며 웃었다.

"호홋, 천왕 전하. 루키페르와 무슨 여담을 그리 재밌게 하고 계셨던 겁니까? 혹여 루키페르가 마음에 드셨습니까?"

"벨페고르……!"

루키페르가 으스러져라 주먹을 쥐고 거칠게 그녀를 쏘아봤다.

"뭐 어때, 루키페르. 하얀 공주의 기둥서방이 되는 것도, 나쁘진 않잖아? 그렇지 않습니까, 전하?"

생글생글 웃으면서 되묻는데 아렌은 기가 막혔다. 천왕 아라벨은 엄연히 왕의 신분이다. 공주니, 기둥서방이니 하는 단어들은 천왕을 앞에 두고 하기엔 상상도 할 수 없을 만큼 모욕적인 언사였다. 비록 제게 향한 욕도 아니었지만 아렌이 저도 모르게 입을 뗐다.

"너, 건방진 데다 상황 파악을 할 줄 모른다."

"예?"

"나는 이곳에 귀빈으로 초대되어 왔다. 이 세계의 황제가 초대한 귀빈을 부하가 모욕하는 것은 어느 세계의 예법인가. 이를 마황이 알면 묵인하고 넘어갈 성싶은가."

천왕을 전형적인 천족으로 여긴 벨페고르는 대응이 이렇게 셀 줄 몰랐던지 잠시 멍해 있었고, 그사이 아렌이 그녀의 드레스를 쿡 찔렀다.

"거기다 가슴 중앙이 파여 노출되는 스타일은 너처럼 어깨가 넓은 체형엔 전혀 어울리지 않는다. 패션 센스도 영 꽝이다."

"킥, 키킥. 벨페고르, 키킥. 한 방 당했. 킥. 다."

벨페고르의 사나운 눈초리가 아렌에게 꽂혔다.

"왜, 너무 정곡이라서 찔리나?"

아렌이 일부러 심드렁한 태도를 유지했다. 사실상 그녀가 한 말에는 하나의 틀린 점이 없었기에 벨페고르는 무언가 말을 하려 입을 달싹거리면서도 좀처럼 말을 못 꺼내고 있었다. 승리의 미소를 지으려는 그때, 감정을 극도로 배제한 건조한 목소리가 뒤에서 들려왔다.

"물러나라."

거역할 수 없는 무게감이 실린 말이었다. 벨페고르를 포함한 고위마족들이 일제히 고개를 숙이고 천천히 뒷걸음질 쳤다. 메마른 눈으로 그들을 훑어본 세이가 아렌에게 시선을 돌렸다.

"천왕, 따라오시겠습니까?"

일단 이 상황에서 벗어날 수 있는 유일한 탈출구가 세이였기에, 아렌은 두말없이 그를 따라나섰다. 뒤에서 벨페고르인지 뭔지 하는 여자의 서늘한 눈초리가 쏟아지는 게 느껴졌지만 가볍게 무시해주었다. 어디로 가는지 무도회장을 빠져나가 한동안 걷던 세이는 커다란 문 앞에 멈춰 서서 문고리를 돌렸다.

아렌은 힐긋 세이를 올려다봤다. 끼익, 하는 소리와 함께 문이 열리자 아렌에게 먼저 들어가라 눈짓했다. 검은 눈이 어둠 속에서 서늘하게 반짝이고 있다. 황급히 안으로 들어가자 세이가 그녀를 스쳐 지나가며 나무 의자에 자리를 권했다.

"앉으십시오."

"날 왜 따로 부른 거지?"

"천마회의 때 논의된 안건들에 대해 좀 더 논의드릴 게 있습니다."

억양 없는 단조로운 말이 끝나자마자 아렌은 세이가 권해주는 대로 그의 맞은편에 앉았다. 그러자 기다렸다는 듯 그녀 앞에 종이 뭉치가 나타났다. 중간계에선 한 번도 보지 못한 문자들이 빼곡하게 적혀 있는 게, 척 봐도 마계나 천계에서 쓰는 언어로 보였다. 이건 웬 지렁이들이야, 라는 생각을 하며 빤히 보다가 아렌은 서류를 소리 나게 툭 내려놓았다. 조금, 비싸게 굴기로 했다.

"나는 방금까지 무도회를 즐기고 있었다. 무슨 일로 불러냈나 싶었는데 정무(政務)를 보라니, 그대의 사려 없음에 화가 나려 한다."

사실은 마족 여자와의 말다툼에서 구해줘서 고맙기만 하지만!

"……그러십니까. 무도회는 마음에 드십니까?"

뜬금없는 공손한 질문에 아렌은 속으로 의아해했다. 이렇게 말을 일부러 붙이는 사람이 아닌데. 속마음을 숨긴 그녀가 짧게 고개를 끄덕였다.

"마음에 차지 않을 정도는 아니다."

"그렇습니까, 다행입니다."

진지하게 대답한 세이가 특유의 온화한 미소를 지었다. 가느다란 눈웃음이 거슬려서 아렌은 저도 모르게 인상을 찌푸리며 자리에서 벌떡 일어섰다.

"난 그만 가겠다."

알 수 없는 이유로 화가 나서 일어서서 성큼성큼 걸어가는데,

"잠깐⋯⋯."

하며 세이가 그녀의 손목을 탁 잡았다. 아렌은 그의 손길을 확 뿌리치며 뒤돌아서 그를 쏘아봤다.

"의외로군, 마황. 이렇듯 행동이 가볍다곤 여기지 않았는데. 용무 없이 치근덕거리는 건 사양하겠다."

나름대로 강한 어조로 딱 끊어 말을 했는데 도리어 세이는 웃음을 터뜨렸다. 그게 오히려 더 큰 짜증을 불러일으켜서 아렌이 저도 모르게 언성을 높였다.

"뭐가 웃기지?"

"역시 천왕이십니다. 저조차 헷갈릴 정도로 감쪽같이 바꿔두었습니다."

웃음은 그쳤지만 희미한 미소는 그대로 머금고 그가 나직하게 말을 이었다.

"아렌. 제가 알아보지 못할 거라 생각하셨습니까?"

세이가 그녀의 머리를 쓰다듬자 아렌이 천왕의 모습에서 본래 자신의 모습으로 돌아왔다. 아렌은 두 눈을 동그랗게 뜨며 '분명 아라벨이 세이조차 절대 못 알아볼 강렬한 마법을 걸어놓았을 거라 했는데 어떻게⋯⋯?'라는 물음만 되뇌었다. 그런 그녀를 눈을 내려 응시하던 세이가 천천히 입술을 움직였다.

"왜 이런 일을 벌이셨습니까?"

멍하니 입을 벌리고 있던 아렌이 잘못을 저지른 아이처럼 시선을 떨어뜨렸다.

"그냥, 재미로요. 세이를 좀 놀려주고 싶기도 했고⋯⋯."

세이가 들릴 듯 말 듯 작은 한숨을 내쉬며 잔뜩 가라앉은 어조로 말을 이었다.

"무모한 행동이었습니다, 아렌."

"무모할 것까진……. 확실히, 방금은 벨페고르인지 뭔지……하는 여자랑은 조금 위험했지만요."

세이가 그녀의 얼굴에 흘러내린 몇 가닥의 머리카락을 귀 뒤로 쓸어 넘겨주었다.

"마족들은 아렌이 생각하시는 것 이상으로 괴팍합니다. 항상 조심하십시오, 아렌. 다시 한 번 당신을 잃는 아픔은 겪고 싶지 않습니다."

진지하게 말한 세이가 아렌의 허리를 가뿐히 안아 올렸다. 그녀가 깜짝 놀라 세이의 팔을 떼려 했으나, 세이는 그저 웃음으로만 답하고 창틱 위에 그녀를 올려주었다. 균형을 잡기 힘들어 불안정해지자 세이가 그녀를 사이에 두고 양손으로 난간을 짚었다. 아렌은 그의 단단한 팔을 잡고 자세를 바로 했다. 은청색 머리카락이 바람에 하늘하늘 흔들리는 걸 보며 아렌이 넌지시 물었다.

"세이, 그런데 정말 어떻게 알았어요? 천사들도 그렇고 마족들도 다 못 알아봤는데……. 마법을 썼어요?"

"마법을 쓰지 않아도 알아볼 수 있습니다. 아렌이라면."

세이가 조용히 다가서며 속삭였다.

"어디에 있든, 어떤 모습을 하고 있든 알아볼 수 있습니다."

은근한 말에 왠지 부끄러워진 아렌이 그의 팔을 잡은 손에 힘을 조금 주었다.

"천계에 가서 다쳤다면서요. 왜 그렇게까지 했어요?"

이마가 닿을 정도로 가까이 얼굴을 댄 세이가 유혹적인 미소를 지었다.

"아렌이 사라지면, 차를 같이 즐기는 이가 사라져버려서 어쩔 수 없었습니다. 무엇보다도 놀릴 상대가 없어서 허전해질 것 같았습니다."

"그렇군요……, 라고 할 줄 알았어요?"

세이가 얄미워진 아렌이 주먹을 휘둘렀다. 위협용으로 가볍게 든 주먹은 세이의 손에 맥없이 잡혀버렸다. 그는 아렌에게서 시선을 떼지 않은 채 천천히 몸을 일으켰다. 그에 따라 그의 입술에서 미소가 조금씩 사라져갔다.

"그리고 무엇보다도, 여기가……."

세이가 그녀의 손을 단단히 잡고 자신의 가슴 위로 가져갔다.

"여기가, 아팠습니다."

정확히 심장 위에 아렌의 손을 놓은 채 세이가 자신의 손을 뗐다. 홀로 남게 된 손바닥에 세이의 심장고동 소리가 스며들었다. 두근, 두근, 두근. 황급히 손을 떼려 하자, 외면하지 말라는 듯 세이가 그녀의 손목을 다시 잡아챘다.

"처음이었습니다, 그런 느낌."

나직하고 은은한 그의 고백에 가슴이 요동쳤다. 다른 한쪽 손으론 그의 팔을 움켜쥐며 살에 깊이 손톱을 파묻었다. 여태껏 이토록 진심 어린 말을 세이 입으로 듣는 건 처음이었다. 아렌은 눈을 돌려 세이의 얼굴을 눈에 담았다. 기다렸다는 듯 두 개의 시선이 허공에 얽힌다.

그의 얼굴은 낯설었다. 달이 내려앉은 듯 반짝이는 검은 눈엔 간절함이 있었다. 애타는 마음이 숨김없이 드러난다. 숨 막히도록 깊은 애잔함이 깃들어 있었다. 그 옆엔 너무도 익숙한 듯 외로움과 어둠이 그를 채우고 있다. 목구멍이 타들어갈 것 같은 갈증과 결핍이 무섭도록 선명하다.

「제가 돌아오지 못하더라도 부디 슬퍼하지 마십시오.」

언제 들었을까, 그의 목소리가 마음속 깊은 곳에 감겨들었다. 그의 진심과 마주하자 뭐라고 딱 꼬집어 말할 수 없는 어떤 감정, 간질거리는 부끄러움이 휘몰아쳤다.

그녀가 잠시 망설이다가 그의 뒷목을 잡고 당겼다. 세이는 별다른 제지 없이 그녀의 손길을 따라 허리를 굽혀주었고, 아렌은 재빨리 그의 볼에 살짝 입을 맞추고 떨어져 나갔다. 의외의 행동에 잠시 멈칫한 그가 허리를 숙여 시선을 맞추었다.

"아렌, 절 보십시오."

"……."

"아렌. 조금 전의 입맞춤, 무슨 뜻입니까?"

입을 맞추었다는 표현이 민망할 정도로 가볍게 스쳐 지나갔을 뿐이지만, 그녀가 민망해하며 눈길을 돌렸다. 당황한 듯 잦아드는 숨소리가 물방울처럼 가벼이 떨어졌다. 그녀조차 입맞춤의 의미를 정의할 수 없음을 알면서도.

침묵 속에서 그녀의 향기를 탐을 내듯 맡았다. 입술 촉감을 조금만 더, 조금만 더 느끼고 싶었다. 가슴에서 시작된 고동이 온몸에 번져갔다.

"눈 뜨지 않으면, 이대로 키스해버릴 겁니다."

짓궂은 보챔에 그녀의 얼굴이 벌겋게 확확 달아올랐다. 앙증맞고 여린, 귀여운 뺨이 그의 손에 맞춤 제작된 것처럼 쏙 들어왔다. 온기가 살갗에 스며들어 심장 깊숙한 곳까지 와 닿았다.

"아……. 아무 뜻 없어요."

"진심이십니까?"

속내를 다 알고 있다는 듯 부드럽게 물어 오기에 아렌은 민망해져서 고개를 숙였다.

"그냥 고마워서 그랬어요."

"흐음……."

재밌어하는 기운이 만연해서 아렌은 그의 손을 쥐고 끌어 내려 말머리를 돌렸다.

"다……친 곳은 괜찮아요?"

듣는 사람이 민망할 만큼 어색한 어투였으나 세이는 굳이 트집 잡지 않았다.

"예."

단정하게 대답하는 그의 온화한 미소를 마주하며 숨이 멎을 것 같았다. 그와 딱 어울리는 검은 연미복에 시원하게 셔츠 단추를 두어 개쯤 푼 모습이 남성적인 매력과 동시에 어딘가 색정적인 기운이 넘실댔다.

이상한 동요와 감동 때문에 그녀는 차라리 눈을 감아버렸다. 고개를 떨어뜨리고 기억을 더듬었다. 처음 만난 이후로 세이는 자신에게 무언가를 제대로 이야기해준 적이 없었다. 물어도 그저 알 수 없는 미소와 침묵으로만 일관할 뿐.

하지만 이곳에 온 이후로는 짧은 시간 내에 그의 많은 모습을 보았다. 목숨을 걸고 천계에 다녀온 것도 그이고, 깨어난 즉시 눈물을 보인 것도 그다. 이제껏 장난으로만 치부했던 그의 행동 하나하나에서 진심이 보였다. 그에 대한 감격으로 어떠한 벽이 일시에 무너져버렸다.

제가 한 행동의 이유를 깨달은 아렌은 혼자 얼굴을 붉혔다. 눈을 뜨고 최대한 아무렇지 않은 얼굴로 그의 손을 가지고 장난을 쳤다. 세이와 자신 사이에 흐르는 침묵을 견딜 수가 없어 그녀는 별안간 입을 열었다.

"치료는 왜 계속 거부했어요? 아라벨한테 다 들었으니 발뺌할 생각일랑 말아요."

아렌은 말하면서도 그가 더 이상 아까의 입맞춤에 대해 꺼내지 않았으면 하고 속으로 바랐다.

"아렌의 걱정을 받을 수 있다니 다친 보람이 있었군요."

다행히 세이가 그녀의 화제에 따라가주며 손으로 원을 그려 그녀의 손

위에 포갰다. 손끝에 전해지는 가느다란 떨림을 다독거리는 듯하더니 이내 꼭 쥐었다. 방금 그가 한 말은 마치 걱정을 받기 위해 앞으로도 종종 다칠 의사가 있다는 뜻으로 들려 그녀의 마음을 불편하게 만들었다.

"세이, 약속해줄 게 있어요."

세이가 '무엇을?'이라는 얼굴로 아렌을 바라봤다. 다분히 호감이 담긴 느낌 덕분에 마음 편히 말을 이었다.

"제가 다치지 않는 걸 원한다면, 세이도 다치지 말아요."

"……그건 약속드릴 수가 없습니다."

"왜요?"

세이는 그 이유를 설명해줄 수 없다는 듯 가만히 고개를 저었다.

"그럼 되도록 다치지 않도록 노력이라도 해줘요. 아니, 해요."

아렌이 명령하듯 강한 어조로 말하자 세이의 미소가 더욱 진해졌다. 내 말을 장난으로 듣는 건가, 라고 생각하며 그녀가 눈 뿌리에 힘을 주고 으르듯 말했다.

"대답해요, 빨리요."

아렌이 눈썹을 꼿꼿이 세우며 매서운 결심을 하는 듯이 입술을 깨물었다. 그에 세이가 고개를 조금 틀면서 다가왔다. 키스하려는 거다. 아렌이 휙 뒤로 빠지자 움직임을 딱 멈춘 세이가 눈꺼풀을 들어 올려 굶주린 허기를 내비쳤다.

"달아나지 마십시오, 아렌."

그의 숨결마저 느껴지는 거리에서 그가 조용히 속삭였다.

"저도 제 걱정을 해주신 것에 대해 감사의 인사를 드리려는 것뿐입니다. 조금 전 아렌이 한 것처럼 말입니다. 무엇이 잘못되었습니까?"

은색 눈동자의 동공이 확 팽창하며 입술이 멍하니 벌어졌다. 꽉 다물렸다 열렸으나 곤란한 신음만 흘러나온다.

"뭐가 잘못됐는지 지금 몰라서 물어요? 그런 건 너무 과해요. 달갑지도 않고요."

"과했습니까? 저로선 감사한 마음을 최소한으로 표현하려는 것이었습니다만."

최소한이라니, 라고 쏘아붙이려던 아렌은 그를 바라보고 도로 입을 다물었다. 끝없는 어둠에 갇힌 눈동자 속에 성마른 열정이 보이고 숨결 또한 불붙은 듯 뜨겁다. 금방이라도 마법으로든, 힘으로든 드레스를 잡아 찢듯이 벗겨낼 기색이 완연하다.

그는 거짓말을 한 것이 아니다. 정말로 최소한으로 키스만 하고 끝내려던 것이다. 아무리 둔감하더라도 알아챌 수밖에 없는 거침없는 시선에 그녀가 황급히 눈을 피했다.

"앞으론 표현할 필요 없어요. 그리고 어서 내려줘요."

"아렌, 맨발로 다니실 생각이십니까?"

눈빛과는 달리 조곤조곤한 그의 말에 아렌이 문득 밑이 서늘해짐을 느끼고 발을 바라보았다. 아까까지 멀쩡히 신고 있었던 구두가 사라지고 맨살이 드러나 있었다. 멀쩡히 신겨 있던 구두가 갑자기 제 발로 사라졌을 린 없고, 세이 짓이 틀림없다. 아렌은 반사적으로 눈을 가늘게 뜨고 그를 흘겨봤다.

"소녀는 맨발로 걸어 다녀도 상관없사오나 내려주실 생각이 없어 보입니다, 폐하."

"옳게 보셨습니다."

금방이라도 그를 밀어내고 내려가려는 마음을 읽은 모양인지, 가볍게 응대를 하면서도 그녀를 으스러뜨릴 듯 끌어안는다. 어차피 저항해봤자 소용없다는 태도가 얄미워 그의 볼을 꼬집어 당겼다. 인정사정없이 쭉쭉 당겨줄 생각이었는데, 눈이 마주치자마자 보이는 엷은 웃음기에 절로 손가락에 힘이 빠졌다.

허공에 떠 있는 그녀의 손가락을 세이가 이를 세워 살짝 깨문다. 움찔하자마자 기다렸다는 듯 혀를 조금 내어 할짝. 오묘한 느낌에 그녀가 황급히 손을 오므려 내렸다. 한껏 부끄러워져 고개를 조금 숙이자 낮게 웃음을 터뜨린 그가 입을 열었다.

"방까지 모셔다 드리겠습니다."

그저 공간이동 마법 한 번 써주면 그만인 것을, 그는 굳이 안고 직접 데려다 주는 쪽을 택한 모양이다. 쑥스러움을 갈무리하며 아렌이 고개를 발딱 치켜들었다.

"아니, 그전에 무도회장이요, 세이. 아라벨에게 말할 것이 있어요. 어서 원래 모습으로 돌아가라고 해야 해요. 그게……, 그럴 만한 일이 있거든요."

"무슨 일입니까?"

"어……. 말하기 곤란해요."

엄중한 눈길이 은빛 눈동자를 찾아들었다. 아렌이 일단 가자는 뜻으로 그의 어깨를 툭툭 치자 그가 한숨을 섞어 말을 흘려보냈다.

"천왕과 말을 한 후 얌전히 방에 돌아가시는 겁니다."

"알겠어요."

실은 천왕에게 말한 후에도 무도회에 조금 더 머물 생각이었으나 한발 양보하여 고개를 끄덕였다. 세이도 아렌을 설득하려면 어떻게 해야 하는가를 어느 정도 파악했는지 더 이상 강제적인 말은 내뱉지 않았다. 끈질기게 그의 어깨를 조금씩 밀어내던 아렌도 망설이며 팔에 힘을 뺐다.

곧 세이가 걸음을 옮겨 아까 왔었던 길을 되돌아가기 시작했다. 그에게 안겨 있는 게 멋쩍어 아렌은 한 손을 밑으로 축 내리기도 하고, 자연스럽게 반대쪽으로 휘감아 맞잡기도 하면서 포즈를 바꿨다. 그런데도 그는 놀라울 정도로 흔들림이 없었고, 숨을 안으로 쉬는지 눈썹 한 번 움직이지 않는다.

'그런데 무슨 남자가 속눈썹이 저렇게 길어?'

저도 모르게 검지를 들어 그의 긴 속눈썹을 쓸어보다가 아차, 잘못해서 눈꺼풀 위를 쿡 찔렀더니 정면을 향해 있던 눈이 아렌을 향했다. 지그시 바라보다가 어쩔 수 없다는 듯 웃음을 짓는다.

마주 보고 기분 좋은 웃음을 지은 아렌이 입을 열었다.

"그런데 세이, 왜 처음부터 마황이라고 말 안 했어요? 놀랐잖아요."

"아렌도 궁금해하지 않으셨잖습니까."

천연덕스러운 대답이 돌아와 기가 막힌 아렌이 입을 떡 벌렸다.

"항상 물어봤잖아요! 세이가 누구냐고!"

"저는 저일 뿐, 저를 설명하는 데 있어서 마황이라는 단어가 꼭 들어가야 하는 건 아닙니다."

한참 동안 그를 보던 아렌이 긴 한숨을 내쉬었다.

"……묘하게 설득당하는 느낌이네요. 그럼 세이, 세이는 대체 몇 살이에요?"

잠시 골똘히 생각에 빠졌던 세이가 고개를 돌려 아렌과 시선을 맞췄다.

"팔백 년이 지났을 때부터 세지 않았습니다."

"팔백……! 팔백……. 세이……. 팔백이면……. 세상에, 내 나이의 몇 배인지 알기나 해요?"

아렌이 숨넘어가는 어조로 외쳤다.

"뭐, 중간계엔 그런 말이 있다고 들었습니다. 나이는 숫자에 불과하다……라든가."

말을 잇는 세이의 입가에 의미심장한 미소가 걸렸다. 아렌은 어색하게 그의 시선을 피하며 바르작거렸다.

그것도 정도껏이지. 팔백 살이라니, 너무 엄청나서 헛웃음이 터졌다. 동시에 백 살이 넘는 로도모나스가 왜 세이 앞에서 그토록 쩔쩔맸는지도 이해가 갔다. 마족들의 황제인 데다 나이까지 월등히 많으니 당연하겠지. 많이 놀랐으나 겉으로 드러난 그녀의 모습은 침착하기만 했다. 마황인 걸 알렸을 때 상처받은 듯한 그의 모습을 떠올리면 도저히 놀라거나 나이를 왜 숨겼느냐고 추궁할 수가 없었다. 그에겐 아렌 자신이 느끼는 어떠한 동요나 불안도 보여주고 싶지 않았다.

곧 모퉁이를 돌아 무도회장으로 들어가려는 순간, 웬 곱디고운 남자아이의 목소리가 장내에 크게 울려 퍼졌다.

"이, 이, 이, 인간 아이야! 이 꽃을 받아줘! 내 마음이야!"

회장 안에 들어서려던 세이의 발걸음이 딱, 멈췄다. 무슨 일인지 고개만 쭉 빼 살펴보니 천족과 마족들이 빙 둘러 한곳만 바라보고 있었다. 시선을 쭉 따라가 미카엘과 천왕의 모습을 발견한 아렌은 순간 말문이 막혔다. 아니나 다를까, 그녀의 염려가 현실이 된 것이다.

크루아상을 먹고 있던 천왕은 무슨 생각을 하는지 무표정으로, 마족들은 하나같이 '저 천사가 미쳤군, 마황의 반려께 고백을 하다니!'라고 말하는 얼굴로 꽃과 미카엘을 주목하고 있었다. 뒤늦게 세이와 아렌을 발견한 몇 마족들이 추상같은 고함을 들은 것처럼 화들짝 놀라 고개를 조아렸다. 하지만 미처 그들을 발견하지 못한 미카엘은 고백을 이어나갔다.

"인간 아이야, 난 널 처음 본 순간부터……, 저어……, 반해버렸어! 내가 비록 중간계엔 자주 가지 못하는 데다 인간에게 마음을 주는 것은 금지되어 있긴 하지만, 꼭 내 진심을 전하고 싶었……."

퍽! 고백을 하던 미카엘은 자신의 뺨에 부딪쳐 바닥으로 떨어진 빵조각을 보았다. 남몰래 짝사랑하던 인간 아이가 방금까지 먹어서 둥그런 잇자국이 남아 있는 크루아상이다.

미카엘이 입술을 바르르 떨며 빵에 후려 맞은 뺨을 손으로 감쌌다.

"인간 아이야, 혹시 이거, 거절한다는 말이니……?"

"저기, 천사님!"

아렌이 참다못해 냉큼 소리치자 모든 시선이 순식간에 그녀에게로 쏠렸다. 뒤이어 싸늘한 얼굴의 마황, 세이를 발견하고 일제히 고개를 숙인다. 그 가운데서 영계백숙 미카엘은 이 상황이 이해가 가지 않아 아렌과 천왕을 번갈아 손가락으로 가리켰다.

"이, 인간 아이가 둘……?"

"너는 네 주군도 못 알아보나."

고백한 상대에게서 예상치 못한 목소리와 말투가 들리자 미카엘이 어리둥절한 얼굴로 고개를 돌렸다. 천왕의 상징인 여섯 장의 날개가 찬란한 빛의 조각을 흩날리며 반짝였다. 날개를 꺼내면서 본래 모습을 돌아온 천왕을 보는 순간 천사들은 숨을 삼켰다. 아무 생각 없이 디저트나 먹으러 다니던 인간 아이가 실은 천왕이었다니!

미카엘이 얼어서 꼼짝도 하지 못하는 사이, 그녀의 날개가 순백의 자취를 남기며 움직였다.

철썩! 철썩! 철썩! 철썩! 철썩! 철썩!

"영계백숙이 딱 걸렸구나. 넌 천계에 돌아가면 팬티 차림으로 내쫓을 줄 알아라."

여섯 장의 날개를 무기 삼아 순식간에 영계백숙의 뺨을 여섯 대 후려친 천왕이 태평스럽게 말했다. 첫사랑의 순정이 짓밟힌 미카엘은 부어오른 뺨을 감싸 안고 회장 밖으로 뛰쳐나갔다. '천왕 전하 너무해!'라는 울음소리는 복도를 울리며 점점 희미해졌다.

아렌은 본의 아니게 자신의 장난에 휘말려 상처받은 남자의 뒷모습을 보다 혼잣말을 뇌까렸다.

"천사님, 괜찮을까……? 미안한데……."

"걱정되십니까?"

세이가 약간 날카롭게 느껴질 만큼 즉시 맞받아쳤다. 아렌은 검은 복도에 향해 있던 눈길을 떼 세이 쪽으로 약간 고개를 기울였다. 그의 얼굴은 아까 사형집행자 운운했던 게 우스울 정도로 무섭게 굳어 있다.

"세이, 지금 저 아이를 죽인다거나 하는 생각을 하고 있는 건 아니죠?"

"어떻게 처리할지 고민 중이긴 합니다만."

세이가 다소 냉랭하게 들리는 어조로 답했다. 그럴 줄 알았다는 듯 아렌이 옅은 한숨을 내쉬었다.

"세이, 진정해요. 저 영계……. 아니, 천사님도 나름대로 마음의 상처도 많이 입은 것 같은데."

"……어찌 되었든, 아렌이 무도회장으로 오시려 한 이유는 잘 알았습니다. 그럼 이만 방으로 돌아가겠습니다."

세이가 담담히 말한 후 입을 다물었다. 아렌은 주변의 마족들을 쓱 둘러본 후 그의 귓가에 속삭였다.

"그런데 세이, 인상 좀 펴요. 주변에 마족들이 무서워하잖아요."

"알 게 뭡니까."

아렌은 어쩔 수 없다는 듯 그의 뒷목을 토닥여주었다. 그녀가 고개를 기울여 귓가에 무언가를 속삭이자, 타성적으로 그녀의 시선을 찾아든 세이가 피식 웃었다. 아렌도 배시시 미소를 지어 보였다.

한편, 머리가죽이 오그라들 것 같은 긴장 속에서도 마족들과 천족들은 자신의 눈을 믿을 수가 없었다. '그' 피도 눈물도 없는 마황에게 저렇듯 다정하게 인간을 안고 오는 모습이라니? 마황이 저렇게 '행복'하게 웃는 모습이라니?

세이가 아렌을 특별히 아낀다는 걸 가장 가까이서 봐왔던 루키페르조차 그녀에게 속았다는 분함보다 경악과 충격을 더 크게 느끼고 있었으니, 다른 이들은 말할 필요조차 없었다. 그 와중에서도 천왕만이 부드러운 미소를 짓고, 아렌과 세이가 사라지는 모습을 먼발치에서 지켜보았다.

아렌은 세이의 어깨에 감은 손을 꼼지락거렸다. 세이의 걸음이 원체 우아하고 고요하긴 했지만 웬일인지 무도회에서 나와 마황성으로 가는 동안엔 천왕보다도 느렸다. 덕분에 마황성으로 향하는 길의 반도 채 못 왔다. 느릿한 걸음의 의도가 지나치도록 빤히 짐작되는 터라 — 세이가 아렌을 안고 걸을 수 있는 기회를 쉽게 놓칠 리가 없었다 — 아렌이 입술을 삐죽이며 내밀었다.

"세이, 너무 티 나요."

흔들림 없이 걷고 있던 세이가 그녀와 시선을 맞췄다. 엷붉은 그의 입술이 호선을 그리며 올라갔다.

"무슨……."

"말씀을 하시는 겁니까, 라고 하려고 했죠? 다 알아요."

아렌이 말을 딱 잘라 끊어내자 세이가 낮게 웃음을 터뜨렸다. 바람이 불고 그녀의 하얀 드레스가 펄럭, 공중에 휘날렸다가 사뿐히 내려앉았다. 언덕 위로 올라가자 아렌이 잠시 멈추자는 뜻으로 그의 뒷목을 톡톡 건드렸다.

"세이, 여기서 조금만 더 마계를 구경하다 가요."

세이가 그녀의 어깨를 감싸 안으며 순순히 발걸음을 멈췄다. 언덕 위에서 본 마계의 야경은 동화의 세계처럼 환상적이어서 아렌이 저도 모르게 탄성을 내뱉었다. 마계라고 해서 막연히 음침하기만 할 거라고 생각했는데, 으리으리하고 큰 저택에서부터 작지만 고풍스러운 집까지 어둠 속에서 보석처럼 반짝이고 있다.

"와, 너무 예뻐요."

"마족들은 탐미적 성향이 강합니다. 자신의 거주지를 보석으로 꾸미는 것 또한 보편적인 취미 중 하나입니다."

하긴 마족이 거지라니, 상상이 가지 않는다. 아렌은 고개를 살짝 끄덕였다가 두 눈을 가느스름하게 좁히고 세이를 흘겨봤다.

마황이면 돈도 많을 텐데 왜 푸딩 값은 지원해주지 않는다는 거야?

"왜 그렇게 쳐다보십니까?"

예의 바른 태도와 웃음을 잃지 않고 물어 오는 게 더 얄미워 아렌이 고개를 팩 돌려버렸다.

"글쎄요, 마족들은 의외로 전부 구두쇠일지도 모른다는 생각을 하고 있었어요."

"뜬금없이 무슨 말씀입니까?"

세이가 그녀의 얼굴이 보이도록 고개를 비스듬히 틀자 아렌은 그의 가슴팍에 손을 올려놓았다. 밀어내는 의도로 보이지는 않을 정도다.

"뜻대로 생각하십시오, 마! 황! 폐! 하!"

아렌이 세이의 어투를 똑같이 따라 하며 대꾸하곤 마계의 야경으로 시선을 돌렸다. 세이의 어깨가 가늘게 떨리는 게 전해지는 걸로 보아 웃음을 참고 있는 모양이다. 모르는 척하고 저 멀리를 바라봤다. 검은 강물 위에 야경의 불빛이 거꾸로 번져 흐르고 있었다. 홀린 듯 바라보다가 어느새 방금 전의 일은 까먹고 그의 어깨를 톡톡 두드렸다.

"그런데 아무리 봐도 아름다워요. 이런 광경을 보고 자랐다니, 부러운데요? 아니다, 세이는 마황이 되기 위한 교육을 받느라 마황성에서 나오지 못했을 수도 있겠어요."

어린 세이가 책을 잡고 끙끙대는 모습을 상상하다 아렌이 바람 빠지는 소릴 내며 웃었다. 그런 그녀가 귀엽다는 듯 바라보던 세이가 입을 열었다.

"마계를 중간계와 같이 여기시면 안 됩니다, 아렌. 마황은 교육을 받거나 해서 얻는 자리가 아닙니다."

"정말요? 그럼 세이는 어떻게 마황이 된 거예요? 세습? 아니면……, 결투라도 한 거예요?"

아렌이 두 주먹을 쥐고 서로 맞부딪쳐 싸우는 시늉을 해 보였다. 그녀의 말에 세이의 얼굴에 어딘가 매섭고 강렬한 그늘이 내려앉았다.

"아니요. 결투를 할 필요가 없었습니다."

금세 진중하고 낮게 깔린 목소리로 그가 대꾸한다. 짙은 어둠에 싸인 아름다운 얼굴에서 등줄기를 오싹하게 하는 섬뜩함을 느끼고 아렌이 급히 화제를 바꾸었다.

"그럼 세이의 진짜 이름은 뭐예요? 마황이라면 이름이 무지 길 것 같은데."

"제 이름은 세이, 하나뿐입니다. 다른 이름은 필요치 않습니다."

그의 대답에 어떤 사실을 기억해낸 아렌이 머뭇대다가 다시 입을 뗐다.

"세이, 그 이름 제가 지어줬다고 했죠?"

"예."

"내가 언제 어떻게 지어줬는지 물어봐도 대답……, 해주지 않겠죠?"

세이는 대답 대신 그녀의 어깨에 입을 맞췄다. 순간 경직되었으나 아렌은 최대한 자연스럽게 어깨를 뒤로 빼내 고개를 주억거렸다.

"알았어요. 내 힘으로 기억할 테니 기다려요. 너무 빨리 기억해내서 오히려 놀라지나 말아요."

"기대하겠습니다."

세이의 얼굴에 게임을 하는 아이처럼 재미있다는 기색이 역력하다. 어깨의 살갗이 타들어가는 듯한 묘한 느낌에 민망해진 아렌이 음, 소릴 내며 시선을 떨어뜨렸다.

"그러고 보니……. 기억나지 않는 게 하나 더 있어요. 저번에 이야기한 적 있죠, 하루 동안의 기억이 통째로 없어진 이상한 일이 있었어요. 떠올리려고 하면 머리가 아프고, 도대체 어떻게 된 걸까요? 병원이라도 가봐야 되는 거 아닌지 몰라."

말머리를 돌리려 한 말에 빠져서 갈수록 아렌이 혼잣말을 하듯 중얼거렸다.

그녀를 주시하고 있던 세이가 조용히 말했다.

"제가 지웠습니다."

뜬금없이 들려오는 말에 아렌이 동그랗게 눈을 뜨고 그를 보았다. 알 수 없는 감정이 요동치는 검은 시선과 허공에서 얽힌다. 상황이 파악되질 않아 입술을 우물거리고 있는 아렌에게 각인이라도 시키려는 듯 그가 단호한 어조로 되풀이했다.

"그날 아렌의 기억 말입니다. 제가 지웠습니다."

아렌은 눈썹과 입꼬리가 부자연스럽게 휘어진 이상한 표정을 떴다. 세이는 얼굴에 어떠한 감정도 드러내지 않으며 지나칠 정도로 매끄럽게 말을 이었다.

"그날 아렌은 붉은 연꽃에 대한 많은 것을 엿들으셨습니다. 그 일원으로서 아렌을 그대로 돌려보낼 수 없었습니다. 그래서 지웠습니다."

아렌은 온몸이 일시에 얼어붙는 것 같았다. 가면 같은 그의 얼굴에서 그 어떤 것도 읽을 수가 없어 더욱 혼란스러웠다. 멍해져 오는 이마를 손으로 짚으며 간신히 입을 뗐다.

"잠깐만요, 세이. 카트린느에 대해 가르쳐준 건 그럼……."

"아렌과 만난 지 얼마 안 되었을 무렵, 제가 당신을 이용했습니다."

확인사살을 당한 것 같아 혀가 돌처럼 단단히 굳어 움직이질 않았다.

'왜……?'라는 물음이 입안에서만 맴돌 뿐 밖으로 나오질 않는다.

그것을 용케 읽어낸 세이가 재차 입을 열었다.

"그 시점에서 아렌은 이용하기 가장 쉬운 상대였습니다."

볼에 미세한 경련을 일으킨 그녀가 가슴팍에 올려놓은 손에 힘을 주어 세이의 어깨를 조금 밀어냈다.

"……내려줘요."

별말 없이 그가 내려주자 뿌리 근처가 엉성하게 비어 있는 잔디밭에 맨발이 푹푹 빠졌다. 아렌은 그를 돌아보지 않은 채 그대로 걸어갔다.

마황성으로 향하는 길은 몰랐지만 마음 가는 대로 향했다. 발소린 들리지 않았으나 그가 뒤따라오고 있다는 건 충분히 느껴졌다. 절대 그가 마계에 그녀 혼자 돌아다니도록 내버려두고 가진 않을 테니까.

넋 나간 듯 걷다 보니 어느새 또각거리는 구두 소리가 귓전을 메운다. 행여나 그녀의 발이 다칠까 싶어 구두를 되돌려준 것이다. 섬세한 배려와 그가 방금 내뱉은 말은 괴리감이 너무도 컸다. 머릿속이 하얗게 비어가는 반면 가슴속은 정반대로 무언가의 감정으로 채워져서 절로 한숨이 새어 나온다.

아렌이 딱 멈춰 서서 휙 뒤돌자 세이의 걸음도 멈췄다. 크게 심호흡을 하여 마음을 가다듬고 그의 이름을 불렀다.

"세이."

"말씀하십시오."

짙은 어둠 속에 파묻힌 실루엣에서 잔잔한 목소리가 흘러나왔다. 목소리를 떨지 않으려 애쓰며 그녀가 말했다.

"……할 말이 너무나 많지만, 이것부터 물어보죠. 왜 말해줬어요? 애초에 기억을 돌려주거나 이렇게 이야기해줄 작정이었으면 지우지도 않았을 거예요. 그런데 왜 지금 와서……, 이실직고를 한 거예요?"

세이가 외면하듯 고개를 돌리자 아렌은 참지 못하고 걸음을 옮겨 그의 앞에 섰다. 턱을 꼿꼿이 들고 그의 손을 덥석 맞잡았다.

"세이, 말해줘요. 아니, 말해요. 나 최대한 세이를 이해하려고 노력 중이에요. 그러니 세이도 내가 납득할 수 있게끔 이야기해줘요. 지금 여기서."

시선을 내려 그녀를 빤히 바라보는 세이의 눈빛이 음울했다. 세이가 팔을 길게 뻗어서 그녀의 눈 주변을 문질렀다. 딱딱하게 굳은 그의 입술이 천천히 움직였다.

"처음 하일렌에서 당신을 만났을 때, 그저 재미있었습니다. 적당히 이용하고 치워버릴 장난감 그 이상도 이하도 아니었습니다. 심지어 기억을 지우는 그 순간까지 말입니다."

세이의 기다란 손가락이 아렌의 뺨을 감싸 올렸다. 차가운 어조와 표정과는 달리 새털처럼 부드럽고 따뜻한 손이다.

"하지만 당신이 독을 먹고 죽어가던 모습을 봤을 때, 그리고 당신이 자리에서 일어나서 웃어주었을 때. 처음으로."

고해성사를 하듯 하는 세이의 시선은 그녀의 눈에 머물렀다. 돌처럼 굳은 목울대가 다시금 움직였다.

"인간이 되면 좋겠다고."

"……."

"그렇게 생각했습니다."

그가 자조적으로 웃었다.

"우습지 않습니까? 천 년 가까운 세월 동안 벌레 취급을 해대던 인간이 되고 싶다고 생각하다니."

"……."

"그리고 그러한 존재로 마음속에 자리 잡은 아렌에게, 더 이상 거짓을 말하고 싶지 않았다고 한다면…….”

“…….”

“비웃으시겠습니까?”

마지막 말을 내뱉은 그의 입가에 자조적인 진한 웃음이 감돌았다. 아렌은 일순 그의 마음속 깊은 곳을 본 것 같은 기분이었다. 그제야 알아차렸다. 기억을 잃은 후 고통스러워한 것은 그녀뿐만 아니라 그도 마찬가지였다는 것을. 그렇지 않으면 채 갈무리하지 못한 고통이 이렇듯 선명하게 전해져 가슴을 서걱거리게 할 리가 없다.

비참한 감정에 흐려졌던 그의 얼굴에 금세 가면이 덧대어졌다. 그 무표정이 마지막 남은 고고한 자존심을 지키려고 하는 것처럼 보였다.

“저는 이제 붉은 연꽃과 무관합니다만, 아렌에게 기억을 돌려드릴 생각은 전무합니다. 그날 알아낸 일 또한 기사단장에게 언질을 해두었습니다. 이 이상 드릴 말은 없습니다.”

이야기를 끝내자 그는 긴 여행을 하다 온 사람처럼 어딘가 지쳐 보였다. 아렌이 시선을 피하지 않고 똑바로 마주했다. 잠시라도 눈을 뗐다간 사라져버릴 거라 생각하는지 그는 애절한, 얼핏 보면 위험해 보이는 눈빛으로 그녀를 응시한다.

아렌은 천천히 상체를 기울여 그에게 다가갔다. 숨결마저 느껴질 정도로 가까운 곳까지 다가가서 갑자기 벌어진 꽃처럼 빙긋 웃었다.

“마황 폐하. 알겠으니까 인상 펴요, 인상.”

그녀의 가벼운 말에 반쯤 내리깔린 검은 눈이 묘하게 반짝였다. 아렌이 그의 미간에 검지를 갖다 대고 슥슥 문질렀다.

“인상 펴라니까요. 나이도 많은데 이젠 주름 걱정을 해야 하지 않겠어요?”

“……예상과는 다른 반응을 보이시는군요.”

의외인 듯 말하면서도 세이는 그녀의 반응이 싫지 않은 눈치였다. 아렌이 어깨를 으쓱했다.

"글쎄요, 기억이 사라진 날엔 제가 화를 냈을지도 모르지만, 제가 알아낸 걸 제스에게 말을 해두었다니 됐어요. 무엇보다도 지금까지 날 이용할 생각이었으면 절 살리기 위해 천계에 다녀오지도 않았을 거고……. 이렇게 이야기해준 것도, 제가 기억을 떠올리기 위해 아파하는 걸 보기 싫어서 그런 거죠, 맞나요?"

세이가 도저히 생각을 짐작할 수 없는 얼굴로 느릿하게 고개를 끄덕였다. 아렌이 제 허벅지를 탁 내리치며 시원스레 외쳤다.

"그럼 됐어요. 세이가 구해준 것과 퉁 치기로 하죠. 이제 그 이야기는 그만해요. 세이도 나도 우울해지잖아요."

세이도 웃고 싶은지 입꼬리가 부드럽게 휘어졌지만, 흐려진 눈빛은 변함이 없다. 아렌이 한동안 그의 기분을 띄우기 위해 노력을 기울여봤지만 허사였다.

한참 후에 아렌이 에라 모르겠다, 하루 종일 그에게 말하고자 호시탐탐 기회를 엿보고 있었던 말을 꺼냈다.

"세이. 저 조만간 중간계로 돌아갈 참이에요."

한순간 세이의 기운이 싸늘하게 가라앉는 게 느껴졌다. 이런, 그렇지 않아도 기분이 좋지 않을 텐데 때를 잘못 선택했나. 숨죽인 아렌은 뭔지 모를 긴장감 속에서 그의 목소리를 기다렸다. 잠시의 공백을 두고 나직한 목소리가 바람에 실려 전해졌다.

"갑자기 무슨 말씀입니까?"

그가 화를 내지 않는다는 것에 왠지 모를 안도감을 느낀 아렌이 고개를 살짝 저으며 말을 이었다.

"갑자기가 아니에요. 걸어 다닐 수 있게 됐을 때부터 돌아가야겠다고 생각했어요."

"이곳이 마음에 들지 않으십니까?"

"싫다, 좋다를 논할 문제가 아니에요, 세이. 나에겐 돌아가야 할 곳이 있어요. 저번에 내가 말한 거 기억나요? 나 말이죠, 결혼할 상대가 있어요! 난 유부녀나 마찬가지라고요. 사교계도 안 나오는 음침한 놈이지만 바람맞으면 얼마나 황당하겠어요!"

아렌이 잔뜩 흥분하여 과장되게 외쳤으나 세이의 눈이 냉소적으로 번들거렸다.

"가출을 하시고 이젠 그를 걱정하시는 겁니까? 아이러니하군요."

"뭐……. 사람 마음이란 건 계속 왔다 갔다 하는 거니까요."

자기가 말해놓고도 말이 되지 않는 것 같아 아렌이 얼버무렸다. 세이의 입가에 이해 못 할 미소가 그려졌다.

"제가 속아 넘어가드려야 하는 겁니까?"

"세이……."

"거절하겠습니다. 이곳에 머무십시오, 아렌."

"세이!"

애탄 그녀의 외침에도 세이는 강경하게 말을 이어나갔다.

"대신 원하시는 그 어떤 것도 해드리겠습니다. 아렌은 그저 이곳에서 그 모든 것을 누리시기만 하면 됩니다. 그 무엇도 당신을 강제하는 것은 없을 겁니다. 제가 약속드리겠습니다. 그러니……."

"잠깐, 제 말 좀 들어봐요. 저도 이곳이 좋아요! 정말이에요!"

"그럼 여기 계십시오."

"세이!"

아렌은 호소하듯 외친 후 그를 잡아끌었다. 마지못해 그녀에게 눈길을 준 세이를 응시하며 그녀가 한 자 한 자 되도록 똑똑히 발음했다.

"다시 말하지만 세이, 저도 이곳이 좋아요. 세이는 물론이고 아라벨도, 로도모나스도, 루키페르도……. 중간계를 잊어버릴 만큼 즐거운 건 사실이에요. 하지만 세이, 전 이미 한 번 제 자리에서 일탈했어요. 두 번은 싫어요."

"……."

"헤어지자는 말이 아니에요, 세이. 전처럼, 언제든 절 만나러 와도 좋아요. 저도 틈나는 대로 세이를 보러 갈게요. 이곳에서만큼은 아니지만 자주 볼 수 있을 거예요. 세이, 제가 세이를 이해했듯 세이도 절 이해할 거라 믿어요."

"믿지 마십시오."

입을 꾹 다물고 있던 세이가 낮게 중얼거렸다.

"아니, 믿을 거예요. 정말 자주 보러 갈 테니, 세이도 절 믿어줘요. 제스에게 전해야 할 말도 있어요. 그 앞에서 사라져버려서 많이 놀랐을 거예요."

"지금 제 앞에서 그의 걱정을 하시는 겁니까?"

"세이, 약속할게요."

아렌은 팔을 뻗어 그의 머리를 만졌다. 부드러운 은청발이 손에 닿자 잠시 손을 뗐다가 다시 그의 머리를 살짝 토닥여주었다. 세이의 눈에 불꽃이 번쩍거리며 타올랐다가 순식간에 사그라졌다.

"정말, 자주 보러 갈게요."

한동안 복잡한 감정을 담은 고요가 흐른 뒤, 냉정을 찾은 차분한 목소리가 울렸다.

"……너무 오래 기다리게 하진 마십시오."

"고마워요, 세이!"

마지못해 대답을 하는 그는 떨떠름한 기색이 역력했으나, 아렌은 예상

외로 쉽게 허락을 받은 것 같아 뛸 듯이 기뻐했다. 중간계에 돌아갈 생각에 신난 그녀는 그의 어깨를 툭툭 치고선 먼저 걸음을 옮겼다. 저 멀리까지 걸어가던 그녀는 뒤돌아 왜 그렇게 서 있냐며 손을 파닥거렸고 그때서야 세이가 큰 걸음을 성큼성큼 옮겼다.

다음 날, 동이 트기 시작한 마계의 새벽 속에서 은청색 머리카락이 반짝이며 바람에 흩날렸다. 허공에 향해 있던 그의 눈이 아래를 향해 타성적으로 무언가를 찾아낸다. 마황성을 몰래 빠져나와 주변을 두리번두리번 살피던 은색 머리카락의 주인은 어디론가 뛰어가기 시작했다. 난간에 위험천만하게 걸터앉아 있던 그가 몸을 일으켜 허공으로 걸음을 내딛었다. 아렌의 보폭에 맞춰 세이는 허공에서 조용히 그녀의 뒤를 쫓았다.

아렌은 보석으로 꾸며진 휘황찬란한 집 앞에 서서 보석 하나 뽑아갈까, 라는 고민에 푹 빠졌다. 그녀다운 모습에 세이가 나지막이 웃음을 터뜨렸다가, '마황'을 발견하고 부들부들 떨고 있는 마족을 발견했다. 금방이라도 땅에 엎드려 '마황 폐하!'를 외칠 기세에 세이가 검지를 들고 조용히 고개를 저었다.

주변에서 무슨 일이 일어나고 있는지 눈치 채지 못한 아렌은 다시 걸음을 재촉해 뛰어갔다. 한참을 통통 뛰어가던 그녀가 발걸음을 멈춘 곳은 어제 세이에게 안겨 바라보았던 호수였다. 연둣빛 아름다운 호수를 보며 그녀가 작은 탄성을 내뱉었다.

"와아……."

한참을 호수를 구경하던 아렌은 무릎을 꿇고 앉아 두 손을 모아 호숫물을 떴다. 맑은 연둣빛 물이 신기한지 쪼르륵 내려 보내던 그녀가 이내 장난기 가득한 손짓으로 참방참방 물장구를 쳤다. 세이는 천천히 지상으로 내려왔다. 기척이 느껴질 법한데도 그녀는 물장구치는 데 여념이 없어 그를 미처 발견하지 못하고 있었다.

피식 웃은 세이가 작게 헛기침을 하자 아렌이 눈을 동그랗게 뜨고 돌아본다.

"세이!"

아렌이 반가운 미소로 그를 맞이했다. 세이는 우연을 가장하여 눈을 조금 크게 떴다가 이내 미소를 머금었다.

"아렌, 이런 시간에 여기서 무엇을 하고 계셨습니까?"

"호수를, 조금……. 그런데 세이는 왜 여기 있어요?"

세이는 대답 없이 다가와 그녀의 옆에 나란히 섰다. 말없이 호수를 바라보던 아렌은 재밌는 장난을 떠올리고 슬쩍 한 걸음 뒤로 물러섰다. 세이를 밀어뜨릴 목적으로 휙 몸을 날렸는데 그는 뒤도 돌아보지 않고 미묘한 간격을 두고 피해버렸다. 그 덕에 균형을 잃은 아렌은 그대로 호수에 처박혀버렸다.

풍덩! 파도가 바위를 뛰어넘을 때처럼 아렌 위로 구슬 같은 하얀 물보라가 흩어졌다. 머리끝까지 호수에 잠겼다가 곧 수면 위로 떠올라 고개를 푸드득 털어낸다. 세이는 상체를 기울이며 그녀를 지그시 바라봤다.

"수영하실 거라면 옷을 벗으시는 게 어떻겠습니까? 도와드릴까요?"

"어제 오늘, 세이가 마황이 될 때 결투할 필요가 없었다는 말을 이제야 이해했어요."

"무슨 말씀입니까?"

세이의 눈이 재미있다는 듯 반짝이자 아렌은 손으로 물을 한가득 떠 그에게 뿌리며 외쳤다.

"사악하고 심술궂기론 제일가는 마족이니까요!"

바짝 약이 오른 아렌이 손으로 더더욱 세게 물장구를 쳐서 그에게 튀겼다. 그의 신발 끝이라도 젖게 할 생각이었는데 세이 앞에 보이지 않는 장벽에 부딪혀 흘러내렸다.

저놈의 마법! 아렌은 이를 바득바득 갈면서 그의 발목을 낚아채려 손을 휘저었다.

"세이! 이리 와요!"

아렌이 으르렁거리자 저 먼발치에 있던 세이가 몇 걸음 다가왔다. 그녀가 호수에서 조금 기어 나와 세이의 발을 낚아채려 팔을 뻗자 기다렸다는 듯 그녀의 겨드랑이 아래에 손을 쑥 집어넣어 일으켰다. 어, 종잇장처럼 힘없이 딸려간 아렌이 몸을 가누기도 전에 한쪽 팔로 그녀의 허리를 감아 바싹 당긴다.

"감기 걸리시겠습니다."

한쪽 손을 그녀의 허리에 휘감은 그대로, 다른 한 손엔 선홍빛 마법을 담아 그녀 가까이 가져갔다. 따뜻한 불빛이 쪼여지며 옷이 바삭바삭 말라갔다. 아렌은 은근한 그의 행동에 별다른 제지는 하진 않았지만 입은 끊임없이 놀렸다.

"병 주고 약 준다는 말 알아요? 세이, 장난을 걸었을 때 받아줬다면 내가 이렇게 젖는 일도 없었을 거예요."

"아렌의 장난은 받아주기엔 다소 빤한 것들이 많으니 다음부터 좀 더 분발해주시면 저도 노력해보겠습니다."

"하여간 말발은……."

도저히 당해낼 재간이 없어 부루퉁하게 중얼거린다. 적당히 옷이 말라가자 그녀의 얼굴을 살폈다. 밤에 잠을 잘 이루지 못한 건지 그녀의 눈가가 조금 빨개져 있는 것을 보고 세이의 미간이 미세하게 찌푸려졌다.

"잠을 못 이루셨습니까?"

"아……."

아렌이 손으로 눈을 비볐으나 그럴수록 더 붉어지기만 했다. 세이는 그녀의 손을 잡고 제지했다.

"어디 불편하신 데라도 있으십니까. 치료를……."

"아니요, 괜찮아요. 세이. 그것보다……."

아렌이 그의 가슴팍을 살짝 밀어내자 그가 허리를 잡은 손을 놓아주었
다. 잠시간의 어색한 침묵 속에서 아렌은 무엇엔가 안달 난 모양으로 손
으로 원피스 자락을 잡고 꼼지럭거렸다. 그녀가 하는 양을 응시하던 세이
가 조용히 입을 열었다.

"하실 말씀 있으면 하십시오, 아렌."

정곡을 찔린 아렌이 뒷머리를 긁적거리며 어색한 웃음을 흘렸다.

"하하……. 티 났어요?"

"예."

단정한 대답에 머쓱해져서 공연히 헛기침을 큼큼, 해대던 그녀가 그의
눈치를 보며 입을 열었다.

"세이, 저어, 중간계로 돌아가는 거 말인데요. 오늘 갈게요. 조만간이라
곤 했지만……. 아무래도 그렇게 사라져버렸으니 많이들 걱정하고 있을
것 같아서요."

"……."

"미안……해요. 저어, 신경 많이 써줬는데……. 그래도 세이, 어제 보내
주기로 약속한 거 잊지 않았죠?"

혹여 다른 말이 나올까 싶어 아렌이 황급히 마지막 말을 덧붙였다. 조
마조마하게 그의 반응을 기다리고 있는 가운데, 알 수 없는 눈빛으로 호
수를 응시하던 세이가 입술을 움직였다.

"솔직한 심정으론, 돌려보내겠다는 약속을 물리고 싶습니다."

"세이……."

"기억하십니까. 언젠가 제가 아렌에게 했던 말. 당신만은 절 두려워하

지 말았으면 한다는. ……그렇기에 많은 것을 참고 인내하고 있습니다, 아렌. 아렌이 아니었다면 그런 약속 따윈…….”

끝을 흐리며 한 호흡 길게 내뱉은 그가 고개를 돌렸다.

“……괜한 말을 드렸습니다. 신경 쓰지 마십시오. 오늘 돌아가실 요량이시라면 지금부터 돌아가 준비하시는 게 좋겠습니다.”

한숨과도 같은 말을 속삭인 그가 뒤돌아섰다. 아렌은 저도 모르게 손을 뻗어 그의 팔을 잡았다.

“세이, 말이 되는 소리를 해요. 어떻게 마황을 무서워하지 않을 수가 있겠어요? 마족들의 황제에다, 마계를 지배하는 지배자인데요. 그 칭호만 들어도 누구나 무서워할걸요?”

세이의 팔이 미세하게 움찔했지만 아렌은 태연하게 말을 이었다.

“그렇지만 세이. 전 제 앞에 있는 사람이 마황이라고 생각한 적 없어요.”

“…….”

“다시 말해 전 천재 마법사라며 으스대던 세이를 보고 있는 거지, 마황을 보고 있는 게 아니에요. 그러니까 두려워할 일도 없지 않겠어요?”

그녀가 한 말은 진심이었다. 단 한 번, 세이가 마황인 걸 안 순간에만 놀라워했을 뿐 그가 스스로 아렌에게 위해를 가한다는 건 상상이 가질 않았다. 죽어가는 의식 속에서도 선명하게 전해질 정도로 애타게 그녀를 부르던 세이인데, 어떻게 그를 무서워할 수 있단 말인가.

그래도 마황에게 무섭지 않으니 걱정하지 말라고 다독이는 때가 오다니, 스스로도 믿기지 않아 웃음이 절로 터진다.

“가끔 그냥 쥐어패버리고 싶기까지 하다고요, 저도 조금은 세이가 두려워졌으면 하는 경우가 있…….”

아렌은 말을 하다 멈춰버렸다. 그녀의 손을 잡아 올린 세이가 손바닥 안쪽 깊숙이 키스를 한 까닭이다. 오묘한 느낌에 손을 빼려 했으나 그가 입술을 뗀 게 더 빨랐다.

곧 고개를 든 세이의 얼굴을 본 순간 아렌은 전에 없이 멍해져버렸다. 세이는 웃고 있었다. 그전까지의 웃음은 다 거짓이라고 생각될 정도로 속에서부터 우러나오는 진심 어린 미소였다. 주위가 환해질 정도로 아름다운 웃음 위로 보석처럼 반짝이는 은청발이 흩날렸다.

그제야 깨달았다. 바로 저런 모습 때문이었다. 고고한 그가 자신과 함께 있으면 세상을 다 가진 사람처럼 행복해하고 즐거워하고, 어린아이처럼 짓궂은 장난도 친다. 그렇기에 도저히 외면할 수가 없었고, 자꾸만, 자꾸만 뒤돌아보게 된다. 가장 강한 듯하면서 텅 비어 있는 이 사람을, 홀로 내버려둘 수가 없었다.

아렌이 중간계로 돌아가는 길은 꽤 조촐했다. 천족과 마족 사이에 '마황의 반려'로 점 찍혀 있는 그녀지만 그녀를 배웅해주는 이는 그저 세이와 천왕 아라벨, 루키페르 셋이 전부였다. 아렌, 나직이 부르며 다가온 세이가 손을 뻗어 그녀의 옆 머리카락을 쓸고 지나갔다. 아렌은 퍼뜩 자신의 귀에 손을 가져가 대보았다.

"어, 귀걸이?"

그동안 귀걸이를 하지 않은 탓에 거의 막히기 직전이었는데, 라피스라줄리가 박힌 귀걸이가 귀에 떡하니 걸려 있었다. 아렌이 의아한 눈으로 이게 뭐냐고 물었으나 세이는 대답 대신 두루마리처럼 생긴 긴 통을 건넸다.

"이것도, 가져가십시오."

"이게 다 뭐예요, 세이?"

얼결에 두루마리를 받아든 아렌이 어리둥절한 얼굴로 그를 바라봤다.

세이가 부드러운 미소를 띠고 입을 열었다.

"우선 귀걸이에 손을 대고 제 이름을 부르시면, 저에게 목소리가 닿을 겁니다. 일종의 통신기구라고 여기시면 됩니다. 그리고 두루마리는……. 적당한 시기가 되면 저절로 열릴 테니 기다리십시오. 억지로 열어보려고 던지거나 하셔도 소용없을 겁니다."

"누, 누가 그런대요?"

마지막 즈음엔 장난스럽게 변하는 말투에, 기다란 통에 귀를 대고 흔들어보던 아렌이 뜨끔한 듯 외쳤다. '정말 아닙니까?' 하고 물어 오기에, 그녀는 그저 눈길을 피해 천왕을 바라봤다.

천왕 아라벨은 느긋한 얼굴로 의자에 앉아 로도모나스를 응시하고 있었다. 그 눈빛엔 언뜻 더 데리고 놀지 못해 아쉽다는 감정이 한가득 묻어 있었다.

"아라벨, 다음에 또 봐요."

"그래, 아이야. 잘 가거라."

천왕은 느릿하게 손을 흔드는 것으로 간단히 인사를 마쳤다. 이렇게 헤어지게 되어 아쉽다느니, 다음에 꼭 만나자느니 하는 인사치레는 하지 않는 게 참으로 그녀다웠다. 아렌은 그녀에게 미소를 지으며 고개를 끄덕여 보인 다음, 멀찍이 서 있는 루키페르에게도 인사를 건넸다.

"루키루키, 다음에 또 봐."

"……예. 부디 다음에 뵐 때까지 건강하시길."

마황인 세이 앞이라 그런지 기합이 들어가 딱딱한 자세와 표정을 유지하고 있던 그가 존대를 쓰며 억지로 대답했다. 요염하게 골반을 흔들던 모습과는 사뭇 다른 그의 모습에 웃음이 터졌다. 아렌은 웃으며 세이에게 시선을 옮겼다.

"세이는 계속 마계에 있을 거예요?"

"아니요. 언젠간 당신이 돌아올 곳에서 기다리겠습니다."

"언젠가……, 돌아갈 곳이라뇨?"

아렌이 눈을 동그랗게 뜨며 묻자, 이해할 수 없는 미소를 띤 세이가 천천히 고개를 숙여 그녀의 귓가 근처로 입술을 가져갔다.

"안녕히 가십시오, 아렌. 그리고……."

세이가 그녀에게 들릴 정도로만 조그맣게 무언가를 속삭였다. 가만히 그것을 듣고 있던 아렌은 한순간 얼굴을 확 붉히고 눈을 치떴다. 세이가 가볍게 그녀의 뺨에 입을 맞추자 그녀와 로도모나스의 모습이 눈부신 빛에 싸여 사라졌다. 빛이 사그라지자 방엔 짙은 정적이 내리깔렸다.

"……마황."

천왕이 느릿한 목소리로 침묵을 깼다. 아렌과 있을 때는 내내 머물렀던 장난기 섞인 미소는 어느새 흔적도 없이 사라진 싸늘한 얼굴로 세이가 천왕을 바라봤다. 자신이 머물러선 안 된다고 느꼈는지 루키페르는 허리를 숙여 예를 갖춘 후 조용히 모습을 감췄다. 세이가 가볍게 고개를 끄덕였다.

"말씀하십시오."

"저 아이는 너의 '계약'에 대해 알고 있나?"

세이의 얼굴이 대번에 딱딱해지는 것을 보고 아라벨이 의자에 거의 눕다시피 한 몸을 천천히 세웠다.

"내가 어떻게 알았는지 궁금한 모양이지?"

"……."

"내 사실 마계에 머무르는 동안 이곳저곳 돌아보다……. 우연찮게도, 계약을 지키지 않아 아주 괴롭게 죽어가는 마족을 본 일이 있었다. 심장이 터져 재로 변해 죽어가는 고통이 생생하게 전해져서 내 숨이 턱턱 막혀버렸지. 그런데 말이다, 마황. 뭔가 익숙한 느낌이 들었다. 다시 말해 그 고통이 익숙했지."

"……무슨 말이 하고 싶으신 겁니까?"

"내가 이제껏 마족은 만난 적이 없건대 이 느낌을 어디서 경험했는지 되짚어보았지. 떠올리는 덴 그리 어렵지 않았다. 바로 얼마 전의 일이니까. 바로 마황, 네가 이야기해주지 않던 네 가슴의 통증과 똑같았다."

그녀의 말을 들을수록 세이의 입술에 얼음장 같은 미소가 피어올랐다. 천왕은 대화 내용과 동떨어진 태평한 표정을 띠고서 세이에게 다가갔다.

"마황, 분명 그대는 인간과 계약 중일 것이다. 마족이 중간계에 머물기 위한 유일한 방법이 계약이니까. 그런데 가슴의 통증이 느껴진다는 건 그대가 계약을 안 지키거나 지키지 못하고 있다는 말이겠지."

"재미있군요. 천왕. 본래 남의 일에 관심이 많으신 모양입니다."

세이가 무척이나 냉소적으로 그녀의 말을 끊어냈다. 잠깐 동안의 불편한 침묵이 흐른 후 천왕이 천천히 말을 이었다.

"그대가 죽을 수도 있어서 하는 말이다."

"먼저 실례하겠습니다."

더 이상 들을 필요도 없다는 듯, 담담한 어조로 말한 세이는 허공으로 녹아들듯 모습을 감춰버렸다.

"으, 뭐야, 세이……."

아렌은 새빨개진 얼굴로 귀를 잡았다. 쿵쾅쿵쾅 울리는 심장 소리 사이로 세이가 마지막에 건넸던 말이 울려 퍼졌다.

「잠들어 있었다곤 하지만, 아렌의 입술은 무척이나 맛있었습니다.」

귓가에 속삭이는 오묘한 느낌을 애써 지우려 아렌이 귀를 벅벅 긁었다. 아냐, 아니겠지. 아무리 마황이라도 잠든 사이에 그런 짓을 하진 않았겠지. 그녀는 곧 바보 같은 짓은 그만두고 어딘가로 황급히 걸음을 옮겼다. 오랜만에 중간계에 돌아와 해야 할 일이 많았지만, 가장 먼저 해야 할 일이 있지 않은가. 제스에게 자신의 생존과 귀환을 보고해야 한다.

내가 그렇게 사라져버려 놀라진 않았을까? 로도모나스의 심술로 통신을 하다가 끊겨 당황하진 않았을까? 이제까지 잘 지냈을까?

이런저런 걱정을 하며 발걸음을 재촉하니 제스의 집무실까지 가는 덴 5분도 채 걸리지 않았다. 참으로 오랜만에 보는 집무실의 문이었다. 이 문을 얼마나, 수차례 밀고 드나들었던가. 실제로는 며칠 되지 않았는데 어느새 누렇게 변한 사진처럼 까마득하게 느껴졌다.

조금 떨리는 손에 힘을 주어 문손잡이를 잡았다. 유난히도 싸늘하게 식은 쇠가 차가운 느낌을 전해주고 복도를 가득 메운 정적에선 은근한 중압감이 느껴졌다. 기대감이 섞인 긴장 때문인지 체한 것처럼 속이 쓰리고 어지러웠다.

잠시 머뭇거리다 문을 밀어보았다. 들어가도 되냐는 말과 노크를 해야 할 것 같은데 저 안에 있는 이가 궁금해 그럴 여유가 없었다. 용기를 내어 문을 조금 더 열자 그 사이로 희미한 불빛이 새어 나왔다.

"……누구지?"

손이 멈칫하며 굳었다. 낮고 굵은, 차가운 목소리. 분명 낯익은 목소리가 맞는데 어딘가 달랐다. 음산한 듯도 하고 감정이라곤 가뭄이 든 논바닥처럼 메말라 있었다.

"누구도 들어오지 말라고 명을 내렸을 텐데."

조금 전보다 더 낮아진 목소리에 저도 모르게 문을 도로 닫을 뻔했다. 잠시 망설이다 손에 힘을 잔뜩 넣어 문을 완전히 열고 들어갔다.

집무용 의자에 기대 앉아 딱딱한 시선으로 서류만 들여다보고 있던 제스가 천천히 얼굴을 들어 올렸다. 아렌은 숨통이 막혀버릴 것 같은 기분으로 문가에 머물렀다.

"잘 있었어요?"

"……."

얼핏 농담처럼 들릴 정도로 가볍게 그녀가 인사를 건넸다. 얼굴 위를 기웃대는 그림자와 눈 위까지 흘러내린 흑발 때문에 그의 표정이 잘 보이지 않았다.

"잘 있었……."

못 들었나, 생각하며 재차 입을 열었는데 그가 일어섰다. 일정하게 다가오며 울리는 그의 단정한 발소리에 온몸이 바짝바짝 긴장이 됐다. 그녀 앞에 멈춰 서서 미동이 없는 그의 발끝을 응시하다 그녀가 고개를 들어 올렸다.

앞에 서 있는 건 분명히 제스인데 생전 처음 보는 것처럼 낯설었다. 짜증이 날 땐 미간을 찌푸리기도 하고, 딱딱하긴 하지만 드물게 웃는 모습을 보여주기도 했었다. 그런데 지금은 모든 감정을 철저하게 숨긴 채 얼어붙어 있는 것만 같았다.

어둠 속에서 흉흉하게 빛나는 푸른 안광 때문에 아렌은 저도 모르게 한 발짝 뒤로 물러섰다.

멀어지는 그녀의 어깨를, 제스가 얼핏 광폭하게까지 느껴질 정도로 세게 잡았다. 저항할 엄두가 나지 않는 빠르고 강한 힘이었다. 아렌은 가만히 그를 바라보며 목에 차오르는 말을 내뱉었다.

"혹시 화……났어요?"

그럴 만도 했다. 고집불통이라고 외친 것도 모자라 견습 기사 주제에 사라져버린 것, 장난이라고 여겨도 할 말이 없었던 통신…….

이것저것 떠오르자 아렌은 황급히 말을 이었다.

"많이 화났어요? 미안해요, 연락을 할 방법이 없었어요. 참, 제스! 제가 붉은 연꽃에 대해 알아 왔어요! 그게 말이죠, 저한테 마족의 피를 먹이기 전에 카트린느가⋯⋯."

딱딱하게 굳은 입술에서 어떻게든 응답을 이끌어내보려 아렌이 진땀을 흘렸다.

그녀의 말이 이어지는 동안, 가느다란 어깨를 부서뜨릴 것처럼 옥죄었던 힘이 서서히 풀렸다. 오싹할 정도로 무시무시했던 장벽을 조금씩 허물어뜨리며 그가 몸을 기울였다. 점점 그녀를 향해 내려오는 검은 머리카락에서 좋은 냄새가 풍겨 왔다.

어? 하는 순간 이미 그녀는 제스에게 완전히 안겨 있었다.

"나중에, 듣겠다⋯⋯."

한숨과도 같은 그의 말이 끝 즈음에서 흐려졌다. 아렌은 어색하게 그의 팔을 떨어뜨리려 움직였다.

"어⋯⋯. 저기, 제스. 붉은 연꽃 말인데요⋯⋯."

"⋯⋯나중에 듣겠다, 지금은 아무것도⋯⋯."

"⋯⋯."

"⋯⋯아무것도, 상관없다."

"영애님, 영애님?"

옆에서 들리는 목소리에 레베카가 상념에서 깨어났다. 그녀 앞에 다가와서 잔을 내밀고 있는 곱상한 사내가 부드럽게 웃었다.

"무슨 생각을 그리 골똘히 하십니까? 수심이 가득해 보이십니다."

"아⋯⋯. 죄송합니다. 결례를 범했네요."

레베카가 아차 하며 그가 건네는 잔을 받았다. 그를 앞에 두고 계속 상념에 젖어 있는 것도 그렇고, 와인을 한 모금 마시는 것으로 정신을 차려보려 했지만 잘 되지 않는다. 그녀가 눈꺼풀을 내린 채 가만히 있자, 사내가 은근슬쩍 그녀의 허리에 팔을 감았다.

"영애님, 뭔가 걱정이라도 있으신 것 같은데 제가 위로해드리도록 허락해주시겠습니까?"

"위로라뇨?"

그녀가 고개를 들어 묻자 그가 눈매를 야시시하게 좁혔다.

"위층에 오붓한 공간이 있습니다. 다과 외에도 많은 것이 준비되어 있으니, 어떠십니까."

레베카는 가만히 그를 바라보다가 불현듯 그 의미를 깨달았다. 허리를 매만지는 손이 갑자기 오물보다도 더럽게 느껴졌다. 그녀는 손에 들고 있던 잔을 내려놓고 그의 손을 툭 쳐내었다.

"제가 누군 줄은 알고 이러시는 겁니까?"

"예, 예?"

돌변한 모습에 사내가 당황한 듯 되물었다. 레베카는 기가 막힌다는 듯하, 웃음을 터뜨리고 두 손을 허리에 얹었다.

"티파티에서 안면 몇 번 있다고 이리 불결하게 구실 줄은 몰랐군요. 똑똑히 다시 생각해보십시오. 제 아비가 누구이고 제가 누구인지."

"여, 영애님……."

"정확히 알고 계시는군요. 저는 레이나스 공작 가문의 영애입니다. 제 약혼자가 누구인 줄은 알고 계시겠지요?"

"아."

레베카의 외모에만 홀려 있던 사내는 벼락을 맞은 듯 깨달았다. 그녀의 약혼자가 그 유명한 세이모어 공작임을. 베이판의 기둥 세 개 중 두 개와 척을 질 정도로 간 큰 사람은, 적어도 이 자리엔 없었다.

사내가 슬금슬금 물러서자 레베카는 불쾌하다는 얼굴로 그 자리를 떠나버렸다.

　남자들이란 하나같이 똑같았다. 겉껍데기에 반하고, 지위에 반하고, 돈을 바라고 접근해 온다. 처음에 저 남자들이 제게 다가오고 잘해줄 땐 얼떨떨한 게 사실이었다. 이치들이 나에게 왜 이러는가 싶어서. 개중에는 실제로 마음이 갔던 이도 있었고, 그렇지 않은 이도 있었다.

　하지만 그 누구도 레베카에게 진심으로 진지한 사람은 없었다. 무엇보다도 그녀가 아르렐리아가 아닌 다른 사람이라는 걸 알아주는 사람은 아무도 없었다.

　아르렐리아처럼 꾸며놓고, 아르렐리아처럼 먹고 자고 걸어 다닌다. 외모 또한 지독히도 닮았다는 걸 감안할 때 그녀가 가짜인 걸 아무도 눈치 못 채는 게 당연하다. 레베카는 그것이 싫었다. 언젠가 본래 주인에게 돌려주어야 할 자리일지라도, 그 이전에 레베카 자신이 만들어두었던 인연과 시간들은 온전히 제 것이어야 했다.

　하지만 누구도 내가 가짜인 걸 알아봐주지 않아.

　저택에 돌아온 레베카가 상심한 얼굴로 화장대에 앉았다. 가짜인 것이 들키는 건 아버지 노릇을 하고 있는 공작에게나 저에게나 치명적인 걸 알면서도, 내속으론 그리되길 바라고 있었다. 제 것인 줄로만 알았던 것 중 실제로는 제 소유가 하나도 없음을 깨닫고 나서부터는 더욱 그리되길 빌고 있었다.

　그래서 일부러 아르렐리아가 싫어하는 것을 좋아한다고 말하기도 하고, 취미를 달리 언급하기도 했다. 하지만 아무도 알아주지 않았다. 그저 부유한 공작 영애의 취미가 바뀌었겠거니, 그렇게 여길 뿐이었다.

　유일하게 그 사람만, 진짜 이름이 무어냐고 물어봐주었다. 그녀를 온전히 레베카로서 알아봐준 것이다. 세이모어 공작님, 그 사람만이 유일하게.

어쩜 그리 우아하고 아름다우신지.

레베카는 은청발의 미남자를 떠올리며 두 손으로 양 볼을 감쌌다. 세이모어 공작을 보고 나서부터는 어느 남자도 눈에 차지 않았다. 아무리 찬란하게 빛나는 보석도 그와 견주면 빛이 바란 것처럼 보일 것이다.

첫 만남에서는 많이 놀라긴 했지만, 그 때문에 두 번째 만남이 더욱 기대되기도 했다. 그 자태를 다시 볼 수만 있다면 대가가 무엇이라도 치를 수 있을 것 같았다.

나를 알아봐주는 유일한 사람. 그것만으로도 그녀는 세이모어 공작을 마음에 둘 수밖에 없었다.

레베카로서 알아봐주는 사람은 그만으로 충분했다. 다른 이들이 죄다 저를 아르렐리아 공녀라고 대해서인가. 그녀는 마치 제가 진짜 아르렐리아가 아닐까 생각하고 있었다. 그래, 정말로 그럴 수도 있다. 빈민촌에서의 생활은 한 순간의 꿈이었던 것이다. 그게 아니라면 원래 제가 어렸을 적 공작이 잃어버린 딸일 수도 있다.

이것, 저것, 전부 다 그녀의 것이었다. 이 넓은 레이나스 공작가에서 그녀의 소유가 아닌 게 없었다.

레베카는 아르렐리아가 언젠가 생일선물로 받았던 목걸이를 쥐고 빙글빙글 돌았다.

아아, 와주세요. 세이모어 공작님. 이 나를 보러, 어서 와주세요.

외전. 봄을 탐하다

"지루하군."

칠흑 같은 어둠.

"……이대로 사라져버리는 것도."

그 속에 몸을 내맡긴 채 마황이 입술을 천천히 움직였다. 과연 살아 있는 건지 의구심이 들 정도로 무감한 검붉은 눈동자가 서서히 감겼다. 그에 맞춰 찬란한 은청색 머리카락 위로 어두운 구름이 스멀스멀 올라왔다. 그는 온몸의 기운을 다 소진한 듯 손끝도 까딱하지 않고 죽음을 받아들였다. 죽음이 무섭거나 두렵지 않았다. 어느 세상에도 속하지 못한 존재로서 매순간 죽음의 그림자를 느꼈기에. 또한 삶이란 본래 허무한 백일몽. 허망 속에 허망을 좇는 것도 무료하다.

의식이 서서히 사라져갈 즈음에 갑자기 희미한 마력의 기척이 느껴졌다. 마황의 눈이 가느스름하게 열리자 그의 몸 대부분을 장악하고 있던 어둠이 한달음에 그에게서 물러났다. 스르르 움직인 마황의 시선 끝에는 피로 그려진 소환진이 있었다.

수식도 문자도 어느 것 하나 맞게 쓰인 것이 없다. 마력이 스민 것이 이상할 정도로 엉망진창, 심지어 귀퉁이는 으스러져 있었다. 하지만 소환자의 사념이 너무나 강하고 짙어 진의 마력을 충당하고 있는 듯했다. 애초에 룬 문자나 숫자의 나열은 사념을 보다 강하게 증폭시키기 위한 장치에 불과하다.

검은 안개처럼 어스러지는 진한 사념이 이 공간을 어그러뜨렸다. 마황은 순간 고민에 휩싸였다. 소환에 응할지, 아니면 이대로 사라질지.

— 복수를……, 피의 복수를……!

소환자의 목소리가 이공간에 떨어져 파문을 일으켰다. 마황에게 소환진을 전한 것도 모자라 자신의 의지마저 담다니. 일순 흥미가 당겼다. 저원한 넘치는 소환자를 보는 것도, 한 번도 보지 못한 중간계에 가보는 것도……. 하나의 재미가 될 수 있을 성싶다.

마황이 어둠을 뚫고 걸음을 옮겼다. 이내 그의 앞에 드러나는 것은 팔다리가 잘려 피범벅이 된 채 바닥을 나뒹구는 사내였다. 그를 향해 걸음을 내딛자 바닥에 고인 핏물이 찰박거리며 튀었다. 곧 죽어도 이상하지 않을 정도의 많은 양의 피를 쏟아냈음에도 사내는 아직 살아 있었다.

"마족인가!"

마황이 고개를 짧게 끄덕이자 사내의 얼굴에 미소가 떠올랐다. 한쪽 귀가 잘린 구멍에서 피를 쏟으며 웃는 모습은 괴기스럽기까지 했다.

"큭……, 큭큭, 마족이 소환되었다는 말이지……. 이 허섭스레기 같은 소환진에……, 차라리, 차라리 더 일찍……, 반역을 꿈꿀 시점부터 불렀더라면……. 아니, 이젠 아무래도 상관없다, 복수만 할 수 있다면. 내가 유일하게 원하는 건 복수다, 복수! 피의 복수! 마족! 나와 계약을 해다오!"

저택 안이었지만 바람은 창문을 거세게 치면서 들어왔다. 멀리서 우르릉거리는 천둥소리 또한 심상치 않게 들려왔다. 피를 토해내며 외친 사내는 거칠게 숨을 몰아쉬며 마황을 올려다봤다. 그의 눈에 새기듯 담긴 광기와 집념. 아직까지 그를 지상에 잡아두고 마황까지 소환한 것은 아마 저것 때문이리라.

"복수를……, 해다오, 영혼을 건 계약을 해다오! 세이모어의 이름으로 레이나스 가문과 베이판 왕국에 피의 복수를……!"

사내는 이성을 뒤흔들 정도로 격렬한 분노에 휩싸여 외친 후 끝내 바닥으로 고개를 떨어뜨렸다. 찰나와 같은 절명이었다. 눈도 채 감지 못하고 차갑게 굳은 시체를 향해 마황이 입을 열었다.

"계약을 받아들인다."

콰르릉 하고 번개가 치며 빗발이 거세졌다. 얼음처럼 차가운 비가 볼에 떨어져 마황의 턱을 타고 흘렀다. 그는 나른하게 반쯤 감긴 눈으로 주변을 둘러봤다. 시체가 산처럼 쌓여 있다. 아까 계약자가 언급한 '반역'이라는 단어에서 능히 유추할 수 있는 상황이었다. 반역을 꾀한 사실을 먼저 알아낸 베이판 왕실과 레이나스 가문에서 먼저 치고 들어온 거겠지. 하녀와 집사마저 처참하게 죽은 걸 보니 중간계의 왕도 반역엔 손속을 두는 일이 없는 모양이다.

"아로트."

말끝에 그림자에서 붉은 머리카락을 가진 여자가 모습을 드러냈다. 마황이 별다른 명을 내리지 않아도 그녀는 미끄러지듯 움직여 가장 가까운 시체부터 먹어치우기 시작했다. 콰드득, 뼈가 으스러지는 섬뜩한 소리가 울렸다.

"세이모어라……."

마족과 인간의 계약은 서로의 영혼을 건다. 계약이 이루어질 시 계약자의 영혼은 마족에게로 귀속되며, 영혼을 건 계약이니만큼 마족 또한 어길 시엔 목숨을 부지하지 못할 정도의 치명상을 입는다. 하지만 전대 세이모어 공작과의 계약은 약간 특이한 경우에 속했다.

본래 계약은 등가교환의 법칙을 따른다. 다시 말해서 마족이 이루어주어야 할 계약 내용과 영혼의 무게는 서로 같아야 된다는 뜻이다. 하지만 그가 바란 복수는 평범한 인간의 영혼보다 훨씬 뛰어넘는 것. 따라서 마황은 레이나스 공작가나 베이판 왕실, 둘 중 하나를 선택하여 복수를 하면 충분한 상황이다. 복수 대상으로 둘 중 어느 쪽을 택할 건지는 오로지 그의 뜻.

"뭐, 어느 쪽이든 상관없나……."

나직하게 읊조린 '세이모어'가 걸음을 옮겨 가주의 방으로 향했다.

지독한 허무함에서 벗어나기 위해 중간계에 와 계약을 받아들였지만, 비가 땅의 겉만 잠깐 적시고 그치듯 흥미 또한 곧 떨어져버렸다. 중간계뿐 아니라 계약 자체도 그의 주의를 끌기엔 부족했다. 우선 복수의 대상이 까다로웠다. 베이판 왕국과 레이나스 가문. 어느 쪽이든 번거로운 건 마찬가지였다. 그의 능력이라면 사실 한 나라든 가문이든 순식간에 도륙할 수 있었지만, 마족과 천족은 중간계의 역사를 바꿀 수 없다는 규율에 묶여 쉽게 움직일 수 없었다. 사실 귀찮았다는 이유가 좀 더 컸지만.

그렇게 중간계에서 무료하게 시간을 보낸 지 약 100년 후, 그는 결국 계약을 속히 완료하고 스스로 어둠 속에 몸을 묻기로 했다. 레이나스 공작가를 건드리는 것이 더 손쉬운 일인 까닭에, 아로트를 시켜 레이나스 가문의 후계자를 데려오게 했다. 잠시 모습을 감췄던 아로트는 품에 포대를 안고 조금은 어색하게 나타났다. 세이모어의 미간도 약간 좁아졌다.

"……갓난아기?"

세이모어가 포대에 싸인 아기를 받아 들었다. 예상보다도 훨씬 가볍다. 한 손으로 너끈히 들 수 있을 정도로. 짧은 은색 머리카락을 가진 갓난아기는 귀엽다 쓰다듬어주고 싶을 만치 오밀조밀한 생김새를 가지고 있었다.

이런 갓난아기가 후계자라니 생각지도 못한 상황이었다. 세이모어는 혀를 가볍게 찼다. 조금 의외이긴 하지만……. 이 아기가 죽어야 된다는 사실엔 변함이 없다. 굳이 마법을 쓰지 않아도 간단히 손에 힘을 주는 것만으로 바스러질 생명. 하찮고, 하찮다.

그는 살이 에일 듯 서늘한 손으로 아기의 목을 가볍게 쥐었다. 그의 손길에 잠이 깬 아기가 눈을 동그랗게 뜨고 정확히 그의 눈을 응시했다. 등불 하나 밝히지 않아 칠흑같이 어두운 침실을 밝히려는 듯, 방실 웃었다. 조막만 한 손으로는 자신의 목을 감싼 손을 툭툭 치며 꺄르륵, 천진난만한 웃음까지 터뜨린다.

순간 자신도 모르는 마법이 존재하는 줄로만 알았다. 단지 손에 조금만 힘을 가하면 모든 일이 쉽게 끝날진대, 괴이하게도 그럴 수가 없었다. 그런 자신에게 놀라 급히 손을 떼어냈다. 아기는 그의 손이 떠나는 것이 싫은지 연신 두 팔로 허공을 저어 그를 찾았다.

아무것도 없는, 티끌 하나 없이 맑은 눈동자. 몇백 년간 살아오면서 저렇듯 투명한 눈은 처음 보았다. 이제까지 자신을 향했던 것은 적대감, 애욕, 불신, 환멸, 비굴함, 욕정, 소유욕이 전부였다. 하지만 저렇듯 천진하고 순수한 눈망울과 미소라니. 머리를 둔기에 맞은 듯한 큰 충격이 아닐 수 없었다.

당황함 속을 헤매다 허공에 뻣뻣하게 멈춘 손을 조금 내렸다. 아기는 방실방실 웃으며 기다렸다는 듯 그의 손가락을 쥐고 장난치기 시작했다. 더없이 귀엽고 사랑스러운 모습에 목울대가 뻣뻣하게 굳는다.

안 좋은 징조였다. 흐트러진 호흡을 억지로 가다듬고 떠맡기듯 아로트에게 아이를 주었다. 빨리 도로 돌려보내라는 명령에 그녀는 곧 그림자 속으로 사라졌다.

"……후."

가볍게 한숨을 내쉬며 의자 깊숙이 몸을 뉘었다. 잠깐이었지만 갓난아기가 감쪽같이 사라져서 공작가에서도 난리가 났을 것이다. 하지만 그보다도 더 소란스러운 것은 그의 마음이었다. 그는 천천히 손을 들어 물끄러미 바라보았다.

이해가 가질 않았다. 왜 죽이지 못했던 걸까.

저항도 못 하는 갓난아기 하나쯤은, 눈 하나 깜짝하지 않고 죽였어야 했는데. 자신을 향해 미소 짓던 갓난아기를 떠올린 세이모어는 주먹을 꽉 쥐었다.

죽이지 못하는 것이 아니다, 잠시만 살려두는 거다. 곧, 죽이리라.

그가 읊조리듯 중얼거렸다.

"주군……. 레일론 백작을……, 데려…… 왔습니다……."

진득한 살기로 얼룩진 여성의 목소리가 느릿느릿 방 안에 울렸다. 창밖 먼 곳으로 시선을 던지고 있는 세이모어의 뒤로 피투성이가 된 남성의 몸이 쿵 소리를 내며 떨어졌다. 나무도막처럼 딱딱했던 몸은 크게 요동치더니 이내 부들부들 떨렸다. 푸악, 검붉은 피를 쏟아낸 후엔 기침이 쏟아졌다. 바로 죽지 않는 게 이상할 정도로 상태는 심각했으나 완전히 목숨이 끊어지진 않은 모양이었다. 무심한 눈으로 세상을 바라보던 세이모어가 조용히 몸을 돌려 그에게로 다가갔다.

"백작."

작게 속삭이며 허리를 숙였다. 으, 으으……. 낮은 신음 소리를 내며 고통스레 몸을 뒤틀던 남자가 한쪽 눈만 간신히 뜨고 세이모어를 바라봤다. 무척이나 아름다운 남자, 햇살을 받아 고귀한 빛으로 반짝이는 은청발.

"누……구? 신인가? 아니면……. 천사?"

"유감스럽게도 둘 다 아닙니다만."

백작은 이해할 수 없는 얼굴로 입술을 움직였다.

"그럼……, 대체 누구기에……, 날……, 이렇게……."

"아로트."

길고 얇은 검이 남성의 목을 깨끗이 베어내고 그대로 바닥에 박혔다. 자른 단면에서 솟아오른 피가 분수처럼 솟아 사방을 적셨다. 피로 질퍽하게 젖은 붉은 머리카락을 쓸어 올리며 아로트가 미끄러지듯 조금 뒤로 물러섰다.

"이것으로……, 세이모어 가(家)의 숙적은 모두 제거한 셈인가."

세이모어가 흘리듯 말하고 원래 있던 창가로 걸어갔다. 그는 차근차근, 아무도 알아채지 못할 정도로 천천히 세이모어 가에 대항하는 세력을 하나씩 제거해가고 있었다. 그리고 마침내 베이판에는 레이나스 공작가와 카를로스 공작가를 제외하고 세이모어 가에 위협을 가할 수 있는 가문은 남지 않았다. 세이모어 가문을 멸문지하에 이르게 했던 역모죄 또한 이미 국왕과의 밀거래를 통해 흔적도 없이 사라진 후다. 이제 공작의 지위에 올라 계약 내용만 수행하면 이곳에서의 생활도 끝나는 것이다.

거리낄 건 없다. ……단 하나만 제외하고.

맑은 은색 눈동자가 머릿속에 스쳐 지나가자 세이모어의 눈이 가느스름해졌다. 이름도 모르는 갓난아기를 죽이지 못하고 되돌려 보낸 지 벌써 여러 해가 지났다. 그가 처음으로 죽이는 데 망설이게 만든 그 눈. 거슬리기도 하고 저답지 않은 행동을 떠올리자 그의 얼굴에 희미한 짜증이 깔렸다.

사실 세이모어 가문이 자리를 잡는 그 시간 동안 후계자를 기른다는 명목으로 아이 몇을 데려와 지켜보았다. 갓난아기일 때의 순수는 비슷했다. 하지만 그들은 자라면서 빠르게 변해갔다. 자신이 평생 보아온 것처럼 더러워지고 배신하고 욕망에 물들어 퇴폐적으로 변했다.

그래서 생각했다. 레이나스 후계자를 보고 자신이 망설인 것은 그저 아기였던 까닭일 뿐이라고. 잠깐의 순수, 껍데기뿐인 허상에 이끌린 것에 지나지 않는다고.

지금 보러 갈 것이다. 그 아기 또한 욕망에 번들거리는 눈을 가지고 있음을 눈으로 확인하고 가차 없이 죽일 것이다. 그는 호흡을 고르고 발을 옮겼다.

다시 눈을 뜨자 레이나스 공작저가 한눈에 들어왔다. 매우 웅장하면서도 우아한 곡선미가 살아 있는 저택이다. 지금은 낙엽이 소복이 쌓이는 완연한 가을인데도 봄처럼 따뜻한 이곳, 꽤 마음에 드는 분위기다.

"누구냐!"

세이모어는 뒤돌아보지도 않고 걸음을 옮겼다. 푸른 나무와 화반에 잔뜩 담긴 꽃이 운치 있고, 멋스럽다.

"누구냐는데도! 당장 대답하지 못해!"

성, 검을 자루에서 뽑아내는 소리에 섞인 고함 소리. 모처럼 마음에 드는 곳을 발견했건만, 주의를 흩트리는 소음에 세이모어의 미간이 약간 찌푸려졌다. 굳이 뒤돌아보지 않아도 이곳을 지키는 경비병인 모양인데. 하찮은 피로 제법 잘 가꿔진 정원을 물들이고 싶진 않았다.

"계속 대답하지 않는다면 베겠다!"

세이모어를 위험분자라 판단했는지 경비병이 그의 목에 검을 바짝 들이대며 외쳤다. 목덜미를 조금 파고드는 칼날에 피가 맺혔다. 최대한 조용히 처리하고 싶었지만 귀찮게 됐군. 세이모어가 가볍게 한숨을 쉬며 무언가를 나직이 속삭였고, 그에 방금까지 목청 높여 소리 지르던 기사가 맥없이 털썩 쓰러졌다.

이제야 겨우 조용해졌으나 인기척이 하나 더 느껴졌다. 바로 나무 위에서.

"어떻게 한 거야?"

낭랑한 목소리에 이끌리듯 시선을 돌렸다. 푸른 잎과 가지 사이로 뻗쳐 오는 찬란한 햇빛을 등지고 한 여자아이가 나무 위에 앉아서 자신을 뚫어 져라 바라보고 있다. 비록 10년 가까이 지나 겉모습은 많이 바뀌었으나 호기심 가득한 은색 눈동자를 보자마자 깨달았다.

내가 죽이지 못한 레이나스의 핏줄이다. 자연스레, 손에 힘이 잔뜩 들 어갔다.

"아르렐리아 아가씨!"

세이모어는 고개도 돌리지 않고 손을 가볍게 저었다. 소녀를 찾아 뛰어 오던 검은 머리카락의 남자아이가 그 자리에 딱 멈춰 서더니 홀린 듯 뒤 돌아갔다. 자신을 잡으러 오던 소년과 세이모어를 번갈아 지켜보던 소녀 가 두 눈을 동그랗게 떴다.

"어? 대체 어떻게 한 거야? 나도 가르쳐줘. 땡땡이칠 때 써먹게."

"······."

"잠깐, 일단 나 내려갈 테니까 받아!"

소녀는 겁도 없이 자신의 신장의 다섯 배 가까이 되는 높은 나무에서 훌쩍 뛰어내렸다. 휙, 바람을 가르는 소리가 들리자마자 세이모어는 자기 도 모르게 손을 뻗었다. 풀썩, 가벼운 반동과 함께 안정적으로 그의 품에 안기며 분홍색 레이스가 펄럭였다 가라앉았다. 앵두 같은 입술을 동그랗 게 모으며 한숨 돌리는 그녀를 향해 세이모어가 떨떠름하게 물었다.

"······괜찮으십니까?"

"응? 응. 괜찮아. 네가 받아준 덕분에. 고마워!"

세이모어가 고개를 들어 소녀가 떨어진 나무를 올려다봤다.

"저긴 어떻게 올라가신 겁니까?"

"음……. 그냥 기어 올라갔는데? 근데 나 이제 좀 내려줘. 불편해."

세이모어가 고개를 내려 소녀를 바라봤다. 볼에 홍조를 띠고 배시시 웃는 얼굴이 천사가 따로 없었으나, 성인 남자도 운동신경이 없으면 올라가기 힘든 높이인데. 보통 왈가닥이 아닌 모양이다.

빨리 내려줘, 뒷목을 툭툭 치면서 보채기에 세이모어는 이상야릇하고 묘한 감정을 느끼며 그녀를 바닥에 내려주었다.

"하아, 하마터면 카일한테 잡힐 뻔했네. 그런데 방금 대체 어떻게 돌려보낸 거야? 알려줘, 나도 좀 써먹게."

그 '땡땡이'라는 것에 써먹는다는 뜻인가……. 아무런 반응도 나타내지 않은 채 세이모어가 움직이지 않자, 소녀는 눈을 또르륵 굴리다 손가락을 튕겼다.

"아니, 잠깐. 순서가 틀렸네. 흠흠. 이름이 뭐야?"

"……이름?"

"응, 이름! 네 이름!"

이건, 또 의외다. 세이모어는 새삼 자신이 이토록 말문이 막힌 적이 있었는지 생각했다. 이름이라니, 그런 것은 태어날 때부터 없었다. 오랜 세월 살아오면서 감히 그의 이름을 묻는 자는 없었고, 그 자신도 '마황'과 '검은 황제'로 불리는 것에 익숙해져 있었다. 그런데 이름을 말하라니, 이건 대체…….

"세……이……모어……입니다만."

입이 멋대로 움직이며 계약자의 성을 흘려보냈다. 자신을 소개할 일이 없었던지라 입 밖으로 내뱉는 '이름'이 어색하다. 자신이 왜 대답하고 있는지도 모르겠다. 난생처음 겪어보는 복잡한 심경에 세이의 굳은 표정이 조금 흔들렸다.

소녀는 세이모어라는 이름을 입안에서 몇 번 굴려보다가 이내 활짝 웃으며 외쳤다.

"세이모어? 그러면 세이네! 이제부터 세이라고 부를게!"

"……세이?"

"응, 세이. 네 이름, 애칭이야! 참, 내 소개를 깜박했네. 나는 아르렐리아라고 해."

"이름, 이라……."

"엇! 그런데 너……. 목에서 피가 나잖아! 아프지 않아? 허리 숙여봐, 빨리!"

소녀는 막무가내로 세이의 옷자락을 잡아끌며 손을 파닥거렸다. 상처라면……. 아, 아까 경비병이 겨눈 검에 찔려 난 상처를 일컫는 것이리라. 하지만 이미 자연 치유가 됐을 터. 핏자국 하나로 저런 호들갑이라니.

"빨리, 세이! 빨리!"

당장 숙이지 않으면 하늘이 두 쪽이라도 날 듯이 난리를 쳐대기에, 허리를 숙이고 몸을 그녀 쪽으로 조금 기울였다. 그녀의 눈이 또르르 굴러가는 소리가 들리는 것 같았다.

"따갑겠다, 보는 내가 더 아프네. 가만히 있어봐."

말끝에 아르렐리아는 조막만 한 손으로 원피스를 꽉 쥐고 있는 힘껏 반대로 당겼다. 부우욱, 시원하게 찢더니 이내 그 천을 꼭 쥐고 그의 목에 감아주기 시작한다. 살짝살짝 스쳐 지나가는 온기에 세이는 찰나의 순간 뼈저리게 깨달았다.

이 소녀는 틀림없이, 좋은 나쁘든 앞으로의 자신의 일에 걸림돌이 될 것이다. 본능이 시키는 대로 서서히 손을 들어 올렸다. 시선은 얼음장처럼 싸늘하게 굳는 동시에 불길해 보이는 검붉은 기운이 손끝을 휘감고 모여들었다.

'지금이라도, 죽여버리는 게 나을까.'

그의 검은 눈동자에 한순간 살기가 서렸다. 왜 이 작은 아이를 못 죽여서 이 세상에 잔류하고 있는가. 계약을 빨리 끝내고 어둠 속에 묻히기를 바라지 않는가. 아기일 때야 누구에게나 순수하게 웃어주지 않느냔 말이다.

왜 굳이 사서 고생을 하는 거지? 이 작은 여자애 하나 죽이질 못해서.

그래, 죽이자. 죽이는 거다. 하찮은 목숨 따위 단번에 거두어주마. 어둠마저 잠식시켜버릴 만큼 검은 눈동자에 붉은 광기가 번졌다.

검은 기운에 휩싸인 손으로 그녀의 목을 간단히 꿰뚫으려는 순간, 줄곧 고개를 숙이고 있던 소녀가 벌떡 일어섰다.

"다 됐다!"

빠악!

순간 전혀 예상치 못한 일격이 들어왔다. 힘차게 일어서는 소녀가 하필 머리를 박은 곳은 다름 아닌 세이의 턱. 세이는 아프기보단 당황해서 얼어붙었고, 반대로 소녀는 아파서 머리를 두 팔로 감싸고 끙끙댔다.

"으, 내 머리……. 세이……. 턱 많이 아파? 미안……. 근데 세이……. 턱에 돌이라도 박아뒀어? 무진장 단단……."

"……그만. 됐습니다."

아니, 뭐 이런…….

세이는 걷잡을 수 없는 허탈함을 누르며 겨우 대답했다. 금방이라도 폭발할 것처럼 모여들던 검은 기운은 이미 체념한 듯 사라진 지 오래였다.

턱이 욱신거리는 건 둘째 치고 이렇게 무방비하게 당한 건 처음이라 황당하기 짝이 없었다.

……무방비? 내가? 두 팔로 머리를 감싸고 끙끙대는 저 작은 아이에게 내가?

마음속 깊은 곳에서 분출된 불쾌감이 그의 얼굴에 옅게 깔렸다. 그나마

도 아르렐리아가 고개를 들어 세이를 향해 폴짝폴짝 다가왔을 때 사라지
고 말았지만.

"으아! 세이! 턱 빨개진 것 좀 봐! 어떡해! 많이 아프겠다!"

빨개진 턱을 조심스레 문지르는 손길에 세이의 눈이 조금 크게 뜨였다.
반사적으로 그녀의 손을 탁 잡아 제지했다. 그녀에게 꽂힌 세이의 시선은
움직일 줄을 몰랐다. 손이 잡힌 채 가만히 있던 아르렐리아가 고개를 갸
웃거리다 쭉쭉 잡아당겼다.

"가자. 내 방에, 가자."

"……뭐?"

"빨리."

맑은 은색 눈동자가 별을 담은 듯 아름답게 반짝였다. 세이가 꿈쩍도
하질 않자 볼을 크게 부풀리더니 그의 손을 업듯이 하고 낑낑대며 잡아끈
다. 세이는 무언가에 홀린 것처럼 어정쩡하게 다리를 펴고 걸음을 옮겼
다. 놓칠세라 그의 손을 꾹 쥐고 공저 안으로 들어가는 여자아이 때문에
여간 심란한 게 아니었다. 이렇게 그에게 막무가내인 존재는 처음이기도
했고 생각이 어디로 튀는지 도대체 가늠할 수가 없었기 때문이다.

세이가 자신을 보고 질겁하는 하녀 몇을 아까와 같은 방식으로 되돌려
보냈을 때, 땡땡이칠 때 정말 편리하겠다며, 세이도 평소에 땡땡이를 많
이 치느냐며 물어 왔을 땐 더욱 혼란스러웠다.

대체 무슨 꿍꿍이지.

"세이, 이리 들어와."

못 박힌 듯 서서 방에 들어오지 않는 그를 기어코 잡아끌고 들어온 아
르렐리아가 문을 닫았다. 세이는 천천히 시선을 돌려 방 내부를 둘러봤
다. 과연 베이판 왕국의 알아주는 공작 집안답게 그녀의 방은 공주의 것
보다도 우아하며 화려했다. 보석 샹들리에가 흩뿌리는 빛과 부드러운 빛

깔의 실크 벽지, 분홍색과 연녹색이 장식물이 서로 조화를 이루며 은은한 분위기를 연출하고 있었다.

"세이, 세이."

세이가 고개를 내려 작은 여자아이에게 시선을 주었다. 아르렐리아는 옆구리에 작은 구급상자를 끼고 세이와 눈이 마주치자 빙긋 웃었다.

"치료하자. 여기 앉아."

그녀가 의자를 톡톡 치며 그의 옷깃을 잡아당겼다. 조르는 것 하난 일 가견이 있다, 그렇게 생각하며 세이가 의자에 앉았다. 구급상자를 열고 소독약과 치료약, 붕대를 꺼내드는 손놀림을 그의 시선이 따랐다.

"우으…… . 피 봐. 정말 아팠겠다."

목덜미에 칭칭 감긴 원피스 자락을 풀며 아르렐리아가 말을 건넸다. 이미 상처는 자연히 치유된 지 오래지만 핏자국을 보고 그렇게 생각한 모양이다. 하지만 굳이 말을 걸어 정정해줄 필요성을 느끼지 못해서 세이는 입을 다물고만 있었다. 소독약을 묻힌 솜으로 목덜미를 톡톡 두드리는 그녀는 제가 다친 것처럼 고운 얼굴을 찌푸렸다.

"……그런데 나무엔 왜 올라가신 겁니까?"

세이가 계속 생각해왔던 질문을 입 밖에 내었다. 아렌은 연고를 발라주면서 입술을 동그랗게 모았다.

"아아, 그게…… , 내가 피해야 할 사람이 있어서 말이지."

"……아까 마주쳤던 검은 머리 소년 말입니까?"

빙그레, 그녀의 얼굴에 미소가 번지듯 퍼졌다.

"와, 눈치 빠르네. 응, 맞아. 세이도 조심해. 희대의 잔소리꾼이라서 세이도 걸리면 나와 함께 일장연설을 들어야 할지도 몰라."

세이는 더는 말을 꺼낼 수 없었다. 나름대로 서툰 치료를 끝낸 아르렐리아가 그의 목에 붕대를 감고 매듭을 지으며 너무 세게 잡아당겼기 때문이다. 그것도 숨이 막힐 정도로! 이게 뭐 하는 짓이야, 짜증이 깊게 밴 손가락이 붕대를 당겨 느슨하게 만들었다.

"혹시 모르니까 턱이랑 머리에도 붕대를 감자."

급기야 아르렐리아는 세이의 머리 전체를 붕대로 칭칭 감을 기세였다. 하얀 붕대가 눈은 물론이고 코앞을 가로질렀다.

호흡이 위협당한다. 설마 이건 신종 암살 방법인가.

"끙, 매듭 묶기가 애매해…….'

나도 당신을 죽여야 할지 말아야 할지 애매합니다.

그렇게 말하고 싶은 걸 억누르며 세이가 붕대를 잡아 내렸다. 붕대는 바닥으로 힘없이 떨어졌다. 아르렐리아는 제가 서투르게 묶었나 싶어 황급히 그것을 주우려 허리를 숙였다. 세이가 팔을 뻗어 그녀를 제지했다.

"하지 마십시오."

"왜? 아프지 않아?"

"당신과 상관있는 이야기입니까?"

"그래도……, 걱정되잖아."

순간 멈칫한 팔을 억지로 움직여 내렸다. 걱정? 생소한 발음이 세이의 신경을 긁었다. 그가 아는 걱정이란, 타인을 동정함으로써 자신의 우월함을 확인하는 이기적인 감정을 포장하는 단어에 불과했다. 그는 아직도 붕대를 들고 고심하는 작은 머리통을 가만히 내려다보았다.

"그럼 나중에라도 아프면 꼭 묶어, 알았지?"

고심 끝에 그녀가 기어이 세이의 손에 붕대를 쥐여주면서 신신당부를 했다. 세이를 향해 한낮의 햇살처럼 빛나는 은색 눈동자. 맞닿은 손이 전해 오는 온기. 그와 함께 마음속을 짙게 물들이는 영문 모를 감정. 생전 처음 마주하는 것들에 반발감이 느껴져야 하는데, 메스껍기는커녕……, 그 반대였다. 세이는 들리지 않을 만큼 작게 신음을 흘렸다.

"아 참, 내 정신 좀 봐. 집에 온 손님인데 뭐라도 대접해야 했는데. 잠시만 기다려, 세이!"

아르렐리아는 곧 돌아왔다. 작달막한 손에 찻잔과 찻주전자가 놓인 쟁반을 들고서. 다도를 배운 지 얼마 되지 않았으나 그래도 열심히 타보겠다며 찻물을 우려낸다. 쪼르륵, 빈 찻잔에 겹겹이 번져가는 녹색 찻물이 호수처럼 말갛다.

"자, 세이. 다 됐어."

아르렐리아가 찻잔을 세이 앞에 밀어주며 방실방실 웃었다. 원하면 얼마든지 더 따라주겠다는 듯 찻주전자를 손에 든 품새가 예사롭지 않았다. 왠지 모를 기대감에 찬 눈빛을 받으며 세이는 그녀가 준 찻잔을 들고 향취를 음미했다. 그리 나쁘진 않군, 그렇게 생각하며 한 모금 들이마시는 순간…….

"어때? 어때? 처음으로 혼자 타본 차인데. 괜찮아?"

괜찮기는. 너무 써서 조금 뿜을 뻔했다.

"다음부턴 절대 혼자 차를 타지 마십시오."

"어……. 맛이 없는 모양이구나."

맛이 없는 정도가 아니라 독을 탔다고 해도 믿을 정도로 떫다. 세이는 떨떠름한 얼굴로 입안에 잔류한 찻물을 억지로 목구멍 저편으로 넘겨버렸다. 이쯤 되면 진심으로 암살하려는 것이 아닌가 하는 의심까지 들 지경이었다. 그는 곧 내던지듯 찻잔을 내려놓았다. 잔뜩 풀이 죽은 채 무엇이 잘못됐는지 고심하던 그녀는 곧 무언가를 떠올렸는지 찻주전자를 내려놓고 어디론가 종종종 달려갔다. 세이의 눈썹이 비스듬히 올라갔다. 이번엔 또 뭘 하려고……. 불길한 마음을 억누를 수가 없다.

"세이, 이거 입어볼래?"

그리고 그 불길한 예감은 한 치의 오차 없이 들어맞았다. 아르렐리아가

가지고 온 건 다름 아닌 공주들이 입을 법한 화려한 드레스. 절대 남자는 입을 수 없는 옷이었다.

"……대체 그게 뭡니까?"

세이가 지끈거리는 머리를 한 손으로 짚으며 물었다. 아르렐리아는 제 키보다 훨씬 긴 드레스를 낑낑대며 의자에 걸어놓고 해맑게 웃었다.

"이거……. 어머님께서 크면 입으라고 사주신 건데, 나한테 어울릴 것 같지도 않고 세이한테 더 잘 어울릴 것 같아서!"

"싫습니다."

아르렐리아의 고개가 기울어졌다.

"왜? 예쁘지 않아? 정말 잘 어울릴 것 같은데……."

"분명히 싫다고 말씀드렸습니다."

새카만 눈동자가 완강한 거절의 빛을 띠고 번들거렸다. 드레스를 보며 깊은 생각에 빠져 있던 그녀가 한참 후에 알겠다는 듯 고개를 끄덕였다.

"아아, 아무래도 편하게 입고 다니기엔 아무래도 좀 화려한 것 같긴 해."

"……."

"그래도 입으면 예쁠 것 같은데. 나도 언젠간 세이처럼 예뻐질 수 있을까?"

아르렐리아가 초롱초롱 반짝거리는 눈으로 세이를 올려다봤다. 어린 여자아이가 커서 남자처럼 되고 싶다고 한다. 그것도 태연하게. 세이는 그제야 저 위화감 없는 태도의 정체를 깨달을 수 있었다. 그녀는 본질적인 걸 착각하고 있었다. 세이는 아르렐리아 앞으로 팔을 뻗었다.

"잡으십시오."

"응?"

"잡아보십시오."

세이가 허공에 멈춘 자신의 팔을 눈짓하며 같은 말을 되풀이했다. 눈을 동그랗게 뜨고 고개를 갸웃거리기에 그녀의 손을 직접 잡아 팔에 올려놓았다.

"여자의 팔로 느껴집니까?"

잔뜩 가라앉은 어조로 그가 물었다. 아무리 여자로 착각할 만큼 아름다운 얼굴을 가졌다곤 하나 신체는 건장한 남자다. 여성의 것과는 현저한 차이가 있을 수밖에 없다. 아르렐리아 또한 얇은 천 너머로 느껴지는 굵은 팔뚝이 어머니의 팔과는 다르다 느꼈는지, 느릿하게 고개를 저었다.

"어……. 아니……."

"정답입니다."

세이가 칼로 베어내듯 차가운 어조로 말하곤 팔을 내렸다. 그의 팔에서 떨어진 손을 뚫어지라 응시하는 아르렐리아. 그녀의 두 큰 눈동자가 또르르 굴러가는 환청이 들리는 것 같았다. 또 무슨 생각에 저렇게 골똘히 빠진 걸까. 아까부터 무엇을 상상하든 그 이상을 보여주는 그녀의 반응이 이젠 두렵기까지 했다. 숨소리마저 뚜렷이 들릴 정도의 침묵이 흐른 지 한참 후에, 아르렐리아가 무거운 한숨을 내쉬었다.

"아, 아쉬워……."

"……."

"정말 아쉬워."

대체 뭐가 그렇게 아쉽다는 건지……. 계속해서 아쉽다며 중얼대는 아르렐리아를 뒤로하고, 세이는 모든 것을 포기한 듯 눈을 감아버렸다.

그 상태로 얼마나 있었을까, 작은 손이 가볍게 이마에 와 닿았다. 검은 눈이 천천히 열렸다.

"세이, 혹시 어디 아픈 거야?"

건드리면 터질 듯 불그스름한 입술이 조금씩 움직움직하며 걱정이 가득 밴 목소리를 흘려보냈다. 한 손은 세이의 이마에, 나머지 손은 자신의 이마에 두고 열을 재보는 작은 숙녀를 보고 있자니 이만저만 혼란스러운 게 아니었다. 목숨을 앗으러 왔음에도, 목을 취하기는커녕 손끝도 대지 못하고 있으니. 아무리 어리더라도 누군가의 목숨을 취하는 데 있어 망설여본 적이 없는데.

세이는 들리지 않을 정도로 나직한 신음을 내며 일어섰다.

"이제 돌아가겠습니다."

"어? 정말? 벌써? 뭐라도 차려주려고 했는데."

아르렐리아는 허공에 멈춘 손을 내리며 아쉽다는 듯 작은 한숨을 내쉬었다. 그녀의 말과 표정으로 미루어봤을 땐, 그녀는 세이에게 식사라도 대접할 생각이라도 가지고 있었던 모양이다. 한 모금 삼키기조차 어려웠던 떫은 차를 생각해보면, 그녀가 조금 아쉬워하더라도 이쯤에서 돌아가는 게 나을 성싶었다. 여러모로 말이다.

그대로 돌아가는 세이의 옷깃을 아르렐리아가 급하게 잡아챘다.

"세이, 우리 언젠간 볼 수 있는 거지?"

"……."

"그럼 서로 알은척하기다?"

세이는 천천히 몸을 돌려 아르렐리아를 내려다봤다. 아무것도 모른다는 듯한, 순수한 은색 눈동자가 천진난만한 웃음을 담고 곱게 휘어졌다.

"아니, 세이는 알은척하지 마. 내가 먼저 알아볼 거야. 내가 기억력 하나는 끝내주거든!"

아르렐리아가 허리에 두 손을 얹고 호기롭게 소리쳤다. 언제 만날지도 모르는데, 아니, 적어도 근 10년간은 그녀 앞에 모습을 드러낼 생각이 없는데 그때까지 자신을 기억하겠다는 말인가? 우습고 가소롭다. 겨우 며칠 전의 기억도 제대로 떠올리지 못하는 인간이, 하루도 채 되지 않는 찰

공녀님!
공녀님! 3

나의 시간을 기억하겠다고?

"……장담하십니까?"

"응, 날 믿어! 꼭 기억할게!"

아르렐리아가 작은 주먹을 쥐고 의기양양하게 자신의 가슴을 팡팡 내리쳤다. 이상한 일이었다. 그녀가 미소 짓자, 회색 가득한 세상이 눈부신 색으로 덮였다. 그래서일까, 불가능한 줄 알면서도 그녀의 말을 믿어보고 싶어졌다.

"우와, 세이. 방금 웃은 거야? 웃으니까 더 예쁘네."

얼굴 만면에 걸리는 생글거리는 웃음은 햇살처럼 따스하고, 빛났다. 일찍이 겪어보지 못한 감정이 물감 번져가듯 마음을 물들였다. 그를 애써 꾹 누르며 세이가 무표정을 되찾으며 입술을 움직였다.

"전 예쁘지 않습니다."

"어……. 예쁜데……."

"그보다 공녀님께서 신경 써야 할 이는 따로 있는 것 같습니다."

"어?"

"그리고 앞으론, 모르는 사람을 이렇게 방에 들이지 마십시오."

말끝에 세이는 입을 굳게 다물고 몸을 돌렸다. 깜짝 놀란 아르렐리아가 팔을 뻗어 반짝이는 그의 옷깃을 잡으려 했다. 하지만 손끝도 채 닿기 전에 사르르 녹아들듯 사라지는 은청색 빛무리. 아르렐리아는 단박에 멍한 얼굴로 움직임을 딱 멈췄다.

어, 갑자기 사람이 없어졌어. 어디로 갔지? 쿵쿵쿵, 누군가 세차게 문을 두드려대는 소음이 귓전을 울렸다.

"공녀님, 공녀님! 또 땡땡이를 치셨습니까? 이 문 당장 여십시오!"

아, 이런. 카일을 잊고 있었네. 상념에서 빠져나온 아르렐리아가 난감한 듯 뒷머리를 긁적거렸다. 그녀가 문을 열어줄 때까지 기다려주지 않겠다는 듯 문고리가 철컥거리며 돌아갔고, 아르렐리아의 얼굴은 단박에 울상으로 변했다. 으으, 또 잔소리 한바탕 듣겠구나.

아르렐리아가 슬쩍 창문 밖으로 뛰어내리려는 순간, 문이 철커덕 열리며 잔뜩 성이 난 듯한 검은 머리카락의 카일이 방 안으로 뛰어들었다. 그리고 예의 그 잔소리를 쏟아내기 시작했다.

"공녀님, 여태 여기 계셨습니까! 지금은 역사 수업시간이 아니었던가요. 또! 또! 또! 땡땡이를 치신 겁니까! 저와의 술래잡기는 이제 질릴 때가 되지 않았습니까!"

"으으, 또 잔소리……. 어쩔 수 없었어! 다친 손님이 있었다고!"

"공녀님. 또 저를 속이려고 하시는 것, 다 압니다. 손님은 무슨 손님……. 휴, 아닙니다. 공녀님의 말씀 잘 알겠으니 이제 그만 가시지요."

"카일! 너 지금 내 말 안 믿는 거지! 방금까지 있었다니까? 정말이야!"

"예, 예. 믿습니다. 공녀님을 믿지 않으면 제가 누굴 믿겠습니까. 휴, 내 팔자야……."

카일은 눈 밑에 드리운 진한 그늘을 손으로 비비며 한숨을 내쉬었다. 씽, 물론 땡땡이를 치려는 생각을 하지 않은 건 아니었지만 그래도 세이가 다쳐서 여기 함께 온 건 맞는데.

억울한 듯 입술을 잘근잘근 깨물던 아르렐리아는 문득 고개를 돌려 세이가 있던 자리를 응시했다.

환영처럼 나타나서 신기루처럼 사라져버린 세이……. 대체 그는 뭐였을까. 물어보고 싶은 게 많았는데. 설마 꿈은 아니겠지?

그와 함께 있던 시간 한 조각, 한 조각을 되뇌던 아르렐리아는 한참 후에야 자리를 떴다.

그길로 곧장 공저로 돌아온 세이는 의자에 깊숙이 몸을 누이며 눈을 감았다. 얼굴 위로 흘러내린 긴 은청색 머리카락을 손으로 쓸어 넘기다가 문득 반대쪽 손으로 시선을 옮겼다. 나중에라도 매라며 작은 손으로 고이고이 접어주던 흰 붕대. 스르르 손이 기울어지다 멈칫, 하찮은 붕대 하나 버리지 못함에 그의 입가에 복잡한 감정이 뒤엉킨 미소가 떠올랐다.

"아로트."

그의 말이 떨어지자마자, 아득하고 깊은 어둠 속에서 핏빛 머리카락의 여인이 쑥 나타났다. 세이는 손에 쥔 붕대에서 시선을 떼지 못한 채 입술만 움직였다.

"하일렌의 황비에게 답장을 보내라. 베이판 왕국을 무너뜨리는 데 협력하겠다고. 대신 레이나스 가문의 존립은 지켜야 할 거라고."

"예……. 폐하……."

아로트가 다시 어둠 속에 몸을 감춘 후, 고막이 터질 정도로 묵직한 침묵이 흘렀다. 고개를 서서히 돌리며 팔을 눈 위에 올렸다. 곧이어 허공을 울리는 나지막한 웃음소리. 그 속엔 자조와 비웃음이 엉켜 있었으나 그는 끝끝내 붕대를 놓을 수 없었다.

레이나스 공작가를, 정확히는 그녀를 건드리고 싶지 않아 황비를 도왔다. 10년이란 세월이 흐르며 몇 번이고 버리려 했던 붕대는 아직까지 서랍 한편을 차지하고 있었지만 상관없었다. 어차피 조금만 지나면 일을 모두 마무리하고 돌아갈 테니까. 그렇게 되면 머리를 어지럽히는 번뇌도 함께 사라질 것이다.

세이는 곱게 말린 두루마리를 쭉 펴서 뚫어져라 응시했다. 새카만 눈이 빠르게 내려가다 이내 '아르렐리아 폰 레이나스'라는 이름에서 멈춘다. 도로 올라가서 '혼사'라는 단어를 발견하자 검은 눈이 번들거리며 은근히 깊어졌다. 그 갓난아기가, 그 어린아이가 벌써 혼사를 논할 정도로 컸단 말인가. 빛을 뿜어내듯 반짝이는 은색 눈동자를 떠올리자 그의 미소에 흥미가 더해지며 진해졌다. 단 두 번 보긴 했지만, 그녀가 크면 과연 어떤 여인이 될지 궁금하긴 했다. 혼인을 할 생각은 추호도 없지만 호기심은 동했다. 자신만큼이나 사교계에 나오지 않는다는 아르렐리아 공녀의 모습이, 그리고 그 순수가 아직 여전한지. 기회가 되면 죽여도 상관없을 것이고.

그는 편지를 내려놓고 손을 한 번 휘두르는 것으로 혼사에 긍정적이라는 답변을 보냈다. 그리고 그날이 왔다. 유난히 구름이 끼어 달빛마저 사라진 날.

"거기 누구야?"

억지로 굵게 만든 목소리가 울리자, 황비의 방으로 향하던 세이의 발이 자연히 멈추었고 눈은 더할 나위 없이 커졌다. 본심을 감추는 데엔 타고났으나 지금 이 순간만큼은 그조차도 크게 놀랐다. 이 목소리는 분명 들어본 적이 있는 것이었으니까. 그리고 이 목소리의 주인은 하일렌에 있어선 안 되었으니까.

"죄, 죄송합니다. 안 보여서 그만……."

아무렇게나 잘라낸 듯한 짧은 은발, 영롱한 은빛 눈동자를 마주하며 세이가 느릿하게 입을 움직였다.

"당신은……. 당신이 왜 여기에?"

그가 받은 충격은 주변을 감싼 어둠에 가려 보이지 않았으나 목소리는 어쩔 수 없이 조금 떨렸다. 그녀, 아르렐리아는 크고 빛나는 두 눈을 이리저리 굴리더니 뒷머리를 긁적이며 억지로 웃었다.

"아아, 시종 근무 시간은 끝났는데, 남아서 청소할 게 더 있어서요. 그럼 전 이만……."

잠깐만.

"잠시만 기다려주시겠습니까?"

어둠 밖으로 한 발짝 나서며 세이가 그녀를 똑바로 응시했다. 의문과 불안감이 뒤섞인 은빛 눈동자가 점점 놀라움에 물들어갔다. 우와, 터지는 탄성을 막을 생각도 하지 못한 채 그녀가 입을 조금 벌렸다. 자신을 관찰하는 그녀를 세이 또한 주의 깊게 살펴봤다. 어딜 봐도 오랜만에 만나 반가워하는 기색은 찾아볼 수가 없었다.

기억을, 못 하는 듯싶다…….

덜 익은 과일을 통째로 삼킨 듯 입안이 떫었다.

그녀가 기억 못 할 줄은 일찍이 예상하고 있었음에도 조금은……, 아쉬운 건가.

"제 이름은 아렌이에요. 보시다시피 시종이죠."

제 이름은…….

"……세이, 세이라고 합니다."

당신이 지어주었습니다. 기억을 못 하십니까?

"세이, 사실 세이가 하일렌 제국에서 처음 생긴 친구예요! 앞으로 잘 지내요!"

그렇게 외치며 빙긋 웃는 아르렐리아, 아니, 아렌은 아직 너무 찬란했다. 그리고 바로 그때부터, 얼어붙은 심장이 천천히 뛰기 시작했다.

"……마황. 저 아이는 너의 '계약'에 대해 알고 있나?"

천왕이 느릿한 목소리로 침묵을 깼다. 아렌과 있을 때는 내내 머물렀던 장난기 섞인 미소는 어느새 흔적도 없이 사라진 싸늘한 얼굴로 세이가 천왕을 바라봤다. 천왕, 아라벨은 의자에 거의 눕다시피 한 몸을 천천히 세웠다.

"내가 어떻게 알았는지 궁금한 모양이지?"

"……."

"내 사실 마계에 머무르는 동안 이곳저곳 돌아보다……, 우연찮게도, 계약을 지키지 않아 아주 괴롭게 죽어가는 마족을 본 일이 있었다. 심장이 터져 재로 변해 죽어가는 고통이 생생하게 전해져서 내 숨이 턱턱 막혀버렸지. 그런데 말이다, 마황. 뭔가 익숙한 느낌이 들었다. 다시 말해 그 고통이 익숙했지. 내가 이제껏 마족은 만난 적이 없건대 이 느낌을 어디서 경험했는지 되짚어보았지. 떠올리는 덴 그리 어렵지 않았다. 바로 얼마 전의 일이니까. 바로 마황, 네가 이야기해주지 않던 네 가슴의 통증과 똑같았다."

그녀의 말을 들을수록 세이의 입술에 얼음장 같은 미소가 피어올랐다. 천왕은 대화 내용과 동떨어진 태평한 표정을 띠고서 그에게 다가갔다.

"마황, 분명 그대는 인간과 계약 중일 것이다. 마족이 중간계에 머물기 위한 유일한 방법이 계약이니까. 그런데 가슴의 통증이 느껴진다는 건 그대가 계약을 안 지키거나 지키지 못하고 있다는 말이겠지."

"재미있군요. 천왕. 본래 남의 일에 관심이 많으신 모양입니다."

세이가 냉소적으로 그녀의 말을 끊어냈다. 잠깐 동안의 불편한 침묵이 흐른 후 천왕이 천천히 말을 이었다.

"그대가 죽을 수도 있어서 하는 말이다."

세이의 입가에 진한 미소가 피어올랐다. 레이나스 가문, 베이판 왕국. 둘 중 하나에게 복수를 해달라는 계약 중 이미 하나는 실패했다. 천족과 마족은 역사에 관여할 수 없다는 규율에 따라 황비가 베이판을 정복하려는 야욕이 실패한 이상 더는 베이판을 건드릴 방도는 없다.

남은 것은 레이나스 가문 하나. 하지만 오래전부터 세이는 이미 자신이 목숨을 걸고 맺은 계약과는 정반대로 행동하고 있었다.

천왕 아라벨이 제대로 짚었다. 이대로라면 심장이 터져 죽겠지. 아마 그럴 것이다. 벌써부터 계약의 족쇄는 심장을 옭아매기 시작했으니까.

하지만 그게 뭐가 어떻다는 말인가?

"먼저 실례하겠습니다."

더 이상 들을 필요도 없다는 듯, 담담한 어조로 말한 세이는 허공으로 녹아들듯 모습을 감춰버렸다.

"세이, 무슨 생각 해요?"

세이는 상념에서 빠져나와 시선을 옮겼다. 투명할 정도로 은은한 눈동자를 빛내며 옆에서 고개를 쏙 내밀고 있는 그녀, 아르렐리아, 아렌. 그녀를 보자 자연스레 그의 입가에 미소가 걸렸다.

"아렌, 다 드셨습니까."

상냥한 어조의 말에 아렌은 자신 앞에 놓인 빈 접시를 힐끔 보고 만족스럽게 고개를 끄덕였다.

"응, 맛있어요. 나만 먹은 것 같아서 미안하긴 하지만……. 그런데 세이, 왜 말 돌려요? 무슨 생각 하고 있었냐니까? 여자 생각이라도 했어요?"

"어떻게 아셨습니까?"

"와, 세이. 정말? 애인이라도 생긴 거예요?"

두 눈에 차오르는 호기심을 마주하며 세이는 낮게 웃음을 터뜨리며 설레설레 고개를 저었다. 뭐야, 진짜 뭐가 있나 보네. 말 좀 해봐요, 세이. 그의 소맷자락을 잡으며 어린애처럼 보채는 모습에 또다시 터지는 웃음.

"그저, 옛날에 만났던 소녀가 생각났을 뿐입니다."

"소녀? 음……. 그럼 애인은 아니란 소리네. 에이, 뭐야……. 김샜다, 김샜어."

대번에 입술을 나팔같이 내밀며 투덜대는 그녀를 향해 세이가 팔을 뻗었다. 깨질세라 조심스런 손길이 그녀의 싱싱한 머리카락을 부드럽게 쓰다듬었다. 순간순간을 기억하려는 듯 단 한 순간도 그녀에게서 시선을 떼지 않으면서.

"세이의 진짜 이름은 뭐예요? 마황이라면 이름이 무지 길 것 같은데."

세이가 가만히 고개를 저었다.

"제 이름은 세이, 하나뿐입니다. 다른 이름은 필요치 않습니다."

그의 대답에 어떤 사실을 기억해낸 아렌이 머뭇대다가 다시 입을 뗐다.

"세이, 그 이름 제가 지어줬다고 했죠?"

"예."

"제가 언제 어떻게 지어줬는지 물어봐도 대답……, 해주지 않겠죠?"

세이는 대답 대신 아렌의 손을 꼭 쥐고 들었다. 손등에 가볍게 떨어지는 경애의 입맞춤. 그게 은근히 불편해진 아렌은 은근슬쩍 손을 비틀어 빼내려 했지만, 세이의 단단한 손아귀 힘에 막혀 이내 축 늘어졌다.

"알았어요. 제 힘으로 기억할 테니 기다려요. 너무 빨리 기억해내서 오히려 놀라지나 말아요."

"기대하겠습니다."

세이는 들릴락 말락 나지막이 속삭이며, 손바닥 안쪽에 따뜻한 숨결을 흩뿌리며 깊숙이 입술을 묻었다.

아십니까, 아렌. 아렌이 있었기에 내 세상은 색을 얻었습니다. 당신은 오래전부터 내 세상의 전부. 당신 말고는 아무것도 필요치 않습니다. 설령 그것이 영생(永生)이든, 이 세상 전부든.

— 4권에서 계속.